中外文学传播与接受研究丛书
武汉大学十五"211工程"项目

唐宋词
在明末清初的
传播与接受

陈水云◎等著

中国社会科学出版社

图书在版编目（CIP）数据

唐宋词在明末清初的传播与接受/陈水云著. —北京：
中国社会科学出版社，2010.10
ISBN 978-7-5004-9008-1

Ⅰ.①唐…　Ⅱ.①陈…　Ⅲ.①词（文学）–文学史–
研究–中国–明清时代　Ⅳ.①I207.23

中国版本图书馆 CIP 数据核字（2010）第 147263 号

责任编辑　李炳青
责任校对　王兰馨
封面设计　回归线视觉传达
技术编辑　张汉林

出版发行　中国社会科学出版社
社　　址　北京鼓楼西大街甲 158 号　邮　编　100720
电　　话　010 – 84029450（邮购）
网　　址　http：//www.csspw.cn
经　　销　新华书店
印　　刷　北京新魏印刷厂　　　　装　订　广增装订厂
版　　次　2010 年 10 月第 1 版　　印　次　2010 年 10 月第 1 次印刷
开　　本　880×1230　1/32
印　　张　15.25　　　　　　　　　插　页　2
字　　数　392 千字
定　　价　38.00 元

目　录

下　篇

绪　言

　　2004 年，一个有意义的年份，这一年多家新闻媒体策划了"甲申 360 年祭"的纪念活动。60 年前，郭沫若先生曾撰有《甲申 300 年祭》，给处在民族危亡关头的祖国人民发出了警示之声；如今人们重提这一话题，其意图也是在借历史说事——自我告诫。2004 年杭州史学界召开了"甲申 360 年祭"的学术座谈会，2005 年人民日报出版社还特地出版了《成败：甲申 360 年祭》（章夫著）的学术著作，这说明 1644 年前后的"明末清初"是一个非常有意义的历史话题。

一　明末清初的时间界定

　　谈到"甲申 360 年祭"，人们大多只会想到发生在 1644 年的几个重大历史事件——崇祯自缢、李自成进京、皇太极入关，但这些事件却不是一朝一夕形成的，这些事件的影响也不是一朝一夕就会消退的，"甲申"的意义在于它所涉及的是"明末清初"这一个特定的历史时间段。
　　对于"明末清初"这一时间段，学术界的界限并不是太分明，大多数学者是在一般意义上使用的，即采取一种模糊处理法，以 1644 年为分界点向前向后延伸，指明末的万历、崇祯，清初的顺治、康熙。但是万历朝长达 47 年，康熙朝更长达 61 年，再加上泰昌的 1 年、天启的 7 年、崇祯的 17 年、顺治的 18 年，这一时间段将长达 160 年之久，这样的处理法有些过于宽泛，显然是不精确的也是不科学的。

萧萐父、许苏民先生在《明清启蒙学术流变》（辽宁教育出版社 1995 年版）一书中，从启蒙学术主题变化的角度，以 1644 年明朝灭亡和清兵入关为分界点，将明末的起始划定在嘉靖时期（16 世纪 30 年代），把清初的终结点定位在雍正时期（18 世纪 20 年代），这样或许有助于说明哲学思潮由传统到近代的变迁，但无论从时间的跨度上，还是从历史事件的前因后果看，它对明末清初的分界显得过于笼统，已失去"明末清初"这一称谓的指称意义。相对来说，史学界的划分尚称公允，一般都采取了17 世纪的称谓，认为明末清初主要指的就是 17 世纪的 100 年时间。谢国桢先生的《明末清初的学风》一文说："我所说的明末清初，是指公元 17 世纪，即明万历三十年（1602）以后到清康熙四十年（1701）左右这百年。"① 钱杭、承载的《十七世纪江南社会生活》（浙江人民出版社 1996 年版）一书，就直接采用了 17 世纪的称谓，而没有沿用"明末清初"这一称谓，或许是考虑到"明末清初"称谓的不确定性。

但是，不同学科有不同学科的研究对象，也有其自身的发展规律，将 17 世纪作为分析文学史现象的依据是否合理呢？目前，文学史关于这方面的讨论还不是很多，张俊的《清代小说史》（浙江古籍出版社 1997 年版）一书提出"明清之际"的概念，其范围涵盖崇祯、南明弘光前后、顺治康熙年间的三个阶段，大约也是

---

① 谢国桢：《明末清初的学风》，上海书店出版社 2004 年版，第 1 页。

100 年左右的时间。郭英德的《明清文学史讲演录》（广西师范大学出版社 2005 年版）一书，将明末清初划分为两个时间段，前一段起点在明神宗万历三十九年（1611），后一段终点在清圣祖康熙十七年（1678），前后大约是 60 年的时间。郭英德是从文学史的角度立论的，孙立的《明末清初诗论研究》（广东高等教育出版社 1999 年版）一书主要分析的是诗论，袭用的是史学界的划分法——"明末清初"（17 世纪的百年时间），研究对象则是从明末万历时期的竟陵派到清初的钱谦益。赵雪沛的《明末清初女词人研究》（首都师范大学出版社 2008 年版）一书，所界定的论述范围与孙立大致相同，即 17 世纪的 100 年，明末 50 年及清初 50 年，起点在万历十八年（1590）。李康化的《明清之际江南词学思想研究》（巴蜀书社 2001 年版）一书主要分析的是词论，也把明末清初划分为两个时间段，前一段起点在嘉靖三年（1524），后一段的终点在康熙十八年（1679），研究对象是明末清初江南的几个词学流派——云间、柳洲、西泠、广陵、阳羡、浙西、梁溪等。这些划分法界定都是从自己的研究对象出发而确定的，但我认为郭英德先生的划分法相对来说比较接近文学史的"真相"，他的划分法对于明末清初词坛发展格局的分析也比较适用。吴熊和先生说过："在文学史上，尤其在词史上，有必要把天启、崇祯到康熙初年的 50 年间，作为虽然分属两朝，但前后相继、传承有序的一个相对独立的发展阶段来研究。清词的兴盛当然有清初的特殊背景，但自天启、崇祯以来，词的复兴气候业已形成。清初的一些词派，其源概出于明末。这些词派创于明末而盛于清初，然而其原委始末，并不限于一代人，往往是同一风会所趋之下相继而起、各有承传的两代人或三代人。"①

---

① 吴熊和：《吴熊和词学论集》，杭州大学出版社 1999 年版，第 371—372 页。

有鉴于此，我们这里所谓的"明末清初"，主要是从词史的发展和文学接受的两个维度共同考察的，它的真正起点是在崇祯二年（1629）前后陈子龙、李雯、宋征舆相识，到后来进行了频繁的"幽兰草唱和"，终点则是康熙三十一年（1692）朱彝尊由京师返归故里，前后大约 60 年的时间（但讨论具体问题时可能要适当地作上下延伸，特别是要向上延伸，主要原因是很多清初的遗民出生在这个时间段里，也就是说主体论述部分是从1629—1692 年的 60 年，而且在谈到某些具体内容时会上推到万历初或下延到康熙末），这是一个词坛由衰而盛而复衰的发展过程。在万历时期，还是《花间》、《草堂》影响的天下，到崇祯年间明代词坛的文学接受已出现了新的走向，崇祯三年（1630）前后毛晋辑刻了《宋六十名家词》，这一包容量极大的词选或词籍丛刊的出版大大地开阔了人们的阅读视界，让人们认识到唐宋词在《花间》、《草堂》之外还有更广阔的天地。这一时期，还有《词菁》、《古今词统》、《古今诗余醉》等重要选本，它们的选录范围已大大地突破了《花间》、《草堂》的苑囿，南宋词的入选量也已大大地超过了在这之前编选的《词林万选》、《百琲明珠》、《花草粹编》、《词的》等。而康熙三十一年（1692）这一年，浙派领袖朱彝尊结束了他在京师 13 年的为官生涯，明末清初词坛的繁盛气象也从这时开始走向衰落。这是一个旧人渐去、新人将生的时期，毛先舒（1620—1688）、沈谦（1620—1670）、吴骐（1620—1695）、王士禛（1634—1711）、邹祗谟、彭孙遹（1631—1700）、董以宁（1630—1669）、吴绮（1619—1694）、宗元鼎（1620—1698）、周在浚（1640—1696 后）、曹尔堪（1617—1674）、陈维崧（1625—1682）、万树（1630？—1688）、任绳隗（1620—？）、蒋景祁（1645—1695）、纳兰性德（1654—1685）、曹贞吉（1634—1698）、李良年（1635—1694）、李符（1639—1689）、汪森（1653—1726）等也是在这前后相继去世，而一代新人杜诏（1666—1736）、陆震（1671—1723?）、王时翔（1675—1744）、陆培（1686—1752）、厉鹗（1692—1752）、史承谦（1702?—1756）、郑燮（1693—1765）、江昱（1706—1775）等也在这一年（1692）的前后10年左右开始降生人世，他们在后来的50年时间里构成清初词坛的主流，或成为清代中叶词坛的中坚。

二　明末清初的词坛格局

如上所述，明末清初是一个连续的时间整体，明末清初的文化学术也是一个不可分割的生命整体。明末曾经名闻天下的"明末四公子"——侯方域（1618—1654）、陈贞慧（1604—1656）、冒襄（1611—1693）、方以智（1611—1671）在入清（1644）以后都生活了相当一段时间；清初三大著名思想家——黄宗羲（1610—1695）、王夫之（1619—1692）、顾炎武（1613—1682）在明末就已经开始了他们的社会文化活动；清初三大著名文学家钱谦益、龚鼎孳、吴伟业也在明末万历、崇祯之际走上了文坛。清词的中兴在明末万历、天启、崇祯年间已经拉开了它的序幕，一代新人大多是在这一时期登上词坛的。

在万历年间，文坛之大老为太仓王世贞（1526—1590），《明史》本传说："世贞始与李攀龙狎主文盟，攀龙殁，独操文柄二十年。才最高，地望最显，声华意气，笼盖海内。"王世贞的《弇州山人四部稿》收录有诗余，赵尊岳编《明词汇刊》从中裁出刊为"弇州山人词"，其《艺苑卮言》还附有对诗余的评论。王世贞论词持"风雅罪人"之说，填词亦多艳体，还杂以俳谐之篇，这在当时造成了不良的影响。到崇祯年间，江南一带填词风气很浓，其中影响较大者当推华亭施绍莘和上元易震吉。施绍莘（1588—1640?）在清代的名声不大好，但在当时却盛有影响，他的词有两大特点："俗艳"和"曲化"，《四库全书总目提要》云："大抵皆红愁绿惨之词，所谓亡国之音哀以思也。"易震吉（生卒年不详，崇祯十二年进士）在清初已很少为人提及，但他的词比施绍莘写的要好，被人称为"明代之辛稼轩"。这一时期，江南词坛的选词刻词的风气盛为流行，虞山毛晋（1599—1659）是当时最负盛名的编书刻书之大户，他先后选刻编辑的重要词籍丛刊有《词苑英华》和《宋六十家词》两种，前者收录唐、宋、元、明词籍 8 种，后者更是收录宋词别集 61家，他不只是简单地翻印重刻，还对每部词籍作校勘并写校记，有一定的学术价值和文献价值。另外，卓珂月的《古今词统》和潘游龙的《古今诗余醉》也是比较重要的两部词选，清初著名诗人王士禛称："《词统》一书，搜采鉴别，大有廓清之力。"（《花草蒙拾》）

在明末，江南词坛已呈新的发展动向，一个地方或一个家族，先是有人引领风气，而后是朋友、族人、子弟、妻女接踵而至，他们相互唱和，编辑词选，倡导风气，形成了一个个地域性的词派或词人群体，这就有了跨越明清两朝的云间派、柳洲派、西泠派、兰陵派、广陵派、梅里派、阳羡派、浙西派等。但我们过去把这些词派作了简单化的处理，挑出其中几个稍具典范意义的代表性人物，分析他们的创作特色，评价他们的理论主张，最后确定他们在词史上的地位。实际上，这些流派的发展情况极为复杂，远非通过对几个代表性人物的分析和归纳所能阐述清楚的，近几年学术界对这一问题有比较深入的研究，这方面的研究成果有李越深的《云间词派研究》、金一平的《柳洲词派研究》、谷辉之的《西泠词派研究》、严迪昌的《阳羡词派研究》、吴蓓的《浙西词派研究》、刘勇刚的《云间派研究》以及吴熊和关于明末清初词派的系列研究论文，这里不准备对他们的研究成果作简单的复述，而是对这一时期词坛上出现的新动向作一总体性描述。

第一，明末清初词坛的总体格局是词人众多，流派纷呈，地域广泛。

在明末清初，词呈复兴之强势，词人、词派众多。由邹祗谟、王士禛编选，在顺治十八年刻印的《倚声初集》，主要收录了卓珂月《古今词统》、沈际飞《草堂诗余新集》之后，从万历到顺治年间的词家396人词作1720首；由王士禛之弟子蒋景祁辑录，刊刻在康熙二十五年（1686）的《瑶华集》，编者自称："此集惟断自六七十年来，词人交会之际，无不甄收。"它的上限大约也是在万历，下限则止于康熙二十四年左右，这一选本选辑明末清初词人507家，词作2467首；当代出版的《全清词》（顺康卷）收录的也主要是明末清初六七十年间作品，词人已达2100家，词作近5万首；在短短的六七十年居然涌现出这么多的词人和词作，这是连被称为"一代之文学"的宋词都无法比拟的。

"物以类聚，人以群分"，如此众多的词人，自然会凝聚成一个个小的团体。明末的江南文人，本来就有结社唱和的风气，大量词派的涌现也是势所必然。一般说来，这些词派先是在一个区域，三五个朋友一起唱和，或是一个家族内部几位成员相互切磋，而后影响逐渐扩大，加入的成员越来越多，大家有了共同的风尚、共同的创作倾向、共同的理论主张，最后他们团结在一个盟主的旗帜下成为影响一方并向周边辐射的词派。比如明末已经形成的云间派就是这样，先是陈子龙与李雯、宋存标、宋征璧等相交，他们在天启年间就开始了诗词唱和活动，到崇祯七年逐渐达到鼎盛，吸引许多爱好趣味相近的风雅之士的参与和加入，宋征舆就是在这样的背景下加入他们的唱和阵营的，于是文学史意义上的云间词派正式形成。这一词派在明末是以"云间三子"为中心，先是结集为《幽兰草》，而后成员增多，词集也逐渐多了起来，相继有《倡和诗余》、《三子诗余》、《支机集》、《二宋倡和春词》等词集问世，直到康熙十七年由田茂遇、张渊懿编选出这一词派的集大成性选本——《清平初选后集》。云间派的成员也由松江一府延伸到周边地区。这似乎是明末清初词派形成过程中的一个比较通行的法则，像浙西词派最初也只是在嘉兴一个叫梅里的小镇上展开，成员主要是寓居此地的朱彝尊、李良年、李符等，到后来队伍逐渐扩大，相继有周篁、沈皞日、沈岸登、龚翔麟、汪森、柯崇朴等的加入，所属成员的地望也由梅里一镇拓展为浙西的杭、嘉、湖三府，再后来不断有新成员加入，曾经独自成派的西泠派、云间派、柳洲派也渐以融入浙西派，浙西词派在康熙十七年以后发展成为当时南北词坛影响最大的词派。

第二，明末清初词坛的发展呈阶段性特征，是由衰而盛，又由盛而衰。

一个时期文学的发展总是有盛有衰的，陈子龙说："词者，乐府之衰变，歌曲之将启也，然就其体制，厥有盛衰。"（《幽兰草题词》）大致说来，明末清初的词经历了两个发展阶段，第一阶段是明末由衰而盛，第二阶段是清初由盛而衰，这一由衰而盛再而衰的过程与明末清初的社会发展是同步进行的。

朱彝尊说："宋元诗人无不兼工乐章者，明之初亦然"，但自李攀龙有"唐以后书可勿读，唐以后事可勿使"之论，于是明代的学者皆摒置宋诗而不观，"词亦在所勿道"，"宜作者之寥

寥矣"，直到崇祯之季江左才"渐有工之者"。(《振雅堂词序》)
这段话所说虽不无偏激，但也确实道出了明代中叶以后词坛衰落
之情形。王易《词曲史》云：

> 明词好尽之弊，实由于其中枵然。往往意随词竭，一览
> 无余，俗巧陈秽，自所不免。故为豪放之词者，多粗犷不
> 经；为婉约之词者，多纤艳无骨。至其按律未精，擅率度
> 曲，则以宋人声调既早消亡，词句流传又多缺误；时人习闻
> 南曲官调之转犯，衬贴之增减，声韵之变化，遂以为词亦不
> 必拘墟，无妨通脱，非据而据，以讹传讹，无知妄作，率由
> 于此。①

　　但是，在明末这一衰弱的格局稍有新的变化，这就是在
"江左"相继出现了云间、西泠、柳洲等词派，他们在明末动乱
的社会环境，填词虽不免受《花间》、《草堂》的影响，但已经
改变了游戏为词的态度，在词中能真实地表达作者的内在情感和
寄托深意，正如陈子龙所说的"托贞心于妍貌，隐挚念于佻言"
(《三子诗余序》)。在云间派的带动下，江南词坛一时间填词之
风蔚然而起，西泠、广陵、毗陵各地遍开"词林之花"，蒋景祁
曾以"英才怒生，作者林立"来形容这一壮观的景象，看来清
初词坛的确充满了一种旺盛的生气和活力，这是一个在清词史上
真正堪称为"中兴"的历史时期。李渔说：

> 今十年以来，因诗人太繁，不觉其贵，又不重诗而重诗
> 之余矣。一唱百和，未几成风，无论一切诗人，皆变词客。

---

①　王易：《词曲史》，东方出版社 1996 年版，第 347 页。

即闺人稚子，估客村农，凡能读数卷书，识里巷歌谣之体者，尽解作长短句。(《词集自序》)

这说的是作者的普遍性和广泛性，同时也印证了康熙时期填词风气之盛。然而，清代填词风气之盛，不仅表现为作者之多，而且也表现为名家之多，表现为各家皆有自己的风格。张星耀说：

昭代词人之盛，不特凌铄元明，直可并肩唐宋，如香岩之雄瞻，棠村之韶令，容斋之新秀，衍波之大雅，延露之俊逸，丽农之宏富，东江之绵纱，弹指之幽艳，乌丝之悲壮，艺香之浓鲜，玉凫之清润，兰思之真致，玉蕤之周密，余如秋岳、锡鬯、容若、云士、舒凫、夏珠、昉思诸公，未窥全豹，微露一斑；而二乡、远山、云诵、扶荔、鸾情、南溪、炊闻、百末、含影、支机、蓉渡、锦瑟、柳村、遏云、当楼、青城、蝶庵、秋水、峡流、吹香、椒峰、萝村、菊庄、移春、山晓、梨庄、红蕉、柯亭诸集，可谓家操和璧，人握隋珠，一时群聚。噫！盛矣！(《东白堂词选》附词论)

正因为这样，当时的作者和批评者都非常自信地认为词已经进入了"中兴"、"光大"的时期。尤侗说："词之系宋，犹诗之系唐也。唐诗有初、盛、中、晚，宋词亦有之……唐诗之后，《香奁》、《浣花》稍微矣，至有明而起其衰。宋词之后，遗山、蜕岩亦仅矣，及吾朝而恢其盛。"(《词苑丛谈序》)他对清词振兴的这一评价，得到了同时代许多词人的认同。王庭谓："方今词学大彰，南宋以来，诸幽芳无不毕生。四方之俊，闻声相应，英华斐然，可谓盛矣！"(《秋闲词自序》)这是说清代学习宋词能得其体格，所谓"南宋以来诸幽芳无不毕生"是也。蒋景祁亦称："国家文教蔚然，词为特盛……词学盛行，直省十五国，多有作者。"（《刻瑶华集述》）这里说的是清初词坛作者之多，实际上作品之多亦越过宋元。计南阳说："诗余之学，至今日而极盛……数年以来，风流弥繁，收之不胜收，乃前制已工，而新章叠奏，清徽未谢，而妙绪复兴，采芳撷秀者所不能忘矣。"（《词坛妙品序》）

但是这样的好景并不太长，自从玄烨即位后，加强了对思想文化界的控制，一度繁荣的江南词坛很快地在康熙十七年之后陷入委顿。田同之《西圃词说自序》说："自邹、彭、王、宋、曹、陈、丁、徐，以及浙西六家后，为者寥寥，论者亦寡。行见倚声一道，讹谬相沿，渐紊渐熄矣。"

第三，明末清初词坛还出现社友群体、家族群体、女性群体的新趋向。

进入明代以后，一两个人自娱自乐的文学传统在逐渐淡化，文人之间的相互交往越来越密切，他们的文学活动越来越明显地表现出群体性的特征。从明初南方地区的"吴中四友"、"北郭十子"、"闽中十才子"、台阁体、茶陵派，到明中后期的前七子、唐宋派、"吴中四才子"、后七子、公安派、竟陵派，都是这样，而明末清初的词坛也鲜明地表现着这一重要的时代特征。

首先，明末清初的词派与文社之间有着不可割断的血肉联系，一个词派的成员往往是同一个文社的社员。柳洲词派的初期成员钱栴，就是直接参与明末复社的发起人之一，钱学濂、钱继章、钱继登、魏学洢也都是复社的社员。云间词派的重要成员陈子龙、夏允彝、李雯等，初期纷纷加入复社，后来又共同组织"几社"，其他成员如宋征舆、宋征璧、宋存标，等等，也都是"几社"的社员。在清初云间地区又有春藻会和大雅堂文会，云间词派的后期成员也大多分属这两个文会。"文社"是明末文人互相交往的重要方式之一，他们在举行社会、抨击时政、激浊扬清的同时，往往也要附庸风雅，吟诗作赋，相互唱和。大家平日难得有缘相聚，一旦有了在同仁面前展露才华的机会，这些意气风发的青年才俊，往往会引吭高歌，把酒吟诗，对月作赋。文社的活动也带动了文学活动的发生，有些诗词就是在这样的环境下创作出来的。

其次，明末清初的词坛与江南地区的著姓望族有很重要的联系。一个词派的成员往往是由一个地区的几个家族成员组成的，据李越深对云间派的研究，发现这一派成员在构成上大约有两种情况，一种是师生、社友关系，另一种就是家族成员比较多，主要有王氏家族（王广心、王九龄、王顼龄、王鸿绪）、宋氏家族（宋征舆、宋征璧、宋存标、宋思玉、宋祖年）、高氏家族（高层云、高不濂、高曜）、董氏家族（董其昌、董俞、董含）、周氏家族（周茂源、周伦、周稚廉）、蒋氏家族（蒋平阶、蒋无逸、蒋守大）等。同样，柳洲词派的成员也具有鲜明的家族性特征，这一派成员主要是由钱氏家族、魏氏家族、曹氏家族、陈氏家族组成；《柳洲词选》中入选钱氏家族成员的有钱继章、钱继振、钱继登兄弟，钱士贲、钱士升、钱士晋兄弟等；入选魏氏家族成员的有魏大中、学濂、学洢、学渠、学洙兄弟，魏允枏、允枚、允札、允桓、允坤兄弟等；入选曹氏家族成员的有第一代的曹勋，第二代的曹尔堪、尔垣、尔坊、尔埴，第三代的曹鉴平、鉴章、鉴征等。明末清初词派成员的家族化，说明词派与著姓望族之间有着良性的互动关系，这些家族为词派提供了输送人才的条件，词派又把这些家族成员的影响推向社会。

再次，明末清初的词坛兴盛与江南地区女性文学的崛起也有着密切的联系。明代中叶以后，女性文学创作活动达到高潮，

"大江南北，闺秀缤纷，动盈卷轴，可谓盛矣"①，赵尊岳论明词的八大特色，女性词人词作之富即是其一。他说：

> 女史词在宋之李、朱，昭昭在人耳目。元代即不多，《林下词选》，几难备其家数。而明代订律拈词，闺襜彤史，多至数百人，《众香》一集，甄录均详。而笋珈若吴冰仙、徐小淑，烟花若王修微、杨宛之流，所值较丰，又复脍炙人口，视聂胜琼之仅存片玉，严蕊之仅付诙谐，自又夺过之，足资讽籀也。②

一般说来，女性词人群体的崛起，与一个时代社会思想观念的变迁有关。明代中叶以后，一般士大夫阶层已摆脱"女子无才便是德"的传统观念，开始用一种欣赏的眼光鼓励有才华的女子，一方面感慨她们社会地位的低下，另一方面赞许她们天生过人的才华，有的男性作家还在笔下描写了她们的反叛精神，如徐渭的《四声猿》、汤显祖《牡丹亭》就是这样的作品；在文化比较发达的江南地区，一些有文化素养的家族还有意识地培养自己的子女，搜集和编辑女性作品的选本，彰显她们的文学才华，这些无形中推动了明末清初女性文学的发展。她们的作品也纷纷入选各类诗选或词选，如王端淑编选的《名媛诗纬初编诗余编》收录有女词人56家，大多数是明末的女词人；清初周铭编的《林下词选》选明代女词人51家；归淑芬编的《古今名媛百花诗余》选明代女词人26家；徐树敏、钱岳编的《众香词》选明末清初女词人达300余家。值得注意的是，这些女性词人很多是

---

① 毛先舒：《皆绿轩诗序》，汪启淑编《撷芳集》卷二十八。
② 赵尊岳：《惜阴堂汇刻明词纪略》，载《大公报》1936年8月13日副刊。

以群体性面目出现的，她们有的是在家庭内部进行唱和，像吴江叶氏家族女性文学群体、山阴祁氏女性文学群体和桐城方氏女性文学群体即是如此；有的是通过结社的方式相互沟通，如在清初出现的"蕉园诗社"，是由徐灿、柴静仪、林以宁等组成的女性诗社，她们"月必数会，会必拈韵分题，吟咏至夕"（林以宁《和鸣集跋》），在江浙词坛产生了广泛的影响，她们的作品也被选入各类词选，通过上述数字说明，女性词已成为明末清初词不可缺少的组成部分。

三　本课题研究的现状、思路、意义

20 世纪 90 年代以来，在文学文本研究走向衰微之际，文学的传播接受研究越来越受到学术界的青睐。首开风气的是文艺学界，他们率先引进西方的接受美学，分析古代文学作品，阐释古代的接受理论。在古代文学史界，较早关注接受问题研究的是陈文忠、容世诚、莫砺锋等学者，接着是陈文忠出版了《中国古典诗歌接受史研究》（安徽大学出版社 1998 年版），尚学锋、过常宝、郭英德出版有《中国古典文学接受史》（山东教育出版社 2000 年版），台湾学者杨文雄撰有《李白诗歌接受史》（五南图书出版公司 2000 年版）。最近几年来，关于古代文学传播与接受的研究成果越来越多，主要有尚永亮的《庄骚传播接受史论》（文化艺术出版社 1999 年版）、王友胜的《苏诗研究史稿》（岳麓书社 2000 年版）、李剑锋的《元前陶渊明接受史》（齐鲁书社 2002 年版）、刘学锴的《李商隐诗歌接受史》（安徽大学出版社 2004 年版）、王玫的《建安文学接受史论》（上海古籍出版社 2005 年版）、朱丽霞的《清代辛稼轩接受史》（齐鲁书社 2005 年版）、查清华的《明代唐诗接受史》（上海古籍出版社 2006 年版）。这些成果的相继出版，正说明传播与接受的研究已成为古代文学研究新的生长点。关于唐宋词在明末清初传播接受研究的相关成果，主要是近年来由一些研究生撰写的博士学位论文，如杨金梅的《宋词接受史研究》、陈福升的《柳永、周邦彦词接受史研究》、邓子勉的《宋金元词籍文献研究》、李冬红的《明代〈花间集〉接受史论》、凌天松的《明编词总集述评》、于翠玲的《朱彝尊〈词综〉研究》、李睿的《清代词选研究》、赵晓辉的《清人选唐宋词研究》等，但这些研究比较多的是从文献角度立场讨论，而较少涉及对文学文本的分析，更少涉及明末清初的文化背景和词学观念的变迁，而本课题研究将联系当时的文化背景和词坛发展现状从传播和接受两个层面进行一些新的探索。

　　这里，有必要对"词"这一概念作些交代。"词"本来是一种音乐文学，产生之初是在娱乐场合用以演唱的，它的文本与音乐是一体二面的，但在元明以后"词"赖以生存的音乐环境已经不存在了，它也就因之蜕变为一种与"诗"一样的纯文学文本，明清时期使用的"词"已经是一种脱离了音乐环境的文学文本，在明清时期刊刻的唐宋词籍也只是一种含有音乐要素的文学文本而已，这里所谓的"词"是已经完全脱离了音乐传播途径的纯文学文本。为什么要选择"传播与接受"作为"词"的研究视角？主要是从两个方面考虑的，一是试图打破文献、创作、理论相隔离研究的做法，想通过传播与接受的视角将三者的研究相打通，二是试图改变词史上先后代序的研究思路，将唐宋词与明清词放在同一个研究平台上进行综合考察，做到古今贯通，还原文学史原貌。这样，一个方面看到唐宋词在明末清初的传播情形；另一方面也了解到明末清初词坛的文学创作是怎样接受唐宋词统的，而明末清初所确立的"词统"对后代的创作和理论又产生了哪些影响？也就是说后代的文学创作和文学观念是怎样受到明末清初文学接受观念影响的。接下来，对"传播与接受"的含义也要作一具体交代，这里的所谓"传播"有两层含义，一层是指前代文学作品在后代的传播，另一层是指它们在明末清初以什么样的方式传播、传播的范围及传者的传播意图等；而"接受"则由两个层面三个部分组成：第一层面是创作层面的接受，第二个层面是批评层面的接受。三个部分则是指作者对前代文学的接受；同时代的作者相互之间的接受，以陈维崧的接受为例：既有他对唐宋词的接受，也有阳羡词派成员之间的接受互动；还有后代词派或词人对迦陵词风的接受等。从这样的一种思路出发，我们将要探讨以下几个方面的问题：（一）唐宋词籍在明末清初的探访、收藏和重刊。（二）明末清初唐宋词选的编纂活动及其所反映的文学思想。（三）关于唐宋词接受的三次论争及其理论意义。（四）明末清初对柳永、李清照、辛稼轩接受的个案分析。（五）以云间派、阳羡派、浙西派、纳兰性德为研究个案，剖析明末清初主要词人及词派是怎样接受唐宋词统的。

通过对以上问题的探讨，我们将会对明末清初的文学现象有三个方面的认识：（一）任何一个时期的文学，都是"前代"文学与"当代"文学共构而成的。我们过去谈到文学现象往往主要着眼于"当代"的文学，"前代"文学常常是被撇开不论的，这就造成了对一个时期文学整体风貌认识的不足，从文学接受的角度而言文学是没有古今之分的，所谓的"古代"文学与"当代"文学只有语言的差异，它们在对人类情感的表达以及给予读者的审美体验都是相通的。近几年来，学术界倡导文学研究的古今打通，着眼点还是放在古今文学演变的层面，是从时间流动的角度去考察，而没有从空间维度上把古今文学作为一种共通并存的文学现象进行研究。如果从传播和接受的角度去考察一个时期的文学，我们就会把"前代"文学与"当代"文学作为一个整体，把古今文学文本作为一个大的文学文本认识，这样对一个时代的文学就有了更为宏观、更为全面、更为深刻的认识。（二）文学传播与接受的研究，不仅能够将古今文学打通，而且也能将古今文学的接受方式打通。从时间的维度分析，"前代"文学和"当代"文学的传播媒介应该是有区别的，唐宋词在当时是借助音乐演唱的方式传播的，而在明末清初"词"则主要是依赖纸本文献传播。但是，从传播与接受的角度考察，它们在同一时期亦即明清时期又是采用的相通的传媒——纸本文献，纸本传媒的可视性、可保存性、可流动性，这些新的特点带来的是古今文学文本接受的一致性。它们作为一种文学文本为当时的受众所接受，接受者也是以一种文学文本的方式去解读古今文学文本，它们所给予受众的美感享受应当说是相通的。这样开展明末清初词坛的传播接受研究，为我们探讨文学的接受规律提供了可资借鉴的范例。（三）文学的生成是离不开特定时代的，一个时代各种因素的合力作用，成就了一个时代特定的文学风貌。一个时代文学风貌的形成也与这一时期的传播和接受密切相关，借此我们可以了解受众的接受心态，了解明末清初文学创作与文学接受之间的互动关系，以期进一步推动现当代的文学与接受研究。

上　篇

第一章

唐宋词的探访和收藏

周济说:"北宋有无谓之词以应歌,南宋有无谓之词以应社。"(《介存斋论词杂著》)北宋"应歌"之词是通过口头方式传播的,当时的词集也主要是出于"应歌"的目的而编刻,"蕲传之有所托,俾人声其歌者"(强焕《片玉词序》)。南宋"应社"之词则主要在文人之间以结社唱和的方式传播,已失去其演唱的本色,虽然有姜夔、吴文英、张炎等深谙词乐的圣手,继续依乐填词并自度歌曲,但当时词坛传播的大势正如张炎《西子妆慢·序》所云:"惜旧谱零落,不能倚声而歌也",后来者"不过按调填词于四声"(赵良甫《碎金词叙》),这样,词逐渐走上脱离音乐的传播之途。南宋以后,词所依存的音乐环境逐步丧失,以致出现"才说音律,便以为难"(张炎《词源》)的尴尬局面,许多"声调妍雅"的歌曲不仅不能倚声而歌,而且也失去了其所依存的传播环境,它们的传播范围也从勾栏瓦舍、禁中宫院退回到文人书斋,文人们已把词和诗一样作为抒写性情的载体来写作,其注意力已转向"于词句间凝炼求工"(冯煦《蒿庵词话》),不再像初期那样是主要为了"应歌"的需要而创作。词的传播方式自然由歌女传唱变为纸本文献的文字传递,纸本文献成为在明清时期唐宋词传播的唯一途径,阅读词籍也成为读者了解、接受作品的首要渠道。但是，在两宋时期极为流行的唐宋词籍在明代却面临着一个极为严峻的事实：大量失传。

一 唐宋词在明代的大量失传

据有关史料记载，南宋时期唐宋词籍曾广为传刻，宋代繁荣发达的印刷业为唐宋词的广泛传播提供了相当便利的条件，在南方的杭州、长沙、建阳还形成了一定规模的出版印刷中心。当时，无论是家刻、坊刻还是官刻，都把词籍的刊刻作为其重要的出版内容，南宋时期编辑成书的尤袤《遂初堂书目》和陈振孙《直斋书录解题》还专设条目收录唐宋词籍，前者著录 14 种，后者著录达 132 种之多①。很显然，这不是当时见存唐宋词籍的全部。据考，南宋嘉定年间编定长沙刘氏刊刻的《百家词》便收录唐宋词 97 家 128 卷，而钱塘陈氏刊刻的《典雅词》专收南宋以后的词家之集，据传有 39 册之多，依现存劳权抄本三册十卷每卷一家的规模推测的话，想必该书所收南宋词家亦不下百家，其中除《燕喜词》、《袁宣卿词》、《蠮窟词》、《知稼轩词》为《百家词》所收外，其他如阮阅《巢令君阮户部词》、程大昌《文简公词》、胡铨《澹庵长短句》、佚名《章华词》……皆为《百家词》所未收。这还不包括全集本词集、别行本词集、选本型词集所收词籍在内②，比如南宋时期的选本型词集，据元刘将孙《新城姚克明词集序》所言已达数十种之多，这说明直至南

---

① 吴熊和：《唐宋词通论》，浙江古籍出版社 1985 年版，第 302 页。
② 参见邓子勉《宋金元词籍文献研究》（上海古籍出版社 2008 年版）第一编"宋金元时期词集的记载与存留"的相关论述。

宋末年唐宋词籍在当时不但广为刊刻，而且数量众多，词籍的收藏和刊刻是南宋藏书业和出版业的一大特征。

但是，自明初以来，宋版词籍逐渐失传。"明自永乐以后，两宋诸名家词集有的已不显于世，有的甚至湮没无闻。"① 到清初，朱彝尊编《词综》时，发现许多唐宋词籍已难见全本，竟不由自主地发出"当时盛传，久而翻逸"（朱彝尊《词综·发凡》）的浩叹，并详细地描述了当时唐宋词籍亡佚之具体情形。

> 惜乎《白石乐府》五卷，今仅存二十余阕也。《东泽绮语》，传亦寥寥。至施乘之孙季蕃盛以词鸣，沈时伯《乐府指迷》亦为矜誉，今求其集，不可复睹。周公谨、陈君衡、王圣与集，虽抄传公谨赋西湖十景，当日属和者甚众，而今集无之。《花草粹编》载有君衡二词，陆辅之《词旨》载有圣与《霜天晓角》等调中语，均今集所无。至张叔夏词集，晋贤所购，合之牧仲员外雪客上舍所抄，暨常熟吴氏百家词本，校对无异，以为完书，顷吴门钱进士宫声相遇都亭，谓家有藏本，乃陶南村手书，多至三百阕，则予所见犹未及半，漏万之讥，殆不免矣……至如曾慥《乐府雅词》、《天机余锦》，采入《花草粹编》，赵粹夫《阳春白雪集》，见李开元《小山乐府后序》，则诸书嘉、隆间犹未散佚，而《天机余锦》、《片玉珠玑》二集，闻江都藏书家有之，又如《百一选曲》、《太平乐府》、《诗酒余音》、《仙音妙选》、《乐府新声》、《乐府群珠》、《曲海》之内，定有词章可采，惜未之见。

---

① 方智范等：《中国词学批评史》，中国社会科学出版社 1994 年版，第 151 页。

朱彝尊还进一步分析说："自李献吉论诗谓：'唐以后诗可勿读，唐以后事可勿使。'学者笃信其说，见宋人诗集辄屏置不观。诗既屏置，词亦在所勿道。焦氏编《经籍志》，其于二氏百家采摘勿遗，独乐章不见录。"（《柯寓匏振雅堂词序》，《曝书亭集》卷四十）近人郑骞先生也持同样的意见，指出："（在明代）词籍流传不广，现在所见到的明刻词籍，只有寥寥几部，差不多都是选本……宋代汇本典雅词，长沙坊刻百名家词，都未见有明代翻刻。这与当时只刻唐以前书，不多刻宋人集部，自然是一贯的情形。"① 当代学者谢桃坊则把原因归结于宋末元初的社会大动乱，他说：

> 中国的图书典籍在宋元战乱之际又经历了一次浩劫，词籍也蒙其难。南宋朝廷修内司所刊巨帙百余的古今歌曲之谱《乐府混成》，南宋嘉定间长沙刘氏书坊刊刻的《百家词》一百二十八卷，钱塘陈氏书棚刊刻的《典雅词》三十卷，南宋末年的词集丛刊《六十家词》等大型词学丛刊，经过兵燹之后都散失了。②

据饶宗颐的《词集考》、王兆鹏的《词学史料学》、王洪主编的《唐宋词百科大辞典》、邓子勉的《宋金元词籍文献研究》等多种著作的文献考证，可知在明代失传的唐宋词籍还有：温庭筠的《金荃集》，无名氏的《兰畹集》，题子起编的《家宴集》，孔方平编的《兰畹曲会》，佚名编的《聚兰集》、《琴趣外编》、《五十大曲》、《万曲类编》、《类分乐章》、《群公诗余前后编》、

---

① 郑骞：《论词衰于明曲衰于清》，载《艺文杂志》二卷十期（1944）。
② 谢桃坊：《中国词学史》，巴蜀书社1993年版，第135页。

《古今乐府》、《群公诗余》，等等。

到明末，已出现以宋版图书为贵的文化现象。据载，毛晋曾在门外立榜文："有以宋椠本至者，门内主人计页酬钱，每页出二百"；更有甚者，一部宋版《前后汉书》竟让大文豪王世贞为之贾田，该书后来几经辗转落入徽州富商黄尚宝之手，钱谦益竟以一千二百金之巨额从其处购得，后来因生计所迫不得不鬻之四明谢象山，但钱谦益对这一卖书事件始终难以释怀，将之比为李后主之亡国，可见其对此书的难以割舍之情。而这一现象只能说明到晚明之际宋版图书已是稀有之物了，更不用说不受人们重视的宋版唐宋词籍。

造成宋版词籍大量失传的原因是多方面的，比如前述谢桃坊所言的战乱（这里主要是指元末明初的战乱），比如朱彝尊所言前后七子宗唐黜宋的思想，因而造成当时从上而下的轻视鄙薄词曲的观念。正如近代学者吴梅先生在谈到明词中衰的原因时所指出的：

> 永乐以后，两宋诸名家词，皆不显于世，惟《花间》、《草堂》诸集，独盛一时。于是才士模情，辄寄言于闺阃；艺苑定论，亦揭橥于《香奁》，托体不尊，难言大雅。其蔽一也。明人科第，视若登瀛。其有怀抱冲和，率不入乡党之月旦，声律之学，大率扣槃。迨夫通籍以还，稍事研讨，而艺非素习，等诸面墙。花鸟托其精神，赠答不出台阁。庚寅揽揆，或献以谀词。俳优登场，亦宠以华藻。连章累篇，不外酬应。其蔽二也。又自中叶，王、李之学盛行。坛坫自高，不可一世。惟吾、长夜、于鳞既跋扈于先；才胜、相如、伯玉复簸扬于后，品题所及，渊膝随之。谀闻下士，狂易成风。守升庵《词品》一编，读弇州《卮言》半册。未

悉正变，动肆诋諆。学寿陵邯郸之步，拾温、韦牙后之慧。
"衣香百合"，（用修《如梦令》）止崇祚之余音；"落英千
片"，（弇州《玉蝴蝶》）亦《草堂》之坠响，句摭字捃，
神明不属。其蔽三也。况南词歌讴，遍于海内。《白苧》新
奏，盛推昆山。宁庵吴歈，蚤传白下。一时才士，竞尚侧
艳。美谈极于利禄，雅情拟诸桑濮。以优孟缠达之言，作乐
府风雅之什。小虫机杼，义仍只工回文。细雨窗纱，圆海惟
长绮语。好行小慧，无当雅言。其蔽四也。[①]

这里所说的"托体不尊"，以词为应酬之手段，"竞尚侧
艳"，"好行小慧"，归结起来就是明代文人对词的体性的认识不
清，对词的价值的认定有误，使得他们以词为曲，以词为应酬之
工具，以词为游戏之手段，正所谓"托体不尊，难言大雅"，是
造成唐宋词籍在明代失传的关键性因素。

从文学接受角度分析，明代受众欣赏热点的转移也是不可忽
视的重要因素，就是说自元代以来作为宋词主要接受群体的市民
阶层，他们的趣味已转向带有综合表演色彩的戏曲艺术上。明代
顾起元《客座赘语》记载，南京在万历元年以前，"公侯与缙绅
及富家，凡有宴会小集，多用散乐"，唱大套散曲；逢到场面较
大的宴会，就会邀请教坊艺人"打院本，乃北曲四大套者"；到
万历年间，"大会则用南戏"。明末学者祁彪佳日记也记载着，
自己是每有戏局则必前往观之，在崇祯五年到十二年短短 7 年时
间里，先后在北京、杭州、绍兴等地观剧 86 种之多，有时一个
月就看了十多本戏，正如郭英德等先生所说："文人士大夫娱乐，

---

① 吴梅：《词学通论》，华东师范大学出版社 1996 年版，第 139—140 页。

真是到了无日不赴宴，无日不观剧的地步。"① 欣赏戏文已是当时社会的主要娱乐活动，撰写在清初的《苏州竹枝词》第二首描绘明末苏州风俗时说："家歌户唱寻常事，三岁孩子识戏文。"张岱《陶庵梦忆》卷六"绍兴灯景"一节，比较生动地描述了明末清初绍兴地区市民观剧的盛况："市廛如横街轩亭、会稽县西桥，闾里相约，故盛其灯，更于其地斗狮子灯，鼓吹弹唱，施放烟火，挤挤杂杂。小街曲巷有空地，则跳大头和尚，锣鼓声错，处处有人团簇看之。"在这一社会风气影响下，唐宋词曲已渐渐从市民阶层的接受视野里淡出，完全成为一种文人抒怀达意的工具，它在唐宋时期所负载的娱乐功能已为戏曲所取代，当我们说"清词复兴"实际上是指词作为一种抒情载体的"复兴"，而不是在市民阶层接受层面上的"复兴"。

二　明末清初江南抄校
唐宋词的风气

明代中叶以后，社会财富汇聚东南，长江中下游地区出现了许多经济繁荣的中小市镇，如扬州、苏州、镇江、常州、常熟、嘉兴、湖州、绍兴等，不但成为江南经济发达的标志，而且也成为江南人文繁盛之渊薮，出现了影响较大的藏书家、出版家、诗人词人，有的甚至形成以家族性为特征的文化世家。

从嘉靖、隆庆年间开始，江南地区的农业和手工业发展迅猛，规模扩大，技术提高，商业经济亦在这一基础上有较大程度的发展，像松江的棉纺业、苏州的丝织业以及景德镇的陶瓷业，

---

① 　郭英德等：《中国古典文学接受史》，山东教育出版社 2000 年版，第 363 页。

在当地的经济生活中占有非常重要的地位。而江西、江苏、浙江、福建等地造纸业和印刷业的发达，更直接带动了江南地区藏书业的发展，据统计，明代中叶以后东南藏书楼超出百家之上，据吴晗《江浙藏书家史略》初步统计，江苏藏书楼为286座，浙江藏书楼为185座，钱杭、承载著的《十七世纪江南社会生活》一书开列的重要藏书楼名单有：

表1.1

序号	藏书家	籍贯	藏书楼	序号	藏书家	籍贯	藏书楼
江苏地区				浙江地区			
1	吴 甔	吴江人	升恒堂	1	丰氏	鄞县人	万卷楼
2	吴中秀	华亭人	天香阁	2	范氏	鄞县人	天一阁
3	文震孟	长洲人	石经堂	3	祁彪佳	会稽人	澹生堂
4	赵琦美	常熟人	脉望馆	4	钮石溪	会稽人	世学楼
5	钱谦益	常熟人	绛云楼	5	茅 坤	湖州人	白华楼
6	钱 曾	常熟人	述古堂	6	朱彝尊	秀水人	曝书亭
7	毛 晋	常熟人	汲古阁	7	曹 溶	秀水人	静惕堂
8	张 氏	常熟人	爱日精庐	8	赵 昱	仁和人	小山堂
9	顾 宸	无锡人	辟疆园	9	吴 模	钱塘人	小小园
10	徐乾学	昆山人	传是楼	10	吴农祥	仁和人	宝名楼
11	徐元文	昆山人	含经堂	11	汪曰桂	仁和人	欣托斋
12	徐秉义	昆山人	培林堂	12	姚际恒	仁和人	好古堂
13	何良俊	华亭人	清森阁	13	查慎行	海宁人	得树楼
14	陈继儒	华亭人	宝颜堂	14	高 濂	仁和人	妙赏楼
15	黄虞稷	金陵人	千顷堂	15	郑 性	慈溪人	二老阁
16	李鹗冲	江阴人	得月楼				
17	朱 奂	吴县人	滋兰堂				
18	顾嗣立	长洲人	秀野堂				

其中，具有代表性的藏书家及藏书楼有范钦的天一阁藏书，王世贞的小酉馆藏书，赵琦美的脉望馆藏书，祁承㸁（祁彪佳之父）的澹生堂藏书，陈第的世善堂藏书，钱谦益的绛云楼藏书，钱曾的述古堂藏书和毛晋的汲古阁藏书等。"考察有明一代藏书史，可以发现商品经济繁荣的一些大中城市以及江浙一带的著名市镇和藏书事业有着密切的联系，这些经济发达的富庶之区，常常是藏书集中之地，这并非是偶然的巧合，经济发展和当地人文条件相结合，为藏书业创造了物质条件，准备了肥沃的土壤和适宜的温度，而手工业中造纸业的发展和印刷工艺的改进起了重要的催化作用。"①

前面说过，在明代已出现唐宋词籍大量失传的严峻现实，虽然官府藏书对唐宋词的收藏不大重视，但是在江南地区这些有卓识、热爱收藏的私人藏书家通过搜集、传抄、整理的方式收藏唐宋词籍，使许多不为统治者所重视的唐宋词籍得以较为完整地保存下来，并在明末清初词学"复兴"的文化背景下掀起了一次重印唐宋词籍的热潮。

我们认为，一位杰出的藏家书，要想丰富自己的收藏，在信息相对闭塞的古代社会，其第一要务是四处探访图书。杨嗣昌为《澹生堂初集》作序，专门谈到祁承㸁探访四方图书的努力："先生求书都邑坊市列肆之林，公私庙舍掌故之府，名山坏宅壁蠹之余，委巷穷檐断烂摊地和合墁墙之物，往往搜获秘文。其所不得，或千里题缄，因人觅募。"他曾为官四方，每到一地，第一件事就是寻访当地藏书，走访当地书肆，特别是天启三年为官河南期间，在当地访得的百余种罕见图籍极大地丰富了他的家

---

① 傅璇琮、谢灼华主编：《中国藏书通史》，宁波出版社 2001 年版，第 156 页。

藏："此番在州所录书，皆京内藏书家所少，不但坊间所无者也，而内中有极珍极重大之书，今俱收备。即海内藏书者不可知，若以两浙论，恐定无逾我者。"在明末，搜访图书不遗余力者当推虞山毛晋，当时人称他："负妮古之癖，凡人有未见书，百方购访，如缒海凿山以求宝藏。"（陈继儒《隐湖题跋叙》）"于书无所不窥，闻一奇书，旁搜冥求，不限远近，期必得之后快。"（王象晋《汲古阁书跋序》）像祁承㸁、毛晋一样，许多明清藏书家在唐宋词籍的搜集上亦投入了较大的财力和精力，如明中叶著名学者杨慎曾家藏唐宋五百家词，这些词籍当然不会是一朝一夕搜集起来的，只能是杨慎长期收藏的结果。而毛晋在唐宋词籍的搜藏上做出的贡献更是前所未有，《汲古阁毛氏藏书目录》载宋词别集 93 种，别集注本两种，合集两种，选集 4 种；后来，其子毛扆进一步丰富汲古阁的馆藏，编成《汲古阁珍藏秘本书目》一书，载有唐宋金元词总集两种，选集 3 种，别集 4 种，词话 1 种，并标明其版本，价值颇高。这些词籍并非毛氏藏书的全部，清代学者进一步考证了毛氏汲古阁藏书，涉及毛氏父子上述书目之外的汲古阁藏唐宋词籍的有：《知圣道斋书目》载汲古阁未刻词集 21 家，《嘉业堂藏书志》载旧抄本南唐宋元词 15 种，《江南图书馆善本书目》载汲古阁词抄 5 种……很显然，毛氏父子搜集的这些词籍，绝非一时一地所得，而是逐年积累而成。据邓子勉考证，毛晋收藏之唐宋词籍有宋刊本、元刻本，但更多是以抄本的形式出现①。如果不是毛晋父子有心为之，也绝不会有后来"宋百家词"刊刻的宏大计划。

　　明末清初，在搜集唐宋词籍方面作出突出贡献的当推朱彝

----

　　① 邓子勉：《宋金元词籍文献研究》，上海古籍出版社 2008 年版，第 131—155 页。

尊，他在编选《词综》之前曾经做过广泛的唐宋词籍征集工作：
"白门借之周上舍雪客（在浚），黄征士俞邰（虞稷），京师则借
之宋员外牧仲（荦），成进士容若（纳兰性德），吴下则借之徐
太史健庵（乾学），里门则借之曹侍郎秋岳（溶），余则汪子晋
贤（森）购诸吴兴藏书家。"《词综》从康熙十一年开始编选，
到康熙三十年最终完稿，前后历时 20 载。《词综》在广辑唐宋
元明词集的基础上，又搜寻于稗史杂记，还对参与选辑之事的汪
森说："宋元词集传于今者，计不下二百家，吾之所见，仅及其
半而已，子其博搜，以辅吾不足。"（《词综序》）汪森在朱氏选
本的基础上，又遍观宋元词集 170 余家，传记、小说、地方志共
30 余家，然后才于康熙十七年将《词综》完成付梓。此后他们
并没有停止宋元词集的搜集工作，而是不断寻觅各种词籍，又逐
步整理出 6 卷，补入 122 人，360 余首词，最后才于康熙三十年
出版补编本《词综》。

　　在明代，图书收藏界本来就有浓厚的抄书之风气，一则是有
些图书原来就没有刊刻过，二则是有些图书秘籍非抄录则不可得，
三则是抄书乃古时读书法之一种，精抄本亦具有较高的艺术价
值①。在当时，除了《花间》、《草堂》多所刻印并广为流传之外，
其他宋版词籍很难见其踪影，而藏书家要想丰富自己的收藏，扩
大自己的收藏品种，对于此类书籍则非抄写不可。据唐圭璋先生
《宋词版本考》考证，现在见存的明抄本唐宋词别集仍达 70 种之
多，而保存至今并有重要版本价值的抄本还有吴讷《唐宋名贤百
家词》、托名李东阳《南词》、佚名《宋元名家词抄》，从这些抄
本词籍可看出明代藏书家在唐宋词籍的搜集上所付出的巨大努力。

　　吴讷《唐宋名贤百家词》，清初朱彝尊、黄虞稷及《四库全

---

　　①　范凤书：《中国私家藏书史》，大象出版社 2001 年版，第 235 页。

书总目》称其为《宋元百家词》，天津图书馆藏明抄本及清佚名
《天一阁藏书目录》称其为《唐宋名贤百家词》。原书名为百家，
实则为98家，今有两种抄本行本，即前言天津图书馆藏本和绍
兴鲁迅图书馆藏本，但鲁迅图书馆藏本不全，只有16种；天津
图书馆藏本较为完整，收选集3种，别集97家，其中五代1家，
宋82家，金3家，元8家，明1家，朝代不明者两家。不过，
这一抄本并非吴氏原稿本，可能是吴氏原稿本的过录本或传抄
本，但应该是吴氏之书目前所见最完整的本子。

　　托名李东阳的《南词》，是一个很少为其他学者所提及的明
代抄本，其编者是谁现无法确定，清鲍氏《知不足斋丛书》、彭
元瑞《知圣道斋读书跋》、李希圣《燕影斋题跋》皆称其编者为
李东阳，据清末吴昌绶考证此书实乃坊间书商所为。李希圣
《雁影斋题跋》卷四对此书之具体情形言之甚详：

　　　　明李东阳辑。首有天顺六年夏四月上浣东阳自序，言从
　　故藏书家得珍秘缮本宋元诸名家词，凡六十四家，计八十七
　　卷，目为《南词》，藏于家塾。其曰《南词》者，序所谓六
　　代江南《采莲》诸曲，去倚声不远也。此书世无传本，四
　　库既未著录，各家书目皆不载，惟德清许氏《鉴止水斋书
　　目》有《怀麓堂词选》二十本。西涯所录皆全集，不得称
　　选。未知即此书否？此本系南昌彭文勤所藏，卷首有文勤殊
　　笔题辞数行，署"癸卯中元日雨窗芸媚"……此本宋人词
　　集为毛、侯、王三家所未刻，及世无刊本者尚十三家，真非
　　常之秘笈矣。书为阳湖董绶金比部所藏，余假观颇久，乃明
　　抄本，字句与毛刻异同颇多。惜王给谏及朱古微侍郎、文叔
　　同舍人均不在京师，未能一校耳。兹将西涯总目列后，其有
　　刻本者附注目下，使览者易于检寻焉。

　　但李廷相的《淮阳蒲汀李先生家藏目录》曾提及此书，李廷相生活在弘治、正德年间，这说明在明代此书已在流传，最迟出现的年代为弘治、正德间，关于此书的具体情形，可参见邓子勉的《宋金元词籍文献研究》、蒋哲伦和杨万里合编的《唐宋词书录》的相关论述。

　　佚名的《宋元名家词抄》，见于傅增湘的《藏园群书经眼录》卷十九所载，称有82家。但王文进的《文禄堂访书记》卷五言其为《宋元六十九家词》，又言附《花间集》，共70家；施廷镛的《中国丛书知见录》著录明抄本《宋元名家词抄》亦作70家，此书还曾为秦松龄、毛扆、陆贻典、唐晏素、孙熹等所经眼或收藏。

　　在抄录之外，校勘词籍也是明代藏书家为保存宋版图籍原貌作出的努力。比如毛晋在广搜唐宋词籍的基础上，还刊印了《词苑英华》和《宋名家词》两部丛刻，特别是后者在各家词集后多有题跋后记，其实也是编者对每一部的校刻记录。毛氏富有藏书，有的图籍藏有多种刻本或抄本，而且以宋本或影宋本词籍为主，这样便有了校对的基本条件，他在编刻《宋名家词》的过程中对有些词籍还作了一定程度的校勘工作。如《片玉词跋》云："余家藏凡三本：一名《清真集》，一名《美成长短句》，皆不满百阕；最后得宋刻《片玉集》三卷，计调百八十有奇，晋阳强焕为叙。"尽管毛刻本后来多为人所诟病，认为其随得随刻，讹误层出，但也并非鱼龙混杂，良莠不分，主要是因为他以求全、求备、求速为目的，故而显得有些体例驳杂，校对不精。对这一点，他自己已有体识，其子毛扆后来在校周必大的《近体乐府》时说："益公词，昔年以家藏本付梓，先君所谓'句错字淆'者是也，未借别本一校，挂怀不释。"就是说毛晋也是以

33

未能细校精勘为憾的，也正因为这样，毛扆承其父未竟之事业，终其一生在访书、抄书、校书，并将其主要精力放在校勘《宋名家词》上，也是在校周必大的《近体乐府》时他说："宋词六十家，从收藏家遍借旧录本校勘，镇廿年矣。"据有关专家考证，毛扆校《宋名家词》始自康熙八年左右，其后断断续续校此书达 20 年之久①，从此可看出他有意为其父校对不精而雪耻之用心，经过毛扆校勘之后的《宋名家词》在品质上的确是大大提高了，正如唐圭璋先生所说："毛扆为了改正这些错误（指毛刻本），逐卷精校，同时有陆敕先、黄子鸿各以朱笔、绿笔校过，又有何梦华以墨笔校正，较原来刻本不知胜过多少部了。"②此外，还有常熟钱曾，不仅是著名的藏书家，而且也是著名的校书手，其《述古堂藏书目录序》云："江湖散人出所藏，皆正定可传，予之书，咸手自点勘疑讹，后有识者，细心翻阅，始知其苦志。"经其手校的唐宋词籍主要有黄公度的《知稼翁词》、秦观的《淮海集长短句》一卷、王灼的《碧鸡漫志》五卷等。

当然，明末清初在校勘方面做得最好的应推朱彝尊编的《词综》。《词综》在唐宋词校勘方面所做的工作包括：（一）校勘。宋代词籍流传至明清，经过二三百年的时间，不少版本失传，而后代抄刻又有失误，这给清人阅读唐宋词籍带来极大的困难，本着对读者负责的宗旨，同时也是为了让前人的作品以本来面目呈现于世人面前，清代词选的编纂者做了大量的校勘工作。《词综》的校勘工作主要是由周篔来完成的，如周邦彦的《十六字令》："眠，月影穿窗白玉钱"，原系"眠"字为句，坊本讹作"明"字，遂以"明月影"为句。欧阳修的《越溪春》结语：

---

① 邓子勉：《宋金元词籍文献研究》，上海古籍出版社 2008 年版，第 254 页。
② 唐圭璋：《词学论丛》，上海古籍出版社 1986 年版，第 825 页。

"沉麝不烧金鸭，玲珑月照梨花"，皆为六字句，坊本讹"玲"为"冷"，"珑"为"笼"，遂以七字五字为句。周笅都对此作了校勘而更正过来。（二）考订名姓、里爵、词作归属。因为宋代词籍名姓、里爵编排体例不同，经过长久流传就出现了名姓、里爵、词作相混的现象，为了做到知人论世，让读者准确把握词作原意，做这方面的工作是很有必要的。《词综》在这方面的工作是由柯崇朴来完成的，柯崇朴在《词综后序》里具体说明了宋元词籍是需要做考订工作的，有里与爵之当考者，有世次之当审者，有当析其人之同者，有当厘其号之异者，有当辨其舛误之最甚者。为圆满做好这方面的工作，他博征史传，旁考稗史，参以郡邑载志、诸家文集，汇而订之，而后确定自己的编排秩序："姓氏之下者著其地，爵仕之前序其世，赠谥、称号、撰述系之爵仕之后，无所依据姑阙之。"（三）辨别词调。词为音乐文学，元明以来词谱失传，除少数人能自度曲外，后人大都只能依调填词，对此编选词选者只能照实转录，不能更改，以防舛误。朱彝尊编纂《词综》很注意这一点，对词调同名而字数为同者，"悉依集本，不敢更易"。如柳永的《乐章集》，有同一曲名而字数长短不齐分入各调者，姜夔《湘月》词注云："此《念奴娇》之鬲指声也"，则曲同字数同，而《湘月》、《念奴娇》调实不同，故不将它们合之为一。

三　从明末清初的书目著录看唐宋词籍的传播

经过明末清初众多藏书家的努力搜集、抄刻、校对，唐宋词籍在明初中叶大量失传的颓势得以遏制，那么，在明末清初到底有多少唐宋词籍能够较为完整地保存下来，只能通过当时各藏书家所撰书目来了解，这里将明末清初重要书目著录的唐宋词籍收藏情况详列如下：

明陈第编《世善堂藏书目录》卷下《词曲》著录有：

《柳三变乐章集》九卷，耆卿。

《苏东坡词》二卷。

《晁无咎词》一卷。

《陈后山词》一卷。

《周美成词》二卷。

《漱玉集词》一卷，李易安。

《李氏花萼楼词》五卷，兄弟五人，庐陵。

《陆放翁词》一卷。

《知稼翁词》一卷，莆田黄公度。

《乐府雅词》十四卷，曾慥。

《草堂诗余》七卷。

《李易安集》十二卷，李格非女。

明赵用贤编《赵定宇书目》内《词》著录有：

《莲词》二本。

《张子野词》一本。

《晁氏琴趣》二本。

《乐府遗音》一本。

《存斋遗音》一本。

《海野老人词》一本。

《碧山乐府》二本。

《柳屯田乐章》一本。

《风雅遗音》一本。

《立斋词》一本。

《周美成词》一本（自抄《百家词》）。

《樽前集》、《乐府补遗》一本。

白丰之、白石、竹屋、履斋等词一本。

《花间集》一本。

张元幹、戴复古词一本。

明赵琦美撰《脉望馆书目》内《词类》著录有：

《百家词》四本。

《海野老人词》一本。

《碧山乐府》二本。

《立斋词》一本。

《花间集》一本。

《词林选胜》三本。

《诗余漫记》一本。

《玉川词》一本。

《词选》一本。

《名贤词府》二本。

《南唐二主长短句》一本。

《东坡词》一本。

《李易安词》一本。

《乐府雅词》四本。

《绝妙好词》一本。

《续草堂诗余》一本。

《草堂余意》一本。

《草堂余》一本。

《辛稼轩词》一本。

《中州乐府》一本。

《唐词纪》一本。

《花草粹编》六本。

《风雅遗音》一本。

《词调元龟》六本。

《词林万选》一本。

《晁氏琴趣外编》一本。

《张子野词》一本。

《柳屯田乐章集》一本。

《姑溪词》一本。

《梅苑》二本。

《草堂诗余续集》四本。

明毛晋编《汲古阁毛氏藏书目录》内《歌词》类著录有：

欧阳炯《花间集》十卷。

李璟、李煜《南唐二主词》一卷。

冯延巳《阳春录》五卷。

《家晏集》五卷。

晏殊《珠玉集》一卷。

张先《张子野词》一卷。

杜安世《杜寿域词》一卷。

欧阳修《六一词》一卷。

柳三变《乐章集》九卷。

苏轼《东坡词》二卷。

黄庭坚《山谷词》一卷。

秦观《淮海词》一卷。

晁补之《晁无咎词》一卷。

陈师道《后山词》一卷。

晁端礼《闲适集》一卷。

晁冲之《晁叔用词》一卷。

晏几道《小山集》一卷。

周邦彦《清真词》二卷后集一卷。

贺铸《东山寓声乐府》三卷。

毛滂《东堂词》一卷。

谢逸《溪堂词》一卷。

谢薖《竹友词》一卷。

王观《冠柳词》一卷。

李之仪《姑溪词》一卷。

赵令畤《聊复集》一卷。

苏庠《后湖词》一卷。

万俟咏《大声集》五卷。

叶梦得《石林词》一卷。

张元幹《芦川词》一卷。

陈克《赤城词》一卷。

陈与义《简斋词》一卷。

刘一止《刘行简词》一卷。

康与之《顺庵乐府》一卷。

朱敦儒《樵歌》一卷。

王宏中《初寮词》一卷。

葛胜仲《丹阳词》一卷。

向子谭《酒边词》一卷。

李清照《漱玉集》一卷。

赵鼎《得全集》一卷。

韩元吉《焦尾集》一卷。

陆游《放翁词》一卷。

范成大《石湖词》一卷。

王之道《相山词》一卷。

蔡伸《友古词》一卷。

蔡楠《浩歌集》一卷。

张孝祥《于湖词》一卷。

辛弃疾《稼轩词》四卷。

黄人杰《可轩曲林》一卷。

沈瀛《竹斋词》一卷。

周紫芝《竹坡词》一卷。

黄定《凤城词》一卷。

曹冠《燕喜集》一卷。

程垓《书舟词》一卷。

向滈《乐斋词》一卷。

马宁祖《退圃词》一卷。

沈端节《克斋词》一卷。

吴镒《敬斋词》一卷。

袁去华《袁去华词》一卷。

廖行之《省斋诗余》一卷。

扬无咎《逃禅词》一卷。

王庭珪《卢溪词》一卷。

毛开《樵隐词》一卷。

黄公度《知稼翁词》一卷。

吕渭老《吕圣求词》一卷。

石孝友《金谷遗音》一卷。

葛立方《归愚词》一卷。

葛郯《信斋词》一卷。

黄谈《涧壑词》一卷。

王以宁《王周士词》一卷。

林淳《定斋诗余》一卷。

邓元《漫堂集》一卷。

董鉴《拙堂词》一卷。

赵师侠《坦庵长短句》一卷。

李处全《晦庵词》一卷。

王大受《近情集》一卷。

张孝忠《野逸堂词》一卷。

钟将之《岫云词》一卷。

王千秋《审斋词》一卷。

韩玉《东浦词》一卷。

方信孺《好庵游戏》一卷。

刘光祖《鹤林词》一卷。

曾觌《海野词》一卷。

郭应祥《笑笑词》一卷。

高观国《竹屋词》一卷。

吴激《吴彦高词》一卷。

陈从古《洮湖词》一卷。

刘过《刘改之词》一卷。

京镗《松坡词》一卷。

刘德秀《默轩词》一卷。

魏子敬《云溪乐府》四卷。

徐得之《西园鼓吹》二卷。

季叔献《东老词》一卷。

蔡伯贤《萧闲词》一卷。

姜夔《白石词》五卷。

姚宽《西溪乐府》一卷。

苏涧《冷然斋诗余》一卷。

严次山《欸乃集》八卷。

傅干《注坡词》二卷。

曹鸿《注琴趣外篇》三卷。

曾慥《乐府雅词》十二卷《拾遗》二卷。

佚名《五十大曲》十六卷。

赵闻礼《阳春白雪》五卷。

佚名《万曲类编》十卷①。

清祁理孙编《奕庆藏书楼书目》卷四《诗余》著录有：

《草堂诗余》五卷，成都杨慎评。

《草堂诗余》正六卷、续二卷、别四卷、新五卷，云间顾从敬辑。

《类编草堂诗余》四卷，云间顾从敬辑。

《少游南湖诗余》一卷，宋秦观著。

《诗余汇七种》（《尊前集》、《词林万选》、《草堂诗余》、《花庵词选》、《花间集》、《诗余图谱》、《少游诗余》），古虞毛晋辑。

《宋名家词》三十种，常熟毛晋订。

《花间集》四卷，临川汤显祖评。

《诗余图谱》二卷，高邮张綖辑。

---

① 毛晋：《汲古阁毛氏藏书目录》讹字太多，这里以邓子勉《宋金元词籍文献研究》校改后的文字为依据。

清毛扆编《汲古阁珍藏秘本书目》内著录有：

《绝妙好词》二本，精钞。

宋板《岳倦翁宫词》，宋板《石屏词》、许棐《梅屋词》二本合一套。藏经纸面。许、岳二家，人间绝无。石屏比所世行本不同，一校便知。

《花间集》二本，南宋板精钞。

元板《片玉词》二本。

宋板《柳公乐章》五本。今世行本俱不全，此宋板特全，故可宝也。

北宋板《花间集》四本。

小字元板《阳春白雪》二本，藏经纸面。

宋词一百家。未曾装订，已刻者六十家，未刻者四十家，俱系秘本。细目未及写出，容俟续寄精抄。

《中州乐府》一本。

《天下同文》二本，精抄。

《词源》一本，竹纸，旧抄。

清钱曾王藏《述古堂藏书目》卷二内著录有：

《花间集》十卷，二本（宋板）。

张炎《词源》二卷一本（抄）。

弁阳老人《绝妙词选》七卷一本（抄）。

《诗余图谱》三卷。

《尊前集》□卷，一本（抄）。

《草堂诗余》□卷，四本。

《元草堂诗余》□卷，四本。

欧阳公《六一词》一卷。

《黄山谷词》一卷。

《秦淮海词》一卷。

《陈后山词》一卷。

毛滂《东堂词》一卷。

《陆放翁词》一卷。

《辛稼轩词》四卷。

《张子野词》一卷。

史达祖《梅溪词》一卷。

姜夔《白石词》一卷。

《叶石林词》一卷。

向子諲《酒边词》一卷。

谢逸《溪堂词》一卷。

蒋捷《竹山词》一卷。

程垓《书舟词》一卷。

高观国《竹屋词》一卷。

刘克庄《后村词》一卷。

张元幹《芦川词》一卷。

张孝祥《于湖词》一卷。

刘过《龙洲词》一卷。

王安中《初寮词》一卷。

赵彦端《介庵词》一卷。

洪咨夔《平斋词》一卷。

侯寘《孏窟词》一卷。

沈端节《克斋词》一卷。

吴潜《履斋词》一卷。

张矩《芸窗词》一卷。

贺铸《方回词》一卷。

黄公度《知稼轩词》一卷。

《友古居士词》一卷。

朱淑真《断肠词》一卷。

《中州乐府》□卷，一本（抄）。

清钱曾编《也是园藏书目》卷七《词》著录有：

《花间集》十卷。

《尊前集》二卷。

《花庵绝妙词选》三卷。

弇阳老人《绝妙词选》七卷。

《唐宋诸贤绝妙词选》十卷。

《中兴以来绝妙词选》十卷。

黄载万《梅苑》十卷。

《古今词》三卷。

《草堂诗余》四卷。

《续草堂诗余》二卷。

《中州乐府》一卷。

王灼《碧鸡漫志》五卷。

张炎《词源》二卷。

陈耀文《花草粹编》十二卷。

晏几道《小山词》一卷。

晏殊《珠玉词》一卷。

欧阳公《六一词》一卷。

《秦淮海长短句》三卷。

《黄山谷词》一卷。

陈师道《后山词》一卷。

张先《子野词》一卷。

周美成《片玉集》一卷。

柳永《乐章集》三卷。

《辛稼轩词》四卷。

《陆放翁词》四卷。

毛滂《东堂词》一卷。

芝山老人《虚舟乐府》二卷。

葛郯《信斋词》一卷。

杨泽民《和清真词》一卷。

向镐《乐斋词》一卷。

《戴石屏长短句》一卷。

周紫芝《竹坡老人词》三卷。

姜夔《白石词》一卷。

史达祖《梅溪词》一卷。

叶梦得《石林词》一卷。

向子諲《酒边集》一卷。

赵师侠《坦庵长短句》一卷。

贺铸《东山词》二卷。

石孝友《金谷遗音》一卷。

曾觌《海野老人词》一卷。

谢逸《溪堂词》一卷。

程垓《书舟词》一卷。

高观国《竹屋词》一卷。

刘克庄《后村诗余》二卷。

卢炳《烘堂集》一卷。

王千秋《审斋集》一卷。

杜安世《寿域词》一卷。

张元幹《芦川词》二卷。

杨无咎《逃禅词》一卷。

晁补之《琴趣外篇》六卷。

晁元礼《琴趣外篇》五卷。

张孝祥《于湖长短句》五卷。

刘过《龙洲词》一卷。

王安中《初寮词》一卷。

赵长卿《惜香乐府》九卷。

方岳《秋崖词》四卷。

毛开《樵隐诗余》一卷。

杨炎正《西樵语业》一卷。

韩玉《东浦词》一卷。

李公昴《文溪词》一卷。

洪璨《空同词》一卷。

赵彦端《琴趣外篇》六卷。

蔡伸《友古居士词》一卷。

侯寊《孏窟词》一卷。

吴潜《履斋诗余》一卷。

沈端节《克斋词》一卷。

黄公度《知稼翁词》一卷。

张槃《芸窗词》一卷。

蒋捷《竹山词》一卷。

林正大《风雅遗音》一卷。

许棐《梅屋诗余》一卷。

朱淑真《断肠词》一卷。

清徐乾学撰《传是楼宋元本书目》内著录有：

宋本《醉翁琴趣》上下卷，二本。

宋本《淮海琴趣》一本。

宋本《东坡乐府》上下卷，一本。

宋本向子谨《酒边集》二卷，一本。

清朱彝尊编《潜采堂竹垞行笈书目》内著录有：

《宋词钞》四本。

《宋词》三本。

《花间集》一本。

《绝妙好词》一本。

《渭南词》一本。

《梦窗甲乙稿》一本。

《典雅词》一本。

《水云词》一本。

《张仲举词》一本。

《筠溪乐府》一本。

《杨泽民词》一本。

《袁静春词》一本。

《樵歌》一本。

清朱彝尊编《词综发凡书目》内著录有：

1. 已经选辑者：

《南唐二主词集》一卷。

冯延巳《阳春录》一卷。

潘阆《逍遥词》一卷。

林逋《和靖先生集》词。

晏殊《珠玉词》一卷。

欧阳修《六一居士词》三卷。

王安石《半山老人词》一卷。

晏几道《小山词》二卷。

张先《子野词》一卷。

柳永《乐章集》九卷。

苏轼《东坡居士词》二卷。

黄庭坚《琴趣外篇》二卷。

秦观《淮海词》三卷。

《晁补之词》一卷。

陈师道《后山长短句》二卷。

李之仪《姑溪集》词二卷。

贺铸《东山寓声乐府》三卷。

毛滂《东堂词》二卷。

《杜安世词》一卷。

黄裳《演山集》词二卷。

葛胜仲《丹阳词》一卷。

周紫芝《竹坡居士乐府》三卷。

谢逸《溪堂词》一卷。

谢薖《竹友词》一卷。

葛郯《信斋词》一卷。

廖行之《省斋诗余》。

周邦彦《清真集》三卷。

晁端礼《闲斋琴趣外篇》一卷。

徐伸《青山乐府》一卷。

《吕渭老词》一卷。

徐积《节孝集》附词。

陈秼《了斋词》一卷。

王安中《初寮集》词一卷。

向子谭《酒边集》四卷。

蔡伸《友古词》一卷。

王庭珪《卢溪词》二卷。

叶梦得《石林词》一卷。

王之道《相山居士词》二卷。

向镐《乐斋词》二卷。

沈瀛《竹斋词》一卷。

刘弇《云龙集》词一卷。

汪藻《浮溪文粹》附词。

赵师侠《坦庵长短句》一卷。

陈与义《无住词》一卷。

刘一止《苕溪词》一卷。

赵长卿《惜香乐府》十卷。

王灼《颐堂词》一卷。

张纲《华阳老人长短句》。

岳飞《金陀粹编家集》附词。

张元幹《芦川词》一卷。

邓肃《栟榈集》词一卷。

刘子翚《屏山集》附词。

张抡《莲社词》一卷。

朱敦儒《樵歌》三卷。

曾觌《海野词》一卷。

杨无咎《逃禅词》三卷。

侯寘《孏窟词》一卷。

《曾惇词》一卷。

朱雍《梅词》一卷。

辛弃疾《稼轩乐府》十二卷。

范成大《石湖词》一卷。

黄公度《知稼翁词》一卷。

葛立方《归愚词》一卷。

张孝祥《于湖词》一卷。

程垓《书舟雅词》二卷。

韩元吉《焦尾集》词一卷。

周必大《近体乐府》一卷。

倪偁《绮川词》一卷。

姚述尧《箫台公余词》一卷。

京镗《松坡居士乐府》一卷。

朱熹《晦庵词》一卷。

洪适《盘洲集》词二卷。

吴儆《竹洲词》一卷。

杨万里《诚斋乐府》一卷。

李处全《晦庵词》一卷。

丘崇《文定公词》一卷。

罗愿《鄂州小集》附词。

刘克庄《后村别调》一卷。

赵彦端《介庵词》四卷。

管鉴《养拙堂词》一卷。

张镃《玉照堂词》一卷。

刘儗《招山集》乐章。

程泌《铭水集》词一卷。

王千秋《审斋词》一卷。

姜夔《白石词》一卷。

陆游《渭南集》词二卷。

陈亮《龙川集》词二卷。

刘过《龙洲词》一卷。

杨炎《西樵语业》一卷。

张辑《东泽绮语债》一卷。

谢懋《静寄居士乐章》二卷。

黄机《竹斋诗余》一卷。

刘镇《随如百咏》。

吴礼之《顺受老人词》五卷。

许棐《梅屋诗余》一卷。

戴复古《石屏词》一卷。

毛开《樵隐词》一卷。

洪咨夔《平斋词》一卷。

郭应祥《笑笑词》一卷。

卢祖皋《蒲江词》一卷。

高观国《竹屋痴语》一卷。

史达祖《梅溪词》二卷。

汪莘《方壶存稿》词二卷。

吴潜《履斋诗余》三卷。

李昴英《文溪词》一卷。

赵以夫《虚斋乐府》二卷。

陈经国《龟峰词》一卷。

方岳《秋厓先生小稿》词四卷。

张榘《芸窗词》一卷。

洪瑹《空同词》一卷。

方千里《和清真词》一卷。

杨泽民《续和清真词》一卷。

卢炳《哄堂词》一卷。

沈端节《克斋词》一卷。

黄升《散花庵词》一卷。

严羽《沧浪集》附词。

《王以宁词》一卷。

吴文英《梦窗甲乙丙丁稿》四卷。

蒋捷《竹山词》一卷。

陈允平《日湖渔唱》二卷。

周密《草窗词》二卷。

王沂孙《碧山乐府》二卷。

张炎《玉田词》二卷。

石孝友《金谷遗音》一卷。

林正大《风雅遗音》四卷。

张矩《梅渊词》。

陈德武《白雪遗音》一卷。

文天祥《文山集》词一卷。

《王鼎翁遗集》附词。

何梦桂《潜斋词》一卷。

惠洪《石门文字禅》附词。

葛长庚《海璃词》二卷。

李清照《漱玉集》一卷。

朱淑真《断肠集》一卷。

韩玉《东浦词》一卷。

段克己《遯斋乐府》一卷。

段成己《菊轩乐府》一卷。

元好问《遗山乐府》二卷。

许衡《鲁斋集》附词。

程钜夫《雪楼集》词一卷。

王恽《秋涧集》词四卷。

赵孟頫《松雪词》一卷。

刘因《樵庵词》一卷。

汪宗臣《紫岩集》附词。

吴澄《草庐词》一卷。

虞集《道园学古录》词一卷。

宋褧《燕石集》词一卷。

刘诜《桂隐集》附词。

曹伯启《汉泉漫稿》词一卷。

许有壬《圭塘小藁》词一卷。

萨都剌《雁门集》词一卷。

张翥《蜕岩词》二卷。

袁易《静春词》一卷。

沈禧《竹窗词》一卷。

洪希文《续轩渠集》词一卷。

张可久《小山乐府》二卷。

乔吉《惺惺老人乐府》一卷。

张埜《古山乐府》一卷。

倪瓒《清阁词》一卷。

顾瑛《玉山璞》附词。

陶宗仪《南村集》附词。

邵亨贞《蛾术词选》四卷。

凌云翰《柘溪集》词一卷。

王行《半轩集》词一卷。

张雨《贞居词》一卷，凡百六十余家。

2. 未入选者：

杨杰《无为集》，徐经孙《文惠集》，徐鹿卿《清正集》，魏了翁《鹤山词》，王义山《稼轩类稿》，又《顺斋乐府》、《虚靖真君词》、《洞玄珠玉集》，凡八家。

3. 闻而未见者：

晁冲之《具茨集》，王观《冠柳集》，赵令畤《聊复集》，苏庠《后湖集》，万俟雅言《大声集》，陈克《赤城词》，康与之《顺庵乐府》，赵鼎《得全居士集》，刘光祖《鹤林词》，左誉《筠庵长短句》，姚宽《西溪居士乐府》，苏洞《泠然阁集》，严仁《清江欸乃词》，孙惟信《花翁词》，《魏子敬词》，《王武子词》，《李洪兄弟花萼集》，吴激《东山集》，蔡松年《萧闲公集》，旧本散失，未经寓目。

至于汪元量《水云词》，蔡楠《浩歌集》，黄人杰《可轩曲林》，黄定《凤城词》，曹冠《燕喜集》，马宁祖《退圃词》，吴镒《敬斋词》，《袁去华词》，侯延庆《退斋词》，黄谈《涧壑词》，林淳《定斋诗余》，邓元《漫堂集》，王大受《近情集》，张孝忠《野适堂词》，刘德秀《默轩词》，钟将之《岫云词》，徐得之《西园鼓吹》，李叔献《东老词》，方信孺《好庵游戏》，陈从古《洮湖词》，韩子耕《萧闲词》，只字未见。

清黄虞稷撰《千顷堂书目》卷三十二《词曲类》著录有：

吴讷《宋元百家词》□卷。

顾梧芳《尊前集》二卷。

周履靖《唐宋元明酒词》一卷。

陈耀文《花草粹编》十二卷。字晦伯，确山人，嘉靖丙辰进士，陕西行太仆寺卿。

顾从敬《草堂诗余类编》四卷。

沈际飞《草堂诗余》正续新三集十二卷。

《草堂余意》一卷。陈铎选宋词，附公己作。

卓人月《古今词统》十六卷。

茅映《词的》。字遴士。

毛晋汲古阁《六十家词》六十卷。俱宋人，每十家为一集。

《名贤词府》十二卷。

《词原》二卷，又《唐词记》十六卷，以上俱不知撰人。

黄大隅《梅苑》十卷。字载万，蜀人，集北宋咏梅词。

黄昇《花庵绝妙词选》十卷，北宋词。又《中兴绝妙词选》十卷，南宋词。字叔旸，号玉林。

张炎《乐府指迷》二卷。字叔夏，张循王后裔，居临安，自号乐笑翁。

赵鼎《得全居士词》一卷。

张元幹《芦川居士词》一卷。字仲宗，长乐人。绍兴中坐送胡铨及寄李纲词除名。别有《芦川诗集》。

张辑《东泽绮语债》二卷。字宗瑞，鄱阳人。

谢懋《静寄居士乐章》二卷。字勉仲。

黄机《竹斋诗余》一卷。字几仲，东阳人。

吴礼之《顺受老人词》五卷，字子和，钱塘人。

李洪等《李氏花萼集》五卷。洪及弟漳、泳、洤、浙所著词。庐陵人。

严仁《清江欸乃》一卷。字次山，邵武人。

郭应祥《笑笑词》一卷。字承禧，临江人。嘉定间进士。

高观国《竹屋痴语》一卷。字宾王，山阴人。

史达祖《梅溪词》二卷。字邦卿，汴人。

赵以夫《虚斋乐府》二卷。字用文，长乐人。端平中知漳州。

陈经国《龟峰词》一卷。闽三山人。

张槃《芸窗词》一卷。字方叔，润州人。

洪瑹《空同词》一卷。字叔玙。

方千里《和清真词》一卷。三衢人。

卢炳《哄堂词》一卷。字叔阳。

沈端节《克斋词》一卷。字约之,吴兴人。

吴文英《梦窗甲乙丙丁四稿》四卷。字君特,四明人。

石孝友《金谷遗音》一卷。字次仲,南昌人。乾道二年进士。

张抡《莲社词》一卷。字才甫。

朱敦儒《樵歌》三卷。字希真,一作希直。洛阳人,居嘉禾。官鸿胪少卿。

康与之《顺庵乐府》五卷。字伯可,以词受知高宗。官郎中。

曾觌《海野词》一卷。字纯甫,汴人。官少保、礼泉观使。

杨无咎《逃禅集》二卷。字补之,清江人。高宗朝累征不起。

侯寘《嬾窟词》一卷。字彦周,东武人。绍兴中以直学士知建康府。

朱雍《梅词》三卷。绍兴中人。

辛弃疾《稼轩长短句》十二卷。历城人,官枢密都承旨。赠少师。谥忠敏。

姚宽《西溪居士乐府》一卷。字令威,剡川人。为六部监门。

韩元吉《南涧诗余》一卷。字无咎,许昌人。官吏部尚书。

京镗《松坡居士乐府》一卷。字仲远,豫章人。官右丞相。谥庄定。

李处全《晦庵词》一卷。字粹伯。淳熙中官侍御史。

赵彦端《介庵词》四卷。字德庄。乾道、淳熙间以直宝文阁知建康府。

管鉴《养拙堂词》一卷。字明仲。

张镃《玉照堂词》一卷。字功甫，西秦人。张循王俊孙。官奉议郎。

王千秋《审斋词》一卷。字锡老，东平人。

姜夔《白石词》五卷。

杨炎《西樵语业》一卷。号止清翁，庐陵人。

孙惟信《花翁词》一卷。字蕃老。

陈德武《白雪遗音》一卷。三山人。

林正大《风雅遗音》四卷。字敬之，号随庵。嘉泰中人。

程贵卿《梅屋词》一卷。字□□。宋进士，朱子门人。

赵长卿《惜香乐府》十卷。南宋宗室。自号仙源居士。

陈允平《日湖渔唱》二卷。字君衡，号西麓，明州人。淳熙中尝为余姚令。

李廷忠《橘山乐府》一卷。

吴潜《履斋诗余》三卷。

许棐《梅屋词》一卷。

汪元量《水云词》二卷。

王沂孙《碧山乐府》二卷。字圣与，又字中仙。会稽人。一名《花外集》。

张炎《玉田词》二卷又《山中白云词》八卷。

朱淑真《断肠词》一卷。

《典雅词》□卷。姚述尧《箫台公余词》、倪偁《绮川词》、邱崈《文定公词》各一卷。

孙镇注《东坡乐府》。字安常，隆州人，承安二年赐第。官陕令。

元好问《中州乐府》一卷，又《遗山乐府》二卷。

段成己《遁斋乐府》一卷。段克己《菊庄乐府》一卷。

韩玉《东浦词》一卷。字温甫，北平人，凤翔府判官。

周密《绝妙词选》八卷。

凤林书院《词选》二卷。一名《续草堂诗余》。

赵粹夫《阳春白雪集》。

仇远《乐府补题》一卷。

蒋捷《竹山词》一卷。字胜欲，宜兴人。

周密《草窗词》二卷。一名《苹洲渔笛谱》。

彭致中《鸣鹤余音》。

《词学筌蹄》、《乐府群珠》、《群英诗余》、《词话总龟》、《乐府群玉》、《天机余锦》、《天机碎锦》、《片玉珠玑》、《仙音妙选》、《乐府混成集》一百五册。

上述书目著录词籍，是包括元明词籍在内的，兹将唐宋词籍存世流传的有关情况按总集（选集、合集、丛编）及别集列表统计如下：

表1.2　　　　　　　　总集（选集、合集、丛编）

序号	词　集	编者	世善堂	赵定宇	脉望馆	奕庆楼	汲古阁	秘本	述古堂	也是园	潜采堂	词综	千顷堂	统计
1	花间集	赵崇祚	√	√	√	√		√		√		√	√	10
2	尊前集	顾梧芳				√			√	√		√	√	5
3	家燕集						√							1
4	乐府雅词	曾慥	√		√		√							3
5	草堂诗余	何士信	√			√			√	√				4
6	续草堂诗余				√				√					2
7	梅苑	黄大舆							√				√	2
8	花庵绝妙词选	黄昇			√	√			√			√	√	5

序号	词集	编者	世善堂	赵定宇	脉望馆	奕庆楼	汲古阁	秘本	述古堂	也是园	潜采堂	词综	千顷堂	统计
9	中兴绝妙词选	黄昇								√		√	√	3
10	绝妙词选	周密						√	√	√	√		√	5
11	阳春白雪集	赵粹夫					√						√	2
12	乐府混成集												√	1
13	五十大曲							√						1
14	万曲类编							√						1
15	中州乐府	元好问			√		√	√				√		4
16	凤林书院词选							√					√	2
17	鸣鹤余音	彭致中										√	√	2
18	乐府补题	陈恕可										√		1
19	李氏花尊楼词		√											1
20	典雅词										√		√	2
21	莲词			√										1
22	全芳备祖	陈景沂										√		1
23	碧鸡漫志	王灼								√				1
24	词原	张炎						√	√	√			√	4
25	乐府指迷	沈义父											√	1

表 1.3　　　　　别集（词集名以词综发凡为据）

序号	词集	作者	世善堂	赵定宇	脉望馆	奕庆楼	汲古阁	秘本	述古堂	也是园	传是楼	潜采堂	词综	千顷堂	统计
1	南唐二主词集	李煜			√	√							√		3
2	阳春集	冯延巳				√							√		2
3	逍遥词	潘阆											√		1
4	和靖先生集词	林逋											√		1

续表

序号	词集	作者	世善堂	赵定宇	脉望馆	奕庆楼	汲古阁	秘本	述古堂	也是园	传是楼	潜采堂	词综	千顷堂	统计
5	六一居士词	欧阳修					√		√	√	√		√		5
6	半山老人词	王安石											√		1
7	珠玉词	晏珠					√			√					2
8	小山词	晏几道					√			√			√		3
9	子野词	张先	√	√	√		√		√	√			√		7
10	乐章集	柳永	√	√	√		√	√		√			√		7
11	东坡居士词	苏轼	√		√		√					√	√		5
12	琴趣外编	黄庭坚	√				√		√	√			√		5
13	淮海词	秦观			√	√	√		√	√			√		6
14	琴趣外编	晁补之	√	√	√		√		√				√		6
15	晁叔用词	晁冲之					√								1
16	后山长短句	陈师道	√				√			√			√		5
17	姑溪集词	李之仪			√								√		3
18	东山寓声乐府	贺铸					√		√	√			√		4
19	东堂词	毛滂					√		√	√			√		4
20	聊复集	赵令畤					√								1
21	寿域词	杜安世								√			√		2
22	演山集词	黄裳											√		1
23	丹阳词	葛胜仲					√						√		2
24	竹坡居士乐府	周紫芝			√					√			√		3
25	溪堂词	谢逸					√		√	√			√		4
26	竹友词	谢薖					√						√		2
27	冠柳词	王观					√								1
28	信斋词	葛郯					√			√			√		3

续表

序号	词　集	作者	世善堂	赵定宇	脉望馆	奕庆楼	汲古阁	秘本	述古堂	也是园	传是楼	潜采堂	词综	千顷堂	统计
29	省斋诗余	廖行之					√						√		2
30	清真集	周邦彦	√	√			√	√		√			√		6
31	后湖词	苏庠					√								1
32	大声集	万俟咏					√								1
33	闲斋琴趣外编	晁端礼					√			√			√		3
34	青山乐府	徐伸											√		1
35	吕渭老词	吕渭老					√						√		2
36	节孝集附词	徐积											√		1
37	了斋词	陈瓘											√		1
38	初寮集词	王安中					√		√	√			√		4
39	酒边集词	向子諲					√		√	√	√		√		5
40	友古词	蔡伸					√		√	√			√		4
41	卢溪词	王庭珪					√						√		2
42	石林词	叶梦得					√						√		2
43	相山居士词	王之道											√		1
44	乐斋词	向滈		√			√						√		3
45	竹斋词	沈瀛					√						√		2
46	云龙集词	刘弇											√		1
47	浮溪文粹附词	汪藻											√		1
48	坦庵长短句	赵师侠					√			√			√		3
49	苕溪词	刘一止					√						√		2
50	无住词（简斋）	陈与义					√						√		2
51	顺庵乐府	康与之					√							√	2
52	得全居士词	赵鼎					√							√	2

续表

序号	词 集	作者	世善堂	赵定宇	脉望馆	奕庆楼	汲古阁	秘本	述古堂	也是园	传是楼	潜采堂	词综	千顷堂	统计
53	惜香乐府	赵长卿								√			√	√	3
54	颐堂词	王灼											√		1
55	华阳老人长短句	张纲											√		1
56	金陀粹编家集附词	岳飞											√		1
57	芦川词	张元幹		√			√		√	√			√	√	6
58	赤城词	陈克					√								1
59	栟榈词	邓肃											√		1
60	屏山集	刘子翚											√		1
61	莲社词	张抡											√	√	2
62	樵歌	朱敦儒					√					√	√	√	4
63	海野词	曾觌		√	√		√			√			√		6
64	逃禅词	扬无咎					√			√			√		4
65	蠙窟词	侯寘							√	√			√		4
66	曾惇词	曾惇											√	√	2
67	梅词	朱雍											√	√	2
68	稼轩乐府	辛弃疾			√				√	√			√		5
69	石湖词	范成大					√						√		2
70	相山词	王之道					√								1
71	浩歌集	蔡楠					√								1
72	知稼翁词	黄公度	√				√		√	√			√		5
73	归愚词	葛立方					√						√		2
74	于湖词	张孝祥					√		√	√			√		4
75	书舟词	程垓					√		√	√			√		4
76	焦尾集词	韩元吉					√						√	√	3

续表

序号	词集	作者	世善堂	赵定宇	脉望馆	奕庆楼	汲古阁	秘本	述古堂	也是园	传是楼	潜采堂	词综	千顷堂	统计
77	近体乐府	周必大											√		1
78	可轩曲林	黄人杰					√								1
79	倚川词	倪偁											√	√	2
80	袁静春词	袁易										√			1
81	筠溪乐府	李弥孙										√			1
82	凤城词	黄定					√								1
83	燕喜词	曹冠					√								1
84	箫台公余词	姚述尧											√	√	2
85	松坡居士乐府	京镗					√						√	√	3
86	漫堂词	邓元					√								1
87	拙堂词	董鉴					√								1
88	近情集	王大受					√								1
89	野逸堂词	张孝忠					√								1
90	岫云词	钟将之					√								1
91	好庵游戏	方信孺					√								1
92	鹤林词	刘光祖					√								1
93	默轩词	刘德秀					√								1
94	云溪乐府	魏子敬					√								1
95	西园鼓吹	徐得之					√								1
96	东老词	季叔献					√								1
97	萧闲词	蔡伯贤					√								1
98	西溪乐府	姚宽					√							√	2
99	冷然斋诗余	苏泂					√								1
100	晦庵词	朱熹											√		1

续表

序号	词集	作者	世善堂	赵定宇	脉望馆	奕庆楼	汲古阁	秘本	述古堂	也是园	传是楼	潜采堂	词综	千顷堂	统计
101	盘洲集	洪适											√		1
102	竹洲词	吴儆											√		1
103	诚斋乐府	杨万里											√		1
104	晦庵词	李处全					√						√	√	3
105	文定公词	丘密											√	√	2
106	鄂州小集附词	罗愿											√		1
107	后村别调	刘克庄							√	√			√		3
108	介庵词	赵彦端							√	√			√	√	4
109	养拙堂词	管鉴											√	√	2
110	玉照堂词	张镃											√		1
111	招山集乐章	刘儗											√		1
112	铭水集词	程珌											√		1
113	退圃词	马宁祖					√								1
114	敬斋词	吴镒					√								1
115	袁去华词	袁去华					√								1
116	审斋词	王千秋					√			√			√	√	4
117	白石词	姜夔		√			√		√	√			√		6
118	渭南词	陆游	√				√		√				√		5
119	龙川词	陈亮											√		1
120	龙洲词	刘过					√		√	√			√		4
121	西樵语业	杨炎正									√		√	√	3
122	东泽绮语绩	张辑											√	√	2
123	静寄居士乐章	谢懋											√	√	2
124	竹斋诗余	黄机											√	√	2

序号	词集	作者	世善堂	赵定宇	脉望馆	奕庆楼	汲古阁	秘本	述古堂	也是园	传是楼	潜采堂	词综	千顷堂	统计
125	随如百咏	刘镇											√		1
126	顺受老人词	吴礼之											√	√	2
127	梅屋诗余	许棐						√					√	√	3
128	石屏词	戴复古		√				√		√			√		4
129	樵隐词	毛开					√			√			√		3
130	平斋词	洪咨夔							√				√		2
131	笑笑词	郭应祥					√						√	√	3
132	蒲江词	卢祖皋											√		1
133	竹屋痴语	高观国		√			√		√	√			√	√	6
134	清江欸乃	严仁					√						√		2
135	梅溪词	史达祖							√	√			√	√	4
136	方壶存稿	汪莘											√		1
137	履斋诗余	吴潜		√					√	√			√	√	5
138	文溪词	李昴英								√			√		2
139	梅屋词	程贵卿												√	1
140	橘山乐府	李廷忠												√	1
141	虚斋乐府	赵以夫								√			√	√	3
142	龟峰词	陈经国											√	√	2
143	秋厓先生小稿词	方岳								√			√		2
144	芸窗词	张榘							√	√			√	√	4
145	空同词	洪瑹								√			√	√	3
146	东浦词	韩玉					√			√				√	3
147	和清真词	方千里											√	√	2
148	续和清真词	杨泽民								√		√	√		3

续表

序号	词集	作者	世善堂	赵定宇	脉望馆	奕庆楼	汲古阁	秘本	述古堂	也是园	传是楼	潜采堂	词综	千顷堂	统计
149	哄堂词	卢炳								√			√	√	3
150	克斋词	沈端节					√		√	√			√		4
151	散花词	黄昇											√		1
152	沧浪集附词	严羽											√		1
153	王以宁词	王以宁					√						√		2
154	梦窗甲乙丙丁稿	吴文英											√	√	2
155	竹山词	蒋捷							√	√			√	√	4
156	日湖渔唱	陈允平											√		1
157	草窗词	周密											√		1
158	碧山乐府	王沂孙		√	√								√		3
159	玉田词	张炎											√	√	2
160	立斋词	?		√	√										2
161	金谷遗音	石孝友					√			√			√	√	4
162	风雅遗音	林正大		√	√					√			√		5
163	梅渊词	张矩											√		1
164	白雪遗音	陈德武											√	√	2
165	文山集	文天祥											√		1
166	水云词	汪元量										√		√	2
167	王鼎翁遗集附词	王鼎翁											√		1
168	潜斋词	何梦桂											√		1
169	石门文字禅附词	惠洪											√		1
170	海琼词	葛长庚											√		1
171	漱玉集	李清照	√		√		√						√		4
172	断肠词	朱淑真							√	√			√	√	4

　　据上述各家书目统计结果看，共计著录有唐宋词籍197种，其中别集172家、选集、合集、丛编、词话25种。从总集看以《花间集》收藏最多，为10家，其次就是《尊前集》、《花庵词选》、《草堂诗余》、《中州乐府》了，而这些选本在后代也是比较通行的唐宋词选本；那些只有一家收藏的选本在后代大多失传了，当然也有少部分经过清初收藏家的努力遏制了其将要失传的命运。而在别集里面被著录达5次以上的应该就算是大家，被著录三四种则可称为名家，而被著录仅一两种的，不是后来失传了，就是二三流的作家了，当然作品能否在后代广为流传并被收藏，很能说明一个作家的作品是否具有永恒的艺术魅力，在后代是否失传正能印证这点。而从这些著录的情况看，当时最为流行的还是张先、柳永等婉约派词人，欧阳修、黄庭坚、周邦彦、苏轼、张元幹、辛弃疾、姜夔、黄公度、林正大、曾觌、吴潜、高观国、向子諲也都在五次以上，这也与唐宋词史反映的实际大致相符。值得注意的是，除了毛晋的《汲古阁毛氏藏书目录》、钱曾的《也是园藏书目》、朱彝尊的《词综发凡书目》、黄虞稷的《千顷堂书目》著录较多外，其他都相对较少，由此可见唐宋词籍在明代并不为藏书家所重视，同时从另一侧面反映了词学在明代遭遇冷落的客观事实。①

---

　　①　邓子勉：《宋金元词籍文献研究》，上海古籍出版社2008年版，第120页。

第二章

唐宋词籍在明末清初的刊布

正如前章所论，由于政治、文化、社会动乱、文学观念等多种因素的影响，许多在两宋时期相当流行的词籍到明代已经失传了。《词综》的编纂者朱彝尊说："古词选本，若《家宴集》、《谪仙集》、《兰畹集》、《复雅歌辞》、《类分乐章》、《群公诗余后编》、《五十大曲》、《万曲类编》及草窗周氏选，皆轶不传。"（《词综·发凡》）到了明代中后期，新兴市民文化的兴盛，传奇、笑话、小曲、山歌流行一时，以娱乐为其主要特色的词，在这一时期再次受到文人的青睐，人们是把唐宋词作为创作范本去模仿的，这样，寻觅久已失传的唐宋词籍便成为当务之急，许多富有文化传承之感的出版家也通过不同的方式和途径寻求、重印和翻刻唐宋词籍，在明末清初掀起了新一轮唐宋词选的传播热潮。

一　两部词籍丛刻

首开词籍汇刻之风的当推虞山毛晋（1598—1659），晋原名凤苞，字子久，后改名晋，字子晋，别号潜在，晚号隐湖，他把出版作为自己一生的事业来追求。其子毛扆于《影宋抄本〈五经文字〉跋》中云：“吾家当日有印书之作，聚印匠二十人，刷印经籍。扆一日往观之，先君适至，呼扆曰：‘吾节衣缩食，遑遑然以刊书为急务，今版逾十万，亦云广矣。’”（见杨绍和《楹书偶录》卷一）他甚至不惜以重金征求天下之秘籍，荥阳悔道人《汲古阁主人小传》记载，毛晋曾悬榜于门曰：“有以宋椠本至者，门内主人计页酬钱，每页出二百；有以旧抄本至者，每页出四十；有以时下善本至者，别家出一千，主人出一千二百。”当时，闻之者，无论远近，竞以舶运书集于其门，邑中有谚曰：“三百六十行生意，不如鬻书于毛氏。”①

　　毛氏对唐宋词籍的翻印重刻有两件事值得一提，一是编印《词苑英华》，一是编印《宋六十名家词》。《词苑英华》包括《花庵词选》、《中兴绝妙词选》、《草堂诗余》、《花间集》、《尊前集》、《词林万选》、《诗余图谱》、《秦张两先生诗余合璧》8种，除《词林万选》、《诗余图谱》、《秦张两先生诗余合璧》为明人编辑的词籍外，其他5种皆为唐宋人编选的词籍（总集）。《宋六十名家词》原题《宋名家词》，分六集，每集10家，唯第六集为11家，所收各家多是随得随刻。当时拟刻百家，后因经费拙支，其余40家未刻者，以钞本的形式在社会上流传。毛氏刻书多遭后人垢污，黄丕烈说：“毛氏刻书富矣，每见所藏底本极精，曾不校，反多臆改，殊为恨事。”（陈鳣《元大德本后汉书跋》）《宋六十名家词》存在的问题也自然不少，或改动底本之卷本，或随意增删词作，现代学者朱易居先生曾为此撰成《宋六十名家词勘误》一书，纠正了毛氏上述之舛误，取得了恢复宋本原貌之效果。但是，毛晋在许多唐宋词籍长期失传、举世

---

　　① 叶德辉：《书林清话》，岳麓书社1999年版，第160页。

只知《花》、《草》的背景下，大量地刊刻唐宋词籍，极大地开拓了人们的审美视野，也为唐宋词的广泛流传起到了很重要的推动作用。叶恭绰先生说："汇刻宋词，始于虞山毛氏，虽编校疏舛，犹夫明人刻书遗习。然天水一代词集，藉是而存者不鲜，实有宋词苑之功臣也。"（《朱居易宋六十名家词勘误序》）是为的论。

进入清初，又有梁溪侯文灿汇刻唐宋名家词为《十名家词》。文灿字蔚馥，江苏无锡人。他自述在康熙十三年甲寅（1674）奉侍其父与万树合编《词律》，后因生计所迫，出任浙江海盐、山西稷山知县，直到康熙二十五年才返回故里："予以解组，赋归与，于亦园中复构小室，艺花荼草之外，每遇风晨月夕，把茗焚香，间取历代诸名家词，丹黄甲乙，不觉选词之技复痒。"（《名家词集序》）于是，在叙彝等友人的协助之下，他重操故技，广为搜辑，共得40余家，先集10家刻之，汇成《十名家词》，收录南唐中主李璟、后主李煜和冯延巳，宋张先、贺铸、葛郯、吴儆、赵以夫，元赵孟頫、萨都喇、张翥11家十卷（李璟、李煜合为一卷）。从规模上讲，亦园刻本仅及汲古阁本之1/6，但它却收录了毛刻本所没有的葛郯、吴儆、赵以夫三家词，选辑范围也从宋代向上延伸到五代，向下拓展到元代。阮元的《四库全书未收书目提要》称其："简择不苟，要不失为善本也。"后来，此书被反复重刻，先后有《委宛别藏》本、《粟香室丛书》本等，可见《十名家词》是《宋六十名家词》之外唐宋词在清代传播的又一重要媒介。但是，在顾贞观看来，其意义不只是对前代文学的传播，而且也是对当代文学的"纠弊"。其《十名家词序》云："今人之论词，大概如昔人之论诗。主格者其历下之摹古乎？主趣者其公安之写意乎？迩者竞起而宗晚宋四家，何异牧斋之主香山、眉山、渭南、遗山？要其得失，久而自定。余则以南唐二主当苏、李,以晏氏父子当三曹,而虚少陵一席。窃比于钟记室、独孤常州之云。总让亦园之不执已,不徇人,不强分时代,今一切矜新立异者之废然返也。"(况周颐《蕙风词话》续编卷一)这里所谓"主格"实指浙派崇尚的淳雅词格,而他特别反感这种重格调轻性灵的作风,表明自己追求的是公安派的"主趣",即重性灵主生趣,所以有学者把顾贞观及纳兰性德等称为清初词坛的"性灵派",《十名家词序》或许如顾贞观所云就是为词坛"性灵派"张本的一个选本。

在毛晋、侯文灿之外,对唐宋词在明末清初传播作出了重要贡献的尚有卓珂月、徐士俊、陆云龙、潘游龙、陆次云、朱彝尊、汪森、周篔、柯煜、柯崇朴、周在浚、吴绮、先著、程洪、沈时栋等。因为在后面要专门介绍他们编选的各类词选,这里不再作具体的介绍,只想对唐宋词籍在明末清初的传播情形作些描述。大致说来,唐宋词在明末清初以传抄、刊刻、交换等为其主要的传播方式,而刻本又是明末清初时期唐宋词的主要传播媒介。

二 《花间集》的传播

在宋代,《花间集》就是比较流行的词选,有钞,有刻,现存者尚有南宋晁谦之刻本、淳熙鄂州刻本、开禧刻本。金元两朝,未见刻本传世,到明代,因特定的社会风气,为《花间集》的传播提供了滋生的温床,一时间出现了"《花间》之花,年年逞艳"(徐士俊语)的传播景象。据李一氓先生的统计,至今尚见载于各种官私著录或传存的明本有:

1. 正德辛巳（1521）陆元大覆刻南宋晁谦之跋本。
2. 正统（1436—1449）吴讷辑抄《唐宋名贤百家词》本。
3. 万历庚辰（1580）茅一桢刊本。
4. 万历壬寅（1608）玄览斋巾箱本。
5. 万历庚申（1620）汤显祖评朱墨本。
6. 万历吴勉学师古斋刊本。
7. 天启甲子（1624）钟人杰刊本。
8. 明末雪艳亭活字排印本。
9. 毛晋汲古阁《词苑英华》本。
10. 朱之蕃《词坛合璧》本。
11. 紫芝漫抄《宋元名家词》本。
12. 蓝格抄本。

但是，吴讷《唐宋名贤百家词钞》是以钞本的形式出现的，长期以来并不为人所知，直到 20 世纪 20 年代才引起了梁启超、梁廷灿、林大椿等人的注意，并假借天津图书馆之藏本校勘刻印传世。真正推动《花间集》在明代广泛传播的是以刻本形式出现的各种通行本，它们较之传统的钞本具有多种优势——印量大、流通快、读者多、影响大，于是《花间集》在沉寂了 200年之后才得以在明代重见天日。值得注意的是，明人在传播《花间集》过程中不是简单的翻印，而是对《花间集》作进一步的补充和完善（或补辑，或校勘，或点评）工作。补辑者有茅一桢的刊本，它以正德覆晁本为底本，又补选了李白以下唐五代14 位作家的词作 71 首，名为《花间集补》，补入较多者为李白7 首、白居易 8 首、刘禹锡 15 首、李煜 14 首，从而大大地充实了赵崇祚《花间集》的内容，在当时敦煌曲子词尚未发现的情况下，它与赵氏《花间集》一起成为一部收录词人词作较为完备的唐五代词选本。后来，玄览斋、师古斋以及钟人杰刊本和雪艳亭活字本，都是以它为底本进行刊刻的。点评者则有汤显祖的《花间集》评点本，汤评本经闵映璧刻印后，在当时即产生较大反响，深受士林阶层之喜爱和好评，以致有的人旦暮玩赏吟咏，"登山涉水，临风对月，靡不以此二书（指杨慎评《草堂诗余》和汤显祖评《花间集》）相校雠"（闵氏刻本无暇道人《花间集跋》）。而校勘者则有毛晋《词苑英华》本，盖其不满当时坊间之刻多疏漏谬阙，故以有陆游两跋的南宋本为底本，经过自己的精心校勘，再刊《花间集》，这一刻本因其质量上乘而成为《四库全书》之底本。更重要的是，"《花间集》通过汲古阁的刊刻，走出文人墨客的书斋，进入了更为广阔的市场流通领域"①，这样汲古阁本《花间集》也就成为明末清初词坛最为流行的《花间集》刻本。

三 《草堂诗余》的影响

在明代，《花间集》迟至正德初年才由杨慎刊行于南方，而《草堂诗余》早在明初的洪武年间就有了"遵正书堂刻本"，之后版刻不断，一代接一代，重编重印的同类版本达数十种之多。据当代学者刘少雄、孙克强、刘军政的统计，流传至今的明刻本有30余种，兹列举如下：

---

① 白静：《花间集在明代的传播与接受》，载《陕西师范大学学报》2005年第4期。

1. 洪武二十五年（1392），增修笺注妙选群英草堂诗余前集二卷后集二卷，遵正书堂刻本。（分类本）

2. 成化十六年（1480），增修笺注妙选群英草堂诗余前集二卷后集二卷，成化刻本。（分类本）

3. 明李西涯（李东阳号西涯）辑南词本。（分类重编本）

4. 明祝枝山（祝允明号枝山）小楷书本。（分类本）

5. 嘉靖十六年（1537），新刊古今名贤草堂诗余六卷，李谨辑，刘时济刻本。（分类重编本）

6. 嘉靖十七年（1538），草堂诗余别录一卷，张綖编选，明黎仪抄本。（缩编本）

7. 嘉靖十七年（1538），精选名贤词话草堂诗余二卷，陈钟秀校刊本。（分类重编本）

8. 嘉靖间，篆诗余，高唐王岱翁（朱厚熄号岱翁）刊篆文本。（分类本）

9. 嘉靖二十九年（1550），类编草堂诗余四卷，武陵逸史编次，开云山农校正，顾汝所刻本。（分调本）

10. 嘉靖三十三年（1554），草堂诗余前集二卷后集二卷，杨金刻本。（分类重编本）

11. 嘉靖末，增修笺注妙选群英草堂诗余前集二卷后集二卷，春山居士校刊本，安肃荆聚刻本。（分类本）

12. 约嘉靖末，草堂诗余五卷，杨慎评点，闵映璧校订，闵映璧刻朱墨套印本。（分调重编本）

13. 万历十二年（1584），类编草堂诗余四卷，题唐顺之解注、田一隽辑，书林张东川刻本。（分调重编本）

14. 万历十六年（1588），重刻类编草堂诗余评林六卷，题唐顺之解注、田一隽辑、李廷机评，勉斋詹圣学重刻本。

（分调重编本）

15. 万历二十二年（1594），新刻注释草堂诗余评林六卷，题李廷机批评、翁正春校正，书林郑世豪宗文书舍刻本。（分类重编本）

16. 万历二十三年（1595），新刻注释草堂诗余评林六卷，题李廷机批评、翁正春校正，书林郑世豪宗文书堂刻本。（分类重编本）

17. 万历三十年（1602），新锓订正评注便读草堂诗余七卷，董其昌评订、曾六德参释，乔山书舍刻本。（分类重编本）

18. 万历三十年（1602），新刻增修笺注妙选群英草堂诗余二卷，余秀峰沧泉堂刻本。（分类本）

19. 万历三十五年（1607），类编草堂诗余三卷，胡桂芳重辑，黄作霖等刻本。（分类重编本）

20. 万历四十二年（1614），类选笺释草堂诗余六卷，题顾从敬类选、陈继儒重校、陈仁锡参订，翁少麓刻本（钱允治等合刊三种十三卷）。（分调重编、续编本）

21. 万历四十三年（1615），新刻题评名贤词话草堂诗余六卷，题李攀龙补遗、陈继儒校正，书林自新斋余文杰刻本。（分类重编本）

22. 万历四十七年（1619），新刻李于麟先生批评注释草堂诗余隽四卷，题吴从先汇编、袁宏道增订，何伟杰参校，书林萧少衢师俭堂刻本。（分类重编本）

23. 万历四十八年（1620），草堂诗余五卷，杨慎评点、闵映璧校订，朱之藩刻《词坛合璧》本四种之一。（分调重编本）

24. 万历间，类编草堂诗余四卷，昆石山人校辑。（分

调本）

25. 万历间，类编草堂诗余四卷，昆石山人校辑，致和堂印本。（分调本）

26. 万历间，新刻分类评释草堂诗余六卷，题李廷机评释，李良臣东壁轩刻本。（分调重编本）

27. 天启五年（1625），新刻硃批注释草堂诗余评林四卷，题李廷机评注，周文耀刻朱墨套印本。（分调重编本）

28. 天启、崇祯间，草堂诗余正集六卷（古香岑草堂诗余四集十七卷十二册），沈际飞、钱允治等编，翁少麓刊印本。（分调重编本）

29. 明末，草堂诗余正集六卷（古香岑草堂诗余四集十七卷），沈际飞、钱允治等编，万贤楼自刻本。（分调重编本）

30. 明末，草堂诗余正集六卷（古香岑草堂诗余四集十七卷），沈际飞、钱允治等编，童涌泉刊印本。（分调重编本）

31. 明末，新刊增修笺注妙选群英草堂诗余二卷，钟惺辑，慎节堂刻本。（分类本）

32. 明末，类编草堂诗余四卷，毛晋汲古阁《词苑英华》本。（分调本）

33. 明末，类编草堂诗余四卷，韩愈臣校正，博雅堂刻本。（分调本）

34. 明末，类编草堂诗余四卷，韩愈臣校正，经业堂刻本。（分调本）

35. 明末，类编草堂诗余四卷，翻刻顾从敬本。（分调本）

从这个意义上说,《草堂诗余》是明代流行时间最长的一部唐宋词选本。"自有明三百年来,人竞贴括,置此道勿讲。即一二选韵谐声者,率奉《草堂诗余》为指南。"(柯崇朴《重刻绝妙好词序》)当时,陈大声对《草堂诗余》更是顶礼膜拜,曾效仿南宋方千里追和美成而作《草堂余意》,《渚山堂词话》卷二云:"江南陈大声,尝和《草堂诗余》几及其半,辄复刊布江湖间。论者谓其:'以一人之心,而欲追袭群贤之华妙,徒负不自量之讥。'盖前辈和唐音者,胥以此故,为大力所不许。"入清初,《草堂诗余》的影响力仍然强盛不衰,填词者以《草堂》为宗旨,论词者亦以《草堂》为正始。陈皋说:"江左言词者,无不以迦陵为宗,家娴户习,一时称盛,然犹有《草堂》之余习。"(《词苑粹编》卷八引)张其锦云:"我朝斯道(指填词)复兴,若严荪友、李秋锦、彭羡门、曹升六、李耕客、陈其年、宋牧仲、丁飞涛、沈南溟、徐电发诸公,率皆雅正,上宗南宋,然风气初开,音律不无小乖,词意微带豪艳,不脱《草堂》前明习染。"(《梅边吹笛谱序》)但后来,《草堂诗余》词风遭到来自浙西派的攻击,《草堂诗余》在清初的影响力也日渐淡退,甚至在康熙十八年后再难见到《草堂诗余》被反复刻印的壮观景象,由朱彝尊等编选的《词综》已取代了《草堂诗余》传播唐宋词的正宗地位。

四 《绝妙好词》的"发现"

《绝妙好词》为周密所辑南宋词选,此书的刻本在宋元之际就难寻觅,张炎说:"惜此板不存,恐墨本亦有好事者藏之。"(《词源》)元明两朝四百年间,从未有人提起,朱彝尊编选《词综》时，曾发出古词选本（包括《绝妙好词》）"皆轶不传"的浩叹。事实上，明末清初的目录学著作多有著录，如赵琦美的《脉望馆书目》、董其昌的《玄赏斋书目》、毛扆的《汲古阁珍藏秘本书目》、黄虞稷的《千顷堂书目》、钱曾的《读书敏求记》、《述古堂书目》皆提到了《绝妙好词》。"钱藏有前人朱墨批注，显为其前之抄本。毛藏乃精抄本，依毛氏书目体例而断，或为毛氏汲古阁抄本。"① 但是，当时人们都是把《绝妙好词》作为秘籍来收藏的，故以朱彝尊这样著名的收藏家都说自己未见过此书。何焯《读书敏求记跋》云：

> 绛云未烬之先，藏书至三千九百余部，而钱遵王此记凡六百有一种，皆记宋板元钞及书之次第、完阙、古今不同，手披目览，类而载之，遵王毕生之精华萃于期矣。书既成，扃之枕中，出入每自携，灵踪微露，竹垞谋之甚力，终不可见。竹垞既应召，后二年，典试江左，遵王会于白下。竹垞故令客置酒高宴，约遵王与偕，私以黄金翠裘予侍书小史，启钥，豫置楷书生数十于密室，半宵写成而仍返之，当时所录，并《绝妙好词》在焉。词既刻，函至遵王，渐知竹垞诡得，且恐慌其流传于外也。竹垞乃设誓以谢之。

何焯所记带有很大的传闻性，事实上《绝妙好词》的重见人世，是柯煜从钱遵王处过录而来的钞本，而后经过校勘后刻印传世的。朱彝尊也说过："周公谨《绝妙好词》选本，虽未全醇，然中多俊语。方诸《草堂》所录，雅俗分殊。顾流布者少，从虞山钱氏抄得，嘉善柯孝廉南陔重锓之，作者百三十有二人，

---

① 林夕：《关于绝妙好词》，载《读书》1991 年第 11 期。

第七卷仇仁近词残阙，目亦无存，可惜也。"（《书绝妙好词后》）又，黄虞稷《千顷堂书目》著录《绝妙好词》八卷，但今传本只有七卷，前六卷多则 30 人，少则 11 人，每卷录词都在 50 首以上。第七卷仅 4 人，居于最末的仇远词仅两首，这说明钱遵王的钞本并非是《绝妙好词》的"全本"。

《绝妙好词》的重见人世，当归功于柯煜及其从父柯崇朴，柯崇朴、柯煜也分别记载了他们搜寻、钞录、镌刻《绝妙好词》的前后经过。崇朴序曰："往余与朱检讨竹垞有《词综》之选，撷拾散逸，采掇备至。所不得见者数种，周草窗《绝妙好词》其一也。嗣闻虞山钱子遵王藏有写本。余从子煜为钱氏族婿，因得假归。然传写多讹，迨再三参考，始厘然复归于正。爰镂板以行之。"柯煜序曰："于今风雅，殆胜曩时。翡翠笔床，人宗石帚；琉璃砚匣，家拟梅溪。爰有好事之家，千金购其善本；嗜奇之士，古鼎质其秘书。时岁甲子，访戚虞山，叔丈遵王，招携永日。郗方回之游宴，久钦逸少门风；卢子谅之婚姻，凤附刘琨世戚。觞咏之暇，签轴斯陈。谢氏五车，未足方其名贵；田宏万卷，犹当逊其珍奇。得此一编，如逢拱璧。不谓失传已久，犹能藏弄至今。讽咏自深，剞劂有待。河北胶东之纸，传此名篇；然脂弄墨之余，成余素志。上偕诸父，俾我弟昆，共订鲁鱼，重新梨枣。从此光华不没，风景常新。非惟一日之赏心，允矣千秋之胜事。"柯崇朴刊刻《绝妙好词》在康熙二十四年乙丑（1685），此书每卷卷首有"小幔亭重订"字样，每卷卷末则题校勘者姓名，如卷一末题"遵王、嘉善柯崇朴、寓匏同校"，卷二末题"嘉兴周青士、嘉善柯维桢、翰周同校"，这说明柯崇朴刊刻《绝妙好词》也是征得了钱遵王同意的，何焯所谓朱彝尊盗钞之说不攻自破。

但柯氏刊本《绝妙好词》在社会上流传极少，鲜为人知，后钱塘高士奇得柯氏书板，对柯氏刻版进行了较大的改动，将每卷首行下柯氏的"小幔亭重订"（"小幔亭"为柯煜之堂号）改为"清吟堂重订"（"清吟堂"为高士奇之堂号）；撤去柯崇朴叙述此书发现经过的序言；将柯煜序言之后的"时康熙乙丑端阳日"几字删去。然后，在卷首堂而皇之地叙述自己刻书之经过，其自序云："草窗所选，乃虞山钱氏秘藏钞本，柯子南陔得之，与其从父寓匏及余考校缺误，缮刻以行。夫古书显晦，各有其时，皇上圣学渊奥，凡经史子集以及类说稗乘，亡不搜讨。宋元旧本，渐已毕出，彼曾赵诸集，又岂无搜废簏而弃之者，是书之出，其嚆矢夫。"这样，高氏不但抹杀了柯氏首刻之功，而且在后世也造成掩人耳目之效果，雍正初年厉鹗、查为仁便是以高氏翻刻之本作为《绝妙好词笺》之底本的，连近现代著名学者如李一氓、施蛰存都以为是高士奇首开清代传播刊刻《绝妙好词》之风的，但柯氏小幔亭本的"发现"解决了古代文学传播史的一桩疑案，亦使高氏沽名钓誉之伎俩最终露出了马脚，真可谓是"欲盖弥彰"！

《绝妙好词》所选限于南宋，陈匪石便说它纯乎是南宋之总集，"皆以凄婉绵丽为主"（《声执》）。朱彝尊等对《绝妙好词》的"发现"，其意义在于以《绝妙好词》取代《草堂诗余》传播唐宋词的重任，所谓"方诸《草堂诗余》所录雅俗分殊"，他们是要借《绝妙好词》来传播其宗南宋尚淳雅的美学思想。"自竹垞痛贬《草堂诗余》而推《绝妙好词》，后人群而和之"（王国维《人间词话删稿》），清代词坛风气为之一变。

五 《乐府补题》传播的意义

得到清初词家之青睐，并在当时广为传播的还有《乐府补

题》。《乐府补题》刊刻在元代，已无传本在世，明代吴讷钞本
《唐宋名贤百家词》收录之，其他各家书目未见著录，清初黄宗
羲、万斯同、全祖望曾有绍兴冬青义士祭祠之议，亦未见过
《乐府补题》。汪森编选《词综》时，偶然间在长兴一藏书者处
购得常熟吴氏抄白本，朱彝尊后来又将过录之本携至京师，由蒋
景祁刊刻行世。他说：

> 《乐府补题》一卷，常熟吴氏抄白本，休宁汪氏购之长
> 兴藏书家。予爱而亟录之，携至京师。宜兴蒋京少好倚声为
> 长短句，读之赏激不已，遂镂版以传……度诸君子在当日唱
> 和之篇，必不止此，亦必有序以志岁月，惜今皆逸矣。幸而
> 是编仅存，不为蟫蚀鼠啮，经四百年，藉二子之功，复流播
> 于世，词章之传，盖亦有数焉。（《乐府补题序》，《曝书亭
> 集》卷三十六）

这篇序文把《乐府补题》从发现到镂刻的前后经过及其意
义交代得清清楚楚，据严迪昌先生考证，蒋景祁刊刻《乐府补
题》的时间大约在康熙十八年至二十年间，即朱彝尊、陈维崧
等在京师参加博学鸿词之试和任职史馆期间。但问题的关键是：
当时人们怎样看待这一在特殊年代由一个特殊的群体创作的作品
集呢？朱彝尊说："诵其词可以观志意所存，虽有山林友朋之
娱，而身世之感，别有凄然言外者。其骚人《橘颂》之遗音
乎？"（《乐府补题序》）陈维崧也说："嗟乎！此皆赵宋遗民作
也。粤自云迷五国，桥谶啼鹃；潮歇三江，营荒夹马。寿皇大
去，已无南内之笙箫；贾相难归，不见西湖之灯火。三声石鼓，
汪水云之关塞含愁；一卷金陀，王昭使之琵琶写怨。皋亭雨黑，
旗摇犀弩之城；葛岭烟青，箭满锦衣之巷。则有临平故老，天水

王孙，无聊而别署漫郎，有谓而竟成逋客。飘零埶恤，自放于酒旗歌扇之间；惆怅畴依，相逢于僧寺倡楼之际。盘中烛炧，间有狂言，帐底香蕉，时而谰语。援微词而通志，倚小令以成声。此则飞卿丽句，不过宫女之闲谈；至于崇祚所编，大都才老《梦华》之轶事也。"（《乐府补题序》，《迦陵俪体文集》卷七）也就是说他们都注意这是一部有着深刻寓意的作品，更有意思的是朱彝尊携带的这一部作品到京师，居然得到了大多数词人的偏好和仿效，一时间在京师词坛刮起了一场依调同题的《乐府补题》唱和之风。蒋景祁说："得《乐府补题》而辇下诸公之词体一变，继此复拟作'后补题'，益见洞筋擢髓之力。"（《刻瑶华集述》）

　　于翠玲认为，朱彝尊等人的追和活动，大致发生在康熙十七年冬天至康熙十八年"博学鸿词科"开考前。叶恭绰编的《全清词钞》，"引用书目"中著录有徐致章的《乐府补题后集》一书，想必也是当时《乐府补题》唱和活动的结晶。参与《乐府补题》唱和活动的，当然是"浙西六家"及那些聚集在京师，准备参加康熙十七年博学鸿词科的应征者，据史料记载，这次被保荐、征召的共143人，后来录取了50人，彭孙遹、黄虞稷、朱彝尊、陈维崧、毛奇龄、李来泰、姜辰英、潘耒、严绳孙、顾贞观、徐钪等皆在其列。钮琇说："［康熙］己未，（竹垞）奉诏入都，时余亦在青门，相约和宋人《乐府补题》，有《桂枝香》、《齐天乐》等调。"（《觚剩·燕觚》）这一追和《乐府补题》的活动实际上持续了相当长的时间，参与者的范围也相当的广泛。蒋景祁在康熙二十五年编《瑶华集》，就收录了朱彝尊等"浙西六家"以及其他词人追和《乐府补题》五调五咏的词30首。严迪昌先生说："据我所见，仅康熙二十年至三十年之间，拟《补题》五咏的词家即有近百人

之多。"① 但是，朱彝尊等人的唱和之作已无深意，大多只是借
《乐府补题》去表物之形和物之态而已。"朱彝尊把《乐府补题》
当作了分类赋物的词选模式，有意扩充其咏物的题目，增加类
目，并大量铺写典故夹注出处，以编纂成一种具有'博物'特
色的咏物词选。"② 受其影响，浙西词人除了追和《乐府补题》
五调五题外，还有"后补题"唱和活动。《鹤征录》记载：陆葇
"性爱词，在京师与竹翁并和宋末《乐府补题》诸调"，当时李
良年自制"乐府后补题"五阕，陆葇和柯崇朴等"倚而和之"。
高层云不仅追随朱彝尊遍和"补题"之作，也有《尾犯·和李
武曾乐府后补题笋》等词题。这些"后补题"之作拓展了《乐
府补题》的题目，在风格上也与朱彝尊的咏物词大致相近，有
如吴衡照所说："竹垞咏物，不减南宋诸老。李秋锦《催雪·咏
珍珠兰》、《惜秋华·咏牵牛花》，李耕客《珍珠令·咏珥》、
《解连环·咏钏》、《瑶花·咏玉绣毬》等作，细意熨帖，虽《茶
烟阁体物》，亦无以过也。"（《莲子居词话》卷二）

为什么一部富有深刻寓意的词集到朱彝尊等人的笔下，完全
变成了一种逞现才思的单纯技巧性的主题呢？于翠玲分析说：

> 应试"博学鸿词科"，也意味着一次人生出处的选择，
> 一次与新朝关系的公开表态……可以想见顾炎武、黄宗羲等
> 人拒绝应试以坚守遗民气节的行为，对朱彝尊等人会形成一
> 定的心理压力。这从后来朱彝尊致黄宗羲信提到"入史馆
> 编纂，先生辞不赴……予之出，有愧于先生"；他将入史局

---

① 严迪昌：《乐府补题与清初词风》，《词学》第八辑，华东师范大学出版社
1990 年版。
② 于翠玲：《〈词综〉与〈乐府补题〉的关系》，载《西北大学学报》2005 年
第 2 期。

后所编纂的文集命名为《腾笑集》等事，就可以证实了。
而《乐府补题》作为亡宋遗民文本所具有的寓意，朱彝尊、
陈维崧等人是心照不宣的，他们追和其词应该是一种有象征
意义的姿态。①

　　这是从时代和士人心态变化的角度去分析的，我们认为这还
与朱彝尊等人持守的词学观念有很大的关系。朱彝尊《紫云词序》
云："昌黎子曰：'欢愉之言难工，愁苦之言易好。'斯亦善言诗
矣。至于词或不然，大都欢愉之辞工者十九，而言愁苦者十一焉
耳。故诗际兵戈俶扰，流离琐尾而作者愈工，词则宜于宴嬉逸乐
以歌咏太平。"（《曝书亭集》卷四十）李良年《钱鱼山词序》亦
云："或谓北宋诸家尚有温厚之音，豪宕之气，后此似逮事，何独
偏祖南渡？予谓：如君言，论近诗矣，词则否。倚声按拍，在绮
庭朱户，香奁秋锦之傍，杂以壮夫庄士，斯婵娟却步矣。"（《秋锦
山房集》卷十五）诗词有别，词是一种娱乐性文体，它没有必要
肩负厚人伦、美教化的责任，他们是把《乐府补题》完全当作一
部文人唱和的词集来解读的。所以说，浙派及清初词坛追和《乐
府补题》之作的主题变化，是作者所处的时代环境、士人心态的
变化以及他们所持的文体观念双方互动作用的结果。

六　从词籍的传播看清初词学观念的变迁

　　以上对唐宋词籍在明末清初的传播情形作了一个大略描述，

---

① 于翠玲：《朱彝尊〈词综〉研究》，中华书局 2005 年版，第 123—124 页。

一方面可以看出明末清初对唐宋词籍的整理与刊刻情况；另一方面也可以了解明末清初特定的时代环境，决定着当时的人们是怎样主动接受和传播唐宋词的。一个时期的文学传播与接受情况是当时整个时代文化思潮变迁的真实映象，也是明末清初这一时期词学观念变迁的真实反映。

在明末万历、崇祯年间，最流行的词籍是《花间》、《草堂》。当时人们是把《花间》、《草堂》作为唐宋词的"代言性"形象看待的，比如陈耀文编《花草粹编》、宋征璧编《唐宋词选》、王士祯撰《花草蒙拾》都是以《花间》、《草堂》为其蓝本的。但是，《花间》、《草堂》传递的主要是婉约为正、豪放为变的词体观念，这一观念在明代嘉靖年间便非常流行，到万历时期文坛领袖王世贞更是明确主张词以婉艳为其本色。在他们看来，词是一种娱乐性文体，主要运用在宴嬉逸乐的场合，它没有必要像诗那样承担厚人伦、移风俗、美教化的社会责任，亦如王世贞所说："作则宁为大雅罪人，勿儒冠而胡服也。"（《艺苑卮言》）因此，在明末词坛最流行的是词为小道、末技的观念，作者填词也不很严肃，大多是游戏之墨。"巨手鸿笔，既不经意，荒才荡色，时窃滥觞。"（陈子龙《幽兰草词序》）词作为一种文学文体已丧失了它在文坛受尊崇的地位，出现了"学寿陵邯郸之步，拾温韦牙后之慧"[1]的衰落局面。

但是，在明末崇祯年间，社会情势发生急剧逆转，朱明王朝在风雨飘摇之中走向灭亡，满洲八旗的铁蹄很快地踏上了繁荣富庶的江南土地，过去从未经历过社会大变动的江南文人终于体会到什么是"天崩地裂"。那些原来以写艳词而自娱的江南文人，开始把自己的人生感受并入艳词，清初的"艳词"因之被注入

---

① 吴梅：《词学通论》，华东师范大学出版社 2006 年版，第 140 页。

了一种深刻的美学内涵，正如叶嘉莹先生所指出的，到了清朝，"词"恢复了它在兴起之际所形成的深隐曲折有言外之意的美学特质。为什么到了清朝会突然间找回词的曲折深隐富于言外之意的美学特质呢？

> 清朝找回了这个词的特美是付上了绝大的代价的。是什么代价？是破国亡家的代价！明朝的灭亡经过了破国亡家的惨痛！在新来的外族统治之下，他们有多少的悲哀?! 有多少的感慨?! 而又不能明白地说来，所以他们才掌握了词的曲折深隐言外之意的美，他们找回来的美学标准是付上了破国亡家的代价的。①

明末清初的社会大变局改变了江南文人游戏人生的态度，也改变了他们游戏为词的观念，他们将传统的儒家"诗教"观念引进以写艳情见长的文体——"词"。陈子龙于《三子诗余序》中说："夫风骚之旨，皆本言情。言情之作，必托于闺襜之际……夫并刀吴盐，美成所以被贬；琼楼玉宇，子瞻遂称爱君。端人丽而不淫，荒才刺而实谀，其旨殊也。"（《安雅堂稿》卷二）他们在国变后所写的艳词便不再是斗词游戏，而是要托深情于"闺襜之际"了，清初人顾璟芳评陈子龙《念奴娇·春雪咏兰》词便说："此大樽之香草美人怀也，读《湘真阁稿》俱应作是想。"（《兰皋明词汇选》卷七）他们认为自己的艳词是有寄托的——"托贞心于妍貌，隐挚念于佻言"，中国古典诗歌中"美人香草"传统在清初词坛得到进一步发扬，但也有其生成的现实基础，这就是清初特定的社会环境——政

---

① 叶嘉莹：《清代名家词选讲》，北京大学出版社 2007 年版，第 3 页。

治的高压是当时文学寄托观提出的前提和基础，也是这一观念
在当时广为流行的主要原因。

所以，对《花间》、《草堂》在明末清初的广泛传播并不能
简单看，应该看到明末和清初不同的传播环境，这种不同使
《花间》、《草堂》传递的意蕴大不同，如果说《花间》、《草堂》
在明末的传播带有宴嬉逸乐的成分，那么进入清初之后《花
间》、《草堂》的广泛传播则是"暗度陈仓"，读者借《花间》、
《草堂》的接受表达其政治寓意。在清朝进入政治清明的康熙盛
世以后，随着统治者加强对思想界的控制，持有反清思想的江南
文人逐渐承认了清朝统治的合法性，他们对《花间》、《草堂》
在明末清初的两种接受倾向都不可能认同了，在他们看来《花
间》、《草堂》存在着"俗"、"艳"之弊，因此必须选择符合自
己审美趣味的唐宋词选——《乐府补题》和《绝妙好词》。《乐
府补题》、《绝妙好词》传递的审美意蕴是什么？或者说清初文
人要借《乐府补题》、《绝妙好词》传递什么样的词学观念？浙
派词人高佑钍在谈到词史发展情况时说："词始于唐，衍于五代，
盛于宋，沿于元，而榛芜于明。明词佳者不数家，余悉踵《草
堂》之习，鄙俚亵狎，风雅荡然矣。"（《湖海楼词序》）这就是
说，明词之弊在"鄙俚亵狎"，而他们要树立的审美标准是"风
雅之旨"，是符合儒家诗教的"温柔敦厚之旨"，而《乐府补
题》、《绝妙好词》传递的正是这种旨趣，《乐府补题》、《绝妙
好词》所选各词托物寄情、寓意深厚、而且不著实处，非常符
合盛世环境下文人寄情托意的审美趣味，浙西词派大力推崇
《乐府补题》、《绝妙好词》正是要借之传播其宗南宋尚淳雅的美
学思想。

第三章

唐宋词选在明末清初的重编

据不完全统计，明末清初重编的唐宋词选应在百部左右，其中唐宋断代词选较少，多为古今通代词合选。从重编的唐宋词选本考察唐宋词在明末清初的传播也是一个重要的视角，鲁迅先生说："凡选本，往往能比所选各家的全集或选家自己的文集更为流行，更有作用……评选的本子，影响后来的文章的力量是不小的，恐怕还远在各家的专集之上。"[1] 这里重点介绍几部在当时及后世影响甚远的词选，以此略观唐宋词在明末清初的传播概况、清人对唐宋词的接受与创新情况以及词学观念在明末清初转变之滥觞。

一 《花草粹编》

《花草粹编》，明陈耀文辑。现存明万历十一年（1583）陈氏自刻本、《四库全书·集部·词曲类》本（二十四卷）、清咸

---

① 鲁迅：《集外集选本》，《鲁迅全集》第七卷，人民文学出版社1981年版，第136页。

丰七年（1857）金绳武评花仙馆活字印本（二十四卷）、光绪二年丙子（1876）刻本、清抄本（二十二卷附录二卷），以及民国二十二年（1933）陶风楼影印万历本。此书卷首有明万历十一年（1583）陈氏自序（后有以耀文自序误作元延祐四年陈良弼序），以及万历十五年（1587）李蓘序。卷首附刻有沈义父的《乐府指迷》，为后世诸传本之祖本。

陈耀文，字晦伯，确山（今属河南）人，生卒年不详，约活动于明中后期。万历三十八年庚戌（1610）中进士，官至按察司副使。据明人过庭训《本朝分省人物考》记载：耀文每有余闲，便博览群书，除经史之外，像《丘索》、《竹书》、《山海经》、《元命苞》、《穆天子传》以及星历、术数、稗官、齐谐等各类杂书"靡不毕览"。时有撰造，日有所思，则夜梦一叟，与之"共相拟议，盖鬼神通之也"。在为官期间，经常感慨时事，"数上危言，忤时相意"，于是多遭贬谪。在南京任职时，"淮扬多盗，其里中豪恣为奸利，往往称逋逃主，耀文悉擒治之。民为立德政碑"。其为官清廉，有指挥馈以造船余金千两，他"麾而却之"，可见其人品之高洁。他还不慕荣利，"抵家杜门，日以著述为事，初不问家人产，即干旄在门，犹高卧不起"①。著有《经典稽疑》、《正杨》、《学林就正》、《天中记》等。

所谓"花草粹编"，"花"即《花间集》，"草"即《草堂诗余》。陈耀文《自序》云："是刻也，由《花间》、《草堂》而起，故以《花草》命编。"张文虎《跋花草粹编》亦有此说："此编大致以《花间》、《草堂》为主，益以《乐府雅词》、《天机余锦》、《梅苑》及各家词集，旁采诗话、杂记、丛谈、小说，间亦附笺本事，取其材甚博，足资泛览。"赵万里云："大致以

---

① 龙建国等校点：《花草粹编》，河北大学出版社 2006 年版，第 1026 页。

《花间》、《草堂》为主，益以《乐府雅词》、《梅苑》、《古今词话》、《天机余锦》、《翰墨大全》及名家词集，旁采说部诗话，间亦附注本事，仿《类编草堂诗余》例，以小令、中调、长调编次。凡小令六卷，中调二卷，长调四卷。"（《花草粹编十二卷提要》）由此观之，该选本仍承袭明代"花"、"草"婉约柔媚之风，以《花间集》和《草堂诗余》为主要取材对象，但在选词范围上有所扩大，博采众多词集、诗话、杂记、小说等书编纂而成。其体例仍仿《类编草堂诗余》，以小令、中调、长调分卷次，每卷下又大体按词人生活年代为序，共收录唐、五代、宋、元人词800余调（首为《苍梧谣》，末为《莺啼序》）3280首，为明代规模最大的一部唐宋词选集。[1]　"在明人辑本词选中，要以此书为最富矣。"（赵万里《花草粹编十二卷提要》）

此选本体例"亦颇不苟"，乃陈氏费时20余载，多次增删而成。"然其书捃撦繁富，每调有原题者，必录原题；或稍僻者，必著采自某书；其有本事者，并列词话于其后；其词本不佳，而所填实为孤调，如缕缕金之类，则注曰备题。"（《花草粹编二十二卷附录一卷提要》）所以，近人陈匪石于《声执》逐条列其严谨厘定之功："明人辑刊之书，多无足取。如杨慎《词林万选》、卓人月《词统》、茅暎《词的》及《草堂续集》之类，等诸自郐。独陈氏此书，有特色焉。一，所录皆唐五代宋元之词，不羼明词，不杂元曲，足见矜严之处。二，取材以《花间》、《草堂》为主，益以《乐府雅词》、《花庵词选》、《梅苑》、《古今词话》、《天机余锦》、《翰墨大全》及名家词集，旁采说部词话，间附本事，虽无甚抉择，然今已绝版之书，借以存者不少。三，依原书迻录，缺名者不补。名字亦先后参差，并无校

---

[1]　参见王兆鹏《词学史料学》，中华书局2004年版，第336页。

改。所据旧籍，可以推见。校勘辑佚，资以取材，故颇为前人所称。"① 可见陈氏词选不仅资料博采广收，且其存精去芜的编审态度及辑录文献之功实难磨灭，故《四库全书总目》云："盖耀文于明代诸人中，犹讲考证之学，非嘲风弄月者比也。虽纠正之详不及万树之《词律》，选择之精不及朱彝尊之《词综》，而裒辑之功，实居二家之前，创始难工，亦不容以后来掩矣。"

关于此选本编选宗旨及缘由，陈氏《自序》谓："夫填词者，古乐府流也，自昔选次者众矣。""唐则有《花间集》，宋则有《草堂诗余》。诗盛于唐衰于晚叶，至夫词调，独妙绝无伦。然世之《草堂》盛行，而《花间》不显，故知宣情易感，含思难偕者矣。""丽则兼收，不无有乖于大雅；文房取玩，略窥前辈之典刑。"可以推知，陈氏编此选本以"宣情"、"含思"、"丽则兼收"为准则，所以多收婉约柔媚之作，虽然也收录苏、辛之词，但除了苏轼的《念奴娇》（大江东去）、辛弃疾的《永遇乐·京口北固亭怀古》（千古江山）之外，绝大部分都是柔媚之作，或表现男女缠绵幽怨之情，或摹写自然婉媚清丽之景，有明显的尊婉约、抑豪放的倾向，这与有明一代的"主情"、"近俗"风气是一脉相承的，亦即以婉约为正，豪放为变，明代徐师曾《文体明辨序说》云："至论其词，则有婉约者，有豪放者。婉约者欲其情辞蕴藉，豪放者欲其气象恢宏。盖虽各因其质，而词贵感人，要当以婉约为正。否则虽极其精工，终乖本色，非有识之士所取也。"何良俊《草堂诗余序》曰："乐府以皦径扬厉为工，诗余以婉丽流畅为美。如周清真、张子野、秦少游、晁叔用诸人之作，柔情曼声，摹写殆尽，正辞家所谓当行、所谓本色者也。"在明人眼中，词贵蕴藉动人，当以婉丽流畅为美，否则就

如苏词一样是雷大使唱曲，"虽极天下之工，要非本色"（陈师道《后村诗话》）。在这一大背景之下，陈耀文《花草粹编》亦很难超越其时代的词学观念。

在以复古为革新的文化传统中，明代的"复古"思潮尤其剧烈，且不论其"文必秦汉，诗必盛唐"，单单与明人选词"主情"、"重婉约"一致的就是其"复古"精神。这一点在《花草粹编》中得到鲜明地体现，李蓘《花草粹编·序》说："朗陵陈晦伯博雅操词，好古兴叹，乃取平生搜罗，合于《花间》、《草堂》二集，为十二卷，曰《花草粹编》"，其目的就是"使夫好古之士，得其书而学焉，则庶乎窥昔人之阃域，拾遗佚于千百，而为雅道之一助也"。陈氏本人乃"博雅好古"之人，所以对古之《花间》、《草堂》兴味盎然，搜罗增纂而成《花草粹编》，目的就是使"好古之人"学习摹写，"为雅道之一助"。李氏认为自古以来，某一艺术的创始之人殚精竭虑，其艺术成就，"精美莫窬"，后世发展亦日新月异，可创鬼斧神工、不可模拟之业绩，而一旦"其道大行于世"、"传习者众"，则"率以烂恶相尚，而其法侵衰。又久则法遂蔑不可追矣"。诗文如此，词亦如此，李氏在《花草粹编序》中接着说："盖自诗变而为诗余，又曰雅调，又曰填词，又变而为金元之北曲矣。当其初变词也，彼唐末宋初诸公竭其聪明智巧，抵于精美，所谓曹刘降格为之未必能胜者，亦诚然矣。北曲起而诗余渐不逮前，其在于今，则益泯泯矣。盖士大夫既不素娴弦索，又不概谙腔谱，漫焉随人后而造次涂抹，浅易生硬，读之不可解，笔之冗于简册。不知会视古法，犹有毫末存焉否也。无怪乎其词湮而书之存者稀也。"李氏认为，就词的发展历史来看，唐末宋初诸公之词应该是词体最为精美之时，之后则"泯泯矣"，词作者"既不素娴弦索，又不概谙腔谱"，只能"造次涂抹，浅易生硬"，所以"读之不可解，

笔之冗于简册",而之所以造成近世词体不振的根本原因就是
"不知会视古法",不知道学习唐末宋初诸公之词,所以要振兴
词体,也须从此法入手。

李氏序文虽不无偏颇之处,但对词体"雅"之根本的论述
颇具眼力。自南宋以来,倡"雅"之呼声愈高,《复雅歌词》、
《乐府雅词》、《花庵词选》、《阳春白雪》、《绝妙好词》等莫不
高举"雅正"旗帜,以姜夔为首,史达祖、吴文英、张炎、蒋
捷等风雅派词人大行于世。但这一趋势经宋元历明渐衰,明人
"主情"倾向亦将创作与选词目光投向《花间》、《草堂》诸本,
仍以妩媚婉丽为正,《唐词纪》、《词林万选》等皆如此,由此,
南宋风雅派词人词作几近失传。《花草粹编》虽以《花间》、《草
堂》为主要材料,却能博采众长、广开选源,在"婉媚"风格
之外,亦体现出对"雅"的回归,这主要表现在他对南宋风雅
派词人词作的选录上,《花草粹编》选姜夔词 18 首,张炎词 15
首,史达祖词 43 首,蒋捷词 23 首,亦从《复雅歌词》、《乐府
雅词》等词选中选取一些雅词作品。这种选词标准直接影响到
明末清初推尊词体的风尚,并为"雅词回归"、"清词中兴"埋
下伏笔。

二 《古今词统》

《古今词统》,卓珂月、徐士俊合编。有三种刻本,一种是
崇祯二年豹变斋刊本,名《草堂诗余》,前署"陈继儒汇选",
有陈继儒序;一种也是崇祯初年刻本,名《诗余广选》,前署
"陈继儒眉公评选,卓人月珂月汇选,徐士俊野君参评";还有
一种就是通行的《古今词统》,前署"杭州卓人月珂月汇选,徐

士俊野君参评"，前有孟称舜、徐士俊序，这一刻本在清初流行最广，辽宁教育出版社"新世纪万有文库"本据此点校刊行。

卓人月（1606—1636），字珂月，一字人月，号蕊渊，仁和（今浙江杭州）人。有《卓珂月先生全集》十六卷。徐士俊（1602—1681）本名翙，字野君，一字三有，号西湖散人，仁和（今浙江杭州）人。有《雁楼集》二十五卷，生平见王晫《徐野君先生传》，另有《春波影》杂剧等。① 徐、卓两人词合刻为《徐卓晤歌》，收入《古今词统》。

《古今词统》名义上是卓珂月、徐士俊合作的成果，实际上恐怕是卓珂月一人之功，徐士俊大不了也只有"参评"之劳。此书乃明末大型词选，共十六卷，以《花间集》、《尊前集》和顾从敬的《类编草堂诗余》、长湖外史的《草堂诗余续集》、沈际飞的《草堂诗余别集》和《草堂诗余新集》、钱允治的《国朝诗余》诸书为基础，汇录增删而成《广选草堂诗余》，故各卷卷端俱题作"草堂诗余卷某"。卷内所录词人，上起隋炀帝、唐昭宗，下至明末万年、舒缨等，共录唐五代宋元明词人486家。词作依字数多寡排列，起《十六字令》，终《莺啼序》，共329调，词2030首。词下有笺注辑评，又有圈点眉批。卷首有陈继儒序、孟称舜序和"旧序"八篇：何良俊的《草堂诗余序》、黄河清的《续草堂诗余序》、陈仁锡的《续诗余序》、杨慎的《词品序》、王世贞的《词评序》、钱允治的《国朝诗余序》、沈际飞的《诗余四集序》、沈际飞的《诗余别集序》。另有"杂说"六篇，为张炎、杨缵、王世贞、张綖、徐师曾、沈际飞六家词话。卷末附徐士俊、卓人月唱和词《徐卓晤歌》一卷，亦分调而列。

在明代《花》、《草》盛行的背景下，《古今词统》的选目

---

① 参见谷辉之校点《古今词统》"本书说明"，辽宁教育出版社2000年版。

及选人亦深受世风的影响，是以《花间集》、《尊前集》、《草堂诗余》等选集为底本，但它不是照单全录，在体例上已改《草堂》的分类法为分调法，在内容上则是稍摄"诸家之胜"，还兼采自己同时代作者的作品。孟称舜《古今词统序》云：

> 予友卓珂月，生平持说，多与予合。己巳秋，过会稽，手一编示予，题曰《古今词统》。予取而读之，则自隋、唐、宋、元，以迄于我明，妙词无不毕具，其意大概谓词无定格，要以摹写情态，令人一展卷而魂动魄化为上，他虽素脍炙人口者弗录也。

很显然，"脍炙人口"为口头传播，"摹写情态"为纸本传播。《词统》已从《草堂诗余》适应演唱的标准里跳脱出来，而以能否"动人心魄"为选录目标，也就是从口头传播为选录标准转向以纸本传播为选录标准。《词统》共选词2037首，来自于《草堂诗余四集》者仅693首，这个数目只占《词统》总数的31%，也就是说它已大大地突破了《草堂诗余四集》的选录范围。在词家的选择上，隋唐五代53人，北宋51人，南宋162人，金代21人，元代88人，明代105人；而五代北宋词是应歌环境下产生的，南宋以后的词则主要产生在文人唱和的传播环境里，《词统》把选录重心放在南宋以后，这是明代中叶以后词选重心的一大转变，故而在年代的选择上也是以南宋以后词为多，据陶子珍的有关统计，超过20篇以上的有：隋唐五代47首，北宋224首，南宋437首，明代163首。[①] 我们会注意到，在万历

---

① 陶子珍：《明代词选研究》，秀威资讯科技股份有限公司2003年版，第357页。

时期编选的各类词选——《草堂诗余》、《词林万选》、《花草粹编》等，皆透露出明显的崇北宋薄南宋的倾向，而《古今词统》却把它的选词重心转向了南宋以后。在应歌环境下写作出来的唐、五代、北宋词的入选几率，大大地低于在文人应社唱和环境下写作出来的词的几率，北宋词只有 224 首，南宋却高达 437 首，是北宋词的两倍。

　　还有一点值得注意的是，唐、五代、北宋词人中，入选量高居榜首的是：辛弃疾 140 首，接着是蒋捷 50 首，吴文英 49 首，苏轼 48 首，刘克庄 46 首，陆游 45 首，周邦彦 44 首，很显然有推尊豪放词风的倾向，这实际上是对明中叶以来词坛尊婉抑豪倾向的一种反拨。自宋以来就有"红牙"、"铁板"之分，明代更是分词为"婉约"、"豪放"两体，更有甚者推婉约为正体，豪放为变声，徐士俊对这一看法很不以为然："古今之为词者，无虑数百家，或以巧语致胜，或以丽字取妍；或望断江南，或梦回鸡塞；或床下而偷咏纤手新橙之句，或池上而重翻冰肌玉骨之声；以至春风吊柳七之魂，夜月哭长沙之伎；诸如此类，人人自以为名高黄绢，响落红牙。而犹有议之者，谓铜将军、铁绰板，与十七八女郎，相去殊色，无乃统之者无其人，遂使倒流三峡，竟分道而驰耶？余与珂月起而任之曰：是不然。吾欲分风，风不可分；吾欲劈流，流不可劈。非诗非曲，自然风流，统名之以词……其按词之法，则如杨诚斋所撰《词家五要》，一曰择腔，二曰应律，三曰按谱，四曰详韵，五曰立新意。而且曰幽曰奇，曰淡曰艳，曰敛曰放，曰秾曰纤，种种毕具，不使子瞻受'词诗'之号，稼轩居'词论'之名。"（《古今词统序》）此说直接地影响到清初西陵派对豪放词多所肯定，比如丁澎便说："古今词人无虑千百家，迨北宋为极盛。苏子瞻、陆放翁诸君，特以遒丽纵逸取胜。至辛稼轩，其度越人也远甚，余子瞠乎其后。"（《梨庄词序》）这也开启了清初重视南宋、重视豪放词风的词界先河。

三 《古今诗余醉》

《古今诗余醉》，明潘游龙辑。潘游龙生平不详，约活动在明代中后期，除了此书外，还辑有《康济谱》二十五卷。《古今诗余醉》现存明崇祯九年（1636）初刻本与清胡正言十竹斋刻本。清刻本卷首题"大宗伯沈归愚先生鉴定，荆南潘游龙先生选"，书前附清陈淏《精选国朝诗余》。此书共 15 卷，仿《草堂诗余》体例，分类征选，按题材编排，共录有唐五代、宋、金、元、明词 1346首，其中尤以宋、明两朝词为多，它为研究历代词人词作特别是明人作品提供了丰富的资料，也有助于辑录词作佚作和比勘文字异同。潘游龙自拟清明、踏青、春晚、中秋、秋怀、秋思、离别等题，题下小字附注所用词调。卷首有崇祯九年（1636）陈珽、管贞乾、潘游龙三序。管序称，情致语较庄语、雄语、经济语、金华殿中语更为流畅；风流体较之台阁体、碎金体、诰诏羽檄体、天才人才鬼才三绝体更为骀荡。可知此选主香艳词风。①

明代中叶以来，"心学"兴起，汤显祖的"至情"论，李贽的"童心说"呈现出一种席卷天下之势，掀起一股强烈的"尊情"、"主情"思潮，直到晚明，此劲头仍然十足。潘游龙的《古今诗余醉》正是在这样背景下应运而生的："是集也，选自潘子鳞长，刻自胡子日从。或问：'诗，余矣，曷以醉？'余请以酒喻。乐府古风，中山酒也，可醉千日。律绝、歌行，仙浆酒

---

① 参见梁颖校点《精选古今诗余醉》（辽宁教育出版社 2003 年版）"本书说明"；又见王兆鹏《词学史料学》，中华书局 2004 年版，第 339 页。

也，可醉十日。诗余则村醪市沽也，薄乎云尔，恶得无醉。"
（陈序）在这里，陈琏将诗、乐府、词等喻之以酒，酒能醉人，
情亦能醉人，并且纵观明代，以"情"选词的选本较少见，"独
惜向有选较者，每以杂体硬牵附于时序，殊失作者之旨……盖无
俟较高平，分南北，按篇目，而余之醉心于古今词者，久矣，遂
记其言之余而为引"（潘序）。于是，潘氏分类征选古今"主情"
之词，是编乃成。

　　词这种文体自产生以来，称呼繁多，如曲子词、乐府、歌
曲、倚声、长短句、填词、缀词等，"诗余"这个概念所出较
晚，大约在南宋时期。"诗余"即"诗之余"，这个"诗"，有
人理解为《诗经》，有人理解为"乐府"，有人理解为唐人绝句，
也有人将之定义为一般意义上的诗体。[①]"诗余"之"余"则涉
及词与诗的关系以及词体的价值判断问题。综合历代学者阐释，
大概有余事之余、文体之余、音乐之余这样几种说法，不管是以
"余力"作"余事"，还是"诗歌之支流余脉"、"诗歌之剩义"，
抑或是"填词以借诗之余韵"，都是在强调诗歌至尊主流地位的
不可侵犯，词、曲等后起"韵文"文体只能被视为诗歌的支流
或派生文体，也是自词产生以来一直被视为"小道"、"末技"
的卑微地位的反映。在潘氏看来，所谓"诗余"乃诗歌韵味之
余、诗情之余，"今夫人情之一发而无余者，非其情之至焉者
也"（潘序）；"然则古人作诗，已留一有余不尽之法，以待我
辈。何者？窈窕者淑之余，好者逑之余，倩者巧之余，盼者美之
余，故诗者情之余，而词则诗之余也"（陈序）；"空中之音，水
中之月，象中之色，镜中之镜，可摹而不可即者，其诗余也"
（潘序），而曲这种后起韵文与词体相去甚远，主要就是因为曲

———————————

[①]　参见彭玉平《诗余考》，载《汕头大学学报》2006 年第 3 期。

没有"余味"。是否有"余味",是否具有"情文"与"余致",就不仅成为潘氏的词学观念,同时也成为他选词的主要标准。

潘氏与陈琏大力倡导"真情",认为"情为真情,而诗为真诗",而"余味"则是"情真"的一个必不可少的因素。潘氏在序中明确提出"情文"与"余致"标准:"余于诗则醉心于绝句、于歌行,而于词则醉心于小令,谓其备极情文,而饶余致也。盖唐以诗贡举,故人各挟其所长,以邀通显,性情真境,半掩于名利钩途。词则自极其意之所之,凡道学之所会通,方外之所静悟,闺帏之所体察,理为真理,情为至情;语不必芜而单言只句,余于清远者有焉,余于挚刻者有焉,余于庄丽者有焉,余于凄婉悲壮、沉痛慷慨者有焉。令人抚一调,读一章,忠孝之思,离合之况,山川草木,郁勃难状之境,莫不跃跃于言后言先,则诗余之兴起人岂在三百篇之下乎。"在潘氏看来,诗中之绝句、歌行,词中之小令就是典型的备极情文、饶有余致,能够体现至情真理的佳作,而词之兴起之人其地位不在儒家经典之下。陈琏也认为孔子删诗乃今人选诗之祖,其选诗标准仍然是一个"情"字:"其《风》首《关雎》也,必于'窈窕''好逑'之句,再四击节,然后取为压卷。至于未得而辗转反侧,既得而琴瑟钟鼓,直是用情真率,可思则思,可乐则乐,文王绝不装腔作样,宫人因得从旁描画,以故情为真情,而诗为真诗。"作为"诗余"之作,"情"与"余"二者缺一不可。"诗之有余,犹诗之有风也。雅则清庙明堂,风则不废村疃闾巷。《三百篇》要以道性情而止,然无情则性亦不见。子舆氏曰:'乃若其情,则可以为善。'是从来忠孝节义,只了当一情字耳。"陈氏将"诗之余味"上升到儒家经典的高度,认为忠孝节义、儒家经典皆出自一"情"字,有性情则显,无情性则隐。对此,潘氏也有同感,他引用《尚书》中的"诗言志,歌咏言,声依咏,律和声"，认为"诗之为教，典谟中已酿其余矣……则优柔隽永之旨，商殆为诗余之鼻祖焉，有周采声歌于诸侯之间，列之乐官，迄今琴瑟钟鼓，《关雎》有余乐；吹笙鼓簧，《鹿鸣》有余好。寻章摘句之下，诗宁有索焉而无余者乎"（陈序）。这种看法对进一步明确词体特性、提高词体地位有很大的促进作用。

在这种宗旨之下，潘氏选词，虽以艳词为主，但情味盎然，颇具特色，特别是对"诗之余味"、"至情真理"的提倡，亦能反映其一代词风取向，同时也是明末清初词风嬗变的主导风尚，即对作品的意境和情韵的更加重视。加上潘氏分类征选词作，内多圈点批注之处，所以，此选本对振兴明末清初词风、注重词体特性、提高词体地位不无价值和意义。

四 《见山亭古今词选》

《见山亭古今词选》，清陆次云、章昞辑。现存清康熙十四年（1675）见山亭刻本。

陆次云，字云士，号北墅，钱塘（今浙江杭州）人。康熙中试鸿博落选，后官河南郏县知县。著有《北墅绪言》等。章昞（1635—1691），字天节，仁和（今浙江杭州）人。

此选共三卷，分调编排，依次为小令、中调、长调。共录唐宋金元明清词362家，770首，始于北宋周邦彦，终于清初王飏昌。卷首有康熙十四年（1675）严沆序及康熙十三年（1674）陆次云自序①。严沆对陆氏词选给予高度评价："且喜作者前有

---

① 参见赵晓辉《清人选唐宋词研究》，北京师范大学2007年博士学位论文，第111页。

美成，后有浩澜，选者自珂月后复得陆子，皆出于吾乡，曲使倚声歌之，亦足以豪矣夫！"（严序）

这一选本，选词重心在清代，全书选词362家，770首，仅清代就有208家，460首，正如严沆《见山亭古今词选序》所言："观集中所采，其于古人词约矣，而不见其少；于今人广矣，而不见其多。"入选较多的有辛弃疾17首、秦观16首、苏轼14首、欧阳修10首、李清照9首、蒋捷9首、周邦彦7首、李煜7首、陆游6首，而温庭筠、韦庄、牛峤、冯延巳、张先、柳永、晏几道、王安石、康与之、万俟雅言、黄庭坚、刘克庄、姜夔、史达祖等不过两三首罢了，这一入选数量表露一种新的选词宗旨——崇雅。严沆序云："比季以来，海内骚雅之士，多肆意于词，为之者辄工，虽未审其宫商之悉，叶于律而合之，唐宋元人之作无有间焉。盖词失其音且三百年剥穷而复，固风会使然。尔今陆子今之词可合乎古清真、白石、梅溪之遗调未坠。"在音乐失传，只为"应社"而作的歌词，则以清真、白石、梅溪之"雅"调为皈依，但排在前几位的是五代之李煜、北宋之秦观、苏轼、欧阳修、周邦彦和南宋之李清照、辛弃疾、陆游、蒋捷，他们或是作者人品高尚，或是作品格调雅致，而向来入选量较多的温庭筠、柳永、晏几道却屈居宾位，姜夔、史达祖虽有入选却不入主流，同派词人高观国、张炎、吴文英等都未入选目。其选词的意向与西陵词派的另一选本《西陵词选》接近，丁澎《西陵词选序》云："凡入选者，精融浑脱，必调合而旨远，断然以风雅为归。"在艺术上是词律雅伤，词旨超远，在内容上则合乎《风》、《雅》。陆次云《古今词选序》亦言："作词者，当以三百篇为师，选词者，亦以三百篇为法，使不失四始六义之旨，则得矣。"他将作词选词标准都上升到儒家经典，以不失四始六义之旨方为合格，并且进一步明确表述以"雅"选词的意图："自风变而骚，骚变而赋，赋变而词，词再变而为南北调，滥觞极矣；然南北调之于词，锱铢间耳，稍一阑入，其体遂失，是宜辨者在格律。而诗余方盛，学步之家，纷然鹊起，谓短长诸阕，专咏柔情。娇花解语，竞工桑濮之音；芳草怀人，争染芍兰之色。大雅贻讥，衰藏于盛矣！"陆氏认为一旦词风偏离"雅正"，只作娇花芳草靡靡之音，则词道将衰，所以，他"合古今而一之，彰其盛，拟以杜其衰也"，以"雅正"选词，振兴词道，彰其盛，杜其衰。

严沆认为作词难，选词更难，"词虽小技，匪惟作者之难，而是选之者尤不易也"。前代词选皆不如意，皆有瑕疵："宜己选词，若《尊前》、《复雅》诸集既不传，叔旸《绝妙》之选大醇小疵，至《草堂》一编，以尧章之词竟置不录，顾以伯可、浩然鄙俗之作厕为登择，不知何以独行于世。天羽续之，既多挂漏，玉叔《花草粹编》博矣而不精……珂月的《词统》，差为善本，然俚者犹未尽。"严氏对当时词坛竞尚淫哇俚俗风气多有微词，对选坛博而不精、诸多挂漏亦有担忧，唯独推崇卓珂月《词统》，认为其"于古人词约矣，而不见其少；于今人广矣，而不见其多"。他认为卓珂月能选取古人最有代表性的词作，以词存人，同时又能博采今人作品，以词存史，互为关照，古今合刻，则能表现整个词史轨迹。对此，陆次云也有同感："诗文气运，视彼江河，欲挽东澜，天吴无力，故元明不及两宋，两宋不及三唐，三唐不及汉魏先秦，汉魏先秦不及三古，今之作者不乏大家，莫越前人范围之内，故可相置。惟诗余一道，骎骎乎驾古人而上之。""盖诗余为技小而为体难。小，故游艺者不屑；难，故偶涉者不工。此境尚留，未辟蚕丛，让后人出一头地。"（《古今词选自序》）陆氏以为清诗远逊于古人，自先秦汉魏以来，江河日下，今之作者莫能超越前人。唯诗余一道，名家辈出，极为兴盛，颇能与唐宋词相颉颃，甚至凌驾古人之上，故其选诗只录古人之作，而词则古今皆选。词自发端以来，多以之为小道末技，其态度"不屑"，其所作"不工"，留给清人很大的开创空间，所谓"此境尚留，未辟蚕丛，让后人出一头地"，词选古今合刻的好处在于可以揭示整个词学发展演进的脉络。

虽然陆氏一再强调其选词以"雅正"为宗旨，但实际上这个宗旨未能全面贯彻于其选词当中，其间既有粗豪之作，也有不少格调低下、冶艳芜滥之词，作者标之以"空中之语，好色而不淫"，这实际上都是清初西泠词坛艳冶之风的延续。但总的来说，陆氏选词标举"淳雅"，虽不免白璧微瑕，也是清初词坛黜婉媚趋雅正之风的具体反映，颇具词史意义。

五 《唐词蓉城汇选》

《唐词蓉城汇选》，清初顾璟芳编选。顾璟芳，字宋梅，号铁崖，嘉兴人，生于明末天启、崇祯间，生平不详。此选本刊刻于康熙十二年（1674），卷首有顾璟芳康熙癸丑年序、《绛云楼绪言》及李葵生《广徵诗词启》，附顾璟芳词集《蓉城词钞》。

此选共四卷，分前唐、后唐、南唐三部分，共选录45人，271首。卷一从唐明皇到薛能15人，69首；卷二从皇甫嵩到无名氏12人，60首；卷三从庄宗到孙光宪8人，73首；卷四从元宗到鹿虔扆10人，69首，基本上按作者的时代顺序排列。此选本将词选与评点结合起来，首先总评前唐词、后唐词、南唐词，概括各个时段主要特征，其次在每首词前介绍作者身世、总论作者词风，词下面又有评语，阐明其主旨或者进行艺术评赏。①

顾氏选词以艳词为主，同他另外一部与胡应宸、李葵生共同编撰的《兰皋明词汇选》旨趣相近。在明末清初词选编撰热潮中，人们大多热衷于古今通代词选，且风格多趋于"雅正"，像《唐词蓉城汇选》这种古代艳词断代选本较少见，因此别具特殊意义。

顾璟芳在《绛云楼绪言》里论及该词选的编撰缘由及宗旨："海内名贤，徒事诗余者众矣。在规为两宋者，固集大成。而唐末五代诸彦，则以诗人之致发词人之华。格律或有参差，琐采皆成锦贝。流连其中，会心非远，词家昆仑也。读者尚其先河而后海。"虽然宋词乃集大成，但唐末五代诸家却以"诗人之致发词人之华"，仍然是"词家昆仑"，学者读者应该"先河而后海"，唐五代词作为宋词之发端，不容忽视。顾璟芳认为唐词选本除了《花间集》、《尊前集》之外不多见，就连《花庵词选》也是宋词占绝大多数，于是在"世无逸书，家鲜名藏。搴芳撷秀，其道无由"的情况下，"聊从各选，择其雅言。叶叶抽笺，声声拍玉，非此莫归尔"。至于选取标准，顾氏以"蕴藉"为尚，其述王士禛语云："唐人字法，最着意设色，簇锦结绣而无痕迹。立论至当。然其夷犹谐婉处，自堪唱叹。而其间音短节促，一往辄尽，或致神味萧然，是非宛转悠扬、风流蕴藉者不得编缀。"可见顾氏编此词选，删逸颇严，专取天然精工、韵味悠长、境界深远之作，那种着意斧凿、一往辄尽、神味萧然之作，全在编缀之外。所以在此选本中顾氏独推南唐李煜，可见一斑。

顾氏在《唐词蓉城汇选序》中明确论及词体起源和特性。"诗也者，其长短句之元音乎？词也者，其风雅颂之逸韵乎？"

---

① 参见李睿《清代词选研究》，华东师范大学 2006 年博士学位论文，第 142 页。

他认为诗亡则有汉之乐府，但是诗歌形式发生了变化，精神内质也随之而变，"是乐府继诗而诗不得继者，究并乐府以俱亡"，于是"去汉家之奥质，攘六季之淫靡，唐人其首烈矣"，唐人才最终救得诗之奥质，将诗道发扬光大。待律绝发展到极致，则长短句生焉，"而试问四始之教，果句绝字律、排五衍七，束四限八，迄无短长以成掌者乎！夫难齐者，情也；日变者，趋也。以难齐之情、日变之趋，不为曲折以赴、错综以伸，规规律绝间，句方体幅，则情会且与终穷，而声音之道亦坐废，此少陵睹落花而戏为新句，青莲饮石酒而调引清平也。嗣是而往，刘白谱里闾之谣，温韦极闺房之致。五代独推西蜀，依稀郑卫之音；中州雅让江南，不无板荡之叹。顾玄真渔父，慕等伊人，王建三台，歌同清庙。酒泉甘州，一采已六月之章也；柳枝河传，一周禾殷黍之鉴也。独时光之好，犹庅于关雎，而云容之舞，终愆于樛木"①。在这里，顾氏并没有一味将词之源头上溯到早期经典诗歌，而是注意到词体本身的特性，以此肯定词体。长短句也是在文学文体日新月异、适应自身嬗变的发展过程中从律绝中脱颖而出的，经李白、杜甫到刘禹锡、白居易、温庭筠、韦庄手中蔚为大观，风格趋于柔靡，似周代"郑卫之音"，至此，词体乃成，"岂诗之为词，至此而盛者，唐之为国，乃至此而陵。竟同平王东徙，黍离降为国风也耶。然其长吟短咏，吐雅茹风，鸟兽草木之微，风雨昧旦之际，靡不触绪动怀，抚时生感。三五陈、六七互，不变之调、万变之辞寄焉，一成之阕、相通之法行焉。亦既婉而可思，丽而有则矣。斯时也，晓风残月已唱，铁板铜琶未声……"顾氏能抓住词体"婉而可思，丽而有则"之本色，论

---

① 参见李睿《清代词选研究》，华东师范大学 2006 年博士学位论文，第264 页。

及"晓风残月"与"铁板铜琶"两种风格，且能将诗词同宗同源之情感特点揭示出来，"长吟短咏，吐雅茹风，鸟兽草木之微，风雨昧旦之际，靡不触绪动怀，抚时生感"，斯能可贵。所以，顾氏在推崇唐五代冶艳之词的同时，能注意到词体产生之初其轻柔婉媚、感发情性的特点，与明末清初重视词体意境情蕴的倾向是一致的。

从顾氏选词数量及评点风格来看，他认为南唐词境界最高。此本选录词人数量在 5 首以上者有如下诸位：李煜 28 首，孙光宪 24 首，温庭筠 16 首，韦庄 14 首，欧阳炯 14 首，白居易 12 首，顾敻 12 首，毛熙震 10 首，刘禹锡 9 首，李珣 9 首，和凝 8 首，张泌 8 首，冯延巳 7 首，薛绍蕴 7 首，牛峤 7 首，毛文锡 7 首，李白 6 首，皇甫嵩 6 首，尹鹗 5 首，张志和 5 首。很显然，李煜词作入选数量高居榜首，南唐其他词家如冯延巳、欧阳炯、张泌等皆在少数。顾氏认为"前唐"词作亡逸过半，所传隋炀帝《望江南》诸作"粉泽可憎"，所以他选词从唐代开始，如明皇、昭宗、李白、刘禹锡、白居易、柳宗元、韦应物、王建、温庭筠、韦庄、杜牧、司空图、杨贵妃等皆有入选。而"后唐"时代，自从"藩镇相攻，朱温攘窃"始，天下大乱，"江淮以北，此道沦胥久矣"，到五代十国之际，"纵李杜文章，不可多观；而温韦风流，何至旷旷"，词道复又兴盛，"于是有客岭表者久矣，有窜身江湖者久矣，而名裔世族，前后蜀更为薮渊，虽奠安匡济，诚不尚此弄柔翰，谱声歌。然当斯文如线之会，礼乐诗书已难敦说，庶儿假此唱酬，聊存风雅。然则秣陵之曲宴，桄蜀之选声，正未可与叔宝之《后庭花》、炀广之《望江南》同类而并讥之也"。虽然五代时期词道复炽，各色人物粉墨登场，聊存风雅，但总体风格与前唐时期相差无几，格调不高。一直到南唐诸家出，特别是李氏父子"独能运轻婉之思，流风艳之笔，上振唐音，下开宋调"，"南唐则情思悠长，意致独远，从前积习，为之一空"（卷三）。在李氏父子的倡导和表率之下，南唐诸家以其独特的韵味悠长、意境深远的词作给词坛带来新的发展劲头，"遂变伶工之词为士大夫之词"，在我国词史上具有承前启后、继往开来的作用。

在南唐诸家中，顾氏独尊李煜："其在秣陵也，翻声选调，惟知行乐及时，媚骨柔心，亦既轻怜重惜矣。独于徘徊眷恋中，似有顾影照镜之意，令读者往复之下，倍极黯然，正不必唱汴京忆旧诸阕始信亡国哀思也。气运所在，心手不知，故流艳凄婉，自开南唐一派，历代作家规模不置也。宜哉。"（卷四）顾氏对李煜这种"流艳凄婉"、"媚骨柔心"的词风推崇备至，此乃"赤子之心"，此乃"血书"也，这就是千载以下，无数读者情不自禁为之黯然神伤、徘徊眷恋的原因。又如顾氏评李煜《虞美人》（春花秋月何时了）："春花秋月，人世美景芳辰所宜流连赏心，惟恐其去者，忽续'何时了'三字，便觉满腔愁闷与物是人非都在此春花秋月中。我不知好时堪爱，只觉是境难了也。通首情事俱包此句，下'多少'字，'又'字都从'何时了'上生来。月既不堪回首，愁同春水东流，如此春如此月，不得不怨其难了也。"（卷四）又如评李煜《长相思》（云一緺）："云只一緺，玉只一梭，衫只澹澹，罗又薄薄，极寒寂孤另矣。况复秋风蕉雨，永夜难闻；不得不令人辄唤奈何。只是历写景色，而情思自见。"（卷四）顾氏抓住李词"历写景色、情思自见"的特点，情景交融、浑然一体、境我为一，准确敏锐地将"词眼"点染而出，言简意赅提炼主旨，让人心目了然，全词意境也就跃然而出了。

总之，《唐词蓉城汇选》作为清初的一本唐词选本，以唐五代艳词为对象，兼附点评，独尊南唐清雅词风，在明末清初词坛由俗到雅回归潮流中，独树一帜，注重词体兴起之初的本根特性，对清初词学研究具有一定意义和价值。

六 《词综》

《词综》有三种刻本。一种是 30 卷本，清朱彝尊、汪森辑。现存清康熙十七年（1678）汪氏裘杼楼刻本。一种是 36 卷本，清朱彝尊辑、汪森增辑，汪氏续辑 6 卷。现存清康熙三十年（1691）汪氏裘杼楼增补刻本、清乾隆九年（1744）汪氏碧梧书屋补刻本。一种是 38 卷（补遗六卷，续补二卷）本，清朱彝尊辑、汪森增订、王昶续补。现存清嘉靖七年（1802）王氏三泖渔庄补刻本，中华书局《四部备要》排印本。裘杼楼刻本是经过汪森等人修订后的最早刻本，前 26 卷是朱彝尊历时 8 年编辑而成的，康熙十七年（1678）汪森补入 4 卷，合为 30 卷。后汪森再增补 6 卷，同时订正了前 30 卷中的一些谬误，是今天最为通行的版本。

朱彝尊（1629—1709），字锡鬯，号竹垞，又号金凤亭长、小长芦钓鱼师，秀水（今浙江嘉兴）人。康熙十八年（1679）以布衣荐举博学鸿词，授翰林院检讨，寻入值南书房，出典江南省试。康熙三十一年（1692）罢归后潜心著述。有《经义考》、《静志居诗话》、《日下旧闻考》、《曝书亭词》、《曝书亭集》等。汪森（1653—1726）字晋贤，号碧巢，原籍安徽休宁，侨居浙江桐乡。康熙十一年（1672）入贡，官广西桂林通判，擢知郑州，未赴。有《小方壶存稿》，另编有《粤西诗载》、《粤西文载》、《粤西丛载》等。

《词综》选录情况，全书除无名氏外，总计收录词家 659

人。唐代 20 家，68 首；五代十国 24 家，148 首；宋代 376 家，1387 首；金代 27 家，62 首；元代 84 家，257 首；汪森补辑六卷，收词 370 首。体例以词人时代先后为序，各家名下附小传，词后间附宋元词话。①《词综》前汪森的"序"和朱彝尊的"发凡"，不仅介绍了该选本的编写体例、选词标准，而且阐发了其词学见解，也是不可多得的理论文献。朱彝尊在《发凡》中谈及编辑该书时说，"凡稗官野纪中有片词足录者，辄为采掇，故多他选未见之作。其词名、句读为他选所淆舛，及姓名爵里之误，皆详考而订正之"，朱氏阅览了 160 多种词集，参考了各家选本，以及稗官野史、小说笔记几十种，博采广收，历时 8 载，然后成书，"庶几可一洗《草堂》之陋，而倚声者知所宗矣"（汪森序）。后又经过汪森等人的再三增补与修订，勘正了许多谬误，使之不断趋于完善。《词综·发凡》还详细罗列了所藏所见宋元人词集的名目，足资考核，并遍征诸藏家，广为采录，还辑录了大量闻而未见者词集目录，为后世读者阅读和研究提供了很大的方便。

　　针对历来视词为小道末技的观点，适应明末清初振兴词学、推尊词体之大势，汪森在《词综序》中竭力反对"诗余"之说。汪氏认为词是由诗变化而来，"自有诗而长短句即寓焉"，并且举例《南风》、《五子》，周之《颂》，汉之《郊祀歌》大半都是长短句，而《短箫铙歌》"篇皆长短句，谓非词之源乎"？至于像《江南》、《采莲》这样的曲子，已经与词相差不远，之所以这些诗歌还没有发展成为词，主要是因为"四声犹未谐畅也"。而一旦古诗开始向近体诗转变，则"五七言绝句传于伶官乐部，

---

① 参见马兴荣等主编《中国词学大辞典》，浙江教育出版社 1996 年版，第 280 页。

长短句无所依，则不得不更为词"。在汪森看来，诗词同源，非有"诗余"之说，"古诗之于乐府，近体之于词，分镳并骋，非有先后。谓诗降为词，以词为诗之余，殆非通论矣"。朱彝尊作为正统经史专家，深受词为小道观念的影响，但他认为："念倚声虽小道，当其为之，必崇尔雅，斥淫哇。极其能事，则亦足以宣昭六义，鼓吹元音。"（《静惕堂词序》）"词虽小道，为之亦有术矣。去《花庵》、《草堂》之陈言，不为所役俾淬窳涤濯，以孤技自拔于流俗。绮靡矣，而不戾乎情；镂琢矣，而不伤夫气，夫然后足与古人方驾焉。"（《孟彦林词序》）在朱彝尊的观念中，词还是小道末技，但只要为之有术，照样可以"宣昭六义，鼓吹元音"、"与古人方驾"，也就是说，只要推尊其体，还是可以与诗文并驾齐驱的。这也是朱氏编撰《词综》之宗旨。朱氏的词学观，本质上是回返儒家传统诗教观念的淳雅清正之说，他在《红盐词序》中有云："词虽小技，昔之通儒钜公往往为之。盖有诗所难言者，委曲倚之于声，其辞愈微，而其旨益远。善言词者，假闺房儿女之言，通之于离骚变雅之义。此尤不得志于时者所宜寄情焉耳。"虽然诗词同源，但主旨殊异，诗言志，词抒情，特别是那些非常隐微幽远的难言之隐或者闺房儿女之情皆可用词来表达，只要方法得当，仍然可以弘扬大旨。

浙派宗法南宋，标举淳雅，推姜夔为词家之极诣，意在以南宋清雅词风来救明词纤靡佻染芜杂之弊。就《词综》所标举的各家词人而言，其所倡导的"南宋词"并非一个从南宋词史实际出发提出的概念，而是带有强烈的浙派家法色彩的理论术语。[1]朱彝尊编《词综》意在纠正明代《草堂诗余》之弊，为

① 参见赵晓辉《清人选唐宋词研究》，北京师范大学 2007 年博士学位论文，第 44 页。

清词发展别开生面。众所周知，明人为词多简单沿袭《草堂诗余》，把词之题材局限于花草闺闱之内，内容上剪红刻翠，淫逸卑下，语言则纤艳尖新、浮浅轻薄、卑弱少骨，乃至词道不振，朱彝尊对之攻击不遗余力。所谓："词人之作，自《草堂诗余》盛行，屏去《激楚》、《阿阳》，而《巴人》之唱齐进矣。周公谨《绝妙好词》选本，虽未全醇，然中多俊语，方诸《草堂》所录，雅俗殊分。"（《词综·发凡》）为此，他大力提倡"复雅"，这在一定程度上取得了正本清源的效果，正如王昶于《姚芷汀词雅序》中所言："国朝词人辈出，其始犹沿明之旧。及竹垞太史甄选《词综》，斥淫哇，删浮俗，取宋季姜夔、张炎诸词以为规范，由是江浙词人继之，蔚然跻于南宋之盛。"

朱彝尊、汪森等选词皆奉南宋格律派为词之正宗，以姜夔、张炎词为圭臬，特别欣赏南宋词辞微旨远、淳雅精致、空灵蕴藉之美。"温雅芊丽，咀宫含商"（《发凡》），"世人言词，必称北宋，然词至南宋始极其工，至宋季而始极其变，姜尧章氏最为杰出"（《发凡》），"词莫善于姜夔"（《黑蝶斋诗余序》）。朱氏抓住南北宋词的主要艺术特色，看到南宋词"极其工"、"极其变"的特点，"变雄健为清刚，变驰骤为疏宕"（《宋四家词选目录序论》）。汪森也说："世之论词者，惟《草堂》是规。白石、梅溪诸家，或未窥其集，辄高自矜诩，予尝病焉。"（《词综序》）他认为西蜀、南唐以后作者日盛，曲调愈多，流派因之而别，但"言情者或失之俚，使事者或失之伉"，只有到南宋鄱阳姜夔出，"句琢字炼，归于淳雅"。"于是史达祖、高观国羽翼之。张辑、吴文英师之于前，赵以夫、蒋捷、周密、陈允衡、王沂孙、张翥效之于后。譬之于乐，舞削至于九变，而词之能事毕矣。"（《词综序》）朱彝尊还把这种标准的渊源追溯到宋代，认为宋人选词标准即在雅，如曾慥《乐府雅词》、鲖阳居士《复雅歌词》、周密《绝妙好词》皆以雅为尚，"言情之作，易流于秽，此宋人选词，多以雅为目……填词最雅无过石帚"（《发凡》）。《词综》36卷，收词2252首，作者659家，全书对唐、五代、北宋词取舍甚严，南宋词则入选特多，《词综》前30卷，有15卷都是南宋词，南宋词20首以上的就有10家，354首。词作入选率以姜夔为最高，达100%，虽然《词综》选入姜夔词只有22首，但"惜乎《白石乐府》五卷，今仅存二十余阕也"，也就是说朱彝尊将所能见到的姜夔词悉数入选。其次是周密、吴文英、张炎等以雅为尚的词人，其中周密、吴文英各选57首，张炎选48首。而苏轼、辛弃疾、秦观、柳永等著名词人入选量则较少，而且在选目上也是尽量收录"字雕句琢、归于淳雅"、"不减唐人"风致的作品，苏轼仅选15首，只占其全部词作的1/24，柳永的21首都是承平妥帖的词作。这正符合朱氏提出的选词当"务去陈言，归于正始"的要求。从此以后"家白石而户玉田"，词坛掀起了研读姜、张的热潮，后来《词洁》和《御选历代诗余》也是遵循这样的入选标准。

《词综》是清代前期不可多得的一部优秀词选，其规模之大、选词之精，都堪称前无古人，有学者甚至称其为"第一部真正意义上的清代词选"①。对于廓清明末"花草"遗风，纠正当时词坛浅薄缛丽的风尚，将词进一步导向"雅正"一途，开创词学中兴局面，并且为浙西词派的最终形成披荆斩棘，《词综》一编堪称功不可没。《四库全书总目》评价"其立说大抵精确，故其所选能简择不苟如此。以视《花间》、《草堂》诸编，胜之远矣"。其在词坛独领风骚达一个世纪之久，直到晚清丁绍仪还说："自竹垞太史《词综》出而各选皆废，各家选词亦未有

<hr />

① 李睿：《清代词选研究》，华东师范大学2006年博士学位论文，第128页。

善于《词综》者。"（《听秋声馆词话》卷十三）胡凤丹也说：
"自秀水竹垞太史选唐、宋、金、元人诗余为《词综》三十六
卷，后之言词者咸取则焉。"[1] 焦循《雕菰楼词话》说："近世
朱彝尊所作《词综》，规步草窗，学者不复周览全集，而宋词遂
为朱氏之词矣。"陈匪石《声执》卷下云："《词综》所录之词，
自唐迄元，一以雅正为鹄。盖朱氏当有明之后，为词专宗玉田，
一洗明代纤巧靡曼之习，遂开浙西一派，垂二百年。简练揣摩，
在清代颇占地位。"在《词综》之后人们依照其体例，掀起一股
强劲的"词综热"，如王昶的《明词综》、《国朝词综》，丁绍仪
的《清词综补》，吴蘅照的《明词综补》，清人的《女词综》，
民国林葆恒的《词综补遗》，民国沈宗畸的《今词综》，等等，
形成一个词综系列。其他种类的词选也深受《词综》影响，皆
"以雅为尚"甄选词作，更多的纷纷学习朱彝尊通过编撰选本来
弘扬词学观念，开宗立派，如常州词派张惠言的《词选》，周济
的《宋四家词选》等，皆是如此。当然，《词综》在编撰过程中
也存在诸多错讹遗漏、校雠未精、理论偏颇之处，但瑕不掩瑜，
仍然可以从中窥见朱氏词学理论、浙西词派创作走向以及明末清
初词坛盛衰流变之发展等，确实是"一以雅正为宗，诚千古词
坛之圭臬也"（陈廷焯《白雨斋词话》）。

七 《词洁》

《词洁》，清先著、程洪辑。现存清康熙刻本。书前有先著

---

① 胡凤丹：《国朝词综续编序》，施蛰存主编《词籍序跋萃编》，中国社会科学
出版社1994年版，第780页。

康熙三十一年（1692）四月序，《词洁发凡》八则（包括引述的茅元仪、毛奇龄两条），1978 年，胡念贻根据国家图书馆西谛旧藏本辑成《词洁辑评》，后收入唐圭璋《词话丛编》中。

先著（1651—?）字渭求，一字染庵，号盏旦子，一号迁甫，晚号云溪老生。擅诗文，自著有《云溪老生集》。程洪，字丹问，广陵（今江苏扬州）人。

此选主要选录宋词六卷，"是选惟主录词，不主备调"（《词洁·发凡》），依调系词，分小令、中调、长调，间有评批。先著在《词洁序》里论及成书过程及命名缘由：

> 予素好此，往者亡友严克宏，能别识其源流、体制之所以然，予闻克宏之论久，因亦能稍知其雅俗。顷来广陵，程子丹问，尤与予有同嗜，暇日发其所藏诸家词集，参以近人之选，次为六卷，相与评论而录之，名曰《词洁》。《词洁》云者，恐词之或即于淫鄙秽杂，而因以见宋人之所为，固自有真耳。

所以以《词洁》为名，主要是因为"恐词之或即于淫鄙秽杂"，故选录具有"真"之特点的宋词。先著进一步以瓜果花木为喻，阐释"词洁"之义，"夫果出于闽方，花出于中州至矣，执是以例其余，为花木者，不几穷乎。虽则柤梨皆可于口，苟非薆荬皆悦于目，抟土涂丹以为实，剪彩刻楮以为花，非不能为肖也，而实之真质，花之生气，不于俱焉。悬古人以为之归，而不徒为抟土剪彩者之所为，虽微词而已，他又何能限之。是则所为词洁之意也"。虽然词为小道，但也不能"抟土涂丹以为实，剪彩刻楮以为花"，如此则只能流入明末"花草"之流，绝非先著选词之本意。所谓"词洁"者，"去取清浊之界，特为属意"，首推"实之真质，花之生气"，以此为标准，先著崇尚宋词，特别是那种高情远韵、清超绝俗之作，像周邦彦、姜夔那种澄澹精致、空灵透彻的词风就深得先著"词洁"之韵味。

在明末清初推尊词体、注重词之特性的大背景之下，先著也在序中谈及词之源流发展、词之本源特性。"词源于五代，备体于宋人，极盛于宋之末，元沿其流，犹能嗣响。五代十国之词，略具《花间》，惜乎他本不存，仅有名见。"又云："唐以前之乐府，则诗载其词，犹与诗依类也。""诗之道广，而词之体轻。道广则穷天际地，体物状变，历古今作者而尤未穷。体轻则转喉应拍，倾耳赏心而足矣。诗自三言、四言，多至九字、十二字，一韵而止，未有数不齐、体不纯者，词则字数长短参错，比合而成之。"先著也将诗词相提并论，诗言志，穷天际地、包揽万物，词体轻盈则转喉应拍、倾耳赏心，可谓各司其职，共同承担人们舒展怀抱的功用，而词为小道等论说皆为无稽之谈，所以以词存人、以词存史势所必然。虽然自词产生以来，选本就不乏其数，但多有缺憾，"《尊前》、《兰畹》久轶。唐宋、五代词有赵弘基《花间集》，传之至今，诚词家之法物也。黄叔旸虽系宋人手眼，然宋末名家未备。张玉田极称周草窗选为精粹，其实已云板不存矣。近日有橘藏本以行世者，似从陆辅之《词旨》拈出名句，依序排次，载以全词。初觉姓氏绚然可观，细阅之，未必确为旧本。盖好事者为之，使周选若此，亦不足尚也。《草堂》流传耳目，庸陋取讥，续集尤为无识。《萃编》不分珉玉，杂采取盈，挂漏复多。至若分人代序，不便卒读"。正基于此，先著等人才编撰《词洁》一选，以申其主张。当然，前代词选并非一无是处，各编或多或少总能裨益于后世，所以该选除重点选录宋词以外，"宋以前则取《花间》原本，稍为遴撮。益以太白、后主之词为前集，譬五言之有汉、魏，本其始也。金元不能别具卷帙，则附诸宋后焉"。

　　至于选词标准，先著在分析当时文坛状况及历代选本优劣之后，独推宋词："明一代，治词者寥寥，今日则长短句独盛，无不取途涉津于南、北宋。虽歌诗亦尚宋人。予尝取宋人之诗与词反覆观之，有若相反然者，词则穷巧极妍，而趋于新；诗则神槁物隔，而终于蔽。宋人之诗，不词若者。""唐以前之乐府，则诗载其词，犹与依类也。至宋人之词，遂能与其一代之文，同工而独绝，出于诗之余，始判然别于诗矣。故论词于宋人，亦犹语书法、清言于魏晋间，是后之无可加者也。"在先著看来，虽然当代诗词皆宗宋，但宋词"穷巧极妍，而趋于新"，宋诗则"神槁物隔，而终于蔽"，相对来说，宋词总是略胜宋诗一筹。虽然词作为诗余应该是青出于蓝，但显然宋词是更胜于蓝。在这里，先著将宋词提高到"一代之文"、"同工而独绝"、"后之无可加者"的高度，颇有王国维"一代有一代之文学"的意味。在先著眼中，宋词就如同闽方之荔枝，中州之木芍药，"非其土地则不容、不实，是草木之珍丽，天地之私产也。有咀其味者，喻之以醴酪；有惊其色者，拟之以冶容，亦得其似而已"，这种美轮美奂、风华绝代之物就是宋词。以此为标准，先著尤其推尊周邦彦、姜夔等人的雅洁之作："美成之集自标清真，白石之词无一凡近，况尘土垢秽乎？故是选于去取清浊之界，特为属意"，"必若美成、尧章，宫调语句两皆无憾，斯为冠绝"，美成之清真、白石之空灵与先著选本之本意"词洁"可谓若合一契，乃宋词"真质"、"生气"之精华，一切"淫鄙秽杂"之词，如黄庭坚词"多作俚语"、"柳七之猥亵"都在摒弃之列。这种雅洁的审美主张，与浙西词派所标举的"淳雅"有相似之处，但先著并不独尊南宋，"今多谓北不逮南，非笃论也"，其词学观点较为通融开阔。作为同一时期出现的两个选本，其选词标准及风格都反映了清初词坛的审美风尚与词风流变。

另外，先著对词人、词作的赏析点评多有精到绝妙之处，往往能一语中的、深重肯綮，不仅宣扬了他的词学理论和审美兴趣，同时也圈点出词作精妙之处，给读者阅者颇多启示。我们可以从先著点评的诸多词作看出，他所提倡的仍然是那种耐人寻味、含蓄宛转、浑然天成之作。如评周邦彦《宴清都·地僻无钟鼓》："美成词，乍近之觉疏朴苦滥，不甚悦口。含咀之久，则舌本生津。"评林逋《点绛唇·金谷年年》："于所咏之意，该括略尽，高远无痕，得神之作。"评张先《青门引·乍暖还清冷》："子野雅淡处，便疑是后来姜尧章出蓝之助。"评毛滂《浣溪沙·银字笙箫小小童》："清超绝俗，词中故自难。"评晁冲之《传言玉女·一夜东凰》："事真则语妙。"评吴文英《珍珠帘·密沈炉暖余烟袅》："用笔拗折，不使一犹人字，虽极雕嵌，复有灵气行乎其间。今之治词者，高手知师法姜、史，梦窗一种，未见有取涂涉津者，亦斯道中之《广陵散》也。首句从歌舞处写，次句便写入闻箫鼓者。前半赋题已竟，后只叹愤发己意，恐忘却本意，再用'歌纨'二字略一点映，更不重犯手。宋人词布局染墨多是如此。"周邦彦之"含咀之久，舌本生津"，林逋之"高远无痕，得神之作"，张先之"雅淡"，毛滂之"清超绝俗"，晁冲之之"事真语妙"，梦窗之"虽极雕嵌，复有灵气行乎其间"，此皆词境之极致，并且将梦窗之词喻为嵇康之《广陵散》，神乎技矣，无法模仿，高妙绝伦，后无来者。与此相反，先著反对过于雕琢技巧、纤秾婉靡之作，如评刘过《行香子·佛寺云遍》："贪于取巧，便是小家伎俩。"评史达祖《东风第一枝·草脚愁苏》："雕镂有痕，未免伤雅。"评程过《满江红·春欲来时》："粗服乱头，却胜他雕镂者。"

与《词综》独尊南宋淳雅词风不同，先著也非常推崇苏轼、辛弃疾的豪阔之风，特别是那些境界高远、气象阔大、超尘脱俗之作，尤对其脾胃。如评晏几道《南乡子·新月又如眉》："小词之妙，如汉、魏五言诗，其风骨兴象，迥乎不同。苟徒求之色泽字句间，斯末矣。"以兴象风骨称词，可谓匠心独具。又如评范仲淹《渔家傲·塞下秋来风景异》："一幅绝塞图，已包括于'长烟落日'十字中。唐人塞下诗最工、最多，不意词中复有此奇境。"在词中竟然出现如此阔大奇境，实属不易。在诸多风格豪爽的词人当中，先著尤推苏轼、辛弃疾，对其词作评析尤多，如评苏轼《浣溪沙·山下兰芽短浸溪》："坡公韵高，故浅浅语亦觉不凡。"评《永遇乐·明月如霜》："野云孤飞，去来无迹。"评《水调歌头·明月几时有》："凡兴象高，即不为字面碍。此词前半夕自是天仙化人之筆。惟后半'悲欢离合'、'阴晴圆缺'等字，苛求者未免指此为累。然再三读去，搏椀运动，何揖其佳。少陵咏怀古迹诗云：'支离东北风尘际，漂泊西南天地间。'未尝以风尘、天地，西南、东北等字窒塞，有伤是诗之妙。诗家最上一乘，固有以神行者矣，于词何独不然。题为中秋对月怀子由，宜其怀抱俯仰，浩落如是。录坡公词若并汰此作，是无眉目矣。亦恐词家疆宇狭隘，后来作者，惟堕入纤秾一队，不可以救药也。后村二调亦极力能出脱者，取为此公嗣响，可以不孤。"评《水龙吟·楚山修竹如云》："非无字面芜累处，然丰骨毕竟超凡。"评《念奴娇·大江东去》："坡公才高思敏，有韵之言多缘手而就，不暇琢磨。此词脍炙千古，点检将来，不无字句小疵，然不失为大家。"评辛弃疾《沁园春·叠嶂西驰》："稼轩词于宋人中自辟门户，要不可少。有绝佳者，不得以粗、豪二字蔽之。如此创见，以为新奇，流传遂成恶习，存一以概其余。世以苏、辛并称，辛非苏类，稼轩之次则后村、龙洲，是其偏裨也。"评辛弃疾《永遇乐·千古江山》："慷慨壮怀，如闻其声。"

如此推崇"壮声",可谓与朱氏厌弃"苏辛"多有不同,也是对《词综》偏颇之处的补救。

另外,先著强调南宋姜夔一派词人皆出自周邦彦,如评姜夔《暗香》:"尧章思路,却是从美成出,而能与之埒,由于用字高、炼句密,泯其来踪去迹矣。"评周邦彦《应天长慢》:"石帚专得此种笔意,遂于词家另开宗派。如'条风布暖'句,至石帚皆淘洗尽矣。然渊源相沿,固是一祖一祢也。"评张炎《齐天乐》:"美成如杜,白石兼王、孟、韦、柳之长。与白石并有中原者,后起之玉田也。梅溪、梦窗、竹山皆自成家,逊于白石,而优于诸人。草窗诸家,密丽芊绵,如温、李一派。玉台沿至于宋初,而宋词亦以是终焉。以诗譬词,亦可聊得其仿佛。"主要是强调美成"结北开南"、自成一派的功绩以及对南宋诸家的影响。

总的来说,《词洁》是与《词综》大体同时出现的一个很有特色的选本,对《词综》体例和评点有参照、有超越,虽然此选本由于种种原因流传不广,未能形成浩大声势,但其选词品评观点颇有独到之处,在清代前中期选坛还是比较有代表性的。

八 《御选历代诗余》

清圣祖玄烨定,沈辰垣、王奕清辑。共120卷,辑成于康熙四十六年(1707)。现存清康熙四十六年(1707)内府刻本,《四库全书·集部·词曲类》本。

全书分词选、词人姓氏、词话三个部分。前100卷为词选,按词谱体例选词,录自唐至明人词共计957家,词9009首,依调系词,并按词调字数多寡排列,从16字到240字,共1540

调；卷 101 至卷 110 为词人姓氏，按时代先后列历朝词人小传共957 家；余卷为词话 10 卷，共 763 则，各则下注引文出处，"若夫诸调次第，并以字数多少为断，不沿《草堂诗余》强分小令、中调、长调之名，更一洗旧本之陋也"（《四库全书总目提要》）。

康熙以皇帝之尊亲自组织文臣全面整理历代诗赋文献，并且亲自裁定词籍的举动，使向来被视为小道的"词"得到与诗歌并列的地位和官方的正式认可，这使得明末清初以来词坛诸家不遗余力推尊词体的结果得到官方正式承认，对清代中后期的词学产生了不可估量的影响。该选本洋洋 120 卷，收录古今词作9000 多首，其数量远远超过《词综》，其"网罗宏富，尤极精详""自有词选以来，可云集其大成矣"（《四库全书总目提要》）。康熙之所以要如此大规模整理词集，主要是因为历代词选大多不尽如人意："自宋初以逮明季，沿波迭起，撰述弥增，然求其括历代之精华，为诸家之总汇者，则多窥半豹，未睹全牛，罕能博且精也。"为了达到这个"博且精"的目的，"我圣祖仁皇帝游心艺苑，于文章之体，一一究其正变，核其源流，兼括洪纤，不遗一枝""搜罗旧集，定著斯编，凡柳、周婉丽之音，苏、辛奇恣之格，兼收两派，不主一隅。旁及元人小令，渐变繁声。明代新腔，不因旧谱者，苟一长可取，亦众美胥收。至于考求爵里，可以为论世之资，辨证妍媸，可以为倚声之律者，网罗宏富，尤极精详"（《四库全书总目提要》）。从而使该选本具有重要的文献价值。

与推尊词体相应的就是提高词品，自从朱彝尊《词综》"一以雅正为宗，诚千古词坛之圭臬也"（陈廷焯《白雨斋词话》），其后词家、选家皆以"雅正"为宗，"家白石而户玉田"。朱彝尊、汪森在序言里皆论及词体起源问题，都将词的渊源追溯到长短句的古诗与乐府，沿着这个思路，朱氏所谓"雅正"具有较

121

强的回归儒家传统诗教观念范围，"念倚声虽小道，当其为之，必崇尔雅，斥淫哇。极其能事，则亦足以宣昭六义，鼓吹元音"（《静志居诗话》）。"词虽小道，为之亦有术矣。去《花庵》、《草堂》之陈言，不为所役俾泽瀳涤濯，以孤技自拔于流俗。绮靡矣，而不戾乎情；镂琢矣，而不伤夫气，夫然后足与古人方驾焉。"（《孟彦林词序》）《御定历代诗余序》也从溯源开始：

> 诗余之作，盖自昔乐府之遗音而后人之审声选调所由以缘起也……可见唐虞时即有诗，而诗必谐于声，是近代倚声之词，其理固已寓焉……是诗之流而为词，已权舆于唐矣……宋初，其风渐广，至周邦彦领大晟乐府，比切声调，篇目颇繁。柳永复增置之，词遂有专家。一时绮制，可谓极盛。虽体殊乐府，而句栉字比，廉肉节奏，不爽寸黍。其于古者依永和声之道，间有合也。然则词亦何可废欤？……夫诗之扬厉功德，辅陈政事，固无论矣。至于《桑中》、《蔓草》诸什，而孔子以一言蔽之曰：'思无邪'，盖蕙芷可以比贤者，嘤鸣可以喻友生，苟读其词而引申之，触类之，范其轶志，砥厥贞心，则是编之含英咀华、敲金戛玉者，何在不可以思无邪之一言该之也。若夫一唱三叹，谱入丝竹，清浊高下，无相夺伦，殆宇宙之元音具是。推此而沿流讨源，由词以溯诗，由诗以溯之乐，即箫韶九成，其亦不外于本人心以求自然之声也夫。

与朱彝尊强调词道亦足以"宣昭六义，鼓吹元音"、"与古人方驾"相埒，玄烨也将词道缘起上升到古代经典的高度，诗词不仅同源，且性理相类，从音乐的角度词可以归属为乐府，从内容规范角度词可纳入诗歌教化之轨，所以，词道万不可偏废。

于是亲自裁定，整理词籍。其选录标准就是："录其风华典丽而不失于正者为准式，其沉郁排宕，寄托深远，不涉绮靡，卓然名家者，尤多收录。"（《历代诗余·凡例》）又认为过去孔子编纂《诗经》的标准是"思无邪"，那么这部《历代诗余》所辑录的"含英咀华，敲金戛玉者，何在不可以思无邪之一言该之也"。而在"大韵文"范围之内，诗、乐府、词皆"本人心以求自然之声"，虽然玄烨也倡导"自然之声"，但这种自然必须在"雅正"与"教化"之内，比如除词之外的其他典籍的整理，皆出自于此。"朕万机清暇，博综典籍，于经史诸书，有关政教而裨益身心者，良已纂辑无遗。因流览风雅，广识名物，欲极赋学之全，而有《赋汇》；欲萃诗学之富，而有《全唐诗》，刊本宋、金、元、明四代诗选。更以词者，继响夫诗者也。"（《御定历代诗余序》）玄烨认为赋、诗、词或者说所选之赋、诗、词皆有关政教而裨益身心，此乃大力倡导之前提，所以才亲自裁定，《御定历代诗余》也才应运而生。

总的来说，《御定历代诗余》作为清代前中期大型官修词选，以"雅正"标准收录历代词作，附录词人姓氏小传，特别是玄烨以皇帝之尊钦定亲选，对提高词体、推尊词品，保存词人词作，进一步促进词在清代的振兴，都具有不可估量的作用和意义。虽然该选本也有很多抉择不精、收录芜杂的情况，但仍然具有很强的文献参考价值和研究价值。

九　明末清初重编的其他唐宋词选

明末清初重编的唐宋词选或通代词选，除以上介绍的诸种以外，还有十几种，或者因为选径较狭、格调不高，或者选者人微言轻、湮没无闻，或者私家独刻、传诵不广，导致很多选本除了零星见诸征引之外，很少得到推广，但它们对词学振兴、词学理论的建构都具有较大的文献参考作用。为免阅者翻检之劳，现根据当代学者王兆鹏《词学史料学》、王兆鹏、刘尊明主编《宋词大辞典》、王洪主编《唐宋词百科大辞典》的有关介绍，将明末清初重编的部分唐宋词选名目、编者、版本、选本概况抄录如下，以资借鉴。

1.《花草新编》五卷，明吴承恩辑。现存明抄本。依调编次，残，存二、三、四、五卷。

2.《词的》四卷，明茅暎辑并评。现存明万历朱之蕃编《词坛合璧》本，明刻朱墨套印本及墨刷本，卷首有茅暎序。该选以调编次，录唐五代宋金元明词作391首，共四卷。卷一、卷二收小令79调244首；卷三收中调35调92首；卷四收长调38调55首。

3.《词坛艳逸品》四卷，明杨肇祉辑。现存明刻本。该选本选唐宋明人词194首，分元、亨、利、贞四卷。开篇为周邦彦《忆秦娥》，末篇为明杨慎《满江红》，分调编排，调下又分若干题，如《佳人》、《游女》、《秋千》、《美人》、《春怨》、《睡起》等。

4.《唐宋元明酒词》二卷，明周履靖辑。现存金陵荆山书堂刊本，《丛书集成初编》据《夷门广牍》影印本。全书共两卷，收录唐五代、宋、元、明人31家，咏酒词133首。编者根据词作内容增添题目，如《饮兴·调酒泉子》、《南楼慢酌·调玉楼春》等。

5.《古今词汇》三编，明卓回辑。此选辑于康熙十四年（1675），成于康熙十七年（1678），现存清康熙十八年（1679）刻本。此选分为三编，唐宋金元词为初编十二卷，明词为二编四

卷，清词为三编八卷，每编以词调之字数多少为序，共录 624
人，2480 首。

6.《唐词纪》十六卷，明董逢元辑。现存明万历刻本（四
库全书集部词曲类存目）。

7.《诗余类集》四卷，明杨明盛辑。现存明万历三十一年
（1603）杨氏刻本。

8.《古今词选》七卷，明沈谦、清毛先舒辑。附清沈丰恒
撰《兰思词钞》。现存清吴山草堂刊本。

9.《花镜隽声》十六卷，附韵语一卷，明马嘉松辑。现存
明天启四年（1624）刻本。收录自汉至明历代爱情诗词。其中
第七、八卷收唐宋词 34 家，47 首。

10.《词菁》二卷，明陆云龙辑，全名《翠娱阁评选行笈必
携词菁》。现存明崇祯四年（1631）峥霄馆刻《翠娱阁评选行笈
必携十种》本。是选仿宋人《草堂诗余》体例，按类征选。卷
一分天文、节序、形胜、人物、宴集、游望、行役、称寿八类；
卷二分离别、宫词、闺词、怀思、愁恨、寄赠、杂咏、题咏、居
室、动物、器具、回文十三类。录词从唐李白至明末歌妓王修微
诸人词 270 余首。选词主新绮香艳，格调不高。

11.《林下词选》十四卷，清周铭辑，收录自宋到清历代闺
秀词（《四库全书·集部词曲类存目》），现存清康熙十年
（1671）周氏宁静堂刻本。卷一至卷四为宋词；卷五为元词；卷
六至卷九为明词；卷十至卷十三为清词；卷十四为补遗，辑录宋
以前闺秀之作以及传疑失编者。所录大体按词人地位高下为序，
名门闺秀在前，平民妻女和宫人娟妓在后；逮至清代女词人则随
得随编，未为甲乙。词人名下系有小传，词下笺注有本事、词
话、校语、附注唱和等。

12.《记红集》四卷，清吴绮、程洪选。此书将词选与词谱

之用合二为一，共三卷，分调编排，卷一单调小令 47 首，卷二中调 114 首，卷三长调 136 首，卷四词韵简。凡一调一词，共464 调，词 464 首，其中多为唐宋名家词，间采明、清。各词皆注明平仄句法、换韵、叠字、衬字、对句等一一标注，一调数体也予注明。今存清康熙二十五年（1686）自刻本。卷首有康熙二十五年丙寅（1686）吴绮自序。

13.《清啸集》二卷，清项以淳辑，现存清康熙刻本，卷首有康熙戊辰（康熙二十七年，1688）上元日古村项以淳自序及其受业门人成琂跋。所标宗旨与《词综》近似。全书录宋金元人词 68 调 288 首，南宋长调居多，北宋词人仅苏轼、毛滂、苏庠三家。

14.《古今词选》十二卷，清沈时栋辑，尤侗、朱彝尊参订。现存清康熙五十五年（1716）沈氏瘦吟楼刻本、民国十四年（1925）上海扫叶山房石印本。卷首有康熙三十五年（1696）尤侗序、康熙五十三年（1714）顾贞观序和康熙五十四年（1715）沈时栋自序。序后有《选略》八则，以明凡例。此选按词调之字数多寡排列，前短章后长篇，首《苍梧谣》，终《戚氏》。共录词调 199 种，历代词作 994 首，词人 286 家，其中唐五代 24 家，宋代 120 家，金元 14 家，明代 28 家，清代 100 家。

15.《词鹄初编》十五卷，清孙致弥辑，楼俨补订。现存康熙四十四年（1705）自刻本。卷首有康熙四十三年（1704）孙致弥序，康熙四十四年（1705）陈聂恒序、编者凡例及题为"宋西秦张炎玉田"之《乐府指迷》，实为张炎《词源》下卷。该选依调之短长为序编排，起《闲中好》，终《莺啼序》，收录唐宋金元人词 1351 首，其中以柳永、周邦彦词居多。

16.《古今名媛百花诗余》四卷，清归淑芬等辑。现存康熙二十四年（1685）刊本。该选分春、夏、秋、冬四卷，选录宋代至清代女词人之作，其中宋 15 家，元 5 家，明 26 家，清 45 家。

17.《古今别肠词选》四卷，清赵式辑。现存康熙四十八年（1709）遗经堂刻本。该选取宋代以来抒离情别意之词 900 多首汇为一编。卷一收小令 62 调，词 300 余首；卷二收小令 60 调，词 300 余首；卷三收中调 46 调，100 余首；卷四收长调 73 调，100 余首；每卷卷末附以己作，共计 153 首。赵氏于每词之下代拟标题，将原作之题、序一概删削，甚失原貌；词下间有名家圈点和夹注夹批。①

一〇　从唐宋词选的重编看明末清初词学观念的建构

明末清初重编的唐宋词选数量众多，其编选者身份立场不同、审美情趣不同，加上明清易代的变动，各选本所体现的词学观念是相去甚远的，但如果我们把这些选本综合起来考察，就可以发现唐宋词在明末清初传播的大致轮廓以及清人词学观念逐步演进的变化过程。下面仅对当时影响较大的几个词学范畴稍作辨析，由此稍观唐宋词学对清初词学的影响及清代词学在易代之际的建构。

（一）词学范畴的演进

范畴是人们对事物普遍本质的概括和反映，是思想的结晶。词学范畴就是历代词家对词学问题反思探讨的结果，从词学范畴

---

① 　王兆鹏：《词学史料学》，中华书局 2004 年版，第 338—344 页。

的演变中，我们可以窥见词学思想发展的轨迹。纵观几部在明末清初重编的唐宋词选，结合清初几次比较重大的词学论争，如南北宋之争、词之正变之争、"尊柳"与"抑柳"之争、词体特性的辨析，等等，我们可以看到明末清初词学范畴和词学观念的变化和演进。

1. 推尊词体

词乃艳科、小道、末技，不能登大雅之堂，这是自词体产生以来正统文士的传统观念。从最早的文人词集《花间集》到南宋所编《草堂诗余》，词都是作为花前月下、樽前酒后的"应歌"之词，是作为伶工妓女演唱助娱之底本，受到文人学士的讥弹和鄙薄。欧阳炯在《花间集序》中说："绮筵公子，绣幌佳人，递叶叶之花笺，文抽丽锦；举纤纤之玉指，拍按香檀，不无清艳之辞，用助娇娆之态。自南朝之宫体，扇北里之倡风。何止言之不文，所谓秀而不实。"明代王世贞也说："六朝诸君臣，颂酒赓色，务裁艳语，默启词端，实为滥觞之始。故词须宛转绵丽，浅至儇俏，挟春月烟花于闺襜内奏之。""即词号称诗余，然而诗人不为也。何者，其婉娈而近情也，足以移情而夺嗜；其柔靡而近俗也……""不作可耳，作则宁为大雅罪人，勿儒冠而胡服也。"（《艺苑卮言》）清人宋翔凤也说："《草堂》一集，盖以征歌而设，故别题'春景'、'夏景'等名，使随时即景以娱客。题'吉席'、'庆寿'，更是此意。其中词语间与集本不同，其不同者恒平俗、亦以便歌，以文人观之适当一笑，而当时歌妓则必须此也。"（《乐府余论》）在当时"平俗"、"便歌"的目的下，所选词本也只能当作文人"娱宾遣兴"的工具了，可偏偏就是这样一个在后代不断被斥为"淫哇俚俗"而大加口诛笔伐的本子，在明代却一版再版，那些以"雅"为名目的选本如《绝妙好词》类却在明代失传直到清初才被发现，由此可见明人词道之观念。明代词学衰微，与这种小道、文人不屑为之的态度不无关联。

　　明末清初众多选本中，多有谈到关于词之本性、词体尊卑的观点，很多选本甚至是以驳斥"诗余"概念以达到"推尊词体"为目的而选的。在这些选本中，选家往往细辨源流，揭示词之审美品格，以确立词之不同于诗文的独立价值与地位。如潘游龙《古今诗余醉》明确以"真情"、"韵味"作为选录首要标准，"今夫人情之一发而无余者，非其情之至焉者也"（潘游龙《古今诗余醉序》），在潘氏看来，所谓"诗余"乃诗歌韵味之余、诗情之余，"空中之音，水中之月，象中之色，镜中之花，可摹而不可即者，其诗余也"（潘游龙《古今诗余醉序》），在这里，潘氏抓住了诗、词、曲的根本特点论词，对于明清之际注重词之本性、推尊词体之风有很大影响。又如《唐词蓉城汇选》，顾璟芳比较欣赏那种天然精工、韵味悠长、境界深远之作，其他斧凿痕迹太重、一览无余、神味萧然的作品全在编缀之外，所以顾氏独推南唐李煜。顾氏在序里也明确论及了词体起源和特性，顾氏看到了词之轻柔婉媚、感发情性的本性，"婉而可思，丽而有则"，"晓风残月"与"铁板铜琶"，"长吟短咏，吐雅茹风，鸟兽草木之微，风雨味旦之际，靡不触绪动怀，抚时生感"，顾氏在推崇唐五代艳词的同时，也注意到词之不同于诗的独立品格，确属难能可贵，这与明末清初重视词体意境情蕴的倾向是一致的。

　　尊体与辨体可谓康熙年间词坛重要的话题之一，清初人以极大的热情全面、透彻地总结了词之本性，从根本上破除了词为"诗之余绪"的传统习见，改变了词长期以来作为诗之派生物的地位，为词体取得应有的文学史地位作出了巨大的贡献，选本可以说功不可没。陈维崧在《今词苑序》中明确提出"选词所以

存词，其即所以存经存史也夫"的观点，将词提升到与经史同
等的地位。《词综》编撰者之一的汪森更是从源头上否定了"诗
余"说，"古诗之于乐府，近体之于词，分镳并骋，非有先后。
谓诗降为词，以词为诗之余，殆非通论矣"（汪森《词综序》）。
朱彝尊也从尊体的角度论述词之意义，在他的观念中，词还是小
道末技，但只要为之有术，照样可以"宣昭六义，鼓吹元音"、
"与古人方驾"，也就是说，只要推尊其体，还是可以与诗文并
驾齐驱的，这也是朱氏编撰《词综》之宗旨。康熙四十六年
《御选历代诗余》的出现更是将词提高到前所未有的高度，玄烨
认为诗词不仅同源，且性理相似，都有关政教、裨益身心，诗道
不可偏废，词道亦不可偏废。由于康熙皇帝的亲力亲为、亲选亲
订、大力提倡，词最终摆脱了小道的尴尬身份，取得了与诗文、
经史同等的地位。

2. 提高词品

词源自民间，剪红刻翠，歌儿舞女，娱酒佐唱，侧艳淫靡，
此乃花间特色。自南唐诸君始，"变伶工之词为士大夫之词"，
经北宋至南宋，文人词大放异彩，有所谓诗人之词、词人之词、
词匠之词，总体上雅俗共赏、雅俗并存，所以宋人论词，都很重
视雅俗之辨。继之明清，词体愈尊，风格愈雅。纵观词史，基本
上经历了一个由"俗"到"雅"的发展过程。《花间》、《尊前》
诸集或俚俗、或艳俗，内容多香艳、通俗，其宗旨不脱一个
"俗"字。到南宋初年，文士们有感于宣和君臣沉湎酒色，竞尚
新声，以致亡国，论词纷纷以"复雅"为旨归，自觉走上一条
崇雅贬俗之路，选家选词亦以此为导向。如《乐府雅词》注重
文人真情雅趣之"雅"，《花庵词选》注重儒家诗教、道德净化
之"雅"，《阳春白雪》注重音律精致、用字技巧之"雅"，《绝
妙好词》注重审定音律、轻柔润腻之"雅"，等等，皆以"复

雅"为使命。到清初，朱彝尊"以雅为尚"，"崇尔雅，斥淫哇"，编撰《词综》，开启一代词风。一直到清代中叶以后常州词派异军突起，仍以比兴寄托为号召，开宗立派。

一般说来"雅"有"雅正"、"高雅"之意，"雅正"即要求作品符合儒家欣赏规范，温柔敦厚，乐而不淫、哀而不伤；"高雅"即要求超凡脱俗，空灵澹雅，具有诗性韵味。雅俗之辨、崇雅抑俗乃传统观念。① 清初词坛由崇尚"婉丽绮艳"渐趋"清雅俊逸"，由雅俗共赏到崇雅黜俗，由传统的婉约、豪放二分法到婉约、豪放、清空三派林立，可见明末清初词风所向。周济在《宋四家词选目录序论》也谈到北宋词主要特点是"秾挚"，南宋词主要特点是"清泚"。"清泚"，张炎称为"清空"，朱彝尊、汪森称为"醇雅"，"醇"也有清澈透明的意思，指的都是一种澄澹精致、空灵透彻不即不离的艺术境界。此境在诗中早已有之，司空图有云"诗家之景，如蓝天日暖，良玉生烟，可望而不可置之眉睫之前"（《与极浦书》）；严羽称赞盛唐诗歌"兴趣"，以镜花水月为喻；张炎评姜夔词"如野云孤飞，去留无迹"（《词源》），都是这种词境。可见姜、张之变，是把盛唐诗中一种诗境成功移植到词内，从而扩大了词的境界，丰富了词的表现力，增加了美感。朱、汪等加以推许，对促进清词的发展是有功的。在清初众多的词派激烈竞争中，能力排众体，独据要津，使有清一代许多词人附丽骥尾，所谓"家玉田而户白石"，造成空前未有的盛况。除社会政治环境影响外，就要归功于这种空灵蕴藉淳雅精致的审美词境的吸引力。②

---

① 参见孙克强《清代词学》，中国社会科学出版社2004年版，第212—223页。
② 参见梅运生《清代浙、常两派异同辨》，载《安徽师范大学学报》（哲学社会科学版）1990年第4期。

这种崇"雅"趋向在明清之际的唐宋词选本中体现尤为鲜明，或宗唐或宗宋，或崇北宋抑南宋，或宗南宋抑北宋，但几乎殊途同归，都以"雅"为旨归。如《花草粹编》虽以《花间》、《草堂》为基础，旁采众多诗话、杂记编撰而成，其编选也以婉约流畅、宣情含思为宗旨，与有明一代主情近俗、重婉约抑豪放风气相尚，但其中亦大量选录南宋诸家作品，如号称风雅的姜夔、张炎、史达祖、蒋捷等人，所以此选本在崇尚"婉媚"风格之外，也在一定程度上体现出对"雅"的重视与对"雅"的回归。卓珂月的《古今词统》可以说是明代中叶以后词选选录重心的一次重大转变，开始明显由明代崇北宋薄南宋转变为以南宋为重心，其"雅"之推崇不言而喻。清初词选如《见山亭古今词选》、《词综》、《词洁》、《历代诗余》，等等，莫不高唱雅调。《词综》高举"淳雅"、"精工"大旗，以南宋姜夔、张炎为代表的格律派为词之正宗，并得到后期浙派词人的响应，从此清代词坛一以雅正为宗，《词综》一书成为后代词坛之圭臬，无论词家还是选家皆以雅正为宗，"家白石而户玉田"。

以上选本可以说还是民间自发的在探讨词之本源特性的基础上提倡雅调，目的在于提高词品，到康熙中叶以后，以《御选历代诗余》和《钦定词谱》的编撰为标志，词坛受到了官方的正式干预，干预的直接结果就是明末清初以来众多词家煞费苦心推尊词体、提高词品的努力得到朝廷的正式认可，并且这种认可被书面化推广开去。康熙十七年以后，朝廷治国重心开始由"武功"转向"文治"，虽然也推出了不少笼络汉族知识分子的举措，但同时也加大了对思想言论的钳制；虽然修订了《四库全书》，对古代文献作了大规模整理与保存，但同时也清查了大批具有异端学说或惊世骇俗之嫌的文献，文献保存传播与清除扫荡可谓同步进行；程朱理学逐渐取代明清之际的思想解放潮流，在文学上清淳雅正之风渐成主流。康熙皇帝亲自组织文臣全面整理历代诗赋，并且亲自裁定词籍编选之举动，在词学史上意义非凡。康熙将词之一体纳入传统儒家诗教范畴，认为词亦肩负着诗歌一样的教化功能，经夫妇、厚人伦、美教化、移风俗，亦能裨益身心，其选词标准也是"录其风华典丽而不失于正者为准式"，要"思无邪"。到此为止，词这种文体在经过两宋的创作高峰、元明的低迷沉寂之后，终于在清代得到理论上的正式承认，并且再次大放异彩。

（二）明末清初词学之建构

唐宋时期作为词体发展的源头，加上出现众多词学大家，其理论与创作都堪称典范，其成就直接影响着后人。清人的创作和理论都是在唐宋人的基础之上发展起来的，是在不断总结唐宋人的经验中重新开疆辟土，取得新的成就的。所以清代词学的建构与唐宋词学密切相关。总体看来，明末清初唐宋词选的广泛编选与传播对清代词学的建构主要有两个方面的贡献，一个是深化某些概念和范畴，进一步推尊词体，在更深厚更精密的层面明确词体特性，为清词中兴取得活水源泉；另一个就是总结唐宋词创作，加大理论探讨的力度，为清词中兴提供理论基础。

明清之际，词坛大抵经过了由崇尚五代、北宋到崇尚南宋，由俗到雅，再到比兴寄托，以复古为革新到新的词学思潮的崛起这样一个曲折变化的过程。关于这一点，可以从明末清初唐宋词选的编撰中见出端倪。较早的《花草粹编》，虽然总体格调不高，但亦有其朦胧的推尊词体、倡导雅词的意向。《古今词统》更是将选词重心直接放到了南宋以后，其廓清之力，不言而喻。《古今诗余醉》更是从"诗余"这个具有价值判断的名称出发，探讨词体特性，主真贵情、蕴藉含蓄，词体特点更加明晰。《见山亭古今词选》明确以"雅正"相推崇,以美成为招牌,更是直接引发朱彝尊的《词综》、先著等人的《词洁》以及《御选历代诗余》的出现。清初词坛在选本的巨大宣传和号召之下,雅正词风很快成为创作和选词的主流,并且迎来一浪高过一浪的词学热潮,而在不断探讨词体本源,揭示词体特性的过程中,清代词学理论也随之形成。

理论与创作是相辅相成的,清人的创作也是在对前人作品尤其是唐宋词的解读、分析、鉴赏、摸索、转化中发展起来的。况周颐在《蕙风词话》中谈及学词步骤,首先便提出"两宋人词宜多读、多看,潜心体会"。阅读、把玩宋词可谓学词之人的必修课程,只有在阅读、学习中方能体会作词的各种奥妙。又如先著于《词洁》中评吴文英的《珍珠帘·密沉炉暖余烟袅》:"首句从歌舞处写,次句便写入闻箫鼓者。前半赋题已竟,后只叹惋发之意,恐忘却本意,再用'歌纨'二字略一点映,更不重犯手。宋人词布局染墨多是如此。"这种评点式鉴赏很显然将词作篇章结构、精妙之处点染而出,方便学词者的模仿与运用。除此之外,填词的其他技法问题如锤炼字句、风格意境等,清人也多以宋词为范式,从词的编选、评点中多有体悟,为学词者提供方便,有清一代,众多词选家、词评家可谓乐此不疲。由此,清人编辑了大量的唐宋词选本,在对唐宋词的审视、反思中,形成了很多有价值的论见,促进了清词流派的形成,促进了唐宋词史与清代词学的建构。

清人编选、重印、研讨唐宋词的最终目的都在于服务于清词自身。如清初以"雅"黜"俗"之风,无不以唐宋词的高雅品格来矫正明清之际的靡俗词风。朱彝尊有鉴明三百年无擅扬者,"排之以硬语,每与调乖;窜之以新腔,难与谱和"(《水村琴趣序》),于是力图挽救颓风,大举淳雅之旗,首推姜夔、张炎清雅之作，后经其他浙派词人的大势张扬，清初词风为之一变。王昶有云："国朝词人辈出，其始犹沿明之旧，及竹垞太史甄选《词综》，斥淫哇，删浮伪，取宋季姜夔、张炎诸词以为规范，由是江浙词人继之，扶轮承盖，蔚然跻于南宋之盛。"①朱彝尊在《红盐词序》中也表明："词虽小道，惜之通儒钜公，往往为之，盖有诗所难言者，委曲倚之于声。其辞愈微而其旨益远，善言词者，假闺房儿女之言，通之于离骚、变雅之义，此尤不得志于时者所宜寄情焉耳。"从明代的《花》、《草》泛滥、以香艳为基调，到《花草粹编》开始，尊雅思想逐渐抬头，沈时栋的《古今词选·选略》也"是集雄奇香艳俱录"，卓回也说："当世目词之文者。仆疑焉。大抵柔情和媚者为正宗，而义风慷慨者以外篇斥之。由此而论，三百篇则有风无雅。且有郑卫，无唐魏矣，其于风雅何如也……风雅互见，谈风雅者宜知之。"(《古今词汇序》) 由此可见，卓回选词，风雅并举，豪艳并重，兼收并蓄，再到朱彝尊《词综》而后，淳雅风大炽，词风丕变。

　　唐宋词不管如何"辉煌"，对清人来说都只是一个过去式，只有在明清之际，唐宋词这种古老的"辉煌"得到广泛传播与接受，才可能真正影响到清代词学的建构，而这种影响就是通过词选这种最直观的方式实现的。而一旦清人按照自己的观念选录唐宋词，在客观上使唐宋词得到广为传播的同时，自己也在不知不觉中塑造着自己当代的词史风貌、指导着当代的创作、转变着当代的词风。所以我们说词选在客观上也成为建构词史的重要载体，词选家在编选词的过程中也在一定程度上参与了词史的构建。"事实上，选家按照一定的审美标准和编选原则来对唐宋词

---

　　① 王昶：《词雅序》，施蛰存主编《词籍序跋萃编》，中国社会科学出版社1994年版，第790页。

加以删汰和选择，对词人地位进行抑扬进退，这种行为本身就是一种对于唐宋词史的建构。具体说来，唐宋词发展演进的主体乃是由风格各异的唐宋词人词作构成，清人以对唐宋词人的选择和对作品的甄采来确立词人地位、塑造词史风貌。不同词人在词史上该如何定位，其地位之升沉浮降，其在后世影响之大小，哪些词人词作可以代表唐宋词的创作阵容等等问题，这些都可以从选本中得到反映。"① 清代学者对前代词学进行反思，并通过追溯词的发展源流，将词史上涌现的词家进行重新定位，这些都是一种对于唐宋词史的建构方式。如果没有这些在清代编选的唐宋词选，我们也将无法知道清人心目中的唐宋词史。如果没有这些词选中出现的序跋文字，以及它们对于唐宋词发展史的整体描述与诠释，我们也将无法了解清人的文学史观和唐宋词史学。从这个角度而言，唐宋词史学和清代词学建构之间是一种良性的互动关系，"清人以唐宋词为师法对象，从中总结创作经验，另外，唐宋词也在清人的阅读和关照中获得了新的接受契机……选本是一种批评方式，清人依照自我的眼光和理论标准对唐宋词进行选择、品评，这本身就是对于唐宋词统的体认与诠释的动态过程"②。所以唐宋词选在清代传播的过程中，一方面建构着唐宋词史，另一方面更是清词自身建构的重要载体，唐宋词学与清代词学可谓紧密互动。

另外，在对唐宋词选的传播和总结当中，也可以发现更多清人对词学的看法或者观念的变迁。例如词选本的编撰体例问题。明代被视为词之"中衰"时期，但明代很多词学思想很有价值，

① 赵晓辉：《清人选唐宋词研究》，北京师范大学 2007 年博士学位论文，第 38 页。

② 同上书，第 42 页。

虽然不多，但有些论述相当深刻，作为整个词学发展史中的一环，明代词学创作和理论都是不可缺少的，清代很多理论都可以直接上溯到明人词论中，如明末清初反复探讨诗词之辨和词体特性问题，就是从明中叶之后兴起一直延续到清初的。另外如按调编排的选本体例也是从明代开始的，"明代选辑词家作品一般按调名编排，例如今见《草堂诗余》元刻本按内容分类编排，明人则改为按调名编排。明嘉靖以后按调名编排似乎成为通例，各种重编本《草堂诗余》以及《花草粹编》、《古今词统》等无不如此"①。此风一开，后代诸选家趋之若鹜，或者集选词与订谱于一身。如《花草粹编》以小令、中调、长调区分卷次；《词的》以调编次，分小令、中调、长调；《词坛艳逸品》分调编次；《古今词汇》每编以词调之字数多少为序；《古今词统》分类先以字数为序，在字数下以调编次等无不如此。我们从词选体例的改变可以看出"词"这种韵文体裁在原生的音乐环境失传的背景下，经历了由"应歌"到"应社"的转变，从以歌妓的歌唱表演为传播媒介的口头传播方式到以抄本、刻本为媒介的书面传播方式的转变，同时也看到了清人试图回归词体本源、恢复其音乐特质的努力。

　　有学者称清代词史就是一部流派史，而流派意识的自觉也是来自于对唐宋词的反思和体认。唐宋人很少谈流派，而清人言必称流派，治词者多有明确自觉的流派意识，清代词派大多都以词选来开宗。从早期的以选本朦胧表达派别思想到后来以明确的词学观念指导词选编排；从早期的婉约、豪放派二分法，到艳冶、豪荡、清空三分法；从以婉约为正、以豪放为变到以豪放为正、

────────

　　① （明）潘游龙编、梁颖校点：《精选古今诗余醉·本书说明》，辽宁教育出版社2003年版。

以婉约为变，等等，在明末清初词坛展开了多场激烈的论争，这些论争对深化词学理念、促进词学建构都有不可忽视的重大意义。这些都体现出清人强烈的流派意识，清代词学史本身就是一部流派史，清人对唐宋词史的认识也往往以流派的方式还原，这点突出地反映在唐宋词的选本中。如除了把唐宋词以二分、三分法外，王士禛将词分为四派：文人之词、诗人之词、词人之词、英雄之词，他认为姜夔、张炎所作乃文人之词，晏殊、欧阳修所作乃诗人之词，周邦彦、柳永所作乃词人之词，苏轼、辛弃疾所作乃英雄之词。晚清词论家还把词分为疏派、密派，前者以姜夔为代表，后者以吴文英为代表，还有兼有疏密的中间派，以周邦彦为代表。周济将词分为四派，陈廷焯将词分为十四派，等等，尽管诸家划分标准不一样，但也颇有可取之处，可见清人对词的分门别派兴趣浓厚。①

---

① 参见孙克强《清代词学》第二章"清代词学特征论之一：词学流派"的有关论述。

第四章

唐宋词集"副文本"及其传播指向

在上两章，已对唐宋词籍在明末清初传播的情形，以及明末清初重编唐宋词选的情况，进行了一番比较全面的回顾和清理，并具体论述到这些词集在明末清初流行的文化动因及其所反映的词学观念。在这一章，将重点考察这些唐宋词集为什么能够产生如此巨大的反响？我们认为是这些词集的"副文本"，它不但是"正文本"的补充，而且作为一种衍生文本，对唐宋词在明末清初的广泛传播有极其重要的推动作用，并借助唐宋词集"正文本"寄寓了这些词集编选者或校刻者的思想理念，传递着唐宋词在明末清初重新焕发生机和活力的时代内涵和精神意蕴，它已超越"正文本"而成为唐宋词集的一个组成部分。

一　关于唐宋词集"副文本"

"副文本"一词是由法国当代著名文学批评家杰特德·热奈特提出来的。他在 1979 年出版的《广义文本之导论》一书中首次提出"副文本性"一词，在 1982 年出版的《隐迹稿本》一书中明确地提出"副文本"一词，到 1987 年更出版有以"副文本"命名的理论专著——《副文本：阐释的门槛》，"副文本"是热奈特在长期学术研究生涯中逐渐形成并走向最后成熟的一种理论范畴。在《隐迹稿本》一书中，他指出："副文本"是相对于正文本而言的，包括有标题、副标题、互联型标题；前言、跋、告读者、前边的话等；插图；请予刊登类插页、磁带、护封以及其他许多附属的言语或非言语标志。"它们为文本提供了一种（变化的）氛围，有时甚至提供了一种官方或半官方的评论，最单纯的、对外围知识最不感兴趣的读者难以像他想象的或宣称的那样总是轻而易举地占有上述材料。"① 后来，在《副文本：阐释的门槛》一书中，他把"副文本"比作是进入"正文本"的门槛，这一"门槛"由各式各样的言语或非言语标志组成：有作者的和编辑的门槛，比如题目、插入材料、献辞、题记、前言和注释；有与传媒相关的门槛，比如作者访谈、正式概要；有私人门槛，比如信函、有意或无意的流露；有与生产和接受相关的门槛，比如组合、片断等；还指出"副文本"又有"内文本"和"外文本"、"前副文本"和"后副文本"、"公众副文本"和"私密副文本"之分。"尽管我们通常不知道这些作品是否要看成属于文本，但是无论如何它们包围并延长文本，精确说来是为了呈示文本，用这个动词的常用意义，而且最强烈的意义：使呈示，来保证文本以书的形式（至少当下）在世界上在场、接受和消费……因此，对我们而言，副文本是使文本成为书、以书的形式交与读者，更普泛一些，交予公众。"②

从传播学意义上看，"副文本"的理论对准确把握唐宋词在后

---

① ［法］热奈特：《隐迹稿本》，《热奈特论文集》，史忠义译，百花文艺出版社 2001 年版，第 71 页。

② 转引自朱桃香《副文本对阐释复杂文本的叙事诗学价值》，载《江西社会科学》2009 年第 4 期。

代（特别是在唐宋词以纸本形式流传的明清两代）的传播是有指导意义的。也就是说，明清以来以纸本形式出现的唐宋词集大多是由"正文本"与"副文本"两部分组成的，如果说作为主体部分的唐宋词称为词集"正文本"的话，那么像标题、牌记、序跋、题词、目录、封面、插图、附录等就应该称为"副文本"了。当然，实际情况绝非如此简单，因为传统刻书的特殊性，特别是明版图书的特殊性，在明末清初刊刻的唐宋词集，其副文本包括的内容更为复杂而特殊，既有文本内的作者名录、编者名录、同仁评点或前代汇评，还有文本之外的称为"外文本"的"作为私人性质交流的信函等"。以当时影响较大的三种词集为例，如卓人月、徐士俊合辑的《古今词统》，是明末清初——崇祯、顺治年间最流行的词集，其副文本部分应该包括：标题、序（包括徐士俊、孟称舜二序）、目次（依词调字数多少为序）、旧序（包括何良俊、黄河清、陈仁锡、杨慎、王世贞、钱允治、沈际飞等人明刻《草堂诗余序》）、氏籍、杂说（包括张玉田的《乐府指迷》、杨万里的《作词五要》、王世贞的《论诗余》、张綖的《论诗余》、徐师曾的《论诗余》、沈际飞的《诗余发凡》）以及附录部分的《徐卓晤歌》，还有在正文中出现的徐士俊评及前代汇评等。又如，由清初浙派词人编选的大型词选——《词综》，在清代中叶甚为流行并影响词坛达百年之久，其副文本部分应该包括：标题、序（包括汪森序、柯崇朴后序、汪森补遗序）、发凡（朱彝尊撰）、目次（依词人年代先后而排序），此外，还有正文中对作者的生平和创作的简要评介等。《钦定历代诗余》是由清朝官方钦定御选的一部选本，其副文本部分包括：标题、序（康熙撰）、凡例、编纂官名录、词人姓氏、词话。从上述三种在当时流行的词籍看，明末清初的词集副文本大约包括：标题、牌记、序跋、凡例、目次、词人姓氏、编者名录、正文中出现的评语、词话9项。此外，当时还有人对这些词选发表过意见，如王士禛称《古今词统》"稍摄诸家之胜"、"大有廓清之功"，纳兰性德《与梁药亭书》评价《词综》"网罗之博，鉴别之精"，还有《词综》刻印之后在社会上流行的各种批点本（如许昂霄《词综偶评》、世经堂藏本《词综》批语），这些在正文本之外却又是从正文本衍生出来的书信和评论也应该属于相关文本的"副文本"。

明末清初刊刻词集里出现的上述"副文本"，也不是一时就已有的现象，而是在逐步发展过程中才出现的。北宋时期，刻印的总集有《花间集》、《家宴集》、《尊前集》、《金奁集》、《兰畹集》等，其版刻结构应该包括标题、牌记、序跋、目录、正文五部分，版式相对说来比较简单，大多数情况下是没有序言的，而且当时词人填词多为即兴之作，极少有单行刻本，只是在刊印别集时才会把它作为诗之余附录在诗之后。到南宋，词之总集逐渐多了起来，诚如毛晋所云，宋元间词林选本几届百指[1]，比较重要的有《梅苑》、《复雅歌词》、《乐府雅词》、《草堂诗余》、《花庵词选》、《阳春白雪》、《绝妙好词》、《乐府补题》等，其版刻结构也大致不出标题、牌记、序跋、目录、正文五部分内容，这从吴昌绶、陶湘所辑《景宋金元明本词》可推之一二。我们知道，宋代是中国印刷史上一个非常重要的发展时期，毕昇活字印刷术在北宋的发明，使书籍制作的技术由手写变为雕版，这极大地提升了书籍印刷的速度和效率，唐宋词籍的印刷出版也较以写刻为主要特征的隋唐时期更为便利，上述唐宋词籍在两宋特别是在南宋金元词坛广为流传。"《麟角》、《兰畹》、《尊前》、《花间》等集，传播里巷。子妇母女，交口教授，淫言媟语，深入骨髓，牢不可去。"（元好问《新轩乐府引》）词人别集也由作

---

[1]　毛晋：《汲古阁书跋》，上海古典文学出版社1965年版，第113页。

家别集的附庸而被作为独立的文集单刻流传，像晁补之的《晁氏琴趣外篇》、向子諲的《酒边集》、张元幹的《芦川词》、贺铸的《东山词》、黄庭坚的《山谷琴趣外编》、周邦彦的《片玉词》、辛弃疾的《稼轩词》、张孝祥的《于湖先生长短句》，等等，其文本也大抵不出上述所列之五项——标题、牌记、序跋、目录、正文。到明代，印刷技术进一步提高并得到广泛应用，木活字印刷开始流行，铜活字印刷逐渐兴起，无锡华氏兰雪堂、会通馆、安氏桂坡馆为其代表；更值得注意的是插图、版画在明代中叶逐渐流行起来，当时在市民中间流通甚广的小说、戏曲皆附有插图。风气所及，词集雕刻亦配有插图，《诗余图谱》、《诗余画谱》之类的图籍不时涌现，比较著名的有张綖的《诗余图谱》、程明善的《啸余谱》、汪氏的《诗余画谱》，特别是后者选词80首，配图80幅，一词一画，颇能反映明代词籍特色。晚明经济的高度繁荣，印刷技术的日臻成熟，还有图书用纸由绵纸转向竹纸，这些因素皆使得图书的印刷成本大大降低，并推动着明代图书印刷业扩张生产规模。无论官府、私宅、坊肆，抑或达官显宦、读书士子、太监佣役，只要财力所及，皆可刻书。以至"数十年读书人能中一榜，必有一部刻稿；屠沽小儿殁时，必有一篇墓志。此等板籍幸不久即灭，假使长存，则虽以大地为架子，亦贮不下矣！"（蔡澄《鸡窗丛话》）图书印刷及装帧技术的发展，图书出版成本的降低，为普通读书人刻印图书提供了便利，为市井平民所欢迎的唐宋词也被广为刊刻，最突出的表现就是《花间集》和《草堂诗余》的流行，据有关统计，在明代《花间集》被刻印有14次，《草堂诗余》被翻印达35次之多。因为这些唐宋词集的反复翻印，每一次翻印就会被加入一些新的副文本因素，这也为副文本的进一步展开提供了便利条件，在明代刊刻雕印的词集其文本结构是：封面、标题、牌记、序跋、题

词、目录、正文、注释、插图、评语、附录等，也就是说唐宋词
集的副文本在明代发展到最为完善的阶段。

二 明末清初唐宋词集"副文本"

按照我们在本书绪言界定的时间范围，特将 17 世纪前后也
就是在明末清初出现的唐宋词集"副文本"列表略述如下：

表 4.1

刊刻年代	作品	编者	作者	题名
万历十年 （1582）	《尊前集》		顾梧芳	尊前集引
万历十一年 （1583）	花草粹编	陈耀文	陈耀文	花草粹编自序
			李袭	花草粹编叙
万历十七年 （1591）	花草新编	吴承恩	陈文烛	花草新编跋
万历二十二年 （1594）	唐词纪	董逢元	董逢元	唐词纪序、词名征、唐词人
万历三十五年 （1607）	类编草堂诗余	胡桂芳	胡桂芳	类编草堂诗余序
			黄作霖	类编草堂诗余后跋
万历四十年 （1612）	诗余画谱	汪氏	黄冕仲	诗余画谱跋
万历四十二年 （1613）	绝妙好词	周密	茹天成	重刻绝妙好词引
万历四十二年 （1613）	类选笺释草堂诗余	顾从敬编，陈继儒校，陈仁锡订	陈仁锡	类选笺释草堂诗余序
			陈仁锡	类选笺释续草堂诗余序
			钱允治	合刻类编笺释草堂诗余序

续表

刊刻年代	作品	编者	作者	题名
万历四十二年 （1613）	《花间集》 《草堂诗余》	赵崇祚 何士信	钟人杰	读书堂《花间》《草堂》 合刊本跋
			张师绎	读书堂《花间》《草堂》 合刊本序
万历四十三年 （1615）	花间集	赵崇祚	汤显祖	花间集序
万历四十八年 （1620）	花间集	赵崇祚	闵映璧	花间集跋
万历末年	词的	茅暎	茅暎	词的序、凡例
崇祯间	稼轩长短句	辛弃疾	谭元春	辛稼轩长短句序
崇祯二年 （1629）	古今词统	卓人月编， 徐士俊订	徐士俊	古今词统序
			孟称舜	古今词统序
崇祯三年 （1630）	宋六十 名家词	毛晋	夏树芳	刻宋名家词序
			胡震亨	宋名家词序
崇祯四年 （1631）	词菁	陆云龙	陆云龙	词菁叙
崇祯九年 （1636）	古今诗余醉	潘游龙	郭绍仪	诗余醉叙
			范文英	诗余醉序
			陈珽玉	诗余醉叙
			管贞乾	诗余醉附言
			潘游龙	诗余醉自序
崇祯十年 （1637）	诗余图谱	张绖	王象晋	重刻诗余图谱序
		万惟檀	单恂	诗余图谱叙
			陈继儒	诗余图谱序
			万惟檀	诗余图谱自序、凡例

续表

刊刻年代	作品	编者	作者	题名
崇祯末年	词苑英华		毛晋	中州集跋 中兴以来绝妙好词选跋一、二 草堂诗余跋 花间集跋一、二 尊前集跋 词林万选跋
顺治五年 （1648）	唐宋词选	宋征璧	宋征舆	唐宋词选序
康熙九年 （1670）	林下词选	周铭	尤侗	林下词选序
			吴之纪	林下词选序
			赵澐	林下词选序
			周铭	林下词选凡例
康熙十二年 （1673）	唐宋蓉城汇选	顾璟芳	顾璟芳	唐宋蓉城汇选序
康熙十四年 （1675）	见山亭古今词选	陆次云 章鋆	严沆	古今词选序
			陆次云	古今词选序
	选声集	吴绮	吴绮	选声集序
康熙十七年 （1678）	词综	朱彝尊	汪森	词综序
			柯崇朴	词综后序
			汪森	词综补遗后序
			朱彝尊	词综发凡
康熙十八年 （1679）	古今词汇	卓回	卓回	古今词汇缘起
康熙二十四年 （1685）	古今名媛百花诗余	归淑芬	归淑芬	古今名媛百花诗余序

刊刻年代	作品	编者	作者	题名
康熙二十五年 （1686）	记红集	吴绮、 程洪	吴绮	记红集序
			程洪	记红集序
			沈谦	附录：词韵简（词韵略）
康熙三十一年 （1692）	词洁	先著、 程洪	先著	词洁序、发凡
康熙四十四年 （1705）	词鹄初编	孙致弥	孙致弥	词鹄初编序
			陈聂恒	词鹄初编序
			孙致弥	凡例
康熙四十六年 （1707）	历代诗余	王奕清等	玄烨	历代诗余序
康熙四十八年 （1709）	古今别肠 词选	赵式	赵式	古今别肠词选序
			赵式	古今别肠词选凡例
康熙五十四年 （1714）	钦定词谱	楼俨等	玄烨	词谱序
康熙五十五年 （1715）	古今词选	沈时栋	顾贞观	古今词选序
			尤侗	古今词选序
			沈时栋	古今词选序
			沈时栋	选略八则

三 唐宋词集"副文本"的传播意向

如前所述，明末清初的词集副文本包括有：标题、序跋、凡例、目次、词人姓氏、编者名录、正文中出现的评语、词话等，这些副文本所包蕴的内涵是不同的，在文本中所扮角色和发挥的作用亦有所差别，其传播指向也是有区别的，这里拟结合当时编选和刊刻的唐宋词集（包括通代词选、词谱、别集等）对其传播指向作些具体的辨析。

（一）标题：编者意图的呈现

在明代，最流行的词籍是《草堂诗余》，以词为"诗余"的观念在当时非常盛行，明人是把词作为"诗之余事"来看待的。在宋代，人们比较重视词的音乐性，称其为"乐府"、"琴趣"、"歌曲"、"乐章"、"长短句"，据施蛰存先生考证，以"诗余"作为词的专有名称是从明代才开始有的事①，明代以词为诗余强调的是其作为诗之补充能表现诗之不能表现的情感内容，当时人们刊刻词集多以"诗余"命名，如曾灿的《六松堂诗余》、陈继儒的《陈眉公诗余》、王立道的《具茨诗余》、李天植的《蠢园诗余》、张綖的《南湖诗余》、陈龙正的《几亭诗余》、吴绪的《啸雪庵诗余》、胡介的《旅堂诗余》、来镕的《倘湖诗余》、杨宛的《钟山献诗余》、陈钰的《射山诗余》，等等。但是，自万历末年起，以"词"直称词集的逐渐多了起来，当时出现的重要选本《词的》、《唐词纪》、《唐宋元明酒词》，便不再使用"诗余"的称谓，在明末清初编选的《词菁》、《古今词统》、《古今词汇》、《词综》、《词洁》、《词觏》、《古今词选》、《词鹄初编》都直以"词"称之，《古今词统》在原编时被称作为"诗余广选"，到定稿及正式刻印时则更名为《古今词统》。在清初词坛，还有人对以词为"诗余"的观念提出批评和驳议，指出："（词）正补古人之所未备也，而不得谓词劣于诗也。"（任

---

① 施蛰存：《词学名词释义》，中华书局1988年版。

绳隗《学文堂诗余序》,《直木斋全集》卷十一)"古诗之于乐府,近体之于词,分镳并骋,非有先后。谓诗降为词,以词为诗之余,殆非通论矣!"(汪森《词综序》)

值得注意的是,这些词集的命名或曰标题:"词的"、"词统"、"词菁"、"词综"、"词洁",都带有很明确的指向性。茅暎谈到自己编选《词的》的动机,就是要求字句韵律合乎法度:"词协黄钟,倘只字失律,便乖元韵;故先小令,次中调,次长调,俱轮宫合度,字字相符,以定正的。"(《词的·凡例》)陆云龙则有感于晚明文坛受公安派影响,"极其变","穷其趣",气格卑弱,特从沈际飞《草堂诗余四集》择其菁华而为《词菁》,达到熔铸古今"发挥诸家之长"的目的(《词菁叙》)。卓人月编《古今词统》则是有鉴于当时选本众多,然尚未有一本系统囊括唐宋迄至明代的通代"集大成"选本,故渔猎群书,哀其妙好,辑为《古今词统》。"自隋、唐、宋、元,以迄于我明,妙词无不毕具。"(孟称舜《古今词统序》)先著编《词洁》也是针对明末清初词坛学唐宋而不得要领,或不明诗词之别,或不辨词之源流,"词洁云者,恐词之或即于淫鄙秽杂,而因以见宋人之所为因自有真耳",所谓宋人之真就是"实之真质,花之生气","先洗粉泽,后除雕绘,灵气勃发,古色黯然,而以情兴经纬其间"(《词洁序》)。《词鹄初编》编者孙致弥,谈到自己少时喜以小词自娱,苦于无师。"世所为词谱者,承讹袭缪,不可依据,乃悉发所藏唐宋元诸家之词,熟读之久而知其与诗、与南北曲之所以分。"是编意在正体,"因考其音之平仄,字之多寡,炼句分段,皆有一字不可易之则,乃恍然悟诗之有法,词独无法乎?……于是按其字句,参其异同,汇而录之,惟其体不惟其辞。有所制辄奉其一右词以自律,譬诸射,强弱巧拙,万有不齐,其志于鹄,一也。姑藉是期免于师心自用而俪背规矩之□

而已矣。于词之源本必穷探律吕，熟察宫调，以求合乎乐府"
(《词鹄初编序》)。从这些标题，大致可以推知这些词集编选者
的传播指向。

(二) 序跋：编者词学观念的表述

明人好附庸风雅，刻书时往往会向文坛大老请序一篇，有的
书坊干脆自我捉刀并署上文坛大老之名，以求卖点。故当时刻印
的词集一般在正文前后都会有一两篇序跋，有的甚至有五六篇，
如《花间集》有温博序、汤显祖序、无瑕道人及毛晋跋；《草堂
诗余》有何良俊序、毛晋跋；潘游龙的《古今诗余醉》前有五
篇序文；毛晋更是在《词苑英华》、《宋六十一名家词》后对每
部词集都撰有跋语，介绍版本流变并对词人发表看法。

序有自序和他序，内容上各有侧重，大致说来序文通常包括
三个方面的内容：(一) 交代编选或刻印词集的缘起、经过。
(二) 他序还会介绍编者的生平，并述及自己与编者的交谊情
况。(三) 发表对相关理论问题的看法，他序还会对相关词集发
表自己的评价。

在明末清初刊刻的词集，有丛刻，有总集，还有别集，因种
类不同，序文的侧重点也稍有差别。当时，最著名的词集丛刻是
毛晋的《宋六十名家词》，前有夏树芳和胡震亨序，胡序着重谈
到毛晋刻书之起因，在宋代，以为词不入流，对之亦不珍惜，以
此失传最多："虞山子晋毛兄，惧其久而湮也，遂尽取诸家词刻
之。"然而，在作者看来，词之为用非可小觑，宋时便用之廊庙
朝廷，所以，《宋六十名家词》实备有宋一代之乐的意义，"子
晋几无以张宋存词之传，功在词诸家，故不细"。其对毛晋《宋
六十名家词》"存词"、"传人"、"备乐"的意义作了很高的评
价。相对丛刻来说，总集特别是选集在"存词"、"传人"、"备

乐"方面意义更为明显，《古今词统》参订者徐士俊认为，通过
《词统》的编选将隋、唐、宋、元、明名家诸作收纳其中，"或
曰：诗余兴而乐府亡，歌曲兴而诗余亡。夫有统之者，何患其亡
也哉？"（《古今词统序》）很显然，在他看来《词统》一选实际
上肩负有"存词"、"传人"功能。柯崇朴为《词综》所撰之后
序，亦谈到自己参与《词综》编选之初衷："余惟词学在废兴间
者数百年，良以表彰无人，整齐莫自，故散而无统。"《词综》
正有确立词统之意义，从唐直至元大家名作皆被收入，的确起到
了存一代之史的作用。有如汪森于《词综补遗后序》中所云：
"夫边马依北风以嘶，越鸟望南枝而逝，古人所以兴感于离别
也，矧百年有尽之身，为升沉，为聚散，日月如驶，其中之言笑
晨夕，曾几何时，而顾可长恃乎！"

现代学者龙榆生曾将历代词选宗旨分为四种：一曰便歌，二
曰传人，三曰开宗，四曰尊体。[①] 当代学者肖鹏认为从功能上看
历代词选当分为应歌、存史和立论三类："词选之功能，实际上
只有应歌、存史和立论三体，存史包括传人和传词，立论则兼有
开宗和尊体。"[②] 以选本来传播编者的文学观念，是中国古代文
学批评的一大特色，明末清初特别是清初的词集编选者表现得比
较突出，一部选本就是一位词学家或一个词派的理论宣言，龙榆
生所说的"开宗""尊体"、肖鹏所说的"立论"指的正是这一
点。比如《词综》的编选者汪森，就在前面的序言里谈到尊体
的问题，并打出"尊南宋，尚淳雅"的旗号，指出："鄱阳姜夔
出，句琢字练，归于淳雅。于是史达祖、高观国羽翼之；张辑、

---

①　龙榆生：《选词标准论》，《龙榆生词学论文集》，上海古籍出版社 1997 年
版。

②　肖鹏：《群体的选择：唐宋人词选与词人群通论》，凤凰出版社 2009 年版，
第 10 页。

吴文英师之于前；赵以夫、蒋捷、周密、陈允衡，王沂孙、张炎、张翥效之于后，譬之于乐，舞箾至于九变，而词之能事毕矣。"同样，为唐宋词集所撰之序文亦负载着序文撰写者的词学观念，比如康熙十七年（1678）蒋景祁镌刻《乐府补题》时，阳羡词人陈维崧和浙西词人朱彝尊都撰有序文，朱序曰："诵其词可以观志意所存，虽有山林友朋之娱，而身世之感，别有凄然言外者，其骚人《橘颂》之遗音乎？"陈序曰："嗟呼！此皆赵宋遗民作也……援微词而通志，倚小令以成声。此则飞卿丽句，不过开元宫女之闲谈，至于崇祚新编，大都才老梦华之轶事也。"这两篇序文在观点上基本相同，也就是说在康熙十七年（1671）前后的清初词坛，大家一致推崇有寄托之旨的《乐府补题》。但是，在多年后，朱彝尊再为《绝妙好词》、《乐府雅词》、《典雅词》撰写跋语时，其思想已发生变化，不再重提寄托之义，而只是盛推这些南宋选本能"以雅为尚"，它们与在明代流行的《草堂诗余》相比"雅俗分殊"。

（三）凡例：编刻缘起、原则、体例的交代

凡例，一般是词选或词谱前的编者说明，是编者就自己的编选缘起、宗旨、原则、体例，对读者的一个交代或说明，又称"选例"、"发凡"。这类文体不像序跋，序跋因是一篇文章，主题必须明确，它通常是以分条别目的形式出现的，表述比较自由，能较全面地展示作者的思想，它还是面向读者说话的，表达的内容非常明确和直接，不过分地论述和展开，是读者进入正文本之前必须阅读的内容，正如热奈特所说的是进入"正文本"的一个关键性"门槛"。

明末清初大约有三种类型的选本：一般性词选、谱体性词选、专门性词选。一般性词选重在选词或选人，谱体性词选则以

备体为主，专门性词选主要围绕专题或专人选词。上述三类词选，谱体性词选较重要的有《诗余图谱》、《啸余谱》、《文体明辨·诗余》、《填词图谱》、《选声集》、《记红集》、《词律》、《钦定词谱》；专门性词选有《唐宋元明酒词》、《古今别肠词选》、《林下词选》（女性词选）、《古今名媛百花诗余》（女性咏物词选）；其中一般性词选数量最多，比较重要的有《词的》、《花草粹编》、《古今词统》、《精选古今诗余醉》、《词菁》、《古今词汇》、《词综》、《词洁》、《御选历代诗余》、《古今词选》等。

因上述选本的侧重点不同，故凡例的内容及编选宗旨亦各有特色。兹各选一例说明之，谱体性词选以赖以邠《填词图谱》为例，其凡例的基本出发点是："词调盈千，各具体格，能不事规矩绳墨哉？"接着下来，谈到词调当以宋为准，填词则当区分字数、句式、体式、平仄等，基本上涉及的是词的体制内容。而一般性词选在内容上则要复杂得多，像朱彝尊的《词综·发凡》洋洋洒洒万余言，不但交代了自己为编是选访求唐宋词籍的情况，而且重点阐述了自己对词之相关问题的看法，比如选词宗旨、考订词人里爵、辨别词体词调等理论问题，澄清了明末清初以来在相关问题上的模糊认识，为清代词坛的进一步发展和繁荣指明了方向。周铭之"凡例"则谈到自己编选《林下词选》之缘起，本意在继轨黄昇的《花庵词选》，编选一部《草庄绝妙词选》，因家鲜藏书，肆无善本，只好转而先订《林下词选》。"闺秀之词，杂见诸书，从来苦于专选。殊不知帏房旖旎之习，其性情于词较近，故诗文或伤于气骨，而长短句每多合作。考其声律，挹其风韵，定非丈二将军所能按弦而合节也。"赵式在《古今别肠词选》序言部分着重谈"别肠词选"的编辑初衷，而凡例部分则着重介绍词选编辑的原则、体例及前后经过。从上述情况看，凡例部分通常是对序言内容的补充，也是对正文本未尽事宜的具体交代和说明，阅读唐宋词正文本必须先了解编者的"凡例"。

另外，从明末到清初词集"凡例"内容的变迁，还可以看出明末清初词学思想观念的变化。比如《词的》"凡例"主要意思有三点：以香艳为色；力主遵守词律；选人选词尽量做到客观真实，这可以说是明代词坛的主流思想，《古今词统》"杂说"部分辑录之王世贞、张綖、徐师曾"论诗余"皆作如是观。到清初，重要的词选如《词综》、《词洁》、《御选历代诗余》"凡例"，除了继续强调以宋词为词史之盛、填词必须严守宋人词律外，随着清代官方倡导"清真雅正"的文化理想，思想上也转而向"典雅"、"雅洁"、"雅正"转变。或曰以雅为尚，或曰不失于正，不涉绮靡，坚决杜绝"流于秽"、"即于淫"之类现象的发生。

（四）目次：明末清初词坛传播意向的转变

明末清初的词集目次大体上有三种类型：一是分类体，一是分调体，一是以词人年代先后为序。这些看起来只是按词集篇目编排顺序，在内容上却反映了编者的词学旨趣及观念。

在宋代，词集的刊行目次有以词曲宫调分类的，如柳永的《乐章集》；有以词人年代先后为序编次的，如《花庵词选》；有以内容题材分类的，如《草堂诗余》。在明代，《草堂诗余》最为流行，以题材内容作为分类标准的做法也最为通行，目前所知有16种之多，而且在嘉靖以前基本上是分类本的天下，然而在嘉靖二十九年（1550）上海顾从敬刻《类编草堂诗余》，将原来以内容题材分类改为按词调字数多少为序编目，这一编目次序的改变对明末以后词集的编排产生极深远的影响。"反映了选家欲合订谱与选词为一体，将词选选成既是玩味欣赏的读本，又是填词创作的格律准式的努力和追求。"① 到万历以后便不再是分类本独霸选坛，先是分调本与分类本平分天下，而后是分调本逐渐并最后完全取代分类本。近代著名学者赵万里说："自分调本行，而分类本渐微。嘉靖后所刻《草堂诗余》，如李廷机本、闵映璧本、《词苑英华》本，皆直接自此本出（指顾从敬刻本）。即钱允治、卓人月、潘游龙、蒋景祁辈所著书，亦无不标小令、中调、长调之目。故欲考词集之分调本，不得不溯此本为第一矣。"② 在清初编选的各类选本，无论是通代词选还是断代词选，不再有以题材内容编目的分类本。一部《草堂诗余》，两种目次编排法，为清初词坛留下了议论不尽的词学话题，清代出现的各类选本不是分调本便是以词人先后为序的编排本。

分调法亦即编目分小令、中调、长调，还引发了明末清初词坛对相关理论问题的探讨。如逸史蝶庵《牖日谱词选序》：

> 长调敷景排偶，超于赋之摭实；中调语短情长，远于近体之严板；小令拍促激峭，优于绝句之隽永。所以，协律知声，长短协节，词差兼诗赋之长，而猎诗赋之美。

俞彦《爰园词话》：

> 小令佳者，最为警策，令人动褰裳涉足之想……长调尤为戛戛，染指较难。盖意窘于侈，字贫于复，气竭于鼓，鲜不纳败。比于兵法，知难可焉。

---

① 肖鹏：《群体的选择——唐宋人词选与词人群体通论》，凤凰出版社 2009 年版，第 423 页。

② 赵万里：《校辑宋金元人词·引用书目》，中研院历史研究所 1931 年排印本。

沈谦《填词杂说》：

> 小调要言短意长，忌尖弱；中调要骨肉停匀，忌平板；
> 长调要纵横自如，忌粗率，能于豪爽中着一二精致语，绵婉
> 中着一二激厉语，尤其错综。

李东琪：

> 小令叙事须简净，再着一二景物语，便觉笔有余闲。中
> 调须骨肉停匀，语有尽而意无穷。长调切忌过于铺叙，其对
> 仗处，须十分警策，方能动人。设色既穷，方不窘于边幅。
> （王又华《古今词论》引）

　　这些议论显然都是从顾从敬三分法而来，也就是对三分法作
了进一步的理论阐述和升华。
　　尽管分调三分法简便易行，但在理论上却是有它的缺陷性
的，即有的词调在字数上是有出入的，如果按照清初学者小令
59 字以内、中调 60 字起 89 字止、长调在 90 字以上的划分，那
么很有可能会造成同一词调会被划入到小令与中调抑或中调与长
调的范围，所以，在清初朱彝尊对这一分词调为小令、中调、长
调的三分法表示不敢苟同："宋人编集歌词，长者曰慢，短者曰
令；初无中、长调之目。自顾从敬编《草堂》词，以臆见分之，
后遂相沿，殊属牵率。"（《词综·发凡》）当他编选《词综》时，
便改当时流行的三分法为以词人年代先后顺序编目，而他的朋友
钱芳标在编《词畹》时则采取以字数多少为先后的排序法，这
种做法也为万树《词律》、王奕清《历代诗余》所沿袭。万树还

专门就顾从敬的三分法提出批评："所谓定例，有何所据。若以少一字为短，多一字为长，必无是理。如《七娘子》，有五十八字者，有六十字者，将名曰小令乎？如《雪狮儿》，有八十九字者，有九十二字者，将名曰中调乎？抑长调乎？故本谱（指《词律》）但叙字数，不分小令、中调、长调之名。"《历代诗余》的编选者亦表明以字数多寡分卷，不分小令、中调、长调，《四库全书总目提要》为之评价道："不沿《草堂诗余》强分小令、中调、长调之名，更一洗旧本之漏也。"

（五）词人姓氏和编者名录：编选活动的真实记载、词学流派的集结方式

词人姓氏是词选之前对词人的简要介绍，这也是读者进入正文本之前的一个重要"门槛"。明末清初比较重要的选本大都有词人姓氏这部分内容，如《古今词统》、《兰皋明词汇选》、《倚声初集》、《瑶华集》、《御选历代诗余》、《名家词选》等，还有一部分词选的词人姓氏是出现在正文部分，比如《词综》以词人年代先后为序，在选取入选词人时往往会对其里爵、仕履有一个基本介绍，有的地方还附上以往词话或诗话记载的本事或评论。

编者名录最值得玩味，它交代了词集编刻的情况及参与人员的任务分工，是了解清初词坛词学活动的重要史料。比如《古今词统》标明卓人月汇选、徐士俊参评，就明确地说明了这部词集编选过程中两人的分工情况：卓"选"和徐"评"；朱彝尊在《词综·发凡》部分也交代了这部选本的参与者及其任务分工，协助其编纂《词综》的有汪森、曹贞吉、严绳孙、汪懋麟等21人，帮助其考订词人姓氏的是柯崇朴，襄助其校勘版本的是周筼；卓回《古今词汇缘起》则详细叙述了自己编纂《古今

词汇》的前后经过，初编、二编是他与周在俊二人合作完成的，而三编则是他与其子令式、孙长龄、松龄共同完成，其参阅者则有王士禛、吴兴祚、吴绮、曹溶、陈维崧、朱彝尊、彭孙遹、严绳孙等多达 36 人；《御选历代诗余》提到是选的编纂成员有沈辰垣、王奕清、阎锡爵、余正健、杨祖楫、吴襄、王时鸿、俞楷、秦培、杨潜、吴陈琰等共 22 人。通过这些编者名录，我们发现明末清初的词集或词选大都是集体协作的成果，而且围绕一部词集的编刻或词选的编纂，又形成了一个个关系密切、旨趣相近、思想相通的文人集团。

以《词综》为例，这是一个通过唐宋词集的整理而结派的典范。朱彝尊《词综·发凡》提到"佐予讨论编纂者"共 21 人：

> 汪子（森）而外，则安丘曹舍人升六，无锡严征士荪友，江都汪舍人季用直，宜兴陈征士其年，华亭钱舍人葆馚，吴江俞处士无珠，休宁汪上舍周士、季青，钱塘龚主事天石，同郡俞处士右吉，沈上舍融谷，缪处士天自，沈布衣覃九，叶舍人元礼，李征士武曾、布衣分虎，沈秀才山子，柯孝廉翰周，浦布衣傅功，暨门人周瀌岳也。

相对其他词选的编辑而言，这是一个阵营相当庞大的编辑队伍，其成员的构成也比较复杂：有词风近于豪纵的曹贞吉，有词风相对缠绵婉约的严绳孙，还有追攀《花间》风尚的汪懋麟、钱芳标、叶元礼，更有著名的阳羡派宗师——陈维崧，但总体说来这是以友朋、师生、乡谊为纽带聚集起来的一个文人群体，其主体部分还是以朱彝尊、汪森、周筼、柯崇朴为中心、以浙西六家为基本成员的编纂队伍。《词综》的编纂发端于康熙十一年，康熙十二年朱彝尊客潞河龚金事佳育幕中，曾与龚翔麟等人一同探讨过《词综》的编纂问题："数百年来残谱零落，未有起而搜集者。竹垞（朱彝尊）工为短句，始留意搜集访，十得八九。当其客通潞时，蘅圃（龚翔麟）与之朝夕，悉取诸编而精研之。"（龚翔麟《红藕山庄词序》）也正是在这一时期，4 年后的康熙十六年，"浙西六家"再聚龚氏"玉玲珑阁"，晨夕唱和，刊为《浙西六家词》，浙西词派便以形成。厉鹗《东城记事》"玉玲珑阁"条云："（龚翔麟）为太常卿佳育子，风流淹雅，少日喜为乐章，出入梅溪、白石诸公。太常开藩江左，署有瞻园，禾中朱检讨彝尊、李征士良年、上舍符、沈明府皞日、上舍岸登，皆在宾榻。酒阑綦罢，相与倡和，刻《浙西六家词》行于时。"

（六）词话或评语：创作背景的记录和观念史的展示

在清初还有部分词选或词集附有词话，如邹祗谟的《倚声初集》、卓回的《古今词汇》前皆有《词话》、蒋景祁的《瑶华集》后附《名家词话》，《御选历代诗余》后更附有数量多达十卷的《历代词话》，其中《古今词汇》、《历代诗余》都是通代词选，这些词话不仅有助于我们加深对词集所选作品的理解，更有助于了解明末清初词学思想的发展变迁。

评语有编者自撰评语和读者点评两种，自撰评语有代表性的是先著的《词洁》，由读者撰写评语者有卓人月的《古今词统》和许昂霄的《词综偶评》，因评点者角度立场不同，评点的态度亦略有差异。这些评点在形式特征上，主要表现为三言两语揭示词篇之旨，或对其精彩词句、精言妙义予以阐说，或是对其章法、句法、字法艺术予以披露，或发表品评者自己的审美感受和体会。"评点的批评注重细微的分析剖判，从局部着眼衡量，未免'识小'之讥。但放在整个中国文学批评的体系中看，评点所最为倾心的是文本本身的优劣，它努力挖掘的是文学的美究竟何在以及何以美，它注重对文本的结构、意象、遣词造句等属于文学形式方面的分析，同时也不废义理和内容的考察，尽管这在评点是次要的。"①

　　然而，对于明末清初的词集评点，应该就具体情况而论，即在明末的词集评点带有很强的宣传意味，直到清初才具有表达观念和传播思想的用意。我们知道，在明代文坛有着一股浓厚的标榜声气的风习，为了达到推销和扩大声誉的预期效果，操持选政者除了请文坛名宿为之作序外，就是请友朋评点一二或自己亲自捉刀，正如廖燕所说的："选盖以评而传，不然，则亦谓之代钞而已。"② 像明末出现的重要选本如《草堂诗余四集》、《词的》、《词菁》、《古今词统》、《精选古今诗余醉》，其用意皆在此。在明人看来，再好的选本，如果没有评点的推动，也不会达到预期的传播效果，也不会有预期的市场"卖点"，这一风气使得本来对借评点虚张声势特别反感的学者也不得不从俗而行，甚至无奈地发出"私心窃非之，今复尔尔，何异同浴而讥裸裎"③ 的喟叹，从此可看出以评点作为推手获得社会反响的观念在当时人心目中具有很大的影响力。进入清初，这一风气在当代词集的刊刻上继续蔓延着，只要是刻有词集者必有评点相随，但在词集选本上情况稍有变化，即借选本来"开宗"、"立派"的意识越来越浓，当时出现的众多地域性选本如《西泠词选》、《柳洲词选》、《荆溪词初集》、《浙西六家词》、《清平集初选》，都意在标榜声气，扩大地域性词派的影响。与之相伴而行的是唐宋词选的编纂

---

　　① 张伯伟：《中国古代文学批评方法研究》，中华书局 2002 年版，第 591 页。
　　② 廖燕：《评文说》，《廖燕全集》，上海古籍出版社 2005 年版，第 254 页。
　　③ 邵长蘅：《青门旅稿序》，《青门旅稿》卷二，《四库全书存目丛书》集部第 248 册，第 67 页。

和评点，像清初重要选本《古今词汇》、《古今词选》、《词综》、《词洁》就是在这样的背景下出现的，它们都肩负有传播编选者思想主张乃至张扬、传播本派词学观念的重任。

（七）外文本：内文本的补弃和拓展

外文本是指在文本之外，由正文本衍生出来的副文本，包括编者编辑唐宋词集过程中与朋友来往讨论的书札，以及文本刊刻之后读者的评论和批语，它们实际上是在文本之外的文本，但要了解其内容又必须联系相关文本来阅读，所以还是应该归到副文本的范畴。

比如《词综》是清代影响最大的唐宋词选本，丁绍仪说"自竹垞太史《词综》出而各选皆废"（《听秋声馆词话》卷一三），所誉虽未免过当，但在康熙十七年之后，《词综》之前所刻之唐宋词选逐渐从词坛淡出，一时间对《词综》的议论是康熙词坛的热门话题。

> 竹垞博搜唐宋金元人集，以辑《词综》，一洗《草堂》之陋。（沈皞日语，见冯金伯《词苑萃编》卷八）
>
> 从来苦无善选，唯《花间》与《中兴绝妙词》差能蕴藉。自《草堂》、《词统》诸选出，为世脍炙，便陈陈相因，不意铜仙金掌中，竟有尘羹涂饭。而俗人动以当行本色诩之，能不令人齿冷哉？近得朱锡鬯《词综》一选，可称善本。闻锡鬯所收词集凡百六十余种，网罗之博，鉴别之精，真不易及。（纳兰性德《与梁药亭书》）
>
> 吾师竹垞先生之《词综》，不芜不秽，一开生面。其别裁伪体，可继周草窗《绝妙好词》，曾端伯《乐府雅词》犹逊其高洁矣！（楼俨《再与友人论词书》）

是编（指《词综》）录唐宋金元词通五百余家，于专集及诸选本外，凡稗官野纪中有片词足录者，辄为採掇，故多他选未见之作。……其立论（指朱彝尊《词综发凡》的论词观点）大抵精确，故其所选能简择不苟如此，以视《花间》、《草堂》诸编，胜之远矣！（《四库全书总目》）

无论是朱彝尊的同辈朋友，还是他的后辈门生，还有官方的《四库全书总目》，对《词综》都作了相当高的评价，《词综》亦成为后代词选效法的榜样，出现了王昶的《明词综》、《国朝词综》、陶樑的《词综补遗》、黄燮清的《国朝词综续编》、丁绍仪的《国朝词综补》，这一现象有似明代特有的"草堂"选本系列，它则构成了唯清代独有的景观——"词综"选本系列。上述评论及"词综"系列现象，皆是我们了解和解读《词综》意义的副文本。

四　唐宋词集"副文本"的传播效应

通过上面的描述可知，明末清初有着形式多样、内容丰富的唐宋词集副文本，这些副文本对完善正文本的意义底蕴、拓展正文本的意义空间有着极其重要的作用，接着我们还要考察这些唐宋词集副文本在明末清初词学复兴过程中所引发的传播批评效应。

（一）词集副文本的批评功能

近代学者张尔田在《彊村遗书序》中提到清代词学有四大贡献，一曰词律，二曰词韵，三曰尊体，四曰校勘；钱仲联先生在《全清词序》中也提到清词复兴的五大表现，一曰开拓词境，二曰词人即学人，三曰清词流派众多，四曰词学理论走向成熟，五曰词人数量众多。无论是哪种归纳，不可否认，唐宋词集的重刻或重编，不但扩大了人们的审美视野，提升了人们的审美品位，为人们提供了可资借鉴的填词范本，而且为清词流派的建构、词学活动的开展以及理论主张的宣传都起着至关重要的作用，作为词集重要组成部分的副文本在明末清初词学复兴过程中所发挥的作用主要表现在词学理论的建构上。孙克强《清代词学》一书曾提到清代词学的理论表述方式有八种：1. 词话。2. 词集、词选。3. 序跋、批注。4. 有关词学的书札。5. 论词诗、词。6. 笔记。7. 词韵、词谱。8. 诗话、曲话。在上述八种表述形式里除第五、第六、第八外，其他五种表述方式都出现过唐宋词集副文本的身影，也就是说词集副文本成为明末清初词学批评和理论建构的一道特有的"风景"。

当然，上述各类副文本在明末清初词学建构过程中所扮演的角色是不同的。按照郭绍虞先生的解释，"诗话"有以资闲谈的，也有阐发理论的[①]，明末清初作为副文本的词话也有上述两种类型，属于前者有《历代诗余》"词话"，属于后者有《古今词汇》"词论"。但是，我们认为，阐发理论的"词话"副文本较多，也最能说明词集编者的思想倾向性。比如《古今词统》前的"杂说"部分就辑录了宋明时期最重要的词学观点，《古今词汇》前的"词论"部分则把明末清初比较重要的词论汇辑起来了，包括张炎的《乐府指迷》、徐师曾的《论诗余》、俞彦的《爰园词话》、沈际飞的《诗余发凡》、毛先舒的《鸳情词话》、王士祯的《花草蒙拾》、刘体仁的《七颂堂词论》、贺裳的《词

---

① 郭绍虞：《清诗话》"前言"，上海古籍出版社 1978 年版。

筌》、彭孙遹的《金粟词话》、周在浚的《词论》、顾璟芳的
《兰皋词论》、卓长龄的《羡门词说》、丁介的《词论》等。另
外，词集、词选、词韵、词谱的序跋、凡例或批注也是明末清初
词学批评的重要方式，尤其是序跋和批注，像汪森的《词综
序》、朱彝尊的《词综发凡》、许昂霄的《词综》批注、万树的
《词律发凡》都是被后代批评史著作反复引用的文论经典。而
且，这些副文本还会对相关正文本进行理性的批评和反思，从而
引发出人们对明末清初词学批评现象的总结和清算。比如朱彝尊
《词综发凡》第四则就是对明末清初唐宋词选流传情况进行系统
总结的一篇宏论，楼俨的《再与友人论词书》更对历代选本作
了比较全面的评价和分析，认为唐代词选《尊前》不如《花间》
之精粹，宋代词选唯《绝妙好词》所收最高，《草堂诗余》所收
最下，明人编选之词选如《词林万选》、《花草粹编》、《古今词
统》皆不及朱彝尊之《词综》，这些皆可视之为清初词学批评之
批评。

（二）副文本对正文本的"意义"建构

副文本虽然是由正文本衍生出来的，甚至有些副文本的内容
及形式在不同版本里还会发生变化，但是副文本对正文本"意
义"的确定却有着至关重要的作用。正如英加登所说的："一件
艺术作品的发端不仅需要作者，而且也需要读者和观赏者再创造
的接受经验。所以，从一开始，由于它存在的性质和方式，它便
指向本质上不同的经验的历史，不同的精神主题，并以此来作为
它存在的必要条件和呈现方式。"① 因为唐宋词集正文本毕竟是
过去时代的产物，但经过明清的重刻或重编，这时被它的刊刻者

---

① 转引自朱狄《当代西方艺术哲学》，人民出版社 1994 年版，第 243 页。

或重编者赋予了新的意义，也就是说是新的时代、新的意义使得"过去"的东西重新焕发生机和活力。"过去时代的艺术作品引起后人的注意，常常不是因为原来的那些理由……每个时代的批评家都有需要去表达他那个时代的审美判断。"① 如果没有副文本的引导，正文本的"当下"意义是无法打开的。

　　据台湾学者陶子珍的研究，万历前期编选的唐宋词集如《词选万选》、《花草粹编》，还保留较为浓厚的受《花》、《草》影响的印迹，然而自万历末年《词的》编选起明末清初的唐宋词选已开始向南宋倾斜，《古今词统》、《古今词汇》、《词综》、《清啸集》、《词洁》所收南宋词甚至超过了北宋词②。这一选目和选量的新变化，也反映了词集编选者词学观念的变化，这些在上述词集副文本里都有明确的交代和说明。比如《词的》"凡例"第一则云："幽俊香艳为词家当行，而庄重典丽者次之。故古今名公悉多巨作，不敢阑入。匪曰偏徇，意存正调。"这说明该选本还是持守婉约为正的观念，所选皆为秾艳婉媚之篇，像苏轼的《念奴娇》（大江东去）、辛弃疾的《永遇乐》（千古江山）等豪迈俊爽之作未能阑入。到卓人月编《古今词统》对婉约、豪放不存偏至之观，立论主张持平："古今之为词者，无虑数百家，或以巧语致胜，或以丽字取妍；或望断江南，或梦回鸡塞……诸如此类，人人自以为名高黄绢，响落红牙；而犹有议之者，谓铜将军、铁绰板，与十七八女郎相去殊绝……余与珂月起而任之曰：是不然，吾欲分风，风不可分；吾欲劈流，流不可劈，非诗非曲，自然风流，统而名之以词。"（《古今词统序》）对这一点，孟称舜的序有更明确的说明："古来才人豪客，淑姝

---

① Stephen C. Pepper：《批评的基础》，哈佛大学出版社 1948 年版，第 48 页。
② 陶子珍：《明代词选研究》，秀威资讯科技股份有限公司 2003 年版。

名媛，悲者喜者，怨者慕者，怀者想者，寄兴不一。或言之而缠绵焉、凄怆焉，又或言之而嘲笑焉、愤怅焉、淋漓痛快焉。作者极情尽态，而听者洞心耸耳，如是者皆为当行，皆为本色，宁必姝姝媛媛，学儿女子语而后为词哉?"(《古今词统序》) 到清初，词坛尊雅之风抬头，南宋典雅词派逐渐为人所重，朱彝尊所编《词综》前三十卷，唐词68首，五代148首，北宋词440首，金词62首，元词216首，南宋词高达946首，远远超过其他几个朝代的总和，朱彝尊还在《词综发凡》中明确指出，他的这一选本偏向以姜夔为代表的南宋典雅派，不但该派词人词作入选率高，而且强调他就是要仿效宋人选词以雅为目。这说明尊雅黜俗已是当时词选所努力的方向。

中　篇

第五章

关于唐宋词接受的理论论争

经过唐宋文学的高峰之后，摆在明清作家面前的是丰富的唐宋文学遗产。是撇开这些文学遗产不论，独立进行自己的文学创作，还是正视现实并合理地吸收前代文学遗产，这是摆在每一位作家面前的现实问题，每一位作家都要在继承与创新的问题上表明自己的态度，作出自己的选择。"词"在明末清初已呈复兴之势，人们应该接受一种什么样的唐宋词统？在这一问题上，当时的云间、西泠、阳羡、浙西诸派，或学晚唐五代，或师北宋，或法南宋；或主张学《花间》，或要求学周、柳，或推崇苏、辛豪放之风，或标榜姜、张清空骚雅之旨；他们站在不同的立场，各取所需，各表己见，形成论争之势。

一　从清初的三次论争说起

明末清初，在如何接受唐宋词的问题上，曾经有过三次影响较大的词学论争。第一次论争的焦点是"复古"，持论的双方是蒋平阶（大鸿）和王士禛（渔洋）。

在明末崛起的云间派，理论上是以力持复古、重振"词统"

为己任的。蒋平阶少从陈子龙游，入几社，与陈维崧、毛奇龄、吴棠桢等亦共吹"复古之风"，诗宗云间，以西京盛唐为归，词则取法《花间》，冀复西蜀南唐之音，其与蒋无逸、沈亿年、周积贤合集之《支机集》便体现了这一创作倾向。沈亿年《支机集·凡例》云：

> 吾党持论，颇极谨严。五季犹有唐风，入宋便开元曲，故专意小令，冀复音，屏去宋调，庶防流失。
>
> 唐词多述本意，故有调无题，以题缀调，深乖古则。吾党每多寄托之篇，间有投赠之作，而义存复古，故不更标题。

《支机集》在清初曾广为流播，这一理论主张在当时也影响很大，邹祗谟、王士禛在他们的论著中都曾提及过，林玫仪先生分析说："在时人心目中，俨然成为云间词派理论之重点，足见蒋平阶师徒父子，在当时词坛必曾发出一段亮丽之光芒。"[1] 但是，王士禛却不赞同蒋平阶的看法，他从文学发展新变的角度指出：

> 仆谓此论虽高，殊属孟浪。废宋词而宗唐，废唐诗而宗汉魏，废唐宋大家之文而宗秦汉，然则古今文章，一画足矣，不必三坟八索，到六经三史，不几几赘疣乎？（《花草蒙拾》）

---

① 《〈支机集〉之完帙之发现及其相关问题》，《词学》第十五辑，华东师范大学出版社 2004 年版。

　　王士禛承认接受文学遗产是必要的，却不能原封不动地去模拟前人，而应该以发展的眼光对待前代的文学遗产。所谓发展的眼光，也就是根据时代的变化，根据现实的需要，选择符合自己审美趣味的文学遗产。王士禛的弟子曹禾说："云间诸公，论诗宗初盛唐，论词宗北宋，此其能合而不能离也。夫离而得合，乃为大家。若优孟衣冠，天壤间只生古人已足，何用有我。"（《珂雪词话》）曹禾更进一步从文学本体论的角度，亦词中"有我"的立场，指出了蒋平阶之论理论缺陷的根本性原因。这场论争是由王士禛等挑起的，蒋平阶等并没有回应，最后是王士禛、邹祗谟等人的观点得到大家的一致认同。比如云间派后学田茂遇在编选《清平初选》时说："我乡前辈言词者以《花间》为宗，几置长调而不作，戒勿涉《草堂》以后蹊径。弱岁侧闻斯论，信疑半之。"在他看来："盖词既唐律体之流，则其时代升降、体裁正变，亦犹诗在唐时，武贞而后，景乾以前，人不一家，家不一辙，安能比而同之，率归太始耶！"亦即不可执其源而弃其流，因为在明末崛起之江南各词派不但使词坛复振，而且开拓出新的格局："今海内工词者不乏人，风气日上，与诗格略同，遂觉我乡主一不变之说似严而实隘，譬诸粉黛嫮视须眉，赍镛让能弦管，即美人香草，作者间有遐情，而空中缀色，已堕思惟尘境矣！"（《清平初选序》）

　　第二次论争发生在卓回与周在浚之间，论争的焦点是关于《古今词汇》的编选宗旨问题。

　　明末崇祯年间，西泠词人卓人月、徐士俊，在《花间集》、《草堂诗余》、《国朝诗余》、《草堂诗余四集》诸选的基础上编成《古今词统》，其中对南宋辛弃疾、刘克庄、陆游等豪放派词人的词作选录尤多，在一定程度上改易了明人尊婉约、轻豪放的观念，也开启了清初词坛宗法南宋的先声。这一选本在当时影响较大,"海内咸宗其书,垂四十年,遂成卓氏之家学" (丁澎《正续花间集序》,《扶荔堂文集》卷二)。卓人月之弟卓回意欲踵继其后,编纂一部反映明末清初词坛状况的新词选,其友严沆建议卓回与周在浚共谋此事,大约在康熙十六年(1677)丁巳左右先后编成《古今词汇》初编二编,周在浚有《贺新郎·钱塘卓方水年七十,走数百里来白下,觅予合选〈词汇〉,于其垂成,作此志喜,再用瑶星韵》记其事,并阐述了他们编选《词汇》的宗旨:

> 辛似天边鹤。听云中、一声长唳,翔翔高泊。且道涪翁能绝俗,却又怪他穿凿。苏又别、生成丘壑。柳七苦遭脂粉涴,但红牙低按供人乐。医俗眼,少灵药。 吾曹肯使源头涸?漫搜求、缥缃秘籍,互加斟酌。大雅独存真不易,陈腐何能生活?况又是依人匍匐。堆垛饾饤尤可叹,叹今昔、传习非真钵。披毒雾,见寥廓。

卓回亦以同调同韵步和之,词云:

> 倦矣孤鸿飞鹤。怪人情、芝田不宿,大江漂泊。最耻鸢鸟能攫肉,遑问稻粱精凿。掬秋水、一泓云壑。孔思周情如断梗,且拍张按节从时乐。浣脂粉,当良药。 原泉汨汨曾无涸。有彩笔、非秋垂露,供吾斟酌。大雅爱谁定例,俯首雕虫生活。笑嘈李曹腾匍匐。天地元音应未坠,漫文言、某某传衣钵。真风雅,竞寥廓。

在《词汇》初编里,选录数量排列前十位的是:辛弃疾(89)、苏轼(51)、周邦彦(45)、吴文英(39)、秦观(36)、蒋捷（30）、程垓（28）、刘克庄（24）、黄庭坚（22）、陆游（22）、周密（22），其中辛弃疾以 89 首的入选量高居榜首，遥遥领先，这说明辛弃疾在他们心目中的重要地位，他们是要通过《古今词汇》改变传统的本色观："品填词者有本色当行之目，予初不解，及观张于湖、钱功甫诸君持论，大概倾倒于香奁软美之文，而文心风调，似非魂梦所安，乃犹未敢竟其非，恐为诸方检点耳……予意作词，何尝尽属无题，如遇吊古、感遇、旅怀、送别及纵目山川、惊心花鸟等题，安得辄以软美付之？可知香奁自有香奁之本色当行，吊古诸题自有吊古诸题之本色当行。"（卓回《词汇缘起》）但到编选《古今词汇》三编时，他却撇开了周在浚，由他和其子令式、孙长龄、松龄等人编校，再由其友人严沆、朱彝尊等共同参订，这时他的选词宗旨已发生了重大的变化，即以"绝妙好辞"为论词之旨归："词调风气聿开，掬士扁心，专尚香奁，弊流鄙亵。于是英人俊物，襟怀宕往者，起而非之，悬旌树帜，聚讼不休。余以为皆非也……苏、辛未尝乏缠绵温丽之篇，黄、周时亦露矜奇负气之句，大要不失'绝妙好辞'四字宗旨耳，此可令两家扣舌者也。"（《词汇三编凡例》）正如严迪昌先生所说，这段文字貌似平正，其实他非难稼轩词的"矜奇负气"是很明显的。这次论争反映清初在宗婉约还是推豪放上，在词的体性观念存在着较大的分歧，"周、卓之争是清词进入一个重要转折时期的具体标志之一"[①]。

　　第三次论争发生在朱彝尊与纳兰性德之间，论争的焦点是关于《词综》编选宗旨的问题。

　　明末以来，受《草堂诗余》的影响，词坛上浮荡着一股淫靡风气，"作者非冶容不言，选者非目眺不录"（方文《南窗文

---

① 严迪昌：《清词史》，江苏古籍出版社 1990 年版，第 128 页。

略》卷一跋）。当时词坛操持选政者，亦多沿袭《花间》、《草堂》的选录标准和编纂体例，如《古今词统》、《古今诗余醉》就是这样较有影响的两部词选。"世之论词者，惟《草堂》是规，白石、梅溪诸家，或未窥其集，辄高自矜许。予尝病焉，顾未有夺之也。"（汪森《词综序》）在这样的动机驱使下，朱彝尊、汪森、周筼、柯崇朴等相约重编一部他们心目中的理想词选，大约在康熙十一年（1672）"稍引端绪"，而后经过前后 7 年的时间广搜博取，"采之精而取之粹"，终于在康熙十七年（1678）纂成并刻印行世，成《词综》三十卷。这部选本的一个最大特点就是搜罗宏富，朱彝尊《词综发凡》云：

> 是编自《百川学海》、《古今小说》、《唐宋丛书》、曾氏《类说》、吴氏《能改斋漫录》、阮氏《诗话总龟》、胡氏《苕溪渔隐丛话》、陶氏《说郛》、商氏《稗海》、陆氏《说海》、陈氏《秘笈》外翻阅小说，又不下数十家。片词足采，辄事笔疏，故多选未见之作，庶几一开生面。

尽管朱彝尊也说过，小令以北宋为正，慢词则以南宋为宗；但是，他们在《词综》这部选本里明显地流露出尊南宋的倾向，已经把它的接受目标转向姜夔、张炎、史达祖、吴文英等南宋词人。然而，在纳兰性德看来，朱彝尊的这部选本也是存在着缺点的——博而不精，他在《与梁药亭书》中说：

> 仆少知操觚，即爱《花间》致语，以其言情入微，且音调铿锵，自然协律；从来苦无善选，唯《花间》与《中兴绝妙词》差能蕴藉……近得朱锡鬯《词综》一选，可称善本。闻锡鬯所收词集凡百六十余种，网罗之博，鉴别之

精，真不易及。然愚意以为吾人选书，不必务博，专取精诣；杰出之彦，尽其所长，使其精神风致涌现于褚墨之间。每选一家，虽多取至什至佰无厌，其余诸家不妨竟以黄茅白苇，概从芟薙。青琐绿疏间，粉黛三千，然得飞燕玉环，其余颜色如土矣。天下唯物之尤者，断不可放过耳，江瑶柱入口而复咀嚼鲍鱼马肝，有何味哉？

反对朱彝尊求博是一个方面，另一个方面则是不满朱彝尊的宗南宋，顾贞观曾说过："南宋词虽工，然逊于北。"[①] 纳兰性德的信中还详开入选家数：北宋之周邦彦、苏轼、晏殊、张先、柳永、秦观、贺铸；南宋则姜夔、辛弃疾、史达祖、高观国、程矩夫、陆游、吴文英、王沂孙、张炎，"诸人多取其词，汇为一集，余则取其词之至妙者附之，不必人人有见也"。从名单可见，纳兰性德的主张是：牢笼百家，转益多师，不欲以门派自囿。

诚然，清初词坛出现的关于唐宋词接受的三次论争，有其特定的政治、社会、文化、文学背景。比如，蒋平阶提倡复古其故有三：一是受陈子龙复古之论的影响；二是明人填词深受元曲的影响，其意在冀复古以正本清源；三是在明代政权消亡之后，汉民族的文化根脉却不能消亡，他们提倡唐音，力辟宋调，也有"文化救国"的意味。而王士禛、曹禾生活在新时代，已不像蒋平阶那样对亡明有着浓厚的眷恋之情，他们要打破旧的传统，创建新的体系，在文学接受的问题上自然主张要有发展的眼光，认为任何一种事物随着时代的推进都应该向前发展，文学也不可能故步自封，停滞不前。在康熙十七年前后出现的周、卓之争和

---

① 李渔：《李渔全集》卷二，浙江古籍出版社1992年版，第510页。

朱、纳兰之争，则主要是在接受什么样的文学遗产方面所引发的论争，他们都是在为创建新的词统提出自己的见解，当然最后是以卓回、朱彝尊的理论主张取得胜利而告终的。但是，我们却从这三次接受之争看到：清初词坛对词学的接受对象问题以及相关的理论取向问题。

二 对《花》、《草》"词统"接受的反思

创建新词统必须打破旧的传统，所谓旧的传统，就是指《花间》、《草堂》所构成的唐宋词统。在清初围绕《花间》、《草堂》的接受问题，各家各派曾经有过一场场极为热闹的论争。上章说过，《花间》、《草堂》是明代最流行的唐宋词选，所谓"《草堂》之草，岁岁吹青；《花间》之花，年年逗艳"（徐士俊语），特别是《草堂诗余》更是广为传播："几百年来，凡歌栏酒榭，丝而竹之者，无不拊髀雀跃；及至寒窗腐儒，挑灯闲看，亦未尝久伸鱼睨。"（毛晋《草堂诗余跋》）一种文学选本的流行，是一个时期文学接受倾向性的真实反映。一方面《草堂诗余》的编排方式、题材内容满足了明人文化消费的需要；另一方面明代万历以来崇俗尚艳的文化思潮，以及以香艳绮丽为宗的词体观念，决定着他们主动地选择和接受了以浅俚俗艳为基本表征的《草堂诗余》。

怎样看待明人接受《花间》、《草堂》的问题？清初在这一问题上形成两种截然相反的看法。

大致说来，在康熙十年（1661）以前，人们对《花间》、《草堂》"词统"，基本上持认同态度，从创作、评论到文学接受，都以《花间》、《草堂》为准。如尤侗自以为所作《百末

词》乃《花间》、《草堂》之余，主观上也是有意把《花间》、《草堂》作为其填词的模板；还有，毛先舒称王浴青的《月查集》"蓑《花间》、《草堂》之胜"；毛奇龄亦谓陆进的《付雪词二刻》："上掩温、韦，下趋欧、柳，合《尊前》、《草堂》而一之"；王士禄称自己在抑郁无聊时，取《花间》、《尊前》、《草堂》诸体，"稍规模为之，日少即一二，多或六七，漫然随意，都无约限，既检积稿，遂盈百篇"；陈聂恒也谈到自己幼时于故纸堆中搜得《花间》、《草堂》两集，"妄以为句读，携之乡塾，时时窃观之"（《栩园词弃稿自序》）；王士禛的《花草蒙拾》也是他阅读《花间》、《草堂》之心得，他与邹祗谟编选《倚声集》亦是意在"续《花间》、《草堂》之后"（《倚声初集序》）。另一位清初词人顾彩还编选了一部名为《草堂嗣响》的词选，也是为了取诸继声《草堂》之意而名之曰"嗣响"。《花间》、《草堂》"词统"成为人们心中挥之不去的情结，吴绮在表彰云间派的转变明末清初词风意义时还说："昔天下历三百载，此道几属荆榛。迨云间有一二公，斯世重知《花》、《草》。"（《钱葆酚香瑟词序》，《林蕙堂全集》卷五）在他看来，让《花间》、《草堂》重现人间，是云间派对明末清初词体文学复兴的一大贡献，清初词学复兴的具体表现就是《花间》、《草堂》词风的盛行了。王晫在描述清初词坛繁盛景观时说："诗余至今日而盛矣，剪彩者愈剪愈新，雕琼者益雕益巧，几令《花间》、《草堂》诸公无专坐处。"（《与孙无言》，《尺牍偶存》卷六）为什么《花间》、《草堂》有如此巨大的魅力，这是因为《花间》、《草堂》在题材、体裁和音乐三个方面已成为词体文学的典范。他们认为："南唐北宋以来，凡所见于《花间》、《草堂》者，莫不别其源流，严其声格，若圭、景、篝、黍之纤毫无以易也。"（徐釚《词靓序》，《南州草堂集》卷二十一）这里说的是词的音

177

乐特性，还有词的文体特性："《花间》句雕字琢，调或未谐，句无不致……《草堂》音协调流，句或未研，体无不秀。"（邹祗谟《衍波词序》）他们甚至认为，清初词坛存在各种流弊——"摭拾浮华，读之了无生气；强填涩语，按之几欲昼眠"，不是因为对《花间》、《草堂》的接受造成了负面的影响，而是因为清初人对《花间》、《草堂》的接受未能得其遗法："温、李厥倡风格，周、辛各极才情。顿挫淋漓，原同乐府，缠绵婉恻，何殊国风。"（邓汉仪《十五家词序》）

实事求是地说，清初盛行的《花间》、《草堂》之风，还是明代词风的承续，所谓"清初沿习朱明，未离《花间》、《草堂》"是也。清代要树立新风尚，建设新词风，走出明人的"影子"，必然要对明末清初的绮艳词风作深刻反思，反思绮艳词风自然无法回避对《花间》、《草堂》"词统"的批判。大约在康熙十年（1671）起已有人开始反思明代以来对《花间》、《草堂》的接受行为。毛际可说："近世词学之盛，颉颃古人，然其卑者，掇拾《花间》、《草堂》数卷之书，便以骚坛自命，每叹江河日下。"（《今词初集序》）以为学古人而卑者，只是掇拾《花间》、《草堂》，过去《花间》、《草堂》在人们心目中的崇高地位被打破了。陈维崧更进一步说："今之……学为词者，极意《花间》，学步《兰畹》"，"矜香弱为当家，以清真为本色，神瞽审声，斥为郑卫，甚或爨弄俚词，闺襜冶习，音如湿鼓，色如死灰"（《今词苑序》）。已把清初词坛之流弊归结到对《花间》、《兰畹》的接受，然《花间》品格高雅，艳而不俗，实乃学之者之过，而非《花间》自身之过也，真正给清初词风造成消极影响的主要还是《草堂诗余》。柯崇朴说："自有明三百年来，人竞帖括，置此道勿讲。即一二选韵谐声者，率奉《草堂诗余》为指南。"（《重刻绝妙好词序》）陈皋也说过："江左言词者，无不以迦陵为宗，家娴户习，一时称盛，然犹有《草堂》之余习。"（《词苑粹编》卷八引）尽管清初诸家接受取向已由北宋转而南宋，但总摆脱不了《草堂诗余》的影响——"微带豪艳"（张其锦《梅边吹笛谱》）。正因为如此，高佑钯把明词"鄙俚褺狎"的责任推至明代以来人们对《草堂诗余》的接受。他说："词始于唐，衍于五代，盛于宋，沿于元，而榛芜于明。明词佳者不数家，余悉踵《草堂》之习，鄙俚褺狎，风雅荡然矣。"（《湖海楼词序》）发表类似看法的还有朱彝尊，他说："词人之作，自《草堂诗余》盛行，屏去《激楚》、《阳阿》，而《巴人》之唱齐进矣。"（《书绝妙好词后》，《曝书亭集》卷四三）《巴人》与《激楚》、《阳阿》之别在雅在俗，《草堂诗余》作为一个在坊间流行的选本，主要是满足大众阶层文化娱乐需要的，它的一个特点就是"俚俗"。在朱彝尊看来，《草堂诗余》的最大失误就在这里，它把填词最雅的姜夔都遗漏掉了，真可谓是"无目"了。让他不可理解的是，比较好的唐宋词选本，如《家宴集》、《谪仙集》、《兰畹集》、《复雅歌辞》等在明代"皆轶不传"，唯独《草堂诗余》所收最下最传。"三百年来，学者守为《兔园册》，无惑乎词之不振也。"（《词综发凡》）

三　对"艳词"接受的两种态度

从上述分析可知，对《花间》、《草堂》的两种接受态度，反映出人们对唐宋词"俗"、"艳"品格的两种不同态度，有的认为词应以秾艳为本色，有的认为词当以典雅为宗尚。那么，唐宋词的传统到底是什么？人们应该接受什么样的唐宋词传统？

大体说来，"艳"是《花间》、《草堂》的基本品格，《花间》所收多是表现男欢女爱的内容,《草堂诗余》亦是以表现男女情爱为主,明末陈子龙说过这类词的特征是: "思极于追(雕)琢而纤刻之辞来,情深于柔靡而婉娈之趣合,志溺于燕婉而妍绮之境出,态趋于荡逸而流畅之调生。"(《三子诗余序》)清初不同词派对《花间》、《草堂》的不同态度,正反映出他们对词的体性,特别是"艳词"体性的不同看法和接受态度。

受云间派思想的影响,柳洲派、西泠派和广陵派都是主张词写儿女私情的。彭孙遹认为,词以艳丽为本色,实乃体制使然。比如韩魏公、寇莱公、赵忠简等,"非不冰心铁骨,勋德才望,照映千古"。然其所作小词,有"人远波空翠"、"柔情不断如春水"、"梦回鸳帐余香嫩"等秾艳之语,然皆"极有情致,尽态穷妍"(《金粟词话》)。沈谦也是一位以写艳词而见长的清初词人,他对秀法师呵斥黄庭坚写艳词表示不满之意:"山谷喜为艳曲,秀法师泥犁喝之。月痕花影,亦坐深文,吾不知以何罪待谗陷之辈。"所著《填词杂说》中记载彭孙遹在广陵见其《云华集》和董文友《蓉波集》,笑谓邹程村曰:"泥犁中皆若人,故无俗物。"他则表示像韩偓、秦观、黄庭坚、杨慎辈,既有"郑声"之作,亦不足以害诸公之人品。那么,自己也愿意像诸公一样"作泥犁中人","悠悠冥报,有则共之"。对于秀法师呵责黄庭坚(鲁直),柳洲词人钱继登也发表了类似的看法:"黄鲁直好为小词,秀铁机呵之为犯绮语戒。夫人苦不情至耳,有至情必有至性。歌词之道微矣,谓忠臣孝子之慨慷,羁人怨女之唱切,有性与情之分,知道者不作是歧观也。"(《草贤堂词笺》)从这里可以看出,沈谦、钱继登等对秀法师所持观点是予以嘲弄态度的,也表明了他们主张借词去表现其儿女之情的坚定立场。

他们不仅为艳词张目,肯定艳词存在的合理性,而且反对有的人把艳词说成是有托意之作,更反对有的人以有寄托为自己写

艳词打掩护。如毛奇龄《西河词话》声称，他的艳词写的就是
自己的冶游生活，并无什么寄托：

> 予少不检（指冶游），凡坊曲伎人，争相请教，且尝以
> 己词令唱，故云间徐西崖赠词有云："最销魂，一曲新词，
> 雪儿争唱神仙句。"……龙眠何令远词云："酒肆歌鬟，千
> 秋乐府。"皆是实录。

他还把自己作艳词的实际情况，告诉了他的朋友徐咸清：

> 徐仲山（名咸清）薄人为词，尝作《青玉案》起句云：
> "少年不幸称才子，徒多作淫词耳。"……特予少时与姜公
> 子作《当楼词》极知失温厚之意。既而自解，谓《国风》
> 甚温厚，然朱熹注作淫诗，则在六经中亦俨然有此等，为夫
> 子所录。因任情为之，要亦无学问，不能自主，故有此。

但徐咸清听了他的陈述后，却为其辩解说："君词不然，灵均
《九歌》、张衡《四愁》，苟非朱注，焉知非《国风》，非怀君念友
之作？"他却老实地回答说："如此则小人文过，过盖甚矣。"毛奇
龄所以不曲意回避自己写艳词，坦陈他的词写的就是自己的"少
不检"，是因为在他看来词本来就应该是以婉艳为宗的，并还以赞
赏的口气说他的朋友张鹤门填词能以《草堂》为归。

但是，也有人不同意沈谦、彭孙遹、毛奇龄的看法，他们认
为自己的艳词是有寄托的，是"托贞心于妍貌，隐挚念于佻
言"。这主要是以吴绮、邹祗谟、魏允札为代表的广陵词人和柳
洲词人，吴绮《汪晋贤桐叩词序》云：

　　夫词之为道，始于李唐，而其体浸淫于五代，盛于赵宋，而其情原本于六朝，故体以靡丽而多风，情以芊艳而善入，虽有《花间》《兰畹》之目，实则美人香草之遗也。

　　他认为《花间》、《兰畹》实是有寄托的，是《楚辞》美人香草的余留。"盖词原靡丽，体虽本于《房中》；语必遥深，义实通于《世说》。"（《钱葆馚湘瑟词序》）"托美人香草之词，抒其幽愤；用残月晓风之句，寄彼壮怀。"（《周屺公澄山堂词序》）"寓幽情于湘芷，托骚思于靡芜。"（《家镜秋侄香草词序》）这一思想在魏允札那里得到更淋漓尽致的发挥，他说：

　　唐人艳体诗首推李商隐，然其寄托深远，多藉美人幽离之思、靡曼之音以写之，盖得楚骚之遗意者。古之才人，凡其胸中抑郁不平而不得申者，正言之不可，泛言之不可，乃意有所触以发其端，而抒其莫能言之隐也。作词者亦是志而已矣，夫何病夫！（叶燮《小丹丘词序》，《已畦集》卷八）

　　他认为对艳词的接受，当以寄托论观之，这是因为作者多是有感而发，所感所发之内容则是"抑郁不平"之声。毛先舒的《平远楼外集序》，对这一点阐述得更为清楚，他是借对自己《平远楼外集》发议论的：

　　外集者何？集填词也；外者何？外之也。何以外之？古经不得已而变《风》、《雅》，古诗不得已而变六朝，近体不得已而变中晚。中晚，诗之末也；填词亦末也。其辞荡于心，其节谐于吻，其音溺乎道，古者耻言之，而予又何从事于斯？生乎开元之先，予微得其声，然予弗敢开

也；立乎祥兴之后，予获观其成，然予弗敢废也。虽然弗
敢淫，弗敢多男女之际，有执手之义，金罍之思，上官闲
馆，罔置喙焉，是弗敢多也。首稍冠以诸吴声曲及诗，本
诸其始基也。附以杂曲著其流也。客曰：其间感仳离，而
悲怨旷，壹何多邪？予曰：是托也，非志也。夫人衷有所
隐，而辞有弗能已，则更端以达之。《离骚》之志，美人
目君；张衡《四愁》，非直为错刀绣段而已也。客曰：唯
唯，无罪已。（《濮书》卷一）

众所周知，屈原的《离骚》是借香草美人寄托其他忠君之
忧的，张衡的《四愁诗》也是借美人贻赠错刀等表达其愁思苦
闷的。毛先舒以屈原、张衡为例子意在说明自己写艳词实寄寓有
身世之感的，柴绍炳也认为毛先舒的《平远楼外集》表面写艳
情其实却有深意："君子观于是集，借号外篇，故饶别解，非徒
靡丽之音，劝百而讽一焉尔已。"（《平远楼外集序》）他还以这
样的方式去解读他人的作品，指出广陵词人邹祗谟的《丽农词》
是：有寓意，含讽刺，合乎《国风》、《小雅》之旨：

兰陵邹子纤士，寄情填词，先后有《丽农》诸刻。其
笔墨之妙，如流波，如静女，其设色落想，都似不从人间
来。今读之，讽刺揄扬，隐而微中，使人留连焉，悄怳焉，
其意必视《三百篇》何以异哉！虽然，余谓皆纤士之学为
之耳。盖纤士负宏悖才，其于文章真能穷源极流者也。所著
文抄、经术、史学，条贯纷纶，而便便出之，如云属河注，
故虽作一词，皆有大气精思贯其表里，而足以益人性情。如
此，则于士射策中甲科，中更不得意，其缠绵侘傺之思，不
能不于词发之，而必本太史公所称《国风》、《小雅》，以为

托始，独难为拘虚者道耳。(《丽农词序》，《潠书》卷一)

他认为《丽农词》刺恶扬善，中有隐微，与《诗经》无异。原因有二：一是邹祗谟通经术史学，便有宏大之气，精微之思贯穿于其中；二是邹祗谟生活历经磨难，顺治十五年中进士后，不久便遭遇挫折（按指因"奏销案"而削落），所以说"其缠绵佗傺之思，不能不于词发之"。这实际上是以知人论世的方法读解《丽农词》的，其实对《丽农词》也不能一概而论，有的当然有托意，但有的也只是实录（写艳情），这一点邹祗谟自己也表白过的。

中国古典诗歌向来有"美人香草"的传统，认为艳词有托意当然是对这一传统的发扬，但也有其生成的现实基础，这就是清初特定的社会环境——政治的高压是毛先舒等文学寄托观提出的前提和基础，也是这一观念在当时流行的主要原因。如陈维崧《董文友集序》云："彼夫以香奁、西昆之体目文友者，是岂知吾文友者乎？乱离之人，聊寓意焉。"毛际可《花间草堂记》亦云："梁汾读书之暇，眷怀先德，俯仰兴亡之故，其生平偃蹇，抑塞悲愤无聊之况，皆于词乎发之。其曰花间草堂者，兼取昔人词选以颜其室，盖有自所寄托，而岂仅以香奁粉泽为工哉？"他们认为作者写艳词只是一种喻体，真正的意图是"意在言外"的寄托。陆次云也认为："作词者，当以《三百篇》为师；选词者，亦以《三百篇》为法。使不失四始六义之旨，则得矣！"但他编选的《古今词选》中还是保留了大量的艳曲，当他的友人韩子衡问他说："既斥淫哇，何以多存艳曲，将无益薪而止沸欤？"他这样回答的："余之所斥者，惟绘绘登徒之容，刻画河间之态者耳。若空中之语，好色而不淫，何敢议闲情为白璧微瑕，效小儿之解事哉？"(《古今词选序》，《北墅绪言》卷四)

他们从创作到接受两个维度都强调要有寄托，主张把艳词作为这一种有寄托的文本去解读，这是诗学接受传统和当代现实语境合力作用的结果。

我们认为，清初词坛对艳词的两种接受态度，从理论逻辑的角度看它反映了中国古典诗学的两种接受取向。以为写艳词只是实说的观念，是一种尊重事实的客观性阐述，是一种反对拘形迹重神韵的接受观念，也是以词宗婉艳的思想为其接受背景的。王士禛的《花草蒙拾》云：

> 坡孤鸿词，山谷以为非吃人间烟火食人语，良然。鲖阳居士云："缺月，刺明微也。漏断，暗时也。幽人，不得志也。独往来，无助也。惊鸿，贤人不安也。此与《考槃》相似"云云。村夫子强作解事，令人欲呕。韦苏州滁州西涧诗，叠山亦以为小人在朝，贤人在野之象。令韦郎有知，岂不叫屈？

王士禛认为苏轼的《卜算子》（缺月挂疏桐）本是即景生情之篇，借孤鸿来表达自己贬谪生活中的落寞之情，鲖阳居士却把它说成是有寓意的政治诗，这显然是偏离了苏轼创作时的原旨的。王士禛接着以反讽的口吻说："仆尝戏谓坡公命宫磨蝎，湖州诗案，生前为王珪、舒亶辈所苦，身后又硬受此差排邪？"（《花草蒙拾》）王士禛是清代神韵说的大力倡导者，理所当然地要嘲弄鲖阳居士这种拘泥于形迹的说诗方式，这样的态度也表现在王夫之对杜甫《野望》一诗的解读上："如此作自是野望绝佳，写景诗只咏得现量分明，则以之怡神，以之寄怨，无所不可。方是摄兴、观、群、怨于一炉锤，为风雅之合调。俗目不知，见其有叶落、日沉、独鹤、昏鸦之语，妄臆其有国君危、贤人隐、奸邪盛之意。审尔，则何处有杜陵邪？"（《唐诗评选》卷四）王夫之认为诗中是可以有寄托的，但反对以索隐的眼光去看诗歌的表现内容，强调用审美的眼光去审视诗歌的意境，不要妄臆其中有什么"国君危、贤人隐、奸邪盛"的政治寓意，这样会把一篇意境完整的诗歌文本肢解得支离破碎、索然寡味、了无诗意。

四　对"本色"接受的两种取向

与"艳词"话题有关联的理论话题是"本色"。"本色"原指事物最基本、最自然、最原始的色彩，中国古典诗学往往借之指代文学艺术的自然之美。陶明濬《诗说杂记》云："本色者，所以保全天趣者也。故夷光之姿，必不肯污以脂粉；兰田之玉，又何须饰以丹漆，此本色之可贵也。"对于诗、词、曲的文体而言，"本色"的含义已转向指称文体的体性特性，它强调各种文体都有自己特有的体性。

那么，"词"应该有一种什么样的文体特征呢？宋人陈师道说："退之以文为诗，子瞻以诗为词，如教坊雷大使之舞，虽极天下之工，要非本色。今代词手，唯秦七、黄九耳。"（《后山诗话》）苏轼以诗为词，"要非本色"，言下之意，秦观之词方为"本色"，秦观的词最大特点是用语纤巧，姿态妍丽，有小女子天真烂漫之美。晁补之说过："少游诗似小词，先生（指苏轼）小词似诗。"（《王直方诗话》）明代基本上是在这一进路上体认词的体性的，王世贞即认为，《花间》以小语致巧，《草堂》以丽字取胜，婉娈而近情，柔靡而近俗；陈子龙也说：

晚唐语多俊巧，而意鲜深至，比之于诗，犹齐梁对偶之开律也。自金陵二主，以至靖康，代有作者。或秾纤婉丽，极哀艳之情。或流畅淡逸，穷盼倩之趣。然皆境由情生，辞随意启，天机偶发，元音自成，繁促之中，尚存高浑，斯为最盛也。南渡以还，此声遂渺，寄慨者亢率而近于伧武，谐俗者鄙浅而入于优伶。以视周、李诸君，即有"彼都人士"之叹。(《幽兰草题词》)

他明确提出南唐北宋是典范，这些应该是人们接受拟议的对象。陈子龙是明末云间派的领袖，他的思想对当时活跃于词坛的柳洲派、西陵派、广陵派都有影响。

以王士禛为代表的广陵词派，承传了明人婉约为正豪放为变的观念。王士禛《倚声集序》云："诗余者，古诗之苗裔也。语其正则南唐二主为之祖，至漱玉、淮海而极盛，高、史其嗣响也；语其变则眉山导其源，至稼轩、放翁而尽其变，陈、刘其余波也。"这段话的意义不仅仅是将唐宋词人划分两种类型，更重要的是将婉约、豪放两派按其发展脉络清理出它们的统系来。依这样的标准来衡量，他认为王世贞把温、韦纳入变体有些不伦不类，从婉约词风发展的角度来看，温、韦之于晏、李、周、秦，就像赋有《高唐》、《神女》而后有《长门》、《洛神》，诗有古诗录别（指苏、李诗）而后有建安、黄初、三唐，"谓之正始则可，谓之变体则不可"(《花草蒙拾》)。但是，他的观点也不完全是云间派的简单翻版，而是认为婉约、豪放二者并不存在高下轩轾之分，这就对云间派特别是明代正变论作了进一步的发展。王士禛认为豪放、婉约二者是各有所长的，不可轻此重彼，尤其是抑豪重婉。"词如少游、易安，固是当行本色，而东坡、稼轩以太史公笔力为词，可谓振奇矣。"(《古夫于亭杂录》卷四) 和

王士祯在广陵相唱和的词人彭孙遹、邹祗谟、吴绮都持这样的通
达态度。如彭孙遹在赞赏范仲淹能作艳词的同时,又褒奖其
《渔家傲》一词"苍凉悲壮,慷慨生哀";在肯定辛弃疾词有秦、
周之佳境的同时,又极称其"胸有万卷,笔无点尘,激昂措宕,
不可一世"(《金粟词话》)。邹祗谟论词赞美北宋词人"人工绮
语",同时也颂扬蒋、史、姜、吴"警迈瑰奇,穷姿构彩",辛、
刘、陈、陆诸家"乘间代禅,鲸呿鳌掷,逸怀壮气,超乎有高
望远举之思"(《倚声集序》)。对南宋的婉约、豪放两派都持肯
定的态度,而吴绮的有关论述更具有较强的理论色彩,是广陵词
人群正变本色论的总结性表述:"然风雅所传,不能有王、韦而
无温、李;岂声音之道,乃可右周、柳而左辛、苏。譬如五味之
滋,并存醯酱,若夫八音之奏,同具宫商。乃说者互有所持,而
究之皆非通论也。"(《范汝受十山楼词序》,《林蕙堂集》卷五)

　　但是,这些词派并不是完全沿袭云间派的观点,而是认为婉
约、豪放两者并不存高下轩轾之分。崇祯六年(1663)卓珂月、
徐士俊编《古今词统》成,前有孟称舜序,序文谈到词的本色
问题:

　　　　盖词与诗、曲,体格虽异,而同本于作者之情。古来才
　　人豪客、淑姝名媛、悲者喜者、怨者慕者、怀者想者,寄兴
　　不一,或言之而低回焉、愤怅焉;或言之而缠绵焉、凄怆
　　焉;又或言之而嘲笑焉、淋漓痛快焉。作者极情尽态而听者
　　洞心耸耳,如是者皆为当行、皆为本色。宁必姝姝媛媛,学
　　儿女子语而后为词哉?故幽思曲想,张、柳之词工矣,然其
　　失则俗而腻也,古者妖童冶妇之所遗也。伤时吊古,苏、辛
　　之词工矣,然其失也莽而俚也,古者征夫放士之所托也。两
　　家各有其美,亦各有其病,然达其情而不以词掩,则皆填词

之所宗，不可以优劣言也。

他从主体抒发性情的角度立论，指出诗、词、曲其本在表现主体之性情，诗、词、曲的文体形式是主体内在性情的外在呈现，主体性情不同，其文体的表现形式亦因之有异，"或言之而低回焉"，"或言之而愤怆焉"。他的这一思想在当时影响很大，卓珂月之弟卓回编《古今词汇》初编二编，就是坚持这样的选录标准，《词汇缘起》曰："予意作词，何尝尽属无题，如吊古、感遇、旅怀、送别及纵目山川、惊心花鸟等题，安得辄以软美付之？可知香奁自有香奁之本色当行，吊古诸题自有吊古诸题之本色当行。倘概以软美塞填词之责，必非风雅之笃论也。"对婉约、豪放不存高低轩轻之分，只论其是否表达作者之性情，这一观念是符合文学自身规律的正确论断，在其时也得到了他的友人陆堦的回应。陆氏《古今词汇序》云：

> 窃见古词家或长短未善也，文之所掺，率分两派。豪放婉约，各自成家。然本色当行之说起，虽贤者亦谓宁为大雅罪人也。至寄情所在，贞臣义士，游女思妇，登高望远，赋物寓怀，意匠百变，设想万殊也……大抵柔情和媚者为正宗，而义风慷慨以外篇斥之，由此而论《三百篇》，即有风无雅，且有郑卫无害唐魏矣，其于风雅何如也！仆又窃见古昔词家氏籍矣，其间贞臣、义士、理学、事业、豪杰、隐逸，莫不有所吟咏，抒写性情，其肯喔咿嚅唶，以事妇人乎？好事者间有伪撰，且多牵合附会，谬相诬罔。呜呼，其功罪居何等矣！

与西泠词派大约活跃在同一时间段的阳羡派，在"本色"

论的认识上与西泠派有着惊人相似的看法。陈维崧指出"夫言者，心之声也"，作者有什么样的性情就有什么样风格的作品，也就是说作品的风格是作者性情的直接流露，不管是豪放抑或婉约，只要出诸性情，都应予以肯定。其《今词选序》说："夫体制靡乖，故性情不异。弦分燥湿，关乎风土之刚柔；薪是焦劳，无怪声音之辛苦。譬之诗体，高、岑、韩、杜，已分奇正之两家；至若词场，辛、陆、周、秦，讵必疾徐之一致。要其不宛不抓，仍是有伦有脊。终难左祖，略可参观。"所以，徐喈凤反对曹尔堪崇婉斥豪的正变观，认为词除美人、春花、夭桃繁杏外，也有壮士、秋实、劲松贞柏，"选词者兼收并采，斯为大观。若专尚柔媚绮靡，岂劲松贞柏反不如夭桃繁杏乎?"风格是人之情性的外在显现，人之内在情性决定着作品的外在形貌。"词虽小道，亦各见其性情。性情豪放者强作婉约语，毕竟豪气未除；性情婉约者强作豪放语，不觉婉态自露。故婉约固是本色，豪放亦未尝非本色也。"最后他评陈师道说东坡词"虽极天下之工，要非本色"曰："此离乎性情以为言，岂是平论?"（《词证》）蒋景祁更是不满于专尚柔媚的传统本色观，认为苏轼、辛弃疾魄力极大，其为言豪放不羁，然细按之未尝不协律。在常人眼中苏、辛词不能称为本色当行，然在蒋景祁看来："所谓当行本色者，要须不直不逼，宛转回互，与诗体微别，勿令径尽耳。专谱艳辞狎语，岂得无过哉?"（《雅坪词谱跋语》）

　　清初诸词派对"本色"问题的不同理解，造成了他们在拟议对象上也有了明显的分歧。本来，唐宋词在风格的发展上是多面向的，亦如嘉庆时期浙派词人郭麐所言，"词之为体，大略为有四"，有"风流华美，浑然天成"者，有"一洗华靡，独标清绮"者，有"施朱傅粉，学步习容"者，还有"以横绝一代之才，凌厉一世之气"者（《灵芬馆词话》卷一），这些不同风格的出现既是对过去流行风格的修正，更是唐宋词多元化风格的补充。而清初诸派在这一问题上各执所是，或学五代北宋，或学苏、辛者，或学周、姜者，各自有本派的文化观念和审美趣味。但是，有一点值得注意，即他们创作拟议的对象并非绝对一家一派，往往是对上述多家多派统而学之。像柳洲、西泠、广陵诸子主要学五代北宋小令，同时又兼学北宋之周、柳，南宋之姜、张、吴、史；阳羡派以学苏、辛为主，但同时也兼学周、秦、姜、史；而浙西派更是主张"小令学五代北宋，长调则取诸南渡"，这表明清初诸词派在观念上还是比较开放的，在唐宋词接受的问题上表现出一种开放自由的心态，这为清代词学的进一步发展和繁荣提供了一种比较优良的生态环境。

通过对清初在唐宋词接受问题上思想观念的清理，我们发现，清代词学的复兴是建立在对明代词学反思的基础上，既有对明代词学继承的一面，更有对明代词学批判的一面，也就是说，清代词学是在明代词学基础上建立起来的，清代词学与明代词学在唐宋词接受问题上的不同表现就是：反对《草堂》之风、强调艳词要有寄托，风格上主张多样化，从唐宋词接受的论争可看出清初各词派在思想观念上的交锋和理论内涵的展开。

第六章

清初词坛的"尊柳"与"抑柳"

　　上一章谈到明末清初词坛对唐宋词接受的大体情形，从这一章开始，我们将选取柳永、李清照、辛弃疾为研究个案，考察宋代著名词人在明末清初传播的境遇，以求探究唐宋词在明末清初传播和接受的内在规律。

　　在明末清初，社会上还存在着极其浓厚的笙歌享乐的风气，当时的文人特别是江南地区的士人，填词免不了受时风世风的影响，多写艳情绮丽之篇，柳词也以其协律适俗的特征迎合了人们的审美趣味，在明末清初产生了相当广泛的影响；但在清代进入社会稳定发展的康熙中后期，随着清王朝对思想领域的控制和管理的逐步加强，"清真雅正"的审美观念成为官方提供的主导审美倾向，柳词则因其俚俗而不合时趋而成为众人集矢的目标。

一　柳永在两宋元明的境遇

　　柳永是北宋时期的倚声大家，他的词在宋代广为流传，受到社会上各阶层的欢迎，从市井平民到文人学士都喜诵其词①。其流传范围也极其广泛，往西北传至西夏，东北传至金朝统治的地区，有的还远而流播至朝鲜，《高丽史·乐志》中都载有柳永词。柳永词能在宋代"大得声称于世"，一方面是因为柳永"变旧声作新声"②，大量改制、创制新的词调，顺应了市井俗曲新声流行的发展趋势；另一方面则是柳永在词中大量地表现男女艳情，迎合了当时社会上最普通的接受层次——市井平民的审美趣味。黄升在《唐宋诸贤绝妙词选》中称柳永："长于纤艳之词，然多近俚俗，故市井之人悦之。"

柳永在改制、创制词调方面功不可没，人们大都持赞赏的态度，但对柳词的"艳"与"俗"却颇多訾议。据吴曾《能改斋漫录》记载，"仁宗留意儒雅，务向本道，深斥浮艳虚薄之文"，柳永在词中大量表现男女艳情，未能契合宋仁宗的政治需要和当时社会的道德规范，因此在放榜之际被仁宗特地发落："且去填词，何要浮声！"以词的形式表现男女艳情，在宋初词坛其实是很普遍的现象，像欧阳修、晏殊都是当时文坛写艳词的高手，在柳永看来自己和晏殊的词并无二致，但晏殊认为他们之间还是有着明显差别的③，晏殊所说的差别就是"雅"与"俗"的不同。这一贬抑柳词的倾向在以后还呈进一步发展的势头，如苏轼论秦观词戏称"山抹微云秦学士，露花倒影柳屯田"，还多次责问秦

---

① 陈师道：《后山诗话》："柳三变游东都南北二巷，作新乐府，骫骳从俗，天下咏之。"（《历代诗话》上，中华书局1981年版，第310页）

② 李清照：《词论》，《苕溪渔隐丛话后集》卷三十三，人民文学出版社1962年版，第254页。

③ 张舜民：《画墁录》："柳三变既以词忤仁庙，吏部不放改官，三变不能堪，诣相府。晏公曰'贤俊作曲子么？'三变曰：'只如相公亦作曲子。'公曰：'殊虽作曲子，不曾道"彩线慵拈伴伊坐"。'柳遂退。"

观"不意别后却学柳七作词"①；李清照说柳永的《乐章集》"虽协音律，而词语尘下"（李清照《词论》）；沈义父也认为柳词"音律甚谐，句法亦多有好处，然未免有鄙俗气"（《乐府指迷》）。这是在词体极盛的两宋时期，人们对柳永词的总体评价情况，那么，在词体再次走向复兴的明末清初，人们对柳永的评价如何呢？

其实，在明代，在词学中衰的明代，柳永还是有相当的影响力的。马浩澜《花影集自序》云：

> 予始学为南词，漫不知其要领，偶阅《吹剑录》，中载东坡在玉堂日，有幕士善歌。坡问曰："吾词何如柳耆卿？"对曰："柳郎中词，宜十七八女孩儿，按红牙拍，歌'杨柳岸，晓风残月'，学士词，须关西大汉，执铁板，唱'大江东去'。"缘是求二公词而读之，下笔略知蹊径。

这也是一个"善吟诗，尤工词调"的作者，他便自述自己填词是从学柳词起步的。还有冯梦龙的《今古奇观》专为柳永作一传记，记其风流倜傥之事，其第五十一卷"众名姬春风吊柳七"云：

> 那柳七官人，于音律里面第一精通，将大晟府乐词，加添至二百余调，真个是词家独步。他也自恃其才，没有一个人看得入眼，所以缙绅之门，绝不去走，文字之交，也没有人。终日只是穿花街，走柳巷，东京多少名妓，无不敬慕他，以得见为荣。若有不认得柳七者，众人都笑他为下品，

---

① 沈雄：《古今词话》，《词话丛编》第一册，第 772 页。

不列姊妹之数。所以妓家传出几句口号，道是："不愿穿绫罗，愿依柳七哥；不愿君王召，愿得柳七叫；不愿千黄金，愿中柳七心；不愿神仙见，愿识柳七面。"

尽管冯梦龙对柳永本人了解不多，误将他作为宋徽宗时期的词人，说他填词是"将大晟府乐词，加添至二百余调"，此皆为小说家之言，不足为据。但对他的作品和人品却有很高的评价，还提到柳永在当时有相当高的知名度，当然他的知名靠的是他的作品在社会上的广泛流传。明末清初学者李渔读了冯梦龙的《今古奇观》后，也思绪万端，专门赋有《多丽·春风吊柳七》一词：

> 到春来，歌从字里生哀。是何人，暗中作祟，故令舌本慵抬。因自向、神前默祷，才知是、作者生灾。柳永词多，堪称曲祖，精魄不肯葬蒿莱。思报本、人人动念，酿分典金钗。才一霎、风流冢上，踏满弓鞋。　问郎君，才何恁巧，能令拙口生乖。不同时、恼翻后学，难偕老，怨杀吾侪。口袭香魂，舌翻情浪，何殊夜夜伴多才。只此尽堪自慰，何必怅幽怀。做成例、年年此日，一奠荒台。

但是，在清代中后期，柳永却是影响寥寥，长期无人道其只字。近代词人陈洵说："百年以来……言清空者喜白石，好秾艳者学梦窗，谐婉工致，则师公谨、叔夏。独柳三变，无人能道其只字已。"（《蒙碧斋词话》）看来柳词在清代的影响的确不如它在宋代，也不如它在明末清初，人们更多倾心于姜夔、吴文英、周密、张炎等南宋词人，因为在清代柳词赖受欢迎的音乐环境不再存在，平民的欣赏兴趣主要在小说戏曲等通俗文学方面，词作为一种文体样式主要在文人之间传播，文人们从事填词也不是出于便歌的需要，主要是为了抒发性情或展现自己的主体才思，词成为一种供文人案头阅读的"句读不葺之诗"，这样柳词自然不会像它在宋代那样"传播四方"，"天下咏之"。但柳永在长调的创制上有筚路蓝缕之功，在宋词表现题材的开拓方面有转变风气的意义，而清代所致力的也主要是长调的创作，在题材方面较之宋代有了更为广泛的开拓，因此无论从创作还是从理论批评方面，人们都无法回避对柳永词作具体的评价，每一时期、每一流派都要对柳永发表自己的看法。

本章将从清初词坛对柳词评价态度的转变切入，描述清初从"尊柳"到"抑柳"的转变过程，说明清初词学观念的转变对柳词传播接受产生的潜在影响。

二 明末清初对柳词的尊崇

在明末清初，人们大都认为，柳永是宋代通晓音律的倚声大家，他所创制的慢词长调是后代填词者不可企及的楷模。我们知道，词发展至明末清初，已失去其所依存的音乐环境，当时的人们大多不解音律，填词不免要隔着一层，只能依照宋词格律填写。王士禛说："今人不解音律，勿论不能创调，即按谱填词，亦格格有心手不相赴之病。"（《花草蒙拾》）他自己作词便是严格按照宋词格律来填写的，袁于令序其《衍波词》云："词律甚严，稍庚即不叶，甚关要处，正需此一字，阮亭刚刚填此一字。其行文如水之流坎，落韵如屦之称足，音文双妙，自然天成。"（《远志斋词衷》）王士禛是继钱谦益之后的清初诗坛领袖，从事倚声填词主要在扬州任推官期间，在他周围还集聚了陈维崧、彭孙遹、邹祗谟等江南词人，他所提出的按宋词音律填词的主张，在广陵、毗陵词坛产生了一定的影响，这样清初人填词必然要把柳永的词作为习摹的榜样，如邹祗谟说自己初学填词即是广泛地模仿宋人僻调，"僻调之多以柳屯田为最"（《远志斋词衷》），柳词自然也是他模仿学习的重心。后来万树编《词律》便选入柳词106首，其入选量是柳永全部作品的半数以上。万树说："周（邦彦）、柳（永）、万俟（雅言）等制腔造谱，皆按宫调，故协于歌喉，播诸弦管。"（《词律发凡》）"宋柳耆卿……卓然为填词宗匠，然其意专在可歌，声律谐矣，虽或音之俚，弗恤也。"（《南耕词》卷四跋文）指出柳词在创调协律方面具有开创性，它为清初填词者提供了词律方面的典范。

戈载说："填词之大要有二：一曰律，一曰韵。律不协则声音之道乖，韵不审则宫调之理失，二者并行不悖。"① 可见，一位词人对后代的影响，不仅要考察后人对其词调的模仿，而且还应该分析后人对其词用韵的步和情况，在清初不少词人便写有和柳词韵的词。据笔者对《清名家词》（1—4册）、《全清词》（1—10册）的初步统计，约有27首和柳词韵的词，涉及20个词调，选调范围是比较宽广的。这些词是：

> 王翃《十二时·和柳永秋夜》，徐士俊《雨霖玲·用柳耆卿韵，为杨汉人悼亡姬卢淑媛》，王庭《安公子·夜泊，见桃村，用柳耆卿韵》，金是瀛《夜半乐·次柳耆卿韵》，金堡《醉蓬莱·老人星，和柳耆卿》，彭孙贻《爪茉莉·春夜，戏用柳七秋夜韵》、《氐州第一·和柳耆卿秋思韵》、

---

① 《词林正韵发凡》，《四印斋所刻词》，上海古籍出版社1989年版，第279页。

《望海潮·和屯田钱塘怀古》，龚鼎孳《十二时·清口寄意，用柳耆卿秋夜韵》、《玉女摇仙佩·中秋至都门，距南鸿初来适周岁矣，用柳耆卿佳人韵志喜》，王倩《多丽·舟中，用柳耆卿韵》，魏学渠《八州甘声·秋感，用柳韵》，黄云《雨霖玲·龚伯通扶宗伯公榇南归，相待广陵作，用柳耆卿韵》，严绳孙《望海潮·钱塘怀古，和柳屯田韵》，邹祇谟《宣清·春尽日偶效柳屯田体》、《集贤宾·偶简旧寄词有感和柳屯田》、《洞仙歌第三体·中秋访旧不遇和柳屯田》，董元恺《少年游·江楼秋怀，和柳屯田韵》，丁澎《燕归梁·仙姝，和柳耆卿韵》、《凤衔杯·旧恨，和柳七韵》、《两同心·怀旧，和柳屯田韵》、《爪茉莉·闺怨，和屯田韵》，沈谦《十二时·闺怨，用耆卿韵》，彭孙遹《八声甘州·秋怨和柳七韵》，陈维崧《柳腰轻·赠妓，和柳屯田韵》，徐釚《少年游·过红桥感旧，用柳屯田韵》，陆进《多丽·湖泛次柳耆卿韵》。

这里还只是粗略统计明确写有次柳屯田韵或用柳屯田体的词，至于那些没有标明和柳词韵的词尚有不少。历来关于和韵之作争议颇多，大都认为受原作思路及用韵的限制，和韵之篇一般不及原作精彩，在宋代和韵之篇大多是偶一为之。沈雄说："古者歌必有和，所以继声也。倡予和汝，诗咏箨兮。调高和寡，曲推白雪。至一韵而为之数回往复……属和工而格愈降矣。苏、黄间一为之，辛、刘复为迭出，顾其才力优为之，此犹夫绝尘远驭之才技，不驰逐于康庄大堤，而躐骤于巉崖峭壁，若不藉此无以擅长者。"（《古今词话》）从清初词人和柳词的情况看，也未必胜柳词一筹，但它从一个方面说明在清初人们对柳词的尊崇程度。

　　清初对柳词推尊最突出的表现，还是人们填词学习柳永多写冶艳题材。毛晋说："近来填词家，辄效颦柳屯田，作闺帏秽媟之语，无论笔墨劝淫，应堕犁舌地狱，于纸窗竹屋间，令人掩鼻而过，不无惭惶无地邪？"（《花间集跋》）这说的是明末学习柳词的情况，其实在清初词坛也是这样，邓汉仪在作于康熙六年（1867）的《十五家词序》中说："今人顾习山谷之空语，效屯田之靡音，满纸淫哇，总乖正始。"方文虎也说："词至今日，流靡已极，闺帏房闼之间，作者非冶容不言，选者非目佻不录，班姬团扇，苏氏回文，邈不可得矣。"①撇开邓汉仪、方文虎轻视艳词的观念不谈，我们可以看出，在清初词坛的确存在着一股学柳永写艳词的思潮，当时江南还出现了云间、魏塘、毗陵三个艳词创作活动中心，云间有宋征舆、李雯共拈春闺风雨诸什，毗陵有邹祗谟、董以宁分赋十六艳，魏塘有沈雄、殳丹生、汪枚、张赤共仿《玉台》杂体，此外还有西泠词人沈谦、毛先舒、丁澎和兰溪词人李渔也多写艳词，董以宁、彭孙遹、沈谦更是众多艳词写作者中的佼佼者。董以宁善于摹写闺阁，有《苏幕遮·帘外听堕钗声》、《画堂春·夏日课婢》等艳词，被王士禛称之为"艳情中绘风手"，词风接近于柳永的俚俗，沈雄说："余读文友词，极其儇巧，恰合屯田、待制得意处。"（《古今词话》）彭孙遹亦以"惊才绝艳"、"吹气如兰"著称，被王士禛戏称为"艳情专家"。他的《拜星月慢》（蓉炷初煎）、《丹凤吟》（可是行云有意）颇得柳永慢词之神韵，王士禛说："近人学屯田者，仆多不喜，于金粟（彭孙遹）此种乃叹绝。"（《倚声初集》卷二）沈谦能自度曲，填词亦近于曲，多写闺情艳意。沈雄说："家去矜诸词，率从屯田、待制浸淫而出，言情最为浓挚，又必

———————————————

　　①　王晫：《与友人论填词书跋》，《南窗文略》卷五。

欲据秦、黄之垒，以鸣得意。"（《古今词话》）沈谦还谈到自己喜爱柳词，以致在客舍读柳词《爪茉莉·秋夜》为之移情，可见他对柳词是何等的偏好①。邹祗谟也说沈谦的《云华词》："其模仿屯田处，穷纤极妙，缠绵儇俏。"（《远志斋词衷》）从董以宁、彭孙遹及沈谦的情况看，他们在创作上或专写男女艳情，或是词格近于柳永的香艳卑俚，明显受到柳词的影响，或说是他们主动地接受了柳永的词。

三　毛先舒等对接受柳词现象的反思

从柳词传播接受的情况看，柳词在清初词坛是受到人们的尊崇的，但也存在着不作任何批评地全盘吸收的弊端。然而过则必反，明末清初特别的学柳现象，引起了很多有识之士的忧虑和关切，他们开始反思词坛的种种弊端，寻找词坛存在冶艳风气的原因，这样，在顺治末康熙初出现了批评冶艳词风和抨击学习柳词的思想倾向。

许多在顺治年间初入词坛之际积极学习柳词的人，在进入康熙初年以后对学习柳词开始持慎重的态度。如邹祗谟在康熙初年撰《远志斋词衷》，认为柳永《乐章集》是以短调之法作长调，篇章结构缺乏变化，而南宋词人在融篇、炼句、琢字方面超过柳永。以惊才绝艳而著称的彭孙遹，对王士禛戏称他是"艳情专家"表示怫然不受，据董潮《东皋杂录》记载："彭羡门晚年自悔其少作，厚价购其所为《延露词》，随得随毁。"这一情况说

---

① 《填词杂说》，《词话丛编》第一册，第630页。

明人们对柳词的接受进入理性化阶段，开始全面审视柳词的成败得失，清醒地认识到不分优劣学习柳词所带来的负面影响。

康熙初年尊雅观念开始抬头，柳词的俚俗是人们集矢的目标。邹祗谟指出，柳永和周邦彦同是宋代的倚声大家，但柳词较之清真更近俗失雅。"《乐章集》多在旗亭北里间，比《片玉词》更宕而尽。"（《远志斋词衷》）他和王士禛共同编选的《倚声初集》便表现出一定的亲雅倾向，对于以写艳词著名的董文友的少年之作"多所删逸"。彭孙遹对柳词不是一概否定，而是认为柳词亦自有唐人妙境，"今人但从浅俚处求之，遂使《金荃》、《兰畹》之音，流入《挂枝》、《黄莺》之调，此学柳之过也"（《金粟词话》）。看来，人们对柳词的审美趣味已发生变化，有的以"雅"的标准来审视柳词，推崇者重其雅词，贬抑者訾其俗调；有的以直出机杼为评判学柳的标准，推崇能抒写真我性情的豪放词，而鄙视那些不能表现真性情的所谓"婉约词"。

创作过程中如何克服柳词的不足，以纠正"学柳之过"呢？毛先舒的《与沈去矜（谦）论填词书》是一篇很有分量的文章，这也是清初关于柳永接受问题的一篇重要文章。① 在这篇书信里，毛先舒专门讨论了学习柳词的问题，对沈谦学柳永写艳词提出规劝："足下《云华》词稿一编，妙丽缠绵，俯睨盛宋。清弹朗歌，穷写纤隐，于古靡所不合。而微指所响，则祢祀柳永。仆谓柳不足为足下师也。"接着，他分析了"柳不足师"的原因，全面地阐释了自己对填词问题的主要看法，指出创作中该注意离

---

① 这篇书信见于《倚声初集》卷二，沈雄《古今词话》及徐釚《词苑丛谈》也转引了部分内容，却将它的作者归之为宋征璧，今毛先舒《思古堂十四种》也未收录这篇书信。学术界关于它的作者归属问题未讨论过，不过邹祗谟还说过这样一句话："沈谦《云华词》规摹柳屯田，毛先舒说'柳七不足师'，此言可为献替。"（《金粟词话》）很可能是毛先舒吸收了宋征璧的某些看法，而向沈谦写了这封信的。

合、情景、清丽的辩证关系。

第一，他认为作词应讲离合之法，即语言表达似乎偏离题旨，而情感意脉却似断实连。"或感忆之作，时见欣怡；风流之绪，更出凄断。或本题咏物，中去而言情；或初旨述怀，末乃专摛一鸟一卉。盖兴缘鸟卉，雅志昭焉，是按语斯离，谋情方合者也。"词与诗不同，表现内容受到篇幅的局限，离合之法能增强它对情感的表现力，也避免了语言表达平铺直叙的不足，但是柳永的词"句句粘合，意过久许，笔犹未休，此是其病，不足可师"。

第二，他指出："情景者，文章之辅车也。故情以景幽，单情则露，景以情妍，独景则滞。"片面言情或单纯写景皆有其弊，情景两者的关系应该是情隐景中，景中含情，这样才能避免"露"或"滞"的不足，但是柳永的词情多景少，反使真意变浅。他在《诗辨诋》中也说："柳屯田情语多俚浅，如'祝告天发愿，从今永无抛弃'，开元曲一派，词流之下乘也。"他认为如能以"梨花"、"榆火"、"金井"、"玉钩"之景来传人之幽微深细之情，那么这些能融情入景的名篇佳作自然是人们应该学习师法的榜样，但明末学晚唐的云间派填词往往"景多情少"，而清初西泠、广陵等词派学柳又是"情多景少"，毛先舒提出情景交融的主张，是对明末清初词坛创作弊端的纠弊举措，这也是他认为"柳不足师"的一个重要原因。

第三，毛先舒文中还转述了沈谦主张诗词有别的意见："才藻所及，宜归诗体，词流载笔，白描称隽。"① 但毛先舒对沈谦

---

① 这一意见不能代表沈谦的全部看法，沈谦的《填词杂说》说："白描不可近俗，修饰不可太文，生香真色，在离即之间。"当然，他在实际创作中更偏好运用白描，这一说法主要针对沈谦实际创作而言。

"词流载笔，白描称隽"的看法提出异议，认为作词不能只用白
描，这是因为，艳词痴肥过俗则不清，专一金粉也不清，而应该
做到清丽相兼，就如衣裳艳丽与肌理自然，钿翘辉耀与鬟髻清美
相映发，这样才能清美自然而又艳丽。而大多清初的学柳者，往
往入于裸露色情，特别是沈谦，不仅写艳词，而且为艳词张目。
《填词杂说》中说："夫韩偓、秦观、黄庭坚及杨慎辈皆有郑声，
既不足以害诸公之品，悠悠冥报，有则共之。"毛先舒提出"清
丽相须"的观点，明显有批评沈谦词近乎《香奁》的意思，这
是他认为"柳不足师"的又一重要原因。

　　第四，在明代，崇正抑变的观念比较盛行，清初的论者大多
承袭了明人的正变观，如沈谦论词即以婉约词为本色当行。毛先
舒在这篇文章里也对沈谦的正变观提出批评，特别是对沈谦专尚
柳永之婉艳给予猛烈的抨击，认为豪放之词也是应该肯定的。他
说："至于词句参差，本便旖旎，然雄放磊落，亦属伟观……何
必抑彼南辕，同还北辙，抽儿女之狎亵，顿狂士之愤薄哉！"指
出婉艳、豪宕两者不可偏废，绝不能因为偏好前者就否定后者，
毛先舒甚至表示自己更仰慕苏、辛一派，称苏、辛"寓豪宕顿
挫之致"，将苏、辛在词史中的地位比作为文章中的司马迁，也
流露出贬抑以婉约为其特色的柳词的意思。①

　　大约是在浏览了毛先舒的书信后，沈谦又写了一篇《答毛
稚黄论填词书》，对自己的词论观点作了三点说明：一是关于词
的起源问题，二是关于崇婉抑豪的问题，三是关于填词是以雕琢
为工还是以本色为工，涉及学柳主要是后面两个问题："仆意旨
所好，不外周、柳、秦、黄、南唐二主、易安、同叔，俱愿所

_____
　　①　毛先舒对沈谦崇婉抑豪倾向的批评，可参见邬国平、王镇远《清代文学批
评史》，上海古籍出版社1995年版，第652页。

学，而曾无常师……苏、辛壮采，吞跨一世，何得非佳？然方之周、柳诸君，不无伧父。而'大江'一词，当时已有'关西'之讽，后山又云：'正如教坊雷大使舞，虽极天下之工，要非本色。'……至于情文相生，著述皆尔；浮言胪事，淘汰当严……若夫狡色之喻，仆复有言。夫宣姜好发，不屑鬒髦；虢国秀眉，并损黛粉。丹漆白玉，永谢文雕。吾恐先施蒙秽，湔涤尚堪；嫫母假饰，訾厌必倍。"（《东江集钞》卷七）这里他强调自己所学并非柳词一家，而是博采众长；但是，他也再次重申了以婉约为正、豪放为变和以自然本色为工的学术立场，反映出西泠派内部在词学思想上的分歧。毛、沈两人的论辩大约发生在顺治八年（1651），尽管毛先舒提出了某些有建设性的论词意见，但他之所以未能说服沈谦并引起了沈谦的反驳，一个很重要原因是他始终没有为初学者指出一个入门的路径，为人们树立一个学习师法的榜样，况且以一人之力或一篇文章也不足以撼动明末清初近百年的尊柳之风。继之而起的阳羡派、浙西派和顾贞观、纳兰性德等人，通过编词选、结词派、树立师法学习榜样或倡导某种审美主张的方式，清除柳词的负面影响，这样清初词坛才逐步地踏上健康向上的道路。

四　浙西派对清初柳词
接受的定位

　　率先从学柳阴影里走出来的是阳羡派，它的领袖人物陈维崧在初入词坛之际，曾从陈子龙学写艳词，后又加入广陵词坛的创作阵营，词风近似于柳永的僄艳。但在康熙七年（1668）以后，他的词学思想发生转变，对明末清初流行的冶艳词风予以猛烈地抨击。他说："今之……学为词者，又复极意《花间》，学步《兰畹》，矜香弱为当家，以清真为本色……甚或爨弄俚词，闺襜冶习，音如湿鼓，色若死灰。"（《词选序》，《迦陵文集》卷二）他注意到人们填词重在模仿的陈陈相因习气，主张词应该与诗一样要直出机杼。

在陈维崧的影响下，以周在浚、刘榛为代表的豫东词人群，也极力反对学习柳永的冶艳词风。刘榛还说："冶绿妖红争抹饰，那是男儿气骨？风日多情，柳郎第一，开卷羞人目。相思谱说，可怜痴恨千斛。"（《念奴娇·读宋名家词》，《虚直堂集》卷二十四）批评当时学柳永写艳词者缺乏"男儿气骨"，明确表示自己所欣赏的是辛弃疾、刘克庄等豪放直率的风格，疾呼词坛"为刘左袒，为柳长戈逐"，要义辞巾帼之辱（写儿女私情）。同时，在京师词坛结盟的顾贞观和纳兰性德也不满于当时因学柳而出现的陈陈相因之弊，二人联合同仁合力编选了一部今词选——《今词初集》，试图挽救词坛上流行的极力模仿前人而失却自我性灵之弊，毛际可便评价他们的《今词初集》云："是选主于铲除浮艳，舒写性灵，采四方名作，积成卷轴，遂成本朝三十年填词之准的。"（《今词初集序》）

但是陈维崧和纳兰性德都过早去世，他们的思想在康熙初年的词坛未能形成气候，以朱彝尊为代表的浙西派，顺应清初统治者的政治需要，提出师法南宋的论词主张，标榜姜夔、张炎的清淳雅正词风，在康熙中叶以后产生了广泛的影响，自此柳词在清代词坛的影响趋于衰退，姜夔取代柳永的位置而成为词坛的典雅"正宗"。

朱彝尊标榜南宋的审美主张，最集中地体现于《词综》一书。该书刻于康熙十七年（1678），选有柳永词 21 首，入选量远不及南宋词人周密（54 首）、吴文英（45 首）、张炎（38

首)、王沂孙(31 首)及史达祖(26 首),也不及北宋词人周邦彦(37 首)、张先(27 首)、晏几道(22 首)。在入选比例上更不及姜夔,姜夔虽也只有22 首,接近于柳永的21 首,但朱彝尊是将他所经见的《白石乐府》五卷20 余首全数收入,他选柳永的底本《乐章集》九卷,尽管已经失传,无法知其数目,但另一底本毛氏《宋六十名家词·乐章集》收柳词194 首,《词综》的入选率是9.2%,和姜夔100% 的入选率相比,简直不可同日而语。更重要的是在选目上,所选的多是柳永入仕之后所作的雅词,如《倾杯乐》、《夜半乐》、《玉蝴蝶》、《八州甘声》、《安公子》、《雪梅香》、《婆罗门令》、《西平乐》、《阳台路》,这些词的主要内容是抒发飘转四方的羁旅行役的情怀。[①] 朱彝尊对柳词没有直接发表意见,但在有关柳永的情况介绍中引用孙敦立的话说:"耆卿词虽极工,然多杂以鄙语。"又引黄叔旸的话说:"耆卿长于纤艳之词,然多近俚俗。"指出柳词多纤艳之辞,杂以鄙语,说明他对孙敦立、黄叔旸的看法持认同态度。但他又引晁无咎的话说:"世言柳耆卿曲俗,非也。如'渐霜风凄紧,关河泠落,残照当楼',此真不减唐人语。"这正是他欣赏柳词的原因所在,也是《词综》选录的重心所在。

朱彝尊是从柳词中选择符合自己审美趣味的词入选《词综》的,也就是说,他是以尊雅黜俗的观念来看待柳词的,虽然他像柳永一样也写男女艳情,但他的艳词却是"绮而不伤雕琢,艳而不伤淳雅"。李符称朱彝尊的《江湖载酒集》:"集中虽多艳曲,然皆一归雅正,不若屯田《乐章》徒以香泽为工者。"(《百名家词钞·江湖载酒集》附评语)陈廷焯也称朱彝尊的《静志

---

① 谢桃坊:《柳词的雅与俗》一文认为,柳永艳词多作于早年,雅词多作于晚年。见《宋词辨》,上海古籍出版社 1999 年版。

居琴趣》"尽扫陈言，独出机杼"，"凄艳独绝，是从《风》《骚》乐府中来，非晏、欧、周、柳一派也"（《词则·闲情集》卷四）。据张宏生的《清代词学的建构》分析，朱彝尊的艳词，写情凄艳，却出语清新，其中暗含的种种意蕴，全靠读者自己意会，绝不作大肆渲染，正所谓"凄艳缠绵，字字骚雅"。如其《高阳台》（桥影流虹），写一女子为叶元礼慕情而亡，情感极其真挚，语调哀婉动人，绝非寻常艳词所能比拟。在《江湖载酒集》中也有不少写艳情之作，但这些艳情的作品都是作者处于穷困潦倒之时，"假闺房儿女之言，通之于《离骚》之义，此尤不得志于时者所宜寄情焉耳"（《陈纬云红盐词序》，《曝书亭集》卷四十）。谢章铤即认为《江湖载酒集》中的艳体，如赠女朗细细、逢吕二梅、赠饼儿诸作，"莫不关注遥深，闲情自永"（《赌棋山庄词话》卷二）。至于《静志居琴趣》是朱彝尊写自己与冯寿常恋情的，含蓄不露，隐约其词，吞吐不尽，有一种深微幽隐之美。陈廷焯说："竹垞艳词，确有所指，不同泛设，其中难言之处，不得不乱以他词，故为隐语，所以味厚。"（《白雨斋词话》卷二）[1] 同是写艳情，朱词含蓄不露与柳词的只是实说，在审美特征上呈现出淳雅与浅俚的不同。

在《词综》前后，还有《词洁》、《古今词选》和《御选历代诗余》三部颇有影响的词选。沈时栋的《古今词选》成于康熙末年，其中选入柳永《雨霖铃》、《多丽》二词，但他依据卓人月的《古今词统》而误收张耒《多丽》为柳词，可见他是没有阅读过《乐章集》的，因此也说不上对柳词有独到的见解和认识。先著、程洪的《词洁》，编选时间为康熙三十一年（1692），从他主录词不主录调的宗旨看，是明显受到浙派词学

---

[1]　屈兴国：《白雨斋词话足本校注》，齐鲁书社1983年版，第295页。

观影响的。在选目上，小令取北宋以前，长调侧重于北宋周邦彦及南宋，苏轼、辛弃疾、陆游等选录较多的是其典雅之词。他们认为柳永词"猥亵"，"其词芜累者十之八"，符合雅洁标准的词不多，故只选入《斗百花》、《少年游》、《倾杯乐》等 8 首格调近雅之作。康熙四十六年（1707）编选的《御选历代诗余》也是一部很重要的选本，该书重在选调而不重在录词，尽管柳永词入选多达 105 首，但主要是肯定柳词的创调之功。《御选历代诗余序》说："诗之流而为词……宋初其风渐广，至周邦彦领大晟乐府，比切声调，篇目颇繁。柳永复增置之，词遂有专家，一时绮制，可谓极盛。"将柳永置于周邦彦之后，颠倒了词史发展的秩序，自然降低了柳永在慢词发展史上的重要地位，明显地流露出一种抬高周邦彦、贬抑柳永的尊雅黜俗倾向，对柳词的俗艳作风持绝对的否定态度。以后，人们对柳词的认识大致不出此论，填词取柳词之调却弃柳词之意，论词亦重柳词之调而轻柳词之意。

五　从"尊柳"与"抑柳"
看清初的审美选择

　　一种理论倾向或审美思想的出现，是当时文人文化心态的直接反映，文人心态又和社会、政治及审美思潮的变化有关，在清初出现的从"尊柳"到"抑柳"的接受走向，是清初词学复兴从稚嫩状态进入成熟阶段的重要标志，但却有着深层的社会、文化及审美方面的多重动因。

　　自明代中叶，即嘉靖万历以后，出现了一股思想解放的思潮，人们的生活方式较之过去有了翻天覆地的变化，由过去的修礼崇简向追求华丽鲜艳的方向发展。以衣着服饰为例，质地上由布素而追求绫罗锦绣，颜色上由简单的杂色而趋向华丽鲜艳，样式上由官制规定向新奇怪异发展。① 山东《郓城县志》还记载有士子平民服饰越礼的行为，"齐民而士人之服，士人而大夫之服，饮食器用及婚丧游宴尽改旧意"。服饰的变化反映的是人们生活方式的转变，饮食的变化表征的则是人们生活态度的变化。《博平县志》云："至正德、嘉靖间而古风渐渺。过去乡村无酒馆，亦无游民。由嘉靖中叶以欢宴放达为豁达，以珍味艳色为盛礼。其流至于市井贩鬻厮隶走卒，亦多缨帽细鞋，纱裙细裤，酒庐茶肆，异调新声，汩汩浸淫，靡焉不振，甚至娇声充溢于乡曲，别号下延于乞丐，逐末游食，相率成风。"社会风气的转变带来的是士人心态的变化，他们摆脱了长期以来儒家礼教的束缚，过着纵情声色、花天酒地的生活，"游士豪客，兢千金裘马之风；而六院之油檀裙屐，浸淫染于闾阎"（顾起元《客座赘语》卷一）。余怀的《板桥杂记》曾这样描述东南士子纵情声色犬马的生活："金陵都会之地，南曲靡丽之乡。纨茵浪子，萧瑟词人；往来游戏；马如游龙，车相接也。其间风月楼台，尊垒丝管，以及娈童、狎客，杂技名优，献媚争妍，络绎奔赴。垂杨影外，片玉壶中，秋笛频吹，暮莺乍啭。虽宋广平铁心石肠，不能不为梅花作赋也。"②

伴随着思想解放的是文学艺术的解放，人们的欣赏兴趣不在说理言志的传统诗文，而是表现感性享乐的流行歌曲或通俗小说，内容上表现的是市井平民的喜怒哀乐或男欢女爱。李开

---

① 钱杭、承载：《十七世纪江南社会生活》，浙江人民出版社1996年版，第252页。

② 余怀：《板桥杂记》，上海古籍出版社2000年版，第53页。

先《市井艳词序》说："正德初尚《山坡羊》，嘉庆初尚《镇南枝》……二词哗于市井，虽儿女初学言者，亦知歌之……语意则直出肺腑，不加雕刻，俱男女相与之情……其情尤足感人也。"在这样的社会文化氛围下，人们普遍认为词就是要表现男女哀乐之情，这是它不同于诗的文体特征。如王世贞说词文体的特征是"婉娈而近情"、"移情而嗜"、"柔靡而近俗"（《艺苑卮言》），王岱也说诗与词的不同是："诗以温厚含蓄，怨而不怒，哀而不伤，乐而不淫为旨；词则欲其极怒、极伤、极淫而后已。"（《词集自序》，《了莽文集》卷二）因此，在明代出现不少学柳永写艳词的词人，清初有很多词人是跨越明清两代的，明末词坛盛行的淫艳风气自然波及清初词坛，以致在东南地区出现了云间、嘉善、毗陵三个艳词创作中心。他们接受了王世贞的论词主张，认为词要以艳丽为本色，这是词的体制特征所决定的，对秀法师以泥犁呵责黄庭谷表示不满，充分肯定沈谦、董以宁等人所表现的儿女之情，这正说明明末社会笙歌享乐的风气对清初词坛带来的直接影响。

在康熙中叶以后出现的尊雅黜俗思潮，一方面当然是人们对柳词认识的趋于成熟，另一方面也和清初统治者提倡程朱理学、逐步加强思想控制有关。玄烨在康熙六年（1667）亲政后，逐步推行加强思想控制的治国方略，提出了以"文教是先"为本的"圣谕十六条"，以程朱理学作为指导知识阶层的思想准则，极力打击不利于清朝统治的各种异端思想。如康熙二十五年（1686），汤斌为江苏巡抚，在江苏推行禁止淫词艳曲。他在给康熙皇帝的上疏中说："吴中风俗，尚气节，重文章，而佻巧者每作淫词艳曲，坏人心术……妇女有游冶之习，靓装艳服，连袂寺院……臣严加训饬，委曲告诫，一年以来，寺院无妇女之游，迎神罢会，艳曲绝编，打降敛迹。"康熙对汤斌的做法给予高度

的肯定，并谕令勒石严加禁止淫词艳曲。后来，在康熙五十三年
（1714）给礼部的圣谕里，康熙再一次重申了加强思想治理的思
想。他说："朕维治天下，以人心风俗为本，欲正人心，厚风
俗，必崇尚经学，而严绝非圣之书，此不易之理也。近见坊间多
卖小说淫词，荒唐俚鄙，殊非正理，不但诱惑愚民，即缙绅士
子，未免游目而蛊心焉。所关夫风俗者非细，应即通行严禁。"①
这说明康熙中叶以后，柳词影响的衰退有着深层的文化动因，而
不只是文学自身发展的单向结果。

---

① 转引自萧一山《清代通史》，中华书局 1985 年版，第 809—810 页。

第七章

明末清初《漱玉词》接受述略

如果说清初词坛对柳永的接受还有较大争议性的话，那么人们对李清照的态度却是异口同声地赞许，一致推她为"正宗第一"、"婉约宗主"，是有宋以来名列第一的女词人，这一评价趋势在康熙中叶以后还得到进一步发展："易安在宋诸媛中，自卓然一家，不在秦七、黄九之下。词无一首不工，其炼处可夺梦窗之席，其丽处直参《片玉》之班。盖不徒俯视巾帼，直欲压倒须眉。"（李调元《雨村词话》卷三）"李易安词风神气格，冠绝一时，直欲与白石老仙相鼓吹。妇人能词者，代有其人，未有如易安之空前绝后者。"（陈廷焯《云韶集·词坛丛话》）说她"可夺梦窗之席"、"直参片玉之班"、"直欲与白石老仙相鼓吹"，都表明这样一点：李清照在女性词史上乃至中国词史上享有崇高的地位。那么，她的这一地位是怎样确立起来的呢？我们认为，明末清初是一个关键性的环节，也就是说李清照在词史上的重要地位是在明末清初才确立起来的。

一 南宋明初对李清照接受的两种向度

其实，在李清照生活的南宋时代，她的声誉、她在词坛的影

212

响，并非像其在清代那样如日中天。尽管她以其过人的才华，参以复杂多变的人生体验，并引进国破家亡的社会内涵，为南渡前后的词坛吹进一股清新的空气，但人们对其人其词的评价却是毁誉并存、褒贬不一，表现出当时文坛对李清照认识的局限性。

实事求是地说，李清照的作品在当时也是颇受欢迎的，赵彦卫便说她："有才思，文章落纸，人争传之。"（《云麓漫抄》卷十四）陈郁也说过："李易安工于造语，其《如梦令》'绿肥红瘦'一句，天下称之。"（《藏一话腴》内篇卷下）因其用词措语清新自然，创"体"名"家"，自成一格——"易安体"，并在文坛上广为流传，著名南宋词人侯寘、辛弃疾、刘辰翁都有"效易安体"之作。作品的被模仿和效法在一定程度上说明了"易安体"的特殊魅力，要不然怎么会引起众人的关注并竞相仿效呢？据南宋李祉《陈盼儿传》记载："庚申八月，太子请两殿幸本宫清霁亭，赏芙蓉、木樨，韶部班头儿陈盼儿捧牙板，歌'寻寻觅觅'三句，上曰：'愁闷之词，非所宜听，可令陈藏一撰一即景快活《声声慢》。'"这说明《声声慢》一词还从书斋流向娱乐场所，成为歌女传唱的经典名曲。不仅如此，李清照的作品在南宋时期已结集出版并在社会上流传，无名氏《瑞桂堂暇录》云："其诗词行于世甚多。"赵彦卫《云麓漫抄》卷一四亦云："李清照……小词多脍炙人口，已版行于世。"据宋元文献书目著录可知，李清照的词在当时有四种流行的版本：《漱玉集》1卷本（陈振孙《直斋书录解题》卷二十一）、《漱玉集》5卷本（陈振孙《直斋书录解题》卷二十一）、《漱玉集》3卷本（黄昇《唐宋诸贤绝妙词选》卷十）、《易安词》6卷本（《宋史·艺文志》）。由南宋文人编选的唐宋词选也把李清照词作为必备的入选篇目，如《梅苑》5首、《复雅歌词》1首、《乐府雅词》23首、《草堂诗余》4首、《花庵词选》8首、《阳春白雪》

3 首、《全芳备祖》6 首，这一入选数量在两宋词人中是较为突出的。

宋代文人对李清照的认识是从赏识她过人的才华开始的。王灼说："（易安居士）自少年便有诗名，才力华赡，逼近前辈。"（《碧鸡漫志》卷二）晁公武云："（李易安），皇朝李氏格非之女，先嫁赵诚之，有才藻名。"（《郡斋读书志》卷四下）无名氏《瑞桂堂暇录》亦曰："易安居士李氏……才高学博，近代鲜伦。"（见《说郛》卷四十六）但是，他们多是从性别立场出发看李清照的"才华"，认为李清照以妇人身份写诗填词在当时是一个"异数"，是一种"例外"，是一种"个别现象"。在南宋，程朱理学渐已盛行，妇女的行为开始有较多的约束，她们活动的空间也变得越来越狭窄，这些对妇女视野的开拓和才情的施展都造成了一定的限制，妇女在传统文人心目中的形象主要是以家庭妇女的面目出现。以"缘情"、"言志"、"载道"为主导方向的文学创作，向来为男性文人士大夫所垄断，当李清照以其过人的才华闯进这一领地，自然会引起这些男性作者的惊讶。胡仔说："近时妇人，能文词如李易安，颇多佳句。"（《苕溪渔隐丛话》前集卷十六）周辉说："赵明诚待制妻易安李夫人，尝和张文潜长篇二，以妇人而厕众作，非深有思致者能之乎?"（《清波杂志》卷八）李清照进入了一个男性作者的专属领地，甚至有压倒须眉的气势，并在《词论》一文中指点北宋词坛积弊，批评柳永"词语尘下"，张先、宋祁、晁无咎的"破碎"，晏殊、欧阳修、苏轼为"句读不葺之诗"，这些看法以及其"易安体"独有的艺术魅力让这些男性文人为之折服。甚至不得不承认女子有超越男子的过人之处，魏仲恭曾为之叹道："尝闻撷藻丽句，固非女子之事。间有天姿秀发，性灵钟慧，出言吐句，有奇男子之所不如，虽欲掩其名，不可得耳……近时之李易安，尤显显著名

者。"（《断肠诗集序》）

值得注意的是，在宋代人们对李清照才华的激赏是由诗而及词的，或谓其"少年即有诗名"（《碧鸡漫志》卷二），或称其"诗之典赡无愧古之作者"（《萍洲可谈》卷中），或称其"善作文，于诗尤工"（《风月堂诗话》卷上）。对于其词，更多的只是道其片词只语，如胡仔称其《如梦令》（昨夜雨疏风骤）"用语甚奇"，《醉花阴·重阳》"帘卷西风，人比黄花瘦"一语"亦妇人所难到也"（《苕溪渔隐丛话》前集卷十六）；罗大经亦云其《声声慢》一词："起头连叠七字，以一妇人，用能创意出奇如此。"（《鹤林玉露》卷十二）张端义对这一点有更为全面的阐述："易安居士李氏……晚年赋元宵《永遇乐》词云：'落日熔金，暮云合璧'，已自工致。至于'染柳烟浓，吹梅笛怨，春意知几许'，气象更好。后叠云'如今憔悴，风鬟雾鬓，怕见夜间出去'，皆以寻常语度入音律，炼句精巧则易，平淡入调者难。且秋词《声声慢》：'寻寻觅觅，冷冷清清，凄凄惨惨戚戚'，此乃公孙大娘舞剑手，本朝非无能词之士，未曾有一下十四叠字者。"（《贵耳集》卷上）当然，也有少数批评者能从整体上谈其词，如王灼认为李清照的词："能曲尽人意，轻巧尖新，姿态百出"（《碧鸡漫志》卷二）；朱彧认为其词尤婉丽，"往往出人意表，近未见其比"（《萍洲可谈》卷中）。这毕竟只是极为个别的情况。

但是，王灼在肯定李清照词的同时，还认为李清照词有"闾巷荒淫之语"，进而发表感叹道："自古缙绅之家能文妇女，未见如此无顾籍也。"（《碧鸡漫志》卷二）很显然，王灼是站在封建礼教的立场发议论的，其批评的着眼点在李清照曾经有过"再适张汝舟"的经历，认为她的这一行为有污她的晚节。本来，妇人再嫁在南宋还没有达到严苛的程度，曾经提倡"贞女不事二夫"的司马光，也认为"夫妇以义合，义绝则离之"，当合则合，不当合则离之，并不主张拘泥形式上的"贞"和"节"。正如张宏生先生所说，南宋文人因欣赏赵、李的文章知己而不免苛求于李清照的"失节"，所以，便有一种不由自主的"情绪反应"，对李清照的再嫁发出"无检操"、"不终晚节"、"传者笑之"的讥讽和指责之辞。①

　　元代是词学批评的低潮期，对李清照的看法还停留在南宋的认识水平上。进入明代，唐宋词籍大量失传，李清照的《易安文集》也在所难免。《宋史·艺文志》曾提到李清照有《易安居士文集》七卷、《易安词》六卷，可是，到了晚明，李清照文集完全湮没无存。当时著名的图书收藏家毛晋为此感叹道："黄叔旸云，《漱玉词》三卷；马端临云，别本分五卷，合一卷。考诸宋元杂记，大率合诗词杂著为《漱玉集》，则厘全集为三卷无疑矣。第国朝博雅如用修先生，尚未见其全，湮没不几久耶！"（《汲古阁诗词杂俎》）这时，关于"失节"一事，仍然是人们议论李清照的主要话题。如江之淮云："迨德甫逝而归张汝舟，属何意耶？文君忍耻，犹可以具眼相怜。易安更适，真逐水桃花之不若矣。"（《古今女史》卷一引）黄毅更从李清照推至一般妇女，指出在汉以后妇女失节的不可理喻："自汉以下女子能诗文者，若唐山夫人、曹大家，立言垂训，词古学正，不可尚已。蔡文姬、李易安失节可议。薛涛倚门之流，又无足言。朱淑贞者，伤于悲怨，亦非良妇。"（《碧里杂存》）但也有一些学者出于对李清照的"爱护"，对其"改嫁"一事表示惋惜不解，并极力为其辩诬："不知何为有再醮张汝舟一事。呜呼，去蔡琰几何哉！此色之移人，虽中郎不免。"（郎瑛《七修类稿》）这里，作者更

---

　　① 张宏生：《经典确立与创作建构——明清女词人与李清照》，《中华文史论丛》第 88 辑（2007 年第 2 期）。

多的是悲悯其身世和遭遇，感叹不解中已少了责难的成分，不过还是站在封建礼教的立场看问题。徐燉更针对胡仔的指责之辞，专门撰文为李清照辩诬："盖易安自撰《金石录后序》，言'明诚两为郡守，建炎己酉八月十八日疾卒'。曾云：'余自少陆机作赋之二年，至过蘧瑗知非之两岁，三十四年之间，忧患得失，何其多也。'作序在绍兴二年，李五十有二，老矣。清献公之妇，郡守之妻，必无更嫁之理……更嫁之说，不知起于何人，太诬贤媛也。"（《徐氏笔精》）明中期以后，为李清照辩诬之声渐多，他们根据其《金石录后序》，推导出李清照时年 52 岁，再加上李为名门之后、名门之妻，认为其于情于理都不会再嫁。并且，在为李清照"辩诬"的前提下，他们将眼光更多地投入到对李清照创作的肯定上。如杨慎所称："宋人中填词，李易安亦称冠艳。使在衣冠，当与秦七、黄九争雄，不独雄于闺阁也。"（《词品》卷二）陈宏绪有言："李易安诗余，脍炙千秋，当在《金荃》、《兰畹》之上……古文、诗歌、小词并擅胜场。虽秦、黄辈犹难之，称古今才妇第一，不虚也。"（《寒夜录》卷下）宋祖法更是以其为乡贤而自豪，大赞："李家一女郎，犹能驾秦轶黄，凌苏轹柳，而况稼轩老子哉！"（崇祯《历城县志》卷十五《艺文志》）可以说，到了明代中后期，李清照在词史上的地位基本确立，即以"婉约正宗"的面目屹立两宋词苑，人们对她的评价已从道德方面转到了文学方面。

二　《漱玉词》在明末清初的
　　传播与接受

上面说过，明代中叶以后，随着词学复兴潮流的到来，李清照在中国词史上的面目越来越清晰：对李清照作品的收集整理、对易安体的效法和模仿、对李清照创作特色和词史地位的重新认定，这些工作便是在明末清初全面铺开的。

（一） 对李清照作品的收集整理

李清照词在南宋时期曾有四种流行刻本，入元以后这些刻本相继亡佚，但在明末清初时仍为少数藏书家所保存。如陈第《世善堂书目》著录有《漱玉集词》一卷，赵琦美《脉望馆书目》著录有《李易安词》一本，朱彝尊编《词综》时也提到他曾见过《漱玉集》一卷，还有陆漻《佳趣堂书目》也著录有《漱玉集》一卷。但这些南宋刻本后来逐渐亡佚了，目前所见最早刻本是毛晋辑刻之《诗词杂俎》本《漱玉词》一卷（17首）。据毛晋《诗词杂俎》本《漱玉词跋》可知，他是从众多宋词选本中辑得《漱玉词》十七首的："庚午（1630）仲秋，余从选卿觅得宋词二十余种，乃洪武三年抄本，订正已阅数名家。中有《漱玉》、《断肠》二册，虽卷帙无多，参诸《花庵》、《草堂》、《彤管》诸书，已浮其半，真鸿宝也。急合梓之，以公同好。"（《诗词杂俎·漱玉词跋》）毛晋还有一部《汲古阁未刻词》本《漱玉词》一卷，这一刻本现在也已亡佚了，但清代乾隆年间著名学者彭元瑞有传抄本《汲古阁未刻词》，其中《漱玉词》收词达49首之多，这是目前所见收录李清照词最多的一个本子，也是后代各种李清照词辑录本的主要源头。

对李清照作品的整理，还应该包括各类选本选录的情况。一个作家作品的传播不仅仅依靠别集的刻印行世，在大多数情况下更依赖选本将其推向社会。"比较而言，文学选本的传播范围和阅读层面要更为宽广一些，所产生的文学效应和社会影响也要更为广泛深远一些。"① 那么，李清照词在明末清初选本里入选情况如何呢？刘尊明先生曾经作了一个初步统计，再结合笔者检校的情况，特将其统计结果转述如下：

表 7.1　　明末清初主要文献著录李清照词一览表

序号	文献名称	编撰者	所据版本	篇数	备注
	词选类文献				
1	词的	茅暎	《四库未收书辑刊》本	11	3 首存疑
2	词菁	陆云龙	明崇祯刻本	4	
3	古今词统	卓人月	《新世纪万有文库》本	12	4 首存疑
4	精选古今诗余醉	潘游龙	《新世纪万有文库》本	14	5 首存疑
5	见山亭古今词选	陆次云	清康熙刻本	7	
6	词综	朱彝尊	中华书局影印本	11	
7	古今词汇初编	卓尔堪	清康熙刻本	8	1 首存疑
8	词洁	先著	清康熙刻本	9	3 首存疑
9	历代诗余	沈辰垣等	浙江古籍出版社影印本	42	12 首存疑
10	古今别肠词选	赵式	清康熙刻本	3	
11	古今词选	沈时栋	清康熙刻本	5	
	词谱类文献				
12	词学筌蹄	周暎	明抄本	7	1 首存疑
13	啸余谱	程明善	明刊本	7	2 首存疑
14	诗余图谱	张綖	明刊本	3	
15	选声集	吴绮	清康熙刻本	3	
16	词律	万树	上海古籍出版社影印本	4	

① 刘尊明：《唐宋词综论》，中国社会科学出版社 2004 年版，第 298 页。

序号	文献名称	编撰者	所据版本	篇数	备注
17	钦定词谱	王奕清等	中国书店影印本	8	2 首存疑
女性作品类文献					
18	诗女史	田艺蘅	明刊本	4	
19	彤管遗编	郦琥	明刊本	6	
20	彤管摘奇	胡文昂	明刊本	5	
21	古今名媛汇诗	郑文昂	明刊本	12	4 首存疑
22	名媛玑囊	池上客	明刊本	9	3 首存疑
23	古今女史	越世杰	明刊本	11	4 首存疑
24	花镜隽声	马嘉松	明刊本	3	1 首存疑
25	林下词选	周铭	清康熙刻本	20	9 首存疑
26	古今名媛百花诗余	归淑芬等	清康熙刊本	8	
27	历代名媛诗词	陆昶	清乾隆刊本	10	3 首存疑

我们知道，在明末时毛晋仅辑得《漱玉词》17 首，但到王奕清等编《历代诗余》时已得 42 首，尽管其中还有 12 首在今天看来是存疑之作，但已经与今天王仲闻《李清照集校注》辑本相差不远了（共 60 首，15 首存疑），也就是说在明末清初对李清照词的搜集整理是后代整理校勘的重要基础。而且，这还只是一个选本，入选数量如此之高，在唐宋词人里也是极少见的现象，它只能说明李清照在人们心目中已有较高的地位，有意思的是《历代诗余》作为一个权威性官方选本它无疑也奠定了李清照在中国词史上的重要地位，使得李清照的词越出了性别的视界进入了一个与男性作者相抗衡的位置。当然，原因是多方面的，不过明末清初女性文学的繁荣是其中一个重要因素，这一时期编纂的女性文学选本也是超越以前各朝各代的，故而在明末清初较

重要的女性文学选本里，李清照的词也占有较大的分量，是中国女性文学史上的佼佼者。另外，上述各类文献对李清照词的反复选录，一方面是对其作品的整理，另一方面实际上是对李清照的词进行经典化的工作，它们通过或选或评的方式将李清照的重要作品推向社会，使其经典性作品从众多作品中浮出水面，如《如梦令》、《一剪梅》、《醉花阴》、《声声慢》、《凤凰台上忆吹箫》都是各类选本经常入选的篇目。

（二）对易安体的效法和模仿

我们说过，追和是后代作家对前代作家作品的效法和模仿，当然是对前代优秀作品的学习和模仿，但也是试图在才情上与他们所认为的前代优秀作家一比高低。对于前代作家而言，则很好地说明了他们的作品在后代的影响力，自然这也是我们考察他们的作品在后代传播接受的一个重要视角。对于明清时期词坛追和李清照词的具体情况，刘尊明先生也作了一个比较仔细的统计，结合自己检校以后的情况，兹将有关明末清初的统计结果列表转述如下：

表 7.2　　　　　明末清初时期词人追和李清照词一览表

序号	作者	和韵词													
		如梦令	如梦令	蝶恋花	声声慢	念奴娇	凤凰台	渔家傲	一剪梅	武陵春	醉花阴	点绛唇	怨王孙	浣溪沙	浣溪沙	合计
1	黄传祖				1											1
2	王屋						1									1
3	彭孙贻				1		1									2
4	吴熙								2							2
5	贺贻孙				2											2

序号	作者	和韵词														合计
		如梦令	如梦令	蝶恋花	声声慢	念奴娇	凤凰台	渔家傲	一剪梅	武陵春	醉花阴	点绛唇	怨王孙	浣溪沙	浣溪沙	
6	徐士俊				1											1
7	金堡		1	1	2	1										5
8	沈谦					1										1
9	卓人月				2											2
10	曹元方				1											1
11	屠维吉				1											1
12	陆埜	1	1	1	1	1	1	1		1	1	1	1	1	1	13
13	李雯					1										1
14	曹溶					1										1
15	尤侗				1				1							2
16	吴绮					1										1
17	梁清标					1										1
18	魏学渠				1				1					1		3
19	丁澎				1	1					1	1				4
20	董元恺				1	1					1	1	2			6
21	王倩					1										1
22	陈维崧			1		1						1				3
23	陆进			1												1
24	王士禄					1										1
25	仲恒				1											1
26	安致远					1										1
27	彭孙遹					1	1		1	1	1		2			7
28	丁炜					1										1

续表

序号	作者	和韵词														合计
		如梦令	如梦令	蝶恋花	声声慢	念奴娇	凤凰台	渔家傲	一剪梅	武陵春	醉花阴	点绛唇	怨王孙	浣溪沙	浣溪沙	
29	范荃						1									1
30	王士祯	1	1	1	1	1	1	1	1	1	1	1	1	1	1	14
31	徐钒										1					1
32	曹亮武					2										2
33	黄坦						1									1
34	钱芳标									1						2
35	陈玉瑝	1		1									1			3
36	徐吴昇						1									1
37	尤珍					1										1
38	郑景会										1					1
39	蒋景祁					1										1
40	李葵生				1											1
41	沈三曾						1									1
42	陈聂恒										1					1
43	罗文颕									1	1		1			3
44	程庭				1											1
45	陈祥裔		2			1	1				1			2	1	9
46	曹士勋				1	2										3
47	周廷鹗						1									1
48	姜汝皭										1					1
合计		3	5	7	23	15	18	1	8	6	12	3	8	4	3	119

有必要说明的是，上表统计数据所列追和词调，并非追和者

的全部，比如陆垄和韵词有 19 首，王士禛和韵词有 17 首，其中有些追和的词调是存疑之作，按刘尊明先生的意见似不应纳入统计讨论的范围。即便如此，这也是一个相当可观的数字，在明末清初不到百年时间里，居然有 100 首以上的和韵词，这在唐宋词众多名家里是不多见的，它较好地印证了前面所说的李清照在两宋词史上的一流"大家"地位。值得注意的是，这些追和者都是男性作家，同一时期的女性词人却不见其追和漱玉词的踪影，男、女词人在追和漱玉词表现出来的如此反差反映了这样一种较微妙的创作心态和文化心理："他们一方面倾慕、赏识和认同作为女性的李清照所表现出来的文学才华和创作成就，另一方面他们又表现出作为男性词人而对这位'直欲压倒须眉'的女词人的嫉妒心态甚至是征服欲望。"① 更值得注意的是，那些追和漱玉词较多的词人大都活跃在清初广陵词坛，也就是说当时广陵词坛有一种比较浓厚的追和"易安体"的风气。

（三） 对李清照创作特色和词史地位的重新认定

明末清初对李清照接受最重要的一点是对其词人身份的认定，在南宋看好李清照的是其诗其文，而在明末清初的学者看来李清照的词比诗文要好。这一点在顺治时期初邹祗谟已提及，称秦观、李清照："词极工矣，而诗殊不强人意。"（《远志斋词衷》）到陆昶编《历朝名媛诗词》时便明确地说："清照诗不甚佳，而善于词，隽雅可诵。"（《历朝名媛诗词》卷七）在他们看来，李清照主要是一个词人，为什么到清初有这样的认识呢？原因有两个方面，一是自明中叶以来，词坛已确定了诗词有别的观

---

① 刘尊明：《历代词人追和李清照词的定量分析》，载《合肥师范学院学报》2008 年第 4 期。

念，二是提出了婉约为正、豪放为变的思想，这样两个密切相关的文体观念直接影响到他们对李清照"词人"身份的认定。

在明代，文坛持守诗词体性有别的文体观念，明初朱承爵便有言曰："诗词虽同一机杼，而词家意象亦与诗略而不同。"（《存余堂诗话》）到嘉靖年间，何良俊更明确地提出"乐府以噤径扬厉为工，诗余以婉丽流畅为美"（《草堂诗余序》）的经典之论，并得到后代文人士大夫的一致认同："诗庄词媚，其体元别。"（王又华《古今词论》引李东琪语）"诗如康庄九逵，车驱马骤，易为假步；词如深岩曲径，丛筱幽花，源几折而始流，桥独木而方渡，非具骚情赋骨者未易染指。"（沈雄《古今词话》引徐士俊语）"词之为体如美人，而诗则壮士也；如春花，而诗则秋实也；如夭桃繁杏，而诗则劲松贞柏也。"（田同之《西圃词说》引曹尔堪语）与诗词辨体相联系的是词的正变之论，明代中叶以来人们都恪守婉约为正、豪放为变的理念，其发端则是张綖在《诗余图谱凡例》中提出的"大抵词体以婉约为正"，至王世贞更明确地宣称"词须婉转绵丽"，"至于慷慨磊落，纵横豪爽，抑亦次，不可作耳"（《艺苑卮言》）。在这样的观念影响下，明末清初的学者将李清照定位为一位"词人"，其擅长亦在词而非诗，故云："易安以词擅长，挥洒俊逸，亦能琢炼。"（《历朝名媛诗词》卷七）进而，他们以李清照为词之正宗，或谓："男中李后主，女中李易安，极是当行本色。"（沈谦《填词杂说》）或曰："正宗易安第一，旁宗幼安第一，二安之外，无首席矣。"（徐士俊《古今词统》）更有甚者，将她与两宋名家相比，认为柳永、秦观、黄庭坚时有"俳狎"之辞，而李清照的词："深妙稳雅，不落蒜酪，亦不落绝句，真此道本色当行第一人也。"（刘体仁《七颂堂词绎》）他们完全越过性别视界，把李清照放在第一流词人的位置，与晏殊、欧阳修、柳永、秦观、苏轼、周邦彦等"大家"比肩并论。

很显然，李清照在明末清初已跻身于两宋词史的经典作家之列，但其经典作家的地位则是以其经典作品作为支撑的，没有经典作品为支撑的所谓经典作家是经不起时间考验的。对于李清照作为"本色当行第一人"，当然应该有大量的本色当行之作为支撑，上述有关明末清初文献选录李清照词的数据统计结果已证明了这一点，在为数不多的词作里被入选十次以上的分别是：《声声慢》（23 次）、《念奴娇》（15 次）、《凤凰台上忆吹箫》（19次）、《醉花阴》（13 次），这也是明末清初诗词评论著作所反复征引的经典名篇。兹将有关情况统计列表如下：

表 7.3　　　　明末清初诗话词话评论李清照词一览表

序号	作品	引用词句	评论文字	文献出处	评论者
1	《一剪梅》（红藕香残玉簟秋）	此情无计可消除，才下眉头，又上心头		《弇州山人词评》	王世贞
2	《念奴娇》（萧条庭院）	宠柳娇花寒食近，种种恼人天气			
3	《如梦令》（昨夜雨疏风骤）		当时文士莫不击节称赏，未有能道之者	《尧山堂外纪》卷五十四	蒋一葵
4	《醉花阴》（薄雾浓云愁永昼）	帘卷西风，人比黄花瘦	此真能统一代之词人者矣	《古今词统序》	徐士俊

续表

序号	作品	引用词句	评论文字	文献出处	评论者
5	《声声慢》（寻寻觅觅）	最难将息，怎一个愁字了得	深妙稳雅，不落蒜酪，亦不落绝句，真此道本色当行第一人也	《七颂堂词绎》	刘体仁
6	《声声慢》（寻寻觅觅）		予少时和唐宋词三百阕，独不敢次"寻寻觅觅"一篇，恐为妇人所笑	《填词杂说》	沈谦
7	《念奴娇》（萧条庭院）	清露晨流，新桐初引	用《世说》全句，浑妙	《诗辨坻》卷四	毛先舒
8	《醉花阴》（薄雾浓云愁永昼）		湖州乃为"帘卷西风"损却三日眠食，岂不疾绝	《宫闺氏籍艺文考略》	王士禄
9	《玉楼春》（红酥肯放琼苞碎）	要来小酌便来休，未必明朝风不起	得此花（梅花）之神	《静志居诗话》卷十八	朱彝尊
10	《念奴娇》（萧条庭院）	宠柳娇花	人工天巧，可称绝唱	《花草蒙拾》	王士禛
11	《如梦令》（昨夜雨疏风骤）	绿肥红瘦			

续表

序号	作品	引用词句	评论文字	文献出处	评论者
12	《念奴娇》（萧条庭院）	被冷香消新梦觉，不许愁不起	皆用浅俗之语，发清新之思，词意并工，闺情绝调	《金粟词话》	彭孙遹
13	《声声慢》（寻寻觅觅）	守着窗儿独自怎生得黑			
14	《浣溪沙》（绣面芙蓉一笑开）	眼波才动被人猜	观此种句，觉"红杏枝头春意闹"尚书，安排一个字，费许大气力	《皱水轩词荃》	贺裳
15	《蝶恋花》（暖雨晴风初破冻）	独抱浓愁无好梦，夜阑犹剪灯花弄	入神之句		
16	《念奴娇》（萧条庭院）	被冷香消清梦觉，不许愁人不起	杨用修以其寻常语度入律，殊为自然		
17	《青玉案》（征鞍不见邯郸路）	如今憔悴，风鬟霜鬓，怕见夜出去		《古今词话》	沈雄
18	《声声慢》（寻寻觅觅）	守着窗儿，独自怎生得黑	正词家所谓以易为险，以故为新者，易安先得之矣		
19	《声声慢》（寻寻觅觅）	梧桐更兼细雨，到黄昏点点滴滴			

序号	作品	引用词句	评论文字	文献出处	评论者
20	《声声慢》（寻寻觅觅）		首句连下十四个叠字，真似"大珠小珠落玉盘"也	《词苑丛谈》卷三	徐釚
21	《念奴娇》（萧条庭院）	被冷香消	词要清空，忌质实	《词鹄凡例》	孙致弥

　　这里《声声慢》被评6次，《念奴娇》被评5次，《醉花阴》被评2次，正与上面明末清初词选入选量的排序是相吻合的，也就是说《念奴娇》、《声声慢》、《醉花阴》等词在明末清初已被大家公认为李清照的经典之作，它们最能代表李清照"易安体"的创作特色，也是李清照作为一位"大家"屹立两宋词坛的"标志"，因此宋征璧在论及北宋七大家时李清照以其"妍婉"风格跻身其列。

三　王士禛和广陵词坛：对"易安体"的仿效

　　正如表7.2统计结果显示，在明末清初特别是在广陵词坛，有一股较为浓厚的追和效仿易安体的创作倾向。这一创作倾向的形成，也是和主持广陵词坛的主要人物王士禛、邹祗谟、彭孙遹等人的积极引导和有意提倡密切相关的。

　　据蒋寅先生考证，王士禛填词较早，大约在顺治九年前后，相对邹祗谟来说也只晚了三五年时间，但吴宏一、李康化等先生认为王士禛的《阮亭诗余略》应该是出现在顺治十二年。这部早年的词集收有词作46首，其中和李清照的《漱玉词》达17首之多。其自序云："向十许岁，学作长短句，不工，辄弃去。今夏楼居，效比丘休夏自恣……偶读《啸余谱》，辄拈笔填词，次第得三十首。易安《漱玉》一卷，藏之文笥，珍惜逾恒，乃依其原韵尽和之，大抵涪翁所谓'空中语'耳……余落魄之余，聊以寄兴，无心与秦七、黄九较工拙。"

表7.4　　　　　　　李清照原词及王士禛和韵词对照表

词　调	李清照词	王士禛词
蝶恋花	暖日晴风初破冻，柳眼梅腮，已觉春心动。酒意诗情谁与共，泪融残粉花钿重。　乍试夹衫金缕缝，山枕斜欹，枕损钗头凤。独抱浓愁无好梦，夜阑犹剪灯花弄。	凉夜沈沈花漏冻，欹枕无眠，渐听荒鸡动。此际闲愁郎不共，月移窗罅春寒重。　忆共锦绸无半缝，郎似桐花，妾似桐花凤。往事迢迢徒入梦，银筝断绝连珠弄。
一剪梅	红藕香残玉簟秋。轻解罗裳，独上兰舟。云中谁寄锦书来？雁字回时，月满西楼。　花自飘零水自流。一种相思，两处闲愁。此情无计可消除，才下眉头，又上心头。	雁语金塘水渐秋。遥听菱歌，不见菱舟。望君何处最销魂，旧日青山，恰对朱楼。　九曲长江天际流，似写相思，难寄新愁。梦魂几夜可曾闲，鹤子山头，燕子矶头。

词　调	李清照词	王士禛词
凤凰台上忆吹箫	香冷金猊，被翻红浪，起来慵自梳头。任宝奁尘满，日上帘钩。生怕离怀别苦，多少事、欲说还休。新来瘦，非干病酒，不是悲秋。　　休休！这回去也，千万遍阳关，也则难留。念武陵人远，烟锁秦楼。惟有楼前流水，应念我、终日凝眸。凝眸处，从今又添，一段新愁。	镜影圆冰，钗痕却月，日光又上楼头。正罗帏梦觉，红褪纤钩。睡眼初瞢未起，梦里事、寻忆难休。人不见，便须含泪，强对残秋。　　悠悠。断鸿南去，便潇湘千里，好为依留。又斜阳声远，过尽西楼。颠倒相思难写，空望断、南浦又眸。伤心处，青山红树，万点新愁。
渔家傲	天接云涛连晓雾，星河欲转千帆舞；仿佛梦魂归帝所，闻天语，殷勤问我归何处。　　我报路长嗟日暮，学诗漫有惊人句；九万里风鹏正举，风休住，蓬舟吹取三山去。	南湖西塞花如雾，我歌铜斗樵青舞。醉后放舟忘处所，凫鸥语，觉来已是烟深处。　　浦叶藕花相映暮，援琴更鼓潇湘句，曲罢月明风叶举。谁同住，琴高约我蓬瀛去。
声声慢	寻寻觅觅，冷冷清清，凄凄惨惨戚戚。乍暖还寒时候，最难将息。三杯两盏淡酒，怎敌他、晚来风急？雁过也，正伤心，却是旧时相识。　　满地黄花堆积。憔悴损，如今有谁堪摘？守着窗儿，独自怎生得黑？梧桐更兼细雨，到黄昏、点点滴滴。这次第，怎一个、愁字了得！	蛛迷楚馆，雁去秦楼，情怀不禁惨戚。带雨秋蛩，窗外似闻叹息。锦衾斗帐人远，枉怨它、西风寒急。更漏尽，梦难成，毕竟自情谁识。　　画尺宝奁尘积，冷落尽，枝上残红如摘。倦枕鬟松，空似鸦翎鬒黑。裴回那成好梦，但鲛人、只有泪滴。怎打算，那人去，怎是少得。

231

词 调	李清照词	王士祯词
念奴娇	萧条庭院，又斜风细雨，重门须闭。宠柳娇花寒食近，种种恼人天气。险韵诗成，扶头酒醒，别是闲滋味。征鸿过尽，万千心事难寄。　　楼上几日春寒，帘垂四面，玉栏干慵倚。被冷香消新梦觉，不许愁人不起。清露晨流，新桐初引，多少游春意！日高烟敛，更看今日晴未？	疏风嫩雨，正撩人时节，屠苏深闭。几日园林春渐老，偏是莺声花气。红友樽残，青奴梦醒，寂寞浑无味。关山万里，飘摇尺素难寄。　　香阁曲曲同栏，残朱零落，都为伤春倚。厌说鸳鸯还待阙，绣被朝朝孤起。额浅鸦黄，眉销螺黛，拚尽相思意。春来情思，小姑将次知未。
如梦令	常记溪亭日暮，沉醉不知归路。兴尽晚回舟，误入藕花深处。争渡，争渡，惊起一滩鸥鹭。	送别西楼将暮，望断王孙归路。昨夜梦郎归，还是旧时别处。前渡，前渡，记得柳丝春鹭。
如梦令	昨夜雨疏风骤，浓睡不消残酒。试问卷帘人，却道海棠依旧。知否？知否？应是绿肥红瘦。	帘额落花风骤，春思慵如中酒。久待不归来，解识相思如旧。堪否，堪否，坐尽宝炉香瘦。
点绛唇	寂寞深闺，柔肠一寸愁千缕。惜春春去，几点催花雨。倚遍栏干，只是无情绪！人何处？连天衰草，望断归来路。	水满春塘，柳绵又蘸黄金缕。燕儿来去，阵阵梨花雨。　　情似黄丝，历乱难成绪。凝眸处，白苹青草，不见西洲路。
浣溪沙	髻子伤春慵更梳，晚风庭院落梅初，淡云来往月疏疏。玉鸭薰炉闲瑞脑，朱樱斗帐掩流苏，通犀还解辟寒无。	衾畔豪犀闲不梳，新妆才罢晓寒初，曲栏花日影扶疏。　　金鸭暖香消桂蠹，夜蝉轻枝上桃苏，问郎曾解画眉无。

词 调	李清照词	王士禛词
浣溪沙	绣幕芙蓉一笑开,斜偎宝鸭亲香腮,眼波才动被人猜。一面风情深有韵,半笺娇恨寄幽怀,月移花影约重来。	渐次红潮趁靥开,木瓜香粉印桃腮,为郎瞥见被郎猜。　　不逐晨风飘陌路,愿随明月入君怀,半床鸳梦待郎来。
武陵春	风住尘香花已尽,日晚倦梳头。物是人非事事休,欲语泪先流。　　闻说双溪春尚好,也拟泛轻舟。只恐双溪舴艋舟,载不动、许多愁。	昨日相逢歌扇底,偷赠玉搔头。画阁香浓郎且休,秋水簟文流。送别殷勤杨柳岸,花雪满行舟。双桨凌风兰叶舟,又卷起、一江愁。
醉花阴	薄雾浓云愁永昼,瑞脑消金兽。佳节又重阳,玉枕纱橱,半夜凉初透。　　东篱把酒黄昏后,有暗香盈袖。莫道不消魂,帘卷西风,人比黄花瘦。	香闺小院闲清昼,屈戌交铜兽。几日怯轻寒,篝局香浓,不觉春光透。　　韶光转眼梅花后,又催裁罗袖,最怕日初长,生受莺花,打迭人消瘦。

　　我们说过,李清照的词集在明代已经失传,而据王士禛追和《漱玉词》的情况看,他当时所采用的底本应该是汲古阁刊《诗词杂俎》本《漱玉词》。对自己追和《漱玉词》的情况,王士禛表示出极度的自信,在《倚声初集》卷十六中说:"昔和《漱玉词》,自谓得意。"邹祇谟也说:"阮亭和清照词,押韵天然,复自出新意,芊绵婉逸。"(康熙留松阁刻《国朝名家诗余》)但谢章铤认为:"和韵叠韵,因难见巧,偶为之便可,否则恐有未造词先造韵之嫌,且恐失却佳兴……阮亭才极清妙,和韵亦不无凑砌句。"(《赌棋山庄词话》卷一)所言极是,比较王士禛与李清照两人的词,我们发现有三点:一是李清照词更质朴自然,王士

禛的词带有较大的模仿痕迹，显得过于雕琢；二是李清照词内容比较丰富，感情较为细腻；王士禛词则内容相对比较单薄，只是女子伤春惜别的意绪；三是李清照词抒情的成分比较浓厚，而王士禛词则有太多的刻画成分。这说明两点问题，王士禛以男子作闺音，毕竟是雾里看花，终隔一层；另外一点就是，这些作品毕竟是王士禛的"少作"，还带有较大的稚拙模仿的痕迹。当然，也有少数的句子表情达意比较传神，如"郎似桐花，妾似桐花凤"在当时就盛传京师，王士禛因之而博得"王桐花"的美名，并在清初南北词坛广泛地流传开来。

王士禛不仅在创作上有意效法李清照，而且在理论上推李清照为"正宗第一"。他说："凡为诗文，贵有节致，即词曲亦然。正调至秦少游、李易安为极致，若柳耆卿则靡矣。变调至东坡为极致，辛稼轩于东坡而不免稍过，若刘改之则恶道矣。"（《分甘余话》卷二）如前所述，王士禛是以婉约为正、豪放为变的，在他看来正体的代表就是秦少游、李易安。"诗余者，古诗之苗裔也。语其正，则景煜为之祖，至漱玉、淮海而极盛，高、史其大成也。语其变，则眉山导其源，至稼轩、放翁而尽变，陈、刘其余波也。"（《倚声初集序》）我们知道王士禛在顺治十七年到扬州任推官之前就已名誉京师，当他来到扬州后自然而然成为广陵文坛的"总持"，邹祗谟、彭孙遹、陈维崧、吴绮等纷纷集结到他周围，并在他的主持下开展过几次比较重要的唱和活动。康熙三年，孙默曾将他与邹祗谟、彭孙遹的词集合刻行世，他的作品也在江南地区迅速流传开来，并引发了吴绮、董元恺、彭孙遹、陈维崧等人对李清照词的追和，如吴绮的《凤凰台上忆吹箫·和漱玉词》，陈维崧的《醉花阴·重阳，和漱玉韵》、《蝶恋花·春闺，和漱玉词》、《凤凰台上忆吹箫·和漱玉词》，彭孙遹的《一剪梅·和漱玉词，同阮亭作》、《凤凰台上忆吹箫·和漱玉词，同阮亭作》、《醉花阴·和漱玉词，同阮亭作》、《念奴娇·和漱玉词，同阮亭作》、《怨王孙·春暮，和李易安同阮亭》（二首），董元恺的《如梦令·闺情，和李晚安韵》、《点绛唇·闺人语燕，和李清照韵》、《怨王孙·春闺雪夜，和李清照韵二首》、《凤凰台上忆吹箫·闺情，和李清照韵》、《声声慢·闺情，和李清照韵》……很显然这么多广陵词人都在追和《漱玉词》绝不是一种偶然现象，而应该是在王士禛的影响下大家在审美取向上有了一致的认识和共同的追求，或者说是对王士禛追和漱玉词的一种积极回应。

更有甚者，在江南也出现了一位和王士禛一样全力追和《漱玉词》的浙江平湖词人——陆垫。陆垫，字我谋，号旷庵，生卒年不详。有《旷庵集》、《旷庵词》。胡士莹《旷庵词跋》云："我谋为清顺治八年郡庠生，与古门彭羡门、同邑沈融谷为词友，著作甚富，稿多不存，邑志称所刻止词一卷，而传本久绝，兹册盖从先伯父然青公手抄本校录者。其词清丽婉约，宛然南宋风格也。和漱玉词诸阕，用笔亦能婉如人意者。"胡先生进一步分析说，"盖尔时金凤亭长主盟词坛，流风所扇，有不期然而然者"[1]。的确，陆垫与朱彝尊有一定的亲戚关系，朱彝尊《江湖载酒集》有《瑶花慢·寄酬陆我谋表叔》一词：

> 由拳城北，童稚情亲。记数陪裙钗，兵戈转眼，三十霜，一水蒹葭人隔。沙堤尽改，算往事，都成陈迹。剩白鸡，梦后荒墩，朱雀桥边斜日。　　寸心忽忆离居，荷千里题书，似亲颜色。齐纨皎洁。诗句好，仿佛玉溪风格。一弹三叹，胜鼓却朱弦瑶琴。但相逢，苍颜颓鳞，报我春

---

[1]　胡士莹：《旷庵词跋》，《文澜学报》第二卷第三、四期。

鹧秋蟀。

从此词看，朱彝尊与陆垄小时候曾生活在一起，但现在已经分别三十余年了，最近收到陆垄寄来的诗集，他认为陆垄的诗有"玉溪（李商隐）风格"。不过，胡先生认为其词受朱彝尊浙西词派的影响，接近南宋词风，未必确切，我们认为他更可能是受到广陵词坛追和易安体风气的影响，在风格上也更接近五代北宋。彭孙遹曾为其《旷庵词》撰有序文一篇："旷庵与仆交十年矣，晦明风雨，踪迹虽疏，而穷愁略似。仆自难后郁伊无聊，时浮沉于八十四调之中，淫思绮语，不免为秀禅师所呵遣。旷庵年来溇落不偶，亦复有香草美人之感，其所作长短调及和漱玉词，若有所寄托而云然者。仆览而心善之，以为妍雅绵丽，颇与晚唐、北宋诸家风致相似。梦窗、后村、白石以下，雕绘过之，终无以尚其天然之美也。或谓语涉言情，不嫌刻划审字，则色飞魂艳之句，将不得擅美于词场耶？不知填词之道，以雅正为宗，不以冶淫为诲。譬犹声之有雅正，色之有尹邢，雅俗顿殊，天人自别，政非徒于闺幨巾帼之余，一味儇俏无赖，遂窃窃光草兰苓之目也。昔扬子云尝有言矣：曰诗人之赋丽以则，仆于旷庵之词亦云。"从这篇序文内容看，彭孙遹这篇序文的写作时间应该是在顺治十八年遭遇奏销案之后，及康熙十四年蒙恩湔洗授职中书舍人之前。这一时期正是彭孙遹人生的低落时期，也是他与王士祯在扬州唱和之时，前面说过彭孙遹曾撰有 6 首名为"同阮亭作"的和漱玉词，陆垄既然是和彭孙遹交往密切的词友，自然也会受到广陵词坛这一追和易安体风气的影响。更值得注意的是，彭孙遹提到陆垄的和漱玉词不只是简单的追和，而是有香草美人之志的，寄托着其"溇落不偶"的人生感慨，我们现在无法知晓陆垄为什么"溇落不偶"，但我们可以从有寄托的方向读解他的词，而不能仅把它理解为像王士祯那样"效比丘休夏自恣"。

四 从《漱玉词》接受看明末
清初女性文学的经典化

李清照在词史上的地位，从南宋时期的边缘化到明末清初的"正宗第一"，从一般的能文之妇人进入"驾秦轶黄、凌苏铄柳"的词坛"大家"之列，说明人们对李清照的认识和接受有一个经典化的过程。因为明代中叶以来心学思潮的流行和女性意识的觉醒，推动着人们对李清照的认识跳出性别视界，去除伦理思维惯性的屏蔽，用审美的眼光重新打量和体认《漱玉词》的艺术魅力。

在南宋明初，人们对李清照的认识，虽然看到她过人的才华，但在评论她的作品时总是不由自主地受到传统伦理观念的约束。正如杨维桢所说的："易安、淑真之流，宣徽词翰，一诗一简，类有动于人。然出于小听挟慧，拘于气习之陋，而未适乎情性之正。"（《东维子集》卷七）但在明代中叶以后，随着商品经济的迅猛发展，江南市镇的兴盛和繁荣，市民文化的崛起和世家大族的产生，维系社会秩序的程朱理学越来越显露出它与新时代的不适应性，思想文化界发出了要求打破"圣贤久寂寞，六籍无光辉"的沉闷局面的呼声，从薛瑄到陈献章已开始提倡"学贵自得"，主张敢于怀疑，勇于创新，追求主体自立的人格理想，在这种思想背景下阳明心学在正德、嘉靖时期的崛起已是势所必然。阳明心学对程朱理学的变革最主要的是：反对其以外在的纲常束缚人性人情，主张"心外无物，心外无事，心外无文，心外无善"（《与王纯阳书》，《阳明全书》卷四），格物亦无须向外求理，而应向内求诸于心，"致之知者，非若后儒所谓充广其知识之谓也，致吾心之良知焉耳"（《大学问》，《阳明全书》卷二六）。在王阳明看来，"良知良能，愚夫愚妇与圣人同"（《合顾东桥书》，《传习录》中），也就是说人的先天禀性都是相同的，"圣人之道，无异于百姓日用"（王艮《王心斋先生遗集》卷一），"圣人"就是愚夫愚妇通过"致良知"而达到的境界。这一思想把"圣人"从天上拉到人间，将格物致知由外在的"理"转向内在的"心"，反映了来自市民阶层要求变革的"心声"，也撼动了程朱理学在明代思想界的霸主地位，从而带动了明代中叶以后江南地区思想界的大解放，从王畿、王艮、罗汝常、何心隐到李贽都成为阳明心学在明代后期的追随者。特别是李贽，在妇女问题上充分地发挥了阳明"愚夫愚妇与圣人同"的思想，强调人之识见的高低并不是由先天的性别差异而决定的："谓人有男女则可，谓见有男女岂可乎？谓见有长短则可，谓男子之见尽长，女子之见尽短，又岂可乎？"（《答以女人学道为见短书》，《焚书》卷二）在这一思想指导下，他一改传统以"德"为本的妇学观，而主张以"才"为上，其《初谭集》中载有才识妇人二十五人，言语者十四，文章者十，贤妇十一，并发表感慨："此二十五夫人，才智过人，识见绝甚……是真男子！是真男子！"李贽在思想界被称为"异端"，但在文学界却深刻地影响着公安派、竟陵派，并引发起他们对女性才华的尊重，对女性文学的格外看重，如公安派健将江盈科撰有《闺秀诗评》专门表彰女性诗人，竟陵派领袖钟惺还编有《名媛诗归》为女性文学摇旗呐喊，甚至说诗歌是一种更适用于女性的文体："诗，清物也，其体好逸，劳则否；其地喜净，秽则否；其境取幽，杂则否；然之数者，本有克胜女子者也。"（《名媛诗归序》）在这样的文化背景下，明末清初的学者对李清照的认识自然会越过传统妇学观，从"才"的角度看待李清照其人，将其定位为一位风华绝代的女词人，也就是说晚明以后对李清照的经典化已由"德"转向"才"。

　　女性文学在明末的兴盛，也是促成李清照接受发生转向的重要因素。"晚明文坛因公安派的崛起，风气大变，文人已开始注意并搜集妇女的作品，在观念上多能不抹煞女性的才华，而士大夫之家尤能表彰闺阁之作。"苏州徐仲容为其姊徐媛《络纬吟》题辞曰："今夫深闺之彦，饶天下奇慨，不能踔厉风云，第以帷遍房数尺地当寰中五岳、海外十洲，而以搦管为芒屩，蹑幽穷仄，下上古今，忽劃然天高地迥之表，奇藻络绎，庸讵不烈于须眉？"（《络纬吟题辞》）湖州茅元仪为其妻杨宛（字宛叔）《钟山献》撰写序文亦称："夫出之易者，无矜重之色；出之难者，深浮湛之怀。今宛叔之作，难而若易之，易而实难之。积之十年余矣，其当早献于天下，听之天下之可否，以权其心……志曰：钟山有女子献。今之刻，亦钟山女子之献天下以及后世者也。"这些大家闺秀，这些长期处在深闺足不出户的才女，在晚明特定环境的熏陶下，在男性亲友的帮助和鼓励下，也敢于起而为自己的地位和命运发声，进而有了强烈的"立言"意识。比如明末清初著名女性诗选《名媛诗纬》的编选者——王端淑，多次在其诗评中将女性与男性相比，认为女子应该有压倒须眉的气概："凡士气不兴，而乾坤贞烈之气多钟于妇人。"（《诗纬》卷二十一）"蛾眉之勇，直过轲、政，非餐霞人无此见地。而须眉男子寝处声华，一双眸子视欲河涨雾，白头不破，多与火蛾同心灯烬间，殊堪悲悼。"（《诗纬》卷一）"寥寥天地，才情本少，今之夸八斗挥千言者皆姓名簿，酒肉账，古人残羹冷炙而已。女人直可斩将擒王，攻城略地目无全垒矣。"（《诗纬》卷二十二）这样，一时间编辑女性文学选集成为风尚，据考现存最早的明代女性文学选集为嘉靖年间田艺蘅所辑之《诗女史》，而后有男性文人所编《彤管新编》、《彤管遗编》、《名媛汇诗》、《古今女史》，以及由女性作者所编《伊人思》、《闺秀诗选》、《宫闺文史》、《宫闺诗史》、《名媛文纬》、《名媛诗纬》、《列朝诗集·闺集》，等等。当风气渐开，江南各地女性皆跃跃欲试，女性作家亦处处生长开花，据胡文楷《历代妇女著作考》卷五、卷六可知，明代女性作家达247家之多，其中98％以上为明中后期作家。而且，在一些世家大族中还形成了一个个由母女、姐妹、妯娌组成的女性文学群体，如吴江叶氏、山阴祁氏、桐城方氏，皆一门联吟，风雅冠时。有时，同一地的才女之间还会有诗词赓和，以致在清初出现了中国女性文学史上最早的诗社——"蕉园诗社"。这种特定的社会风尚使得李清照的诗词纷纷进入各类女性选集的入选篇目，它们一方面为李清照作品的传播起了推动作用，另一方面也为李清照作品的经典化做出了应有的努力，李清照成为后代女性在文学上"立言"的典范。

第 八 章

"稼轩风"在明末清初的回归

　　吴熊和先生说："靖康之变，北宋沦亡……这时的词论，也为正视现实和志在恢复的精神所倾注，对花间、柳永一派词采取了批判的态度，语壮声宏、发扬蹈厉的苏、辛词风，则得到了高度的赞扬。"[①] 在西泠派围绕"学柳"展开激烈争论不久，在广陵词坛一致推许李清照的时候，清初词坛接着又刮起一股以豪放为本色的"稼轩风"。这是因为发生在 17 世纪中叶由明而清的易代鼎革，给汉族士大夫以"山崩海啸"的心灵悸动，入清后他们还面临着剃发令、科场案、奏销案、文字狱接踵而至的惨重打击。这时，生存环境日趋恶化的汉族文人，便要借助"词"抒其抑郁不平之气，"丧乱之余，家国文物之感，蕴发无端，笑啼非假"[②]。于是，历经元明长期蛰伏的"稼轩风"[③]，在清初的历史剧变里找到了心灵的"契合点"和声音的"共鸣点"，一时间"稼轩风"先是在江南蔚然而起，而后迅速席卷大江南北，从西部的关陇词人孙枝蔚到东部山左词人曹贞吉，从东北的流人

---

　　① 《唐宋词通论》，浙江古籍出版社 1989 年版，第 298 页。
　　② 叶恭绰：《广箧中词》卷一，浙江古籍出版社 1999 年版。
　　③ "稼轩风"一语始自戴复古《石屏词》："诗律变成长庆体，歌词渐有稼轩风。"

词人吴兆骞到岭南词人屈大均，皆把稼轩作为自己心中的楷模。特别在江南的阳羡地区，在陈维崧的鼓荡和张扬下，经过徐喈凤、曹亮武、万树、蒋景祁等的应和，当时词坛出现了稼轩风"回归"的发展走向。

一 稼轩风在明代的境遇

稼轩风形成于北宋末年国破家亡的社会环境里，当进入南宋以后，经济逐渐恢复，社会环境相对安定，这时的文人士大夫故态复萌，"暂把杭州作汴洲"，过起了笙歌逸乐的生活，重新作起了典雅工丽的婉约词，这时在北方的金朝词坛却吹起了强劲的"稼轩风"。"在当时的中国，实际上存在着两个并行的词坛——南宋词坛和金元词坛，存在着两个建立在地理文化意义上的不同体派——南宗词派与北宗词派。"① 入明以后，风气又有新变，北宗词派渐趋淡退，南宗词派再度抬头，但这一时期的南宗词派不是南宋的典雅词风，而是五代北宋的婉艳词风。

这一时期，人们对词体的认识，是从豪放与婉约两分的角度来看的，提出豪放与婉约之分的是张綖。他说：

> 词体大略有二，一婉约，一豪放。盖词情蕴藉，气象恢宏之谓耳……大抵词体以婉约为正，故东坡称少游今之词手，后山评东坡虽极天下之工，要非本色。（《诗余图谱凡例》）

自然，稼轩之词理应属于豪放之体，正如王世贞所说："词

---

① 赵维江：《金元词论稿》，中国社会科学出版社 2000 年版，第 31 页。

至辛稼轩而变，其源实自苏长公，至刘改之诸公极矣。"（《艺苑巵言》）在万历时期编选的各类词选——《草堂诗余》、《词林万选》、《花草粹编》等皆透露出崇婉约、抑豪放的倾向。兹将各选本选录辛稼轩词的情况，及其他各家选录情况，统计比较列表如下：

表8.1

词人＼词选	草堂诗余			词林万选	花草粹编
	原选	新添	新增		
柳永	10	5	1	14	155
苏轼	22	3	0	12	61
秦观	19	1	0	3	70
周邦彦	25	21	5	0	104
辛弃疾	1	8	1	7	20

很显然，辛弃疾的词入选量要少于婉约派的柳永、秦观，也少于豪放派的苏轼。但在明代中后期，词坛上崇婉抑豪的倾向正在弱化，而推扬豪放词风的倾向有所抬头。在崇祯六年编纂成书的《古今词统》，就明显地表露出这一倾向性。尽管它以《花间集》、《尊前集》、《草堂诗余》、钱允治《国朝诗余》、沈际飞《草堂诗余四集》为选词的底本，但是，它不是照单全录，在体例上已改《草堂》的分类法为分调法，在内容上则是稍摄"诸家之胜"，还兼采自己同时代作者的作品。《词统》把选录的重心放在南宋以后，在词家的选择上，隋唐五代53人，北宋51人，南宋162人，金代21人，元代88人，明代105人；在年代的选择上也是以南宋以后词为多，据陶子珍的统计，超过20篇以上的有：隋唐五代47首，北宋224首，南宋437首，明代163

首。而唐五代两宋词人中，入选量高居榜首的是辛弃疾 140 首，接着是蒋捷 50 首，吴文英 49 首，苏轼 48 首，刘克庄 46 首，陆游 45 首，周邦彦 44 首，很显然它有推尊苏、辛豪放词风的倾向，徐士俊还在《古今词统序》中对明中叶以来词坛尊婉抑豪倾向表示不能苟同：

> 古今之为词者，无虑数百家，或以巧语致胜，或以丽字取妍；或望断江南，或梦回鸡塞；或床下而偷咏纤手新橙之句，或池上而重翻冰肌玉骨之声；以至春风吊柳七之魂，夜月哭长沙之伎；诸如此类，人人自以为名高黄绢，响落红牙。而犹有议之者，谓铜将军、铁绰板，与十七八女郎，相去殊色，无乃统之者无其人，遂使倒流三峡，竟分道而驰耶？余与珂月起而任之曰：是不然。吾欲分风，风不可分；吾欲劈流，流不可劈。非诗非曲，自然风流，统名之以词……其按词之法，则如杨诚斋所撰《词家五要》，一曰择腔，二曰应律，三曰按谱，四曰详韵，五曰立新意。而且曰幽曰奇，曰淡曰艳，曰敛曰放，曰秾曰纤，种种毕具，不使子瞻受"词诗"之号，稼轩居"词论"之名。

这是明末清初词坛"稼轩风"复归的先兆，也是明末清初词坛"稼轩风"回归在创作实践上表现的理论说明。其实，在明末词坛已有一批"稼轩风"的追随者，比如吴熙有《满江红·题胡香索像，像为睥睨按剑之状，用稼轩韵》、彭逊遹有《永遇乐·和稼轩北固亭怀古》、《贺新郎·感时，用稼轩韵》，易震吉更是晚明词坛"取径稼轩"的杰出代表，南沠源为其《秋佳轩诗余》所作序便说他"好读余乡先进稼轩长短句"，其《念奴娇·读稼轩集，用大江东去韵》一词亦对辛弃疾之人之词有全面之评价:"期思渡口,来青兕、共诧天生神物。叠嶂西驰旋万马,压倒东坡赤壁。婢子琵琶,儿童觱篥,那解阳春雪。绍兴相望,如公应号词杰。公岂仅仅词人,八陵二圣,忠愤漫胸发。陡把大声呼海内,虏镝一飙吹灭。著作其余,风流婉约,写出心如发。伊人安在,瓢泉犹照秋月。"由明入清的金堡更是"稼轩风"在清初的忠实追随者,先后填有和稼轩词韵之词十余首:有《西江月·遣兴,和稼轩韵二首》、《南歌子·次稼轩独坐蔗庵》、《粉蝶儿·和辛稼轩落花韵》、《蓦山溪·次稼轩一丘一壑韵》、《水调歌头·次辛幼安博山寺韵志谢》、《沁园春·次稼轩偃湖韵》、《沁园春·次稼轩答杨世长韵》、《摸鱼儿·清远峡,次稼轩山鬼谣韵》、《贺新郎·遣兴二首,次稼轩忆陈同甫韵》、《贺新郎·遣兴,用稼轩题积翠岩韵》、《贺新郎·遣兴,次稼轩自述韵》、《哨遍·和稼轩韵,答鱼计亭疑问》等。① 无论从理论还是从创作上看,明末出现的"稼轩风"实为清初词坛推尊稼轩之先声。

当家国破亡之际,江南文人胸中有无限感触,便在樽前酒边"借长短句以吐其胸中",苏、辛之豪放特别是稼轩之人之词在一时间成为清初词坛最热闹的话题。

> 有稼轩之心胸,始可为稼轩之词。今精浅之辈,一切乡语猥谈,信笔涂抹,自负吾稼轩也,岂不令人齿冷。(周在浚《借荆堂词话》)
>
> 辛稼轩当宋之南,抱英雄之志,有席卷中原之略,厄于时运,势不得展,长短句涛涌雷发,坡公而后,一人而已。

---

① 参见程继红《"稼轩风"中的明词》,载《浙江海洋学院学报》2007年第4期。

（冯班《钝吟老人文稿》）

　　辛公当南渡时，自恨抱负未尽，至欲据牛头山，决西湖之水，陈同甫骇而遁去……公者何如人哉！其见于词者如"把吴钩看了，栏杆拍遍，无人会，登临意"，略见一斑矣。
（尤侗《溉堂词序》）

　　他们既敬重稼轩之人，亦效法模仿稼轩之词，被称之为"西陵十子"之一的丁澎，认为开清初词坛稼轩风复归之端绪的是钱谦益、吴伟业等："苏子瞻、陆放翁诸君，特以遒丽纵逸取胜。至辛稼轩，其度越人也远甚，余子瞠乎其后矣……钱宗伯牧斋、周司农栎园为词，娄东、合肥诸先辈始倡宗风，皆侧身苏陆之间，于稼轩之绪，乃徐有得也。稼轩才则海而笔则山，博稽载籍一乎己口，好学深思多引成言，史迁之文，魏武之乐府，庶几近似之。唐宋以来，言词必推辛，犹言诗必推杜，横视角出，一人而已，以视后人，吹已萎花而香，饮既啜醨而甘，以称塞海内。"（《梨园词序》）在这之后，"稼轩风"更是一发不可收，在大江南北席卷开来，遍地开花，北方的京师秋水轩唱和更把这一风尚推向顶峰。

　　这里，拟从词人主体、词作内容和风格三个方面，描述"稼轩风"在清初回归的具体情形，进一步分析其具有时代性的主体情质和审美特征。

二　从清初词坛"尚气"
看稼轩风之"回归"

　　清初稼轩风的"回归"，首先表现为主体之"尚气"。范开

《稼轩词序》云:"公(指辛弃疾)一世之豪,以气节自负,以功业自许,方将敛藏其用以事清旷,果何意于歌词哉?直陶写之句耳,故其词如张乐洞庭之野,无首无尾,不主故常;又如春云浮空,卷舒起灭,随所变态,无非可观。无他,意不在于作词,而其气之所充,蓄之所发,词不能不尔也。""尚气"是稼轩词之一大特色,这一点也为清初人所注意,周在浚说过:"辛稼轩当弱宋末造,负管(仲)、乐(毅)之才,不能尽展其用,一腔忠愤,无处发泄。观其与陈同甫抵掌谈论,是何等人物,故其悲歌慷慨、抑郁无聊之气,一寄之于词。"(徐釚《词苑丛谈》卷四引)在清初,从事倚声填词活动的各类词人群体,特别是那些入清出仕者,他们的情感经由了一个由含蓄到激越的过程,从"江村唱和"、"秋水轩唱和"到阳羡派的"里中唱和",便清晰地展现了清初士人心灵深处的痛楚和作品主题情质的变化,而在这些唱和活动里都贯穿着一种共同的情质——郁勃之气。

康熙四年(1665),经历过各种现实打击,刚刚从狱中出来的三位词人——曹尔堪、宋琬、王士禄,很巧合地相聚在西湖这个具有特殊意义的场所,展开了一场别开生面的一调(《满江红》)一韵(状字韵)八章(共24阕)的"秋水轩唱和",这次唱和的基本主题是"感时之悲悯"。毛先舒指出,宋夫子(琬)、王西樵(士禄)、曹子顾(尔堪)三人:"或谪或削,久之得雪。今年夏月,时相聚于西湖,子顾先唱《满江红》词一韵八章,二先生和之,俱极工思,高托沉壮,至其悲天悯人、忧谗畏讥之意,犹三致怀焉而不能已。呜呼,何其厚也。"(《题三先生词》,《潠书》卷二)这里点明了这次唱和的具体背景和作品基调——"悲天悯人,忧谗畏讥",暗示了曹尔堪、宋琬、王士禄三人在经历现实的沉重打击之后的心灵痛楚,徐士俊的《三子唱和词序》有一句话说得更为精确:"各抱怀思，互相感叹"，所谓"各抱怀思，互相感叹"也就是毛氏所说的"悲天悯人，忧谗畏讥"。如曹尔堪的开题之作《满江红·江村》，传达的是"应自慰，春风未老，故园无恙"的"大难不死，幸得归来"的心境；宋琬《满江红·予与顾庵、西樵皆被奇祸得免》的题旨，是"笑邯郸梦醒，恰三人，无殊状"的相互悲悯；王士禄《满江红·湖楼坐雨同顾庵用前韵再柬荔裳》，再三致意的也是"问吾曹，补衮息黥心，谁能状"的惊惶与凄凉。

如果说江村唱和呈现出来的是"温厚"，是"凄怨"，那么在康熙十年（1671），由周在浚在京师主持的秋水轩唱和，更使主体情质过渡到"伤时之怨愤"的阶段，作品中也多了一种悲情慷慨的"变徵之声"。从今存遥连堂刊本《秋水轩唱和词》看，这次唱和活动的参与者，凡22人，以"剪"字韵调寄《贺新凉》，收词170多首，其中，龚鼎孳、徐倬各22首，纪映钟17首，周在浚15首，陈维岳、王豸末各12首，此六人合之，已达百首词，他们显然是这次活动的"主角"。但更让我们感兴趣的是，这次活动的组织者——周在浚的编纂动机，他论词主张"贵言情"——"古无无性情之诗词，亦无舍性情之外别有性情者"（徐釚《词苑丛谈》卷四引周在浚语）。他的创作亦是直出机杼，陶写性情，有稼轩一样的"豪宕之气"。如《沁园春·偶发从军之兴，再用前韵》，写自己少年时代的凌云豪气，其人似稼轩，其词亦类辛词。他的友人张芳便说："倚声而歌，啴缓曲折，寻变入节，有气行乎其词。兵法以鼓进曰填然鼓之，作其气也。"（《梨庄词序》）他主持秋水轩唱和和编纂《秋水轩倡和集》，自然要贯彻其主体尚"气"的论词主张："问我何为者，壮年时，胸怀磊落，气如奔马。老大有些知觉处，未入远公莲社。人误道，性耽风雅。历遍艰辛悲世态，不平鸣，聊借诗陶写。"（周在浚《贺新凉》）所说"气奔如马"、"不平之鸣"，是指借词以抒发主体的抑郁不平之"气"。尽管这次唱和活动参与者众多，"词非一题，成非一境"（汪懋麟《秋水轩词序》），但都鲜明地表露出唱和活动参与者内心的隐痛：龚鼎孳沉浮宦海，抱病在身，以"随旅雁，栖巢如茧"的意象倾诉内心的抑郁；徐倬屡试不第，自比嫦娥，"几点忧时嫠妇泪，迸作九霄露泫"，情绪无比激愤；纪映钟穷愁一生，倾泻出"三十年来沦落恨，泪与墨珠同泫"的悲鸣；陈维岳"万事蹉跎身世变，苦一衫垂老温经典"，投射出绝望的心灵挣扎。于是，一时名流，"相与争奇斗险"，愈出愈工。如檗子、方虎、伯通、雪客、古直、纬云、湘草诸君，"俱各挥洒流畅，妙极自然，无复押韵险涩之迹"。秋水轩"卷"字韵，风行南北，盛极一时，"统冠之以秋水轩者，大都登坛树帜，鼓诸军之气"（汪懋麟《秋水轩词序》），一个"气"字可谓统摄了这次唱和活动的灵魂，是对这次唱和活动参与者内在心绪最准确的描述。

由秋水轩唱和引发的"尚气"倾向，在阳羡词派的积极推动下，渐以化为一种张扬悲慨激荡之气的时代思潮，陈维崧又成了这股思潮中"向词坛直夺将军鼓"的"弄潮儿"。从康熙十一年（1672）到康熙十七年（1679），是阳羡派的形成和发展时期，也是陈维崧《迦陵词》从怨愤变为悲郁的时期，其中已蓄积着一种"飞扬跋扈"、"慷慨激昂"的"怒气"，陈廷焯便说他的《水调歌头》诸阕："英姿飒爽，行气如虹，不及稼轩之神化，而老辣处时复过之，真稼轩后劲也。"（《白雨斋词话》）"行气如虹"这一点确实是接近辛弃疾，再如其《念奴娇》："长江之上，看枝峰蔓壑，尽饶霸气。狮子寄奴生长处，一片雄山莽水。怪石崩云，乱冈淋雨，下有鼍龙睡。层层都挟，飞而食肉之势。"亦透露一种不可一世的"霸气"，这种"霸气"最具稼轩词"痛时之狂豪"的情感特质。他的"狂豪"来自明清易代的深沉悲哀，来自他在清初求仕所历经的坎坷，其弟陈宗石对这一点看得最为分明："（兄）迨中更颠沛，饥驱四方，或驴背清霜，孤篷夜雨；或河梁送别，千里怀人；或酒旗歌板，须髯奋张；或月榭风廊，肝肠掩抑；一切诙谐狂啸，细泣幽吟，无不寓之于词。"（《湖海楼词序》）这里，陈宗石还只说他中年以后生活的坎坷，没有指出生活坎坷的原因，倒是近代词学家陈廷焯的分析直揭本原，指出了陈维崧"狂豪"的气质与时代剧变的内在联系。他说："其年年近五十，尚为诸生，学业最富，又目睹易代之时，其一种抑郁不平之气，胥于诗词发之，而词又其最著者；纵横博大，鼓舞风雷，其气吞天地，走江河。"（《云韶集》卷一六）主体有"狂豪"气质，当他有感而发便是"豪迈之音"，论词亦提出"海涵地负以博其气"的要求。（《今词苑序》）他对派内词人作这样的要求，对派外词人也只推许其豪宕之作，如《苍梧词序》说董元恺："以抑塞磊落之才，使飞扬跋扈之气"，高度称赞其激荡磊落的词气。《观槿堂词集序》说曹尔堪的词："爰乃借雷辊电耄之声，写剑拔弩张之气。"（均见《陈迦陵文集俪体文集》卷七）陈维崧自己的作品亦是霸气驭词，如其《贺新凉·赠何生铁》一词，便塑造了一个飞扬跋扈、不受拘束但有志难伸的词人形象："气上烛，斗牛分野。小字又闻呼阿黑，诇王家、处仲卿其亚？"当代学者进而评述说："他的横霸跋扈，跌宕雄浑之气，都是怒吼自己不幸的遭遇，也是多数人亡国后流离失所的不平之声。"[①] 这一点正最得力于稼轩，王煜称他："雄才盛气，追步苏、辛，镗鞳辉煌，清词初大。"（《清十一家词钞自序》）

[①] 苏淑芬：《湖海楼词研究》，里仁书局 2005 年版，第 389 页。

三 从清初词内容之丰富
看稼轩风的接受

我们认为，稼轩风的另一重要特征是其内容之"博大"，也就是说把文章表现的内容引入词。"稼轩驱使庄、骚、经、史，无一点斧凿痕，笔力甚峭。"（张宗橚《词林纪事》卷十一引楼俨语）在辛弃疾的笔下，战场厮杀、田园观光、乡村闲居、山水纵情，无不可以笼之于笔端。"以诗为词"、"以文为词"正是"稼轩风"的特质，是其开拓"词境"、扩大"词量"（谢章铤语）的重要途径。

在这一方面，试图恢复"稼轩风"的当首推吴伟业，邹祗谟说："词至稼轩，经史百家，行间笔下，驱斥如走。近则娄东（吴伟业）善用南北史，江左风流，唯有安石，词家妙境，重见桃源矣。"（《远志斋词衷》）吴伟业将其"梅村体"的歌行手法，娴熟地运用到被称之"小道"的词，正如王士祯所说："娄东驱使南北史，澜翻泉涌，妥帖流丽，正是公歌行本色，要是独绝。不可以流辈拮扯稼轩，如宋初伶人谰馆职也。"（《花草蒙拾》）也就是说在他的笔下，诗词之界限被打通了："诗人与词人有不相兼者……欧阳以文章大手降体为词，东坡大江东去卓绝千古……若推当代之隽，擅兼人之才，吾目中惟见村先生耳……盖先生之遇为之也。词在季孟之间，虽所作无多，要皆合于《国风》好色、小雅怨诽之致。故予尝谓先生之诗可为词。"（尤侗《梅村词序》）这样，他的词不仅有"怨诽之致"的身世之叹，而且还多了一份厚重的兴衰之感。钱谦益读后，曾致书吴伟业说："别后捧持大集，坐卧吟啸，如渡大海，久而得其津涉。

清词丽句，层见叠出；鸿章缛绣，富有日新。有事采剟者，或能望洋而叹；若其攒簇化工，陶冶今古，阳施阴设，移步换形，或歌或哭，欲死欲生，或半夜而啼，或当餐而叹，则非精求于韩杜二家吸取其神髓而资助之，以眉山、剑南断断乎不能窥其篱落识其阡陌也！"（《与吴梅村书》）以诗入词，以史入词，大大地拓展了清词的堂庑，举凡社会风俗、民生疾苦，宦途坎坷，人事沧桑，江山易代之愁，俯仰今昔之感，无不寄之于词。龚鼎孳、曹溶亦堪称是清初以诗、史入词的先驱，丁澎将龚鼎孳的《定山堂诗余》比之为《诗经》，说它"沨沨乎有三百篇之遗音焉"，凡珥珰槐掖、遣情山水、凄心悄志、香闺忆别、春郊约友，皆可以诗经内容印证，"世之读是篇者，性情以是正焉，风会以是醇焉，房中正始之音以是传焉，宁仅曰诗之余而已哉。"（《定山堂诗余序》）曹溶词还开拓出写边塞生活内容的新境界，他任山西大同兵备的五年，写有不少咏史怀古及陈述边塞荒凉肃杀情怀的词。如《贺新凉》（玉宇秋如水）"落日马蹄穷塞主，白发一肩行李"，《念奴娇》（疮痍四海）"风雪差排关塞去，不唤伤心不得"等词句，倍感塞居荒寒的苦怨。龚、曹等作为出仕清朝的"贰臣"，对明词而言有"继往"的身份，对清词而言又有"开来"的意义，"开来"的正是以诗、史入词、拓展清词堂庑的"意义"。所以，顾贞观力赞龚、曹二公对清词的中兴卓有贡献："国初辇毂诸公，尊前酒边，借长短句以吐其胸中。始而微有寄托，久则务为谐畅。香严（龚鼎孳）倦圃（曹溶），领袖一时。唯时戴笠故交，担簦才子，并与宴游之席，各传酬和之篇，而吴越操觚家闻风竞起。"（《与栩园论词书》）

经过吴伟业、龚鼎孳、曹溶的努力革新，阳羡派乘势而上，进一步开拓"词境"，彻底地打破了各种文体之间的界限，以他们的"如椽巨笔"展现了更为广阔的社会内容。辛词以经、史、子、集入词，尤其是以"赋"的手法入词，可将词的内容扩大到任意限度，在数量上亦居《全宋词》之首；陈维崧亦打破了各种文体的界限，史评赋笔一任驱遣，空前扩大了词的抒写功能，因而使其创作数量位居清词第一，更是三倍于辛弃疾。《白雨斋词话》卷三说："迦陵《汴京怀古》十首，措语极健，可作史传读。"最值得一提的是陈维崧提出"存经存史，曰诗曰词"的观念，所谓"存经存史，曰诗曰词"，就是把诗、词、经、史放置在同一平面上，它们之间不存在什么"正宗"、"旁支"、"大道"、"末枝"的地位差别。陈维崧如此说，亦如此做，其《迦陵词》，内容之丰富，胸襟之博大，思想之深刻，皆直逼稼轩。"辛词适逢时代风云际会，词人极尽安排之能事，经史子集、诗书文选，无不可入词"；"辛稼轩别开天地，横绝古今。《论》、《孟》、《诗小序》、《左氏春秋》、《南华》、《离骚》、《史》、《汉》、《世说》、《选》学、李杜诗，拉杂运用，弥见其笔力之峭。"（吴衡照《莲子居词话》卷一）读《迦陵词》亦如读稼轩词，可谓包罗万象，囊括宇宙，从明亡历史到清初现实，从风土人情到兄弟情谊，皆被他纳入自己的《湖海楼词》。蒋景祁说："读先生之词者，以为苏、辛可，以为周、秦可，以为温、韦可，以为《左》、《国》、《史》、《汉》、唐、宋诸家之文亦可。盖既具什伯众人之才，而又笃志好古，取裁非一体，造就非一诣，豪情艳趣，触绪纷起，而要皆含咀酝酿而后出。以故履其阈，赏心洞目，应接不暇；探其奥，乃不觉晦明风雨之真移我情。噫，其至矣！"（《陈检讨词钞序》）

词体观念的开放，表现内容的拓展，使阳羡词派笔下呈现的是丰富多彩的社会生活。但最值得我们关注的还是它的"敢拈大题目，敢出大意义"（谢章铤《赌棋山庄词话》卷八），不但有咏史之篇，如陈维崧的《凤凰台上忆吹箫·秣陵怀古》，史惟圆的《渡江云·金陵怀古同其年和蓬庵家叔韵》等，更有在"明史案"的紧张氛围中，以身犯险、以词干禁、以笔实录的真实地再现"明清易代史"——扬州十日、嘉定三屠、永历被杀，等等。阳羡派胆子之大，气魄之盛，通过他们借追悼姜埰，表现30年前甲申之变的惨痛历史，略见一斑。徐喈凤、陈维崧都有这样一段小序："莱阳姜如农先生，前朝以建言予杖，遣戍宣州，会甲申之变，不克往戍所，僦居吴门者几三十年。癸丑夏，先生疾革，语家人曰：'必葬我敬亭之麓。'其子勉仲学在，从之。闻者悲其志，重其节，私谥之曰贞毅先生。"徐词为《意难忘》。他直接赞美姜如农："皂帽隐吴门。三十年，心同思肖（郑姓，南宋著名遗民），死不忘君。弥留数语酸辛……"陈词为《水调歌头》，此词不仅是抒遗民的悲愤，简直就是"生当作人杰，死亦为鬼雄"的怒吼。在这首词中，田横、要离、山鬼、铁衣、重剑，意象迭现，声色俱厉肝胆迸裂。此外，阳羡派对百姓艰难生活的"实录"，也是他们拓展"词境"的一个重要方面，这也是陈维崧"存经存史"观念的直接反映。还有，陈维崧的《南乡子·江南杂咏》六首，表现的是水灾、瘟疫等下层百姓所蒙受的天灾人祸，已不再是红香翠软的江南烟花生活；《贺新郎·纤夫词》（战舰排江口）"征发棹船郎十万，列郡风驰雨骤"，写繁重的徭役对百姓的骚扰；《念奴娇·苦雨》、《水调歌头·夏五大雨浃月，南亩半成泽国，而梁溪人尚有画舫游湖者，词以寄慨》，将民生疾苦化作笔底波澜。汤思孝的《念奴娇·江南奇旱……》、僧宏伦的《杨柳枝·记事》、孙朝庆的《念奴娇》（怒浪如天）等均为关怀民瘼的作品。以词反映现实生活的内容拓展，可以从酬赠范围空前扩大得到印证。除了大量的词人外（和词270多首），也有沦落的艺人，如柳敬亭、苏昆生、陈九、何铁等，甚至出现了西欧的医生：其《满江红·赠大西洋人鲁君》更有特色,"与西人以词酬赠者,则自迦陵此作倡之"(郭则沄《清词玉屑》卷一)。

四 从清初词风格之多样
看稼轩风的影响

清初对稼轩风的接受,就是推崇多样化的风格,兼容豪放清刚与绮媚婉错之美。詹安泰先生说:"他(辛弃疾)的词,是具有各种各样的风格的,除最突出的豪放一点外,婉约、精艳、典丽种种面貌,在他的词集里都可以找到。"[1] 在明代张綖却将丰富多彩的唐宋词归结为"婉约"、"豪放"两体,虽然他并没有将"婉约"、"豪放"分优劣的意思,但"词体以婉约为正"的倾向性在明末清初影响甚大,清初"稼轩风"的回归,正是在充分体认稼轩词兼有婉约、豪放的多元风格、而以豪放为主导的基础上进行的。这一过程可大致描述为:西陵词人对婉约、豪放强分主次的争论,继而引发广陵词人对"稼轩风"多元风格的体认,最后,阳羡词派正式提出"豪放词亦是本色"的词论,对豪放、婉约采取一视同仁的态度,这标志着"稼轩风"在清初词坛的全面回归。

西陵词人对词体风格多样化的争论,集中体现在毛先舒、沈谦的两封《论填词书》。(《毛驰黄集》卷五《与沈去矜论填词书》、《东江集钞》卷七《答毛稚黄论填词书》)沈谦虽然"亦旨所好,不外周、柳、秦、黄、南唐李主、易安、同叔,俱愿所学,而无常师",可是,他认为苏辛"方之周、柳,不无伧父",

---

① 詹安泰:《詹安泰词学论稿》,广东人民出版社1984年版,第448页。

这样一来，婉约、豪放就有主次高下之别。毛先舒则对此深为不满，并上溯到明人如杨慎、王世贞的狭隘词观进行抨击："词句参差，本便旖旎，然雄放磊落，亦属伟观。成都、太仓，稍胪上次，而足下持厥成言，又益增峻。遂使'大江东去'，竟为逋客；'三径初成'，没齿长窜。揆之通方，酷为昭晰。借云词本卑格，调宜冶唱，则等是以降，更有时曲。今南北九宫，尤多鼙铎之响，况古创兹体，原无定画。何必抑彼南辕，同还北辙；抽儿女之狎衷，顿壮士之愤薄哉？"这场激烈的争辩，一定程度上改变了以往对辛词的不公正评价。但是，西陵词人并未突破以婉约为本色的词学观。比如刘体仁在《七颂堂词绎》中，激赏辛词《水龙吟》结句"红巾翠袖，揾英雄泪"，同时认为其《贺新郎·杯汝来前》为词之《毛颖传》，"非词家本色"。《词苑丛谈》引沈谦语云："稼轩词以激扬奋厉为工，至'宝钗分，桃叶渡'一曲，昵狎温柔，魂销意尽，才人伎俩，真不可测。"他们对豪放、婉约评价的立脚点还是婉约，豪放只是旁支，是别派。

毛先舒等为豪放磊落之词正名，得到了王士禛等广陵词派的响应。王渔洋的词论，率先表现出超越婉约豪放之争的包容性和开放性，虽推婉约为不祧之宗，但也并不鄙薄、排斥豪放词。"词家绮丽、豪放二派，往往分左右祖，予谓第当分正变，不当论优劣。"（《香祖笔记》卷九）他还说："张南湖论词派有二：一曰婉约，一曰豪放。仆谓婉约以易安为宗，豪放唯幼安称首，皆吾济南人，难乎为继矣。"（《花草蒙拾》）虽有偏私乡党之嫌，却以婉约、豪放并重。王士禛任扬州推官的五年，总持广陵数次唱和，年为雅集修禊，时人称其："红桥佳咏，平山题扁，仙佛英雄同一体。"（周在浚秋水轩韵《贺新郎·答西樵考功兼呈阮亭仪部》）彭孙遹为王士禛作《衍波词序》，称其《衍波》一集，"体备唐宋，珍逾琳琅，美非一族，目不给赏"，"洵乎排秦轶黄，凌周驾柳，尽态穷姿，色飞魄荡"，也是说其词兼有豪放、婉约等风格。丁澎激赏王士禛的豪放词作，举例说"'春去秋来'二阕（《沁园春·偶兴与程羡门同作》）以及'射生归晚，雪暗盘雕'（《南浦·寄兴》）、'屈子离骚，史公货殖'（《踏莎行·醉后作》）等语，非稼轩之托兴乎？"（《衍波词序》，《松桂堂全集》卷三十七）对稼轩的豪放，对王士禛的豪放，都有肯定，其溢美之词，亦溢于言表。

　　以陈维崧为首的阳羡派，也是从婉约逐步走上崇扬豪放之途的，但也没有绝对抛弃婉约之风，而是在多元词风基础上求豪放的。比如，陈维崧初期追随云间派和广陵派，入选《倚声初集》者多婉媚之调，而康熙七年结集的《乌丝词》，虽是豪放与婉约之体兼擅，但那股张扬跋厉之气却远远胜过柔婉之风；晚年结集的《湖海楼词》更是各种风格兼擅其长。其实，他们论词也是倡导多样性的词风，刚柔并重，雄健与清婉相济。比如，陈维崧称徐喈凤的词："三千粉黛，掩周柳之香柔；丈八琵琶，驾辛苏之感激。"（《徐竹逸词序》）对于机械模仿婉约或豪放一格，陈维崧却给予了指责和批评："多少词场谈文藻，向豪苏腻柳寻蓝本。吾大笑，比蛙黾。"（《贺新郎·题曹亮武南耕词》）曹亮武主编的《荆溪词初编》也曾指责风格单一的弊病，"豪者易粗，腻者易弱，砌者入涩，庄者易迁"（《荆溪词初编序》）。徐喈凤《词证》还提出"婉约固是本色，豪放亦未尝非本色"。无论是从理论的角度，还是从批评的角度，阳羡派都能不拘成见，肯定词风的多样化，表现在创作上也能做到风格的多样化，这正是稼轩风在风格上的回归。

　　当然，在不拘一格的前提下，他们的确是比较偏好雄浑苍茫的词风。陈维崧往往用极强的力度，既豪宕又雄奇，既豪壮又悲慨，形成一种词人所特有的鲜明格调。史惟圆说："观吾子之词，湫乎恤乎？非阡非陌乎？何其似两山之束峭壑，窘蠹扼塞，数起而莫知所启拔乎！抑众水之赴夔门乎！旋涡湍激，或蹙之而转轮，或矶之而溅沫乎！"（陈维崧《蝶庵词序》引）但对陈维崧《迦陵词》认识最为全面的当推陈廷焯，他说："其年《沁园春》最佳者，如《题徐渭文钟山梅花图》后半……情词兼胜，骨韵都高，几合苏、辛、周、姜为一手。"（《白雨斋词话》卷四）这是说他各体兼擅，《白雨斋词话》卷四又以其130余首《贺新郎》为例，说明陈维崧更偏爱豪放词风。"其年《贺新郎》调，填至一百三十余首之多，每章俱于苍莽中见骨力，精悍之色，不可逼视。"对于其百首《沁园春》词，他说："其年《沁园春》诸调，亦甚雄伟。"（《白雨斋词话》卷四）阳羡派大量创作豪放词，但他们大都是在兼容婉约等风格的多元化基础上作成的，这一风格学上的求变求新，与辛弃疾在词史中的情形契若合符，体现出"稼轩风"在风格层面的强烈回归趋势。

五　从和韵、用调、选本
看稼轩风的回归

最后，我们从形式上考察稼轩风的"回归"，说明清初对稼轩词的主动接受。分为三个方面：其一，统计清初词人追和稼轩韵的大致情况。其二，估量清初词人酬和用韵与辛词在用韵上的近似情况。其三，比较不同时期的选本。

两宋词中，苏辛派由于从佐酒歌词发展为书案或唱和文体，使其创作数量远远地超过其他词人。这也从"量"的侧面反映了其在主体"尚气"、内容"博大"、风格"多样"等方面所取得的成就。其中，辛稼轩词作最多，共629首，比紧跟着他的词人如苏轼（362 首）、刘辰翁（354 首）、吴文英（341 首）、张炎（302 首）、赵长卿（339 首）、张炎（302 首）词作数多出近一倍。[①] 在清初词人纷纭而起，词作亦接续不断，但还是以陈维崧所作为最多，共 1664 首，单是酬赠之词就达 970 首，其中包含有次韵、酬答、简寄、送别、宴饮、祝寿、题画、谢馈、招游、催奁、题像等；这比其他产量较高的如董元恺（693 首）、朱彝尊（656 首）、钱芳标（546 首）、万树（528 首）等人也多出两倍。

为了有方便、直观的比较，我们再从步和宋词韵的情况，考察清初对"稼轩风"的主动接受。下面是《全清词》（1—10 册）关于步和稼轩韵的情况：

> 王夫之：《摸鱼儿·辛幼安伤春词悲凉动今古，惜其蛾眉买赋之句未忘身世，为次其韵以广之》、《摸鱼儿·辛词烟柳斜阳之句，宜其悲也，乃尤有甚于彼者，复用韵写之》。
>
> 曹溶：《金人捧露盘·同杨香山次辛稼轩韵》、《满江红·宫香饼用辛稼轩韵》、《沁园春·节饮效稼轩体》、《贺新郎·问懒真堂牡丹消息用辛稼轩雨中游西湖韵》。
>
> 龚鼎孳：《祝英台近·闻暂寓清江浦用辛稼轩春晚韵》、《水龙吟·为内弟介至寿用辛稼轩韵》。
>
> 尤侗：《祝英台近·忆别用辛稼轩春晚韵》。
>
> 吴绮：《太常引·曾波阁玩月同雁冰诸群用稼轩韵》、《唐多令·曾波阁玩月同雁冰诸君子用稼轩韵》。
>
> 曹尔堪：《满江红·耳热后慷慨忽发，用幼安韵》、《汉

---

① 王兆鹏：《唐宋词史论》，人民文学出版社 2000 年版，第 105 页。

宫春·冬日同魏子一、子存、亭彦兄弟家子闲舟宿吴门用辛韵》。

魏学渠：《金菊对芙蓉·秋感，和辛幼安重阳韵》。

汪蛟门：《金菊对芙蓉·九日怀醉白用稼轩韵》。

董俞：《祝英台近·会稽道中，用辛稼轩韵》。

彭孙遹：《贺新郎·酌酒与孙默，用稼轩韵》。

冯达道：《沁园春·戏焚笔砚，用辛稼轩论杯韵》。

茅麟：《贺新凉·初夏湖舫燕集，用辛稼轩韵，并依其换头首句》、《沁园春·感怀，用稼轩韵》。

钱珵：《贺新郎·用稼轩韵》。

何五云：《蝶恋花·冬至前一夜咏闺情，用辛稼轩元日立春韵》。

方炳：《波罗门引·闻丁药园祠部有丧明之戚，用辛韵寄慰》、《一枝花·董克封在闽，用辛韵寄怀》、《御街行·丁巳秋，和稼轩无题之作》、《定风波·和稼轩杜鹃花之作》、《生查子·和辛稼轩》（2首）。

陆菜：《齐天乐·效稼轩体寿宋大司寇》。

万树：《水龙吟·再入都门同夏若饮叟宅，用稼轩旅次韵》。

徐履忱：《水龙吟·赠柏庐五十初度，用稼轩寿韩南涧韵》、《沁园春·论杯，和辛稼轩韵》（2首）。

仲恒：《念奴娇·试茶，集卓氏矍云轩，同金介山、丁欧冶、沈柳亭、宋受谷、卓九如、苍涛及男清分赋，步辛稼轩韵》、《汉宫春·自慨，步稼轩韵；鹧鸪天·夏日，沈柳亭、张介山、卓九如、苍涛、钟飞涛、丁欧冶过小斋分赋，用辛稼轩韵》。

王士禄：《汉宫春·用稼轩韵》。

何采：《哨遍·放歌用稼轩韵》、《念奴娇·泛月西湖，泊放鹤亭下，用稼轩西湖韵》、《最高楼·和稼轩四时歌韵》、《柳梢青·隐括饮中八仙歌，用稼轩八难韵》、《采桑子·咏愁和稼轩韵》（4 首）。

韩纯玉：《踏莎行·和稼轩韵》、《小重山·和稼轩韵》、《临江仙·次稼轩韵》、《西江月·和稼轩韵》、《卜算子·简画，和稼轩韵》。

周筼：《水调歌头·次稼轩韵与雪坡》。

徐倬：《哨遍·答豹采见赠草堂之作，用稼轩韵，同介山烛下对赋》。

董元恺：《祝英台近·访祝英台故宅，用辛稼轩韵》、《一枝花·花下警悟，用辛稼轩韵》、《法曲献仙音·登芜湖塔绝顶，用辛稼轩韵》、《法曲献仙音·送潘原白令溆浦，用辛稼轩平湖南寇韵》、《汉宫春·醉中示岳声国，用辛稼轩韵》、《汉宫春·寄恽元锦，用辛稼轩韵》、《摸鱼儿·左卫城楼望昭君墓，用辛稼轩韵》、《永遇乐·过虎牢关，用辛稼轩韵》、《永遇乐·过雁门关，再用辛稼轩韵》。

丁澎：《波罗门引·送河间令夏公乘归安州，用稼轩别杜叔高韵》。

徐喈凤：《六州歌头·癸丑正月，足患流火，三月上浣，愈而复发。伏枕自遣，用辛稼轩韵》。

林云铭：《满江红·用辛稼轩韵，和唐济武太史见赠。济武以翰苑抗疏罢官，究心理学，兼通丹诀》。

然而，如果单纯从和韵上考察，很难说明稼轩词在清初受欢迎的程度，反倒是印证了清初词坛在风格上的多元化倾向。王士禛《阮亭诗余》收词 46 首，遍和《漱玉词》17 首，和稼轩韵仅 1 首。曹尔堪、徐喈凤等和稼轩韵也只有 1 首，而用《漱玉词》韵多首。徐士俊《雁楼集》存词 186 首，步东坡韵 7 首，和稼轩韵仅 3 首。和稼轩韵最多的词人是董元恺（11 首），他追和《漱玉词》也有 9 首之多。陈维崧次周邦彦韵则高达 13 首，辛稼轩韵居第二位，共 10 首。

但是，我们不能忽略仿稼轩韵酬和的情况，陈维崧近似用稼轩韵则约 80 首之多。为了说明"稼轩风"蔚起时近似用稼轩韵和使用词牌情况，我们作了一个粗略统计。稼轩词中与人同调唱和、其数量超过 5 首以上的词牌为：《贺新郎》矣字韵 7 首，《贺新郎》鹅湖之会裂字韵 5 首，加上近似韵（如别茂嘉弟等月字韵）3 首，共 8 首；《满江红》中秋月字韵 5 首。可见他是偏好这两个词牌的，这也是风格主导豪放的词家所喜好的词牌，辛词中分别存词 27 首、34 首。《念奴娇》和《水调歌头》分别为 27 首、29 首。陈维崧也多用稼轩喜用的长调词牌，以他们创作中最常用的《贺新郎》、《念奴娇》、《满江红》、《沁园春》、《水调歌头》五个词牌为例，陈词分别为 135、108、96、73、30 首，辛词分别为 23、22、34、13、37 首。这很能说明陈词与辛词在词调运用上的接近。晚清词论家陈廷焯通过统计，亦发现其数量上回溯"稼轩风"的特点："其年《贺新郎》调，填至一百三十余首之多。"（《白雨斋词话》卷四）近代著名词曲大师吴梅也深有感慨地说："（陈维崧）《满江红》、《金缕曲》（《贺新郎》）多至百余首，自来词家有此雄伟否？……即苏辛复生，犹将视为畏友。"[①] 然而，陈维崧以及近似稼轩词韵唱和，因无法作出明确的统计，基本上长期为人所忽略。维崧唱和词有 270 首之多。据《全清词》顺康卷统计其用调及唱和情况，6 首以上的用调用

---

① 吴梅：《词学通论》，华东师范大学出版社 1996 年版，第 159—160 页。

韵为:《满江红》裂字韵 6 首、壮字韵 7 首 (《秋水轩唱和韵》)、
栗字韵 7 首、耳字韵 8 首;《贺新郎》月字韵 11 首、矣字韵 8
首;《金菊对芙蓉》秋字韵 8 首;《念奴娇》绝字韵 10 首、屋字
韵 5 首。在这近 80 首和词中,不少是稼轩押过的韵部,有些只
是韵脚次序有所变更,我们大致可视为仿稼轩韵。如果从酬答的
对象皆有和作来看,则阳羡派仿稼轩韵数量更为可观。如陈维崧
酬答徐喈凤 30 首,酬答史惟圆、曹亮武、陈维岳分别为 59、
26、39 首。那么可以估计,以阳羡派为中心的仿稼轩韵唱和向
广陵、京师辐射,应不少于千首。

我们还可以从清初的唐宋词选本情况,看看清初"稼轩风"
的主动接受。宋黄昇《花庵词选》除了黄昇 38 首、刘克庄 42
首、严仁 30 首推重时人外,选词超过 30 首的只有辛弃疾 42 首
和苏轼 31 首,这或可反映宋人推尊"稼轩风"的一种趋势。明
陈耀文《花草粹编》虽然选辛词 31 首,然而选柳永词 155 首,
小晏 105 首,周邦彦词 82 首,史达祖词 71 首,高观国词 74
首,这或可证明"稼轩风"在明代已不流行。[1] 到了清初,第一
部大型词选当属严沆、朱彝尊、周在浚、卓回等三十人集校的
《古今词汇》,《古今词汇》"初编"选辛弃疾词 89 首,远比紧接
着的苏轼词 51 首、周邦彦词 45 首、吴文英词 39 首为多。[2] 然
而,至《三编》时,卓回部分删掉了周在浚等所选有倾向稼轩
风之词,而向浙西淳雅之选靠近,到朱彝尊操选政时,"稼轩
风"也因阳羡派的衰落逐渐淡出,《词综》选词比例为:辛弃疾
词 35 首、苏轼词 15 首、周邦彦词 37 首、吴文英词 45 首。但后

---

[1] 王兆鹏:《唐宋词史论》,人民文学出版社 2000 年版,第 84—91 页。
[2] 数据分析见李康化《明清之际江南词学思想研究》,巴蜀书社 2001 年版,
第 147 页。

来汪森为《词综》校补，辛词和吴文英词都有增加，分别为43首、57首。清初过渡到中叶，重要词选如先著、程洪的《词洁》选辛词也有21首，在最大的词选《御选历代诗余》中，辛词更是以211首居于次席；其中，吴文英词入选最多，为237首。接着是东坡词190首，周邦彦147首。这或可说明，清初强劲的"稼轩风"进入清中叶其势虽有渐衰的趋势，却依旧是多元词风中的砥柱之一，成为清代词坛认可的唐宋词多种风格中最重要的一种。

总之，"稼轩风"在清初的回归，不只是一种文学现象，也是一种文化现象。从社会情势看是清初江南地区大狱迭起，文人的生存空间受到越来越严重的挤压，造成他们在心灵上的极大的创伤，当他们将这如许的感受诉诸笔端便不由自主的显露出一股"怒气"；从词学观念自身发展看则是明末清初文人标举多样化风格，试图淡化豪放婉约之争并兼容多种风格，从而便于工作得过去被斥之为"旁支"的豪放风格有了较大的发展空间，也为明末清初词坛开打拓了新的发展方向。

下　篇

第九章

云间派接受唐宋词之进路

　　云间派在明末的出现，是明代词坛的一件大事，它使得明词走出了俚俗委靡，回归到以抒情为其本位的唐宋词统。从理论渊源上讲，云间派似乎是对前后七子"复古"诗学的承续，但它却赋予了前后七子的"复古"以鲜明的时代性，把诗学的振兴与明王朝的振兴相联系，使得他们的诗学主张有了很强烈的政治内涵，而他们的词学主张又比其诗歌复古有更重要的历史意义。云间派的出现，开了有清一代词学复兴的先声，近人龙榆生先生说："词学衰于明代，至子龙出，宗风大振，遂开三百年来词学中兴之盛。"[①] 然而，文学的变革，既因为与时推移而具有新的特征，也摆脱不了其所属时代的局限性。云间诸子固然因"昔年公子"而遭受天崩地坼的时代剧变，赋予词作以难言的隐痛，增加了其词作的厚度；但受其早期烟花风月生活的影响，多写侧艳之篇，在回归唐宋词统的道路上也是有所选择的。这里拟以陈子龙、蒋平阶、宋征舆三人为例，说明云间派前后期接受唐宋词之进路与异同。

---

　　① 龙榆生：《近三百年名家词选》，古典文学出版社 1957 年版，第 233 页。

一　陈子龙对唐宋词的接受

陈子龙（1608—1647），字卧子，号大樽，松江（古称云间）华亭人。有词集《湘真阁存稿》传世，并与李雯、宋征舆酬和结集为《幽兰草》，有大致相近的词学主张，时人合称为"云间三子"。"云间三子"成为明清之际词风转变的关键环节，一方面他们沿明词余绪，不管何种重大题材，一律偏于写婉约幽深的闺情小词，所谓"忠孝亦托闺房，温柔要于忠厚，骚坛之意旨不减风诗"（顾璟芳《兰皋明词汇选序》）；另一方面，他们将复古主张体现在词的创作中，一改明词淫哇之习，词格偏于雅化和专业化。

陈子龙对唐宋词的接受，主要是宗尚五代、北宋，意在取法唐宋之际"文人之词"的雅化品格。其填词实践大致经历了从仿效《花间》雕琢艳词，到取径南唐二主，营造"富贵气象"，出之以感伤——哀感顽艳；再到学习北宋晏欧词风，达到融合语、意、象于自然浑成之境这样三个阶段。这一接受过程，不仅可以用其创作来验证，而且与其词学理论发展同步。当然，在形式上一方面未脱词在初创阶段的体势，另一方面也缘自明人"长篇不足"（王士禛语）的先天缺陷。陈子龙的词作以小令为主，他的词今存79首，其中，长调仅仅6首，中调18首，小令则达55首之多。与词的初创期不同，陈子龙词仅有7首未标题，其余皆仿《草堂》分类惯例，所题以"春闺"居多。按照陈子龙填词复古的"三部曲"，结合具体作品，我们分为追摹"花间"词、取法南唐词、推崇北宋词予以简要说明。

（一）追摹"花间"：以密丽的藻饰传达美人闺情

　　以陈子龙为首的云间词派，在词体观念上，上承李之仪以来"大抵以《花间集》中所载为宗"的保守倾向。一方面是一仍明季词人的生活习惯和写作惯例，迷恋烟花风月，以婉丽纤秾为词家正宗；另一方面，明末清初翻云覆雨的政治格局与晚唐五代颇为相似，失意文人的身世之感也一样强烈。即使像朱彝尊那样对《草堂》痛下针砭的大家，也并不排斥"花间体"。他在《书花间集后》感慨万分，说出明清之际时局震荡中，江南士子对花间词所产生之环境的向往："《花间集》十卷，蜀卫尉少卿赵弘祚编，作者凡一十七人，蜀之士大夫外有仕石晋者，有仕南唐、南汉者，方兵戈俶扰之会，道路梗塞，而词章乃得远播，选者不以境外为嫌人，亦不之罪，可以见当日文网之疏矣。"（《曝书亭集》卷四十）身逢乱世的陈子龙之所以偏爱"花间"词，也许也出于这样一种创作心态。

　　值得强调的是，明清之际的词人有不少是从仿效《花间》起步的。比如，王士禛沿"大樽（陈子龙）绪论，心摹手追，半在《花间》"（谢章铤《赌棋山庄词话》卷八）；朱彝尊评价阳羡派中坚，也是陈维崧的弟弟——陈维岳时说："纬云之词，原本《花间》，一洗《草堂》之习，其于京师风土人物之胜，咸载集中。"（《陈维云红盐词序》）然而，为明末清初的词引进"花间范式"，以香草美人寄托身世感慨的始作俑者，我们不能不首推陈子龙。

　　陈子龙既然词尚"花间"，必然受温庭筠写词技法的影响，宋代著名选家黄昇曾说："（温）飞卿词极流丽，宜为《花间集》之冠"；此后的王士禛也说温庭筠是"《花间》鼻祖"。今人王兆鹏先生认为，唐宋词的演变史主要由三种范式相互更迭：由温庭筼创建的"花间范式"、"东坡范式"、"清真范式"①。主要是从抒情主体的角度上说的，我们借用"花间范式"概念，侧重于从创作技法层面，比较分析陈子龙对花间词的接受情形。下面对比两首《菩萨蛮》以说明之。

> 小山重叠金明灭，鬓云欲度香腮雪。懒起画蛾眉，弄妆梳洗迟。　照花前后镜，花面交相映。新贴绣罗襦，双双金鹧鸪。（温庭筠）
>
> 玉人袅袅东风急，半阴半雨燕支湿。芳草衬菱波，杏花红粉多。　起来慵独坐，又拥寒衾卧。金雀带幽兰，香云覆远山。（陈子龙）

　　两词在写法上有些类似，温词先写美人晨起，室内光线昏暗，继而刻画闺中人娇慵的神态，将"闺怨"主题托出。在"女为悦己者容"的社会环境里，空闺佳人却是"懒起画蛾眉"，不复有情绪化妆，因为远行游子的长年不归，她的画蛾眉又是在为谁而"容"呢？不过，结句中笔锋一转，美人一反常态，作精致的梳妆，是盼郎归，还是孤芳自赏？留待读者猜想，意在言外，耐人寻味。温词情味隽永，微言寄托，所以后来常州词派的张惠言说它有"《离骚》初服之意"。陈词对温词有模仿的痕迹，但在结构安排上也有自己的特点：先是写从室内与室外分头并叙，室内胭脂温，室外红粉多，接着下阕重点写"玉人"——"慵独坐"、"拥衾卧"，她的百无聊赖，她的无情无绪，但在结句不如温词那样含蓄。

　　为了写玉人，写百无聊赖，陈子龙也是以雕琢密丽的藻饰烘

---

　　① 王兆鹏：《唐宋词史论》，人民文学出版社 2000 年版，第 139 页。

托场景。温词中，金屏云鬓、香腮花面，写得很香艳，陈词或有过之。据笔者初步统计，陈词不过 70 余首，连续使用"红"、"香"、"玉"、"锦"、"金"等既有色（香）、又有质感的形容词，就有 50 多首，这使得其词亦如温词，具有类似工艺品的装饰性特征。诸如"红"字，凡 52 处，依次为：

人物类	红粉、红颜、红酥
服饰类	红妆、红锦、红袖、红绡、红缕、红玉、红文
植物类	红杏、红子、飞红、落红、乱红、断红、啼红、嫣红、残红、泪红
场景类	红楼、红蜡、红烛、红泉；红霞、红露、红云、红影
其他	吹红、催红、染红、微红、轻红、淡红、红透、红吐

再比如"玉"字凡 37 处，"金"字凡 20 处，分别为：玉栋、玉树、玉箫、玉人、玉阶、玉楼、玉轮、玉颜、玉肌、玉屏、玉纤、玉燕、玉手、玉枕、玉暖、玉钩、玉漏、玉鞭、玉镜、玉腕、玉雁、红玉、玉钗；金龟、金钩、金炉、金雀、金针、金钿、金缕、金猊、金杯、盘金、金鸭、金井、金钗、金灯、金枕、金管、金跳脱、金鱼，等等。这些语词不但具有装饰作用，而且也使其营造的氛围具有浓厚的富贵色彩，符合陈子龙以密丽的藻饰传达美人闺情的审美意图——"纤刻之辞"、"婉娈之趣"、"妍绮之境"的共生共成。

（二）取法南唐：以风雨伤春的哀情描摹南唐"气象"

南唐词较之《花间》的不同之处在于，词人不局限于涂金敷粉，而偏重于意态神色。这主要出于南唐词人具有较高雅的文化修养和艺术品位。《南唐书》记载：元宗（李璟）尝戏（冯）

延巳曰:"'吹皱一池春水',干卿何事?"延巳对曰:"未如陛下'小楼吹彻玉笙寒'。"元宗悦。此事颇能印证南唐君臣的好尚。陈世修即评冯词为"思深词丽,韵逸调新",王世贞认为,"《花间》犹伤促碎,至南唐李王父子而妙矣",评论都恰到好处。所谓"促碎",亦即指刻意雕琢而不够自然。至于南唐词境界最高的,首推后主李煜。晚明论词推崇李煜,从胡应麟就已经开始。《诗薮·杂篇》卷四:"(后主)乐府,为宋人一代开山祖。盖温、韦虽藻丽,而气颇伤促,意不胜辞。至此君方是当行作家。清便婉转,词家王、孟也。"陈子龙更以为金陵二主之词,"皆境由情生,辞随意启,天机偶发,元音自成"(《幽兰草题词》)。

陈子龙中晚期词受李后主影响至深,近人谭献认为,成容若、欧、晏之流,未足以当重光(李煜字),"然则重光后身,唯卧子足以当之"(《复堂词话》)。究其原因,一方面是词人的遭遇使陈子龙对李煜词产生"萧条异代不同时"的认同;另一方面,他对花间"气颇伤促,意不胜辞"的雕词弊习有所认识,对"藻丽"、明艳的词风有所改变,不仅融入了更幽怨、更婉转的情思,而且由"琢词"而进入"琢意"阶段,一改藻饰美人玉貌为以外物烘托人物心情,词亦渐入自然之境。试比较两首《虞美人》:

> 风回小院庭芜绿,柳眼春相续。凭栏半日独无言,依旧竹声新月、似当年。　　笙歌未散尊罍在,池面冰初解。烛明香暗画楼深,满鬓清霜残雪、思难禁。(李煜)
>
> 枝头残雪余寒透,人影花阴瘦。红妆悄立暗消魂,镇日相看无语、又黄昏。　　香云暗淡疏更歇,惯伴纤纤月。冰心寂寞恐难禁,早被晓风零乱、又春深。(陈子龙)

两词在描摹春闺思妇的情态方面，无论是构图、立意、运笔，都出奇的一致。起句交代时令，并有暗示闺中美人心态的作用，前者写春意缠绵，后者状余寒未尽，为抒发闺愁铺垫。接着，这位含愁不禁的美人出现了，她默默无语，凭栏而立。她在想什么？李词说，歌笙乐舞一如从前，心上人的酒杯还在，可从前欢会所在的池塘，如今冰都化了。陈词说，从前一起看月，如今只有我在寒夜独望，流泪到天明。两词都运用时间推移的法则，以冰、月等暗示性的场景，写人物的深情。李词是从白天到黑夜；陈词则从黄昏到深夜直至黎明。陈子龙的词，因袭后主神韵，模仿之迹淡若无痕。

在描绘风月生活方面，陈子龙的写法，与李后主相得之处，首先在于一种"富贵气象"（语见宋·陈善《扪虱新话》）。也就是说，他将藻饰与外界物态融合，并与描写美人动态结合，追摹一种"富贵愁怨"的气象。这一提法首见于曾慥《类说》卷三十四："欧阳永叔曰，诗（词）源乎心者也，富贵怨愁，系乎所处。江南李氏宫中诗曰'红日已高三丈透'……异也。"这里兹举两首不同词牌的词作，似乎更有说服力：

　　红日已高三丈透，金炉次第添香兽，红锦地衣随步皱。
　　佳人舞点金钗溜，酒恶时拈花蕊嗅，别殿遥闻箫鼓奏。
（李煜《浣溪沙》）
　　十二画屏围楚岫，一缕春水携满袖。小桃纤甲印流霞，听玉漏。人归后，雨点横波韵初透。　　豆蔻梢头春雨瘦，云腻暖金灯下溜。镜台斜背解罗衣，芙蓉绣，丁香扣，宝袜酥温红影皱。（陈子龙《天仙子》）

在描述倚筵公子的富贵生活时，陈子龙以画屏玉漏布景，来烘托气氛；李煜则是以金炉红锦装点舞台。待佳人上场时，都以描绘华丽的服饰、场景变换和美妙的神态相结合，最见文字功力。人物细节也颇相似，金钗溜地，地毯红皱，极言佳人的欢情。

然而，较李煜而言，陈子龙的早期词作虽然也描摹一段"富贵气象"，但显得生气不足，雕琢之痕迹未脱。这与他早年的论词主张有关，可从中得到印证。《三子诗余序》中说："思极于追（雕）琢而纤刻之词来，情深于柔靡而婉娈之趣合，志溺于燕婳而妍绮之境出，态趋于荡逸而流畅之调生。是以镂裁至巧，而若出自然；警露已深，而意含未尽。"

明亡后，陈子龙也如李煜一样，有"天上人间"之怨恨，反映在词中，除了以往日"富贵气象"用来比照身世沉沦后的强烈反差之外，更注意用外界的时令、风雨、景物的变化，来熔铸一种整体凄迷的意象。而这一点，恰恰是南唐"二主一中"（李璟、李煜、冯延巳）作品的成功之处。这样一来，陈子龙之于南唐词，就有了不求似而神似的效果。尽管所写仍为小令春词，但他惯用"东风"、"啼鹃"、"芳草斜阳"等意象，寄托江山之恨、亡国之哀，而显得尤为哀怨。比如这首《点绛唇·春日风雨有感》：

> 满眼韶华，东风惯是吹红去。几香烟雾，只有花难护。
> 梦里相思，故国王孙路。春无主，杜鹃啼处，泪染胭脂雨。

类似的还有《望仙楼·夜宿大丞西庄》：

> 满阶珠泪溢，啼痕闲坐、空庭凄绝。今夜鹃声偏咽，红

透花枝血。 自惭咄尹匡持，回首山河残缺。灯烬乍明还灭，肠断谁堪说。

陈子龙晚期词，偶有中长调之篇，也基本上是这一主题。比如"夭桃红杏春将半，总被东风唤；王孙芳草路微茫，只有青山依旧对斜阳"（《虞美人·有感》）、"荒草思悠悠，空花飞不尽、覆芳洲。临春非复旧妆楼，楼头月，波上对扬州"（《小重山·忆旧》）诸句，总有春愁茫茫、含恨不尽之感。所以，顾璟芳于《兰皋明词汇选》卷七中评陈子龙《念奴娇·春雪咏兰》词云："此大樽香草美人怀也，读《湘真阁词》，俱应作是想。"其中，尤以绝笔《二郎神·清明感旧》最为强烈。词中有"东君无主，多少红颜天上落，总添了数抔黄土。最恨你、年年芳草，不管江山如许"，怨尤之极，大有李后主"流水落花"之慨。

（三）崇尚北宋：以精巧的语言意象复合神味隽永的情词

与此相对应，在后期创作理论方面，陈子龙对以"镂刻"为工而达到自然的说法作了一定的修正，突出表现在《王介人诗余序》中提出的"四难说"：思深而语近，用意难；词顺而句工，铸调难；体纤而态妍，设色难；境婉而含蓄，命篇难。在摆脱早期以模仿李煜、以镂刻为工的做法后，陈子龙的词开始兼取北宋诸家，并对明代词学不振作了反思。他对王介人的评价，其实就是其词学看法：

> 本朝以词名者，如刘伯温、杨用修、王元美，各有所长，大都不能及宋人。禾中王子介人，示予所著词，不下千余首，自前世李、晏、周、秦之徒，未有多于兹者也。其小

令、长调，动皆擅长，莫不有俊逸之韵，深刻之思，流畅之调，秾丽之态，与前所称四难者，多有合焉。进而与升元父子、汴京诸公连镳竞逐，即何得有下驷耶？

从中，我们似乎可见其转变的轨迹：从以雕琢造艳词，发展为追求"俊逸之韵，深刻之思，流畅之调，秾丽之态"的审美趣味，并以李璟父子、宋初晏殊、宋祁等"汴京诸公"为创作典范，来反思明初最出色的词人作品，表达了陈子龙试图补弊纠偏、回归唐宋词婉约雅正的艳词传统的强烈愿望。早在彭燕又《二宋唱和春词序》里，就谈到陈子龙有转向学习西昆派（诸如晏殊）的作词技巧，即以精致细巧的语言意象表达艳情。[①] 由于这些语言意象所选择的题材范围，"必托于闺襜之际"，实际上切合了词以艳体隐喻寄情的传统，要眇宜修，余味不尽。诸如这首《江城子·病起春尽》，词云：

　　一帘病枕五更钟，晓云空，卷残红。无情春色，去矣几时逢？添我千行清泪也，留不住，苦匆匆。　　楚宫吴苑草茸茸。恋芳丛，绕游蜂。料得来年，相见画屏中。人自伤心花自笑，凭燕子，骂东风。

这首词，词情与西昆鼻祖李商隐《无题》相类，语多浑

――――――――

　　① 关于陈子龙词作承袭宋初"西昆派"诗词一体的传统，参见李康化《明清之际江南词学思想研究》的有关论述。然而，值得一提的是，清代中叶，词人已从"琢句"发展为"琢意"，纳兰性德、顾贞观等人就是发展了这一主张，直到清末王国维。在《人间词话》第一则，王国维开宗明义："词以境界为上，有境界则自成高格，自有名句。五代、北宋之所以独绝者在此。"他反对单纯的词句雕琢，认为词自南宋以降，元、明以及国初诸老，"不免乎局促，气困于雕琢"。

成，少雕琢。起笔"一帘病枕五更钟"，也即李诗"月斜楼上五更钟"，也即晏殊《玉楼春》词句"楼头残梦五更钟"；"添我千行清泪也，留不住"，即李诗"梦为远别啼难唤"，亦即晏词《撼人娇》句"争奈向、千留万留不住"。晓云、残红、宫苑、游蜂、画屏、燕子、东风等意象皆为词家惯用。尤其是结句，深得晏词画"燕"点睛之神韵。飞燕与居所环境形成动态与静态、变态与常态的转换，使得词尾精巧别致、意味隽永。如晏殊名句"无可奈何花落去，似曾相识燕归来"（《浣溪沙》）、"双燕欲归时节，银屏昨夜微寒"（《清平乐》）、"翠叶藏莺，朱帘隔燕，炉香静逐游丝转"，等等。像这样的技法，亦为陈子龙所习用。

统计陈子龙词集，词尾以飞燕贯穿词情的作品颇多，如

> 人自伤心花自笑，凭燕子，骂东风。《江城子·病起春尽》
> 人寂寂，意茫茫，凭他双燕忙。《更漏子·春闺》
> 一双舞燕，万点飞花，满地斜阳。《诉衷情·春游》
> 只愁又见、柳绵乱落、燕语星星。《眼儿媚》
> 空怕有、无情双燕子，舞东风。《山花子·春恨》
> 雨余双燕归，红泉一带过桥西。《醉桃源·题画》

明代文人尤其注重诗词的灵性，明初云间诗人袁凯以一首《白燕诗》名动天下，人称"袁白燕"，陈子龙的词作，受这位前辈乡贤的影响不是没有可能的。而且，词体轻巧灵便，便宜借双燕、飞絮、花影、红杏、梅雨等作点睛之笔。北宋词家除晏殊名句外，贺铸有"贺梅子"之誉，张先有"张三影"之谓，继陈子龙而起的清初词人，毛先舒有"毛三瘦"之称，王士禛也有"王桐花"之好。陈子龙明显继承了北宋词的这一传统，多

以灵动的外物穿插，营造精巧的语言意象，确实达到了作词当有"俊逸之韵，深刻之思，流畅之调，秾丽之态"的境界。《王介人诗余序》的评价，其实也适合他自己，如果天假之年，确实是可以达到"进而与升元父子、汴京诸公连镳竞逐，即何得有下驷矣"的水准的。

在"云间三子"合集《幽兰草》中，各有大约30首时令、咏物、闺情词，为陈子龙与李、宋二人的同题唱和。仅这一类作品，就占了三人作品的半数。① 这说明，在陈子龙的时代，按照《草堂》分类作赋是词家通行的做法，今人也不应苛责。到陈子龙弟子蒋平阶等刊行《支机集》时，这一形式的弊端已有改观。《支机集》无一品题之篇，偶有需要交代作词背景者，也仅以小序说明。遗憾的是，《支机集》在内容上却走到了"复古"的极则。为了推崇晚唐五代，他们甚至摒去北宋，这就与词的发展轨迹背道而驰了。

二 蒋平阶对陈子龙思想的"坚守"

过去，对蒋平阶的力持复古，人们多持否定的态度。其实，他在陈子龙去世后继续复古，其意义是在承传师道、坚守师说、弘法正统，它的复古便不只是一种理论意义上的"复古"，也不是一种文学意义上的"复古"，而是一种文化意义上的"复古"，是对先师的尊崇、对亡明的眷怀、对华夏文化的依恋。

前面说过，云间词派继承唐五代北宋"词统"，更多接受的是

① 李词42首，此类同题唱和为27首；宋词48首，同题唱和33首；陈词55首，同题唱和25首。

《花间》传统。这与卓珂月、徐士俊所理解的《草堂》"词统"是大不相同的，所谓"花间"传统主要指抒情主体女性化，与之相应的还有：语言风格的香艳化、审美境界的精巧化、表现功能的抒情化与单一化，等等。张宏生先生认为，《花间》传统所表现的抒情主体女性化，是为了适应歌妓演唱的需要；而云间词派复《花间》之古，实际上是"歌妓传统的回归"①。明确打着"花间词"的旗号复古的云间派词人，当属《支机集》的作者蒋平阶（字大鸿）及其弟子、周积贤、沈忆年等。蒋平阶说，"词章之学，六朝（代指五代）最盛"，而"力持复古"（《百名家词钞》）；毛奇龄也说，"华亭大鸿也，其法宗《花间》"（《倚玉词序》）。这些话是在明末清初的动乱环境里提出来的，晚明词学的复古也是在诗学复古的运动中相伴而生的，所以，词人比照现实，追溯传统，也一并上推至《风》、《骚》之旨。这样，云间词派的香草美人词，就具有了包括政治因素在内的其他暗示性含义。

蒋平阶的理论主张，集中体现于其《支机集》中。赵尊岳评价该集"皆小令，无长调，温厚馨逸，直逼《花间》，朱明一代，允推独步"②。《支机集》卷一蒋平阶撰，凡61首，卷二周积贤撰，计72首，周于卷一和词两首，共74首；卷三沈亿年撰，加上卷一之和词10首，共91首。《支机集》基本上以闺情为主。下面，我们以蒋平阶词为例，对其词的《花间》特色作一个初步判断。

（一）托情闺阁：蒋词早期的抒情主体女性化与花间词统

欧阳炯《花间集序》说，花间词的写作对象、创作场景是：

① 张宏生：《清代词学的建构》，江苏古籍出版社1998年版，第64页。
② 赵尊岳：《明词汇刊》，上海古籍出版社1992年版，第580页。

"绮艳公子，绣幌佳人，递叶叶之花笺，文抽丽锦；举纤纤之玉指，拍案香檀。不无清绝之词，用助娇娆之态。自南朝之宫体，扇北里之娼风。"词无非是借绣幌佳人之口，唱给绮艳公子听，类似南朝宫体诗的侑酒助欢，这就决定了《花间》词的抒情主体女性化。蒋平阶在《支机集·序》中发表了类似的看法，他认为词只宜"男子而作闺音"，即所谓"太常乐部之调，间有重翻；南朝宫体之名，因而小变。托情闺阁，尽后庭玉树之悲；寄傲蓬壶，即九鼎龙髯之慕"。

蒋词分两个阶段，前期颇多直接简明之作，这是花间词为适应歌妓演唱的传统的体现。如果说陈子龙早期词如花间鼻祖温庭筠，像善用细描美女外饰的工笔画家，那么，蒋平阶的词正如韦庄，善于用不加渲染的白描，直入女性的内心世界。贺裳《皱水轩词筌》曾说："小词以含蓄为佳，亦有作决绝语而妙者。如韦庄'陌上谁家年少'（词略）之类是也。牛峤'须作一生拼，尽君今日欢'，抑亦其次。柳耆卿'衣带渐宽终不悔，为伊消得人憔悴'亦即韦意，而气加婉矣。"指的就是这一歌妓演唱的传统，在语言层面上务求简洁顺听的体现，并不因温词的密丽，而让人们忽略了花间词疏朗的一面。诸如韦词如下名句：

> 别君时，忍泪佯低面，含羞半敛眉。(《女冠子》)
>
> 妾将拟身嫁与，一生休。(《思帝乡》)
>
> 想君思我锦衾寒。(《蝶恋花》)
>
> 劝我早归家，绿窗人似花。(《菩萨蛮》)
>
> 一闭昭阳春又春。夜寒宫漏永，梦君恩。(《小重山》)

晚明临川汤显祖评《花间集》之韦庄词曰："情景逼真，自与寻常艳语不同。"韦词所表现的花间美人，虽以女性口吻直接表白情意，而不乏情态之美，流露于在羞嗔顾盼幽思之际。所以，汤显祖连连感叹"语更超远"、"言近旨远"、"形容快绝"、有"旷达之思"。比照韦词"含而不露"的表达，蒋平阶词更为显露清俊。如在 7 首《三台令》、5 首《望江南》以及《浪淘沙》、《长相思》小词中，有下列句子：

> 不问郎行归来，绿窗自理琵琶。
> 流水落花一处，郎君莫去他州。
> 开帘各自惆怅，不是侬家恨多。（以上《三台》）
> 妾住桐江第五滩，郎君亦住富春山。
> 郎君家在石帆溪，妾住江头燕子矶。（以上《望江南》）

这种写法，使我们联想北宋李之仪的词。其《卜算子》云："我住长江头，君住长江尾。日日思君不见君，共饮长江水。"毛晋评其《姑溪词》说："小令更长于淡语、景语、情语……至若'我住长江头'云云，直是古乐府俊语也。"李之仪的词学思想集中体现在《跋吴思道小词》中，他论词重"格"，认为"稍不入格，便觉龃龉"；重"韵"，认为柳永词太过铺叙，较之《花间》，"韵终不胜"。他主张词"大抵以《花间集》中所载为宗"，而北宋晏欧宋祁诸公，"词非其类"，皆非本色。李词如南朝乐府，也是对词的歌妓传统的坚持。重翻古调，这正是蒋平阶为排斥北宋词所张本。所谓"太常乐部之调，间有重翻；南朝宫体之名，因而小变"，强调的就是歌妓传统。可见蒋平阶的词学主张正是沿李之仪的复古倾向发展而来的。不过，蒋平阶是将词乐体系明确定格在唐代的，区别于"宋调"、"元曲"。沈忆年述《支机集》凡例就说过："词虽小道，亦风人余事，吾党持论，颇极谨严。五季尤有唐风，入宋便开元曲。故专意小令，冀复古音，屏去宋调，庶防流失。"

（二）寄意"风""骚"：蒋词后期所主张的私情之正与风骚之旨

云间词派是在诗学复古的基础上进行的，尽管论词重声色之娱，他们追求的词学审美高境却是古雅。特别是身处明亡之际，当诗酒流连、风月缠绵的生活背景被血雨腥风扫荡一空之后，他们仍然借闺情写着哀怨的小词，赋予词作以难言的亡国隐痛，增加了其词作表意功能的暗示性与审美境界的深度。按他们的术语，亦即申"风骚之旨"、得"言情之正"、存"寄托之篇"。前引陈子龙《三子诗余序》曾云："夫风骚之旨，皆出言情；言情之作，必托于闺襜之际。"蒋平阶在《天台宴》词序，进一步明确其词旨是："亦《国风》之正变也。其于男女匹配之际，帏房宴笑之私，不啻详矣，而仲尼经之。然则圣人之于人情，得其正者，有不讳也。或以予词过婉丽，疑非古道，岂知言哉。"

为了掩饰其借艳词抒发亡国之衷，蒋平阶在《支机集》序中将艳词与闲居隐逸等量齐观，以转移当局视线："陶令闲情，不减田居之致；张衡定志，未仿招隐之风。闲有冶篇，讵乖本志。"实际上，蒋平阶的词，许多都别有寄托。如《菩萨蛮》6首，或写长生殿宫女的愁夜，或写"落红惊散鱼儿队"的寒塘，或写挂念天涯游子思妇，或是征夫未归的空闺守望，借不同的闺怨，描出了一幅离乱的时代画卷。而最具有代表性的是一首《临江仙》，幽恨无端，亡国之恨意昭然。下面比照陈子龙同期《山花子》词略作说明。

> 禁苑花残春殿闭，玉阶芳草萋萋。露华空洒侍臣衣。景阳钟断，愁绝梦回时。客里杜鹃归不去，一春帘自孤飞。数声啼上万年枝，似将幽恨，说与路人知。（《临江仙》）

　　杨柳凄迷晓雾中，杏花零落五更钟。寂寂景阳宫外月，照残红。蝶化彩衣金缕尽，虫衔画粉玉楼空。惟有无情双燕子，舞东风。（《山花子》）

　　今人凭"景阳宫"数字，推断以上两词似为凭吊崇祯而作。就词猜想，证据稍嫌单薄。我们可从内容和形式两方面找到更有力的说法。首先是内容上"景阳宫"与"杜鹃"意象的叠用。花落残红的春天，破败的皇宫，无人（除了作者）凭吊的禁苑，啼血的杜鹃，叠加起来，编织了一幅故国山河、不堪回首、王谢堂前、旧燕穿梭的凄惨画面。蒋词的"杜鹃"意象，横向比较，与前引陈子龙《点绛唇·春日风雨有感》"春无主，杜鹃啼处，泪染胭脂雨"词的命意相同；纵向追溯，当数李煜《临江仙》之"子规啼月小楼西"命题为近。更值得一提的是其采用了"有意味的形式"。蒋词《临江仙》词牌，实际上不是正体，而是别体，一作《瑞鹤仙令》，较一般者上下阕歇拍各少一字。[①] 以此词牌别体作者，笔者所见此体最早亦为李煜亡国之笔，诸种迹象表明，蒋词在巧妙而故意地袭用李煜词意。蒋平阶是唐律专家，独选此格而不用常调，故国之恨不言自明。李词如下：

　　樱桃落尽春归去，蝶翻轻粉双飞。子规啼月小楼西。玉钩罗幕，惆怅暮烟垂。别巷寂寥人散后，望残烟草低迷。炉香闲袅凤凰儿。空持罗带，回首恨依依。（《临江仙》）

---

　　① 《钦定词谱》卷十、《词律》卷八载："《临江仙》，唐乐坊旧曲名。《花庵词选》云，唐词多缘题而作，所赋《临江仙》之赋水仙，亦其一也。调见《花间集》。又名《庭院深深》、《采莲曲》、《画屏春》、《雁归后》、《想娉婷》、《瑞鹤仙令》、《鸳鸯梦》、《谢新恩》。"

　　《词林纪事》引《西清诗话》一则，说明了词的创作背景，《苕溪渔隐丛话》、《雪舟脞语》、《类说》、《诗话总龟》、《花草粹编》、《词综》均引述为"南唐后主围城中作长短句，未就而城破"。虽自宋代陈鹄、胡仔至明代顾起元就曾怀疑记事的真实性，近代夏承焘《南唐二主年谱》也予以辨伪，但历来文人宁信其有。比如，原词缺尾句，词人刘延仲、康与之等都尝试为之补足，更题为《瑞鹤仙令》。苏辙在李后主《七佛戒经》中的此词手迹下评题"凄凉怨慕，真亡国之音也"①。蒋平阶深谙国破家亡之际大众文人的普遍心理，选取具有最强烈暗示性的词牌体式，其寄托亡国哀音之心迹，至此昭然若揭。

三　宋征舆对陈子龙思想的"变通"

　　宋征舆是"云间三子"之一，年幼陈子龙、李雯 10 岁。但他年少才高，颇得陈子龙之赏识。陈子龙的《送宋征舆应试金陵》这样描述宋征舆的才气横溢：

　　　　少年才子正芳菲，凤胶麟角世应希。幼敏能夸刘孝绰，诗篇不减谢玄晖……操笔飞英纵所如，六季文章体更疏。已成希逸《东封颂》，复上元长《北伐书》。长干女儿思一见，竞写新诗自补眩。莫听清溪《宛转歌》，夺君手中白团扇。（《陈子龙诗集》卷九）

---

　　① 张宗橚编，杨宝林补正：《词林纪事、词林纪事补正》，上海古籍出版社 1998 年版，第 76—81 页。

陈子龙因重其才，故许其人，甚至不计年辈长幼，与小于自己 10 岁的宋征舆折节下交，而且还在自己的朋友面前对宋征舆多予赞辞，有意提携。崇祯十年冬，他曾分别给吴伟业和方密之写信，特意在信中提到宋征舆。"李子（指李雯）持尺剑上书北网下去矣，惟得一宋生（宋征舆），朝夕差自磨切。惊其少年朗锐，弟有师老财匮之忧，恐难为敌也。"（《答方密之》，《安雅堂稿》卷十四）"宋辕文（宋征舆）近造益精丽，以诗相投，存感遇之旨，幸奖成之。"（《与吴骏公太史》，《安雅堂稿》卷十四）吴伟业的《宋直方林屋诗草序》也详细地记载了这件事：

> 往余在京师，与陈大樽游，休沐之暇，相与论诗，大樽必取直方为称首，且索余言为之序。当是时，大樽已成进士，负盛名，凡海内骚坛主盟，大樽睥睨其间无所让，而独推重直方，不惜以身下之，余乃以知直方之才，而大樽友道为不可及也。于是天下言诗者辄首云间，而直方与大樽、舒章齐名，或曰陈、李，或曰陈、宋，盖不可轩轻也。（《吴梅村全集》卷二十八）

从此可知，宋征舆在文坛影响力的扩大，是和陈子龙的提携分不开的。陈子龙在明末就是几社领袖，在复社里也有相当的影响力，宋征舆以当时年仅 18 岁的资历，若没有陈子龙的提携，想在明末人才蔚起的社会环境里脱颖而出也是不容易的。这样，他的思想和创作受陈子龙的影响也在情理之中。但是，宋征舆毕竟小陈子龙 10 岁，还有他特殊的家族背景，让他在结交之初就与陈子龙有了观念上的分野，当陈子龙为南明国事嘲螗而奔走，甚至在顺治四年不惜为之捐躯之时，而宋征舆却在这一年高中进士，走上了为清廷效力的仕途，而后，"授刑部江西司主事，晋员外郎中，出为福建布政使、右参议兼按察司佥事，提督学政，内擢尚宝卿，历宗人府府丞，久之晋左副都御史"（嘉庆《松江府志》卷五十六）。顺治四年的"陈子龙之死"与"宋征舆之仕"便成了他们人生的分界线。

宋征舆的词作也可以分为三个阶段。第一阶段是崇祯七年至十年，与陈子龙、李雯的唱和时期，结集为《幽兰草》，倾向于《花间》绮语；第二阶段是顺治二年至七年前后，大约在顺治三年丁亥（1646），陈子龙（大樽）、宋存标（子建）、宋征璧（尚木）等为"斗词之戏，以代博弈"，宋征舆未能亲预其事，但后来还是依调赓和，这次唱和的结集为《倡和诗余》，内容中已多有寓意，非纯为游戏之作；第三阶段是他在顺治五年出仕之后的作品，未有专集传世，散见于《瑶华集》、《东白堂词选》、《清平集初选后集》（又名《词坛妙品》）。这三个时期，他的接受取向是不完全相同的，第一阶段偏重习摹《花间》，第二、三阶段取径范围已有拓宽，由只学五代转而为南、北宋兼取，由专为小令转而注意慢词的写作，风格接近秦观、柳永、周邦彦、李清照。下面依宋征舆创作的三个阶段，分析他对唐宋词接受的两次较大的变化。

（一）早年云间三子唱和，受世风影响多写艳情，侧重在接受五代、北宋。

据李越深的研究，宋氏家族素有填词的宗风，彭宾《二宋倡和春词序》亦曰："忆二十五年前，大樽方弱冠，自叹章句之学，束于世资，蹉跎十年不得，恣意作诗……若子建、尚木，年龄虽不大远，而同人之工倚声者，宋氏最先，则推为前辈矣。"（《彭燕又先生文集》卷二）其实，在宋存标（子建）、宋征璧（尚木）之前，宋征舆之父宋懋澄已在万历末年开始填词了，其

《九籥集》中附有词作 12 首，为《望江南》4 首，《浪淘沙》1
首，《点绛唇》1 首，《长相思》6 首，写得缠绵悱恻，无《草
堂》之俚俗，有《花间》之韵致。陈子龙、李雯、宋征舆三人
结集的《幽兰草》，实际上是由宋征舆首端发唱的，李雯《与卧
子书》云："春令之作，始于辕文。此是少年之事，而弟忽与之
连类，犹之壮夫作优俳耳。"（《蓼斋集》卷三十五）《幽兰草》
卷下第一首为宋征舆《醉花阴》"重阳"，卷上第三首为李雯
《醉花阴》"重阳和辕文作"，卷上（李雯部分）与卷下（宋征
舆部分）的内容都是从秋到春再而秋，而卷中（陈子龙部分）
则是从春而秋再而春，时序不同，这说明先是李、宋同时唱和，
接着才是陈子龙用其调步其韵。陈子龙《幽兰草题词》云："吾
友李子、宋子，当今文章之在雄也。又以妙有才情，性通宫
徵……作为小词，以当博弈。余以暇日，每怀见猎之心，偶有属
和。宋子汇而梓之，曰：《幽兰草》。"云间三子的"幽兰草唱
和"，宋征舆是一个关键性的人物。

　　从宋征舆所用词调看，多是小令、中调，题材上多为咏叹节
序，咏叹节序又借咏物表现之，此外，也有少数咏怀之篇。从
《幽兰草》的格调看，大多词作不外表现的是秋暮的伤感、春光
的骤逝、红叶的凋零等忧凄之意象。如《菩萨蛮·秋怨》

　　　　夕阳千里黄云卷，西风一雁哀声断。独自倚楼看，楼高
　　知暮寒。　　心随秋草乱，魂逐轻烟散。不见万重山，山头
　　人未还。

　　作者采用《花间集》惯常的"代言体"书写方式，叙写一
年轻女子，站在危楼之上，看夕阳西下，秋雁哀鸣，孤寒之意在
远眺过程中油然涌起，她望穿秋水却不见重山之外的征人（或

游子），对远在他方游子的思念之情溢于言表。总体上给人是一种感伤的印象，这与温庭筠"独倚望江楼，过尽千帆皆不是"（《望江南》）、冯延巳"天长烟远，凝恨独沾襟"（《临江仙》）之表达方式是一脉相承的。他如《一剪梅·别意》、《临江仙·秋怀》、《卜算子·除夕》、《虞美人·黄昏》、《天仙子·春恨》、《南乡子·春病》，也大抵是表现守在空闺中女子孤单落寞的情绪，"空闺"、"空庭"、"空阶"、"空山"也是宋征舆笔下出现最频繁的审美意象，这也恰恰是《花间集》作者所着力表现的内容。如：

宋征舆	花间词
"红叶落时秋尽也，空山千里云平"（《临江仙·小春》） "一角丹霞凝碧岫，空山秋影昼"（《谒金门·红叶》） "空庭残雪霜天晓，不见伤心芳草"（《桃源忆故人·春寒》） "人声静，空阶冷，红烛烟销春睡醒"（《天仙子·春月》） "归燕空梁对立，自说晴春消息"（《谒金门·晚晴》） "树底碧阴销暑，照空庭闲处"（《忆汉月·旅邸芭蕉》）	"一叶叶，一声声，空阶滴到明"（温庭筠《更漏子》） "黄莺长叫空闺畔，西子无因更得知"（皇甫松《杨柳枝》） "闲掩翠屏金凤，残梦，罗幕画堂空"（韦庄《荷叶杯》） "深院闭，小庭空，落花香露红"（韦庄《更漏子》） "梦断辽阳音信，那堪独守空闺"（毛文锡《河满子》）

　　"空闺"之意象的反复呈现，表征着宋征舆对女性孤寂生活之同情，也暗寓着较强的情色意味，这是他早年冶艳生活的反映，明末清初之乱世士风与晚唐五代正有着惊人的相似。

　　为了进一步强化"空闺"的内涵，宋征舆主动吸收了《花间词》相应的表现技巧。一是环境的呈现上，一如《花间集》，为女主人公营构一种绮丽的环境，在他的笔下反复地出现画船、画楼、红楼、玉楼、玉砌、香阶、琼窗、玉窗、水晶帘、宝帐、锦帏、金炉、红烛、锦衾、玉枕等字眼，但是他也对《花间》的富贵气象作了淡化的处理，也就是引入梅、杨、柳、霜、雪、云、月等素洁意象进行色彩上的调剂互补。二是意象的表现上，多写"梦"，写"梦残"、"梦断"、"梦醒"，一种虚幻的不现实的存在。如"扶起倦魂如带梦"（《南乡子·秋思》）、"梦落青青后"（《桃源忆故人·怀旧》）、"残梦觉来如未觉"（《浣溪沙·微雨》）、"簌簌送他秋梦去"（《蝶恋花·落叶》）、"锦衾梦断霜天晓"（《桃源忆故人·春寒》）、"梦断闲桃李"（《青玉案·春暮》）、"锦帐独自梦无聊"（《天仙子·春恨》）、"梦魂昨夜故乡归"（《忆汉月·旅邸芭蕉》），等等；在温庭筠词中也曾大量地出现过类似的写梦之词句，如："暖香惹梦鸳鸯锦"、"春梦正关情"、"花落子规啼，绿窗残梦迷"、"相忆梦难成，背窗灯半明"、"闲梦忆金堂，满庭萱草长"（《菩萨蛮》）、"未卷珠帘，梦残，惆怅闻晓莺"（《遐方怨》）、"辽阳音信稀，梦中归"（《诉衷情》）、"杏花稀，梦里每愁依违"（《梦江南》）等。很显然，宋征舆写作过程中有意识地模仿或者说主动地接受了《花间集》对"梦"之意象的表现。二是人物的再现上，多写女主人公"愁情"、"怨绪"、"断肠"的病态形象，以呈现她们百无聊赖的生活境况。如"愁过小眉尖，忍不伤秋病又兼"（《南乡子·秋病》）；"多少恨，与谁论，秋云洒泪痕"（《阮郎归·秋深》）；"偏自断肠花不落，人若伤心，镜里颜非昨"（《蝶恋花·秋闺》）；"只今愁绝处，寒雨泣芭蕉"（《临江仙·秋怀》）；"几曲深沟潮正溜，断肠消息透"（《谒金门·红叶》）；"回首今年总是愁，莫遣明年又"（《卜算子·除夕》）；"那堪长对烛花红，问道断魂何处锦衾中"（《虞美人·黄昏》）等，表现的都是女主人公的寂寞无聊，这也是《花间词》惯用的表达方式。如温庭筠的《更漏子》："玉炉香，红烛泪，偏照画堂秋思。眉翠薄，鬓云残，夜长衾枕寒"；张泌的《浣溪沙》："依约残眉理旧黄，翠鬟抛掷一簪长，暖风晴日罢朝妆"；顾敻的《酒泉子》："掩却菱花，收拾翠钿休上面，金虫玉燕锁香奁，恨厌厌。云鬟半坠懒重簪，泪浸山枕湿"，等等。宋征舆无论是表达方式或意象的营构上，都很明显地受到了花间词风的浸染。

但是，宋征舆也有对《花间词》的超越，有学习秦观、柳永、周邦彦并得其神韵之处，像《长相思·秋风》之"玉人低问几重衣，夜寒不耐吹"便与周邦彦《少年游》之"低声问：向谁行宿？城上已三更。马滑霜浓，不如休去，直是少人行"同一情韵，只是在这一时期表现得还不是很明显罢了。

（二）中后期随着时代、朋友交往、个人经历的变化，宋征舆的词已注入了更深刻的情感内涵，取径范围也出现由唐五代拓展到南北两宋的倾向，风格上更加趋于多样化。

1644年明王朝的灭亡，对云间词派来说是一次严峻的考验。尽管南明的建立燃起了江南文人复国的热望，但清兵在次年的下江南便让他们在人生道路的选择上有了分野。陈子龙为国事奔波，而宋氏兄弟却"荷锄草间"，填词以代博弈，"挹子晋之风流，揽广陵之烟月"，这一次唱和活动的成果就是《倡和诗余》。表面上，他们是以填词自娱，其实内心深处也因时局的变化避免不了有所感触，在春恨闺愁中蕴涵着国家兴亡之感，也有对昔日繁华和享乐生活的眷恋和怀思。如宋征璧《宴桃源》："燕子矶连台凤，浮玉山横铁瓮。官柳乱啼乌，愁听景阳钟动。如梦，如梦，桃叶渡头相送。"词中，"燕子矶"、"浮玉山"、"官柳"、

"景阳钟"的意象，带有明显的暗示性，物是人非，旧景凋零，实象征故国之倾覆。南京在明代是南都，是江南文人的风流之地，而今都已"如梦"一般成为过去。宋征舆的词中也透露出同样的消息，《宴桃源》云："昨夜景阳钟动，碧井苍苔烟重。啼尽白门乌，依旧秦淮月涌。如梦，如梦，总被一江潮送。"景阳井又称胭脂井，当年隋军攻破陈宫时，后主与张丽华藏匿于此，后被擒获。李商隐有诗云："景阳宫井剩堪悲，不尽龙鸾誓死期。"（《景阳宫》）宋氏兄弟在明亡之后，对景阳宫井、白门乌、秦淮烟月的咏叹，便有了一种感慨兴亡的历史厚重感，"总被一江潮送"则暗示着明朝复国的无望。在宋征舆的笔下还比较多地出现"十年"的字眼，如"烟树茂陵秋，回首十年情重"（《宴桃源》）、"半帘残月梦初回，十年消息上心来"（《浣溪沙》）、"凉风夜半透纱橱，吹我十年残梦到华胥"（《虞美人》）、"十载春光千里梦，沉沉，辜负朱颜直到今"（《南乡子》）、"春流半绕凤凰台，十年花月夜，泛金杯"（《小重山》）。他写作《海闾倡和秋词》是在顺治三、四年左右，10年前即是崇祯十年前后，他曾经是意气风发的青年才俊，与陈子龙、李雯等几社成员往复唱和，过着"结驷连骑，选声征歌"（余怀语）的生活，但是这一切随着明代的覆亡都成了过眼烟云，昔日的繁华也只是一种无法挽回的"梦"——"记得当时，香车宝马，寒食清明"（《柳梢青》）、"忆昔秦楼约，年少争相索。携美酒，同斟酌，双鸳娇绣颈，夜合开红药"（《千秋岁》）。其中《小重山·忆昔》一词对这种情感的表达尤为深刻，上阕叙写昔年在凤凰台上"泛金杯"，秦淮河上"画船开"，而今故地重游，看到的却是一片荒凉景象："景阳碧井断苍苔，无人处，秋雨落宫槐。"虽然宋征舆通过今昔的对比表达了他对过去烟花生活的怀思，但不像陈子龙那样多寄寓对时局的忧虑和对明朝覆亡的哀思。陈词如

《点绛唇》："满眼韶华，东风惯是吹红去。几番烟雾，只有花难护。梦里相思，芳草王孙路。春无语，杜鹃啼处，泪染胭脂雨。"以落红、王孙、杜鹃等入词，寓意深刻，落红之难护，象征复国之无望，杜鹃啼血，比喻自己的无限哀思。"陈子龙怀着忠义之心，为江山易主而满心悲愤的情志，宋征舆未必会有。"①

宋征舆中后期的词一个重大的变化，是取径范围越来越宽，已拓展到南北两宋。顺治五年（1648），征舆之兄征璧取《花间》、《草堂》二书，补以诸家杂篇而可诵者，缀编成《唐宋词选》一书，征舆为之序。序云：

> 太白二章为小令之冠，《菩萨蛮》以柔淡为宗，以闲远为致，秦太虚、张子野实师之，固词之正也。《忆秦娥》以逸逸为宗，以悲凉为致，于词为变，而苏东坡、辛稼轩辈皆出焉。谈者病其形似失神检矣。南唐主以亡国之余，篇章益工，一唱三叹，比于雍门之琴，如以诗言，其思王乎？无其遇，不为其言，故后人莫续也。李易安妇人耳，其词丽以淫；周美成疑取法正柳屯田，其犹未克肖也。宋词于是焉盛，亦易安功也。

宋征舆在这篇序文中表白了他推尊婉约词派的观点，其推尊对象是"三李"（李白、李煜、李清照），认为李白开后世婉约、俊逸之两大宗，李后主之词则有如"雍门之琴"，李清照又开宋词之盛。其实，宋氏兄弟的取径并不局限在唐五代北宋，比如李清照生活年代就是跨越南北两宋的。大约在这之后的数年间，宋

---

① 姚蓉：《明末云间三子研究》，广东高等教育出版社 2004 年版，第 212—213 页。

征璧已不满《唐宋词选》选径过窄，又重编了一部专选宋词的选本——《宋名家词品》①，前有序文一篇，从这篇序文可以看出，他们的择录范围是相当宽泛的，他重点选辑了"北宋七家"——晏殊、苏轼、秦观、张先、晏几道、贺铸、李清照，但其他南北宋名家也是其选录的对象，属于北宋者有柳永、王安石、秦观、黄庭坚、周邦彦、康伯可，南宋有辛弃疾、姜夔、蒋捷、黄昇、史达祖。他将这些宋代词人分为"我辈之词"和"当家之词"两种类型，在我辈之词中以北宋词为主，推重他们的秀逸、清新、放诞、娟洁、妍婉，但他也兼取南宋词人辛弃疾之豪爽，陆游之萧散、姜夔之雕琢、史达祖之刷色等。李越深认为这是宋氏兄弟面对入清后新的局势所作的必然选择，也是云间词派持论的必然发展趋势。"以南唐北宋词为尚，本是为矫正明词之弊而设的标准，入清以后，江南词学兴盛的局面已经形成，这种标准就显得过于狭隘，亟待修正。随着清词的重振，各家词学观点互相融通渗透，对前代词兼收并蓄就成为必然趋势。"②所论颇能切中肯綮，符合明末清初词坛文学接受的发展规律。

那么，宋征舆中后期的创作情况如何呢？一是中长调作品越来越多，在《幽兰草》里中调 26 首，无长调；《海香阁倡和词》里中长调占半数以上，其中还有长调 4 首：《念奴娇·春寻咏兰》、《二郎神·清明感旧》、《绮罗香·落花》、《摸鱼儿·送春》，此外《清平初选后集》亦录有《洞仙歌·放笼笼鹰作》一首；这与蒋平阶等"屏去宋调，专为小令"是大不相同的。二是由前期追求意境之高浑，转而讲求造句之新隽，前期词多是无

---

① 参见李康化《明清之际江南词学思想研究》，巴蜀书社 2001 年版，第 91—92 页。

② 李越深：《云间词派研究》，浙江大学 2002 年博士学位论文。

句可摘，后期则时出隽语。比如写桃花在风雨中凋谢："随春水，一江潮起，已是飘千里"（《点绛唇》）；写杨花之飘零："东风力，留他如梦，送他如客"（《忆秦娥》）；写女子对征人的怀思："青山绿水子规啼，说与情人真个不如归"（《虞美人》）；写女子之春思："好梦偏教莺语夺，落红庭院，夜香帘幕，半枕纱窗月"（《青玉案》），皆用语生新，让人回味。有的地方还出现用典的现象，如"当年一曲美人歌，今日夕阳深处落红多"（《虞美人》），便借用虞姬之典，状写虞美人花之美。三是由抒情转而注意叙事性，有些词有比较强的叙事成分。如《菩萨蛮》："流莺睡醒衔珠露，玉堂残梦莺啼破。却下水晶帘，春风分外尖。　　手扶红玉软，盥水胭脂暖。妆罢倚纱窗，花开到海棠。"展现了一女子从睡醒起床，然后开窗、梳洗、眺望等一系列的动作，随着动作的流程而展开叙述顺序。诸如此类，尚有不少，兹不赘述。一言以蔽之，宋征舆中后期的词较之前期有了很大的变化，这说明云间派后期已开拓了他们接受唐宋词的视野。

　　要而言之：他们偏向于重蹈词的"小道"，内容不够博大；风格纤靡，趋向单一，只宗法南唐及北宋初的少数词家；形式上虽注重审声度韵，但仍然有沿袭明人仿效《草堂》分类作赋的陋习。更值得一提的是，云间派自身也在发展，也在变通，特别是在顺治四年（1647）陈子龙殉难后，其内部因政治分野而分化，在理论取舍上也有了差异。蒋平阶及其弟子继续坚守其师之说，力持《花间》之正宗风范，只取唐调，专为小令；而"三宋"人格有所变动，论词也主张变通，由专为令词拓展到小令、慢词兼胜，以北宋七家为本色，以周、柳词为当家，同时亦旁骛南宋。沿着"三宋"的路径，有受云间之影响的西泠、毗陵、广陵诸派继起词坛，他们对唐宋词的接受观念更为开明，这一转变反映了清初词坛的新气象。直到王士禛主持广陵词坛，一味艳丽的词风才开始转变。王士禛主张风格多元，陈维崧小令中渗入健朗之气，预示着清词中兴的格局即将到来。

第十章

阳羡派接受唐宋词述论

阳羡派是 17 世纪下半叶最具影响力的词派。据统计，在不到半个世纪的时间里，区区阳羡一邑团聚在陈维崧周围的词人竟达百人之多，这可以《荆溪词初集》、《瑶华集》、《今词苑》等为证。《荆溪词初集》七卷，曹亮武、蒋景祁、潘眉于康熙十七年（1678）开始选编，不数年刻成，共收录 96 人词 227 调 811 首，除去属于明代"先正""名宦"8 人外，共有阳羡词人 88 家。蒋景祁《瑶华集》共收阳羡词人 50 家，其中未录入《荆溪词初集》者 5 家。此前陈维崧等编定于康熙十年（1671）的《今词苑》可补入 2 家（《今词苑》收录阳羡词人共 15 家），据李康化先生统计清初阳羡词人应该有 96 家[①]。有关阳羡词风形成的历史渊源，严迪昌先生《阳羡词派研究》归结为二，即：苏轼"楚颂"神思的孕化与蒋捷"竹山"情韵的脉承。对于阳羡词派的形成，也指出其早期接续"云间"而远绍"花间"传统，到成熟期摆脱"云间"而鼓荡"稼轩风"的过程。这些论断基本上反映了阳羡词派的文学接受情况。下面，我们先以《迦陵词》为例，谈谈陈维崧是如何学习和接受唐宋文学传统的。

---

① 李康化：《明清之际江南词学思想研究》，巴蜀书社 2001 年版，第 231 页。

一　陈维崧对唐宋词接受的前后变化

阳羡，一名荆溪，即今江苏宜兴。该派的领袖陈维崧（1625—1682），字其年，号迦陵，曾与浙西派宗主朱彝尊合刊《朱陈村词》，自此朱、陈并称。阳羡、浙西是清初词坛最重要的两大词派。谭献《箧中词》卷二谓："锡鬯、其年出，而本朝词派始成……嘉庆以前，为二家牢笼者十居七八。"在清初词人中，陈维崧以词最富且工傲视群雄，正如其弟所作词集跋文所说，"统计小令、中调、长调，共得四百一十六调，其词一千六百二十九阕……自唐、宋、元、明以来，从事倚声者，未有如吾伯兄富且工也"（《湖海楼全集跋》）。数量之多，用调之富，风格之多样，不仅在清初词坛，即使在千年词史上，也是首屈一指的，但他的风格也不是一朝一夕就形成的，而是有一个向前人学习并在学习过程中形成自己风格的过程，这里我们先探讨他如何向前人学习并逐渐发生转化的学词历程。

按照严迪昌《清词史》的分析，陈维崧的创作经过了早期、中期、晚期三个阶段，从初学填词到顺治十三年为早期，这个阶段的词收入邹祗谟编的《倚声初集》，多为旖旎艳丽之作；中期是从顺治十三年到康熙七年，这一时期的作品大部分收入《乌丝词》（康熙五年结集出版），从内容到词风都发生了较大变化；晚期是从康熙八年到康熙二十一年去世为止，这一时期创作数量最多，内容更丰富，风格亦多样化。① 这三个时期不但内容在变

---

① 杨棠秋的《陈维崧及其词学》、苏淑芬的《湖海楼词研究》都是按这三个阶段划分的，但丁惠英的《陈维崧及其湖海楼词研究》将第一阶段断在康熙七年，康熙十七年以后单独划分一个阶段，总起来划分为四个阶段：康熙七年以前为第一期，康熙七年到十一年为第二期，康熙十一年到十七年为第三期，康熙十七年到二十一年为第四期。

化、风格在变化，而且学习、拟议、接受的对象也是在不断地调整和变化。

陈维崧少从陈子龙学诗填词，他在诗中谈道："忆昔我生十四五，初生黄犊健如虎。华亭叹我骨格奇，教我歌诗作乐府。"（《酬许元锡》，《湖海楼诗集》卷一）"华亭"指陈子龙（华亭人），"歌诗"指诗，"乐府"当指词，他还与云间派后期词人蒋平阶持论力倡"复古"，他们作诗填词也受陈子龙宗法《花间》的影响，毛奇龄说："予乡曩有创为西蜀南唐之音者，华亭大鸿也，其法宗《花间》。"（《倚玉词序》，《西河集》卷四十七）

从收入《倚声初集》的 39 首词看，其词题不出闺襜，如夏闺、冬闺、春恨、春寒、晏起、画眉、咏枕、咏幔、咏栏杆、入花丛抓鬓之类，用调也多是《花间集》所出现的《浣溪沙》、《菩萨蛮》、《荷叶杯》、《醉公子》、《踏莎行》、《浪淘沙》、《虞美人》、《定风波》、《苏幕遮》等曲牌，其词格也无非是"喁喁呢呢"、"衿奥诡艳"、"如玉楼金埒，春色骀荡"之类。比如《画堂春·护灯花》一词："夜香时候绣屏高。水沉一缕微飘。银釭半盏绛花娇。照彼幽宵。漏永漫凭金剪，风轻小掩鲛绡。莫教红萼褪兰膏。好事明朝。"据邹祗谟介绍，这首词写在顺治七年前后，上片写闺房、室内陈设，下片写闺内之人，结句含蓄隽永，意味深长，邹祗谟在其后评曰："每一讽咏，辄有绮才艳骨之叹。"所谓"绮才艳骨"，一指作者写艳体的能力，一指作品的艳丽品格，像《踏莎行》（睡晕痕微）、《蝶恋花》（着意银床花露泫）、《醉公子》（小姑牵妹臂）都是这类作品，大体上透露着一种香柔秾艳之风，故邹祗谟《倚声初集》以"似韦相"、"今之温八叉"、"何其艳异"等语评之。

其实，在康熙七年结集的《乌丝词》里，也还是有大量拟议《花间》的作品。据丁惠英先生的分析，这一时期的小令尤近《花间》者如"竹枝"四首，与孙光宪的"竹枝"风格相近；《三字令》写闺情，在笔法上也绝似欧阳炯的《三字令》；此外，《河渎神》之"玉蛾一去几千年，尽日凝妆俨然"一句，与孙光宪同调之"翠华一去不言归，庙门空掩斜晖"语意也是极为相似。[①] 总之，陈维崧初学为词多有模拟《花间》的痕迹，并在王士禛总持广陵词坛期间还参与了红桥唱和等活动，这一时期收入《乌丝词》中的作品已由写小令为主转向多写中长调，有风格近似柳永的《醉春风》，也有近似小晏、欧阳修、秦少游的《画堂春》、《桂殿秋》、《长相思》等格调近雅之作，邹祗谟对其作品的评价是"矫丽"，王士禛对其评价也是"陈其年工哀艳之辞"。但是这一时期的"矫丽"、"哀艳"，已不同于顺治十三年以前所作的"玉楼金埒，春色骀荡"之作，宗元鼎在《乌丝词序》中引述陈维崧的话说："丈夫处不得志，正当如柳郎中使十七八女郎按红牙拍板，歌'杨柳岸晓风残月'以陶写性情，吾将以秦七、黄九作萱草忘忧耳。"这段话是他在康熙五年科场失利的情况下说的，但也说明他写艳词已融入了"寄托"之旨，他对友人写艳词也有了不同于前期的新认识："然则斯词（指《任植斋词》）也，以为《金荃》之丽句也，抑亦《梦华》之别录也。"（《任植斋词序》，《迦陵文集》卷二）"彼夫以香奁、西昆之体目文友（董以宁）者，是岂知吾文友者乎？离乱之人，聊寓意焉。君子谓可以观矣！"（《董文友文集序》）

　　陈维崧在词风上发生变化是在顺治十三年父亲陈贞慧去世后，如收入《乌丝词》的《点绛唇·阻风江口》、《南浦·泊舟江口》、《永遇乐·京口渡江》等，便现出一种踔厉风发的豪气，王士禄曾以"字字有英雄气"论之，特别是《永遇乐》一词更

---

　　① 丁惠英：《湖海楼词的风格》，《中华国学》第 20 期（1992 年 11 月）。

是次稼轩词韵，写稼轩词意，无论是形式还是意境都是在有意地效法稼轩（辛弃疾）。而在康熙八年离开广陵之后，他的思想、他的创作、他的风格，则有了更大的变化，雄豪之风已成为其作品的主旋律。康熙十年，他在编选《今词苑》过程中发现，当时词坛盛行的还是《花间》绮艳的接受倾向，故在《今词苑序》中特地致辞表示不满，指出"今之学为词者"，或"极意《花间》"，或"学步《兰畹》"，"矜香弱为当家，以清真为本色"，并在《蝶庵词序》中引述史惟圆的话说："今天下词亦极盛矣。然其所为盛，正吾所谓衰也。家温韦而户周秦，抑亦《金荃》、《兰畹》之大忧也。"他还表示了对其少作的悔恨不止之意，说："顾余当日妄意词之工者，不过获数致词足矣，毋事为深湛之思也。乃余向所为词，今复读之，辄头颈发赤，大悔恨不止。"（《任植斋词序》，《迦陵文集》卷二）在后来结集印行的《迦陵词》里，便没有收入其初期所为绮艳秾丽之篇，他还赋词一首述说自己前后词风的变化："当时惯作销魂曲，南院花柳，北里杨琼，争谱香词上玉笙。　　如今纵有疏狂兴，花月前生，诗酒浮名，丈八琵琶拔不成。"（《采桑子·吴门遇徐松之问我新词赋此以答》）并表示其今后努力的方向，是要用豪放之风荡涤香艳婉丽之风，用雅正之作去除温、柳之俗。其《和荔裳先生韵亦得十有二首》一诗云："辛柳门庭别，温韦格调殊。烦君铁绰板，一为洗蓁芜。"

　　词风的转变当然来自现实境遇的变化，父亲的去世，家道的中落，科场的失利，让陈维崧胸中积郁着无数的磊落抑塞之情，"一一于词见之"；这也正如辛稼轩抱无限报国之热情，却"厄于时运，势不得展"，故发而为长短句有如"涛涌雷发"。因此，他的创作风格与辛稼轩有惊人的相似之处，这也是他有意接受稼轩风并向辛弃疾靠拢的结果，正如其友人史惟圆所描述的："观吾子之词，湫乎峍乎，非阡非陌乎？何其似两山之束峭壑，窀蠢阨塞，数起而莫知所自拔乎！抑众水之赴夔门乎？漩涡湍激，或蹙之而转轮，或矶之而溅沫乎！"（陈维崧《蝶庵词序》引）但是，陈维崧也不全然是学习和模仿，他接受辛稼轩往往能熔豪、婉于一炉而别具一格。正如陈廷焯所说："东坡、稼轩，不过借径，独开门径，别具旗鼓，足以光掩前人，不顾后世。"（《云韶集·词话丛话》）如其《念奴娇·京口竹林寺》一词云："长江之上，看枝峰蔓壑，尽饶霸气。狮子寄奴生长处，一片雄山莽水。怪石崩云，乱岗淋雨，下有鼋鼍睡。层层都挟，飞而食肉之势。只有铁瓮城南，群山赢秀，画出吴天翠。绝似小乔初嫁与，顾曲周郎佳婿。竹院盘陀，松寮峭蒨，最爱林皋寺。徘徊难去，夕阳烟磬沉未？"上片状写京口（镇江）的雄山莽水，引出这里曾是刘裕生长之地，下片也是先状铁翁城的秀色，而后引嫁给指挥孙吴大胜曹军之将帅周瑜的小乔，前者沉雄博大，后者柔媚婉丽，是刚中带柔，柔中有刚。

对陈维崧词风之变化，过去人们比较注意从其个人之才情及坎坷之经历分析其成因，其实也与他对前代优秀的文学传统的接受是密不可分的。下面，我们将进一步从文学接受的角度分三个层面探讨：一是统计其词调的接受情况；二是通过其词用韵中追和前贤词，来探讨其反映出其师法的对象；三是分析词作内容，探析其对词学传统精神的继承。

二 词调：用调之富，古今罕见

诚如前人所述，陈维崧用调之富，古今罕见。从 14 字的《竹枝词》到 240 字的《丰乐楼》，共计 416 调，其中小令 111

调，词 390 首；中调 112 调，词 395 首；长调 193 调，词 944 首。这一数字反映出两点：一是迦陵词对词调的选择是广泛的，长、中、短调均有所尝试。二是择调并非平均用力，如果说以小令、中调作词，大致是 1:3 的比例，那么长调达到 1:5，作词近千首，这或许可以反映出他偏于长调的倾向。

1. 小令、中调偏多本意词，盖自唐词缘题直赋的传统

缘题直赋，在唐词中较多，如张志和的《渔歌子》写渔父棹歌，韩翃《章台柳》寄柳氏，白居易的《忆江南》怀想江南、《杨柳枝》写隋堤杨柳，后唐庄宗《如梦令》记梦中情事等。《花间集》中亦多本意词，或以调中所咏之事物为名，如毛文锡《巫山一段云》、欧阳炯《木兰花》、皇甫松《采莲子》、《浪淘沙》，或以调中之情意为名，如牛希济《临江仙》、顾夐《诉衷情》以及《长相思》、《谪仙怨》、《更漏子》等。何谓"本意"？王易《词曲史》解释说："女冠子述道情，河渎神咏祠庙；巫山一段云状巫峡。"龙沐勋《研究词学之商榷》一文说："词本倚声而作，则词中所表之情，必与曲中所表之情相应。故五代乃至北宋柳永、秦观、周邦彦诸家之作，类多本意，不复调外标题，盖声词本不相离，倚声制词，必相吻合也。"

迦陵词中，标明本意词之词调名有二十调 24 首：

杨柳枝　秋夜雨　女冠子 2 首　柳含烟　迎春乐 4 首　厅前柳　蝶恋花　青杏儿　碧牡丹　新荷叶　步月　雪狮儿　梅子黄时雨　夏初临 2 首　凤凰台上忆吹箫　月下笛　琐窗寒　秋霁　飞雪满群山　江南春

词意与词调相近者有近 60 调 120 余首，如：

望江南 25 首忆江南；河渎神题秦邮露筋祠；茶瓶儿咏茗；雨中花写雨中看桃花；西施咏演西施者；系裙腰写裙；于飞乐写鸳鸯；师师令写汴京访李师师故巷；祝英台近写祝英台旧宅；扑

蝴蝶咏蝶；新荷叶咏采莲；早梅芳近咏玉蝶梅；雪梅香写看落梅；爪茉莉写茉莉；黄鹤引咏半茧园双鹤；玉簟凉写夏景；天香写桂；黄河清慢写清江浦渡黄河；翠楼吟写闺怨；玉烛新咏烛；月中桂咏丹桂；贺新郎催妆6首；梦扬州寄扬州史唯圆；雨中花慢写雨中过史宅看红梅……

云间词人沈亿年说过："唐词多述本意，故有调无题。"（《支机集凡例》）詹安泰先生也认为，"按唐五代词，其词调之名称，每与词中所定之事物相应，非如后来之于调外更加标题，以著明所抒写之事物也"[①]。虽然迦陵词多系以题名，但却能遵守"古则"，试图通过"本意"词的写作，寻求声情与词情的结合。也就是说，一方面是求"本意"，另一方面也是求"声情"，盖缘唐宋以后词乐失传，古人声情之美，舍此无可相接，苟并此亦废弃不讲，则倚声之义更将安附丽？陈维崧对词律问题也是极为重视的，曾有感"时人"作诗填词于声律一道，概莫能讲，或乖律，或出韵，协助万树编订《词律》一书，对他人作品的评价亦重视其声律，如评曹贞吉《望远行·咏延陵季子剑》曰："偷声减字，吹出吴越春秋"；又评《贺新郎·壬子岁寄家弟得来韵再和》曰："音节历落，填词神境。"他专力为本意词，不但意在借曲调以表声情，而且填词态度也非常认真，并非率意为之。

2. 用调继承了周邦彦词的传统，颇多一调作一词之作

如果把迦陵词与宋词中用调较为类似的周邦彦、辛弃疾词作一个比较，会有些有意思的发现。除了吴文英146调、柳永133调中有少数词调陈维崧不曾用过，周邦彦（122调）、辛弃疾（104调）的词调大多可在《迦陵词》中找到踪影。而吴、柳、

---

① 汤擎民编：《詹安泰词学论稿》，广东人民出版社1984年版，第58页。

周、辛是宋词中用调超过一百的四位大词人，而且柳永、周邦彦都是为宋词创调作出过重要贡献的大词人，据有关专家统计柳永自度新曲有51调，周邦彦自度新曲也有34调。

将迦陵词与周邦彦词用调情况对比，可以清晰地发现其师法周词的痕迹。详见下列：

周词1首而陈词无者——20调：诉衷情、木兰花令、秋蕊香、塞恒春、关河令、六幺令、万里春、绮寮怨、绕佛阁、月中行、意难忘、凤来朝、芳草渡、红罗袄、粉蝶儿慢、留客住、六丑、琴调相思引、青房并蒂莲。

周陈用调皆仅存词1首者——29调：扫花游、应天长、如梦令、荔枝香、丹凤吟、忆旧游、垂钓丝、过秦楼、塞翁吟、苏幕遮、华胥引、丁香结、庆春宫、倒犯、大酺、玉烛新、归去来、三部乐、品令、黄鹤绕碧树、拜星月、夜飞鹊、玉团儿、看花回、月下笛、无闷、花心动、大有。

周词1首而陈词2首者——13调：还京乐、法曲献仙音、宴清都、四园竹、霜叶飞、氐州第一、解蹀躞、一寸金、南浦、醉落魄、一剪梅、双头莲、烛影摇红。

周词1首而陈词3首者——7调：瑞龙吟、玲珑四犯、西平乐、蕙兰芳引、尉迟杯、兰陵王、鹊桥仙令。

周词1首而陈词3首以上者——16调：丑奴儿（一名采桑子）、琐窗寒、渡江云、解连环、齐天乐、满江红、瑞鹤仙、浪淘沙、隔浦莲、解语花、花犯、水龙吟、菩萨蛮、迎春乐、定风波、感皇恩。

周词2首而陈词1或2首者——5调：一落索、红窗迥、早梅芳一、燕归梁、鹤冲天。

周词2首而陈词3首者——3调：红林擒近、满路花、西河。

周词 2 首而陈词 3 首以上者——7 调：望江南、风流子、蓦山西、渔家傲、醉桃源、减字木兰花、夜游宫。

周词 3 首而陈词 1 或 2 首者——3 调：侧犯、少年游、南柯子。

周词多首而陈词 1 或 2 首者——2 调：玉楼春、长相思。

周词多首而陈词 3 首以上者——5 调：浣溪沙、蝶恋花、虞美人、满庭芳、南乡子。

周词别调者——约 6 调：如渔家傲二；浣溪沙二、三、四；早梅芳二；迎春乐二。

统计重出疑是别调者约 6 调：点绛唇、少年游、望江南、蝶恋花、蓦山西、虞美人。

由上述可见，陈维崧对周邦彦词的用调情况非常清楚，而且有刻意模仿之嫌，那就是：大幅度地尝试运用多种词调填词。两人都用过的词牌中，仅填一首的约 30 个，在以上统计中比例最大。而 3 首以上的词牌，两人都用过的仅有 5 个。一个词调填一首词，周邦彦近有 90 个之多，占其总词牌数（122 个）的 70%；而统计《迦陵词》，一调一词约为 190 个，约占总词牌数（416 个）的一半。基于以上数据分析，我们可以说，如果说宋词中周邦彦是词调之最广泛使用者，那么，陈维崧则不仅直追前（古）人，而且堪称后无来者。

3. 长调创作最富，继承了辛弃疾抒情敷意的传统

迦陵词 944 首长调，其中仅《贺新郎》、《念奴娇》、《满江红》、《沁园春》四调就作词 412 首，占全部长调 43.64%。较之于宋词，我们发现，只有辛弃疾词有此用调特征；其数量之多，或许源于同调唱和以抒情敷意。如辛弃疾之《贺新郎》，仅与陈亮唱和于鹅湖的"月"字韵和"矣"字韵就有 19 首，几乎是该调词作的全部。晚清词论家陈廷焯通过统计，已发现其在使用长

调的数量上回溯稼轩的特点："其年《贺新郎》调，填至一百三
十余首之多。"（《白雨斋词话》卷三）近代著名词曲大师吴梅也
深有感慨地说："（陈其年）《满江红》、《金缕曲》（《贺新郎》）
多至百余首，自来词家有此雄伟否？……即苏、辛复生，犹将视
为畏友也。"（《词学通论》）

将迦陵词创作最多的八个词调与辛词比较，可以较为直观地
看出陈词与辛词的接近：

词调\作者	贺新郎	念奴娇	满江红	沁园春	水调歌头	满庭芳	水龙吟	摸鱼儿
辛弃疾	23	22	34	13	37	4	13	3
陈维崧	135	108	96	73	39	31	21	10

我们知道，稼轩有一腔爱国热情，并抱收复中原之热望，当
这种志向抱负不得施展时，便施之于词。小令之短篇窄幅自然无
法表其无限胸臆，小令言短意长，长调则纵横自如，犹如诗之歌
行给主体情感的表现提供较为开阔的施展空间，在《稼轩长短
句》中便有大量运用长调的情况，汪懋麟称稼轩词是"放乎其
言"，所言甚是，故人称辛稼轩对词体的革命就是"写其胸中
事"。迦陵词多作长调在这一点上与稼轩一脉相承，其抒写胸臆
"一发无余"，如惊雷怒涛，如海涌山立，如兕吼熊啼，陈廷焯
便说："迦陵力量，不减稼轩。"（《白雨斋词话》卷六）如《贺
新郎·用辛稼轩、陈同甫唱和原韵送王正子之襄阳，明春归广陵
并嘱其一示何生龙若何名铁》一词："立马和君说：到襄阳、为
余先问，隆中诸葛。往日英雄潮打尽，怪煞怒涛崩雪。今古恨、
总多于发。再问大堤诸女伴，白铜鞮、可有闲风月？谁弹向，楚

天瑟？才逢燕市还分别。怅平生、无多知己，几番离合。此去武
昌鱼不少，莫惜颜筋柳骨。要频看、郑虔三绝。一幅新词《凄
凉犯》，嘱来春、并示何生铁。霜夜吼，烛花裂。"出句突兀，
连用两问，使事驱情，一气卷舒，浑沦磅礴，堪称奇绝。

三 用韵：广有追和，偏向周、辛

从用韵方面考察其对唐宋词接受，主要是统计次韵和韵之
作，尤其是追和宋词的大致情形。由于它与用调的统计一样，是
较为客观的，因此我们只要考察迦陵词追和宋词的情况，就可以
较为明晰地发觉其师法对象和传承关系。和作与创作总数比例不
一，具体如下：

和词1首的13位：

毛文锡《纱窗恨》1∶1、范仲淹《渔家傲》1∶7、欧阳修
《朝中措》1∶11、万俟雅言《三台》1∶1、吕渭老《东风第一
枝》1∶6、陆游《双头莲》1∶2、刘克庄《贺新郎》1∶135、姜夔
《琵琶仙》1∶3、吴文英《画屏秋色》1∶1、张榘《飞雪满群山》
1∶3、张炎《长亭怨》1∶1、倪瓒《江南春》1∶1、高启《石州
慢》1∶4。

和词2首的6位：

柳永《少年游》1∶1、《柳腰轻》1∶1；

苏轼《念奴娇》2∶108；

秦观《画堂春》1∶2、《鹧鸪天》1∶15；

康与之《宝鼎现》1∶2、《瑞鹤仙》1∶4；

蒋捷《垂杨》1∶1、《女冠子》1∶2；

朱希真《满江红》1∶96、《念奴娇》1∶108。

和词 3 首的 1 位：

李清照：《醉花阴》1:5、《蝶恋花》1:40、《凤凰台上忆吹箫》1:7。

和词 4 首的 1 位：

史达祖《三姝媚》1:2、《月当厅》1:1、《玲珑四犯》1:3、《喜迁莺》1:7。

和词 11 首的 2 位：

辛弃疾《鹧鸪天》3:15、《满江红》1:96、《水龙吟》3:21、《永遇乐》1:7、《贺新郎》3:135；

周邦彦《四园竹》1:2、《扫花游》1:1、《大有》1:1、《花犯》1:4、《绕佛阁》1:1、《看花回》1:1、《氐州第一》1:2、《齐天乐》1:1、《解连环》1:1、《大酺》1:1、《瑞龙吟》1:3。

由此可见，迦陵词对前贤广有追和，和词 1 或 2 首的居其半，共 19 人词 25 首；对李清照、史达祖的追和反映出他遍和南北宋词人的情形，也说明他在向前人学习的过程是广采博取，并不像浙西词派只宗南宋那么单一；和词最多的是追和周邦彦、辛弃疾，正印证了我们上面分析得出的结论，他受周邦彦、辛弃疾的影响浸染最深。追和周邦彦是因为《清真词》的典雅工丽，合乎法度，追和辛弃疾自然是出于对辛词的尊崇和偏爱，这说明迦陵词并非全部师法苏辛，而能够兼容各家风格。正如蒋景祁《湖海楼词序》所说的："读先生之词者，以为苏辛可，以为周秦可，以为温韦可，以为左国史汉唐宋诸家之文亦可，盖既具什伯众人之才，而又笃志好古，取裁非一体，造就非一诣。"

然而，我们也不应该忽视词人主体的性格倾向。从和作与创作数量的比例来看，迦陵词偏向于豪放词，一目了然。之所以造成这一结果，是因为主体对追和对象认同的程度不一。陈维崧追和前人词，往往可以摩肩古人，学什么像什么，正如季振宜作序时所说"卢陵定风波，歌清一曲；东坡醉落魄，酒醒三分"。甚至连闺词也要与前人比，其追和的《醉花阴·重阳》与《蝶恋花·春闺》，神似李清照。仿欧阳修《朝中措》作《平山堂怀古》，得其宦情逸志；仿柳永《柳腰轻》作《赠妓词》，得其艳情闺思。仿秦观《画堂春》有女郎神韵；仿周邦彦《瑞龙吟》有羁旅旧情。然而，只有在豪放词的领地里，陈维崧才摆脱了模仿而融入了作者更大的精力、才性、灵气。其大力创作长调，或许源自于模仿后的个性发现吧。

为此，我们下面更深进一层来探讨陈维崧的词情世界。

四　词情:存经存史、诗笔入词

作为陈维崧弥留时著作手稿的郑重托付者，蒋景祁最为熟悉陈维崧倚声填词学之心迹。他在《湖海楼词序》中用较大的篇幅为我们勾勒了陈维崧的词学活动与思想的大致轮廓，今人每摘取片段，为保全文意，不妨赘引如下:

> 词之兴，其非古矣。《花间》犹唐音也，草堂则宋调矣。元明而后，骎骎卑靡。学者苟有志于古之作者，而守其藩篱，即起温韦周秦苏辛诸公于今日，其不能有所度越也已。其年先生幼工诗歌……然刻于倚声者，过辄弃去。间有人诵其逸句，至啰呕不欲听。因励志为《乌丝词》，先生志未已也。向者诗与词并行，迨倦游广陵归，遂弃诗弗作……如是者近十年……故读先生之词，以为苏辛可，以为周秦可，以为温韦可，以为《左》、《国》、《史》、《汉》唐宋诸家之文亦可。盖既具什伯众人之才，而又笃志好古，取裁非

一体，造就非一诣，豪情艳趋，触绪纷起，而要皆含咀酝酿
而后出……向使先生于词墨守专家，沉雄荡激则目为伧父，
柔声曼节或鄙为妇人，即极力为幽情妙绪，昔人已有至之
者，其能开疆辟远、旷绝古今一至此耶？

虽然"词之兴"非古，然而蒋景祁认为，迦陵词是有志于
师"古人之志"的，是"有志于古之作者"而又能度越前贤的。
他认为，陈维崧励志为《乌丝词》，是因为"先生志未已也"。
到晚年，其词达到一个令人不可企及的高度，是出于"笃志好
古，取裁非一体，造就非一诣"，也就是恢复古人的原创精神，
而终于"旷绝古今"。

关于"古人之志"，或者说原创精神，陈维崧于《今词选序》
中也有论述自相发明。他认为"东坡、稼轩诸长调，又骎骎乎如
杜甫之歌行与西京之乐府也"。因此他极力倡导恢复"古人之志"，
用他的话说，就是"要之穴幽出险以励其志，海涵地负以博其气，
穷神知化以观其变，竭才渺虑以会其通，为经为史，曰诗曰词，
谅无异辙也"。下面，我们从迦陵词的内容着眼，看看他是怎样
"师古人之志"，也就是怎样继承古人的优良的文学传统的。

1. 为"经"存"志"：继承《诗经》与乐府的写实精神

钱仲联先生认为，迦陵《湖海楼词》承袭了《诗三百》以
至唐代杜甫的三吏、三别、白居易的新乐府精神。"遗憾的是，
这一传统精神在古典的词中却没有体现，至少可以说为数寥寥。
可是，《湖海楼词》却把香山乐府的精神和表现手法移植到倚声
领域中来，这不能不说是一个创举。这在词的发展史上是应该特
笔大书的。"[①]

---

① 钱仲联：《梦苕庵清代文学论集》，齐鲁书社 1983 年版，第 47 页。

作为陈维崧“存经存史”观念的具体表现，这种写实精神突出地表现为对清初百姓艰难生活的“实录”。维崧早期也填有《满江红·江村夏咏》的组词，但述说的是乡村生活的恬静美好，直到康熙八年词风转变后的《乌丝词》，才大面积地出现悲悯百姓疾苦的辞章，如《南乡子·江南杂咏》六首，表现的是下层百姓所蒙受的水灾、瘟疫等天灾人祸，已不再是红香翠软的江南烟花生活。《贺新郎·纤夫词》（战舰排江口）“征发棹船郎十万，列郡风驰雨骤”，写繁重的徭役对百姓的骚扰；《念奴娇·苦雨》、《水调歌头·夏五大雨浃月，南亩半成泽国，而梁溪人尚有画舫游湖者，词以寄慨》，将民生疾苦化作笔底波澜。而在《贺新郎·新安陈仲献客蜀总戎幕府，尝赎移俘妇……》上片更进一步揭露了侵蜀清军淫掠妇女的罪行：

天畔蚕丛路，记当日、锦城丝管，华阳士女。一自愁云霾蜀栈，飞下桓家宣武。有多少花钿血污？十万蛾眉齐上马，过当年、花蕊题诗处。葭盟驿，鹃啼苦！

这些词写江南地区下层百姓的痛苦生活，犹如是一篇篇明末清初生活历史的“实录”，特别是《贺新郎·纤夫词》（战舰排江口）更被人们称之为深得杜甫诗史精神的名篇杰作。

我们认为，迦陵词的新乐府实录精神，也多有表现在对家乡风物、农民生活的喜爱与向往的层面上。不但写到家乡宜兴的秀丽风光、美味可口的风味小吃，而且写到家乡人生活上的闲情逸趣——汲水浇花、喝茶自娱、睡足挥毫，等等，如《沁园春》“晒书”、《沁园春》“戏咏闺人踢毽子者”、《念奴娇》“炙砚”等都是前人所少涉足的，特别是在他的笔下还展现了一幅宜兴地区采茶、焙茶、煮茶的乡村生活画卷。唐代“茶圣”陆羽的

《茶经》中就多有提及阳羡茶事，迦陵词则用 24 首作品写成了词中的"茶经"：调名《蝶恋花》，分"四月"、"五月"、"六月"各 8 首。严迪昌先生认为："这是一组展现自然经济的风景线，又复合着社会民生问题以及词人感慨深沉的心绪的作品。"[1]

以词反映现实生活的内容拓展，还可以从酬赠范围空前扩大得到印证。有写给父辈的，也有写给同辈友人的，有写给做官的，也有写给仕途不济的，这样的和词有 270 多首。此外，还有沦落的艺人，如柳敬亭、苏昆生、陈九、何铁等，甚至出现了西欧的医生（《满江红·赠大西洋人鲁君》），"与西人以词酬赠者，则自迦陵此作倡之"（郭则沄《清词玉屑》卷一）。

2. 咏"史"存"志"：继承苏、辛怀古写意传统

邹祗谟说："词至稼轩，经史百家，行间笔下，驱斥如走。近则娄东（吴伟业）善用南北史，江左风流，惟有安石，词家妙境，重见桃源矣。"（《远志斋词衷》）而对吴伟业有所师事的陈维崧，更以其卓越的史识、史才，继承着苏辛怀古事、写时意的文学传统。正如陈廷焯在《白雨斋词话》卷三中说："迦陵《汴京怀古》十首，措语极健，可作史传读。"

陈维崧借古人抒发曲折的心志，颇耐人寻味。不论是《满江红·汴京怀古》所咏之人（孙权、寄奴、卫虎、黄歇、田横、伍员、专诸、要离、聂政、夷门侯生、张良），还是《减字木兰花》中的霸王、谢安、祖逖等，都有一种借靖乱中的历史人物吊唁并反思亡明的意味。如《满江红·汴京怀古十首其一·夷门》一词：

> 坏堞崩沙，人道是、古夷门也。我到日、一番凭吊，泪

---

① 严迪昌：《阳羡词派研究》，齐鲁书社 1993 年版，第 140 页。

如铅泻。流水空祠牛弄笛，斜阳废馆风吹瓦。买道旁、浊酒
酹先生，班荆话。　　摄衣坐、神闲暇。北向刎，魂悲吒。
行年七十矣，翁何求者。四十斤椎真可用，三千食客都堪
骂。使非公、万骑压邯郸，城几下。

上片先写夷门的荒凉破败，实暗示信陵君窃符救赵之事，作
者以这一历史典故意在表达自己对侯嬴的敬慕，接着下片以夷门
小吏与三千食客相比，"四十斤椎真可用，三千食客都堪骂"，
暗喻在明朝大厦将倾之际却无侯嬴这样的人才力挽狂澜，从而对
明朝的文武百官在国家危亡之际庸碌无为表示了挞伐之意。"北
向刎，魂悲吒"一句，感慨深沉。

就是对南明王朝或对永历政权，也借题画、咏物致以悼词，
如《六州歌头·竹逸斋头阅冯再来所著〈滇考〉，赋此怀古》、
《杏花天·咏滇茶》、《喜迁莺·咏滇茶》、《望海潮·题马贵阳画
册》等。如《喜迁莺·咏滇茶》一词：

胭脂绣缬，正千里江南，晓莺时节。绛质酣春，红香宠
午，惟许茜裙亲折。晓印枕痕零乱，浅晕酒潮明灭。春园
里，较琪花玉茗，娇姿更别。　　情切，想故国。万里日
南，渺渺音尘绝。灰冷昆明，尘生洱海，此恨拟和谁说？空
对异乡烟景，蓦记旧家根节。春去也，想蛮花犵鸟，泪都
成血。

上片写茶花之美，下片抒亡国之痛，笔淡而意浓，亡国之思
溢于言表。不过，我们更欣赏他在"明史案"的紧张氛围中，
以身犯险、以词干禁、以笔实录真实地再现"明清易代
史"——扬州十日、嘉定三屠、永历被杀等的态度，胆子之大、

气魄之盛，前所未见。

当战争的烟云已经完全消散，清王朝已经坐稳了江山、曾经在江南轰轰烈烈的复明运动趋向沉寂之后，陈维崧怀古咏史词的主题已由对亡明的怀念转向对历史兴亡的感喟。如《凤凰台上忆吹箫·秣陵怀古》一词：

> 红板桥头，锦衣仓北，金陵从古皇州。记离宫墙外，年少曾游。忽听九重仙乐，东风细细度龙楼。依稀认，宁王玉笛，贺老筚篥。悠悠，南朝风景，看几遍桃红，白了人头。算刘郎易老，嬴女难留。三十六宫何在？斜阳外、隐隐离愁。伤心极，后湖菱蔓，一片渔舟。

秣陵（南京）曾是明朝的龙兴之地，也是明初政权的开国之都，作者在崇祯末年曾随父亲陈贞慧到过南京。如今故地重游，当然会感慨万千，值得注意的是他没有停留在对亡明发感慨上，而是上溯到南朝，历史的跨度更大，把金陵作为历史变迁的"见证者"，其笔端虽有悲愤之情，但表达的却是麦秀禾黍之悲和古今兴亡之感。诸如此类的作品还有《满江红·樊楼》、《满庭芳·过虎牢》、《齐天乐·辽后妆台》、《永遇乐·京口渡江用辛稼轩韵》，等等。

3. 诗笔入词：具有类似苏、辛的文体通变意识

正如蒋兆兰《词说》所说："清初陈迦陵纳雄奇万变于令慢之中，而才力雄富，气概卓荦。苏辛派至此，可为竭尽才人能事。"陈匪石《旧时月色斋词谭》也说："《湖海楼》崛起清初，导源幼安，极纵横跌宕之妙，至无语不可入词，而自然浑脱。"所谓"无语不可入词"，指的正是陈维崧表现内容之丰富，不受传统题材范围的牵拘，蒋景祁也说："（陈维崧）诸生平所诵习

经史百家古文奇字，——于词见之。"（《湖海楼词序》）这和辛弃疾填词的无所不入是何其的相似，故读《迦陵词》亦如读稼轩词："盖既具什伯众人之才而又笃志好古，取裁非一体，造就非一诣，豪情艳坼，触绪纷起，而要皆含咀酝酿而后出以故履其阈，赏心悦目，应接不暇；探其奥，乃不觉晦明风雨之真移我情。噫，其至矣！"

迦陵"以诗为词"、"以文为词"，突出的例子如：《归田乐引·题王石谷晴郊散牧图》、《满路花·咏禹门寺前一带颓崖峭石》、《沁园春·从盱眙山顶望泗州城》、《哨遍·读彭禹峰先生诗文全集》等，有不少得益于苏、辛之处。再如使用"问答体"写词，则首创于稼轩。辛词有《沁园春·将止酒，借酒杯使勿近》及"杯答"等4首，还有《六州歌头·属得疾暴甚……》"诘病"及"病答"2首。陈词则有8首之多，如《沁园春》"诘钱"、"钱答"；《氐州第一》"诘鼠"、"鼠对"；《贺新郎·赠何生铁》，"铁答"等。试看下面一首词《贺新郎》，绝非可以"戏笔"等闲视之：

铁汝前来者！何不学、雀刀龙笛，腾空而化？底事六州都铸错，辜负阴阳炉冶？气上烛，斗牛分野。小字又闻呼阿黑，讵王家处仲卿其亚？休放诞，人怠骂。

萧疏粉墨营丘画。更雕镌、渐台威斗、邺官铜瓦。不值一钱畴惜汝？醉倚江楼独夜。月照到，寄奴山下。故国十年归不得，旧田园总被寒潮打。思乡泪，浩盈把。

此词看似轻快，实则凝重；看似游戏，实则严肃；看似通达，实则沉痛。它巧妙地借鉴了散文中融歌哭为一体的笔法，可以说深得稼轩词的精髓。

4. 以气驭词：迦陵词的"霸气"与稼轩词同中有异

迦陵词酝酿出的是"飞扬跋扈"、"慷慨激昂"的"霸气"，这一"霸气"与稼轩词悲慨清壮的"豪气"颇为类似。然而不同的是，作为北将南归的辛弃疾，其"燕赵悲歌"孕于气质秉性；而迦陵脱胎于晚明江南公子，其"霸气"系后天的剧烈时变所赐。他的"狂豪"，他的"疏纵"，来自明清易代的深沉悲哀，来自他在清初求仕所历经的种种坎坷。陈廷焯指出了陈维崧"狂豪"、"疏纵"的气质与时代巨变的内在联系。他说："其年年近五十，尚为诸生，学业最富，又目睹易代之时，其一种抑郁不平之气，胥于诗词发之，而词又其最著者；纵横博大，鼓舞风雷，其气吞天地，走江河。"（《云韶集》卷十六）主体有"狂豪"、"疏纵"气质，当他有感而发便是"豪宕之音"，故论词亦提出"海涵地负以博其气"的要求。他对派内词人作这样的要求，对派外词人也只推许其有豪宕之音的作品，如《苍梧词序》说董元恺："以抑塞磊落之才，使飞扬跋扈之气"，高度称赞激荡磊落的词气。《观槿堂词集序》说曹尔堪的词："爰乃借雷辊电耒之声，写剑拔弩张之气。"陈维崧自己的作品亦是豪气驭词，这一点也正得力于稼轩风的熏染，近人王煜便称他："雄才盛气，追步苏辛，铠镨辉煌，清词初大。"（《清十一家词钞小传》）

词气既有先天后天之别，词韵亦有天然人力之异。两者的价值都是毋庸置疑的，因而不可用苏、辛的词风去否定迦陵。陈廷焯评词就有类似的问题，他说："迦陵词，沉雄俊爽，论其气魄，古今无敌手。若能加以浑厚沉郁，便可突过苏、辛，独步千古。惜哉！"（《白雨斋词话》卷四）历史的特性决定了苏、辛词雄深雅健的典范，也决定了迦陵词秉笔写时变所表现的极力腾跃的风貌。正如不可能拿杜甫诗与太白集相较一样。陈廷焯并非不懂这一点，他就很直接地说过，迦陵是"词中老杜"。所以，只有当他搁置"短长"相较的念头，其评价才较为符合艺术辩证法："蹈扬湖海，一发无余，是其年短处；然其年长处亦在此。盖偏至之诣，至于空前绝后，亦令人望而却步。其年亦人杰哉！"（《白雨斋词话》卷四）扬长避短地学习苏、辛的传统，能有如此成绩，也是颇难能可贵的。

就具体作品而言，迦陵词的"霸气"是以重笔出之的，谭献《箧中词》就说："锡鬯情深，其年笔重，固后人所难道。"正如陈廷焯评迦陵《夜游宫》词："字字精悍，正如干将出匣，寒芒逼人。"就连小令，陈迦陵也可以凭才情健笔发恢宏之气势。下面以其小词《醉落魄·鹰》证明之：

> 寒山几堵，风低削碎中原路。秋空一碧无今古，醉袒貂裘，略记寻呼处。　　男儿身手和谁赌？秋来猛气还轩举。人间多少闲狐兔？月黑沙黄，此际偏思汝。

五　阳羡派其他成员接受
唐宋词的比较分析

阳羡词人群中，创作最富且广有酬唱、追和的词人，除了年长的任绳隗和以订正词律最富擅长的万树外，陈维崧、徐喈凤、史惟圆、蒋景祁等构成复杂的亦师亦友、联吟联姻的宗亲关系。其中，陈维崧与史惟圆是姑表亲；史惟圆是徐喈凤的内侄，又与蒋景祁结为儿女亲家。陈维崧不善营生，忧惧词稿风流云散，临终嘱托后进蒋景祁代为刊集。下面我们通过对徐、史、蒋以及万树四家词论和创作面貌作大致梳理，概述他们对唐宋词的接受情况。

1. 徐喈凤：步武苏、辛，词论崇尚性情

徐喈凤，字鸣岐，更字竹逸，号荆南山人，江苏宜兴人。生于明天启二年（1622），年长陈维崧3岁，顺治十五年（1658）进士，任云南永昌推官，因"奏销"降调后致仕，"不复梦长安"，归园卜居"荫绿轩"，康熙二十五年（1686）曾主事续修宜兴县志。

他没有陈维崧等幼承陈子龙云间派以及最早与陈维崧唱和艳词的任绳隗学习花间词的经历，其填词主要是为了移情舒闷、鼓气荡胸：

> 余素不读词，亦不作词。壬寅冬，自滇南归访邹程邨于远志斋，见几上有《倚声集》，展而读之，其中有艳语焉，足以移我情也；有快语焉，足以舒我闷也；有壮语旷语焉，足以鼓我气而荡我胸也，遂跃然动填词之兴，及拈题拟调，语多径率，不能为柔词曼声。（《荫绿轩词证》）

史惟圆在《荫绿轩词序》中称："徐子奏赋明光，持衡滇海，指麾枚马，衿珮皋夔，直旦暮间事耳，顾以倚闾系念菽水，承欢偶缘，解组之机，遂抗东山之志；即其高怀雅量，以视藻绘之流、尺寸之士，何啻华峨之俯培塿，沧溟之瞠河伯哉！"可见正是在徐喈凤归隐之后，以其雅好风骚转而操持词艺，才成为阳羡派的主将之一。聂先、曾王孙《百名家词》为其《荫绿轩词》的评价是："荆溪其年昆仲，独唱声教，而先生鼓吹之功实多。"

关于阳羡派的宗风嗜尚，徐喈凤实际上倾向苏轼、辛弃疾一派率性之词，一则他本人是性情中人；二则他认为婉约词前人摹写太多，少有今人的发展空间。因而他在《荫绿轩词证》中有这样的阐述：

> 词虽小道亦各见其性情。性情豪放者强作婉约语，毕竟
> 豪气未除；性情豪放者强作婉约语不觉婉态自露。故婉约固
> 是本色，豪放亦未尝非本色也。
>
> 词自隋炀李白创调之后，作者多以闺词见长，合诸名家
> 计之，不下数千万首深情婉致，摹写殆尽，今人可以不作
> 矣。即或变调为之，终是拾人牙慧。

　　他非常赞赏陈继儒对婉约、豪放词之长短处的比较："幽思曲想，张柳之词工矣，然其失则俗而腻也；伤时吊古，苏辛之词工矣，然其失则莽而俚也。"因而其词论自有一种通达态度，对腻柳豪苏皆致不满，他还认可张炎的《词源》中"词要清空，不要质实"的观点，认为"清空则灵，质实则滞，张玉田所以扬白石而抑梦窗也"。他也很赞同贺裳《皱水轩词筌》关于"词虽以险丽为工，实不及本色之语"的品评，不屑于为求"一字之工"的雕虫小技。总之，徐喈凤倾向于抒写苏、辛一派性情之词，以本色语、性情语填词。

　　那么，他是如何在鼓荡"稼轩风"、自由抒写性情的同时，又避免陷入俚俗误区的呢？徐喈凤的做法是：在畅叙幽情的同时，以俊爽警悟之语而出之。如下两首可见一斑：

> 世事几番拨弄，不识为人操纵。冷眼看枯荣，堪笑机心
> 无用。如梦，如梦，惊破楼头莺哢。(《如梦令·本意》)
>
> 人生得失无凭据。看富贵，浮云度。使尽机心空自误，
> 花开还谢，月圆还缺，总是天然数。　范韩事业曾相慕，
> 不道蹉跎竟迟暮。且向溪头垂钓去。梦中名利，醉中声色，

直到而今悟。(《青玉案·警悟》)

好比晚年始学书法的人，下笔多瘦硬枯实而不尚甜腻丰腴一样，徐喈凤晚年始学词，因而尽可能力避繁缛的修辞程式。这一点，从他追和前人词作中可见其嗜尚。徐词用前人韵仅8首：《新荷叶》用僧仲舒韵、《念奴娇》用朱希真韵、《渔家傲》用苏子由韵二首、《大江东去》用东坡赤壁怀古韵、《女冠子》用蒋竹山韵、《六州歌头》用辛稼轩韵、《潇湘逢故人慢》用王和甫韵，所追和的前人皆为豪放旷达之士。他的词，基本上不用险韵，只在追和时人的词作中才屡有涉及，如追和陈维崧贺新郎"矣"字韵等。在其现存246首词中，因追和关系多寡而论，以长调为主；但自作以小令居多。一调数阕者依数量等次而下为：贺新郎33首、满江红14首、望江南10首、蝶恋花7首、潇湘逢故人慢6首、捣练子5首、浣溪沙4首、蓦山溪4首、如梦令3首、踏莎行3首、临江仙3首。这说明他对表达豪纵之情的长调《贺新郎》、《满江红》多所偏好，这当然也是其性情所致。

2. 史惟圆：词法北宋，善于熔铸前人句

史惟圆，原名策，又名若愚。字云臣，号蝶庵，江苏宜兴人。终身隐逸，生卒不详，年齿与寿考大致与徐喈凤相当。有《蝶庵词》初、二集共四卷，存词有309首。

史惟圆论词强调要有香草美人之旨，这是从云间派延续下来的词统。他说："今天下之词亦极盛矣，然其所为盛，正吾所谓衰也。家温、韦而户周、秦，抑亦《金荃》、《兰畹》之大忧也，夫作者非有《国风》美人、《离骚》香草之志意，以优柔而涵濡之，则其入也不微而其出也不厚。人或者以淫亵之音乱之，以佻巧之习沿之，非俚则诬。"因此，他强调学习前人的重要性，并预见将与陈维崧并峙而不朽："譬之'子'，子学《庄》，余学

《屈》焉；譬之'诗'，子师'杜'，余师'李'焉。"（转引自陈维崧《蝶庵词序》）

史惟圆曾参与王士禛主持的广陵唱和，在其早期的词风上明显受"神韵说"的影响，多作小词，且饶有诗情画意，颇多倚红吟翠之声。然而，随着个人生活境遇的转变，词以中长调为主，词风亦渐趋淡荡苍凉。犹值得一提的是，他是个仿作前人词的高手，在周、柳、苏、秦诸家中仿效得神形兼似，而能贯之以个人情思。兹举最明显的"翻版"柳词《雨霖铃》、《望海潮·东南形胜》二例来证明：

> 穷秋凄切。一池萍冷、水面澄澈。园亭问是谁主，寒蝉无语，向人凝咽。砌柳千条，应送尽残照明灭。忆当日，客散门前，诗酒风流总消歇。　如尘如梦，何堪说。只两行，怪石曾相识。琴书抛落何处，荒径里、乱鸦啼彻。明月无情，依旧飞来，天上宫阙。都不管，人世愁多，总是销魂别。（《雨霖铃·城南蒋氏废圃感旧》）

> 龙蟠旧地，江山如画，金陵景色偏佳。寝殿侵云，宫楼映日，春风十里梅花。路绕凤城斜。当年恣吟赏，乐事无涯。春入江南，娇香艳粉醉吴娃。　飘零此际堪嗟。有数行归雁，几树啼鸦。石马无踪，铜驼有恨，隔江试听琵琶。冷蕊发残葩。凭君逞妙手，写尽烟霞。风景依旧，不须惆怅忆繁华。（《望海潮·题徐渭文中山梅花图》）

像这样借题发挥、复制名作的词，在史惟圆作品中颇为常见，其句式和手法甚至移作别调，如《声声慢·过惠山和大士作》，首二句"东连吴会，西接毗陵，风景秀丽堪夸。金谷名园，香台古刹烟霞"便是套用柳永《望海潮》而来。其他套袭

名作、颇得神韵的作品还有很多,如《瑞龙吟·冬暮》学的是
周邦彦;《念奴娇·自寿》学苏轼;尤其是这首《满庭芳·感
旧》,和秦观词名作"山抹微云"一阕如出一辙:

> 雨暗晴沙,一湾春水,中间稳放兰桡。丝丝拂面,依旧
> 柳千条。溪畔神筵社鼓,莺喉好、月艳花妖。伤心句,怕重
> 提起,此恨积难消。   春宵。曾见唱,人随花老,泪滴红
> 绡,向歌场舞队度尽昏朝。几许残香断粉,凝望眼、去路迢
> 迢。怅今夜,银屏有梦,烟树隔红桥。

史惟圆遍学北宋词家,也偶入南宋苑囿。其《武陵春·春
怨》("门外东风吹不尽")学的是李清照"风住沉香花已尽"
一阕;而与陈维崧等遍和《满江红》、《贺新郎》数十首,因此
也渐染"稼轩风";然而他本人描摹北宋名家已堪称作手,所作
却是豪放兼有婉约、磊落转入苍凉一格。比如这首《摸鱼儿》
便是模仿辛词名作:

> 正堪怜、画桥烟柳,风流暗想如许。歌喉长忆当筵逞,
> 沦落今归黄土。江上路。空望断,杜鹃声里无归处。怨春无
> 主。任无赖东风,几番作恶,零乱卷飞絮。   思前事,携
> 手长堤日暮。曲终人醉南浦。梨花昨夜枝头好,还似掌中相
> 觑。寒食雨。只落得,孤坟夜掩青松树。舞衫抛去。领几队
> 笙歌,夜台供奉,犹唱断肠句。

史惟圆自己也认为他与陈维崧在词风上是不完全相同的,在
接受唐宋词统上也不完全相同,所谓"子学庄,余学屈,子师
杜,余师李"是也;在当时,曹贞吉便看出了史惟圆在填词上

略异于陈维崧的这一点："鹍弦上，弹入蝶庵金缕，平分髯客旗鼓。搓酥滴粉方成调，偷换羽声凄楚。"（《摸鱼儿·寄赠史云臣》）一个主调是豪壮，一个主调是凄楚。

3. 蒋景祁：词学竹山、稼轩，志在度越周秦苏辛诸家

徐喈凤在《荫绿轩词证》中说："宜兴自蒋竹山以词名于宋，四百余年，竟无嗣音者。近日词人蔚起，人秦柳户辛刘，可谓彬彬极盛。"而阳羡词人群中最为肖似蒋捷者，无疑是其后嗣蒋景祁。蒋景祁因为词名早播而功名未竟，自视甚高而命途多舛。据说，蒋景祁是其母梦"红杏尚书"宋祁而生，又是"樱桃进士"蒋捷的后裔。他在词中多处称引宋祁，如谓："行传。若个多才宋玉，向红杏枝头题艳。"（《望远行》）"谁识，红杏前身，悲秋后裔，风骨清立。"（《宴清都》）他在给纳兰性德的《采桑子》词上片也以前身宋祁自诩："鲥生生小江南住，卜筑山陲，开径溪湄，梦忆前生红杏枝。"陈纬云维岳亦曰："京少梦红杏尚书而生，而又宋蒋捷竹山之枝远苗裔也。负瑰奇淹丽之才，于诗文无不工。而尤工于词，词可援笔立就，而往往不敢轻下。余尝戏谓京少曰：君家竹山奇崛，而君之前生所传者寥寥，惟红杏篇耳。"（聂先、曾王孙《百名家词·庵画溪词》后附录）阳羡派晚期的健将董儒龙，对蒋景祁的词学自我期待也作如是评价："公子才名重。忆童年、梦征红杏，人呼小宋。《梧月》、《竹山》词一派，近与迦陵伯仲。此犹是，先生余勇。若论襟期与姿制，视群儿，如虱居裤缝。谁不拟，栋梁用？"（《贺新郎》上片）然而，众所周知宋祁除了"红杏"一词之外，并无其他优秀的词作，无法考量其作品在后人的接受情况；因此我们自然将眼光转移到蒋捷身上来。

正如上文所说，蒋景祁的《梧月词》与蒋捷的《竹山词》乃一脉相承，他说："甚矣！吾荆溪之人文之盛也……至以词名

者，则自宋末家竹山始也。竹山先生恬淡寡营，居滆湖之滨，日以吟咏自乐，故其词冲夷萧远，有隐君子之风，然其时慕效之者甚少。"（《荆溪词初集序》）然而，蒋捷的词风颇为复杂。清初田同之认为其淡雅处宗法张炎；乾嘉时焦循因其意象缜密而认为蒋词"本诸梦窗"；清末陈廷焯认为其词豪迈超绝，当附属稼轩。近代学者也肯定了竹山词的多元风格。那么，蒋景祁该如何接受？他又是如何接受的呢？

蒋景祁并不曾仿效竹山词的字句，而是借鉴他用明丽的景语反衬沧桑故国之情的手法。蒋捷的句子中，色调总是明丽的，而感情却总是苦涩的，我们从其两首名作便可窥见一斑。如《一剪梅·舟过吴江》，用"红了樱桃、绿了芭蕉"来抒发"流光容易把人抛"的惆怅，使他赢得了"樱桃进士"的美誉。对于竹山词的色调，我们作了一个简单的量化分析，如表 10.1：

表 10.1

明丽的词	红	春	翠	花	风	人	云	瘦	寒
	65	75	45	100	74	64	58	44	29
晦暗的词	绿	秋	金	草	雨	月	空	愁	冷
	15	45	24	3	32	40	16	34	17

两相比较不难发现，前者在数量上差不多是后者的一倍。可见蒋捷在炼字造境方面的取向。而推尊红杏尚书、樱桃进士的蒋景祁也偏爱红色。如：

《临江仙　为曹子清题唐寅美人图》：红襟一抹，衫色学莺梳。

《减字木兰花送次山赴平原文幕》：上林枝暖瑞烟笼，

寒花初破红。

《斗百花　题龚节孙种橘图》：指日成林，风啸巫峡清猿，霜落红树。

我们揣摩蒋景祁的词，发现他与蒋捷用鲜丽的颜色或苍劲的景物反衬晦暗心情的写法出奇地一致。大概是因为他与这位先祖的人生蹇跌的经历相似。所以，像在《一寸金·忆故园菊》里面用鲜丽的笔触描写菊花，不过是为了感叹"两度京华，三年湘汉，比尔更漂泊"的人生失意。而他正是要接续自蒋捷以来的阳羡词统，在创作上追攀《竹山词》的凄楚：

> 连绵梅雨交重午，榴红半含吐。恨断沉湘，风余竞渡，酒醒一篇怀古。灵均太苦。只怅望王孙，行吟渔父。试问而今，几番不是旧荆楚。　　空遣怨情难数。对眼前风物，似续骚谱。自古如斯，干卿何事？偏觉安排没处。且簪艾虎，听莺啼深柳，一天无暑。莫遣愁来，赚人肠断句。（《齐天乐·端午雨》）

上片从端午写到屈原，借"灵均太苦"抒发自己的沉郁之情，而下片倾诉自己空有"怨情"，只有自己知道心中的凄苦，言辞之间流露出浓厚的悲怆之怀和凄苦之音。而他对陈维崧鼓吹稼轩词更是情有独钟，如作于中年的《贺新郎·送查朗山游黔》：

> 银烛青烟吐。望关城、明星欲落，一鞭冲暑。彩笔今携盘江上，绣尽蟠龙螭虎。便瘴雨腥云飞渡。为语夜郎休自大，忆西风猎猎鸣笳鼓。铙歌赛，蛮箫舞。　　东阳瘦沈襟

期许。且抛将、旗亭顾曲，酒垆浇醹。叹息沧桑成迁改，依旧高低禾黍。流不尽、洞庭波怒。拂路刺桐花发早，料鹧鸪啼破空山苦。黄陵月，照千古。

不但境界开阔，而且气格健朗，是近于稼轩一路的代表作品。蒋景祁一生仕途不顺，"两度京华，三年湘汉，比尔更漂泊"（《一寸金·忆故园菊》）。储欣说："宾兴之试，京少再进再黜，然后赋长短句，发愤自娱。"（《蒋京少东舍集序》）蒋景祁走上稼轩一路也是与陈维崧一样，胸中积郁着无数磊落之情，只有借"仰天长啸"来"发愤自娱"。他还将苏、辛以文赋入词的写法更进一步扩大，甚至用词来写日记。如《忆江南·癸亥长安踏灯词》连写十三阕；《阮郎归·长安早春词》连填十首；而《减字木兰花》更是写了十天日记。词题即是小序，说得清楚明白：

初九日陪其年太史再集。

初十日集俞大文，适至时大文将归。

十一日茗坐。

十二日初度作。

十三日集迟其年先生不至。

十四日，花开烂漫，主人惜其将残，折赠邻人。其东墙一株，尚楚楚可爱。

十五日夜，不过花间。月色凄清，怅然有忆。

十六日送客广陵门外，还坐花间作。

十七日风雨催花欲谢招诸友作别词，子厚戢山不至，予与心兑预然，竟醉醒而赋此。

这正是他风格多样化、学习辛弃疾"以文为词"最好的说明。当然，像陈维崧一样，蒋景祁交游广泛，转益多师，不但协助曹亮武编《荆溪初集》，也出资为朱彝尊刊刻《乐府补题》，还编有收纳明末清初词人词作的《瑶华集》，对阳羡词宗陈维崧和浙西派领袖朱彝尊都大加赞叹："词多而工，莫若朱竹垞、陈其年两大家，沈大令融谷云：阳羡陈扬镳于北，梅里朱抉奥于南，正复工力悉敌，故集中甄取独多。"（《刻瑶华集述》）因此，他对唐宋词取法绝不囿于竹山、稼轩，亦如其为陈维崧《迦陵词》所撰文说"志在度越周秦苏辛诸家"，比如《瑞鹤仙·慈仁寺松》：

> 何年冰雪贮？看烧节为烟，团枝作尘，沧桑几度。对伊浑不记，金元风雨，苍然如许。听涛声鳞鬣夜怒，未须愁，化石空坛，莫便吟龙飞去。无据。王孙草尽，贤士台荒，大夫封处，衣冠太古。青磷夜，赤虬语。叹支离相伴，一箪佛火，沸彻僧寮鱼鼓。做年年送客长亭，销魂此树。

写得清苍流丽，以松树刚直的王者气质反衬坎坷踬踣的际遇，大有"树犹如此，人何以堪"之慨。所以宋牧仲（荦）曰："庵画溪词，清苍似片玉，流丽似草窗，并不作意标新，而一种矜贵之气，自浮动楮墨间。京少于词，不特技通三昧，抑且品居第一，逐影循声之流，正未足以语此也。"与史惟圆仿作前宋名作而卓然成家不同，蒋景祁的词都是个人心迹的写照，不肯承袭前人语句。彭羡门孙遹曰："蒋京少诸词，抉新骋奇，无一字拾人牙后。"（均见聂先、曾王孙《百名家词·庵画溪词》后附评语）

4. 万树：词学柳、辛，创格创调但趋于俚滑

万树（1630？—1688？），字花农，一字红友，号山翁，又

号三野先生，国子监太学生，工词善曲。吴兴祚巡抚福建、总督两广，爱其才，两度延至幕府，一切奏议，皆出其手。闲暇则制曲，每脱稿，吴兴祚即命家伶演以侑觞。终以怀才不遇，郁郁以终。万树所作曲，共有 20 余种，今仅可考见其剧名 16 种。又以词谱旧图名楚乱，著《词律》20 卷。又著有《堆絮园集》、《璇玑碎锦》及《香胆词》，存词 528 首。

万树对清词中兴最有贡献的是其《词律》一书，共收前代词 660 调，1180 余体。吴兴祚认为有"立规矩"、"正词源"的筚路蓝缕之力；严绳孙认为"比年词学，以文则竹垞之《词综》，以格则红友之词律"。后来，俞樾在同治十二年为《词律拾遗》作序，也认为"顾念词学之衰久矣……而三百年来未窥斯秘。至万氏出而规矩先民，张皇幽眇，为词家功臣"。光绪二年在重刊《词律》前亦补一序，称万氏词律于词学有"创造之功"。万树在《词律自序》中提起他著作的初衷：

> 造谱之意，原于有便于人。但疑坳句难填试易平词易叶，故于每篇作注，逐字为音，可平可仄，并正韵而皆移五言七言，改诗句而后已。列调既谬，分句尤讹，云昭示于来兹，实大误夫后学。不知诗余乃剧本之先声。昔日入伶工之歌板，如耆卿标明于分调，诚斋垂法于择腔，尧章自注旁指之声……乃今泛泛之流，别有超超之论，谓词以琢辞为妙，炼句称工，但求选艳而披华，可使惊新而赏异，奚必斤斤于句读之末，琐琐于平仄之微？

在这则序文中，他已然传达了反对将词完全"诗体化"、而企图"曲化"的意图，正所谓词"乃剧本先声"。所以，他将词学传统自然延伸到那个晏殊不齿同列、专做"曲子词"的柳永那里。《词律》选柳词106首，占柳永全部作品的半数以上。在词格方面，推尊柳词的必然结果是将词曲化。这在万树的《香胆词》中体现得比较充分。万树大量采用别调写词，多短句单行，语言俚俗。如：

> 《诉衷情·燕》：深院。新燕。衔杏片。逗帘衣，寻牖户，将住，又还飞。重入海棠枝，频啼，呼他同伴归。要双栖。
>
> 《风流子·别恨》：百丈溅波如雨。五两摇风如语。人去也，酒阑时，一片暝烟前路。将去，还住。认取画船分处。
>
> 《忆秦娥·别意》：住住。住了休教去。天天。偏把东风送少年。重来未必人如旧，紧挽将离袖。青青。恼底垂杨种短亭。

再如《渔歌子》起句便是三三句式"柳围烟，榆洒雪"；《天仙子·伤春》、《天仙子·孤枕》都只有半阕；《三字令·忆江东》全由三字砌成；这些"别调"引起了词评家的争议。时人赞为"新声"，如余曼翁（怀）曰："红友锦心绣肠，岖崎琐碎，言情绘景，别出新声。俱前人所未经道。天惊石破，海立山飞。余未识其人，直欲生致太真，自拔其舌。"陈椒峰（玉璂）曰："词中如，'不等荔枝甜……'句句字字在人心窝里，人却道一字一句不出。"聂先曰："词中有纤新妙句，极类涪翁，足见文人锦心绣口。吾闻，昭中称先生词，如初日芙蕖，光艳夺目；如天衣无缝，自然成章，信然。"但是陈廷焯的《白雨斋词话》却道出了后人批判此类"别调"的看法："万红友《香胆词》，颇多别调，语欠雅驯。音律亦多不协处。与所著词律，竟如出两人手，真不可解。"这是学稼轩问答体、檃栝体等之后词调发展的一个极端。除了别调，他还发明了长一字迭出的"堆絮体"（又称万红友体），以及一韵到底的"独木桥"体，则完全变成了文人的游戏。

第十一章

浙西派接受唐宋词述论

康熙二十一年（1682），陈维崧在京师病卒，已无"大力者"支撑的阳羡词派日显凋零之势，曾经聚居里中相与往还的阳羡词人群体不久也风流云散①，而此时浙西词派却呈方兴未艾之势。浙西之称派，始自龚翔麟于康熙十八年（1679）选刻的《浙西六家词》，其时正是清王朝统治日趋巩固，对汉族文人由打击转向笼络的时期。顺治十八年（1661），牵系明遗民故国之思的永历政权被剿杀，清王朝对中原的统治地位已得到巩固，即使那些明朝遗留下怀有反抗情绪的文人也已依从清王朝的统治。为了笼络士人，并表示盛世隆恩，清王朝于康熙十二年（1673）诏荐山林隐逸，十八年（1679）又荐举博学鸿儒，很多名士俊彦皆在其列，浙派领袖朱彝尊亦中试，入翰林与史馆。以朱彝尊为代表的浙西词派，在京师词坛还掀起了拟《乐府补题》的咏物之风，他们的咏物之词缺乏寄托，淡化了士人们的故国之思，顺应了清王朝笼络人心政策的需要，因此能在康熙中后期得到发展。

---

① 据严迪昌考证，陈维嵋已先逝多年，陈维岳漂泊在外，万树在这一年前后也从吴兴祚游幕于闽、粤，潘眉、董儒龙等则为小吏于僻远的湘西和黔中，吴本嵩、吴梅鼎兄弟谋食卖文，奔波南北。闲退在里的徐喈凤等渐趋老境颓唐，史惟圆栖身于禅林，曹亮武则礼斗好道，以习静为尚，殆赋"悼亡"后即不多倚声。

一 朱彝尊对唐宋词律的严格遵守

浙西词派的开派领袖是朱彝尊（1629—1700），字锡鬯，号竹垞，又号沤舫，晚年又称小长芦钓鱼师、浙江秀水人。他与陈维崧、纳兰性德并称为清初词坛三大家，其词论在清初影响甚广，理论的核心为：宗南宋，尚淳雅，尊姜张。他的词作遣词典雅，用事赡博，其咏物与咏古词中几乎无一字无来历，显示了他很深的学问根底；其爱情词，"生香真色，得未曾有"，"扫尽绮罗香泽之态，纯以真气盘旋，情至文亦至"（陈廷焯《白雨斋词话》卷三）。这些词作集中体现了他散见在各种词集序跋中以及在《词综》中提出的"尊词体，崇南宋，宗姜夔，求淳雅"的词学观点，其中也有一部分狎邪冶游，描写与青楼红粉交往的艳情词，格调不高，内容庸俗。然而，朱彝尊在清初词坛能产生广泛影响，一个重要原因是他扫荡《草堂》积习，强调填词恪守词律，调谐声和，格律妍雅，严格地遵守着唐宋时代所确立的词律规范。

朱彝尊在多处表示过对明人填词不守声律的不满，认为杨慎、王世贞等填词是"强作解事，均与乐章未谐"（《词综·发凡》）。他还在《〈水村琴趣〉序》中进一步分析明词之弊说："夫词自宋元以后，明三百年无擅场者。排之以硬语，每与调乖；窜之以新腔，难与谱合。"填词守律是一个最基本的要求，也是词区别于诗的一个最基本的体制特征，他在《〈群雅集〉序》中说：

> 用长短句制乐府歌辞，由汉迄南北朝皆然。唐初，以诗

被乐，填词入调，则自开元天宝始。逮五代十国，作者渐多，遗有花间、尊前、家晏等集。宋之初，太宗洞晓音律，制大小曲，及因旧曲造新声，施之教坊舞队，曲凡三百九十，又琵琶一器有八十四调。仁宗于禁中度曲，时则有若柳永。徽宗以大晟名乐，时则有若周邦彦、曹组、辛次膺、万俟雅言，皆明于宫调，无相夺伦者也。洎乎南渡，家各有词，虽学如朱仲晦、真希元亦能倚声中律吕，而姜夔音尤精。终宋之世，乐章大备，四声二十八调多至千余曲，有引、有序、有令、有慢、有近、有犯、有赚、有歌头、有促拍、有摊破、有摘遍、有大遍、有转踏、有转调、有增减字、有偷声。惟因刘昺所编《晏乐新书》失传，而八十四调图谱不见于世，虽有歌师板师，无从知当日之琴趣箫邃谱矣。（《曝书亭集》卷四十）

由此可见，朱彝尊对于词的声律和调谱非常重视，时人田同之在谈到浙西词派填词守律这一点时说："浙西名家，务求考订精严，不敢出词律范围以外，诚以词律为确且以善耳。"（《西圃词说》）

朱彝尊"崇南宋，尊姜张"的一个重要原因，就在于南渡以后"虽学如朱仲晦、真希元，亦能倚声中律吕，而姜夔审音尤精"。尽管在他生活的年代，词已无法改变其格律化的命运，但他却没有放弃对词之音乐性恢复的努力。《词综发凡》中说："四声二十八调，各有其伦。柳屯田《乐章集》有同一曲名字数长短不齐分入各调者。姜白石《湘月》词注云：'此《念奴娇》之高指声也。'则曲同字数同，而《湘月》、《念奴娇》调实不同，合之为一非矣。"据考证，《念奴娇》一曲，其宫调有两种，一种是大石调，一种是双调，张孝祥记其宫调为大石调，姜夔将其记为双调，其实，《念奴娇》是以大石调为正调，双调为变调，首创变调的是姜夔，其自度曲《湘月》即为《念奴娇》之变调。此词前有序文，序云："丙午七月既望，（长溪杨）声伯约予与赵景鲁、景望、萧和父、裕父、时父、恭父大舟浮湘，放乎中流。山水空寒，烟月交映，凄然其为秋也。坐客皆小冠练服，或弹琴，或浩歌，或自酌，或援笔搜句。予度此曲，即《念奴娇》之鬲指声也，于双调中吹之。鬲指亦谓之过腔，见晁无咎集。凡能吹竹者，便能过腔也。"其中鬲指、过腔就是改变主音音高，也就是转调。因为《念奴娇》本应是大石调，也就是太簇商。而双调是仲吕商，律虽不同，但是都是商音，所以其腔可过。因此，在姜夔之后，凡是双调的《念奴娇》就用《湘月》之名，后来由于词乐的失传，二者逐渐模糊，这也是朱彝尊感叹刘昺所编《晏乐新书》失传，造成 84 调图谱不见于世，"虽有歌师板师，无从知当日之琴趣箫邃谱矣"的原因。《念奴娇》体式有十余种，据《钦定词谱》其正体为苏东坡之"凭高远眺"："凭高远眺，见长空万里，云无留迹。桂魄飞来光射处，冷浸一天秋碧，玉宇琼楼乘鸾来去，人在清凉国。江山如画，望中烟树历历。　　我醉拍手狂歌，举杯邀月，对影成三客。起舞徘徊风露下，今夕不知何夕。便欲乘风，翩然归去，何用骑鹏翼。水晶宫里，一声吹断横笛。"其调式为双调 100 字，上片 49 字 10 句 4 仄韵，下片 51 字 10 句 4 仄韵。其中，一至三句，为五言诗减字的变体，也就是在五言诗的基础上将一、三句分别减一字，或者说是双式句中加入一字而变为五言这样就变成了单、双式句的混合，在韵律上有了节奏；四至七句为七、五言诗交叉后又将其减字而成。因此，与元稹诗"春娇满眼"之明艳娇媚相协调。姜夔的《湘月》："五湖旧约，问经年底事，长负清景。暝入西山，渐唤我、一叶夷犹乘兴。倦网都收，归禽时度，月上汀州冷。中流容与，画桡不点清镜。　　谁解唤起湘灵，烟鬟雾鬓，理哀弦鸿阵。玉麈谈玄，叹坐客、多少风流名胜。暗柳萧萧，飞星冉冉，夜久知秋信。鲈鱼应好，旧家乐事谁省。"上下片第四句 4 字，第五句 9 字，这就出现了摊破，其依照的是苏轼《念奴娇·赤壁怀古》一体，也就是变体。而朱彝尊的《念奴娇·偶忆》："横街南巷，记钿车，小小翠帘徐揭。绿酒分曹人散后，心事低回潜说。莲子湖头，枇杷花下，绾就同心结。明珠未斛，朔风千里催别。　　同是沦落天涯，青青柳色，争忍先攀折。红浪香温围夜玉，堕我怀中明月。暮雨空归，秋河不动，虬箭丁咽。十年一梦，鬓丝今已如雪。"也采用了这样的处理方式，用的是苏轼《念奴娇·赤壁怀古》一体，但却将其体式进行了摊破或减或增的处理。

　　因为调谱的变化多端，体式也不可能相同，明末清初大多采用的是顾从敬的依字数多少区分词调的方法。朱彝尊特别认同楼俨提出的整理词调的方法："诗变而为词，词变而为曲，历世久远。声律分和，均奏高下，音节之缓急过度，既不得尽知……顾世之作谱者，类从归字谣，铢累寸积，及于《莺啼序》而止。中有调名则一，而字之长短分殊，安能各得其所？莫如论宫调之可知者叙于前，余以时代先后为次序，斯世运之升降可以观焉。"他认为应以宫调叙于前，再以时代为次序，就可以看出词的发展过程，其《词综》一书正是这种思想的具体实践并在《书〈沈氏古今词谱〉后》中详细论述了宫调的分合正变。虽然，朱彝尊所做的工作并不能完全恢复词调的本来面目，就连姜夔自度曲中表明了工尺谱的词谱也无人能唱，但他为了重建词律所做的努力，毕竟为清词的复兴作出了贡献。

二　朱彝尊对唐宋词
接受的前后变化

　　朱彝尊一生跨越明清两代，人生际遇也前后迥异。康熙十七年参加博学鸿词科之试，是他人生的一个转折点——由布衣而入翰林，他前后期的心态及创作也大不相同。近人刘师培曾把朱彝尊一生的诗歌创作分为四个时期，那么朱彝尊的词学活动又是什么样的情形呢？严迪昌先生认为，朱氏的词学活动始于顺治十三年（1658），其时正"南游岭表"居曹溶之幕，终于康熙三十一年（1692）归里之后。他在《水村琴趣序》中说："予既归田，考经义存亡，著为一书，不复倚声按谱。"其词作绝大部分生前编入《曝书亭集》，此集所收词包括四个小集：《江湖载酒集》三卷，《静志居琴趣》一卷，《茶阁体物集》二卷，《蕃锦集》一卷，据传还有稿本《眉匠词》一卷，但最近有学者考证，实为沈清瑞所撰，故朱彝尊的词作主要在第二、三阶段。这里主要以康熙十七年（1678）为人生转折点，结合他不同时期的创作情况，对其前后期文学接受的转变情形作一简略的描述。

　　朱彝尊自述填词甚晚，直到顺治十年（1655）前后还是"未解作词"，后来，也就是顺治十三年应广东高要县县令杨雍建之邀赴岭南，这期间曾与其乡前辈诗人曹溶过从甚密，后又依曹溶而赴云中（今山西大同），从而开始了他"以小令慢词更迭倡和"（《静惕堂词序》）的填词生涯。曹氏曾被人尊为浙派的先河，是朱彝尊倚声填词的启蒙导师，他与吴伟业、龚鼎孳等为明清词风转变之际的过渡性人物，对浙西西泠、柳洲、梅里、梁溪诸词派都有直接的影响。他的论词观点也有一个变化过程，其初期仕途颇多坎坷，词作多抚今追昔的感慨和塞居寒荒的苦怨，如《念奴娇·将赴云中留别胡彦远兼戏其卖药》、《念奴娇·拜太白山人墓》、《水龙吟·与兰生饮酒》、《贺新郎·答横秋见寿时将行役云中》等皆是此类牢骚满纸之作，故其时论词亦特尊北宋："诗余起于唐人而盛于北宋，诸名家皆以春容大雅出之，故方幅不入于诗，轻俗不流于曲，此填词之祖也。南渡以后，渐事雕琢。元明以来，竟工鄙俚，故虽以高、杨诸名手为之，而亦间坠时趋。至今日而海内诸君子，阐秦、柳之宗风，发晏、欧之光艳，词学号称绝盛矣。"（《碧巢词》附评语）他看好的是晏、欧、秦、柳光鲜玉艳之风，表其清新自然、谋新求变、自出机杼的作派，顾贞观曾记其论词之语曰："词境易穷，学步古人，以数见不鲜为恨；变而谋新，又虑有伤大雅；子能免此二者，欧、秦、辛、陆何多让焉？"（《纳兰词序》）严迪昌先生说："曹、朱二人缔结词学渊源的时期，正当曹溶颠踬宦海、几度沉浮，而朱彝尊则萍漂南北、落魄侘傺之际。所以，准确地说，曹溶对朱彝尊词创作诱导的真正有影响的阶段应是竹垞《江湖载酒集》时期。"[1] 此言甚是，朱彝尊在这一时期的创作也是多种风格并存，有闺中之逸调，亦有塞上之羽音，所谓"盛年绮笔，造而益深，固宜其无所不有"（曹尔堪《曝书亭词序》），就是说他初学填词路径宽泛，注意广取博采、转益多师，唐五代南北两宋皆是其拟议接受之对象，"其中既有近于《花间》之作，也有近于小晏之作，既有近于北宋周、秦之作，也有近于南宋白石之作，更有近于苏、辛豪放之作"[2]。

但是，朱彝尊在康熙十七年结束落拓漂泊生活之后，由一介

---

① 严迪昌：《清词史》，江苏古籍出版社 1990 年版，第 235 页。

② 叶嘉莹：《清词丛论》，河北教育出版社 1997 年版，第 103 页。

布衣成为新朝的"显贵"之后，他的作风、思想、拟议对象有了很大的变化，即由初期的广征博采到"倚新声，玉田差近"，由取径南北两宋到专奉南宋专尊姜夔之淳雅。其《〈词综〉发凡》云："词至南宋始极其工……姜尧章氏最为杰出。"又说："言情之作，易流于秽，此宋人选词，多以雅为目。"《〈孟彦林词〉序》亦云："词虽小道，为之亦有术矣。去《花庵》、《草堂》之陈言，不为所役，俾淬窳涤濯，以孤技自拔于流俗。"《〈群雅集〉序》中也有："予名之曰《群雅集》，盖昔贤论词必出于雅正。"《〈乐府雅词〉跋》曰："盖词以雅为尚。"但朱彝尊之尊南宋，尚淳雅，并非在一朝一夕之间形成，最初对朱彝尊提倡词要"雅正"产生深刻影响的还是曹溶，朱彝尊由于自身的性格、经历、气质而选择了"雅"并用自己的学识将其发扬光大，从而开创了影响清初词坛百年之久的浙西词派。

上文说过，曹溶是尊北宋的，何以会有尊南宋的观念呢？我们知道，曹溶本为明崇祯丁丑进士，官御史，明亡之后，曾在顺治初历任副都御史、户部侍郎，并出为广东布政使，左迁山西阳和道。虽然，康熙朝开博学鸿词科的时候他推托母忧而没有参加，但是从其为官经历来看却也并不是坚定的故国拥护者。意志上的不坚定表现在其词作上定然也不会有辛弃疾坚定不屈、豪气冲天的英雄气概。虽然，同钱谦益等一样也是以"民为贵，君为轻"，"以民为天"思想借为自我开脱，舍弃君主而顺应天意和民意，但是，这样的明哲保身也反映出他性格的首鼠两端，这一性格特点也注定他既有豪迈之篇，亦有"雅正"之词。当"清空"超脱于世的带有道、佛倾向的创作思想成为词作者心灵上的安慰，"崇尔雅、斥淫哇"的儒家思想也就自然成为其有说服力的号召旗帜。其评说江士式《梦花窗词》曰："即填词余技，亦必上拟元音，无南宋后习气，想其'梦花窗烧'，瓣香上世，必有昭格而加被者矣。"又为沈雄《古今词话》作序谓：
"词之正位也，豪旷不冒苏、辛，秾亵不落周、柳。"朱彝尊在
填词之初受曹溶思想的影响亦在所难免，其《〈静惕堂词〉序》
云："念倚声虽小道，当其为之，必崇尔雅、斥淫哇……往者明
三百祀，词学失传，先生（曹溶）搜集南宋遗集，尊曾表而出
之。数十年来，浙西填词者，家白石而户玉田，春容大雅，风气
之变，实由先生。"其填词亦求雅正之美，上攀正始"元音"，
曹溶对于朱彝尊影响之深刻可以从其作于康熙三十五年的《满
江红·钱塘观潮追和曹侍郎韵》中看出：

> 罗刹江空，设险有、海门双阙。日未午、樟亭一望，树
> 多于发。乍见云涛银屋涌，俄惊地轴轰雷发。算阴阳呼吸本
> 天然，分吴越。　　遗庙古，馀霜雪。残碑在，无年月。讶
> 扬波重水，后先奇绝。齐向属卢锋下死，英魂毅魄难消歇！
> 趁高秋白马素车来，同弭节。

词前有小序："曹侍郎《钱塘观潮》一阕，最为崛奇，今见
雕本改窜，可惜已！康熙丙子秋，涉江追和其韵，并附原词于
后。不作三舍退避者，欲存其真也。"词中句句用典，无一字无
来处。可见，朱彝尊要存的"真"，便与此相关。词要淳雅，就
要免于低俗，首先就要从用字上着手，明明就是钱塘江却要用
"罗刹"来代替，只是因为江上风涛险恶，同佛教传说中的恶鬼
一样凶恶；而"海门"则是出自《宋史·河渠志》："浙江东接
海门"；"双阙"是指龛山和赭山，它们高耸如宫阙，只是这一
句就写的曲折含蓄，不仅将所写景物写出，更凝练地将其特征一
并写出，"樟亭"为著名的观潮胜地，唐孟浩然有《樟亭观潮
诗》；而"地轴"一词则出自杜甫的《晦日寻崔戢李村》："地

轴为之翻,百川皆乱流。"前两句写钱塘江之波澜壮阔却并未直叙,通过用典,将读者一步步引入情境之中,如临其境。而"遗庙"、"重水"、"属卢"则通过咏史将怀古之意表露无遗。"遗庙"是钱塘江边祠涛神伍子胥的庙,"重水"是说伍子胥死后化为涛神,越文大夫文种死后,被伍子胥从海上持去,和伍子胥一起浮于海上,因此人们将前潮水称为潘侯,指伍子胥,而后潮水被称为重水,指文种,而"后先奇绝"就是指前后潮水。"属卢"是宝剑名,《史记·伍子胥传》中记载说吴平越后,吴王派人赐给伍子胥属卢之剑,命他自尽,《盐铁论·非鞅》中记载越王勾践复国后赐给大夫文种属卢剑,命其自尽。"英魂毅魄"就是指他们的魂魄,连江水都像"白马素车"一样祭奠他们的灵魂,告慰他们。由此,就将一首普通的观潮词写成了英雄的颂歌,虽然,伍子胥和文种的故事在观潮诗中多被提及,但是,将其推及对英魂的告慰和歌颂的高度上就显示出朱彝尊所领导的浙西词派在格调高雅上的追求。

孟森先生在《清史讲义》中说:"圣祖以儒学开一代之风气。"又说:"熊(赐履)、李(光地)以道学逢君,事未足训,然清世士大夫之风实自道学挽之,只可云圣祖能尊道学。"[1] 由此可见,清从开国至康熙时期,已经基本完成了从战乱频仍的混乱到巩固国基的转变,这种转变归因于清朝皇室对于汉族文化的接纳和运用。康熙皇帝"举经筵,置日讲官,改内三院大学士衔为殿阁大学士,复翰林院,用儒臣编撰经义。凡辅政时所不足于世祖朝之渐染汉俗者,次第复旧"。对于儒学所提倡之以修身为本,身修、家齐然后平天下的治国之道,上至天子下至庶民都身体力行之,从而为盛世之兴打下了基础。这也使得当时的读书

---

① 吴俊编:《孟森学术论著》,浙江人民出版社1998年版,第175页。

人从虚无缥缈的"复明"愿望中渐渐觉醒，他们在潜移默化中接受了康熙皇帝的治国思想，相比于明朝的苛政和暴敛，清朝统治者对于苛捐杂税的减免以及其他安民措施的实行也逐渐平复了人们从心理上的排斥。曹溶和朱彝尊身处在时代的洪流中，他们也有这样的转变。博学鸿词科以前的朱彝尊，心中充满着对于故国的怀念和对于爱情的低吟，这同姜夔词作的创作风格不谋而合，使得他在这样的心境中选择了姜夔，而张炎所提倡的"清空"正中他的下怀，说出了他心中所想。在"清空"的词作中，可以更多的用"比兴"之手法，婉转表达心中之悲哀而不致招来杀身之祸。"倚声虽小道，当其为之，必崇尔雅，斥淫哇，极其能事，则亦足以宣昭六义，鼓吹元音。"（《静惕堂词序》）怎样才能做到"崇尔雅，斥淫哇"、"宣昭六义，鼓吹元音"呢？他认为尊雅就要先黜俗，剔除《花间》、《草堂》浅俗的影响，做到"倚而不伤雕绘，艳而不伤淳雅"（沈雄《古今词话》词评卷下引）。这样传统的"中和"之美正符合康熙皇帝尊道学，崇儒学的统治思想，因此，这样暗合着政治倾向、民意潜流的主张，被很多人接受，形成了影响很大的风潮，使得浙西词派风行清朝词坛百年之久。同时也使得朱彝尊在康熙十八年的博学鸿词科中顺应时势地成为康熙皇帝要礼遇的汉族人才。

但是，我们从这首《满江红·钱塘观潮追和曹侍郎韵》可以看出朱彝尊在博学鸿词科前后的心理变化，以及曹溶在这种变化中所起到的重要作用，从而体会到曹溶在词学甚至人生观点上对朱彝尊的深刻影响。朱彝尊要存的曹词的"真"是什么呢？是曹溶真实的心理写照。曹溶作为一个崇祯进士而仕清，他从明哲保身到不得不接受，他的心路历程对朱彝尊有深刻的影响。他顺治三年被革职，顺治末又从广州布政使上被降级，他的好朋友陈之遴被流放宁古塔，其将内心无法言说的苦闷存在词中，而朱彝尊在山西投靠他的那个时期，曹溶正是处在这样的心境之中，我们可以从《念奴娇·将赴云中留别胡彦远兼戏其卖药》中看出：

> 疟痍四海，笑澄清计短，须鬓如戟。酒社飘零诗友散，高卧元龙百尺。女子知名，男儿失意，聊学韩康剧。千金肘后，何方堪愈愁疾。　　我亦北阮穷途，鲛人泪尽，双鬓多添白。风雪差排关塞去，不唤伤心不得。马背多寒，雕裘易散，秉烛娱今夕。渭城歌彻，楼外晚山重碧。

也就是说曹溶在仕清时期的无可奈何，只有通过曲折的影射和"思力"的安排来使读之者体会作者的苦心和难言之隐，让朱彝尊在认识其之后大量创作词作时有了理论的依托。但是，朱彝尊写此词时的心情中又夹杂着一些悔恨，本以为博学鸿词科之后的仕途应该是顺利的，但是，两次罢官的经历让他意识到了自己也不过是皇帝安抚汉族人民尤其是汉族读书人，特别是江南汉族读书人的一枚小小的棋子，无关紧要的棋子，可以替换和抛弃的棋子，他懊悔自己的意志不坚定。因此，在康熙三十五年的时候，他回忆起曹溶，为自己的轻率而懊悔，并想通过反思表明自己的心志，期望得到大家的认同，但是他没有意识到的是，这时的社会民众同他接受博学鸿词科礼遇时一样慢慢接受了清王朝，同时，接受了"淳雅"的词风。

由此，我们可以深刻地了解到"淳雅"的形成是应了"清空"之需，借了"比兴"之法，并且不期然地应了时势中"崇儒"之潮；又因其"清空"之质而暗合了"尊道"之风韵；顺应了从反抗到接受，从激烈斗争到温和瓦解的明朝遗民的潜意识转变，遂得以被广泛接受、流传久远的。因此，其表现形式也就成了我们要研究的另一个重点，也就是朱彝尊所说之"诗语入词"。李渔在《窥词管见》中说："有学问人作词，尽力避诗，而究竟离不开诗。一则苦于习久难变，一则迫于舍此实无也。欲为天下词人去此一弊，当令浅者深之，高者下之。一俛一仰而处于才而不才之间，词之三昧得矣。"朱彝尊也有相似的论述，在《〈紫云斋词〉序》中，他说：

> 有以乐章语入诗者，人交讪之矣。虽然，良医之主药，藏金石草木，燥湿寒热之宜，采营个别，而后处方合散，不乱其部，要其术则一而已。自唐以后，工诗者每兼工予词，宋之元老，若韩、范、司马，理学若朱仲晦、真希元，亦皆为之。由是乐章卷帙几与诗争富。

关于词之"正变"的问题是康熙年间词学的重要论题之一，它与词的辨体批评相联系，通过对词之特质的辨析和词之风格的选择和论证来探究词之美学品格，使词从《花间》、《草堂》的浅吟低唱摆脱出来，不再是不登大雅之堂的小道末技。曹溶在"辨体"问题上认为："上不牵累唐诗，下不滥归元曲，此词之正位也。"（《古今词话序》）朱彝尊尊词体，他将词之源推论为起于诗三百："南风之诗，五子之歌，此长短句之所有防也。汉郊歌郊祀之章，传体尚质；迨晋宋齐梁江南采菱诸调，去填词一间尔，诗不即变为词，殆时未至焉。既而萌于唐、流演于十国盛于宋。"（《孟彦林词序》）汪森在《〈词综〉序》中也强调说："自有诗而长短句即寓焉。南风之操、五子之歌是已。周之颂三十一篇，长短句居十八；汉郊祀歌十九篇，长短句居其五；至短箫歌十八篇，篇皆长短句；谓非词之源乎？迄于六代，江南采莲曲，去倚声不远，其不即变为词者，四声犹未谐畅也。自古诗变为近体，而五七言绝句传于伶官乐部，长短句无所依，则不得不变为词。当开元盛日，王之涣、高适、王昌龄诗句流播旗亭，而李白菩萨蛮等词，亦被之歌曲。古诗之于乐府，近体之于词，分镳并骋，非有先后，谓诗降为词，以词为诗之余，殆非通论矣!”以朱彝尊为代表的浙西词派，将词正统化、儒教化，使得词要“淳雅”成为词体发展之必然。

朱彝尊尊词体，崇南宋，但是，他的词中有很大一部分却恰恰是用北宋黄山谷所谓的“脱胎换骨”法来作的，只是黄庭坚是将诗句入诗，而朱彝尊是将诗句入词。朱彝尊经常将唐诗“点化”入词，杜甫、杜牧、韩愈、刘禹锡等名家的诗句是经常被“点化”而入词的。如《秋霁·严子陵钓台》：

> 七里滩光，见拥树归云，石壁衔照。渔火犹存，羊裘未敝，只合此中垂钓。客星曾老，算来无过烟波好。况有个，偕隐市门、仙女定娟妙。　　当此更想，去国参军，白杨悲风，应化朱鸟。翠微深，鸬鹚飞处，半林茅屋掩秋草。历历柁楼人影小。水远山远，君看满眼江山。几人流涕，把莓苔扫。

其中的“拥树归云”出自杜甫《返照》诗：“返照入江翻石壁，归云拥树失山村。”名作《消息·度雁门关》中大量用典和诗语，其中第二片“猿臂将军，鸦儿节度，说尽英雄难据。窃国真王，论功醉尉，世事都如许！有限春衣，无多山店，酾酒徒成虚语。垂杨老，东风不管，雨丝烟絮”中“有限春衣”是出自杜甫的《曲江二首》：“朝回日日典春衣，每日江头尽醉归。”《满江红·金山寺》中：“哀笛鸣，风鸣叶。楼船静，沙沉铁。”其中“楼船”语出刘禹锡《西塞山怀古》：“王濬楼船下益州，金陵王气黯然收。""沙沉铁"语出杜牧《赤壁》："折戟沉沙铁未销，自将磨洗认先朝。"《百字令·度居庸关》"崇墉积翠，望关门一线，似悬檐溜"中"檐溜"语出韩愈《南山》："峻涂拖长冰，直上若悬溜。"以情动人的《静志居琴趣》中的词作没有如此多的用典和以诗语入词，但是，将词集定名为"琴趣"本身就反映了他对于北宋词的取向，因为将词集定名为"琴趣外编"的词作家是欧阳修（《醉翁琴趣外编》）、晁补之（《晁氏琴趣外编》）、黄庭坚（《山谷琴趣外编》）、晁端礼（《闲斋琴趣外编》），由以上分析可以看出虽然朱彝尊崇南宋，但是北宋对他的影响还是很大的。

三　朱彝尊对姜、张的独尊，
词作亦入"清空"之境

然而，在朱彝尊笔下更有入姜、张"清空"之境者。"清空"作为词论的一个范畴，是被浙西词派奉为圭臬的张炎在论词时所着重强调的，他在《词源》中力主清空，认为清空能使词古雅峭拔，并认为"淳雅"要本之于清空："词要清空，不要质实。清空则古雅峭拔，质实则凝涩晦昧。"张炎所指的"清空"有空灵清新的意味，因为他在论及姜夔等人的词时指出"俱能特立清新之意，删削靡曼之词，自成一家"。他说："姜白石词如野云孤飞，去留无痕，吴梦窗词如七宝楼台，炫人眼目，拆碎下来，不成片断，此清空质实之说。"另一位南宋批评家沈义父在《乐府指迷》中评价姜夔说："姜白石清劲知音"，由此可见，姜夔之词"如野云孤飞，去留无痕"的空灵和神韵以及清新清峻和清奇的品格正是"清空"的内涵。而朱彝尊在"崇

南宋，尊姜张"的词学主张中所要提倡的也正是这种"要清空，不要质实"的精神。在具体词作中我们可以很深刻地感受到朱彝尊作品中所体现出来的对于"姜张"、"清空"的接受。

姜白石咏梅词中以《暗香》和《疏影》最有代表性，也很能体现其清空的特点。因为姜白石自己会创造的曲调，因此，他写《暗香》和《疏影》两首词是来纪念他的一段刻骨铭心的恋情，因为他和意中人在梅花开放的季节分别再也没有相见，因此，这种思念绵延在整首词作中，萦绕盘旋，挥之不去。词中所提及的"深宫旧事"及所用的典故又与故国之恋有着联系，这样就将儿女之情与家国之思绾结在一起，而我们在其中也看到了词人怀才不遇和自我零落的悲哀。朱彝尊也有《疏影》词两首，一首为《疏影·芭蕉》，一首为《疏影·秋柳和李十九韵》，皆为咏物之篇。《疏影·芭蕉》：

> 是谁种汝，把绿天一片，檐牙遮住。欲折翻连，乍卷还抽，有得愁心如许。秋来惯与羁人伴，惹多少冷风凄雨。那更堪一点疏灯，绕砌暗虫交诉。　待把蛛丝拭却，试今朝留与，个人题句。小院谁来？依旧黄昏，明月暂飞还去。罗衾梦断三更后，又一叶一声低语。拼今番尽剪秋阴，移种樱桃花树。

《疏影·秋柳和李十九韵》：

> 西风马首，有哀蝉几树，高下声骤。村外烟消，水际沙寒，斜阳似恋亭堠。丝丝缕缕纷堪数，更仿佛叶初开候。待月中疏影东西，思共故人携手。　摇落江潭万里，系船酒醒夜，长笛京口。《读曲》歌残，晓露翻鸦，萧瑟白门非

旧。赤阑桥畔流云远，遮不住短墙疏牖。话六朝遗事凄凉，张绪近来消瘦。

姜夔一生贫病交加，对凄苦有深切而独特的感受，因此，他作的词中多是黯淡而忧郁的色彩，冷、暗、萧是其词中常出现的心情感受，他们和香、月、雨结合在一起构成姜词所独有的凄美意象群。如："冷香飞上诗句"（《念奴娇》）；"波心荡冷月无声"（《扬州慢》）；"西窗又吹暗雨"（《齐天乐》）；"暗柳萧萧，飞星冉冉，夜久知秋信"（《湘月》），他用这些意象来表达他的孤独悲苦和失望。在朱彝尊的《疏影》词中，我们再一次看到这些字眼，这些意象和这些相似的心情。"秋来惯与羁人伴，惹多少冷风凄雨"、"那更堪一点疏灯，绕砌暗虫交诉"、"晓露翻鸦，萧瑟白门非旧"、"话六朝遗事凄凉"，"冷"、"暗"、"萧"、"凄"所表达出对于家国的忧思，对于自身的悲悯，对于恋情的怀恋跃然纸上，动人心扉，我们也仿佛看到了姜夔孤独的身影与他遥相呼应。

另外，在朱彝尊和汪森等人编选的《词综》中所收录的姜夔的词中，我们还可以发现姜夔对于"舟"这个意象的偏爱，也就是对于"飘零"，对于浪迹江湖、寄人篱下的生活有着深刻而难忘的感受。从《词综》中收录姜夔的第一首词《探春慢》开始，"舟"这个意象就带着漂泊的离愁和羁旅的辛酸贯穿所收词目的始终，挥之不去。且看：

> 无奈苕溪月，又唤我扁舟东下。（《探春慢》）
> 南去北来何事？荡湘云楚水，目极伤心。（《一萼红》）
> 候馆吟秋，离宫吊月，别有伤心无数。（《齐天乐》）
> 闹红一舸，记来时常与鸳鸯为侣。（《念奴娇》）

暝入西山，渐唤我一叶夷犹乘兴。(《湘月》)

维舟试望故国，渺天北。(《惜红衣》)

追念西湖上，小舫携歌，晚花行乐。(《凄凉犯》)

又争似相携，乘一舸，镇长见。(《眉妩》)

渚寒烟淡，棹移人远，缥缈行舟如叶。(《八归》)

文章信美知何用？谩赢得天涯羁旅。(《玲珑四犯》)

而朱彝尊因了爱情的关系也特别喜爱"舟"这个意象，因为，据说他和妻妹之间那段缠绵悱恻的爱情故事很大的一部分发生在船上，在他们眉目传情之间。"思往事，渡江干，青蛾低映越山看。共眠一舸听秋雨，小簟轻衾各自寒"（《桂殿秋》）；"一箱书卷，一盘茶磨，移住早梅花下，全家刚上五湖船，恰添了、个人如画。月弦直，霜花乍紧，兰桨中流徐打。寒威不到小篷窗，渐坐近，越罗裙衩"；"一面船窗相并倚。看绿水，当时已露千金意"（《渔家傲》）；"一湾流水，半竿斜日，同上归舻。赢得渡头人说，秋娘和配冬郎"（《朝中措》）；"已共吴船凭，兼邀汉佩缠"（《风怀》）；"傍妆台不见了，已慰相思，原不分、云母船窗同载"；"尽说比肩人，目送登舻，香渐辣、晚风罗带。催柔橹呕哑拔鱼衣，分燕尾溪流赤阑桥外"（《洞仙歌》）。因此，在朱彝尊心中，"舟"不仅仅是羁旅生涯颠沛流离的象征，也是一段断肠爱情的载体。在这一点上，朱彝尊和姜夔也达成了默契，那种跨越时代的沟通让他们惺惺相惜。因此，在朱彝尊《疏影》词中的"摇落江潭万里，系船酒醒夜，长笛京口"虽然语本刘昚虚《暮秋扬子江寄孟浩然》："寒笛对京口"，但是，从整首词的意境和深沉的故国之思来看，却不能不说它是受到了姜夔词的深刻影响。

至此，通过对《疏影》的分析，对"舟"之文化意蕴的分析，我们可以管中窥豹地看出朱彝尊在《送钮玉樵宰项城》调寄《水调歌头》词中所提出的"吾最爱姜史"，以及在《黑蝶斋词序》中所说的："词莫善于姜夔"，并非妄语。而他所喜爱的正是姜夔的"清空"。那么，姜夔词所具有的"清空"的品格其本质又是什么？朱彝尊为何要"最爱姜夔"呢？

词体自周邦彦开始有所转变，他不再如柳永一样直抒胸臆，而是通过"思力"来曲折委婉地传达作者的意思，而这种通过"思力"传达的过程体现的是去俗而达到"淳雅"的境界，其效果是读者在解读词作的时候，必须依照作者用"思力"安排好的途径，达到与其共"知音"的目的。这种阅读过程中心有灵犀的解读使得有着相似历史文化背景和赏析心情的文化个体的"接受"成为可能，进而成为主要的欣赏主体和群体；而另一部分具有较大历史文化背景差异或者个体人格差异的"接受"成为不可能，以至于误读和曲解。那么，"不师秦七，不师黄九，倚新声玉田差近"的朱彝尊，为何要舍弃"秦七"和"黄九"而选择了"玉田"和白石呢？孙麟趾在《词径》一书中解释作词的 16 字要诀中的"清"、"空"二字时说：

> 天之气清。人之品格高者，出笔必清。五采陆离，不知命意所在者，气未清也。清则眉目显，如水之鉴物，无遁影，故贵清。天以空而高，水以空而明，性以空而悟。空则超，实则滞。

在孙麟趾的解释中，我们可以看到有一个因素对于做词达到清空的境界是必要的，那就是人的品性，"人之品格高者，出笔必清"，"性以空而悟"；而"清空"的关键在于"超"，超脱于俗事、超脱于拘泥、超脱于真实的物象、超脱于痛苦的情感。那么"超脱"是什么呢？是"思"、是"想象"，将真实之物、之情感、之经历陶冶胸中千万遍，用精神将其"神韵"取出，剔除其"遁影"和"滞"处，达到真正的"空明"。"超脱"的条件便是有高品行的个体通过心力交瘁的思想过程，将自己与物象融为一体，达到天人合一的境界，超然出世。如沈祥龙所说："咏物之作，在借物以寓性情。凡身世之感，君国之忧，隐然蕴于其内，斯寄托遥深，非沾沾焉咏一物矣。"（《论词随笔》）我们可以通过朱彝尊的《长亭怨慢·咏雁》和张炎的《解连环·孤雁》理解沈祥龙之意。《解连环·孤雁》：

> 楚江空晚。怅离群万里，恍然惊散。自顾影，欲下寒塘，正沙净草枯，水平天远。写不成书，只寄得、相思一点。料因循误了，残毡拥雪，故人心眼。　谁怜旅愁荏苒。谩长门夜悄，锦筝弹怨。想伴侣、犹宿芦花，也曾念春前，去程应转。暮雨相呼，怕蓦地、玉关重见。未羞他、双燕归来，画帘半卷。

《长亭怨慢·咏雁》：

> 结多少悲秋俦侣，特地年年，北风吹度。紫塞门孤，金河月冷，恨谁诉？回汀枉渚，也只恋、江南住。随意落平沙，巧排作、参差筝柱。别浦，惯惊移莫定，应怯败荷疏雨。一绳云杪，看字字、悬针垂露。　渐敧斜、无力低飘，正目送、碧罗天暮。写不了相思，又蘸凉波飞去。

从这两首词中，我们不仅能看出"张孤雁"对朱彝尊的深刻影响，而且字字句句都使我们感到"雁"即词人，词人即雁，句句哀叹，无奈、孤独与悲愤感同身受。

通过对《疏影》和《长亭怨慢》以及《解连环》的比较与解读，我们可以发现"清空"作品的一个重要特征，那就是思维的跳跃性。"自顾影，欲下寒塘，正沙净草枯，水平天远。写不成书，只寄得、相思一点。料因循误了，残毡拥雪，故人心眼。谁怜旅愁荏苒。谩长门夜悄，锦筝弹怨。想伴侣　犹宿芦花，也曾念春前，去程应转。"笔锋流转中，虚实相间。"别浦，惯惊移莫定，应怯败荷疏雨。一绳云杪，看字字、悬针垂露。渐欹斜、无力低飘，正目送、碧罗天暮。写不了相思，又蘸凉波飞去。"行文流水间，无限蕴藉。这样跳跃的构思与写作方式在故意造成作品语言"陌生化"的同时，留给读者很大的欣赏空间去填补，在填补过程中，在作者精心布置的思路与自身感受中获得最大的审美张力和空间。这是耐人寻味的婉转的过程，也是词之表达感情的方式。

朱彝尊在《〈红盐词〉序》中说："词虽小技，昔之通儒钜公往往为之，盖有诗所难言者，委曲倚之于声。其辞愈微，而其旨益远。善言词者，假闺房儿女子之言，通之于《离骚》变雅之义，此尤不得志与时者所宜寄情焉耳。"一个"委曲"道尽了"清空"的"思力"要诀；一句"其辞愈微，而其旨益远"说出了要达到"清空"，在选择作品的意象时的巧妙，一句"此尤不得志与时者所宜寄情焉耳"道出了多少词人的无奈。从姜夔、张炎到朱彝尊的词作，我们不难发现这些"清空"的作品非常接近于中国的写意画，不多的笔墨，细腻而婉转的笔锋，虚实相间的空间安排，淡淡而忧愁的色彩，将词人、画家和多少欣赏者的无奈、委屈、孤独与悲苦容纳其中，那些空白处没有写出来的和画出来的正是那些"不得志"与所寄的"深情"。

叶嘉莹先生在《清词论丛》中曾经总结过朱彝尊欣赏姜、

张的原因，概括起来大概有三条：一是南宋与明末清初大的时代环境之相似造成的人们对于故国的怀念；二是长期羁旅生涯的漂泊与不得志而形成的"于我心有戚戚焉"的知音之感；三是一段没有得到的或者说只有思念的悲戚爱情。① 而在这些原因中，我们能够体会到的就是一种可望而不可即的情感，这种情感寄托的载体就是词，"清空"的美也就恰恰在于"可望而不可即"的思念与想象。"想象"便是最美好的熔炼与陶冶方法，在想象中一切不美好都被剔除，一切美好都被放大，因此，想象是达到"清空"的必经之路。"思往事，渡江干，青蛾低映越山看。共眠一舸听秋雨，小簟轻衾各自寒。"这首被况周颐推为清词之首的脍炙人口的《桂殿秋》，之所以能够深深打动读者也正是因为作者的"思"，思念。同样，在《静志居琴趣》这本被认为是"尽扫陈言，读出机杼"的词集中，有大量关于他爱情故事中女主人公的回忆与描述，正是这种思念之沉，之真，造就了它们的感人至深。"齐心藕意，下九同嬉戏。两翅蝉云梳未起，一十二三年纪。春愁不上眉山，日长慵倚雕阑。走近蔷薇架底，生擒蝴蝶花间。"（《清平乐》）短短几句流露出词人对回忆中爱人的无限喜欢和爱恋，"两翅蝉云梳未起"、"生擒蝴蝶花间"的天真和俏皮让词人至今回忆起来都感到温暖和眷恋。而"低鬟十八云初约，春衫剪就轻容薄。弹作墨痕飞，折枝花满衣。罗裙百子褶，翠似新荷叶。小立敛风才，移时吹又开"（《菩萨蛮》），女主人公初长成的清新俏丽让词人记忆犹新，不能忘怀。这种真情与不能逾越的道德折磨着词人敏感而脆弱的神经，爱之越深，痛苦越深。与姜夔对于恋人至真至深的爱恋有着相同感受的是，

---

① 叶嘉莹：《谈浙西词派创始人朱彝尊之词与词论及其影响》，《清词论丛》，河北教育出版社 1997 年版。

"燕燕轻盈，莺莺娇软。分明又向华胥见。夜长争得薄情知，春初早被相思染。别后书辞，别时针线。离魂暗逐郎行远。淮南皓月冷千山，冥冥归去无人管"（《踏莎行》）。词人身边所有的景物都披上了相思的色彩，没有了爱人的相伴，即使是在初春却感到痛彻心扉的寒冷。由此可见，"清空"之词必须要有真情作为支撑才能够感人，也正是因为真情，让姜夔、张炎和朱彝尊留下后人传唱不绝的词作，也正是因为缺乏真情造成了浙西词派后期的词作过于空疏，流于形式。

朱彝尊词作中除了艳词中有这样感人至深的作品之外，在他的咏史词以及酬赠词中也有一些恳切真挚之作，如《卖花声·雨花台》："衰柳白门湾，潮打城还。小长干接大长干。歌板酒旗零落尽，剩有渔竿。秋草六朝寒，花雨空坛。更无人处一凭阑。燕子斜阳来又去，如此江山。"寓刘禹锡《乌衣巷》诗"朱雀桥边野草花，乌衣巷口夕阳斜。旧时王谢堂前燕，飞入寻常百姓家"于其中，寄托了深切的故国之思。又如《点绛唇·归次浦城寄酬高云客》："几日衔杯，回眸咫尺榕城阻。齐纨垂露，不写离情苦。南浦桥边，总是销魂树。山无数。涩滩柔橹，惆怅归时路。"情真意切，将与友人的离情别绪写得动神伤魂。另《击梧桐·送曾道扶归里》："江上梅花，津头柳色，一叶扁舟淮浦。绝胜陶彭泽，腰未斩、早返柴衡宇。惆怅孤从，留滞竹坨，归梦有，小园独树。待明年、南湖秋月，与子同赋。"此词与张炎之饯别词《甘州·饯沈秋江》① 同有"清空雅正"、惜别伤感之神韵。

---

① 张炎《甘州·饯沈秋江》："记玉关踏雪事清游，寒气脆貂裘。傍枯林古道，长河饮马，此意悠悠。短梦依然江表，老泪洒西州。一字无题处，落叶都愁。载取白云归去，问谁留楚佩，弄影中洲？折芦花赠远，零落一身秋。向寻常野桥流水，待招来不时旧沙鸥。空怀感，有斜阳处，最怕登楼。"

　　但是，朱彝尊的一部分词作却也因为真情而没有达到他所提倡的"清空"境界。这些词中有一些是鄙俗浅陋的艳词，这些艳词完全没有"锡鬯情深"的蕴藉，也没有"仙骨姗姗"的气韵，而是艳浮而疏浅的，如《昼夜乐·赠妓蜡儿》："才得近侬唇，把春情粘住。冰弦打就繁弦缕。爱冷冷，风前语。同心烛下贪欢，惜别泪珠还数。"这首词粗俗浅薄，毫无寄寓、情深，纯粹是狎玩之作，比起《鹊桥仙》的真挚苍凉逊色何止万千！"青鸾有翼，飞鸿无数，消息可曾轻到。瑶琴尘满十三徽，止记得思归一调。此时便去，梁间燕子，定笑画眉人老。天涯况是少归期，又匹马，乱出残照。"也正是在亵玩与思念之间，我们看到了词人对爱人的恋恋情深和真情之可贵，在尊重的前提下才有凄清的词作聊以纪念不可得的爱情。

　　由此可见，要作出真正"清空"之词，须有"清空"之感情、"清空"之精神，而朱彝尊词作中一些非"清空"之成分，也来自于他在现实生活中并不能真正摆脱名利之束缚，而成为别人精神的奴隶，说着言不由衷的话，完全违背了"清空"之精神。康熙十八年，为安抚明朝遗民，开博学鸿词科，朱彝尊应召参加，并被授职翰林检讨，康熙二十年，出典江南乡试。康熙二十三年，被弹劾谪官，谪官后，他并没有像他词中所写的归乡，而是留在京师，至康熙二十九年官复原职，直至康熙三十一年被排挤罢官归里。《竹垞府君幸述》中对朱彝尊应召参加博学鸿词科后的情形作了记载：

　　　　壬戌除日待宴保和殿，癸亥元日赐宴太和门，十三日赐宴乾清宫，是夜赐内纩者而裹，一十五日侍食保和殿，是日再入保和殿待宴，二十日召入南书房供奉恩。赐禁中骑马卅日。上自南苑回，赐所射兔，二月二日赐居禁垣景山之北，

黄瓦门东南，驾幸五台山，回赐金莲花，银盘茹，寻复赐
纡，赐醍醐饭，赐鲥鱼，又赐法酒，官羊、鹿尾、梭鱼等
物，皆大官珍品。元旦王父方侍宴，天子念讲官家人，复以
肴菜二席特赐，王母冯孺人九拜受之，洵异数也。王父念圣
恩深重矢以文章报国。

在赐宴之后，沿着御道，从只有皇帝和皇后才能走过的午门
中门出宫，是多少读书人的梦想，这顿饭、这条路、这些礼仪成
了多少人魂牵梦绕的"痴情"和荣耀。朱彝尊没有能够免俗，
在"皇恩浩荡"面前他仿佛找到了自己，他再也不是那个失意
落魄因为贫困而入赘的穷书生了，他有了身份，他暂时忘记了故
国，忘记了恋人，沉浸在保和殿茫茫的暮色中，也许，朱彝尊想
拥有的仅仅是一次得到肯定的机会，而不是怀才不遇的感伤，只
要被"礼遇"了，也就不管"礼遇"他的人是谁了，待到失意
的时候，再拿出这些旧事悔恨一番，反省一番。值得庆幸的是姜
夔一生贫苦，没有被"礼遇"，才真正做到了"清空"。厉鹗也
做到了，但是浙西词派后期那些附庸"清空"的人却真正做到
了"舍本取末"，也就难免会形式化了。

对比作于康熙六年的《飞雪满群山·燕京岁暮作》："椎髻
鸿妻，蓬头霸子，故园消息谁传？雪花如手，同云万里，几回搔
首茫然。黑貂裘敝矣，况兼东郭先生履穿。一点孤烛，两行乡
泪，惟有影相怜。岂不念、飞帆归浙水，叹旧游零落，无异天
边。竹林长笛，鸰原宿草，又谁劝酒垆前？薄游成久客。惹双
鬟、愁添去年。更无人问，长安市上空醉眠"，和康熙三十一年
朱彝尊再度罢官，离京还乡时所作的《金缕曲·过外祖唐刺史
废园感旧作》："历历犹能记。小门开、苔峰开外，板桥花底。
潮落螃蜞爬沙遍，嫋嫋筊竿扶起。自兵后、曲池平矣。倦柳衰荷

都卷尽，况鸳鸯、翠翦红鱼尾。浑不辨、钓游地。土酥陇麦看无际。剩墙东、午风茶板，冷云萧寺。却是黄童来白叟，感慨那禁对此。但满眼、西州清泪。断陌踯躅归骑晚，敛残霞、楼角孤城闭。谁会我，恁时意。"我们可以清楚地看出，词人是怎样从暗自怀念志在抗清而亡散的旧友，到叹息自己的宦海沉浮、仕途失意。词的变化，很显然地表明了作者朱彝尊的变化，以及这种变化下所潜藏的他所提倡的"清空"的不彻底性，并揭示了这种追求名利、患得患失的不彻底的"清空"对浙西词派所造成的不良影响是根本无法避免的。

四 "浙西六家"接受唐宋词的
比较分析

由于《乐府补题》的重新问世和《浙西六家词》的刊刻，使得浙西词派得以形成，并不断发展壮大，最终成为影响清代词坛的重要词派。朱彝尊、李良年、李符、沈岸登、沈皞日、龚翔麟彼此唱和，咏物之风气大开。他们虽然都遵循"清空"、"淳雅"的词学原则，但是因为个人的气质、性情、经历及生活的差异，表现在对唐宋词的接受上是各有取舍和主张。

（一）李良年：宗南宋，却不独尊姜、张

李良年字武曾，又作符曾，初名法远，又名兆潢，30 岁时改为今名，号秋锦，浙江秀水人，康熙十八年以国子生召试博学鸿词科，未中。正是因为怀才不遇的抑郁，使得他将内心的感触形诸于笔端，但是，他却没有选择强烈的爆发，而是选择了用清淡的笔墨描写空灵的思绪，也就是将情思寄托于言外之意。他曾

经为江湖女子廖氏写过传，其中写道："天下太平，一、二英杰无以自见，往往托于艺术，而流俗不察，谓之无人，观廖氏可知矣。"李良年早年工诗、古文，其词集《秋锦山房词》刻入《浙西六家词》中，是其康熙十八年前的作品，后十五年的作品已不可见。在《秋锦山房词》中，咏物词最多，爱情词多描写无法追回的往日情事。虽然他论词要"必尽扫蹊径，独露本色。尝谓南宋词人，如梦窗之密，玉田之疏，必兼之乃工"，但是在《秋锦山房词》中，他的作品也并没有达到他所提倡的主张，而仅仅是做到了文辞清淡，意境清远。如《减字木兰花·重经白马渡》："楚堤行遍，记得潇湘帘底见。槕倚枫根，客梦杨花共一村。鸥边再宿，前路分明烟水渌。门掩清溪，风起莲东月坠西。"由此可见，他在词论上虽然宗南宋，却不独尊"姜、张"，但是，在创作中仍以"清"为品格。朱彝尊《徵士李君行状》中也称其"于词不喜北宋，爱姜尧章、吴君特诸家，故所作特颖异"。《留客住·鹧鸪》更能体现此特色。"楚天杳。凭笋舆、羊肠似发，荒烟坠叶，一片钩辀蛮鸟。南飞故唤行客，占断千里，秋山吟不了。芦衰竹苦，正听残、野店酒旗风裊。　　江细绕。筏渡人稀，但横斜照。解语参军，愁里暗敧乌帽。记得郑家留句，花落黄陵，雨昏湖外草。更堪何处，镇清猿、杜宇和他凄调。"对比曹贞吉的《留客住·鹧鸪》："瘴云苦！遍五溪、沙明水碧。声声不断，只劝行人休去。行人今古如织，正复何事关卿，频寄语。空祠废驿，便征衫湿尽，马蹄难驻。　　风更雨，一髪中原，杳无望处。万里炎荒，遮莫摧残毛羽。记否越王春殿，宫女如花，只今惟剩汝？子规声续，想江深月黑，低头臣甫。"更觉其对曹贞吉的追念之情至深，这也同朱彝尊在他的优秀词作中所体现和表达出来的以真情打动读者的创作原则相一致。

李良年的《踏莎行·金陵》抒写故国之思，以淡语写深情，蕴藉深厚。"两岸洲平，三山翠俯，江豚吹雪东流去。故陵残阙总荒烟，斜阳鸦背分吴楚。青雀钿钉，朱楼画鼓，冥冥一片杨花路。游人休吊六朝春，百年中有伤心处。"结尾两句与"故陵残阙总荒凉"相呼应，低声哀叹六朝兴衰，含蓄地抒发了对明亡的感慨，与朱彝尊的咏史诗有异曲同工之妙。他们在《乐府补题》中找到了抒写故国之思的方法，朱彝尊所欣赏的"宋末隐君子"之"诵其词可以观志意所存，虽有山林友朋之娱，而身世之感别有凄然言外者。其骚人《橘颂》之遗音乎？"(《乐府补题序》) 在李良年的词作中色彩更加清淡，感情却更加无奈。而《高阳台·过拂水山庄感事》一词："屋背空青，墙腰断绿，沙头晚叠春船。一笛东风，斜阳淡压荒烟。尚书老去苍凉甚，草堂西、南渡明年。倚香奁，天宝宫娥，爱说开元。　　松楸马鬣都休问，却土花深处，也当新阡。白氎红巾，是非付与残编。石家金古曾拼坠，甚游人尚记生前。更凄然，燕又双飞，柳又三眠。"却在清淡间感慨无限，"情韵之妙，不减白石；情词凄切，别乎其年、竹垞外，自成高手"。

（二）李符：学北宋，并精研南宋诸家

陈廷焯在《白雨斋词话》中曾对李符和李良年的词作做过比较，他认为："二李词绝相类，大约皆规模南宋，羽翼竹垞者。武曾较雅正，而才气则分虎为胜。"前已述及，李良年之词作清淡、无奈，较之李符自是稳妥，而李符之作却较之李良年犀利悲凉，奇警峭拔。李符之词的意象和境界与姜夔之词颇近，大概是由于其身世相近。这也是李符选择"清空"之词风，又以委婉而消极之方式来面对人生的一种曲折表达，只是，到了后期，其词作内容更加贫弱，遁世之态度日趋显著，不免索然无

味。如《钓船鱼·效朱希真渔父十一首》，其中"不去筑鱼梁，也不鱼叉携筩。风里一丝轻飏，便无鱼也可，偶然摇过旧苔矶，梳样半蟾堕。倾出葫芦残酝，向荻根敲火"既是效法朱敦儒作渔父，却也是其内心境界的真实呈现。

李符一生多蹇，享寿也不高，所以，他对人生的感慨比其兄更深刻。如《扬州慢·广陵驿舍对月，遇山左调兵南下》："老柳梳烟，寒芦载雪，江城物候秋深。怨金河叫雁，断续和疏砧。记前度、邗沟系缆，征衫又破，愁到如今。怅无眠伴我，凄凉月在墙阴。 竹西歌吹，甚听来、都换觱音？料锁箧携香，笼灯照马，翠馆难寻。淮海风流秦七，今宵在、梦更伤心。有燕犀屯处，明朝莫去登临。"又如其咏物词《疏影·帆影》："双桡且住。趁风旌五两，挂席吹去。侧浸纹波，一片横斜，不碍招来鸥鹭。忽遮红日江楼暗，只认是、凉云飞度。待翠蛾、帘底凭看，已过几重烟浦。 摇荡东西不定，乍眠碧草上，旋入高树。荻渚枫湾，宛转随人，消尽斜阳今古。有时淡月依稀见，总添得、客愁凄楚。梦醒来、雨急潮浑，倚傍又无寻处。"此词颇似姜夔词风，物我相融、情景交织、思力甚深。面对这样愁苦的人生，李符也写出了对时代的感受，《巫山一段云·西湖感旧》："废苑苍苔里，残山白骨边。旧游如梦总凄然。况是晚秋天。垆散红腰女，空携卖酒钱。蓻湾细火自年年，只有捕鱼船。"悲愤之情溢于言表。而《何满子·经阮司马故宅》中对阮大铖的讽刺也很刻骨："惨淡君王去国，风流司马无家。歌羽舞衣行乐地，只余衰柳栖鸦。赢得名传乐部，《春灯》《燕子》《桃花》。"李符这些词中所体现的犀利、奇警、峭拔是李良年所不具备的，谢章铤认为这是他"先学北宋"的结果。因此，虽然李良年和李符兄弟在宗南宋，疏密兼得的词学主张上一致，但是由于个人的气质、经历不同，其词风也不同，对前代词的选择和接受也不同。

（三）沈皞日：对浙西词派划分"南"、"北"理论及南宋"清空"之说的反思

康熙三十五年，沈皞日为《瓜庐词》写序，其中提到的词学主张对浙西词派的理论进行了深刻反思，文中说：

> 近代词家林立，指不胜屈。阳羡宗北宋，秀水宗南宋，北宋以爽快为主，南宋以幽秀为主，好尚或有不同。而秀水《词综》一书，二者并收，未尝有所独去而独存也。爽快之弊或近于粗，或入于滑而泛滥极于鄙且俚，幽秀则无弊，秀水之意盖如是乎？一代有一代之风气，一人有一人之性情，既不可强之使合，亦不可强之使分。得乎心，应乎手，各自吐其所怀，自成其一家之言，以待后来之论定而已矣。余少从秀水游，学为倚声之学，好读玉田、白石之作，偶有所作，按拍而讴，有《江楼合选》一刻，有《浙西六家词》一刻，有《岁寒词》一刻，皆词坛诸公不我见弃，谬为播扬。然余怀罔罔，夜蛩诉雨，败叶吟风，有感于中不能自已。若别之为南，别之为北，则茫茫无以答也……嗟乎，吾生日逆之境也，仅于字句间求此一刻之快意，犹畏缩不敢出诸口，何其愚也。勉强求南，勉强求北，余则未之敢信而何以信于人？

他对浙西词派宗南宋，尊姜、张的主张进行了反思，认为词应当是作者"有感于中而不能自已"的产物，而不能盲目划分为求南或者求北，作者个人的性情和经历对词的创作也是至关重要的，如前所述，即使是词学主张相同的李氏兄弟，在实际的创作过程中也会因为个人经历和性格而产生很大的不同。沈皞日在

此问题上的看法是科学的客观的。他虽然不主张盲目求南或求北，但是，在他的词作中我们还是可以看出南宋词风以及姜、张对他的影响。如其宗法张炎的作品《解连环·寄家书用张玉田韵》："断蛩吟晚。正苔痕露冷，离魂吹散。坐旅馆、听尽琼签，是人倦背灯，家山犹远。泪洒难收，又和墨、书来点点。算乡城月黑，秋风望极，故人愁眼。　　尘飞软红冉冉。纵无情别去，也成凄怨。伴雁影、芦荻烟波，为频嘱明年，归程同转。双鬓霜前，想镜里、星星先见。只销凝、南浦长亭，玉田半卷。"沈皞日家居平湖，宦游湘西，足迹半天下，其词中所表现出的对亲人的思念真切感人。

　　由此可见，沈皞日所反对的并不是宗南宋，尊姜、张，而是无病呻吟式的牵强附会。他的词之所以感人也是因为真情所至，因此，摆脱派别的束缚，自由权驾词体，让其成为表达真情实感之有力工具才是沈皞日词论的核心精神。其《凤栖梧·再寄家兄》也是此类词作的典型代表："竹冷苔凄闲小院，尘满银瓶，月满双团扇。江上峰青人不见，鲛房珠串今应剪。　　六六阑干都拍遍，燕去钗梁，风去菱花面。蓬水蓬山清又浅，回生仙草风吹断。"对亲人的怀念和哀逝深切真挚。同其感慨羁旅之苦的作品一样感人至深。龚翔麟评价其词风说："况之古人，殆类王中仙、张书夏。"从其《枳西精舍词》开看，沈皞日确是刻意模仿张炎和王沂孙之词作，却并不能抹杀他在浙西词派词风变革上的贡献。

（四）沈岸登：词近姜夔，能造画境

　　在浙西六家中，最受朱彝尊赞许的是沈皞日之侄沈岸登的词作，称之为"学姜氏而得其神明者"，其表现男女恋情之作多着力传其神韵，颇有超尘脱俗之美。如《江城梅花引》：

夕阳都在小楼西，更桥西，更湖西，桥外青山山色晚来低。春又阑珊人又去，愁独自，下帘栊，听马嘶。　马嘶，马嘶，路还迷。柳几堤，竹几篱。鞭也，鞭也，鞭不到，红扇双扉。况是行云和雨做新泥。且住拗花花未落，花落后，怕重游，旧径非。

　　词写伤春惜别，实暗含男女离恨，缠绵悱恻之意溢于言表，但它写恋恨却不着一字，只是借"马嘶路迷"、"和雨新泥"、"拗花未落"的意象出之，显得空灵蕴藉。其咏物之作亦是如此，往往能状物之神理，如《菩萨蛮》："春风袅娜春光好，望梅南浦寻芳草。疏影一痕沙，行香满路花。　笛家曲玉管，侧犯清商怨。飞雪满群山，个侬愁倚阑。"写梅花之神理，以"疏影"、"行香"、"笛家"、"飞雪"等意象反复表现之，或描摹之态、或状写之神、或曲用其典、或比拟其形，却始终不着"梅"之一字，颇有白石"暗香"、"疏影"之情味。

　　因为他的词作、词风清淡而不浓艳，似山水画般清澈而宁静。如《风入松·村居》："东湖东畔有鲈乡，绿遍旧垂杨。故人问我移家处，隔秋云、一线溪长。恼乱比邻鹅鸭，传呼日夕牛羊。　玉缸分碧过苔墙，薄醉引新凉。茅堂不为斜阳闭，怕年时、燕子思量。荷叶青裁衫袖，竹根淡约钗梁。"沈岸登笔下的村居生活如画般栩栩如生，有着其他词作所没有的亲切感和生活气息。他的《玉楼春·相州》："征衫着雨浑成粟，野水一湾桥一曲。郫筒盛酒柳边尝，草屩拖烟山底宿。　瓜牛小槛编疏竹，竹里声声寒簌簌。倦来时倚板扉眠，待取田家沙饭熟。"没有了愁怨和哀苦，却有丹青般的清爽。但是，这并不意味着沈岸登的词作就没有家国之思，没有了寄托，只是他善书画，因此在词作中自然流露出色彩的清丽和构图的虚实相生。其《十拍子·来青轩》中蕴含的"凄然物外情"是浙西六家中少有的。
"霁雪才消竹色,午钟迸起松声。尚有巢鸟岩际落,怪道游人树
杪行。一峰蓝若晴。　　飞白乍看宸翰,来青旧识轩名。不见隔
云缇骑合,但听流泉坏道鸣。凄然物外情。"这首词描写了来青
轩的萧条冷落,在结尾处道出了词人凭吊故明的凄然心情。谢章
铤评价"覃九词胜于其叔"是允当的。

**(五) 龚翔麟:以石帚为宗,旁及于梅溪、碧山、玉田、苹
洲、蜕严、西麓各家之体**

在浙西六家的词作中,除朱彝尊之外,数量最多的是龚翔
麟,但是其"所得比诸家较浅,绵丽不及竹垞,淡远不及武
曾"。这同其个人经历和性格又很大的关系,龚翔麟以贵公子而
成名为御史,一生没有大的波折,虽然退居之后,贫至不能举
火,但是,因其是"性不爱肥腻"的"淡荡人",所以仍以诗词
为乐,悠然林下。这样淡泊而随和的性情使得他不可能有深刻的
爱与恨,因此,羁旅愁苦、怀才不遇的心情他是无法体会和感受
的。"不平则鸣"、"愤而著书"的经历在他的心中只能是想象,
因此无切肤之痛的词作难免无病呻吟,因此,也就使其词空疏滑
薄。但是,他生性聪颖,工于诗、词、古文,因此为朱彝尊所赏
识,虽然他于官场中如鱼得水,却也可以"在御史能言人所不
能言"。如其《霜天晓角·琢州道中望胡良僧寺作》:"月有微
黄,听疏钟尚撞。林鸟村鸟鸡枥马,喧不住,趣行装。　　楼
桑,烟垄荒,晓珠还隐光。随意鞭丝高下,秋水外,使胡良。"
此词写明末清初胡良河渡战乱频仍,如今世事变迁,故国不在的
凄凉感受。李符谓其词曰:"无纤毫俗尚,得以其笔端。"如其
《好事近·沂水道中》:"极目总悲秋,衰草似黏天末。多少无情
烟树,送年年行客。　　乱山高下没斜阳,夜景更清绝。几点寒

鸦风里，趁一梳凉月。"清空、摇曳，又不限于滑薄。

　　通过对浙西六家词论及词作的研究，我们可以发现在"宗南宋，尊姜、张"、"清空"、"淳雅"的词学主张下，朱彝尊、李良年、李符、沈岸登、沈皞日、龚翔麟他们不同的词学取向，他们由于个人性格或者经历的不同对唐宋词学作出的不同选择，由此可见，词学流派中的个体在大体一致性下的差异，以及这些差异所带来的影响。

第十二章

纳兰性德文学接受述论

在清初词坛，能与陈维崧、朱彝尊成鼎足之势的是纳兰性德。赵函说："倚声之学，国朝为盛。竹垞、其年、容若，鼎足词坛。"（《纳兰词序》）谢章铤亦谓："长短调并工者，难矣哉！国朝其惟竹垞、其年、容若乎？竹垞以学胜，迦陵以才胜，容若以情胜。"（《赌棋山庄词话》卷十二）纳兰性德（1655—1685），原名成德，字容若，号楞伽山人。满族正黄旗人，康熙朝权相明珠长子。康熙十五年（1676）进士，康熙十七年（1678）授乾清门三等侍卫，后循例迁至一等。多次扈从出巡，颇受康熙皇帝的宠幸。然其为人，虽曾有积极用世的抱负，却是"身游廊庙，恒自托于江湖"，向往自由自在的风雅生活。他博通经史，尤好填词，并以词名世。所著词作，生前便结集刊行，名曰《侧帽词》，大致取晏几道《清平乐》"侧帽风前花满路"的句意。康熙十七年（1678），其挚友顾贞观等人又为其增订校补，重名为《饮水词》，取"如鱼饮水，冷暖自知"之意，刊于吴中。二集均风行一时，以至形成"家家争唱《饮水词》"的局面。其师徐乾学记曰："所刻《饮水》《侧帽》词，传写遍于村校邮壁。"（《墓志铭》）徐釚《词苑丛谈》卷五亦云："于是教坊歌曲间，无不知有《侧帽词》者。"

一般认为，纳兰性德词具"跌宕流连"之致，有"清新俊秀，自然超逸"之风。对于其词风的形成原因，王国维说："纳兰容若以自然之眼观物，以自然之舌言情。此由初入中原，未染汉人风气，故能真切如此。"（《人间词话》）现代学者李勖也说纳兰性德："生本异族，初入中原，未为嚣风浮躁所染，至情流露，不假雕饰，而一出以白描手腕，以见自然。"（《饮水词笺·自序》）这些说法看重的是纳兰词中至真至纯的感情，以及他创作上不受陈腐格套约束的可贵。若抛开此种特殊目的的强调，仔细分析容若思想的发展轨迹，我们会发现纳兰词是充分吸收了汉族文学传统的养料的，正如严迪昌先生所指出的，纳兰性德"恰恰是受汉儒文化艺术的熏陶甚浓厚，才感慨倍多，遥思腾越"[1]。清初词人聂先认为纳兰的《饮水词》是"香艳中更觉清新，婉丽处又极俊逸"（《百名家词钞·饮水词评》），我们认为他的香艳婉丽便是由"花间"词风而来，他的清新俊逸则出于南唐后主、北宋小山。其友人姜宸英评价说："其于小词，小令取唐五代，宗晏氏父子。"（《哀词》）现代词学家夏承焘先生也说："他的令词，是五代李煜、北宋晏几道以来一位名作家。"[2]本章拟以《花间》、后主、小山三家词为例，从词调和词风两个方面考察纳兰性德对唐宋词的接受和传承。

一　词调：以小令为主，亦不废长调

《饮水词》凡 348 阕，共用 100 调。其中小令 61 调，词作

① 严迪昌：《清词史》，江苏古籍出版社 1990 年版，第 284 页。
② 夏承焘：《词人纳兰容若手简前言》，《月轮山词论集》，中华书局 1979 年版，第 180 页。

272 首；中调 12 调，词作 25 首；长调 27 调，词作 51 首。使用
频率最高的是《浣溪沙》（39 次）、《菩萨蛮》（27 次）、《采桑
子》（18 次）、《忆江南》（17 次）、《清平乐》（14 次），这几个
词调都是晚唐五代习用词调，可见纳兰创作中偏于小令的倾向，
尤其是偏好唐五代习用的词调。至于纳兰性德是否精通音律，已
无足够文献资料可证。只知其大部分是据谱按律填词的，只有少
数如小令《玉连环影》，长调《青衫湿遍》、《剪梧桐》等为自
度曲。

关于《饮水词》的价值，有人以为其慢调不如令词。"容若
长调多不协律，小令则格高韵远，极缠绵婉约之致。"（周稚圭
《心日斋十六家词录》）这一观点在现代依然非常流行，或谓：
"饮水小令，可称神化，而慢词唓缓不协十之七八，其令可传，
其慢不可传也。"[1] 或云："集中令词妙制极多，而慢词则非所
擅。"[2]《饮水词》这种擅长小令而弱于长调的特点，可从《花
间集》、后主词和小山词中找到传统，除了张先、柳永等少数擅
长长调的作家外，五代北宋的倚声大家如李煜、冯延巳、二晏、
欧阳修、秦观等多以小令见长。兹列表如下：

由上表可知，《花间集》收词作 500 首，共计 77 调。其中
中调仅 14 首，8 调。无长调作品。《李璟李煜词》中收南唐后主
李煜词作共计 34 首，18 调，其中中调仅《破阵子》一首一调，
无长调作品。《全宋词》中收晏几道词作 256 首，51 调，其中中
调 35 首，13 调，长调 6 首，4 调。小令依然占绝对优势，所占
比例分别为词作占 84%，词调占 67%。这种偏好，在《饮水词》

---

① 宣雨苍：《词调》，张璋编《历代词话续编》，大象出版社 2005 年版，第
1346 页。

② 王易：《词曲史》，东方出版社 1996 年版，第 394 页。

表12.1

词集	词作数量							词牌数量						
	总数	小令	比例（%）	中调	比例（%）	长调	比例（%）	总数	小令	比例（%）	中调	比例（%）	长调	比例（%）
花间集	500	486	97.2	14	2.8	0	0	77	69	89.61	8	10.39	0	0
后主词	34	33	97	1	3	0	0	18	17	94	1	6	0	0
小山词	256	215	84	35	13.6	6	2.4	51	34	66.7	13	25.5	4	7.8
饮水词	348	272	78.16	25	7.18	51	14.66	100	61	61	12	12	27	27

注：上表中，"后主词"据詹安泰编《李璟李煜词》，人民文学出版社1958年版，存疑词未计入；"小山词"据唐圭璋编《全宋词》，中华书局1965年版，存疑词和存目词未计入。

中也表现得极为明显，小令的比例高达 78.16%，这在清初词人的创作里是比较少见的。

一般说来，小令体制短小，但需言简意长，含蓄隽永，意在言外，方为上乘。沈祥龙说："小令需突然而来，悠然而去。"（《论词随笔》）顾璟芳亦云："词之小令犹诗之绝句，字句虽少，音节虽短，而风情神韵正自悠长，作者须有一唱三叹之致。淡而艳，浅而深，近而远，方是胜场。"（《兰皋明词汇选》）因为体制短小，令词不能包含大容量的内容，多是用来抒发一瞬间的情绪，或描写一个局部的画面和镜头。这一点正适合初入中原的满族人在戎马倥偬之际表达情感之需要，也非常切合纳兰性德的生活实际，他不像陈维崧、朱彝尊、顾贞观等人曾经历过明末清初的大动乱，对明清动荡的历史有刻骨铭心的记忆，心中有无限的感慨需要借词以表达之，篇幅短小的小令是远不能满足他们表达丰富情感之需要的，所以，朱彝尊、陈维崧填词以长调为主。相反，纳兰性德生长于华阀之家，年纪尚幼，没有太多的人生阅历，更多的是自己简单的读书生活和少年的遐思（对爱情的憧憬，对未来前途充满希望，也有青年人天生的伤感和科场失利的偶尔失意等），这些情绪没有太强烈的爆发力，只宜采用小令的方式表现之。现将《饮水词》中小令词调、词作数量及词牌字数分别见表 12.2：

表 12.2

词调	词作数量	字数	词调	词作数量	字数
浣溪沙	39	42	玉连环影	2	31
菩萨蛮	27	44	赤枣子	2	27
采桑子	18	44	荷叶杯	2	23

词调	词作数量	字数	词调	词作数量	字数
梦江南（又名望江南、忆江南、江南好）	17	27	梅梢雪（又名一斛珠、醉落魄）	1	57
清平乐	14	46	渔父	1	27
临江仙	12	58	遏方怨	1	32
虞美人	10	56	转应曲	1	32
鹧鸪天（又名于中好）	10	55	木兰花令	1	56
浪淘沙	10	54	茶瓶儿	1	56
南乡子	7	27	河传	1	55
眼儿媚	6	48	红窗月	1	53
山花子（又名摊破浣溪沙）	6	45	寻芳草	1	52
减字木兰花	6	44	菊花新	1	52
点绛唇	5	41	添字采桑子	1	50
生查子	5	40	四和香	1	50
鹊桥仙	4	56	少年游	1	50
秋千索	4	53	满宫花	1	50
天仙子	4	34	青衫湿	1	48
如梦令	4	33	落花时	1	48
雨中花（又名明月棹孤舟）	3	56	锦堂春	1	48
南歌子	3	52	海棠春（又名乌夜啼）	1	48
忆秦娥	3	46	朝中措	1	48
洛阳春（又名一络索）	3	46	醉桃源	1	47

词调	词作数量	字数	词调	词作数量	字数
好事近	3	45	画堂春	1	47
卜算子	3	44	谒金门	1	45
忆王孙	3	31	罗敷媚	1	44
踏莎行	2	58	霜天晓角	1	43
太常引	2	49	酒泉子	1	40
河渎神	2	49	诉衷情	1	33
昭君怨	2	40	长相思	1	36
相见欢	2	36			

其中，花间词有的：《采桑子》1首、《河传》18首、《河渎神》6首、《荷叶杯》14首、《浣溪沙》56首、《酒泉子》26首、《浪淘沙》2首、《临江仙》26首、《满宫花》3首、《梦江南》6首、《木兰花》3首、《南歌子》12首、《南乡子》18首、《菩萨蛮》41首、《清平乐》9首、《山花子》2首、《生查子》7首、《诉衷情》12首、《天仙子》9首、《遐方怨》3首、《相见欢》1首、《渔父》1首、《虞美人》14首。共计23调290首。分别占其小令总数的33%和60%。

后主词有的：《采桑子》2首、《长相思》1首、《浣溪沙》1首、《乌夜啼》（锦堂春）2首、《浪淘沙》2首、《临江仙》7首、《一斛珠》（梅梢雪）1首、《梦江南》2首、《菩萨蛮》5首、《清平乐》1首、《渔父》2首、《虞美人》2首。共计12调28首。分别占其小令总数的71%和85%。

小山词有的：《采桑子》27首、《长相思》1首、《点绛唇》5首、《浣溪沙》21首、《减字木兰花》3首、《浪淘沙》4首、《临江仙》8首、《醉落魄》（梅梢雪）4首、《木兰花》8首、

《南乡子》7首、《菩萨蛮》9首、《清平乐》18首、《少年游》5首、《生查子》13首、《诉衷情》8首、《踏莎行》4首、《虞美人》9首、《鹧鸪天》19首。共计18调173首。分别占其小令总数的53%和80%。

由上述可见，纳兰在小令词调的选用上受花间词、后主词和小山词的影响十分明显。为进一步说明这种情况，我们可以拿饮水词中超过10首的9个小令词牌来做简单比较。

表12.3

词集 \ 词调	浣溪沙	菩萨蛮	采桑子	梦江南	清平乐	临江仙	虞美人	鹧鸪天	浪淘沙
花间集	56	41	1	6	9	26	14	0	2
后主词	1	5	2	2	1	7	2	0	2
小山词	21	9	27	0	18	3	9	19	4
饮水词	39	27	18	17	14	12	10	10	10

《饮水词》中，也有一部分用了中调和长调的词牌。据统计，全部纳兰词用中调者凡12调，词作25首，超过3次以上者仅有《唐多令》（3次）、《蝶恋花》（9次）两调，占全部调数的12%，全部词作数的7%；用长调者凡27调，词作51首，超过3次以上者有《齐天乐》（3次）、《满江红》（4次）、《贺新郎》（10次）、《念奴娇》（4次）、《沁园春》（3次）、《金缕曲》（2次）等，约占全部调数的27%，全部词作数的14.6%；这说明纳兰性德是娴熟于中长调的，刘大杰先生说："纳兰虽以婉约的小令为主，但偶有长调亦见工力。其《金缕曲》'赠梁汾'、'亡妇忌日有感'、《水调歌头》'题岳阳楼词'

诸词，又别具风格。"① 纳兰性德的朋友姜宸英还进一步指出："其于词，小令取唐五代，宗法晏氏父子；长调则推周、秦及稼轩诸家，以为其章法转换、顿挫离合之妙，正与文家散行体何异？"（《墓表》）也就是说，纳兰性德特别注意从周邦彦、秦观、辛稼轩的长调中吸收其字法、句法、章法转换、顿挫离合的表达技巧。比如被谭献称之为"逼真北宋慢词"的《台城路·塞外七夕》：

> 白狼河北秋偏早，星桥又迎河鼓。清漏频移，微云欲湿，正是金风玉露。两眉愁聚。待归踏榆花，那时才诉。只恐重逢，明明相视更无语。　　人间别离无数。向瓜果筵前，碧天凝竚。连理千花，相思一叶，毕竟随风何处。羁栖良苦。算未抵空房，冷香啼曙。今夜天孙，笑人愁似许。

词题为"塞外七夕"，却不写塞外的凛冽寒风，也不写塞外的荒凉景象，而是以"七夕"为切入点表达他对亡妻的怀思之情。起首是描写塞外秋来早，渲染出一种冷寂的氛围——"清漏频移，微云欲湿，金风玉露"，然后由写景转换到写人——"两眉愁聚"，原来已经到了"七夕"。这个特殊的日子让他起了怀人之思，想起了自己的亡妻，那个曾经让他多次在塞外魂牵梦系的亡妻，但如今即便是有缘相聚也恐怕是"相视无语"。接着下阕以"人间别离无数"一句接续上阕，转而去表述牛郎织女之事，情思似有荡开，然则用思更为深刻：天上牛郎织女尚有相会之日，而我们呢？却是无缘相见，"连理千花，相思一叶，毕竟随风何处"。词人再次将笔触从天上拉回到人间，拉回到自

---

① 刘大杰：《中国文学发展史》下卷，复旦大学出版社 2006 年版，第 377 页。

己，诉说自己"羁栖良苦"，最后以"空房"、"冷香"、"人愁如许"作结，在章法上真可谓是"一波三折"。这一做法正吸取了柳永、秦观、周邦彦等人慢词表达技巧之优长。

二　词风：以婉约为宗，兼取多样风格

纳兰性德在后世被称为"纯情词人"、"以情取胜"。许宗元在《中国词史》中说："纳兰词之影响面广，感人程度深，固然有赖于其艺术，更重要的在于他具有一种内美——感情真挚。正是这种内美，使纳兰词生命之树长青。"① 其对情的表现脱去俗气，亦如况周颐所云是"纯任性灵，纤尘不染"，表现出一种雅丽之美、伤感之美、清新之美，这些正得力于他对《花间》、李煜、晏几道诸家词的主动学习和有效接受。

1. 精巧高丽，刻画花间

被后代尊之为"倚声填词之祖"的《花间集》，是以一种迥异于传统诗文的风貌出现在中国文学史上的。陆游的《花间集跋》云："诗至晚唐五季，气格卑陋，千人一律，而长短句独精巧高丽，后世莫及。"花间词在艺术技巧上精雕细琢，在内容题材上多写婚恋情事，这些也在《饮水词》中有着明显的表现，以致郭麐《灵芬馆词话》云："《饮水》一篇，专学南唐五代，减字偷声，骎骎乎入《花间》之室。"

首先，在题材方面，《花间集》中的词作，大部分是写男女恋情、悲欢离合、旅愁闺怨、伤春惜时，只有个别作品涉及边塞战争生活，如毛文锡的《甘州遍》（"秋风紧"）、牛峤的《定西

---

① 许宗元：《中国词史》，黄山书社1990年版，第247页。

蕃》（"紫塞月明千里"）等。同样，在《饮水词》中，虽有少部分描写边塞的作品，如《长相思》（"山一程"），但其数量最多、成就最大的依然当属其爱情词、悼亡词这类表达小我情怀的词作。"纳兰的悼亡词不仅开拓了容量，更主要的是赤诚淳厚，情真意挚，几乎将一颗哀恸追怀、无尽依恋的心活泼泼地吐露到了纸上。所以，是继苏轼之后在词的领域内这一题材作品最称卓特的一家。"① 其他题材的词作，比如交游词或咏物词，纳兰性德也常以其为载体，抒发一己之情绪。如《金缕曲·赠梁汾》中"身世悠悠何足问，冷笑置之而已"，《采桑子》中"非关癖爱轻模样，冷处偏佳。别有根芽，不是人间富贵花"，通过赠友或咏梅表达了自己身轻富贵的气度。

　　其次，在艺术技巧及词作风格上，《饮水词》中也有许多篇章神似《花间》。比如这一阕《天仙子》：

　　　　梦里蘼芜青一剪。玉郎经岁音书远。暗钟明月不归来，梁上燕。轻罗扇。好风又落桃花片。

　　好一片轻罗小扇的温软之风！其中又带着丝丝怀恋与怅惘。整体情调可称"雅隽绝伦"。难怪陈廷焯评价说："不减五代人手笔。"（《词则》卷五）又说："措词遣句，直逼五代人。"（《云韶集》卷十五）不仅如此，就连其中"玉郎经岁音书远"句，也是从《花间集》中顾敻《遐方怨》的"玉郎经岁负娉婷，教人争不恨无情"中化用而来。又有《酒泉子》一阕：

　　　　谢却荼蘼。一片月明如水。篆香消，犹未睡。早鸦啼。

――――――――――

　　① 严迪昌：《清词史》，江苏古籍出版社1990年版，第280页。

　　嫩寒无赖罗衣薄。休傍阑干角。最愁人，灯欲落。雁
还飞。

　　素洁的荼䕷花，在月光下无声地谢落，闺中之人，一夜无
眠，晨起无聊，斜倚阑干。它勾勒出一幅美人怀思的画卷，表露
出一种闲愁无聊的意绪，这正是晚唐、五代人的惯常手法。陈廷
焯评之曰："凄婉。端己、正中不得专美于前。"（《云韶集》卷
十五）"情词凄婉，似韦端己手笔。"（《词则》卷三）则是拿
《花间集》中另一位代表词人韦庄作比。
　　此外，《饮水词》中另有许多直接引用或间接化用花间的词
句。大致列举如下：
　　纳兰：魂似柳绵吹欲碎，绕天涯。（《山花子》）
　　花间：教人魂梦逐杨花，绕天涯。（顾夐《虞美人》）
　　纳兰：多少滴残红蜡泪。（《山花子》）
　　花间：玉炉香，红蜡泪。（温庭筠《更漏子》）
　　纳兰：星影漾寒沙。微茫织浪花。（《菩萨蛮》）
　　花间：角声呜咽，星斗渐微茫。（韦庄《江城子》）
　　纳兰：寂寂绣屏香篆灭。（《清平乐》）
　　花间：寂寞绣屏香一炷。（韦庄《应天长》）
　　纳兰：记得灯前佯忍泪。（《清平乐》）
　　花间：忍泪佯低面，含羞半敛眉。（韦庄《女冠子》）
　　纳兰：西南月落城乌起。（《天仙子》）
　　花间：惊塞雁，起城乌。（温庭筠《更漏子》）
　　纳兰：相思何处说。（《菩萨蛮》）
　　花间：暗相思，无处说。（韦庄《应天长》）
　　纳兰：雨余花外却斜阳。（《浪淘沙》）
　　花间：雨后却斜阳，杏花零落香。（温庭筠《菩萨蛮》）

纳兰：断魂无据。万水千山何处去。（《减字木兰花》）

花间：万水千山不曾行，魂梦欲教何处觅。（韦庄《木兰花》）

《饮水词》中还多处化用花间词人的其他诗句。如纳兰《蝶恋花》中有"不语垂鞭，踏遍清秋路"句，语见温庭筠《赠知音》诗："不语垂鞭上柳堤。"凡此种种，不胜枚举。

纳兰心仪《花间》小令，还可以一旁词为证。其友蒋景祁（字京少）《瑶华集·集述》有云："温韦诸公，短音促节，天真烂漫，遂疑于天仙化人，可望而不可即。顾舍人梁汾、成进土容若极持斯论。"纳兰在《罗敷媚·赠蒋京少》词中也说："嗜痂莫道无知己"，所谓"嗜痂"，即指二人皆好晚唐、《花间》风格。二者在题材上等方面的相似之处，以致后人对他们的批评都是相似的：题材狭窄，"千篇一律，无所取裁"。这些说法，或许有其道理，然而纳兰词的光芒，并非《花间》一集所能笼罩，它还有李后主的"哀感顽艳"和晏小山的"清新俊逸"。

2. 哀感顽艳，瓣香重光

其实从清初开始，词评家和研究者都有将纳兰词与后主词相提并论的习尚，认为纳兰词就是后主词的"后身之作"。陈维崧在《词评》中说："纳兰词，哀感顽艳，得南唐二主之遗。"况周颐于《蕙风词话》中云："寒酸语不可作，即愁苦之音，亦以华贵出之，饮水词人，所以为重光后身也。"梁启超于《饮水词识》中云："纳兰小词，直追李主。"近代学者吴梅亦云："容若小令，凄婉不可卒读……究其所诣，洵足追美南唐二主。"（《词学通论》）现代词学家唐圭璋先生在《纳兰容若评传》中也说："成容若雍容华贵，而吐属哀怨欲绝，论者以为重光后身，似不为过。"众多的词论家和研究者都注意到了纳兰词和后主词的相似性。

然而，纳兰词和后主词的近似，绝非偶然，实乃必然，纳兰性德多次表示过自己对后主词的推崇之意，其《渌水亭杂识》云："《花间》之词如古玉器，贵重而不适用，宋词适用而少贵重，李后主兼有其美，更饶烟水迷离之致。"如果说相对于《花间》，他更多的只是欣赏与遥望的话，那么，"不教词境囿《花间》"的李后主对他的影响则更为直接。

从题材来看。"人生愁恨何能免"，李煜的30余阕词中，有大半是"寻愁觅恨"之作。他早期的词作更多的承续了香软靡丽的花间词风，如这首《菩萨蛮》：

> 花明月黯笼轻雾，今宵好向郎边去！衩袜步香阶，手提金缕鞋。　　画堂南畔见，一向偎人颤。奴为出来难，教君恣意怜。

然而更为重要的是，作为一位亡国之君，在他的后期词作中，更融入了兴亡之感、家国之思（如《破阵子》之"四十年来家国"），于是，便将词作的境界由个人的"小我"上升到了民族、宇宙的"大我"。如"问君能有几多愁，恰似一江春水向东流"（《虞美人》），"自是人生长恨水长东"（《乌夜啼》）等词句，只寥寥数语，便将人世间最为普遍的缺憾包蕴其中。这也是王国维所激赏的"词至后主而眼界始大，感慨遂深，遂变伶工之词而为士大夫之词"（《人间词话》）。

这种家国兴亡之感也在纳兰词中出现过，但已褪去了后主词那种浓郁的情感色彩，更多的一种深沉的历史感慨，确切地说它实际上是一种富有哲理性的兴衰之感。如《好事近》：

> 何路向家园，历历残山剩水。都把一春冷淡，到麦秋天

气。　　料应重发隔年花，莫问花前事。纵使东风依旧，怕
红颜不似。

　　此词是纳兰随康熙行役在外的所见所感，只见隐隐的今昔之
感，未必有纳兰性德个人隐忧之情。而且，"隔年花"之典也是
来自后主事。《南唐书·昭惠周后传》记曰："（后主）又尝与后
移植梅花于瑶光殿之西，及花时，后已殂，因成诗见意……云：
失却烟花主，东风不自知。清香更何用，犹发去年枝。"纳兰性
德对汉族的历史有着特殊的兴趣，《渌水亭杂识》也记录了许多
他读史的随感，《饮水词》中也有多首咏史之篇，如《南歌子·
古戍》、《浣溪沙·姜女庙》、《台城路·洗妆台怀古》、《江城
子·咏史》等，多是发思古之幽情，抒今昔盛衰之感，这也有
以古鉴今的寓意。

　　另外，从表现手法和艺术风格上来看，纳兰和后主的相似之
处在于"语浅意深"，即用近似白描的手法，写出超越时空的人
生感受。或许可借王国维《宋元戏曲史》中的一句话来描述，
即"一言以蔽之，曰：自然而已矣"。此处所说的"自然"，是
指直抒性情之自然，不雕琢、不假借，自成天然好言语。吴梅在
《词学通论》中说："其（后主）悲欢之情固不同，而自写襟抱，
不事寄托。"李煜词中较少用典，多化前人诗句为己之用，却不
显雕琢之痕，如水着色，如月映水，如盐入水，无迹可求。这些
特点，《饮水词》中也同样具备。如这样一首《鹧鸪天》：

　　背立盈盈故作羞，手挪梅蕊打肩头。欲将离恨寻郎说，
待得郎归恨却休？云淡淡，水悠悠，一声横笛锁空楼。何时
共泛春溪月，断岸垂杨一叶舟。

词写初恋的娇嗔，别后的怀思，纯用白描手法，率性而成，不假雕饰，有一种朴拙清丽之美。首句"背立盈盈故作羞，手挪梅蕊打肩头"，与李煜的"绣床斜凭娇无那，烂嚼红茸，笑向檀郎唾"（《一斛珠》），有异曲同工之妙。徐照华将纳兰词的自然之美概括为三点：语出肺腑，行卷自如；善寓诗句，隶事无痕；善用口语为韵致语。这些看法颇为中肯。

此外，《饮水词》亦有许多直接引用或间接化用的后主词句。比如：

表 12.4

饮水词	后主词
《浣溪沙》：两眉何处月如钩。	《乌夜啼》：无言独上西楼，月如钩。
《浣溪沙》：才移划袜又沈吟。	《菩萨蛮》：划袜步香阶，手提金缕鞋。
《南歌子》：暖护樱桃蕊，寒翻蛱蝶翎。	《临江仙》：樱桃落尽春归去，蝶翻轻粉双飞。
《南歌子》：东风回首尽成非，不道兴亡命也，岂人为。	《虞美人》：小楼昨夜又东风，故国不堪回首月明中。
《清平乐》：地衣红锦轻蒨。	《浣溪沙》：红锦地衣随步皱。
《虞美人》：曲阑深处重相见，匀泪偎人颤。	《菩萨蛮》：画堂南畔见，一晌偎人颤。
《潇湘雨》：渐行渐远，天涯南北。	《清平乐》：离恨恰如春草，渐行渐远还生。
《浪淘沙》：双燕又飞还。好景阑珊。	《浪淘沙》：帘外雨潺潺，春意阑珊。
《浣溪沙》（联句）：人生别易会常难。	《浪淘沙》：别时容易见时难。

3. 清新超逸，直越小山

容若好友顾梁汾说："吾友容若，其门第才华，直越晏小山而上之。"(《纳兰词评》)而容若在弱冠之年编辑的词集《侧帽集》取名,也来自晏几道《清平乐》"侧帽风前花满路"一句。两人同是相府公子,荣华尊贵,却又同时淡泊名利,执著爱情。其词风,又同是清新俊秀,自然超逸。才华横溢,多情善感——千年时空以下,这是两个如此相似的灵魂。

从题材来说,晏几道词作中最优秀的篇章,是那些描写男女之情的作品。他自云其词篇皆记当日与莲、鸿、苹、云一类歌妓侍妾的"悲欢合离之事"。如这首《鹧鸪天》:

> 彩袖殷勤捧玉钟。当年拼却醉颜红。舞低杨柳楼心月,歌尽桃花扇影风。　　从别后,忆相逢。几回魂梦与君同。今宵剩把银红照,犹恐相逢是梦中。

而《饮水词》中爱情词也占了很大比重,而且,纳兰将对妻子卢氏的一片真情与怀念皆付诸词章,刻骨铭心,凄恻动人。如《蝶恋花》:

> 辛苦最怜天上月,一夕如环,夕夕都成玦。若似月轮终皎洁,不辞冰雪为卿热。　　无那尘缘容易绝,燕子依然,软踏帘钩说。唱罢秋坟愁未歇,春丛认取双栖蝶。

这种相近也体现在情感意趣上,对往事的追忆成为他们共同的题材。小山词中,如"当时明月在,曾照彩云归"(《临江仙》);"良时易过,半镜流年春欲破。往事难忘,一枕高楼到夕阳"(《减字木兰花》);"从来往事都如梦,伤心最是醉归时,眼前少个人人送"(《踏莎行》)。在纳兰词中,如"赌书消得泼茶香,当时只道是寻常"(《浣溪沙》);"此情已是成追忆,零落鸳鸯。雨歇微凉，十一年前梦一场"（《采桑子》）；"欲雨心情梦已阑，镜中依约见春山。方悔从前真草草，等闲看"（《山花子》），等等。都是因为一往情深而对逝去之事的念念不忘。与此相联系的是小山词和纳兰词中都反复出现的"梦"的意象。通过对"梦"的抒写，现实的种种痛楚得到某种程度的消解和补偿。据统计，《小山词》200 余首里"梦"字共出现过 57 次，《饮水词》348 阕里"梦"字更是出现过 120 次。

从表现手法和艺术风格来看，二者都以南唐词风为追求的目标，词风于华贵风流中又见佚丽清新，偶作沉郁悲凉、缠绵悱恻之语，令人不忍卒读。纳兰词中那种低回幽远的意境，的确是酷似小山的。比如这两首《采桑子》：

彤霞久绝飞琼宇，人在谁边。人在谁边，今夜玉清眠不眠。　　香销被冷残灯灭，静数秋天。静数秋天，又误心期到下弦。

当时月下分飞处，依旧凄凉。也会思量。不道孤眠夜更长。　　泪痕揾遍鸳鸯枕，重绕回廊。月上东窗。长到如今欲断肠。

前者为纳兰容若所作，后者为小山所作。然而，乍看之下，几乎分辨不出作者。造成这种情况的原因，除了相似的生活环境、灵心善感、一往情深以外，也和他们共同的文学追踪方向有关。陈振孙之《直斋书录题解》曰："叔原词，在诸名家中，独可追逼花间，高处或过之。"夏敬观之《评小山词跋尾》也说："晏氏父子，嗣响南唐二主，才力相敌。盖不特词胜，有过人之情。"这些都和容若好观北宋之词，追踪南唐遗响的方向是一致的。

此外，《饮水词》中有多处化用小山词句或词境，如：

表 12.5

饮水词	小山词
《采桑子》：又误心期到下弦。	《采桑子》：夜痕记尽窗间月，曾误心期。
《采桑子》：明月多情应笑我，笑我如今，辜负春心。	《采桑子》：莺花见尽当时事，应笑如今。一寸愁心。
《采桑子》：月浅灯深。梦里云归何处寻。	《清平乐》：梦云归处难寻。微凉暗入香襟。犹恨那回庭院，依前月浅灯深。
《采桑子》：准拟相看似旧时。	《采桑子》：怎得相看似旧时。
《采桑子》：而今才道当时错。	《醉落魄》：分飞容易当时错。
《蝶恋花》：袖口香寒，心比秋莲苦。	《西江月》：醉帽檐头风细，征衫袖口香寒。 《生查子》：遗恨几时休，心抵秋莲苦。
《金缕曲》：还怕两人俱薄命，再缘悭、剩月零风里。	《木兰花》：欲将恩爱结来生，只恐来生缘又短。
《秋千索》：满地梨花似去年，却多了，廉纤雨。 《洞仙歌》：无端轻薄雨。	《生查子》：无端轻薄云，暗作廉纤雨。
《清平乐》：容易雨低香近。	《清平乐》：勾引行人添别恨，因是雨低香近。
《踏莎行》：倚柳题笺，当花侧帽。	《清平乐》：侧帽风前花满路。
《剪湘云》：险韵慵拈，新声醉倚。	《六么令》：昨夜诗有回纹，韵险还慵押。
《昭君怨》：又是梨花欲谢，绣被春寒今夜。	《生查子》：牵系玉楼人，绣被春寒夜。

饮水词	小山词
《采桑子》：残灯目断传书雁，尺素还稀。一味相思，准拟相看似旧时。	《采桑子》：秋来更觉销魂苦，小字还稀，坐想行思，怎得想看似旧时。
《浣溪沙》：泪浥红笺第几行。	《两同心》：相思处，一纸红笺，无限啼痕。
《采桑子》：不知何事萦怀抱，醒也无聊，醉也无聊，梦也何曾到谢桥。	《鹧鸪天》：梦魂惯得无拘检，又踏杨花到谢桥。

4. 选择之外的通达

由个人的气质类型所决定，纳兰性德在创作上形成了自己独特的风格——哀感顽艳，他对前代词人也是有所偏好的（花间、李煜、晏几道），但他在词学观念上却是采取较为通达的态度。"自唐五代以来诸名家词皆有选本"，他皆所涉猎，香柔之周柳、激亢之苏辛皆其所尚。他曾致书好友梁佩兰，共商选词的标准时说："愚意以为吾人选书，不必各博，专取精诣，杰出之彦，尽其所长，使其精神风致涌现于楮墨之间。"（《与梁药亭书》）这一以艺术质量作为选词标准的主张，体现了不以人废言的通达态度。在对宋代词人的取舍上，他打算选录的对象是——

北宋：周邦彦、苏轼、晏殊、张克、柳永、秦观、贺铸。

南宋：姜夔、辛弃疾、史达祖、高观国、程垓、陆游、吴文英、王沂孙、张炎。

虽然，他所编宋词选今不见传本，但通过已经编成的《今词初集》，我们可以看到他着重选录了陈子龙、吴伟业、龚鼎孳、王士祯、曹溶、吴倚、陈维崧、朱彝尊、顾贞观和他自己的词作，这里既有词近花间者，也有词近北宋者，更有词近南宋者，这一选录兼顾当时词坛的各种风格，也体现了他不以一己之见管窥他人的通达态度。

他对前人的广泛接受是多方面的，有字句的借用，有章法的学习，也有风格的仿效。先说风格之近似者，如他的《贺新凉》（德也狂生耳）一词，不仅用情之深，而且言辞恳切，声情亦有悲壮之美，明显受到了苏、辛之影响，难怪他的友人徐釚评之曰："词旨嵚崎磊落，不啻坡老、稼轩。"（《词苑丛谈》卷五）再如《蝶恋花·出塞》云：

> 今古山河无定数，画角声中，牧马频来去。满目荒凉谁可语？西风吹老丹枫树。　　幽怨从前何处诉？铁马金戈、青冢黄昏路。一往情深深几许？深山夕照深秋雨。

虽是令词，却是写得苍凉悲壮，其他如令词《忆秦娥》（山重叠）、《采桑子·居庸关》、慢词《金缕曲》（"未得长无谓"）、《沁园春》（"试望阴山"）、《水调歌头》（"空山梵呗静"），或是雄奇豪放，或是沉雄悲壮，在风格上都有近似辛稼轩的特点。

次说，他对前人字句之借用，这里将他的作品直接袭用或化用宋人诗句或词句，兹列表说明之。

表 12.6

饮水词	宋词
《大酺》：准拟倩、春归燕子，说与从头，争教他、会人言语。	宋徽宗《燕山亭》：这双燕，何曾会人言语。

饮水词	宋词
《秋水》：谁道破愁须仗酒，酒醒后，心翻醉。	赵长卿《南乡子》：谁道破愁须仗酒，君看，酒到愁多破亦多。
《蝶恋花》：准拟春来消寂寞。愁雨愁风，翻把春担阁。不为伤春情绪恶。为怜镜里颜非昨。	张矩《浪淘沙》：春梦草茸茸，愁雨愁风。
《金缕曲》：百感消除无计。	李清照《一剪梅》：此情无计可消除。
《水调歌头》：忽宜雨，旋宜月，更宜晴。人间无数金碧，未许著空明。	陈与义《菩萨蛮》：南轩面对芙蓉，宜风宜月还宜雨。
《浣溪沙》：一抹晚烟荒戍垒，半竿斜日旧关城。古今幽恨几时平。	张孝祥《眼光媚》：半竿残日，两行珠泪，一叶扁舟。
《望海潮》：汉陵风雨，寒烟衰草，江山满目兴亡。	辛弃疾《念奴娇》：虎踞龙蟠何处是，只有兴亡满目。
《清平乐》：极天关塞云中，人随落雁西风。唤取红襟翠袖，莫教泪洒英雄。	辛弃疾《水龙吟》：倩何人唤取，红巾翠袖，揾英雄泪。
《蝶恋花》：眼底风光留不住。和暖和香，又上雕鞍去。欲倩烟丝遮别路。垂杨那是相思树。	辛弃疾《蝶恋花》：有底风光留不住，烟波万顷春江鲗。
《浣溪沙》：肠断斑骓去未还，绣屏深锁凤箫寒，一春幽梦有无间。	辛弃疾《江神子》：绣阁香浓，深锁凤箫声。未必人知春意思，还独自，绕花行。
《减字木兰花》：记取相思。环佩归来月上时。	姜夔《疏影》：想佩环月夜归来，化作此花幽独。

　　从上表看出，他对宋人的接受是积极的，或原句挪用，或点化成句，或翻意成句，不拘一格，意在为传己之情，营造自己的

意境和风格，正是因为能广收博采又能自出新意，纳兰性德才能走出前人苑囿形成自己的独特风貌——清新自然，哀感顽艳。

三　从明末清初词坛看纳兰性德的文学接受

由上分析可知，无论是词论，还是词作、词调，还是调风，纳兰性德文学成就的取得，是与他对唐宋文学的主动接受分不开的。值得注意的是，纳兰性德对词的好尚，还是在陈维崧、朱彝尊、顾贞观等清初著名词人的影响下形成的。《清史稿·文苑传》曾将顾贞观与陈维崧及朱彝尊并称"清初词家三绝"，这"词家三绝"都对纳兰性德的创作有直接的影响，但顾贞观的影响更大些。据顾贞观《栩园词弃稿序》记载，纳兰曾向其讨教填词之道后，"自是益进"。顾贞观填词偏好北宋，尤重《花间》，纳兰亦然，其师徐乾学说："（容若）好观北宋之作，不喜南渡诸家，而清新秀隽，自然超逸。"（《墓志铭》）通过上文分析也可以发现，他在很大程度上继承的是《花间》以来的婉约词风，所作以小令为主，以情致见佳，以软媚见长。《续修四库全书·〈纳兰词〉》提要》说："此集令曲为多，慢词较少，慢词初不协律，令曲则格高韵远，婉约绸缪。其论词推崇南唐后主，故或谓性德即后主化身，或谓词似花间，皆未免言过其实。后主气质浑厚，得自天成；花间高丽精英，情深比兴，性德并未能至其境也。若以古人拟之，其词出于东山、小山、淮海之间矣。"

在明末清初众多词人中，陈子龙被后人推之为"重光后身"，也就是说陈子龙是明末清初词坛的"李后主"。纳兰性德亦对之尤为推重，在他与顾贞观合编的《今词初集》一书中，选录明末清初词人 184 家，词作 617 首，其中陈子龙以 29 首的入选篇目高居榜首，接着下来的是龚鼎孳、顾贞观位列第二、第三，分别选录 27 首、24 首，其他超出 10 首的有李雯（18 首）、宋征舆（21 首）、曹溶（16 首）、吴伟业（13 首）、丁澎（19 首）、吴绮（23 首）、王士禛（13 首）、朱彝尊（22 首）、陈维崧（11 首）、严绳孙（17 首）、纳兰性德（17 首）等。值得注意的，陈子龙词存世的数量并不多，今本《陈子龙诗集》也只辑得 79 首，《今词初集》的入选数量是其总数的 34%，这一比例肯定要高于其他各家的入选率。这说明它既肯定了明末清初词坛多种风格并存的格局，同时也表明了自己偏好哀感顽艳的审美意趣，这一点在他的《通志堂词》里表现得尤为明显。

今存通行本《纳兰词》中都有这样一首《浣溪沙》"咏五更"和湘真韵之作：

> 微晕娇花湿欲流，簟纹灯影一生愁。梦回疑在远山楼。残月暗窥金屈戌，软风徐荡玉帘钩。待听邻女唤梳头。

陈子龙的原作是这样的：

> 半枕轻寒泪暗流，愁时如梦梦时愁。角声初到小红楼。风动残灯摇绣幕，花笼微月淡帘钩。陡然旧恨上心头。

很显然，陈子龙承续的是《花间》风尚，写思妇在空闺内发出的哀怨和叹息，她不能和自己的心上人在现实中相聚，便只能借助梦来实现它，然而梦也不分明："愁时如梦梦时愁"，在表达上的特点是意含而不露、语淡而味隽；纳兰性德不但主题也写思妇在空闺内的闲愁，而且在表现手法上也是模仿陈子龙——

梦回红楼、风吹帘钩、邻女唤梳头，其意象的营构与陈子龙的词非常近似，只是在结句上两人稍有不同而已，一写事象，一写心绪。陈廷焯评曰："调和意远，似此真不愧大雅矣，古今艳词亦不多见也。"（《词则·闲情集》）

陈子龙之后，在清初词坛，龚鼎孳（香严）和王士禛（阮亭）是两位关键性人物，前者引发了京师词坛的秋水轩唱和，后者则直接在扬州启动了红桥唱和，这两次唱和在风格上是大不相同的，一豪放、一婉约，但纳兰性德对他们的创作风格都有模仿和学习，其学阮亭者有《浣溪沙·红桥怀古，和王阮亭韵》，其学香严者有《浣溪沙·西郊冯氏园看海棠，因忆香严词有感》、《金缕曲·再赠梁汾，用秋水轩旧韵》、《金缕曲·再用秋水轩旧韵》。先说其《浣溪沙·红桥怀古，和王阮亭韵》一词：

> 无恙年年汴水流，一声水调短亭秋。旧时明月照扬州。
> 曾是长堤牵锦缆，绿杨清瘦至今愁。玉钩斜路近迷楼。

康熙元年（1662）夏，王士禛曾与袁于令、杜濬、陈维崧等泛舟红桥，并赋有《浣溪沙》三章，纳兰性德于康熙二十三年扈从南巡扬州，其所赋之《浣溪沙》即王士禛红桥唱和之首章："北郭青溪一带流，红桥风物眼中秋。绿杨城郭是扬州。

西望雷塘何处是？香魂零落使人愁。澹烟芳草迷旧楼。"王士禛从眼前之景写起，笔触轻灵，迷离而朦胧，并引起人们对历史的遐思，传达出一种若即若离、似有似无的"神韵"；纳兰性德不仅步和阮亭其韵，而且在写法上也是有意模仿王士禛，由眼前之明月引发人们对旧时之扬州的回想，这里曾是隋炀帝泛舟之地和宫女牵缆之堤，如今这些曾有的繁华都已成为过眼云烟，字里行间流露出一种深邃的历史感，比较而言，纳兰性德的词较王士禛的词意义更为显豁。

次说纳兰性德对龚鼎孳的学习，龚鼎孳在康熙十二年（1673）曾任会试主考官，容若正出其门下，是年秋，龚氏卒去。纳兰性德的《浣溪沙·西郊冯氏园看海棠，因忆〈香严词〉有感》大约就是在这之后不久所写的追忆之作：

> 谁道飘零不可怜，旧游时节好花天。断肠人去自今年。
> 一片晕红才著雨，几丝柔绿乍和烟。倩魂销尽夕阳前。

这里的西郊冯氏园指的是明万历时大珰冯保之园，龚鼎孳在京师时曾多次到冯氏园看海棠，《清名家词》本《定山堂诗余》收有西郊海棠词四首：《菩萨蛮·上巳前一日西郊冯氏园看海棠》、《菩萨蛮·同韶九西郊冯氏园看海棠》、《菩萨蛮·西郊海棠已放，风复大作，对花怅然》、《罗敷媚·朱右司马招集西郊冯氏园看海棠》。纳兰性德游冯氏园，即景生情，睹物思人，不由自主地想起《香严词》中的上述海棠词，顺着这样的思路他也像龚鼎孳一样，在笔下着力表现其伤春惜花的意绪，同时也借花写人，抒其悼怀龚氏之意。"断肠人去自今年"指的正是龚鼎孳，"倩魂销尽夕阳前"既是惜花之凋谢，也是伤人之辞世，在总体风格上亦大体仿效龚氏。

不但效龚氏作艳体，纳兰性德还仿龚氏作豪格，其《金缕曲·再赠梁汾，用秋水轩旧韵》就是这样的作品。词云：

> 酒涴青衫卷。尽从前，风流京兆，闲情未遣。江左知名
> 今廿载，枯树泪痕休泫。摇落尽，玉蛾冰茧。多少殷勤红叶
> 句，御沟深，不似天河浅。空省识，画图展。　　高才自古

难通显。枉教他，堵墙落笔，凌云书扁。入洛游梁重到处，骇看村庄吠犬。独憔悴，斯人不免。衮衮门前题凤客，竟居然，润色朝家典。凭触忌，舌难剪。

这首词是接着另一首《金缕曲·赠梁汾》而写，既是为梁汾（顾贞观）高才不遇而扼腕，也是对顾贞观《金缕曲》和秋水轩韵的追步。顾贞观《金缕曲》前有小序云："秋水轩词一韵累百，皆淮南（龚鼎孳）、檇李（曹尔堪）二公与都亭诸缙绅韦布唱酬名作，适承远寄，聊复效颦，和徐方虎（倬）灯下菊影。"这里提到秋水轩唱和是由龚鼎孳发起的，不过首倡者却是曹尔堪，这次唱和活动的主调是"一股难以名状的郁结的悲凉"，其参加者大多是在京师不得而志的江南文人，纳兰性德这首步和秋水轩韵的《金缕曲》在精神上也是一脉相通，"既怜友人之落魄，复愤当朝之措施失当……此种愤世之情，竟毫无顾忌，慷慨直陈"。这说明他对龚鼎孳的学习是能得其精髓的，并能博采众体，风格多样。正因为他广泛地学习，才能在《今词初集》里表现出不存门户之见的态度，并在自己的作品里试图实践多种风格而不拘于一家，最后成就其清新自然的风格。

顾贞观是与纳兰性德交谊最深的朋友，其词受顾贞观词风的浸染更深。性德与梁汾结交的时间在康熙十五年丙辰，这一年，梁汾应性德之父明珠之聘出任其家庭教师。初相识，性德即赋《金缕曲》一首以赠梁汾，词云：

德也狂生耳！偶然间，淄尘京国，乌衣门第。有酒惟浇赵州土，谁会成生此意？不信道、遂成知己。青眼高歌俱未老，向尊前、拭尽英雄泪。君不见，月如水。　　共君此夜须沉醉。且由他、蛾眉谣诼，古今同忌。身世悠悠何足问，冷笑置之而已！寻思起、从头翻悔。一日心期千劫在，后身缘，恐结他生里。然诺重，君须记！

梁汾亦有酬赠容若一首，并有跋："岁丙辰，容若二十有二，乃一见即恨识余之晚。阅数日，填此阕为余题照，极感其意。"所谓"填此阕为余题照"云云，是指顾贞观入京时携有一幅"侧帽投壶图"，并自赋《梅影》一词以咏其图，大约是纳兰性德见图而赋上一阕《金缕曲》。在这首词里，纳兰性德一改其缠绵悱恻的主旋律，唱出了"有酒惟浇赵州土"的豪迈之音。起首一句"德也狂生耳"是为了拉近自己与梁汾的距离，也是为了表述自己不拘形迹的性情，接着下来向梁汾表白自己的心迹，虽然是出生在"乌衣门第"，我却也有你梁汾一样"有酒惟浇赵州土"的豪纵情怀，中间数句主要是突出表现人生得遇一知己的幸运，故而结句有"然诺重，君须记"的叮咛和承诺，展露了他为朋友披肝沥胆、洞见肺腑、率真磊落的胸襟，这也当然是纳兰性德受顾贞观之感染而对自己过往写作定式的突破。郭麐为之赞曰："容若专工小令，慢词间一为之，惟题梁汾杵香小影'德也狂生耳'一首，最为跌宕。"（《灵芬馆词话》卷二）顾贞观读后，亦赋《金缕曲》一首，并次性德原韵："且住为佳耳。任相猜、驰笺紫阁，曳据朱第。不是世人皆欲杀，争显怜才真意。容易得、一人知己！惭愧王孙图报薄，只千金当洒平生泪。曾不值、一杯水。歌残击筑心逾醉，忆当年、侯生垂老，始逢无忌。亲在许身犹未得，侠烈今生已矣。但结托、来生休悔、俄顷重投胶在漆，似旧曾相识屠沽里。名预籍，石函记。"向纳兰性德倾吐了自己的志向抱负，并表达了自己对纳兰性德的知己之感，心灵的相通是他们的深情厚谊建立的基础。

最能印证性德与顾贞观肝胆相照之情谊的，恐怕就是在后世

广为传诵的关于纳兰性德帮助顾贞观援救吴兆骞之事。引发这件事的契机竟然是顾贞观的两首《金缕曲》：

　　季子平安否？便归来、平生万事，那堪回首！行路悠悠谁慰藉？母老家贫子幼。记不起，从前杯酒。魑魅搏人应见惯，总输他、覆雨翻云手。冰与雪，周旋久。　　泪痕莫滴牛衣透。数天涯、依然骨肉，几家能够？比似红颜多命薄，更不如今还有。只绝塞、苦寒难受。廿载包胥承一诺，盼乌头马角终相救。置此札，君怀袖。

　　我亦飘零久。十年来，深恩负尽，死生师友。宿昔齐名非忝窃，试看杜陵消瘦。曾不减，夜郎僝僽。薄命长辞知己别，问人生到此凄凉否？千万恨，从君剖。　　兄生丁未吾丁丑，共些时、冰霜摧折，早衰蒲柳。辞赋从今须少作，留取心魂相守。但愿得，河清人寿。归日急翻行戍稿，把空名料理传身后。言不尽，观顿首。

　　两词后附有顾贞观的一则补记，谈到纳兰性德读完二词泣泪数行曰："河梁生别诗，山阳死友之传，得此而三，此事三千六百日中，弟当以身任之，不俟兄再嘱也。"可以这样说，是顾贞观对朋友的至真之情打动了纳兰性德，纳兰性德本来也是一个非常重情重义的人，当然顾贞观对朋友重情重义的人生态度也影响感染着纳兰性德，姜宸英便称他"生平至性，结于君亲，举以待人，无事不真"。当他结交的江南文人处于人生落魄之际，他都会及时援手相助。顾贞观援救吴兆骞之事就是由他玉成的，他还资助翁叔元还乡，姜宸英落第南归，他填词以慰之；还有秦松龄、梁佩兰、严绳孙等都得到过他不同程度的帮助。正是纳兰性德的重情尚义，才能使众多的江南文人纷纷来到渌水亭，并在他周围形成了一个特别的文人群体——渌水亭文人群体，纳兰性德一方面和他们进行诗词唱和，提高自己的表达技艺；另一方面也借之联络感情，以协助康熙达到将天下英才收入彀中的政治目的。

不仅如此，纳兰性德还在自己家中的渌水亭开坛唱和，并吸引了一大批到京师谋求政治出路的江南文人，就像当年周在浚主持的秋水轩唱和一样，一时间渌水亭成为纳兰性德结交汉族文人、举行文酒诗会的重要场所。据有关专家考证，渌水亭在北京什刹后海西北的明珠府邸，这里湖水泛波，碧云万顷，江村如画，宛似江南。① 陈维崧曾填有《渌水亭观荷》一词，描画渌水亭的季夏之景："分明一幅江南景，恰是凤城深处，野蔓罗罗，嫩晴历历，扑到空香万缕。早村人语，是柳下沟塍，篱边儿女。"从康熙十二年纳兰性德结识姜宸英、严绳孙始，而后相继结识了朱彝尊、陈维崧、秦松龄、梁佩兰等江南文人，到康熙二十四年纳兰性德辞世止，前后大约 12 年的时间他们有过多次诗词雅集活动。朱彝尊《曝书亭集》中有这样一首《浣溪沙》联句，记录了他们春后出游西山的行踪：

> 出郭寻春春已阑（陈其年），东风吹面不成寒（秦松龄），青村几曲到西山。（严绳孙）并马未须愁路远（姜宸英），看花且莫放杯闲（朱竹垞），人生别易会常难（成容若）。

这首词在境界上并无多大的创意，却也能看出上述诸人的不

---

① 胡慧翼：《玉潭照清影——论渌水亭和它在清初北京出现的文化意义》，载《中国文化研究》2003 年第 3 期。

同心态，比如陈维崧的惜春、朱彝尊的闲适、纳兰性德的伤感，把一般的惜春伤春提升到人生别易会难的境界。这当然只是他们唱和活动的一个插曲罢了，其实翻开他们的诗词别集，我们还会发现一些类似的唱和活动，比如《台城路》"梳妆台怀古"、《临江仙》咏"寒柳"、《一斛珠》咏"鹰"、《一丛花》咏"并蒂莲"、《青玉案》咏"雁字"、《眼儿媚》咏"红姑娘"、《虞美人》咏"佛手柑"、《金缕罗》"赠姜宸英"，等等，在唱和过程中必然会表露出他们的创作风格和接受取向。

　　下面我们通过分析几首唱和词，看他们从主题、意象到表现手法中表现出来的互相影响和接受取向。比如这几首咏辽后洗妆台的《台城路》：

　　卷帘依旧西山雨，凭高暗添愁思。马上吟成，帐中弦歌，遗恨尚留彤史。分明故址，有瑶岛琼花，未随流水。惆怅重寻，绣楣金缕广寒宇。　　当年梦游曾至，素娥须记得，天宝遗事。三阁传笺，六宫润笔，少个青莲应制。茫茫对此，只银汉红墙，望中相似。甚处天香，夜深飘桂子。（顾贞观）

　　六宫佳丽谁曾见，层台尚临芳渚。露脚斜飞，虹腰欲断，荷叶未收残雨。添妆何处。试问取雕笼，雪衣分付。一镜空濛，鸳鸯拂破白苹去。　　相传内家结束，有帕装孤稳，靴缝女古。冷艳全消，苍苔玉匣，翻出十眉遗谱。人间朝暮。看胭粉亭西，几堆尘土。只有花铃，馆风深夜语。（纳兰性德）

　　琼楼天上寒如许，不堪陈迹重数。禁柳拖黄，芳池迥碧，中有妆台旧处。凭谁吊古。烟冷玉虹，草迷金露（二亭名）。想像当年，水晶帘卷报亭午。　问君何事多感，只销沉粉泽，几度风雨。结绮临春，南朝花月，转眼前年黄土。怜伊如故。又绿树斜阳，宫鸦飞去。塔寺无端，声声朝暮鼓。（秦松龄）

凭君莫问妆楼处，御沟烟水如旧。满目江山，古而无死，此日定应谁有。鸟栖鹿走。只一段铅华，芳名未朽。直道忘情，试来此地断肠否。　春风何限当日，下帘声一派，远山青后。凤胫灯昏，龙香拔暖，消得宿妆残酒。寂寥清漏。早一曲迴心，几时重奏。付与昏鸦，夜寒喧禁柳。（严绳孙）

层阑不厌波光冷，明霞远梢鱼尾。细草含茸，圆荷倚盖，犹与舞衫相似。揉蓝片水，曾簇碟湔红，影峨描翠。锦石秋花，当时稳贴皂罗髻。　春城几番士女，纵嬉游元夕，沙界烟寺。黄面瞿昙，白头宫监，也说千年遗事。回心院子。问殿脚香泥，可留萧字。怀古深情，焚椒寻蠹纸。（朱彝尊）

雕阑几层曲台上，旧是广寒宫宇。绮缓迎风，珠钱漏月，想家玉虹金露（旧有玉虹、金露亭及荷叶殿），浓华无据。但锦石生苔，秋花点土。艳粉香脂，佩环声作疏疏雨。
堆云桥外徒倚，尚澄湖一片，晚霞孤鹜。雁柱调弦，笃笙写怨，无限当年情绪。长安砧杵，共蟋蟀悲吟，惹人词赋。系马垂杨，依稀听梵语。（高士奇）

　　辽后洗妆台，即传说中的辽后萧观音梳妆台，遗址在今北京北海琼华岛，这里正是纳兰性德的住地，当年参与唱和的还有陈维崧和曹贞吉等。大约是在康熙十七年的一个秋日，各地咸集京师的江南士子，在纳兰性德的邀约下，一起来到明珠府邸，同游北海琼华岛的辽后梳妆台。应该说，他们在主题上都是相近的，借梳妆台之景发怀古之幽思，但在表现手法上稍有不同。比如顾贞观是从眼前远处西山雨景写起，写到这里曾经是辽后梳妆台，并从眼前之旧迹引发起自己的梦境，再从梦境转入对历史之怀思，想到了唐朝的天宝遗事，透露出一种感伤的情怀。纳兰性德也是从眼前之景写起，但着重表现的是辽后梳妆台"冷艳全消"、"几堆尘土"，从而抒发了一种怀古之幽思和兴亡之感慨。而朱彝尊在意象选择上相对明丽，不像顾贞观、纳兰性德、秦松龄等人那样过于深沉，而是写这里的"细草含茸，圆荷倚盖，犹与舞衫相似"、"锦石秋花，当时稳贴皂罗髻"、"春城几番士女，纵嬉游元夕，沙界烟寺"，其结句也是含蓄隽永，余味曲包——"问殿脚香泥，可留萧字。怀古深情，焚椒寻蠹纸"，表现出较上述诸位更高一层的艺术技巧。当然，我们现在无法知道是谁发端的，但他们在立意上基本相同，只是意象取舍有所不同，切入角度也相应有些差异罢了。像这类的唱和活动，不仅仅是为了表达闲情逸致，更重要的恐怕是为了展示才思，纳兰性德正是借助这些雅集提升了自己的文学鉴赏力，也提高了自己的艺术表达技巧。

　　我们认为，纳兰性德接受汉文学传统的熏染，是由他所处的时代特定环境决定的，也是由他特有的教育背景、社会交往、人生阅历所决定的。他出生在顺治时期，成长于康熙初年，这一时期朝廷推行"崇儒重道"的国策，提出"以文教是先"的圣谕十六条，还诏举山林隐逸，荐举博学鸿儒，重开明史馆，借以笼络汉族文人，由此形成了一种提倡汉文化、重用汉族文人、促进满汉融合的社会风气。这一特定的时代氛围，无疑为纳兰性德接受汉文化创造了一种良好的社会环境。此外，在少年时代，纳兰性德也有一个较好学习汉文化的家庭环境，其父明珠是一位汉化程度很高的人，据史载，明珠"好书画，凡其居处，无不锦卷牙签，充满庭宇，时人有比之邺架省"（《啸亭杂录》卷十五）。他还特别注意子女的教育和培养，特别是对汉文化的学习和熏陶，还专门为纳兰性德延骋了当时的汉学名师——徐元文、徐乾学、高士奇等，这为纳兰接受优良的汉文化教育提供了可靠的师资保证。而纳兰性德成年之后，热衷于结交汉族文人，也是他主动接受学习汉文化的一个重要因素，从康熙十二年（1673）起他先后结识的江南文人有陈维崧、朱彝尊、顾贞观、姜宸英、严绳孙、秦松龄，等等，在与他们的交往中，他更是逐步染上汉人风气，具备了汉族文人的气质，喜欢对月怀人、触景生情、赋诗言情等。正如寇宗基先生所说："无疑，这其中更是他倾慕华夏文化而不懈执著学习和专心致意地求索，使之不断提高和升华的必然结果。"①

① 寇宗基：《纳兰性德对中国华夏文化的倾慕和求索》，载《晋阳学刊》1998年第 5 期。

结　语

　　行文至此，对唐宋词在明末清初传播与接受的巡礼暂告一个段落，但是由这一话题引发的一些理论问题却可以继续讨论下去：比如，唐宋词在明末清初的传播对清词的中兴起过什么样的作用？明末清初接受唐宋词对唐宋词的经典化产生过什么样的影响？对清初词坛的审美取向和唱和活动有什么样的指导意义？

　　毫无疑问，清代是词史上的中兴时期，过去有学者已指出清词中兴在词作、词人、词派、词论、词律、词籍校勘等方面的具体表现。在我们看来，清词的中兴与唐宋词在明末清初的广泛传播有密切的关系，一方面在明末清初大量地选刻唐宋词，扩大了清初人的审美视野，将他们的视界从《花间》、《草堂》拓展到整部唐宋词史，让他们看到在《花间》、《草堂》之外还有一个更加丰富多彩的审美空间；另一方面他们在传播唐宋词的过程中也把清初的"求实"学风带入文学领域，对唐宋词第一次进行了大规模的整理和校勘，当代学术界比较推崇清末民初整理唐宋词的业绩，其实在清末民初出现的词籍整理运动已有明末清初的词籍整理活动发轫于前，诚然，在清末民初出现过缪荃孙的《宋金元明人词》、江标的《宋元名家词》、王鹏运的《四印斋所刻词》、吴昌绶的《双照楼景刊宋元本词》、朱祖谋的《彊村丛书》等重要的大型文献丛刊，但这些研究都是在明末清初编刻的《唐宋百家词》、《南词》、《宋六十名家词》、《词苑英华》等词籍丛刊的基础上进行的，我们认为：没有明末清初的发轫就没有清末民初的繁荣。

从唐宋词传播角度还会对清词的中兴有一个比较客观的认识，最近20多年来清词的研究取得了一定的成绩，对清词的认识也更加深入全面，认为清词无论是从内容到形式都是超越明代，直追两宋并有压倒两宋的趋向。这一看法是着眼在文本的立场，按照艾布拉姆斯关于文学四要素的理论，过去20年来我们一直立足在文本的立场看清词的中兴，其实，作为两宋流行文学的词，作为一代文学之标志的词，它更是生活在大众生活之中的，更是作为一代文化符号在社会上广泛流传的，而清词充其量也只是在文化阶层、文化精英的世界里流动，它与当时作为大众消费文化的小说戏曲相比，它的"中兴"实际上只是在创作层面上的"中兴"，而不是大众接受层面上的复兴，绝不可能像它在两宋时期那样是一种流行元素，是一个时代的文化符号，所以，清词在创作上最繁盛的是社会处在危亡之际的明末清初和清末民初，恰恰相反，作为两宋文化流行元素的宋词它的繁荣不是在北宋初年，也不是在南宋末年，而是国力强盛、经济上走向高度繁荣、市民文化全面发展的宋真宗、宋徽宗时期。

清初是词史上词派发展最成熟的时期，在短短六七十年间出现了在词史上颇有影响的词派达十余个，但值得注意的是，这些词派多是在编辑词选或唱和活动中聚集起来的。最有代表性的是浙西词派，它就是在编纂《词综》和刊刻《乐府补题》的过程中形成的，当时朱彝尊为了落实曹溶"鼓吹元音"的愿望，追随他南下北上，结识了汪森、周在浚、黄虞稷等收藏家，并把李良年、李符、龚翔麟等团结在自己的周围，从而形成了一个在康熙中后期影响最大的词派。不仅如此，他在康熙十七年携《乐府补题》到京城，在京城也掀起了一场声势颇为壮观的拟"乐府补题"唱和运动，并引发了康熙十七年以后词坛风尚的转变，京师词坛对《乐府补题》的接受行动成为"清词史"上值得大书一笔的文化事件。从此以后，词坛上以词写心的现象淡退，稼轩风也逐渐销声匿迹，以雅为尚成为清代中期词坛一致性的审美追求。

还有，明末清初在唐宋词经典化的过程中是一个极其重要的历史阶段，虽然在两宋也有一些重要的选本传世，但是对唐宋词进行经典化却是从明末清初开始的。在明代出现的重编、增补、评点《草堂诗余》实际上就是为明末清初对唐宋词经典化作准备，在明末清初出现的《词的》、《词统》、《词菁》、《词综》、《词洁》则把唐宋词的经典化推向了高潮，这些选本有一个共同的倾向：即它们的编选者都试图把自己的选本作为指导当时词坛创作的"词的"，或代表着词史发展的"统"或"综"，或者代表着词史发展过程中形成的"精华"，也就是这些词选的编纂者都有着极其浓厚的经典意识，试图为词史进行总结，也是为词史进行经典化，因此在清初词坛上出现了南北宋之争或词史的盛衰之辨，并对唐宋词史进行了新的体认和书写。

附录一

明词文献传播史述略

　　自《全明词》2004 年 1 月由中华书局整理出版以来，明词文献的搜集、补遗、整理已逐渐引起了学术界的高度关注。一般说来，文献整理或曰传播通常包括点校、考证、辑佚、补遗、选编、重印、汇刻、目录、提要等内容，从这个角度看，关于明词文献的整理传播工作实际上在明代中叶嘉靖年间就已经开始了，当时出现了两部包含有明代作者的通代词选——《百琲明珠》、《天机余锦》，而后还有专门选辑明词的选本《类编笺释国朝诗余》、《古香岑草堂诗余四集》、《兰皋明词汇选》相继问世，从那时到现在对明词文献的整理已走过了 450 多年的漫长历程，对这一段明词文献传播的历史进程作一简略回顾①，或许会有助于我们了解人们在明词价值体认上的缺失及词学观念的变迁。

---

　　① 笔者曾撰有《明词研究二十年》，发表在《明代研究通讯》第七辑（台北乐学书局 2003 年版），对 20 世纪最后 20 年明词研究及文献整理传播情况作了简略回顾，可参看。

一 明代:从通代选本到断代选本

在明代,《花间》、《草堂》最为流行,据有关学者统计,仅《草堂诗余》就被重编重印达 35 次之多,但对自己时代的明词文献传播却少人眷顾。正如王昶所说:"明初词人,犹沿虞伯生、张仲举之旧,不乖于风雅。及永乐以后,南宋诸名家皆不显于世,惟《花间》、《草堂》诸集盛行。"(《明词综序》)这一巨大反差与明人持守的观念有关,他们认为词的时代已成过去,宋代是无法超越的,明人词"大多不及宋人"(陈子龙《安雅堂稿》卷三),即使是以词名家者亦"去宋尚隔一尘"(王世贞《艺苑卮言》)。一方面是南宋词籍的大量失传,明人填词无所依凭;另一方面是统治者加强对意识形态的控制,推行程朱理学,查禁"亵渎帝王之词曲"①,在明代,程朱理学成为官方哲学,一般文人恪守自宋以来"小词有损大节"的观念,皆弃置小词而不顾,更不用说进行创作了。据叶盛《书草堂诗余后》记载,他幼时初读《草堂诗余》而"手之不置",便遭到其叔父大声的呵斥,力劝其读仁孝劝善之书(《菉竹堂稿》卷八),以此可见当时文人对词曲的鄙视态度,词在这时走向衰落也是情理之中的事情。

然而,明词在这样备受歧视的夹缝中生存着,发展着,到嘉靖时期隐然呈现中兴之势,其标志是:涌现了一批诸如杨慎、夏言、陈铎等"以词名家者",产生了一些重要的词学著作诸如杨慎的《词品》、陈霆的《渚山堂词话》和张綖的《诗余图谱》,

———————————

① 张仲谋:《明词史》,人民文学出版社 2002 年版,第 84 页。

翻刻或批点了一批重要的唐宋词籍诸如《花间集》、《草堂诗余》、《中州乐府》、《稼轩长短句》、《淮海词》等，还重编了一些重要的词选诸如《天机余锦》、《词林万选》、《百琲明珠》等，正因为这样，当代学者张璋、李康化、张仲谋等都一致推嘉靖为明词的"中兴期"。

对明词文献的整理传播也是从嘉靖年间开始的，这是从当时编选的几部词选里体现出来的。当时，著名学者杨慎编有《词林万选》和《百琲明珠》，前者选辑唐、五代到元、明作者76人，词作234阕，其中南宋最多，凡34人；明代最少，仅1人，即高启（季迪）词2首。后者亦选辑隋唐到元明作者101人，词作158首，也是南宋最多，共37人；明代最少，仅1人，为贝琼13首；但据台湾学者陶子珍的统计分析，实际上入选数量上还是以北宋为主，但较之过往的《草堂》系列选本而言，南宋及元明的作品已有大幅增录的趋势①，比如在《百琲明珠》中3阕以上者以明代贝琼13首和元代秉忠7首、张翥4首领先。这说明杨慎虽没有全局的明词文献传播的观念，但也是有意识地把明词纳入词史发展的范畴看待。题名程敏政编选的《天机余锦》，据台湾学者黄文吉的考证，这一选本实乃当时书商出于牟利的目的假托程敏政而为②，大陆学者王兆鹏据书前之序文及杨慎《词品》对它的引用情况推断其成书时代在嘉靖二十九年（1550）冬季。③ 全书也是选辑晚唐五代至元明作者，凡197人，1256阕，其中南宋最多，达104人，明代较之《词林万选》、

---

① 陶子珍：《明代词选研究》，秀威资讯科技股份有限公司2003年版，第136页。

② 黄文吉：《明抄本〈天机余锦〉之成书及其价值》，《词学》第12辑，华东师范大学出版社2000年版。

③ 王兆鹏：《〈天机余锦〉考》，《唐宋词史论》，人民文学出版社2000年版。

《百琲明珠》则增至 7 人，这是一部由明人编辑成书的大型通代词选。明代 6 位词人是指凌云翰、桂衡、刘醇、瞿佑、晏璧、王骥等，其中瞿佑入选篇目最多，达 145 首，其次为晏璧，11 首；其他词人，王达 4 首；桂衡 4 首，王骥 6 首，刘醇 1 首，凌云翰 1 首。这几位词人都生活在明初洪武、永乐年间，其中除瞿佑、凌云翰稍有影响外，其他都不见后代传本，特别奇怪的是瞿佑竟选辑达 145 首，这说明作者只是随得随录，并没有什么严格的选录标准，但从今天文献整理的角度而言却也有保存文献和传播明词的参考价值。

晚明万历、崇祯时期，词坛已呈复兴之大势，《花间》、《草堂》被反复翻刻、增补，这一时期明词不但入选各类选本，还出现了专门性的明词选本——《类编笺释国朝诗余》、《古香岑草堂诗余四集》，也就是说明词文献整理在这一时期开始步入正轨，从有意识地编选明词选本看当时人们对明词已经有了一定程度的"自信"和"自负"。我们可以从两个方面来考察：一方面是从选本选录明词的数量看，分别是：陈耀文《花草粹编》3 家，周履靖《唐宋元明酒词》3 家，茅暎《词的》13 家，陆云龙《词菁》38 家，潘游龙《精选古今诗余醉》60 家，卓人月、徐士俊《古今词统》105 家。作为明词断代选本，钱允治《类编笺释国朝诗余》凡 27 家及无名氏之作 461 首，《古香岑草堂诗余新集》凡 73 家及无名氏之作 522 首。很显然，与嘉靖时期相比，这一时期的词选辑录明词无论是词人还是词作在数量上是大大地增加了。另一方面从当时人们的认识和观念上看，明人也明显地表现出不同于以往的"自信"。他们认为明词在嘉靖以后已恢复宋代的传统，取得了可喜的成绩。如王兆云说："李空同，文章巨手，不屑小制……陈大声不但善北曲，乃和宋诗余等篇，大有佳者……尝谓宋人蔽神此体，深入要眇，自元以还，声律渐

远，明兴，间有作者，益不类矣。间尝稍为编集，其中陈大声
铎、王浚川廷相、张南湖綖、夏桂洲言、杨升庵慎为多，而夏颇
称胜。"（《挥麈诗话》）这还只是肯定了明代中叶的词，而钱允
治不仅认为明代中叶的词恢复了宋代的传统，而且还认为它在成
就上有超过宋代的趋势："国初诸老，犁眉龙门，尚沿宋季风
流，体制不缪……正嘉而后，稍稍复旧，而弇州山人挺秀振响，
所作最多，杂之欧、晁、苏、黄，几不能辨……嗟乎！有一代之
兴，必有一代之制，而我朝监于二代，郁郁之文，炳焕宇内，即
填词小技，遂出宋之而上，几欲篡其位，兹非国家文运之隆，人
才之盛，何以致是哉！"（《类编笺释国朝诗余序》）

　　当然，最值得关注的还是在这一时期出现的第一部明词断代
选本——《类编笺释国朝诗余》（钱允治编、陈仁锡释）。该书
原与陈继儒编校的《类选笺释草堂诗余》、钱允治编释的《类选
笺释续选草堂诗余》合刻，编刻于万历甲寅四十二年（1615），
凡五卷，收词人 27 家及无名氏词作共计 461 首，结构上依词调
字数多少排列卷次。从书中所收词人看，明初唯刘基一人，主要
为中期词人如唐寅、文征明、王世贞、杨慎等，像杨基、高启、
陈霆、陈铎、张綖、马洪等人的词一首未选，可见作者所见不
广，所选质量自然难以保证。有学者认为此书有两大弊端，一是
大量的散曲作品误作词收入，二是词调名不规范、不统一。① 当
是比较中肯的评价。但它作为迄今所见的第一本明词选，其意义
却是不可抹杀的，正如赵尊岳所说："明人选明词，本不多见，
亦足珍闷也。"② 此外，沈际飞所编的《草堂诗余新集》也是一
部很重要的明词选本，它是在钱允治《国朝诗余》的基础上补

① 张仲谋：《明词史》，人民文学出版社 2002 年版，第 359—360 页。
② 赵尊岳：《明词汇刊》，上海古籍出版社 1992 年版，第 1543 页。

增扩充而成的，编者自称："《新集》钱功父始为之，恨功父搜求未广，到手即收，故玉石杂陈，竽瑟互进，兹删其什之五，补其之七，甘于操戈功父，不至续尾顾公。"（《古香岑草堂诗余四集发凡》）全书凡五卷，卷一、二为小令，收词55调255阕；卷二为中调，收词33调108阕；卷三、四为长调，收词53调139阕。这部选固然受《草堂诗余》体例的限制而存在着不少的问题，但它的编选者沈际飞生活在明万历、崇祯年间，这时已是明朝末年，故所见词籍较之钱允治要丰富，所选内容亦较钱允治更为充实，所选作者亦不局限在明代中叶，而是明代各个时段的词人皆有入选，这些正是它值得肯定的地方。

二 清代:明词文献的整理
从"存史"到"立论"

时间推进到清初，词学走向全面复兴，词话、词选、词人别集、词坛唱和全面铺开。词坛唱和有西泠湖上唱和、扬州红桥唱和、京师秋水轩唱和以及纳兰性德渌水亭唱和，词话有《花草蒙拾》、《金粟词话》、《远志斋词衷》、《皱水轩词筌》、《南州草堂词话》等，词选有地域性选本如《清平初选》、《柳洲词选》、《西陵词选》、《梁溪词选》、《荆溪词初集》、《松陵绝妙词选》等，这些选本所选范围大都是跨越明清两代的。吴熊和先生说，明末清初在词史上是一个前后相继、传承有序的相对独立的发展阶段①，这一看法是非常切合当时词坛发展变化实际的，当时编

---

① 吴熊和：《〈柳洲词选〉与柳洲词派》，《吴熊和词学论集》，杭州大学出版社1999年版。

选的各种词选既是对在清初走向成熟之地域性词派的追宗探源，也是对活跃在晚明时期的一些区域性词人群体进行"存史"性的文献整理。

在崇祯时期，已有大型选本《古今词统》，展现了明词在万历以前的发展风貌，但是正如邹祗谟所云，它也存在着"详于隆万，略于启祯"的不足，而清初编选的各种地域性选本如《清平初选》、《柳洲词选》、《西陵词选》、《松陵绝妙词选》、《荆溪词初集》恰好弥补了它在这一方面的欠缺。《清平初选》为云间地域性选本，成于康熙十七年，据《凡例》可知分前后两集，以天启、崇祯以前的明人诸作为前集，但目前未见前集之刻本，存世者为后集，收录的皆为入清后诸人之作。《柳洲词选》成于顺治末年，辑录明末清初词人158家，词作535首，凡6卷，目录后有姓氏录，分"先正遗稿姓氏"和"名公近社姓氏"，前者为已过世的"先正"，后者为仍然在世的"名公"，前者主要生活在明末万历、崇祯时期，后者主要生活在明末崇祯、清初顺治时期。前者共选录词人41家，词作92首，后者共选录词人117家，词作443首。《西陵词选》成于康熙初年，凡8卷，选辑明末清初西陵词人184家665首，吴熊和先生认为这些词人并不属于一代人，上至明末的天启、崇祯，下迄于清初顺治及康熙前期的二十年，凡历三代：第一代多是明遗民；第二代以"西陵十子"为主，他们都跨越了明清两代；第三代则大都是"西陵十子"的门人或子弟，主要生活在清初顺治、康熙时期。①《松陵绝妙词选》成书于康熙十一年，凡4卷，共辑录明末清初词人105家词作295首，李康化先生分析说，卷一、卷二为晚明

---

① 吴熊和：《〈西陵词选〉与西陵词派》，《吴熊和词学论集》，杭州大学出版社1999年版。

词人，共 38 人 134 首，卷三、卷四为清初人，共 67 人 161 首。①
成书于康熙初年的《荆溪词初集》所辑虽然以清初阳羡词人为
主，但也有吴俨、吴炳、卢象升、路迈等明代词人。不过，上述
区域性词选所选范围毕竟有限，比较全面反映明末清初词坛繁盛
景观的还是《倚声初集》，这一部"汇合众流，备陈诸体"的清
初选本，录存词人总数为 475 人，其中万历 45 人，天启 15 人，
崇祯 91 人，顺治 324 人，明代词人已达到 151 人之多，对于保
存万历以来的晚明"词史"有着十分重要的意义，其编纂者便
声明编辑这一选本的意图就是："使夫声音之道不至湮没无传"
（王士禛），"名公巨卿之剩艺，骚人逸友之遏音"，"不零落于荒
烟蔓草之间"（邹祗谟）。后来，在康熙年间成书的《瑶华集》、
《草堂嗣响》、《亦园词选》、《东白堂词选》等，都有接续《倚
声初集》的意图，收录了部分在清初活动的遗民之作，比如王
屋、陈子龙、沈谦、丁澎、潘云赤、毛先舒、朱一是、杜濬、计
南阳等，后来王昶编选的《明词综》和今人张璋等编纂的《全
明词》大都把他们收录其中，这正是对《倚声初集》以词"存
史"观念的进一步发扬。

　　自今观之，清初的顺治、康熙两朝去明不远，明代的文献保
存还相对比较完整，从清初选编者的角度而言明代已成为远逝的
历史，编选比较完备的明词选本条件已经相当成熟，《兰皋诗余
汇选》就是在这样的文化背景下推出的第一部由清人编选的明
人词选。

　　该选的编者为顾璟芳、李葵生、胡应宸，成书年代为康熙元
年壬寅（1662）。《汇选》凡八卷，卷一至卷三为小令，卷四至
卷五为中调，卷六至卷八为长调，共录词 605 首，录存作者 216

---

①　李康化：《明清之际江南词学思想研究》，巴蜀书社 2001 年版，第 309 页。

人。卷首有顾璟芳、李葵生、胡应宸各撰序文一篇及三人合撰
"例言"十三则，主要是介绍编选是书之动机及选录之标准。关
于编选之动机，《例言》第四则云：

> 明词之选，前此不下数十家。第先后相仍，罕闻尚集。
> 以故或失则滥，或失则疏。是选为一代全书，搜揽历年，既
> 非窥豹，而参同考异，宁刻毋宽。较之昔人，不翅删其什
> 五，则耳目之闻，盖已新其七八矣。

的确，明人词选专集，除了钱允治的《类编笺释国朝诗余》
及沈际飞的《草堂诗余新集》，其他如《词的》（茅暎）、《词林
万选》（杨慎）、《词菁》（陆云龙）、《古今词统》（卓回）、《古
今诗余醉》（潘游龙）皆为古今词的通代合选，而《兰皋明词汇
选》所辑录者只有明代的词，《例言》第二则云："是集专揽一
朝，必其人之生平履历，确系明人，始登是选。凡卒于明而勋业
炳在前编，或产于明而功名犹俟异日者，概不敢入，匪曰拘隅，
亦以别代云尔。"从这里可看出，编选者在选录范围上还是严格
的，既不掺入元人的作品，也不录存入清以后的作品，该书可称
之为一部"纯粹"的明词选本。

关于《兰皋明词汇选》的选录标准，《例言》亦有比较详细
的说明，第十一则云：

> 是选雅意精简，交知名位，概不滥竽。如王守溪、黄少
> 石、张东海、钱鹤滩诸公，载在旧选及本集者，非其胜场，
> 无容阿好。即近地先贤，为同人邮教者，人不尽见，见不
> 多登。

　　编者提出不以交知名位而以作品质量优劣为取舍标准，是正确的，但是在具体编选过程中是否实现了"雅意精简"的初衷呢？有学者认为，是选取舍之间，或因人存词，或手眼不高，平庸之作，难以全免。① 然而，它在保存一代之文献方面还是有积极意义的，编者亦非常自信地说："是编博览穷搜，不遗余力。如顾华玉、莫廷韩、陆俨山、高五宜、汤海若、袁了凡、周白川、屠赤水、董玄宰、焦弱侯，皆昔人所未及见，而解春雨、祝京兆之徒，又复比次遴登，足令周郎厌耳。"也就是说该书保存了大量的不以词知名的作者及作品，而且在搜罗范围上也是相当广泛的，上至帝王卿士大夫，下至山林方外、思人劳夫皆为收录对象，从这个角度讲它无疑是明代以来最有价值的一部明词选本。

　　在康熙时期还有一部选本不容忽略，这就是由卓回、周在浚合编的大型通代词选——《古今词汇》。《古今词汇》凡三编二十四卷：初编十二卷，选唐、宋、金、元词；二编四卷，选有明一代之词；三编八卷，选辑作者时代亦即清初顺、康时期作品；全书名为《古今词汇》，实际上各编独立成书，从这个角度看，二三两编完全可作为独立的明清断代词选。卓回《词汇缘起》云：

　　　　是书肇自乙卯（1675）之七月，与严司农颢亭（沆）执手潞河，深言："近日词家多，会者犹少，由未得古词善本为模楷，譬曰饮水，不问源流。子往秣陵，盍图之。"不知先是予与雪客（周在浚）已有订，特剞劂无资，安能公之天下。

---

　　① 王兆鹏：《兰皋明词汇选校点说明》，《兰皋明词汇选》卷首，辽宁教育出版社 1998 年版，无页码。

这说明这一选本是由他与周在浚合订而成，现存康熙十八年刻本，初编二编题有"休园山人钞，梨庄校"、"休园山人同子令式钞，白云、梨庄校"等字样。二编共收明代词人134人，词作464首，选录较多的词人有刘基（51首）、陈子龙（48首）、杨慎（27首）、杨基（15首）、钱继章（13首）、卓人月（12首）、王世贞（13首）、吴鼎芳（12首）；其次则为俞彦（9首）、沈自炳（8首）、汤显祖（8首）、高启（7首）、沈宗墉（7首）、马洪（7首）、沈周（6首）、林章（6首）、钱光绣（6首）、瞿佑（6首）、贺裳（6首）、胡介（5首）、程爵（5首）、谢肇浙（5首）、董斯张（5首）、叶小鸾（5首）、王微（5首），其他词人则多在1—3首之间，以选1首的词人为多，达69人。这一选本选录词人重在中后期，这大致印合了前面所说的：明词在嘉靖万历后走向中兴的历史事实，这说明其编者还是保存有浓厚的"存史"观念。它在择录标准上亦摒弃王世贞等主张的"大雅罪人"之说："予意作词何尝尽属无题，如吊古、感遇、游怀、送别及纵目山川、惊心花鸟等题，安得辄以软美付之？可知香奁自有香奁之本色当行，吊古诸题自有吊古诸题之本色当行。倘概以软美塞填词之责，必非风雅之笃论也。"（卓回《词汇缘起》）

值得注意的是，在上述词选里已收录有明代女性词人的作品，如《兰皋明词汇选》有18人，《古今词汇二编》有7人，而在当时还出现了专门辑录女性词人词作的《古今名媛百花诗余》、《林下词选》、《众香词》。《古今名媛百花诗余》由归淑芬等在康熙二十四年合辑刊刻，共辑入自宋至清女词人91家，咏花词333首，其中明代凡26家，词作69首。《林下词选》凡14卷，刊刻于康熙十年（1671），其中卷六至卷九为明词，辑录有45人，词166首，而以晚明女性词人为多。但它在目次编辑顺序上颇为杂乱，有学者推断很可能是周铭随得随刻的结果，故它在编纂宗旨上也主要以存人存史为目的，对各位词人多有生平介绍，方便读者更好地理解作品之主旨及作者之意图。此外，当时还有一些通代选本也选有数量不等的明词，如陆次云的《见山亭古今词选》有 30 余人、沈时栋的《古今词选》有 50 余人、沈辰垣的《历代诗余》更多达 160 余人等。总之，明词的文献整理一步一步走向成熟，从古今合选到明词断代选本再到女性词选，其编选体例从以词调为主的作品选辑到以年代先后编纂选本，把"存人"、"存史"的传播观念发挥到极致。

然而，在康熙中叶编辑的各类词选，亦逐渐透露出一种以史带论的倾向。比如《兰皋明词汇选》便不只是保存明词文献，它实际上还隐含着一个对明词的认识和评价的问题，这就是他们不同意词至明转入"中衰"的提法，而是认为词至明乃转而"复振"。胡应宸叙云：

> 宋立大晟府十二律篇目，广至二百余调。猗矣！盛矣！未几流为歌曲，其亦词之中衰乎？若夫寻坠绪于茫茫，溯孤音而远绍，上承古乐，下启新声，不得不属之有明矣。

顾璟芳序亦云：

> 有明一代……上自帝王，降而卿士大夫，至山林方外、思妇劳人，为忧为乐，皆得自言，好色而不淫，怨诽而不怒，且忠孝亦托闺房，温柔要于忠厚，骚坛之意旨不减风诗，盖于今称极盛矣！

当然，他们的有些提法有值得商榷的地方，但他们身处明亡之后的康熙朝，对明词的评价决无明人那种不可回避的"自我美化"因素，这也说明他们是客观地认识和评价明词的功过得失的。基于这样的认识，他们认为明词与宋词相比，并无高低上下的区别："刘（基）、杨（慎）慷慨，未减苏（轼）、辛（弃疾）；施（绍莘）、沈（际飞）纤秾，方追秦（观）、柳（永）。问闺帏则王（微）、徐（媛）入室，谭《骚》《楚》则陈（子龙）、夏（完淳）升堂。"（李葵生序）从创作角度言，明代刘基、杨慎可媲美于苏、辛，施绍莘、沈际飞亦不逊色于秦、柳；从作者角度言，明代既有女性词人王微、徐媛，也有忠烈词人陈子龙、夏完淳，他们在词史上的地位等同于宋代的李清照、朱淑真、文天祥，等等。当然更重要的一点是，他们的创作有迥异于宋代的时代特色，胡应宸对这一特色作了一个形象的说明："其间有若太华竦峙，崭崒莫攀者，立格高也；有若芳兰空谷，黝然以深者，取径幽也；有若带露朝花，香艳袭人者，造语鲜也；有若掷地金声，铿锵协律者，炼字响也。其闺情，则娇花宠柳而不入淫；其赋物，则弄月嘲风而不失远。其赠别，则南浦渭阳而不过伤；其感怀，则击筑悲风而不为怨。"（《兰皋明词汇选叙》）这一从存人存史到"立论"、"开派"的倾向，到浙西词派的朱彝尊那里便表现得更为清楚和明显。

康熙十七年，朱彝尊有感于明代词坛的委靡不振，更不满于《草堂诗余》在清初词坛的广泛流播，遂联合汪森、柯南陔、周篔等同仁合选《词综》，"庶几一洗《草堂》之讹而倚声者知所宗矣"（汪森《词综序》）。但是，这一选本所选止于元代，朱彝尊曾表示要遍搜文集，将《词综》的选录范围延伸到明代。正是在朱彝尊的基础上，汪森秉承其尊雅黜俗的思想，偕友人沈蓝村再次对明词进行存雅黜俗的实践："由洪、永以迄启、祯，问集千余，旁探选本，并题书画册、刻石镂壁，不可屈指，仅得若干卷。"（汪森《选明词序》）不过，这部明词选并未成书，其稿本后来为王昶所访获，并在汪森稿本的基础上继续广为搜罗，共辑得 12 卷 380 家 500 余首。编者自称遵循朱彝尊《词综》、以南宋为宗的宗旨，但实际上所选明词大多沿袭《花间》、《草堂》的香艳之习，所尚在晚唐五代及北宋家数，尤以小令、中调为多，然而此非选者之过失，实乃明词整体风貌即是如此。"盖明初词人犹沿虞伯生、张仲举之旧，不乖于风雅。及永乐以后，南宋诸名家词皆不显于世，惟《花间》、《草堂》诸集盛行。至于杨用修、王元美诸公，小令、中调，颇有可取，而长调则均杂于俚俗矣。然一代之词，亦有不可尽废者。"（《明词综序》）有很明显的一点，《明词综》比较偏重明代后期的词人，约有五卷之多（前九卷中的大部分，后三卷为闺秀卷），像王世贞、陈子龙、施绍莘、沈谦、周篔、邵梅芳、沈宜修、陆嘉淑、叶小鸾等，这些词人总体上来看是以婉约为宗的，然而在王昶看来当时所为长调不免杂于俚俗，故入选较少。另一点也应该提及的是，王昶还是乾嘉时期著名的汉学家，它还把乾嘉汉学的研究观念带入到明词文献整理领域，除了对作者作必要的生平和创作评介外，还对作品进行了适当的考订校勘工作，编者还持有浓厚的保存文献的目的，正如朱彝尊《词综》虽重在张扬"清雅"之旨，也对其他风格的作品取兼容的态度。当然，从文献整理的角度，此选存在的问题也是比较明显的，当代学者张仲谋先生将其归结为三点：（1）搜罗未备，颇有遗珠之憾；（2）明初或明季有些不当入者而录之；（3）入选词人词作间有讹误，但更重要的是它对词人原作做了较大改动，这显然违背了其所倡导的存人存史的宗旨。①

①　张仲谋：《明词综研究》，《中华文史论丛》第七十八辑，上海古籍出版社 2004 年版。

我们知道，清代乾、嘉时期正是朴学昌明的时代，朴学的考据学风也渗透到明词的文献整理领域。一是对诗文别集的整理，也包括有明词别集的整理。以陈子龙的《陈忠裕公全集》、夏完淳的《夏节愍公全集》为例，其编者王昶便对陈子龙、夏完淳散失的词做了辑佚的工作，使得他们存世之作的搜集更为完整全面；二是对明词文献做提要著录的工作，这集中地体现在《四库全书总目提要》上，它著录的明词别集或合集有瞿佑的《乐府遗音》、吴子孝的《玉霄仙明朱集》、施绍莘的《花影集》、王象晋编刻的《秦（观）张（綖）诗余合璧》，对上述词集之作者、体例结构、创作特征作了比较客观的介绍和评述。考据学风向明词文献整理的渗透，标志着清代对明词的认识进入了一个新时代，即由主观性评价为主向客观性研究为主的时代；对明词文献的整理越来越具有较浓厚的科学色彩。

三　近现代：明词文献整理科学化研究时代的到来和展开

嘉庆末道光初，清代词坛风尚发生丕变，浙派渐趋衰微，常州词派开始崛起并呈强劲的发展势头，词坛文献整理的风气也由考校词籍转向对微言大义的阐发，在这一时期编选成书的《词选》、《词辨》、《宋四家词选》都是这一思想倾向的具体说明。常州词派论词推源重本，标榜五代北宋的浑厚之作，对元明以后的词多不在意，直到清末民初随着西方学术思潮大量地涌进，西方科学的研究方法与乾嘉学派考据学方法相结合，推动着词坛文献整理由存人存史、开宗立论向校勘词籍的科学考证方向发展，从而带动明词文献整理在20世纪的全面兴起，并在21世纪之初开出绚丽之花，结出硕果。

　　在清末，明词文献整理还基本上是延续康熙前期已有的发展态势：一是在当时一些通代选本里部分选录明词，如杨希闵的《词轨》、谭献的《复堂词录》、陈廷焯的《云韶集》和《词则》；二是清末编纂区域性郡邑词选再呈繁盛景观，如冯登府的《梅里词辑》、叶申芗的《闽词钞》、林葆恒的《闽词征》、徐乃昌的《皖词纪胜》、朱祖谋的《湖州词征》、陈去病的《笠泽词征》、王蕴章的《梁溪词征》、许玉彬的《粤东词钞》、况周颐的《粤西词钞》、丁丙的《西泠词萃》、赵蕃的《滇溪词征》，都收录有这些地区在明代的词人词作，为搜集、保存、整理明词文献起到了重要的推动作用；三是随着晚清国粹思潮的蓬勃兴起，保国、保种、保文化成为一时学术之风向标，搜集整理我国悠久的历史文献便是其十分重要的内容之一，在词学界则出现了江标辑《宋元名家词》、吴重熹辑《吴氏石莲庵刻山左人》、徐乃昌辑《小檀栾室汇刻闺秀词》、吴昌绶辑《双照楼影刊宋元本词初集》等，当时由何元锡钞本《宋元明八家词》收录有王达的《耐轩词》和李祯的《侨庵诗余》、劳权舆钞辑《宋元明六家词》收有王行的《半轩词》和张肯的《梦庵词》、蓼荃孙汇辑《宋金元明人词》收有王行的词别集，陶湘所辑《武进陶氏涉园续刊景宋金元明本词》亦收录有刘基的《写情集》，尽管数量不多，但说明保存明词文献已引起了人们的高度重视，明词在人们看来已是必须保护的文化遗产了。

　　从上述文献整理思潮看，明词在人们心目中的地位已有提高，人们对明词的认识已较清人的看法更为客观平实。况周颐说：

　　　　世讥明词纤靡伤格，未为允协之论。明词专家少，精

浅、芜率之失多，诚不足当宋元之续。唯是纤靡伤格，若祝
希哲、汤义仍、施子野辈，偻指不过数家，何至为全体诟
病。洎乎晚季，夏节憨、陈忠裕、彭茗斋、王姜斋诸贤，合
婀娜于刚健，有风骚之遗则，庶几纤靡者之药石矣！国初曾
王孙、聂先辑《百名家词》，多沉着浓厚之作，明贤之流风
余韵犹有存者。①

　　他们还批评有些学者视野不开阔，对明词多沿袭前人之定
评，止庵说："世人但就所知者论列，以为明初刘诚意、高季迪
之徒尚存宋元遗响，永乐以后遂无足称。或曰：成、弘间有陈铎
亦不谓一大家，暨晚明陈卧子子龙，最为众所称道，盖去朱
（彝尊）、陈（维崧）日近，有开辟之功。凡此，皆以所见不广，
故如此说。"② 其实，在他看来，崇祯时期的易震吉取法稼轩，
力求以疏宕取胜，在明代应该占有一席之地位，明词并非是完全
荒秽的。研究观念的更新、学术视野的开拓，使得民国时期的明
词文献整理全面地提上了日程。
　　首先要提及的是柯劭忞主持修纂的《续修四库全书总目提
要》。1928 年，民国政府利用日本的"庚子赔款"成立了一个特
殊的文化机构——人文科学研究所，从是年起，以柯劭忞、王式
通、江瀚、伦明、杨锺羲、胡玉缙六位学者为主体，包括罗振
玉、杨树达、奉宽、吴承仕、傅增湘、尚楷第、吴廷燮、向达、
王重民、谢国桢等著名学者在内的研究群体，在前后 16 年左右
的时间里，分四部搜采著录书目，撰写书目提要，共著录 2.7 万
多种古籍图书，其中著录并撰有提要的词籍达 554 种，这样形成

---

① 况周颐：《蕙风词话》卷五，唐圭璋编《词话丛编》第五册，第 4510 页。
② 止庵：《可谓明代辛稼轩之易震吉》，载《中央日报》1948 年 11 月 20 日。

了一部凝聚着现代许多著名学者心血的学术史著作——《续修四库全书总目提要》。该书中的词籍提要有大量的明词评论资料，共评骘明词别集 61 种，这些评论对当时见存的重要的明词典籍作了比较切合实际的评价，内容包括各家词学思想、词学渊源、创作风格、版本流变四大部分，因为写作者多是鸿儒硕学，持论比较平稳，无偏激之辞，多客观之论，对各家的论评注重分析其优长缺失及词学成就，是这一时期明词文献整理的一大创获。

当然，在 20 世纪前半期，在明词文献方面卓有成就者当推赵尊岳。众所周知，词籍校勘虽是清代词学的一大业绩，也是清代词学中兴的一大表现，但它真正取得实质性收获的却是清末民初特别是 20 世纪三四十年代，比较重要的词籍汇刻有王鹏运的《四印斋所刻词》、朱祖谋的《彊村丛书》、林大椿的《全唐五代词》、唐圭璋的《全宋词》，清词则有陈乃乾的《清名家词》，明词就是赵尊岳的《惜阴堂明词丛书》。据赵氏的《惜阴堂汇刻明词记略》可知，他早年师事况周颐，况周颐诲之曰："词籍单行，易多散佚，自汲古辑六十家，而集刻之风浸盛。《彊村丛书》，纲罗五代，迄于金元，精心校订，尤为声党之大业。惜朱明以后，绍述罕闻，吾子有意者，曷勿溯源以沿流，竟此宏绪耶！"1923 年，况周颐汇辑《历代词人考鉴》，已至元代，意欲赓续，却苦于明词搜罗不丰、资料不全，遂督促赵尊岳"搜箧以应之"，赵氏亦遵师嘱，多方探采，并将自己多年的收藏呈之于况氏。况周颐鼓励说："此即辑刻明词之嚆矢，聚沙成塔，宁可勿诸。"在况周颐的督促鼓励下，赵尊岳于是矢志搜罗明词，为之立总目，撰写短跋题记，遍访南北公私藏书，得赵万里、唐圭璋、董康、徐世昌、叶恭绰之襄助。1924—1936 年的十多年时间里，"益以冷摊残肆之所得，舟车辙迹之所经"，汇集当时即已罕见之刻本，"随得随刊，将三百家"①。其实，汇刊实收词籍 268 种，包括词话 1 种，词谱 2 种，合集、唱和集 3 种，词选 5 种，别集计 257 种。"此书最大的好处，是搜罗了许多明词，其中有不少为珍本。在已印行的明词总集中，没有一部在收词的总数上能超过它；也没有一部能像它那样地提供这么多稀见的明词，虽然由于这是一部尚未经过整理、校勘工作，也未最终完成的书，难免有体例较杂、讹误未尽改正的缺点，但在目前仍是规模最大，也最值得重视的一部明词总集。"② 唐圭璋为之撰写跋语评价说："叔雍方汇刻明词，逾二百家，珍本秘籍重见人间，寻三百年前词人之坠绪，集朱明一代文苑之大观。"③

唐圭璋先生所言，是对《明词汇刊》文献价值最精确之评价。在《明词汇刊》编纂工作启动之前，如上所述，虽有少量的明词选本传世，但这些选本有的选词数量有限，有的带有较强的主观性，有的存在着时间性的局限。比如《类编笺释国朝诗余》所收止于万历前期，《兰皋明词汇选》所选多为平庸芜滥之篇，《明词综》则是以浙派"尊雅黜俗"的眼光选词，更重要的是，它们的这些做法虽有各自的道理，但从文献学的角度考察则是大都不能反映明词的真实风貌，赵尊岳的《明词汇刊》正是在汲取前代成果的基础上，借鉴了王鹏运、朱祖谋、唐圭璋搜辑宋元词籍的经验，试图在保存明词的真相和全面搜罗明词两个方面都有新的突破。所谓"保存明词的真相"，就是把最原始的钞本或刻本，亦即作品最真实的风貌反映出来，赵尊岳对《明词汇刊》收辑的词集做了二校甚至三校四校的工作。但是，"明词

---

① 《大公报》图书副刊第 143 期，1936 年 8 月 13 日。

② 《明词汇刊整理说明》，《传世藏书·集库》，海南国际新闻出版中心 1996 年版。

③ 《明词汇刊》，上海古籍出版社 1992 年版，第 1825 页。

多不沿声律，刊本又多夺误，往往句读维艰。单传之本，无可互校，选本别集，同调异文，是正将蹈臆致之讥，移刊复禀承讹之失。于是有可补订者，酌为订正，无自绳墨者，听其存疑"。也就是说，在明词文献整理过程中，赵尊岳始终恪守着求实存真的原则，不作主观之臆断，体现了一种严谨的治学态度。所谓"全面搜罗明词"，主要是指赵尊岳试图按照唐圭璋编《全宋词》的模式，编纂一部能反映明词之全貌的《明词汇刊》，尽管现存刻本只存 268 种，但实际已辑得 400 余种，他充满自信地认为，经过自己的积年搜罗，《明词汇刊》所收词籍将会达千种之规模，赵尊岳这一估计并非虚妄之言，据《全明词》编纂张璋先生统计，《全明词》已收录作者 1300 余家。① 最能说明他"取全"之意图的是，在搜集各家词作时，哪怕文集中仅存一首也会录而存之，将其独列一卷。实际上，赵尊岳搜集明词的工作，终其一生，没有停歇，20 世纪 50 年代他辗转到新加坡，任教南洋大学，仍然与饶宗颐鸿书相传，讨论有关明词的搜集问题，直到去世前夕。后来，在赵尊岳的基础上，饶宗颐继续搜罗补辑，共得明词 900 余家②，这成为今本《全明词》（中华书局 2004 年版）的重要基础。

　　一部"提要"和一套"汇刻"③，标志着明词的文献整理进入了科学化研究的时代，并把民国时期的词学文献整理提升到一个新的高度，在中华书局版《全明词》出版之前，这两部著作

---

　　① 张璋：《听我说话公道话——论明代的词及〈全明词〉编纂》，载《国文天地》6 卷 2 期。

　　② 饶宗颐：《论清词在词史上之地位》，《第一届词学国际研讨会论文集》，第324 页。

　　③ 赵尊岳亦为编辑《明词汇刊》撰有明词提要，这些提要先后连载在《词学季刊》第一卷第 3 号、第二卷第 1 号。

一直是明词研究者所依凭的主要文献资源。

　　通过以上的简略回顾，可知对明词文献的整理走过一段漫长的历程，当我们今天在从事明词研究的时候，当我们在整理明词文献或使用《全明词》的时候，应该向上述为明词文献整理付出辛勤汗水的历代学者表示一种"敬重"之情。

（陈水云撰）

附 录 二

近现代词学史上的纳兰词研究

新时期以来，纳兰性德是清词研究的热门领域，有的学者甚至呼吁建立一种专门研究纳兰性德的学问——"纳兰学"。笔者曾撰有《近 25 年来纳兰词研究的回顾与前瞻》（《中国古代近代文学研究》2005 年第 4 期），《五十年来港台地区纳兰性德词研究述评》（《民族文学研究》2004 年第 3 期），对 1949 年以后海峡两岸纳兰词的研究情况作了系统的整理和回顾。但后代的研究都是建立在前人认识基础上的，要弄清当代学者对纳兰词研究的成就及历史贡献，非得对近现代纳兰词的研究情况进行全面的回顾和系统的整理不可。过去也有学者撰写过《清代至民国时期的纳兰性德研究述评》（《阴山学刊》1989 年第 3 期），但论述过于简略，有些问题尚未展开，实有重新论述的必要。

一 晚清纳兰词接受的简略回顾

台湾学者徐照华说："清初词人，其风格近似饮水词者，有王士禛、毛奇龄、彭孙遹、佟世南、顾贞观诸人。盖此诸人与容

423

若时代相近，不无相互影响。"① 这是从创作层面分析的，其实在纳兰性德去世之后，后人对他的接受更表现在批评的层面。开始是其师友徐乾学、陈维崧、顾贞观、韩菼、严绳孙、张玉书、梁佩兰等，在墓志铭、碑诔、哀辞里对他的词发表过比较简略的看法，在此后近百年的时间里再也难见人们对纳兰词发表意见，究其原因，我想一方面与纳兰之父明珠罢相有直接关系，另一方面也与雍正、乾隆以来文坛盛行的浙派词风有关，浙派推崇字雕句琢、格调淳雅的南宋词风，和纳兰性德标榜北宋直出机杼的性灵做派相扞格。但在嘉庆以后，纳兰词却又突然间流行起来，先后有杨芳灿的抄本、袁通选的（小仓山房刻本）《饮水词钞》二卷本、道光十二年汪元治辑（结铁网斋刻）《纳兰词》五卷本、道光二十五年张祥河刻《饮水诗词集》本、道光二十六年金梁外史（周之琦）选《饮水词》一卷本、光绪六年许迈孙娱园刻《纳兰词》五卷补遗一卷本，各种抄刻本竟多达6种，这一重抄、重刻、重印纳兰词热潮的出现，是乾隆末年以来袁枚性灵诗派影响日深，词坛上常州词派对性灵对情感呼唤的结果。其中汪元浩受纳兰词浸染最深，其所著《珊渔词》"骚情雅骨，悱恻芬芳，仿佛纳兰氏"，被当时的学者称之为"纳兰再世"。

这一时期关于纳兰词的议论也特别的多，归结当时词坛对纳兰词的评价大约有以下几种情况：有的从言情的角度看纳兰词，认为纳兰性德的最大特点是"深于情"（谢章铤《赌棋山庄词话》），说纳兰词有如寡妇夜哭，"缠绵幽咽，不能终听"（李慈铭《越缦堂读书记》）。有的从词风的角度看纳兰词，认为纳兰词风是"清微淡远"（李佳《左庵词话》），"幽艳哀断"（谭献《箧中词》）。有的还注意到纳兰词的用律，如杜文澜认为："国

① 徐照华：《纳兰性德与其词作及文学理论之研究》，第164页。

朝词人最工律法者，群推纳兰容若、顾梁汾、周稚圭三家。"
（《憩园词话》）以上从词情、词风、词律等方面讨论了纳兰词的
特点，可谓是对纳兰词作了比较周全的分析，但是，决定纳兰词
在清词史上占有一席之地的原因绝不只是这么简单。有的学者从
纳兰性德对词统传承的角度考察，认为纳兰词的意义是使南唐北
宋令曲断而复续，周之琦说："盖《花间》遗响，久成《广陵
散》矣，容若长调多不协律，小令则格高韵远，极缠绵婉约之
致，能使南唐坠绪绝而复续。第其品格，殆叔原、方回之亚
乎？"（《饮水词识》）有的学者则认为纳兰词在清词史上卓立群
芳，乃在其自树一帜，丁绍仪说："国朝词人辈出，然工为南唐
五季语者，无若纳兰相国（明珠）子容若侍卫。所著《饮水
词》，于迦陵、小长芦二家外，别立一帜。"（《听秋声馆词话》）
杨芳灿也说："倚声之学，唯国朝为盛。文人才子，磊落间起。
词坛月旦，咸推朱陈二家为最。同时能与之角立者，其惟成容若
先生乎？"（《纳兰词序》）他们还通过对纳兰性德与陈维崧、朱
彝尊的比较，试图发掘出纳兰词异于其他两大家的创作个性：
"陈词天才艳发，辞锋横溢，盖出入北宋欧苏诸大家。朱词高秀
超诣，绮密精严，则又与南宋白石诸家为近。而先生之词则真
《花间》也。"（赵函《纳兰词序》）"国朝诗人而兼擅倚声者，
首推竹垞、迦陵，后此则樊榭而已。然读三家之词，终觉才情横
溢，般演太多，与黄叔旸（按，应该是张炎）质实清空之论，
往往不洽。盖其胸中积轴，未尽陶熔，借词发挥，唯恐不极其
致，可以为词家大观，其实非词家正轨也……（纳兰性德）词
则卓然冠乎诸公之上，非其学胜也，其天趣胜也。"（《纳兰词
序》）说他的词"以天趣胜"，近于《花间》，为南唐后主之嗣
响，皆能切中纳兰词之审美特征。但这些批评都比较随意，感性
色彩太浓，表现出批评者的主观好恶，还不是现代意义上的学术

研究，真正把纳兰词研究推向深入是在西方科学的研究方法引进到中国文学研究领域之后的事。

二 清末民初纳兰词接受
向现代研究的转型

1904—1906 年是中国词学史上的一个转折点，1904 年王鹏运卒于苏州，1905 年朱祖谋从广东北返，次年正式定居苏州，南北词学中心已由京师易帜苏、沪。这时，梁启超继续在日本呼吁文学改良运动，在上海则有柳亚子、高旭、陈去病组织"南社"，王国维亦在上海东方学社接受新学的熏陶。梁启超、王国维及南社诸子都是接受过西方文化洗礼的新型知识分子，他们对文学问题的看法已不是传统意义上"温柔敦厚"的文艺观，而是把文学看作为审美的"对象"，或是把文学视作为改良社会、唤醒民众的"工具"，他们的这些文学观念对他们的词学研究，对他们的纳兰词研究都有直接而深刻的影响。

王国维是在 1905 年开始填词的，两年后便在《教育世界》杂志刊出《人间词》甲乙稿，在托名樊志厚的《人间词乙稿序》里，他对纳兰性德的词作了相当高的评价：

> 自元迄明，益以不振。至于国朝，而纳兰侍卫以天赋之才，崛起于方兴之族。其所为词，悲凉顽艳，独有得于意境之深，可谓豪杰之士，奋乎百世之下者矣。同时朱、陈，既非劲敌；后世项（鸿祚）、蒋（春霖），尤难鼎足。至乾（隆）、嘉（庆）以降，审乎体格韵律之间者愈微，而意味之溢于字句之表者愈浅，岂非拘泥文字，而不求诸意境之失

欤？抑观我、观物之事自有天在，固难期诸流俗欤？

在清代众多词人中，他对纳兰性德可谓情有独钟，评价亦最高。纳兰性德与朱彝尊、陈维崧本称清初三大家，在他看来纳兰性德的成就远非陈、朱两家所可比；还有，项鸿祚、蒋春霖是嘉庆、道光之际著名的词人，谭献曾说过蒋鹿潭与成容若、项莲生"二百年间分鼎三足"的话，然而，在他看来："《水云楼词》，小令颇有境界，长调惟存气格。《忆云词》，精实有余，超逸不足，皆不足与容若比。"后来，他在《人间词话》里对这一观点作了进一步的发挥，称纳兰性德是"北宋以来，一人而已"。王国维对纳兰性德为什么有那么高的评价呢？正如上文所说，是认为纳兰性德的词独得"意境之深"。什么是王国维所说的"意境"呢？《宋元戏曲史》第十二章说："写情则沁人心脾，写景则在人耳目，述事则如其口出是也。"总而言之，有"意境"即是要求情景自然真切，亦如《人间词话》所云："能写真景物，真感情者，谓之有境界，否则谓之无境界。"王国维论元杂剧文章之妙在"有意境"，同时又说元曲之佳处在"自然而已"："古今之大文学，无不以自然胜，而莫著于元曲。"（《宋元戏曲史》）所以说纳兰性德"独有得意境之深者"，是因为他的词做到了言情真切自然。《人间词话》第 124 则云："纳兰容若以自然之眼观物，以自然之笔写情。此由初入中原，未染汉人风气，故能真切如此。同时朱、陈、王、顾诸家，便有文胜史之弊。"朱、陈、王、顾诸家，是指清初词人朱彝尊、陈维崧、王士禛、顾贞观，所谓"文胜史"是指他们创作中美妙的文辞淹没了深刻的思想内容。

《人间词话》是王国维运用叔本华哲学思想分析传统词学的理论杰作，反映了传统词学即将发生变革，词学研究的新时代即将到来。他从纯审美立场对纳兰性德作出了全新的评价，但

《人间词话》发表在有保守主义倾向的《国粹学报》上，这一观点在当时未能产生较大的反响。这时在词坛活跃的还有以朱祖谋为代表的"彊村派"，主要成员有夏敬观、张仲炘、冯煦、沈曾植、郑文焯、况周颐等，他们以论词诗或论词词的形式评价纳兰词，颇多独得之见。如："湖海流传饮水词，情深笔眇自多奇。千年骨髓秦淮海，除却斯人哪得知。"（姚锡钧）"回肠荡魄成容若，小令重翻遒不群。自折哀弦吟楚些，真禁空谷蕙兰焚。"（冯煦）"兰锜贵，肯作称家儿。解道红罗亭上语，人间宁独小山词。冷暖自家知。"（朱祖谋）其中以况周颐对纳兰性德用力最勤，评价亦最公允，推纳兰性德为清初第一词手。他说："容若承平少年，乌衣公子，天分绝高，适承元明词敝甚，欲推尊斯道，一洗雕虫篆刻之讥。独惜享年不永，力量未充，未能胜起衰之任。其所为词，纯任性灵，纤尘不染，甘受和，白受采，进于沉着浑至何难矣。"（《蕙风词话》）一方面他肯定了纳兰性德对清初词坛有"一洗雕虫篆刻之讥"的意义，另一方面也表示了他对纳兰性德"惜享年不永，力量未充，未能胜起衰之任"的遗憾，从清词发展史的角度阐述纳兰词的意义，的确是高人一筹。

这时，研究纳兰词最有成就者当推梁启超。梁启超从事填词和评词活动约在光绪三十年（1894），后来在流亡日本期间还助其长女梁令娴编成《艺蘅馆词选》一书（1909），其中选录纳兰词达19首，在入选的清人词中是最多的，可见他对纳兰词的推重之意。1920年，他撰《清代学术概论》，论清代的学术成就，兼及文学（包括词）："以言词，清代固有作者，驾元明而上，若纳兰性德、郭麐、张惠言、项鸿祚、谭献、郑文焯、王鹏运、朱祖谋，皆名其家，然词固所共指为小道。"总体上讲，他认定清代词为"小道"、"末技"，但就具体作家而言，他把纳兰性德列为清词第一人，对清初甚有影响的朱彝尊、陈维崧却只字不提。他推重纳兰性德，则是因为纳兰性德词情感真挚而出之以凄婉，与梁启超论词主张作者应当有"感均顽艳"的词心相一致。所谓"感均顽艳"，见诸《艺蘅馆词选》中所录他对宋徽宗《燕山亭》的评论，《饮冰室诗话》中他亦以之评价桂伯华的诗词，考量徽宗《燕山亭》和桂伯华《江城子》之词境，可知"感均顽艳"之词心是以情感的"真"为骨，又出之以美人香草的"比兴寄托"，其精神内核是情感的真挚即出诸不能已。1922 年，在《中国韵文里头所表现的情感》中，他对诗歌的表情方式进行了分类研究，其思想的核心就是主张任何表情方式都必须以有出诸内心的真情为基础，把古典诗歌的表情方式分为六种——"奔迸的"、"回荡的"、"蕴藉的"、"象征的"、"浪漫派的"、"写实派的"，他认为"回荡的表情法"最适宜用来填词，而运用此类方法成功的有李煜、宋徽宗、辛弃疾、柳永和周邦彦，在清代顾贞观和纳兰性德是其典范，特别是纳兰性德运用得最为娴熟。他认为："清代大词家固然很多，但头两把交椅，却被前后两位旗人——成若容、郑叔问占去也。"①

无论是王国维，还是梁启超，都注意到纳兰词言情之"真"，已走出了常州派以温柔敦厚论词的路数，以一种纯审美的眼光观照纳兰词，在这一点上，周焯（太玄）对纳兰词的分析是有代表性的。他在《倚琴楼词话》里说：

> 纳兰容若所著之《饮水》、《侧帽》词，继响南唐，齐名陈、朱。最擅长小令，字字句句，均系性情语，而悱凉天成，绵缠独到，如有神助。其得天也厚，故虽生长华胄，而

---

① 梁启超：《中国韵文中所表现的情感》，中华书局 1982 年版，第 99 页。

不作一秾丽语；其涉世也浅，故不作一寒酸语；不知人间有
不幸事，故不作一抑郁语。语语以真性情、真学问出之，故
不作酬酢语。

　　他认为纳兰词以小令见长，言辞之间流露出来的都是"性
灵"，其原因则在其先天的禀赋（"得天也厚"）、后天的经历
（"涉世也浅"）、个性的纯真（"不知人间有不幸事"）。但纳兰
性德之最可贵者在他用情之真，不做作，不矫饰，这一点在笼罩
着复古模拟之风的清初词坛，显得尤为可贵。"盖惟文人最真，
亦惟文人最假，其入世稍深，经历既广，所谓真性情者渐渐灭，
而酬酢征逐之事乃多，故其为词非性情语而市井语也。然其阅世
至深，则又至真，盖能出世也。其为词则必如'孤云野鹤，
来去无迹'，而作真性情语，故不入世者，固真入世，而出世者
亦真，以真性情为词，则其词为个人之言，非众人之言，为独到
之言，非肤浅之言。张玉田谓：'作寿词最难，盖难于用意措
词，而实难于舍己从人作酬酢语也。非作酬酢语难，作酬酢语而
见真性情实难。'作酬酢语而见真性情，吾于古今则未见其人，
非不能也，实不能也。然作出世语而真者尚多，作不入世语而真
者实少。千余年惟南唐后主及纳兰容若二人而已，学词者，学清
真白石梦窗玉田易，学后主容若实难，此其所以可贵也耶！"这
一分析直截了当地揭示了纳兰词言情自然真切的特征。

三　1919—1949 年纳兰词
研究重要成就述略

　　1919 年的五四新文化运动，给中国古典文学研究带来了翻

天覆地的变化，尽管以胡适为代表的新文化运动领袖并没有对纳兰词发表什么宏论，但是他们将西方新的研究方式和研究观念引进古典文学研究领域，在新观念和新方法观照下的纳兰词也有一种全新面貌，也就是说纳兰词的研究走上科学化的道路是从1919年五四新文化运动开始的。

1919年到1929年的10年间，词学研究基本上形成了体制外派与体制内派的两支研究队伍，这两支研究队伍分别推出了一批学术分量厚重的研究成果：词话有《卧庐词话》（周曾锦）、《词说》（蒋兆兰），专著有《词学常识》（徐敬修）、《词学ABC》（胡云翼）、《清代词学概论》（徐珂）、《词史》（刘毓盘），词选有《词选》（胡适）、《历代词选集释》（徐珂）、《清词选集评》（徐珂）、《抒情词选》（胡云翼），词籍汇刊有《彊村丛书》（朱祖谋）、《唐五代二十一家词辑》（王国维）、《唐五代宋辽金元名家词集六十种》（刘毓盘），等等。这一时期的词学研究已经从传统词学批评跨入现代学术研究阶段，虽然传统点评、书札、序跋、词话的写作方式仍然存在，但长篇论文写作已成为学术研究的主流，研究手段的变革和理论表述的推进，带动了纳兰性德研究的新开拓，相关的成果逐渐地多了起来，代表性成果主要有：《纳兰容若》（西谛）、《纳兰容若》（滕固）、《清代第一词家纳兰性德之略传及其著作》（陈诠）、《关于纳兰词》（赵景深）、《纳兰性德》（罗慕华）、《纳兰成德传》（素痴）、《纳兰容若评传》（徐裕昆），等等。

一般地说，这些论文大多是泛论纳兰性德之身世与性情的矛盾，很少分析《饮水词》艺术风格及其形成之原因。其中滕固的《纳兰性德》（《小说月报》十七卷号外）一文，结合纳兰性德其人谈其词，揭示了《饮水词》中忆内、悼亡、友情的各种情感内涵，是一篇分析纳兰性德及其情感内涵的代表性论文。徐裕昆的《纳兰容若评传》(《光华大学半月刊》二卷十期)一文的价值,在于分析了纳兰性德词"哀感顽艳"之成因,是离情、悼亡、生诀这三个方面因素。归结起来,就是以纳兰性德之性情,他是断不能接受环境之安排。所以,他虽然少年骤贵,处境优裕,却与其性情是格格不入的,词中有"哀感顽艳"之风格亦在所必然。罗慕华的《纳兰性德》(《晨报》1927年10月8—17日)一文,分析了纳兰性德性格与词的关系及词的艺术表达技巧,其中谈到纳兰词是一个文人,而且是一个"才子型"的文人,他的性格可以用"多情善怨"四字概括之,这决定着他的"少有少年得志的气概","每日却都是慷慨悲歌",缺点则是"未免有些女性气"。纳兰性德的词在艺术表达上亦有特色,罗慕华认为,词自宋后因脱不出宋人腔调,渐成失却词人自我之赝品,纳兰性德却很有独立的个性,富于创造精神,高于只知模拟的作家。比如,他的用字看似无甚新奇,不过信手拈来,轻描淡写,却给读者留下磨不掉的印象;再如咏物,他只把物的特点略为勾勒几笔,再用别的字样来烘托,显得涵意深远,耐人寻味;总之,他是"以口写心,清新秀俊,自然超逸,情词共胜,无懈可击"。

上述分析已较清末民初仅及纳兰词之"真"要深刻得多,已完全走出了传统词话的路数,当然这些论述还是比较表面化的,还有许多问题尚待深入探讨,这一任务需要20世纪三四十年代的学者来完成。在20世纪三四十年代,不论是"体制内派",还是"体制外派",对纳兰性德的评价都很高。在各种不同形式的文学史里,只要论及清词的,必然会谈到纳兰性德的词,如胡云翼的《中国词史略》、王易的《词曲史》、吴梅的《词学通论》、刘大杰的《中国文学发展史》等,各种报刊还发表有十多篇关于纳兰性德的专题论文,出版了不同版本的《纳兰性德词》，一些重要的选本亦多选有数量可观的纳兰词，其中成就最高者当推苏雪林的《关于清代男女两大词人恋史的研究》（《国立武汉大学文哲季刊》1 卷 3 号）、张任政的《纳兰性德年谱》（《国立北京大学国学季刊》2 卷 4 期）和李勖的《饮水词笺》（正中书局 1937 年版），前两者属于纳兰性德的传记研究，后者属于纳兰性德词的文本研究，真正能体现这一时期理论研究成就的还是大量的研究论文。

归纳 1929—1949 年各类研究论文及著述，可以把当时学界对纳兰词的主要学术观点概括如下：

关于纳兰性德的总体评价有两派意见：一派为否定的看法，一派为肯定之态度。否定者有顾随、邓之诚、徐兴业等，比如徐兴业说："容若小令脱口而出如丸，盖为聪明天纵，长调多不协律，语多累赘，则情有余而才不足也……容若长调亦不免初清跳嚣之习……如金缕曲数首皆一时说尽，毫无余蕴，在词坛中之估价极低。悼亡数阕，虽真情流露，但嫌太说尽，盖容若之学历尚浅，技巧犹不能精练也。"[1] 但大多数学者都认为纳兰性德堪称清代词人第一，他的地位要超过当时影响颇大的陈维崧和朱彝尊。如钱基博说："论清初词家，当推成德为一把手，朱、陈犹不得为上。"[2] 胡云翼说："性德在清词人中为别树一帜者，其所作词不甚依格律，不重视模拟，不喜用古典，而以俚语写自己情思，纯发乎天籁，语意浑然，像这样的词家，宋以后一人而已。"[3] 罗芳洲也说："清代是词的复兴时代，也就是词的复古时代，其间能不傍古人，自出机杼者，惟纳兰性德一人而已。"

① 徐兴业：《清代词学批评家述评》，无锡国专 1937 年铅印术，第 28 页。
② 钱基博：《现代中国文学史》，岳麓书社 1986 年版，第 37 页。
③ 胡云翼：《中国词史略》，大陆书局 1933 年版，第 219 页。

（《饮水词论略》，《纳兰词》，《词学小丛书》本）赵景深在《中国文学史新编》中还把纳兰性德作为清代第一位词人来论述，刘大杰在《中国文学发展》中不但以纳兰性德为清词之首，而且称其为"清代词人之冠"。王亮认为在清代能真追宋人者，唯纳兰性德一人，纳兰性德可称之为清代两百余年第一大词人（《谈纳兰性德的词》，《新民报》4 卷 24 期）。

对纳兰性德词基本特质的认识，以王国维、况周颐所论最为精粹，他们较清晰地揭示了纳兰词"言情自然真切"的真谛，这一时期的学者基本认同王国维及况周颐的分析。张任政说："先生之待人也以真，其所为词，亦正得一真字，此其所以冠一代排余子也。"① 罗芳洲说："饮水词的全部，可以说，全是作者情感的活跃与表现，其词的好处，也就是能把活跃的情感尽量地写出来。"（《饮水词论略》）唐圭璋认为纳兰性德的词全以"真"胜："待人真，作词真，写景真，抒情真，虽力量未充，然以其真，故感人甚深。一种凄婉处，令人不忍卒读者，亦以其词真也。"② 王亮说："他的词并不是虚伪更不是无病呻吟，乃是从内心发出富于真情流露的眼泪文字，并不是矫揉造作所能写。"（《谈纳兰性德的词》，《新民报》4 卷 24 期）刘大杰也说纳兰性德的全部价值就在其一个"真"字："我们试着看纳兰性德对于其爱妻的悲悼与对于朋友的信义以及对于一花一草的歌咏，在那里同样充满着对于大宇宙大自然的爱好与同情。他没有做作，没有虚伪，只是实实在在地吐露出自己的声音。这才是真实的诗，美丽的歌，纳兰性德词的价值全部在这地方。"③

---

① 张任政：《纳兰性德年谱》，广东人民出版社 1993 年版，第 245 页。
② 唐圭璋：《纳兰容若评传》，《词学论丛》，上海古籍出版社 1986 年版。
③ 刘大杰：《中国文学发展史》，台湾：中正书局 1980 年版，第 1035 页。

　　纳兰词之"真"，源于其用情之"深"，对爱情、友情、亲情的投入，也带来了他无尽的烦恼、苦闷和悲愁。蕲厂的《纳兰性德的苦闷》（《新民报》2 卷 7 期）一文指出，在纳兰性德词里出现的苦闷，一方面是因为他少年丧妻的人生体验，另一方面是对爱的渴望，他生活的环境让他无法满足对爱的追求，因为爱的不足而产生了苦闷，这些都是精神的而非物质的，正是这些精神的不满足才使他感到苦闷，才使他的作品产生动人的艺术魅力。刘大杰还通过比较纳兰性德与李煜的异同，进一步分析了纳兰词出现哀愁和凄怨的原因："他们都是贵族，物质生活绝无半点缺陷，但是他们的作品里，同样充满了哀愁和凄怨，粗眼看去，似乎是无病呻吟，其实在一个人的生活过程中，除了物质一部分，精神上同样使你感到无法排解的悲痛，生死无常，人生如梦，家国之感，悼亡之情，这一些因素，造成了这两位贵族青年的艺术的心境与灵魂。他们都是入世不深的、主观的、殉情的青年，唯其如此，才能在他们的作品里，表现那一种涉世未深的人们所能表现的天真和最沉痛的诗句。不用说，他们表现在文学上的精神，是贵族的、浪漫的，但是那种情感，却是最真诚、最有生气而能引起任何人的同情与喜悦。他们缺少社会人生的经验，甚至不了解实际的社会，他们只尽情地把心中所蕴藏着的情感歌唱出来，而成为最美丽的作品。他们没有派别，也无意于声律、于典故、于修辞以及其他的讲求，只是信口信手抒写自己的性灵，所以形式是短小的，词句是浅显的，但在那些作品里，包裹着赤子的天真，活跃的生命以及缠绵的情感。"应该说，刘大杰的分析是非常精辟的，但当时亦有学者不同意将纳兰性德与李煜相提并论："或谓性德即后主化身，或谓（纳兰）词似《花间》，皆未免言过其实。后主气质浑厚，得自天成；《花间》高丽精英，情深比兴。性德并未能至其境也，若以古人拟之，其词出入东山、小山、淮海之间矣。"① 此可又备一说。

关于纳兰词的内容，唐圭璋归纳为咏物、写景、抒情三类，咏物有刻画外形者，亦有传物之神情而隐有寄托者；写景有写塞外景色者，亦有写江南之景色者，写塞外之景者极沈雄豪宕之致；抒情词有浓情蜜意之词，有明题悼亡之词，亦别有恋爱之词，寄赠友人之词，等等。关于纳兰性德的词风，过去通常以哀感顽艳统称之，这种把纳兰词多种风格简化的做法显然是不全面的，邓懿说："自来论词总分婉约与豪放两派，纳兰自然应该是婉约一派的了。但平心而论，这种区分是不公允，并且很勉强的……我们只能说纳兰哪首词是婉约是豪放，而不能说饮水词到底是哪一类的。"② 作者认为，纳兰词中题材不一，他有多方面的描写，当然有多种风格，因此，根据纳兰词的创作实际，他把纳兰词的风格概括为秾丽、凄清、热烈、缠绵、感伤恬淡和慷慨六种类型，从而使人们对纳兰词的风格有一种整体上的全新认识。陈适的《纳兰容若》（《人间世》三十二期）一文，包括纳兰之身世及其事迹、纳兰词学之渊源、纳兰之交游、纳兰词之本别、纳兰词之世评五个部分，涉及的面较广，但最有学术价值的是对纳兰词学之渊源的论述。他认为："论及容若词学的渊源，其范围至广，因素极多，自非片言所能详说，更亦有所不能叙述处……然大抵其渊源所自，固不外其环境、个性及其追摹前人之风格而综合构成之。"第一，从自然环境看，容若生长河朔，北地河山云影，寒光风沙，落拓胸中，开自然观物言情的眼舌而发为奇慨。第二，从个性及情感看，容若以其真挚多感的情绪，发而为词，凄婉回肠，不忍卒读。第三，从学习师法对象看，容若

① 柯劭忞主编：《续修四库全书总目提要》，齐鲁书社1996年版，第550页。
② 《纳兰词的几种风格》，载《文学年报》1936年第2期。

最佩服南唐后主，对于两宋，好观北宋之作，不喜南渡诸家。

实事求是地说，在五四新文化运动以后，纳兰词研究的确是上了一个新台阶，无论是话语表述的方式，还是理论分析的深度，对晚清纳兰词研究都有新的拓展和超越，更主要的是以一种学术研究的眼光去观照纳兰词，实现了学术研究重心由作者生平向作品文本的转变。但是，我们也应该认识到从 1919 年到 1949年的 30 年，还只是中国学术研究由传统向现代转型的发轫期，在学术观念及研究方法上尚有亟待提高和改进之处，比如在作者的思想性情、作品的文本品格、读者的广泛接受方面都有开拓的空间，特别是纳兰词为什么能在 20 世纪受到如此广泛的欢迎，如果单纯从作品的审美品格方面寻找原因恐怕是说不通的，还应该联系受众的社会心理和审美趣味去分析，这些方面是要在先进的现代理论指导下才能完成的。

（陈水云撰）

附录三

词选及其在明末清初的传播意义

　　自从王国维提出"一代有一代之文学"以后，人们就非常习惯地将唐诗、宋词、元曲并称为"一代之文学"。虽然这一提法历代学者都有其朦胧意识，但真正成为定论却是在清代。对于诗歌，清人尚有"宗唐宗宋"之争，但"诗盛于唐，词盛于宋"的观念却早已深入清人之心。众所周知，唐诗高山仰止、流芳后世，宋人难以企及，于是另辟蹊径，在唐人已经开启但未作深入探讨的领域向纵深挖掘，于是迎来别具匠心、但同样流光溢彩的宋词之盛。同理，如果没有唐宋词这本教科书，恐怕也难以出现所谓"清词中兴"的繁盛局面。唐宋词以其特有的魅力光照后代，清人在吸纳唐宋词菁华基础上，也试图另拓新途，再造辉煌，词选，特别唐宋词选的重编，这样一种古代文学批评的独特样式，在明末清初这样一个特定的转折时期，为"清词中兴"引发了难以估量的生机和活力。

一　关于词选

　　中国文学史上选学始兴，肇自萧统的《昭明文选》。其后，历代诗选、文选可谓汗牛充栋、璨若繁星，这里暂且不论。词作为晚起的韵文体裁，向有小道、末技之说，多为骚人墨客所不齿，虽然历朝历代不乏爱好者，也不乏大家出现，但每论及词，总有种扭扭捏捏、难以启齿之状，就连欧阳修、苏轼、王安石、辛弃疾这样的文坛泰斗，可谓一代词宗，但在他们心目中，词仍不脱小道身份，仍然是不能登大雅之堂的。然无论如何，词这种文体还是顽强地冲破各种阻碍，以其强大的生命力杀出一条荆棘之路，并获得了与诗文、经史分庭抗礼的地位，随之各种词话、批评、理论、选本也接踵而来，共同构筑了中国文学史上另一门学问——词学。在历代词学理论当中，清代的词论无疑代表了最高水平，而在众多词学理论文献当中，词选无疑是清代最为突出的一种批评形式。词选始于唐五代，现存有唐佚名编《云谣集杂曲子》、后蜀赵崇祚《花间集》十卷、《尊前集》等。现存宋元人词选大概十种左右，北宋仅存一二，南宋出现大量词选本，如《梅苑》、《复雅歌词》、《乐府雅词》、《增修笺注妙选草堂诗余》、《阳春白雪》、《花庵词选》、《绝妙好词》、《乐府补题》等。明代作为词之"中衰"期，其词选数量应该不在少数，据李康化先生估计"不下一、二百种"。清代词选大兴，仅叶恭焯先生在《全清词钞》中引用的清代词选就有221种之多。

　　词选这个概念，古今含义不同。按传统的四部分类法，词选属于"集部·总集类·词总集"的范畴。古人之词选概念范围非常广泛，包括词谱、丛刻、汇刻等，而且古人经常把总集和选本两个概念混同来用。如清人沈时栋云："古今选本，若《绝妙好词》……汲古阁《宋词六十家》、《倚声》、《词综》、《花钿》、《十六家词》、《浙西六家词》……及各家专集，指不胜偻，而独古今合刻者，未觏成书。"[①] 其中汲古阁的《宋词

① 沈时栋：《古今词选·选略八则》，清康熙五十五年（1716），沈氏瘦吟楼刻本。

六十家》、《十六家词》、《浙西六家》等都是汇刻专集，并非我们所说的通行意义上的"词选"。对于"词选"之义界，我们认同这样的说法："词选乃是指编选者根据一定的选词观念和取舍标准、依照一定的编选原则，在诸多古代词集中选录若干作家的部分词作并按某种编选体例编辑成帙的作品集。就其构成而言，即读者在阅读词选本时目力所及的组成部分，包括词选名称、编选者、序跋、凡例、卷帙、目录、词人词作、品评圈点。"① 在明末清初"重编"的唐宋词选，不仅展示了唐宋词在明清之际的接受和传播情况，也为整个清代的词学建构提供了发展契机，从版本考证到词集校勘，从词选编撰到词史阐发，从风格评述到流派归纳，无不与清词自身流派之构建、词风之转变紧密联系。

词选可以说是一种传播甚广的特殊媒介。"南宋以前，它主要作为唱本为社会所消费。南宋以后，逐渐转为读本被社会消费……词选是一种特殊的舆论形式，在保存历史的同时，它还执行淘汰的任务。词选适应某种时代审美潮流和社会需要而产生，操选政者事实上扮演了社会舆论化身的角色……词选还是一种创作。任何词选都或多或少带有编选者的主观成分，具有自己的个性。"② 就传播广度、发行量、影响力来说，选本是要远远大于别集的。鲁迅先生曾经指出："凡选本，往往能比所选各家的全集或选家自己的文集更为流行，更有作用……评选的本子，影响于后来的文章的力量是不小的，恐怕还远在名家的专家之上。"③

---

① 赵晓辉：《清人选唐宋词研究》，北京师范大学 2007 年博士学位论文。
② 萧鹏：《群体的选择：唐宋人选词与词选通论·绪论》，台北：文津出版社 1992 年版。
③ 鲁迅：《集外集·选本》，《鲁迅全集》第七卷，人民文学出版社 1981 年版，第 136 页。

关于唐宋词在宋元以后的影响力，现在很难进行准确的定量分析，但从现当代的情形可见一斑。据有些学者统计，从 1979 年到 1981 年出版的唐宋词选，如唐圭璋的《唐宋词简释》、《宋词三百首笺注》，龙榆生的《唐宋名家词选》，胡云翼的《宋词选》，中国社会科学院文学研究所的《唐宋词选》等，一次印数少则 20 万册，多则 28 万册，而同期出版的《清真集》、《李清照集校注》、《放翁词编年笺注》、《陈亮龙川词笺注》、《后村词笺注》等一次印数也只有 1 万到 3 万册，李清照作为本世纪研究的一大热点，其集子印刷累计也只有 6.3 万册。① 以今鉴古，可以发现，唐宋词人词作在普通读者中的影响主要是通过词选产生、形成的。

在古代，主持选政者往往兼有批评家和创作者的双重身份，他们能够切合自身创作实际或者本流派、本时代的特殊需求编选词集。所以，选谁的作品，谁的作品入选最多，既反映出主持选政者对不同词人、词作的不同评价和认识，同时也显示出词人、词作的影响力度。而他们的价值判断、选词标准往往会受到前代以及当代词评家、词选家、词作家的影响，一位词选家对词人词作的选择往往也不自觉地代表了一个时代、一个流派或者一个群体对该词人词作的评价和认同。② 所以，表面上词人的影响和历史地位是由不同时代、不同阶层、不同素养不同喜好的读者世代接受和传播决定的，而事实上，"词评家通过理论性的阐释、批评来判断、评估词人、词作的价值、影响和地位；词选家则通过

---

① 参见王兆鹏、刘尊明《历史的选择——宋代词人历史地位的定量分析》，载《文学遗产》1995 年第 4 期。

② 同上。

选择、介绍来传播、凝定词人词作的影响和地位"①。最终决定词人词作地位的似乎是词评家和词选家了。从这个角度看，词选家就能够跳出一家一派的狭隘境界，从全局的角度考察分析评判作品优劣，按照不同的标准和观念，立足当代，编选词集，提出见解，引领风气，发扬传统。所以有学者称"词选构成了一部词史和词学史"，虽不无夸大之词，却道出了词选在词学发展史上的地位和作用。

虽然词选作用巨大，但要编一部优秀的词选却实属不易，陈廷焯认为："作词难，选词尤难。以我之才思，发我之性情，犹易也。以我之性情，通古人之性情，则非易矣……若选本之尽美尽善者，吾未之见也。"② 一般来说，词选都是在一定的标准之下编撰而成，主要用来彰显选家的词学观念和词学主张，特别是在清代，一些重要词学流派都是以选本为其理论张目的。"选词者在选词时所采用的标准和原则往往是因人而异的。他们分别有着不同的目的和动机。这些目的和动机反映着编选者对词的认识和理解，而所有的个体的思想认识往往都不只是纯个人的，它映射着时代的特点。因此，一部词选史，从比较宽泛的意义上来讲，也可以看作一部词学思想史。"③ 从这个角度来说，选词标准就显得尤为重要。龙榆生先生指出："选词之目的有四：一曰便歌，二曰传人，三曰开宗，四曰尊体；前二者依他，后二者为我。操选政者，于斯四事，必有所居；又往往因时代风气之不同，各异其趣。"唐、五代、北宋词以协律应歌为第一要义，而风格之高雅次之，

---

① 王兆鹏、刘尊明：《历史的选择——宋代词人历史地位的定量分析》，载《文学遗产》1995 年第 4 期。

② 屈兴国编：《白雨斋词话足本校注》卷十，齐鲁书社 1984 年版，第 761 页。

③ 曹秀兰：《从宋代词选看宋人的词体观》，载《伊犁教育学院学报》第 17 卷第 3 期。

但厌俗曲之鄙俚，而谋求技术上的改进，"其辞藻务精绝，其结构务谨严，其情致务香软含蓄，而一以雅丽为归"，如《花间》、《尊前》、《草堂诗馀》等皆以此为标准。词至南宋，制作益繁，专家日出，乃有以传人为目的的词史选本出，如黄升《花庵词选》、元好问《中州乐府》等集旨在传人。金、元词学衰敝。至于清代，"清初词人，未脱晚明旧习。自浙、常二派出，而词学遂号中兴。风气转移，乃在一二选本之力；选词标准，亦遂与前代殊途。伶工之词，至是乃为士大夫所摈斥；思欲兴起绝学，不得不别树标帜，先之以尊体，继之以开宗，壁垒一新，而旗鼓重振。自朱彝尊之《词综》、张惠言之《词选》、周济之《宋四家词选》，乃至近代朱彊村先生之《宋词三百首》，盖无不各出手眼，而思以扶持绝学，宏开宗派为己任。"① 浙派以选本推尊词体、开宗立派，影响清初词坛风达近百年之久，但其末流湮没性情，流极所至，乃为饾饤，为世所诟病。自张惠言《词选》出，以正统观念选词，所谓"意内言外"、"比兴寄托"，词体愈尊，常派遂立，但张氏选词过于精严，门庭过狭，独尊温庭筠，并以风骚体格附益，未免穿凿附会。至周济之《宋四家词选》出，抑苏扬辛，退姜张而进辛王，虽多有颠倒本末之举，但使初学者有辙可循，便于操作，易于入门，仍然功不可没。

二　词选的价值

在当代，选本是作为一般读者特别是青少年入门的普及读

---

① 龙榆生：《选词标准论》，《龙榆生词学论文集》，上海古籍出版社1997年版，第59页。

本，但古代的词选更多是针对成年爱好者或供填词者参考的文本。纵观词选史，大体来说，词选的编排不外乎以下几种模式：保存文献、以词存史；诠释词学观念、促进词派形成；指导阅读和创作、开启门径、转变词风，等等。下面仅就这几点稍加论述：

（一）保存文献、以词存史

词选编排者大多在一定的选词标准下选录一定数量词作，同时也附录一些词学资料如词人小传等，或者间以点评、记录词之本事，或者间附词话、笔记评语。这种词选本对后人查阅、学习、研究提供了诸多方便，具有很强的文献价值。如清初的唐宋词选本，相对于中晚期较强的理论色彩而言，更多地被视作存人存词的文献资料集存起来。如《词综》就是典型的存史文献式词选，共收录唐五代宋金元词659家2252首，按照作者年代先后编排作品，附录有关逸闻琐事及评语，凡词坛名家、无名之辈都无偏废，其规模之大、选词之精，在当时可谓屈指可数，俨然史家格局。其编辑过程亦广开选源，遍征诸藏家，先后浏览了160多种词集选本，参考各类传记、小说、地志等，"凡稗官野纪中有片词足录者，辄为掇拾"，历时八载，方以成书。①《词综》以其精博的文献特色成为当时影响最大的一部词选，其后出之《明词综》、《国朝词综》、《国朝词综二集》、《国朝词综续编》、《国朝词综补》等，皆依《词综》体例，构成一组"词综"选本系列。近人蒋兆兰《词说》云："清人选宋词，博而且精者，无过朱竹垞《词综》一书。"其他许多唐宋词选本也都具

---

① 张炳堃：《国朝词综续编序》，施蛰存《词籍序跋萃编》，中国社会科学出版社1994年版，第779页。

有这种存人存史的特点，如卓回《古今词汇》、先著《词洁》、王奕清等《御选历代诗余》等。

除了以选本直接作为保存文献的载体外，许多选本还具有辑佚以保存文献的功能。如张炎的《山中白云词》在明代仅陶宗仪抄本存世，朱彝尊编《词综》将他所能见的张炎词二十余首悉数入选，后又以汪森所购抄本与宋荦、周在浚之抄本以及吴讷《百家词》本比较，终得张炎词百余首，选入《词综》48 首。后又遇吴县钱中谐，得陶氏抄本，多达 300 多阕，于是又加辑补，最终由浙西派另一个词人龚翔麟将竹垞所抄《山中白云词》加以镂板印行。① 如果没有朱氏的勤加搜罗与极度推崇，很可能张炎词早已失传了，所以说这些选本、刻本、抄本共同起到了保存历代文献的作用，对后代词学参考与研究有重大意义。

清人通过词选对唐宋词人进行选择与甄别，或者精心剪裁、或者反复强调，对确立词人地位、塑造词史风貌有不可忽视的作用。"无论编选者最初动机是否在于存史，客观上它们都是一段历史，一种词史模式。所有这些词选连缀成的词选史，又不仅仅是词学批评史的一部分，同时还是词史本身的一个重要组成部分。词选是一种特殊的舆论形式，在保存历史的同时，它还执行淘汰的任务"② 如吴文英的词，在元、明两代几乎湮没无闻，元、明选家对其几乎视而不见，因此吴文英在元明词坛声名寂寥、地位不显。但从清初开始，梦窗词始入选家视野，朱彝尊《词综》选其 57 首，与周密并列第一；戈载《宋七家词选》选其 115 首，为七家之冠；朱祖谋《宋词三百首》选其 23 首，位

---

① 参见曹明升《清代宋词学论纲》，载《中国韵文学刊》2005 年第 19 卷第 3 期。

② 萧鹏：《群体的选择——唐宋人选词与词选通论·绪论》，台北：文津出版社 1992 年版，第 3 页。

居第一。所以，清末词坛出现"学梦窗者几半天下"的状况[1]，是与这些选本对梦窗词的推崇不无关系的，"当选家们按照各自的审美思想遴选出一串宋人和一批宋词时，又在不知不觉中向广大读者描绘、诠释着他们理解中的词史风貌"[2]。

陈维崧《今词苑序》中更是在理论上将词与正统的"经"、"史"相提并论："嗟乎！鸿都价贱，甲帐书亡，空读西晋之阳秋，莫问萧梁之文武。文章流极，巧历难推，即如词之一道，而余分闰位，所在成编，义例凡将，阙如不作，仅效漆园马非马之谈，遑恤宣尼觚不觚之叹，非徒文事，患在人心。然则余与两吴子、潘子仅仅选词云尔乎？选词所以存词，其即所以存经存史也夫。"在这里，陈氏强调词非小道，亦能如诗如文，起到保存经典的作用，以备后人学习和参照。周济《介存斋论词杂著》中也说："感慨所寄，不过盛衰；或绸缪未雨，或太息厝薪，或已溺已饥，或独清独醒，随其人之性情、学问、境地，莫不有由衷之言。见事多，识理透，可为后人论世之资。诗有史，词亦有史，庶乎自树一帜。"张惠言更是以选本来宣扬其"意内言外"、"比兴寄托"、"微言大义"的词学观念，直接将词的特性、作用与意义提升到诗文经史的高度。由此可见，词选作为保存文献、存经存史的载体在整个词学史上具有不可忽视的作用。

（二）诠释词学观念、促进词派形成

选家编辑、评价词选的过程，实际上是一个对前代作家、作品进行不断评估和审视的过程，从而形成了许多极富价值的论

---

① 吴梅：《乐府指迷笺释序》，《词源注·乐府指迷笺释》，人民文学出版社1963年版，第92页。

② 曹明升：《清代宋词学论纲》，载《中国韵文学刊》2005年第19卷第3期。

见，而这些论见大多存在其选本的序跋和词选的体例当中。序、跋可以说是该选本词学思想的浓缩，或者评判其书，或者品评其人，或者叙述其事，或考证其史料，在不同程度上记录了选家和当时人们的词学观念，同时提出一些颇具特色的美学范畴。所以，我们可以从序、跋或者选录作品的数量、风格、类型上窥探选家的词学观念，许多选家也具有这种借选本以"发表和流布自己主张"的自觉意识，借选本改变风气、引领创作，从而开宗立派，指点词坛。

借选本诠释词学观念，几乎所有的选本都具有这种目的或动机。如周密的《绝妙好词》几乎全部选录南宋诸人词作，具有明显的宗南宋的倾向，同时此选本收录的词作皆风格相近、旨趣相类，亦体现出鲜明的流派意识，另外它还是一部具有鲜明的审美主旨的词选，即"求雅"。通过选本不仅可以看出编选者自己的词选观念和时代风气，同时通过这些选本在后代的不断重印重刊，亦可见出这些选本在后代的接受和传播情形，甚至可以从不同词家对这些选本的评价看出当时的词坛风气及流派走向。如清初朱彝尊在革除明末《花》、《草》积弊的同时，大力推崇《绝妙好词》："词人之作，自《草堂诗余》盛行，屏去《激楚》、《阳阿》，而《巴人》之齐唱进矣，周公谨《绝妙好词》选本虽未全醇，然中多俊语，方诸《草堂》所录，雅俗殊分。"（《书绝妙好词后》）浙派中期词人厉鹗对《绝妙好词》更是推崇有加，为之作注作笺，明代"徒奉沈氏《草堂》选为金科玉律，无怪乎雅道之不振也"，在朱彝尊等人以《绝妙好词》相号召的努力之下，很快明末《草堂》即被《绝妙好词》所取代，而其"淳雅"的选词标准以及词学观念与朱彝尊、汪森等人不谋而合，很快，在它的影响下，浙西词派横空出世了。正如陈匪石所言："清中叶以前，以南宋为依归。樊谢作笺，以后翻印者不止一家，几于家传户诵，为治宋词者入手之书。风会所趋，直至清末而未已。"① 可见一部优秀词选在当时以及后世影响皆不可小觑。

龙榆生曾说："浙常二派出，而词学遂号中兴。风气转移，乃在一二选本之力。"② 清初词坛几乎每一派别都有自己唱和结集之作，如云间派的《倡和诗余》、《支机集》、《幽兰草词》，广陵词坛的《红桥倡和》，曹尔堪、宋琬、王士禄的《江村倡和》，还有不少地域性词派，如西泠词人有《西陵词选》，松陵词人有《松陵绝妙词选》，梁溪词人有《梁溪词选》，柳洲词人有《柳洲词选》，阳羡派有《荆溪词初集》，浙西派有《浙西六家词》，"后吴中七子"有《吴中七家词》，常州派有《词选附录》、《国朝常州词录》，等等，通过这些词集选本，选家的喜好、词风的推抑、流派的形成等皆可呈现在我们面前。若要谈及以选本之力开宗立派、主盟文坛者，无法越过的就是清代浙、常二派了。

《词综》虽说是清初一部大型的文献型词选，具有强烈的存人存史的风貌，但同时其鲜明的革除积弊、开宗立派的动机也昭然若揭。朱彝尊、汪森等人博览群书编选《词综》除了保存文献之外，很大的一个动机就是力挽明末婉丽绮艳的词风，改变元明以来词为小道的观念，正本清源，推尊词体，促进词学健康发展。朱彝尊等人不满于《花间》、《草堂》的软媚格调，力倡"清淳雅正"，首推姜夔、张炎，引领一代词风。《词综》刊行后的一个直接后果就是清代词风为之大变，浙西词派横空出世，而

① 陈匪石：《声执》卷下，唐圭璋《词话丛编》，中华书局1986年版，第4958页。
② 龙榆生：《词学标准论》，《龙榆生词学论文集》，上海古籍出版社1997年版，第73页。

后，无论是词学创作，还是选本编选，无论是词学观念，还是审美情趣，词坛无不以浙西诸家马首是瞻，其影响直到清代中叶以后的常州词派。而张惠言的《词选》可以说是词史上第一部以思想内容为标准的词选①，与以往存人、存词或以选家喜好为标准的词选完全不同。朱彝尊的《词综》虽有弥补《草堂诗余》缺陷的想法，但仍然是按照词人时间顺序编选。张惠言不同，他是明确地按照有无"意内言外"、"比兴寄托"，是否体现"微言大义"来选词，对后代词坛影响甚大。其他如周济的《词辨》以正变观念选词，《宋四家词选》以流派观念选词，都可谓用心良苦。

（三）指导阅读和创作，开启门径，转变词风

在清代，词选主要包括有两种，一种是新编历代词选，特别是唐宋词选，如《词综》、《词选》。另一种就是当代词选，如《倚声初集》、《今词苑》、《瑶华集》等。词选的刊行对词坛风向的引导可以说具有直接的影响，或者说选家选词的一个最直接的目的就是给学词者提供一个范本，供其观摩、学习、创作，而这个直接的目的往往会影响一代词风，引发众多词家相互唱和，形成风气，在客观上可以起到改变词风，甚至开宗立派的作用。清代词学交流活动非常频繁，词人聚集，相互唱和，结社立派，共同编撰各种选本，以词选来记录唱和盛况，发表词学观念。例如《倚声初集》，是清代最早编撰的大型词选之一，王士祯、邹祗谟等人就是在不断探讨词体、交流习词心得、广为唱和的基础上，辑录了从天启、崇祯以来50年间的词人词作，它推崇今人今词，以选词这种方式与有明一代的复古思潮相抗衡，具有强烈

---

① 孙克强：《词选在清代词学中的意义》，载《南京大学学报》2006年第2期。

的尊体意识和变通精神，对清初的词风嬗变起到了非常重要的推动作用。《倚声初集》之后，清初出现了一个清人选清词的热潮，如《清平初选》、《今词苑》、《柳洲词选》、《荆溪词初集》、《梁溪词选》等当代地方性词选。这些当代词选推尊今人，而且是在直接创作的基础上，直接具有总结并指导今人创作、开创词坛新风的巨大影响。

相对于个人专集来说，广大词学爱好者一般更倾向于从选本入手。选本乃选家按照自己的某种观念精心编撰，具有很强的直观性和目的性，大多风格一致，便于学者比较、模仿，或俗或雅，或豪艳或清空，或推崇晚唐或尊奉南宋，几乎一目了然，而且词选大多乃精华中的精华，所以一方面可以免去读者诸多翻检之劳和盲目之感，另一方面可以直接让读者有个较高的起点，高屋建瓴，总揽精华。所以很多词选在在编撰之初都是作为教育子弟的教材，如孔圣人以诗书礼乐教弟子，然后经过后人的不断阐发，才具有较强的理论和宗派色彩的。很多采选精良的选本也被后人奉为圭臬，如许昂霄便将《词综》作为教材来向弟子讲授作词之法，其门人张载华记载道："篛庐夫子于课读之暇，谓词肇于唐，盛于宋，接武于金、元。唐词具载《花间集》，宋词散见于《花庵》、《草窗》两编。金、元词罕觏选本，唯《词综》一书，竹垞先生博采唐宋，迄于金元，搜罗广而选择精，舍是无从入之方也。乃渐次评点，授余读之。每一阕中，凡抒写情怀，描摹景物，以及音韵法律，靡不指示详明，直欲使作者洗发性灵，而后学得藉为绳墨，洵词家之郑笺已。"[1] 嘉庆、道光时期，常州词派崛起，也是赖一二选本之力，如《词选》本是嘉庆二

---

① 张载华：《词综偶评跋》，唐圭璋《词话丛编》，中华书局 1986 年版，第1579 页。

年（1797）张惠言 37 岁时馆于歙县，教读金氏子弟时所编。周济《词辨》乃嘉庆十七年（1812）周济客居宝山令田钧家教习弟子学词时编选，这些选本原先就是教材，其指导创作之功用也就不言而喻。①

历代词作汗牛充栋，让人无法抉择，而优秀的选本有如指路明灯，为读者节省诸多时间与精力。初学者，宜从那些择词严格、精约的选本入手，仔细研读，奠定基础，但如何选择选本似乎又是一个难题。关于这点，蒋兆兰有云："填词之学，既始于读词，则所读之选本宜审矣。约而言之，《茗柯词选》，导源风雅，屏去杂流，途轨最正，世所称阳湖派者，实本于兹。第墨守者，往往含有苏、辛气味。不知词贵清遒，不尚豪迈，可以不必。周止庵《宋四家词选》，议论透辟，步骤井然，洵乎周室之明灯，迷津之宝筏也。其后戈顺卿氏又选《宋七家词》汇为一编。学者随取一家，皆可奉为师法，就此成名。至如宋人选本，惟周草窗《绝妙好词》选，最为精粹，可作案头读本，他可勿论也。"② 陈匪石也说："初学为词，宜从张惠言《词选》或周济《宋四家词选》入手，既约且精，毫无流弊，以奠其始基。再进一步，则《唐五代词选》、《宋六十一家词选》为必读之书。而广之以《词综》，参之以《七家》、《十六家》、《三百首》。既各补其所未备，如《七家》之草窗、碧山、玉田，《十六家》之方回、蜕岩。又可因取舍之不同而见其流别，如《三百首》之途径，《七家》、《十六家》之倾向。由是而读宋人四总集以及《花间》，再观各名家专集，就其性之所近，专学一家，或兼采

---

① 参见赵晓辉《清人选唐宋词研究》，北京师范大学 2007 年博士学位论文，第 36 页。

② 蒋兆兰：《词说》，唐圭璋《词话丛编》，中华书局 1986 年版，第 4631 页。

数家，互相补益。"① 如同学诗，严羽主张"入门须正，立志须高；以汉魏晋盛唐为诗，不作开远天宝以下人物……故曰：学其上，仅得其中；学其中，斯为下矣"，"功夫须从上做下，不可从下做上"（《沧浪诗话·诗辨》），等等，虽然学习内容不一样，但其学习原则却是相同的，先读经典，方能高屋建瓴，方能"一览众山小"，而这种眼光的获得离不开选本，离不开选家的指点。

选本除了指导阅读和创作之外，更具有潜移默化转变风气的作用。"选家想让世人真正接受其词学理论，最彻底的方式莫过于让读者按照他所倡导的风格来进行创作。所以清人将所选宋词不仅作为理论载体，而且当作创作范本。"② 选本是否为众多读者所接受以及接受到什么程度，在很大意义上决定了选家词学观念被接受的程度，如果读者不仅欣赏某种选本，更从实践上加以推崇，或者群起而讨论、相互唱和，甚至改变一代词风，那么其功用也就发挥到极致了。如朱彝尊、汪森等人编《词综》，其最初动机也是想取《花》、《草》而代之，改变明代崇尚"艳冶"之风与小道观念，大倡"淳雅"，并且朱氏与诸多同道中人以此风相号召，群起而唱和，推尊词体，探讨理论，最终力挽狂澜，引领时代风气，达到"家白石而户玉田"的程度，直接开启清词中兴的局面，其对清代中后叶的词学影响可谓至深至远。所以陈廷焯说："求之《词选》，以探其本。博之《词综》，以广其才。按之《词律》，以合其法。词之道几尽于是。"③ 在陈氏看

---

① 陈匪石：《声执》卷下，陈匪石《宋词举》，江苏古籍出版社 2002 年版，第207 页。

② 曹明升：《清人选宋词探赜》，载《山西师范大学学报》（社科版）第 32 卷第 6 期，2005 年 11 月。

③ 屈兴国编：《白雨斋词话足本校注》卷九，齐鲁书社 1984 年版，第 670 页。

来，学词之道正是通过优秀的选本得以实现，通过《词选》探求本源，通过《词综》扩充才力，按照《词律》合其法度，这三个方面合而为一，就是词学之道。

三　明末清初重编唐宋词选的传播意义

今天现存的北宋以前的唐宋词选本极少见，大多选本都产生于南宋以后。总的来说，历代关于唐宋词的编选有这样四个比较集中的时期：第一个时期在南宋，这个时期创作繁荣、词体渐尊，从王公贵族到市井细民，无不以此为乐，一时创作、评论、编选蔚然成风，出现了如《复雅歌词》、《乐府雅词》、《梅苑》、《阳春白雪》、《草堂诗余》、《花庵词选》、《绝妙好词》等一大批优秀词选。第二个时期在明代中后期，在当时"主情"、"近俗"社会风气的普遍影响下，以《花间集》、《草堂诗余》的重印和刊刻为基础，出现了一大批以此二集为标准的选词和创作的热潮，如《花草新编》、《词的》、《词菁》、《花草粹编》、《古今词统》、《古今诗余醉》等。第三个时期在清初康熙年间，清初词坛派别林立、词人辈出，也出现了一个创作、编选、论争的热潮，很多派别的成立、词坛风气的不变都与唐宋词的重新刊刻或重新编撰有直接关系，如《记红集》、《词综》、《词洁》、《古今词选》、《御选历代诗余》，等等。第四个时期在清末，此时常州词派流响未绝，加上社会剧变，给词学带来新的契机，大量唐宋词选如《词选》、《词辨》、《宋四家词选》、《词则》、《宋六十一家词选》亦横空出世。由此观之，清代词选有两次"极盛时代"，其中一个就是明末清初，在这样一个承前启后、破旧立新的时代，唐宋词选的"重编"
尤具特殊意义。①

　　清初词坛，词人众多、流派纷呈、风格绚烂，蔚为"中
兴"。为革除明代俗艳词风、建构清人自己的词学观念，选本是
他们表达自己思想的重要媒介。可以这样说，几乎每一个流派的
出现，每一种潮流的兴起，每一种词学观念的提出，每一次词风
的丕变，都与一定的词选有关。这些选本，有当代词选，有历代
词选，有唐宋词选的重印，也有唐宋词选的新编。仅顺康两朝可
考的就有三十多部，如《倚声初集》、《兰皋明词汇选》、《唐词
蓉城汇选》、《松陵绝妙词选》、《林下词选》、《今词苑》、《柳洲
词选》、《词纬》、《西陵词选》、《花间词选》、《选声集》、《记红
集》、《见山亭古今词选》、《古今词选》（沈谦）、《古今词选》
（沈时栋）、《荆溪词初集》、《今词初集》、《清平初选后集》、
《东白堂词选初集》、《词综》、《亦园词选》、《古今名媛百花诗
余》、《瑶华集》、《众香词》、《诗余花钿集》、《撰辰集》、《古今
词汇》、《清啸集》、《词觏》、《词洁》、《本朝名媛词选》、《词
鹄》、《草堂嗣响》、《古今别肠词选》、《粤西诗载》、《御选历代
诗余》，等等。其中唐宋词选（包括历代词选）所占比重较大，
占三分之一强，唐宋词在清初的传播盛况与编选情况由此可见
一斑。

　　从词史发展看，明代一般被认为是衰弱低迷期，几成定论。
这从明人对当时词坛评价可见一斑。如陈霆在《渚山庄词话》
中说："予尝妄谓我朝文人才士，鲜工南词。间有作者，病其赋
情遣思、殊乏圆妙。甚则音律失谐，又甚则语句尘俗。求所谓清

────────────

　　① 参见杨保国《历代唐宋词选本论略》，载《安徽电力职工大学学报》2000
年第9期。

楚流丽，绮靡蕴藉，不多见也。"① 在陈霆看来，明词之所以不
振的原因就在于一个是"鲜工南词"，作者不多；一个就是即使
偶尔有作词者，也是"音律失谐"、"语句尘俗"、"殊乏圆妙"，
很难再有像宋词那样音律和谐、淳雅清空、圆融浑成的作品了。
王世贞在《弇州山人词评》中也说："我明以词名家者，刘诚意
伯温，秾纤有致，去宋尚隔一尘。杨状元用修，好入六朝丽事，
近似而远。夏文愍公谨，最号雄爽，比之辛稼轩，觉少精思。"②
这里提到的三位词人，刘基、杨慎、夏言可称得上是当时词坛一
流作家，但在王氏看来，要么过于纤秾，要么貌合神离，要么空
有雄爽，与宋词比起来还是"尚隔一尘"，难以比拟。在这里，
陈霆、王世贞的观点还只能代表明代前中期词坛看法，而陈子龙
作为跨越明末清初词坛的一代宗师，其观点应该还是很有说服力
的，他在《幽兰草词序》中说："明兴以来，人才辈出，文宗两
汉，诗俪开元，独斯小道，有惭宋辙。其最著者为青田、新都、
娄江。然诚意音体俱合，实无惊魂动魄之处。用修以学问为巧
便，如明眸玉屑，纤眉积黛，只为累耳。元美取境似酌苏、柳
间，然如'凤皇桥下'语，未免时堕吴歌。"③ 陈子龙认为有明
一代在诗文方面还是人才辈出的，唯独小词一道，连刘基、杨
慎、王世贞等也有这样或那样的问题，或者"以学问为巧"，或
者"时堕吴歌"，很难再有"惊魂动魄"之作了。陈霆、王世
贞、陈子龙等人的观点可谓给明词不振定下了基调，给后世明词
批评带来深远影响，所以，明词委弱，几成定论。

---

① 陈霆：《渚山庄词话》，唐圭璋《词话丛编》，中华书局 1986 年版，第 378
页。

② 王世贞：《弇州山人词评》，唐圭璋《词话丛编》，中华书局 1986 年版，第
393 页。

③ 施蛰存：《词籍序跋萃编》，中国社会科学出版社 1994 年版，第 505 页。

　　至于明词委弱不振的原因，明人也多有探讨，比较有代表性的如曲兴词亡说、钜手鸿笔不为说等。[①] 如王世贞在《艺苑卮言》中指出："词兴而乐府亡矣，曲兴而词亡矣。非乐府与词之亡，其调亡也。"[②] 钱允治在《类编笺释国朝诗余序》中也说："词兴而诗亡。诗非亡也，事理填塞、情景两伤者也；曲者，词之余也，曲盛而词泯。词非泯也，雕琢太过，旨趣反蚀者也。诗降而词，筋骨尽露，去汉魏乐府千里矣！词降而曲，略无蕴藉，即欧苏所不屑为。"[③] 王氏、钱氏都指出文学发展也是"一代有一代之盛"，并非前代文体真正"消亡"了，而是后起之文体在某个时代太过于兴盛，终将前代曾经兴盛之文体给边缘化了，所谓"时殊事异"，时代变化了，政治、经济、文化、社会环境、人们的思维观念、审美习尚等等皆会发生变化，当然随之会带来文体的兴衰流变。钱允治在《类编笺释国朝诗余序》中还指出："我朝悉屏诗赋，以经术逞士，士不囿于俗，间多染指，非不雯然，求其专工称丽，千万之一耳。国朝诸老，犁眉、龙门，尚洽宋季风流，体制不缪，迨乎成、弘以来，李、何辈出，又耻不屑为其后，骚坛之士，试为拈弄，才为句淹，趣因理湮，体段虽存，鲜称当行。"[④] 王兆云也说："李空同，文章巨手，不屑小制。"[⑤] 在明代以经术取士、宗法诗文、戏曲小说兴盛的时代，词为小道、壮夫不为的观念仍然深入人心，即使偶有作者，也多以不屑、游戏心态为之，所以多为靡丽婉媚之作，这也是为什么明代《花间》、《草堂》蔚然成风的重要原因之一。

---

① 朱惠国：《论明代的明词批评》，载《文艺理论研究》2007 年第 5 期。
② 王世贞：《弇州山人词评》，唐圭璋《词话丛编》，第 385 页。
③ 赵尊岳：《明词汇刻》，上海古籍出版社 1992 年版，第 1484 页。
④ 同上。
⑤ 王兆云：《挥尘诗话》，商务印书馆 1936 年版，第 16 页。

就词的创作与批评来看，明代前中期词坛确实较为沉寂，但从明弘治到嘉靖以后词坛稍显活跃，出现了一批较有成就的词人，如陈霆、张綖、夏言、陈铎、王世贞等，所以有学者将弘治到嘉靖称为明词的中兴期①，此说虽未成通论，但亦显示出明中叶以后词坛风貌发生了很大变化，这种变化一直延续到清代中叶。明末清初虽然经历了朝代的更替与政治、经济、文化等诸多社会因素的重整，但在学术上仍然是一个连续的不可分割的整体，在词学领域，表现犹然。而明末清初的词坛发展却呈明显的阶段性特征，先由衰而盛，又由盛而衰。众所周知，清词中兴是由明末万历、天启、崇祯年间开始的，众多词人、词派横跨明清两代。如云间派、柳洲派、西陵派、兰陵派、广陵派、梅里派、阳羡派等，无不是在明清鼎革之际或者余风流变，或者横空出世，相互唱和、引领风气、编撰选本，共同开启清代词学"中兴"的局面。到康熙继位，思想控制加强，向来被视为"小道"的词，也被正式划入官方管理和统治的范围，词坛风貌很快又由盛而衰。所以明末清初对词学来说是个很特殊的时期，是一个惊心动魄、破旧立新的时代，要研究整个词史或者清词中兴就要从这个时段开始。

明末清初的词坛风貌大致经历了"云间词风的消化，阳羡词派的崛起，浙西词派的张扬这样一个曲折历程"②。云间词派是明末清初影响最大的一个词学流派，一方面总结明词之衰音，同时又为清初词坛首开风气。此派以陈子龙、李雯、宋征舆等为代表，标举南唐、北宋纯情自然、婉丽当行之风，力戒浅率尘

---

① 张仲谋：《明词史》，人民文学出版社2002年版，第120页。

② 刘尊明：《老树春深更著花——清词中兴鸟瞰》，载《乐山师范高等专科学校学报》1999年第2期。

俗，倡导含蓄蕴藉。该派词选《幽兰草》、《清平初选》可以说是云间派汇集性的大型词选，在明末清初词坛影响巨远。入清之后，江浙一带涌现的词人群体如"西泠十子"、"广陵词坛"、"柳洲词派"、"毗陵词人群"等都承续云间之风，进行广泛的结社唱和、词学交流、词集编选活动，就连后来主盟词坛的陈维崧、朱彝尊等人早期也深受云间派影响，所以龙沐勋说："词学衰于明代，至子龙出，宗风大振，遂开三百年来词学中兴之盛。"① 可以说，明末清初词坛诸多特点如词学中兴、选本兴盛、由选本来开宗立派等都是由云间派所开创的。

在清初词坛卓有成就的词派要首推"阳羡词派"和"浙西词派"了。阳羡词派以陈维崧为代表，这派词人主张言为心声，主情贵真，反对词为小道，在清初词坛上对推尊词体、提高词品作出了不小的贡献。此派较热衷于编撰词选，如陈维崧主编的《今词苑》，曹亮武、蒋景祁等编的《荆溪词初集》，蒋景祁独编的《瑶华集》、《名媛词选》等影响较大。浙西派宗师为秀水朱彝尊，为了扫荡明末以来《花》、《草》遗风，引导清代健康的词学风气，他与汪森等人明确提出学习姜夔、张炎，倡导南宋，崇尚雅正。《词综》就是在这种明确的理论指导下的词选，其中大量选录吴文英、周密、王沂孙、张炎、姜夔的作品，形成了与《草堂诗余》完全不同的审美倾向，词坛风气为之一转。丁绍仪还把《词综》比作词家的"金科玉律"，给予高度评价："自竹垞太史《词综》出而各选皆废，各家选词亦未有善于《词综》者。"② 吴衡照也说："词选本以竹垞《词综》为最善……洵词

---

① 龙榆生：《近三百年名家词选》，古典文学出版社1957年版，第4页。
② 丁绍仪：《听秋声馆词话》卷十三，唐圭璋《词话丛编》，中华书局1986年版，第2734页。

坛广劫灯也。"① 从这种意义上说,《词综》的编撰不仅有转变风气、开宗立派的作用,还为浙西词派主盟词坛达百年之余起到了推波助澜的作用。《词综》之后,出现了大批以其宗旨为选词标准的词选,如王昶《明词综》、《国朝词综》、王绍成《国朝词综二编》、丁绍仪《国朝词综补遗》等。直到张惠言常州词派崛起词坛,宗奉北宋,标举"比兴寄托",清代词风才又为之一变。

在明清之际,词选本大量问世的情况下,词人创作的热情也空前高涨,这些词家或者追踪某一派别,相与唱和;或者群起结集,阐述某一群体的词学观念;或者以复古为旗帜,宗法古人,推陈出新,词坛呈现一片活跃的氛围,直接促进了诸多当代词选本的诞生,如清初比较有影响的有王士禛、邹祗谟的《倚声初集》,顾贞观、纳兰性德的《今词初集》,陈维崧、吴本嵩的《今词苑》,蒋景祁的《瑶华集》等,以及一些以地域为特征的当代词选,如《荆溪词初集》、《西陵词选》、《柳洲词选》、《松陵绝妙好词选》、《清平词选初集》等。我们知道,词选、词论、词派、创作可谓紧密相连,明清词坛风气的变动促进了众多选家选词,以选本来阐发自己的词学观念,同时起到指导创作、开宗立派之功能,共同掀起词学热潮,明清易代之际就是这样一个承上启下的时代。在众多词家、词派、选本、创作、理论的共同影响下,清词中兴局面终于姗姗而来,其中,选本功不可没,特别是作为典范作用的唐宋词选或者包括唐宋词的历代词选,尤其具有承载一代词风、开启词学盛世的鼎革作用。

很显然,宋词的传播与清人对宋词的接受在很大程度上都是由唐宋词选本这个载体来实现的,选家编选唐宋词,一方面按照

① 吴衡照:《莲子居词话》卷三,唐圭璋《词话丛编》,中华书局1986年版,第2453页。

自己的审美观念和时代风尚确立词人地位，打造经典风格，另一方面，清人在接受唐宋词的过程中，不知不觉推行了自己的理论，指导了创作，更有甚者，以选本为旗帜，交锋争鸣，创体构派，转变词风。所以，"清人选宋词使纵向上宋词的传播、接受和词史概念的展衍与横向上清人的阅读、创作以及理论、流派的嬗变相互勾连，互为发生，成为清代词学发展的重要契机和原动力之一"①。

（黎晓莲撰）

---

① 曹明升：《清代宋词学论纲》，载《中国韵文学刊》2005 年 9 月第 19 卷第 3 期。

附 录 四

唐宋词在明末清初
传播接受简表

万历八年（1580）

茅一桢凌霄山房刊行订释温博花间集补二卷。

万历十年（1582）

顾梧芳刻《尊前集》。

万历十一年（1583）

陈耀文刻《花草粹编》十二卷。

万历二十二年（1594）

董逢元成《唐词纪》十六卷。

李廷机批评、翁正春校《新刻注释草堂诗余评林》六卷，
书林郑世豪宗文书舍刊。

万历二十五年（1597）

周履靖刊《唐宋元酒词》。

万历二十七年（1599）

谢天瑞《诗余图谱补遗》十二卷刊行。

万历二十九年（1601）

张綖《增正诗余图谱》由游元泾补订刊行。

万历三十五年（1607）

胡桂芳重辑《类编草堂诗余》三卷，黄作霖刊行。

万历四十二年（1614）

钱允治、陈仁锡同辑《类编笺释国朝诗余》五卷。

万历四十七年（1619）

新安程明善《啸余谱》刊行。

天启元年（1621）

杨肇祉辑《词坛艳逸品》。

崇祯四年（1631）

陆云龙翠娱阁《词菁》刊行。

崇祯六年（1633）

卓人月、徐士俊辑《古今词统》刊行。

崇祯八年（1635）

王象晋刊张綖《诗余图谱》。

崇祯九年（1636）

潘游龙刊《古今诗余醉》十五卷。

顺治五年（1648）

宋征璧编成《唐宋词选》。

顺治七年（1650）

毛先舒作《与沈去矜论填词书》、沈谦作《答毛稚黄论填词书》。

顺治九年（1652）

蒋平阶及门人周积贤、沈亿年合集《支机集》三卷行世。

顺治十七年（1660）

邹祇谟、王士祯合辑《倚声初集》。

康熙元年（1662）

顾璟芳等合辑《兰皋明词汇选》刊行。

程以善《啸余谱》重刊。

康熙四年（1665）

曹尔堪、宋琬、王士禄在杭州以《满江红》相唱和。

康熙九年（1670）

周铭编成《林下词选》十卷。

康熙十年（1671）

曹尔堪、龚鼎孳、周在浚在京师秋水轩以《贺新郎》相唱和。

陈维崧、吴逢原、吴本嵩、潘眉辑刊《今词苑》三卷。

康熙十一年（1672）

周铭辑《松陵绝妙词选》四卷。

康熙十二年（1673）

顾璟芳编成《唐词蓉城汇选》四卷。

康熙十三年（1674）

陆进、俞士彪编成《西陵词选》八卷。

陆次云、章晅编成《见山亭古今词选》三卷。

康熙十六年（1677）

顾贞观、纳兰性德合编《今词初集》二卷刊行。

康熙十七年（1678）

张渊懿、田茂遇辑成《清平初选后集》十卷。

佟世南、陆进、张星曜合纂《东白堂词选》十五卷刊行。

曹亮武、陈维崧等刊行《荆溪词初集》七卷。

朱彝尊、汪森等辑《词综》二十六卷刊。

康熙十八年（1679）

朱彝尊携《乐府补题》入京师，蒋景祁为之行。

卓回等编成《古今词汇》初编十二卷、二编四卷、三编八卷。

查继超编成《词学全书》。

龚翔麟编《浙西六家词》辑成并于三年后刊刻。

康熙二十二年 （1682）
万树纂《词律》二十卷。

蒋景祁刻所编《瑶华集》二十二卷。

康熙二十四年 （1685）
柯崇朴刊《绝妙好词》七卷，又与柯炳同校归淑芬编《古今名媛百花诗余》四卷刊行。

康熙二十五年 （1686）
自是年始，聂先、曾王孙陆续辑《百名家词钞》。

吴绮、程洪合辑《记红集》刊行。

康熙二十六年 （1687）
万树《词律》刊行。

康熙二十七年 （1688）
项以淳编成《清啸集》二卷。

康熙二十八年 （1689）
侯文灿辑《十名家词集》刊行。

傅燮詷编《词觏初编》三十二卷。

康熙三十年（1691）

汪森裘杼堂再刻《词综》三十六卷。

康熙三十一年（1692）

先著、程洪选成《词洁》六卷。

康熙三十五年（1696）

沈时栋辑成《古今词选》十二卷

康熙四十四年（1705）

孙致弥刊其所编《词鹄初编》十五卷。

康熙四十五年（1706）

沈辰垣奉旨编成《历代诗余》一百二十卷。

康熙四十八年（1709）

赵式《古今别肠词选》刊行。

顾彩《草堂嗣响》四卷刊行。

康熙五十一年（1712）

侯晰刻所辑《梁溪词选》十八卷。

康熙五十四年（1715）

《钦定词谱》四十卷刊行。

康熙五十五年（1716）

沈时栋《古今词选》十二卷刊行，瘦吟楼刻本。

★此表参考有：张宏生《清词年表初编》（《清代词学的建构》，江苏古籍出版社 1998 年版）、李康化《明清之际词学年表》（《明清之际江南词学思想研究》，巴蜀书社 2001 年版）、孙克强《清代词学年表》（《清代词学》，中国社会科学出版社 2004 年版）、闵丰《顺康词籍纂刻年表初编》（《清初清词选本考论》，上海古籍出版社 2008 年版）。

主要参考书目

一　词集

张璋、黄畬编：《全唐五代词》，上海古籍出版社 1986
年版。

唐圭璋编：《全宋词》，中华书局 1965 年版。

饶宗颐初纂、张璋总纂：《全明词》，中华书局 2002 年版。

南京大学中文系编：《全清词》（顺康卷），中华书局 2002
年版。

陈乃乾辑：《清名家词》，上海书店影印开明书店 1937
年版。

钱仲联编：《清八大名家词集》，岳麓书社 1994 年版。

（清）聂先、曾王孙辑：《百名家词钞》，四库全书存目丛书
补编，齐鲁书社 1996 年版。

（清）龚翔麟编：《浙西六家词》，四库全书存目丛书影印清
康熙间龚氏玉玲珑阁刻本。

（清）孙默辑：《十五家词》，中华书局四部备要本。

（清）朱彝尊、汪森编：《词综》，岳麓书社 1995 年版。

（清）张惠言辑：《词选》，中华书局 1957 年版。

叶恭绰辑：《全清词钞》，中华书局 1979 年版。

严迪昌编：《近代词钞》，江苏古籍出版社 1996 年版。

468

（清）蒋景祁编：《瑶华集》，中华书局影印清康熙天藜阁藏版，1982 年。

（清）谭献辑，罗仲鼎校点：《清词一千首：箧中词》，浙江古籍出版社 1996 年版。

叶恭绰编选：《箧中词、广箧中词》，浙江古籍出版社 1998 年版。

（明）卓人月选：《古今词统》，辽宁教育出版社 2000 年版。

（清）卓回、严沆编：《古今词汇》，清康熙间刻本。

（明）沈亿年编：《支机集》，明词汇刊本，上海古籍出版社 1992 年版。

（清）邹祗谟、王士禛编：《倚声初集》，续修四库全书本，上海古籍出版社 2002 年版。

（清）周铭编：《林下词选》，四库全书存目丛书补编本，齐鲁书社 1996 年版。

（清）陆进、俞士彪编：《西陵词选》，北京图书馆藏清康熙刻本。

（清）顾贞观、纳兰性德合选：《今词初集》，续修四库全书本，上海古籍出版社 2002 年版。

（清）张渊懿、田茂遇选：《词坛妙品》（清平初集后选），清宣统三年（1911）石印本。

（清）佟世南编选：《东白堂词选初集》，四库全书存目丛书，齐鲁书社 1996 年版。

（清）夏秉衡编：《清绮轩词选》，清乾隆十六年（1751）清绮轩巾箱本。

（清）缪荃孙辑：《国朝常州词录》，清光绪二十二年（1896）刻本。

（清）王昶辑：《国朝词综》，中华书局四部备要本。

（清）王昶辑：《国朝词综二集》，中华书局四部备要本。

（清）黄燮清辑：《国朝词综续编》，中华书局四部备要本。

（清）丁绍仪辑：《清词综补》，中华书局 1986 年版。

（清）蒋重光辑：《昭代词选》，清乾隆三十二年（1767）刻本。

林葆恒辑：《词综补遗》，上海古籍出版社 2005 年版。

王煜编选：《清十一家词钞》，正中书局 1936 年版。

徐珂选辑：《清词选集评》，中国书店影印商务印书馆 1926 年版、1988 年版。

张伯驹、黄君坦选，黄畲注：《清词选》，中州书画社 1982 年版。

汪泰陵选注：《清词选注》，贵州人民出版社 1993 年版。

钱仲联选注：《清词三百首》，岳麓书社 1992 年版。

龙榆生编选：《近三百年名家词选》，古典文学出版社 1956 年版。

二　词话

唐圭璋编：《词话丛编》，中华书局 1986 年版。

张璋编：《历代词话》，大象出版社 2000 年版。

刘庆云编：《词话十论》，岳麓书社 1990 年版。

龚兆吉编：《历代词论新编》，北京师范大学出版社 1984 年版。

施蛰存编：《词籍序跋萃编》，中国社会科学出版社 1994 年版。

陈良运主编：《中国历代词学论著选》，百花洲文艺出版社 1998 年版。

（清）陈廷焯辑：《词则》，上海古籍出版社影印原稿本

1984 年版。

（清）万树编：《词律》，上海古籍出版社 1984 年版。

郭则沄撰：《清词玉屑》，福建闽侯：郭氏蛰园家刻本 1936 年版。

（清）张宗橚撰：《词林纪事》，古典文学出版社 1957 年版。

（清）徐釚编：《词苑丛谈》，上海古籍出版社 1981 年版。

屈兴国校注：《白雨斋词话足本校注》，齐鲁书社 1983 年版。

吴相洲编：《历代词人品鉴辞典》，北京大学出版社 1996 年版。

王兆鹏编著：《唐宋词汇评》（唐五代卷），浙江古籍出版社 2004 年版。

吴熊和编著：《唐宋词汇评》（两宋卷），浙江古籍出版社 2004 年版。

尤振中编：《明词纪事会评》，黄山书社 1995 年版。

尤振中编：《清词纪事会评》，黄山书社 1995 年版。

严迪昌编：《近现代词纪事会评》，黄山书社 1995 年版。

刘梦芙编校：《近现代词话丛编》，黄山书社 2009 年版。

三 别集

（明）陈子龙撰：《安雅堂稿》，台北：伟文图书出版公司 1977 年版。

（明）陈子龙撰：《陈忠裕全集》，清嘉庆八年（1803）刊本。

（明）陈子龙撰：《陈子龙诗集》，上海古籍出版社 1983 年版。

（清）王士禛撰：《带经堂集》，清康熙七略书堂校刊本。

（清）彭孙遹撰：《松桂堂集》，文渊阁四库全书本。

（清）毛先舒撰：《思古堂十四种》，清康熙刊本。

（清）陈维崧撰：《迦陵文集》，四部丛刊影印患立堂刻本，
商务印书馆 1936 年版。

（清）陈维崧撰：《湖海楼全集》，清康熙三十三年（1694）
原刻本。

（清）朱彝尊撰：《曝书亭集》，四部丛刊影印原刻本，商务
印书馆 1936 年版。

（清）李良年撰：《秋锦山房集》，四库全书存目丛书影印清
康熙二十四年（1685）刻本。

（清）纳兰性德撰：《通志堂集》，上海古籍出版社影印康熙
二十年（1681）刻本。

（清）尤侗撰：《西堂全集》，清康熙间刻本。

（清）厉鹗撰：《樊榭山房文集》，上海古籍出版社 1992
年版。

（清）吴锡麒著，叶联芬笺注：《有正味斋骈体文》，清道光
二十年（1840）刻本。

（清）郭麐撰：《灵芬馆集》，清嘉庆道光间刻本。

（清）凌廷堪撰：《校礼堂文集》，中华书局 1998 年版。

四　近人著作

吴梅著：《词学通论》，商务印书馆 1932 年版。

马兴荣著：《词学综论》，齐鲁书社 1989 年版。

饶宗颐著：《词籍考》，中华书局 1992 年版。

王兆鹏著：《词学史料学》，中华书局 2004 年版。

蒋哲伦、杨万里著：《唐宋词书录》，岳麓书社 2007 年版。

龙榆生撰：《龙榆生词学论文集》，上海古籍出版社 1995

年版。

吴熊和撰：《吴熊和词学论集》，杭州大学出版社 1999年版。

邓子勉著：《宋金元词籍文献研究》，上海古籍出版社 2008年版。

吴熊和著：《唐宋词通论》，浙江古籍出版社 1989 年版。

萧鹏著：《群体的选择——唐宋人选词与词选通论》，凤凰出版社 2009 年版。

陶子珍著：《明代四种词集丛编研究》，台北：秀威资讯科技股份有限公司 2006 年版。

陶子珍著：《明代词选研究》，台北：秀威资讯科技股份有限公司 2003 年版。

余意著：《明代词学之建构》，上海古籍出版社 2009 年版。

张仲谋著：《明词史》，人民文学出版社 2002 年版。

严迪昌著：《清词史》，江苏古籍出版社 1990 年版。

徐珂著：《清代词学概论》，大东书局 1926 年版。

徐兴业著：《清代词学批评家述评》，无锡国专铅印本，1937 年。

吴宏一著：《清代词学四论》，台北：联经出版事业公司 1990 年版。

张宏生著：《清代词学的建构》，江苏古籍出版社 1998年版。

孙克强著：《清代词学》，中国社会科学出版社 2004 年版。

陈水云著：《清代词学发展史论》，学苑出版社 2005 年版。

陈水云著：《明清词研究史》，武汉大学出版社 2006 年版。

谢桃坊著：《中国词学史》，巴蜀书社 1993 年版。

谢桃坊著：《中国词学史》（修订版），巴蜀书社 2002 年版。

邱世友著：《词论史论稿》，人民文学出版社 2002 年版。

江润勋著：《词学评论史稿》，香港：龙门书店 1966 年版。

方智范等著：《中国词学批评史》，中国社会科学出版社 1994 年版。

孙克强著：《清代词学批评史论》，上海古籍出版社 2008 年版。

陈水云著：《清代前中期词学思想研究》，武汉大学出版社 1999 年版。

李康化著：《明清之际江南词学思想研究》，巴蜀书社 2002 年版。

《词学论稿》，华东师范大学中文系编，华东师范大学出版社 1986 年版。

《词学研究论文集》（1919—1949），华东师范大学中文系编，上海古籍出版社 1988 年版。

《词学研究论文集》（1949—1979），华东师范大学中文系编，上海古籍出版社 1982 年版。

《第一届词学国际研讨会论文集》，中研院中国文哲研究所主编，台北：中研院中国文哲研究所筹备处，1994 年。

林玫仪主编：《词学研讨会论文集》，台北：中研院中国文哲研究所筹备处，1996 年。

陈匪石撰：《宋词举》，江苏古籍出版社 2002 年版。

吴世昌撰：《词林新话》，北京出版社 2001 年版。

贺光中编著：《论清词》，新加坡：东方学会 1958 年版。

汪中著：《清词金荃》，台北：文史哲出版社 1971 年版。

艾冶平编著：《清词论说》，学林出版社 1999 年版。

叶嘉莹著：《清词丛论》，河北教育出版社 1997 年版。

叶嘉莹著：《清词散论》，台北：桂冠图书股份有限公司

2000 年版。

叶嘉莹著:《叶嘉莹说词》,上海古籍出版社 1999 年版。

叶嘉莹、陈邦炎撰:《清词名家论集》,台北:中研院中国文哲研究所筹备处,1996 年。

张宏生著:《清词探微》,上海古籍出版社 2008 年版。

江合友著:《明清词谱史》,上海古籍出版社 2008 年版。

闵丰著:《清初清词选本考论》,上海古籍出版社 2008 年版。

金一平著:《柳洲词派》,同济大学出版社 2002 年版。

严迪昌著:《阳羡词派研究》,齐鲁书社 1993 年版。

黄志浩著:《常州词派研究》,中国社会科学出版社 2009 年版。

苏淑芬著:《朱彝尊之词与词学研究》,台北:文史哲出版社 1986 年版。

朱则杰著:《朱彝尊研究》,浙江古籍出版社 1993 年版。

杨棠秋著:《陈维崧及其词学》,东海大学博士学位论文,2002 年。

苏淑芬著:《湖海楼词研究》,里仁书局 2005 年版。

五　英文著作

A guide to chinese literature. Idema ＆Haft. ed. Ann Arbor:The University of Michigan. 1997.

TheIndiana Companion to Traditional Chinese Literature (1 - 2). William H. Nienhauser, Jr. ed. Bloomington: Indana University Press. 1986. 1998.

Anthology of Chinese Literature (1 - 2) . Cyril Birch e-d. NewYork: Grove Press. 1965.

Sunflower Splendor: Three Thousand Years of Chinese Poetry. Wu-chi Liu & Irving Lo ed. Indana University Press. 1976.

An Anthology of Chinese Literature: Beginning to 1911. Stephen Owen ed. New York: W. W. Norton & Company. 1996.

The Columbia Anthology of Traditional Chinese Literature. Victor Mair ed. New York: Columbia University Press. 1994

An Anthology of Translations Classical Chinese Literature. John Minford & Joseph S. M. Lau ed. New York: Columbia University Press. 2002

The Columbia History of Chinese Literature. Victor H. Mair. Ed. New York: Columbia University Press. 2001

The Evolution of Chinese Tz'u Poetry from T'ang to Northern Sung. Chang, Kang-I Sun, Princeton: Princeton University Press, 1980.

Voices of the Song Lyric in China. edited by Pauline Yu. Berkely: University of California Press, 1993.

Among the Flowers: The Hua-chien-chi, Fusek, Lois. New York: Columbia University Press. 1982.

The Lotus Boat: The Origns of Chinese Tz'u Poetry in Tang Popular Culture. Wagner, Marsha L. , New York: Columbia University Press. 1984.

Chinese Lyricsts of the Seventeeth Centure. McCraw, David R. , Honolulu: University of Hawaii Press, 1990.

Poetic Remarks in the Human World. Translated by Ching-I Tu, Taipei: Chung Hwa BookCo. , 1970.

Major Lyricists of the Northern Sung. AD960 – 1126. Princeton University Press. 1974.

Voices of the Song Lyric in China. Pauline Yu ed. Uiversity of California Press. 1994.

Studies in Chinese Poetry, James R. Hightower ed. Harverd University Press. 1998.

Crafting a collection: the cultural context and poetic of the Huanjian Ji. Anna M. Shields. ed. . Harverd University Press. 2006.

Wang Guo-Wei's Ren-Chien Tz'u-Huan: A studies in Chinese Literary Critism. Adele Austin Rickett. Hongkang University Press. 1977.

六　学术期刊

龙榆生主编：《词学季刊》，上海书店出版社 1985 年版。

词学编委会编：《词学》（1—14），华东师范大学出版社 1981—2002 年版。

吴熊和主编：《中华词学》　（1—3），东南大学出版社 1994—2002 年版。

日本宋词研究会编：《风絮》（1—5），宋词研究会出版发行 2005—2009 年。

后　记

　　自从 1996 年 8 月来到珞珈山，在这儿一住就是 14 个年头，我也从一位懵懂无知的青年跨入头发已有稀疏斑白的中年人行列。现在特别怀念刚来珞珈山时到老馆看书的那段岁月。那时，每天还是背着书包，像刚来武汉大学求学的学生，沿着湖滨的小路，一步一印地走上狮子山。每当登上山顶，来到老馆门口，进入右边的阅览室，对青灯，读黄卷，徜徉在古人的世界里，"不知有汉，无论魏晋"，真是其乐无穷！

　　这是多年来写得时间较长的一本书，从 2003 年正式立项，到 2010 年 3 月份也有快 7 个年头了。这里有必要交代一下本书的撰写、执笔情况：绪言、第一章、第二章、第四章、第五章、第六章、第七章、结语，陈水云；第三章，黎晓莲；第八章、第九章、第十章，陈水云、张清河；第十一章，陈晓红；第十二章，陈水云、陈敏。其中，绪言部分是在 2006 年春天写的，第一章是去年在新州罗格斯大学访学时写的，2009 年 8 月提交到在湘潭召开的第七届明代文学学术年会；第二章也是在 2006 年春天写的，并发表在《湖南文理学院学报》2007 年第 4 期；第三章是黎晓莲在去年秋天写就的；第四章是在全稿完成后，又有些新的想法，于 2009 年岁末撰写而成的，承蒙王兆鹏教授的安排发表在《江西师范大学学报》2010 年第 4 期；第五章是在

2003 年夏天写就的，曾提交到 2009 年 8 月在马来西亚召开的"中国文学的传播与接受国际学术研讨会"；第六章则早在 2000 年春天已完成，是当年应刘庆云教授之邀参加武夷山柳永研讨会论文的修改稿，后发表在《武汉大学学报》2002 年第 4 期；第七章也是今年三月份才赶写出来的；第八章则完成在 2003 年春天，是当时准备参加武夷山召开的辛弃疾学术研讨会的论文，后来发表在《厦门教育学院学报》2003 年第 4 期；第九、十章是先让张清河起草初稿，然后由我补写有关内容并改定而成，并分别提交到 2006 年 7 月南京大学召开的中国诗学研讨会和 2007 年 10 月上饶师范学院召开的纪念辛弃疾逝世八百年学术研讨会，会上聆听了张宏生教授和沈文凡教授的批评意见，回来后又作了修改和润色；第十一、十二章是 2005 年下半年在北京进修外语期间，由陈晓红、陈敏和我共同完成初稿，然后由我修改、加工、润色而成，其中有关朱彝尊的部分经我修改后发表在《湖北大学学报》2007 年第 6 期，有关纳兰性德的内容曾提交到 2006 年夏天在承德召开的第二届纳兰性德学术研讨会，承蒙关纪新教授、刘大先博士的"青眼"慧识，安排发表在《民族文学研究》2007 年第 2 期。附录部分则是在写作过程中形成的一些副产品。另外，本来打算还要写一章"明末清初确定的唐宋词经典"，笔者也做了一些数据上的统计工作，并且写了部分草稿，但总觉得不是很满意，故最后定稿时决定将其舍弃。非常感谢各位参加本书稿写作任务的同学，如果没有他们的参与，这本书的完成可能会遥遥无期，也真诚地感谢在各类学术会议上为论文或书稿提出宝贵修改意见的各位专家和学者。断断续续写了将近 7 年，还不是一本让自己特别满意的书，主要是因为自己深知：人文科学的学术研究，是带有很强的个性色彩的，一旦变成集体合作的成果，学术个性也在被无形地淡化。但在全书的统稿过程中也是颇费心血，对有些合作部分作了大幅度地修改，有些甚至是推倒重来，它当然地体现了自己在这一问题上的思考。还有一点，就是原来设计的章节近几年已经有了新的研究成果，这让我改变了自己最初的写作思路，而写了一些自认为值得去写的内容，希望能给读者提供一个关于唐宋词在明末清初传播接受的完整印象。

进入学术殿堂，寻找最佳的治学门径，一直是我多年努力的目标。我本来是学理论出身的，年轻的时候喜欢构架体系，对文化原典喜欢用现代的立场看，这也是受到当时欧风美雨劲吹大学校园的影响，不过也养成自己"好读书不求甚解"的毛病。尽管读了一些古代文论原典，但落脚点还是现代阐释，是借用"西洋镜"看古代中国，所谓"雾里看花，终隔一层"。后来，读研究生，导师要我从头再来，从原典读起，一字一句都要弄懂，当时书读得很苦，今天看来受益匪浅，再不会去弄什么理论构架了，只看自己是不是解决了问题，还原了一段曾经存在的史实，虽没有惊人之高论，却让自己逐渐踏实起来，解决了一些"细节"问题，在我看来历史正是由这无数的"细节"构成的。自从博士毕业以来，一直遵循着这样的原则，一步一个脚印地前行，虽然不能走得快，但相信能走得稳。不要小聪明，不做花样文章，不谈什么创新，尽管所为不能引起较大反响，我坚信这些能为后来者提供一些材料并开辟一些门径。人的一生本来就是一个摸索的过程，寻找一条适合自己走的路，这次的书稿写作也是这样，只是描述了一些历史事实，解决了一些具体问题，同时也还是在摸索适合自己走的治学之路，如此而已。对否？错否？只能任由读者去评判了。

我对文学传播与接受的关注，始自 1996 年 8 月来武汉大学工作之后。当时我被安排在编辑学教研室，读了一些关于大众传播学的理论著作，就设想从传播学角度研究中国文学，并撰写了几篇相关的研究论文，发表在《中南民族学院学报》、《社会科学辑刊》、《文学评论》、《孔孟月刊》等学术刊物上。后来，还想接着写楚辞，但看了尚永亮教授的相关研究成果后，便放弃了最初的打算，把自己的研究重心完全放在清词的研究上，并零星地写了一些有关唐宋词在明末清初传播接受的文章，有些后来收入拙著《清代词学发展史论》一书。现在有了这样的机缘，重新思考传播接受问题，放弃当初想写一部中国文学传播史的企图，以唐宋词在明末清初的传播接受为一个小小的切入点，试图找到古代文学在后代传播接受的一些规律。然而，近几年来杂事绕身，心境难得静下来，又断断续续到外地学外语，去年到美国后，时间相对充裕些，本想利用时间好好动动笔，勉勉强强写了一章后，苦于资料不足，只好放弃，留待回家后再写。因此就有春节回来后的忙碌，一边上课，一边写稿，两边分心，实在是吃力不讨好，本课题其他的几部书稿已完成了，不能因为我耽误了大家的出版，无论如何也得按计划完稿了。不过，现在总算了却心愿，把多年的心理包袱放下了，从此可以轻装上阵，干别的事去了。

　　最后，非常感谢武汉大学文学院，特别是陈国恩教授为本书出版提供的帮助。

陈水云

初稿 2009 年 3 月 20 日樱花烂漫之时

定稿 2010 年 3 月 3 日，距去年初稿完成近一年之际